이화한국문화연구총서 13

18세기 여성생활사 자료집 ⑥

서경희 역주

보고사

이 역서는 2004년도 한국학술진흥재단의 지원에 의하여 연구되었음(KRF-2004-071-AS2018)

서문

한국 사회에서 '여성'이라는 단어는 사회, 정치 같은 현실적 영역에서는 물론 학문 영역에서도 하나의 확고한 영역을 차지한 것처럼 보인다. 따라서 이제 여성과 관련한 주제는 일견 진부하거나 반복적인 것으로 여겨질 정도가 되었다. 그러나 정작 여성의 역사가 포함된 전체사는 여전히 부재하며, 각각의 학문 영역에서도 사정은 마찬가지이다. 근래 미시사에 대한 연구가 활발해지면서 일상사, 생활사 등 주변적인 영역에 대한 관심이 확대되었고, 여성사에 대한 관심도 증대되었다. 이러한 연구 경향은 그간 역사 서술에서 배제되어 왔던 여성, 소수자 등 주변적인 존재들의 일상과 경험에 대한 자료를 발굴하고, 이들의 목소리를 통한 새로운 역사 기술의 가능성을 보여주고 있다. 여성사는 과거를 전체적으로 파악할 수 있게 하는 시각을 제공해 주기 때문이다. 중심이 아닌 주변, 주류가 아닌 소수자의 문제를 역사적인 맥락에 놓는 시각은 오늘날 여성의 문제나 소수자 문제에 대한 새로운 시각을 열어줄 수 있을 뿐만 아니라 과거에 대한 전체적이고도 완전한 파악을 가능하게 해줄 것으로 생각된다.

이런 생각에서 여성생활사 자료 번역팀이 여성 관련 자료를 읽기 시작한 지도 7년이 넘었다. 그간 17세기 여성생활사 자료집을 출간했고, 이제 18세기 여성생활사 자료집을 출간한다. 이 책에 이어 현재 진행 중인 19세기 및 개화기 여성생활사 자료집이 번역 출간되면 양반여성생활 중심이라는 한계는 있지만 조선시대 여성생활사 연구에 든든한 기반이 될 것으로 생각된다. 물론 역사 자료 역시 한 개인이나 사회, 그리고 국가의 이념이나 무의식이 배어 있다는 점에서 결코 객관적이지도 투명하지도 않다. 그러나 그렇기 때문에 이 자료를 통해 남성 문사들의 여성에 대한 의식과 무의식, 이데올로기를 더욱 구체적으로 다양하게 볼 수 있을 것이다. 이 점 또한 조선시대 젠더 인식을 이해하는 데 중요한 요소라고 생각한다.

이 책은 17세기 여성생활사 자료집에 이어 18세기에 생존했던 사대부들의 개인 문집에서 여성과 관련된 글을 뽑아 모아서 번역한 것이다. 이 책에 수록된 글의 작가는 140여명, 이들이 남긴 여성 관련 작품 수는 천 편이 넘는다.

이 책에 수록된 자료는 『한국문집총간』에 수록된 문집 가운데 1650년~1750년 사이에 태어나 18세기에 생존했던 남성 작가들의 문집 중에서, 여성을 대상으로 하거나 여성과 관련이 있는 산문 자료들이다. 여기에는 전(傳), 행장(行狀), 비문(碑文), 제문(祭文)·유사(遺事)·서발(序跋)·설(說)·잠(箴)·의(議)·애책문(哀冊文)·시책문(諡冊文)·혼서(婚書)·언행기(言行記)·부훈(婦訓) 등 다양한 장르의 글이 포함되어 있다. 이 자료집의 많은 비중을 차지하는 행장, 비문, 제문은 사람이 죽고 난 뒤에 쓰는 글로 글을 써주는 사람들도 친지들이거나 가족의 청탁을 받은 사람들이다. 따라서 죽은 이의 생애가 가감 없이 기록되었거나 정확한 평가가 이루어졌다고 기대하기는 어렵다. 죽은 이를 미화하고 칭송하기 위해 어느 정도의 선택과 배제의 과정이 있었을 것이기 때문이다. 이런 점에서 이 기록들은 일정한 한계를 갖는다. 그러나 동시에 이 기록들이 미화하거나 칭송한 부분들을 보면 당시 여성들을 어떤 규범이나 기준에 따라 평가했는지를 알 수 있다. 그런 점에서 이 자료들은 당시 여성의 일생에 대한 기록이면서 동시에 여성에게 요구했던 규범의 기록이기도 하다. 여성을 대상으로 한 시도 적지 않게 존재하고, 시도 여성 인식의 한 측면을 드러내고 있음에 틀림없지만 이 자료집에서는 일단 시는 제외하였다.

이 자료들의 내용은 시문을 읽고 쓰는 문학과 관련된 활동뿐 아니라 일상의 언어생활과 의복, 음식, 주거상의 생활 전반을 파악하게 해 주는 다방면의 생활사 원천 자료를 포함하고 있다. 이 자료들의 작가군에는 이의현, 이덕수, 박지원, 이덕무 등 18세기를 대표하는 학자와 문인들의 작품이 모두 포함되어 있다. 숙종대부터 정조대에 이르는 18세기는 전환기적인 시대로 정치, 문화, 예술 방면에서 다채로운 면모를 보여주는 것으로 평가되는 시기이다. 이 시기 여성 관련 자료는 이러한 시대적 분위기를 반영하고 있다. 직접적인 이유는 더 따져보아야 하겠지만 이전 시기에 비해 현격하게 여성을 대상으로 한 글들이 많이 쓰여졌고 장르 또한 다양해진 것을 볼 수 있다. 또한 여성에 대한 인식도 달라지고, 가족 속에서의 여성의 위상, 부부관계, 친정과의 관계가 달라진 것을 볼 수 있다. 이러한 현상은 가족 제도의 변화와 같은 사회 구조적인 차원은 물론이고, 남성 사대부들의 여성 인식, 각 문학 장르에 대한 관점이 변화하던 것과 맞물려 있는 것으로 짐작된다.

이 책은 18세기 여성생활사 자료집이라는 제목으로 출간되지만 이 책에 포함된 자료들은 각각 작품으로서 완결된 형태를 취하고 있다. 따라서 각 작품을 번역, 주석하고 해제를 붙였다. 특히 해제를 통해 각 작품에서 대상으로 한 여성을 18세기 조선 사회의 가문이나 당시의 여성에 대한 이해와 관련하여 파악하고자 하였다. 대상 여성을 개별적으로 이해하기보다는 조선 사회의 맥락 속에서 파악하기 위해서이다. 이 자료들은 여성의 어문 생활, 여성과 가족 관계, 여성 노동, 서모나 유모 등 가족 주변부 여성의 삶, 딸에 대한 태도 등 여성 문학과 일상생활에 대한 다양한 내용을 보여준다. 이 자료들 가운데는 뛰어난 문학성을 인정받은 작품들도 포함되어 있다. 그러나 이 자료집에서는 문학성보다는 생활사 자료로서의 가치에 보다 주목하였다. 이 번역 연구가 18세기 여성사 및 생활문화, 여성문학사로 심화, 확대되고 그 문학적 가치까지 제대로 평가될 때 자료적 가치가 더할 것으로 생각된다.

이 책은 18세기 여성생활사 자료집이라는 제목으로 나가지만 자료 전체를 시간 순서로 배열하지는 않았다. 번역 문체나 스타일에 어느 정도의 통일성을 주기 위해 각 번역자들이 맡아서 번역한 자료들을 중심으로 책을 엮었기 때문이다. 그러나 각 권 안에서는 작가별로 시간 순서에 따라 자료를 배열하였다. 번역은 직역보다는 원문을 가능한 쉽게 풀어쓰려고 했다. 자료를 함께 강독하고 각자가 번역을 다듬는 방식으로 작업을 진행하면서 번역의 통일성을 기하고자 했으나 문장에 배여 있는 각 번역자의 개성은 숨길 수 없었다. 번역 또한 개성의 발현이요, 창작의 한 과정임을 인정할 수밖에 없다. 여전히 오역과 어색한 문장이 곳곳에 숨어 있을 것을 생각하면 책으로 내는 것이 두렵기만 하다. 다만 이 번역 작업이 조선시대에 존재했던 여성 개인을 만나고, 여성의 일상과 문화를 이해하고, 나아가 여성사를 재구하는 데 작은 도움이나마 되기를 바랄 뿐이다.

많은 분량의 원고를 선뜻 출간해주겠다고 하신 보고사의 김흥국 사장님과 오랜 시간 고생하신 편집부에 감사드린다.

역자들을 대신하여 김경미 씀

차 례

박필주

신정하

정내교

이익

임상덕

박윤원

이덕무

강흔

일러두기

1. 이 책은 민족문화추진회에서 2000년에 간행한 『한국문집총간』에 수록된 문집 가운데 1650~1750년 사이에 태어나 18세기에 생존했던 문인의 개인 문집에 수록되어 있는 여성 관련 산문자료를 망라하여 번역, 해제한 것이다.

2. 각 권은 문인의 출생 연도별로 자료를 배열하였다.

3. 각 번역문 뒤에는 해당 여성 인물 및 자료 전반에 관한 이해를 돕기 위해 간략한 해제를 달았다.

4. 일반 교양인들도 쉽게 읽을 수 있도록 원문을 가능한 한 쉽게 풀어서 번역하는 것을 원칙으로 하였다.

5. 본문에 사용된 전문용어는 현대인들이 알기 쉬운 말로 풀어쓰는 것을 원칙으로 하였으며, 처음 나오는 관직명이나 인명, 지명, 관용구 등은 ( ) 안에 한자를 병기하였다.

6. 인물, 사건 등 설명이 필요한 부분은 번역자 각주로 처리하였으며 참고한 서적은 각주에 명시하였다.

7. 맞춤법과 띄어쓰기는 한글 맞춤법 통일안을 원칙으로 하였다.

8. 부호는 다음과 같은 원칙으로 사용하였다.

   -( ) : 음이 같은 한자를 묶는다.

   -[ ] : 음이 다르거나 한글풀이에 대한 한자를 묶는다.

   예) 측실을 경계하는 글[戒側室文]

   -【 】: 원문의 세주

– “ ” : 직접 인용, 대화, 긴 인용문

– ‘ ’ : 간접 인용, 강조, 짧은 인용문

– 『 』 : 책 명

– 「 」 : 편 명

– □ : 원문의 결자(缺字)

이재 李縡 · 1680 ~ 1746

이재(李縡) : 1680(숙종 6)~1746(영조 22). 본관 우봉. 자 희경(熙卿). 호 도암(陶庵)·한천(寒泉). 시호 문정(文正). 아버지는 진사 만창(晩昌)이고, 어머니는 여흥부원군 민유중(閔維重)의 딸이다. 중부(仲父) 만성(晩成)에게 학문을 배웠다. 이조좌랑·북평사를 거쳐 사가독서(賜暇讀書)한 뒤, 이조정랑·성균관대사성 등을 지내고 1716년 부제학이 되었다. 이때 『가례원류』 시비가 일어나자 노론의 입장에서 소론을 공격하였고, 이후 노론의 중심 인물로 활약하였다. 1722년 임인옥사(壬寅獄事) 때 중부 만성이 옥사하자 벼슬을 그만두었다. 1725년 영조가 즉위한 후 부제학에 복직하여 대제학·이조참판 등을 지냈으나, 1727년 정미환국(丁未換局)으로 소론 중심의 정국이 형성되면서 문외출송되었다. 이후 용인의 한천에 살면서 임성주·김원행·송명흠 등 많은 학자를 길러내어 훗날 북학사상 형성의 토대가 되었다. 노론 가운데 준론(峻論)의 대표적 인물로서 대명의리론(大明義理論)과 신임의리론(辛壬義理論)을 내세우면서 중앙정계와 학계를 배후에서 움직였고, 영조의 탕평정치에 대해 강력히 반대하여 영조가 산림(山林) 또는 반탕평론의 선봉으로 지목하여 비난하였다. 18세기 학문·사상 논쟁인 호락논쟁(湖洛論爭)에서 인물성동론(人物性同論)을 주장한 낙론 계열의 대표적 인물이다. 저서로는 『도암집(陶庵集)』, 『도암과시(陶菴科詩)』, 『사례편람(四禮便覽)』, 『어류초절(語類抄節)』 등이 있다.

막내 외숙모 숙인 한산 이씨 묘지

季舅母淑人韓山李氏墓誌

정랑 민진영(閔鎭永) 공의 부인 숙인 한산 이씨는 목은의 후손이다. 이조판서로 시호가 충정인 이현영[1]의 현손이고, 파주목사 이휘조(李徽祚)의 증손이며, 동지중추부사 이창령(李昌齡)의 손녀이자, 배천군수 이명승(李明升)의 따님이다. 정랑공의 선조 삼대는 여양부원군 문정공 민유중[2], 강원도 관찰사 민광훈[3], 경주부윤 민기[4]이다. 공의 맏형 충문공(忠文公)[5]이 북평사[6]로 함흥을 지났는데, 장세남 공이 이때 판관[7]이었으니 숙인의 외

---

1 이현영(李顯英) : 1573(선조 6)~1642(인조 20). 본관은 한산. 자는 중경(重卿), 호는 창곡(蒼谷), 쌍산(雙山)이고, 시호는 충정(忠貞)이다. 대사헌과 예조·형조의 판서를 지냈고, 병자호란 때 의병을 모았다. 1642년 용골대가 소현세자를 볼모로 조선 사신의 입국을 요구하여 봉황성에 감금되었다 돌아오다 객사하였다. 영의정이 추증되었다.

2 민유중(閔維重) : 1630(인조 30)~1687(숙종 13). 본관은 여흥. 자는 지숙(持叔), 호는 둔촌(屯村). 봉호는 여흥부원군(驪興府院君). 시호는 문정(文貞). 송시열, 송준길의 문인. 노론의 중진. 숙종의 비인 인현왕후의 아버지. 강원도관찰사 민광훈의 막내아들이며, 어머니는 이조판서 이광정의 딸이다. 한성부판윤과 호조판서 등 요직을 역임했다. 자의대비 복상문제 때 대공설을 지지했다. 경서에 밝아 사림 간에 명망이 높았다.

3 민광훈(閔光勳) : 1595(선조 28)~1659(효종 10). 본관은 여흥. 부윤 기(機)의 아들이며, 어머니는 남양 홍씨이다. 효종 때 병조·공조 참의를 지냈다. 병자호란 때 종묘서령으로 원손을 데리고 강화도 인근 섬으로 피신시켰다. 그 공으로 통정으로 승진, 호조참의가 되었다.

4 민기(閔機) : 1568(성조 1)~1641(인조 19). 본관은 여흥. 자는 자선(子善). 호는 서한당(棲閑堂).

5 민진후(閔鎭厚) : 1659~1720. 본관은 여흥. 자는 정순(靜純). 호는 지재(趾齋). 여양부원군 유중의 아들이며, 어머니는 좌참찬 송준길의 딸이다. 숙종비 인현왕후의 오빠이다. 송시열의 문인으로, 기사환국 때 삭직되었다가 갑술옥사로 인현왕후가 복위 되자 복직되었다. 대사간·강화부유수·형조참의·한성부판윤 등을 지냈다. 글씨에 능했다. 문집 『지재집』이 있다.

6 북평사(北評事) : 조선의 무관직. 함경도 병마절도사의 보좌관으로 정6품관. 북도(北道)에 주재(駐在)하였다.

조부로 두 분이 숙인을 위해 약혼하였다. 숙인은 15세에 민씨에게 시집가 경인년[1710] 12월 4일에 죽으니, 숙인이 태어난 계해년[1683]으로부터 28년이 된다. 숙인이 죽은 뒤 공은 벼슬에 나가 공조정랑이 되었다. 숙인은 처음에 여주 섬악리 문정공의 묘 건너편 언덕에 장사지냈다가 갑진년[1724] 정랑공이 죽자 묘를 파서 합장했다. 신유년[1741] 9월에 또 옮겨 풍창부부인 묘의 왼편 기슭으로 동북방을 등진 언덕을 가려잡았는데, 용인 땅이다.

숙인은 얼굴과 태도가 단아하고 깨끗했으며 행동거지가 편안하고 섬세하였다. 앉아있을 때는 반드시 반듯하였고 눈은 시선을 흐트러뜨리지 않았으며, 낯빛은 웃음을 띠면서 온화했고 말은 간명하고 적절했다. 무릇 자연스럽게 우러나온 것으로 꾸미려는 마음으로 행한 것이 아니었다. 신혼의 혼수는 일반적인 풍속에 대개 화려한 것을 숭상하지만, 부인은 풍족하고 절약하며 사치하고 검소한 것에 대해서 개의치 않았다. 온 집안이 함께 살아서 매우 식구가 많았는데, 비복들이 서로 헐뜯어서 듣는 자가 그 괴로움을 감당하지 못했다. 그러나 숙인은 처신하기를 느긋하게 하며 못들은 척했다. 숙인은 친정부모의 곁에서 병을 앓다가 병이 위중해지자 주변 사람을 불러 시어머니가 계신 곳에 돌아가 죽고 싶다고 부탁했으니, 그 평소의 효심을 볼 수 있다.

정랑공이 일찍이 말하길,

"숙인은 비록 편안한 가운데 있어도 삼가 공경하는 태도를 스스로 지니어 일찍이 게으른 모습을 볼 수 없었으니, 평생이 마치 하루와 같았다."

라고 했으니, 그 남편을 잘 섬기는 것도 또한 이와 같았다.

충문공 부인 이씨는 감식안이 있어 용납함이 적었는데, 오직 숙인에

---

7 판관(判官) : 고려와 조선 때의 지방 관직으로 각 관찰부(觀察府)이나 유수영(留守營) 및 주요 주, 부(州府)의 소재지에서 지방 장관의 속관으로 민정의 보좌 역할을 담당했다.

대해서는 깨끗하고 맑아 흠이 없다고 칭찬하면서 여러 부녀들과 함께 있으면 자별하게 대우하였다. 또 일찍이 그 옛날 모시던 여종이 숙인의 사당 앞에서 풀을 뽑으며 눈물을 줄줄 흘리는 것을 보고 부인이 가리키며 탄식하길,

"이는 또한 어진 은혜를 입어서, 세상을 떠난 뒤에도 잊지 못하는 것이다."

라고 했다.

숙인의 동생 이하구(李夏龜)는 독서인으로 숙인과는 실로 동기간이면서 지기처럼 지냈다. 숙인이 죽자 글을 지어 곡하길,

"도량이 커서 얽매임이 없었고, 마음이 좁은 부녀자들과 같지 않았다. 말을 하고 일을 하면서 머뭇거림 없이 바로 결정하는 데 힘썼으며 머뭇거리며 주저하는 태도를 부끄러워했다."

라고 했다. 정랑공의 조카 민익수[8]가 공의 일을 기록했는데, 숙인에 대해서는,

"한 점 속태가 없으며, 대의를 알아 여사의 기풍이 있다."

라고 했다. 이 말로 짐작하건대 숙인의 아름다운 덕이 출중함을 알 수 있다. 숙인은 또 여공을 잘 하여서 칼과 자를 쥐고 재봉을 하는데 손놀림이 나는 듯하여 하루 밤 사이에 두 벌의 옷을 만들었으니 구경한 자들이 지금도 기이하다고 칭송한다고 한다.

아들이 둘인데, 낙수(樂洙)는 현감이고, 각수(覺洙)는 학문에 뜻을 두었다. 여러 손자 손녀들은 모두 어리고 다만 각수가 사위를 두니 서퇴수(徐

---

8 민익수(閔翼洙) : 1690(숙종 16)~1742(영조 18). 본관은 여흥. 자는 사위(士衛), 호는 숙야재(夙夜齋). 여양부원군(驪陽府院君) 유중(維重)의 손자로, 진후(鎭厚)의 아들이며, 대사헌 우수(遇洙)의 형이다. 시호 문충(文忠). 벼슬이 세자세마(世子洗馬)에 있었으나, 간신들이 국정을 휘두르는 것을 보고 고향인 여강(驪江)에 내려가 농사에 전념, 조정에서 여러 차례 불렀으나 나가지 않다가 후에 장령(掌令)이 되었다. 사후에 이조판서에 추증되었다.

退修)이다.

명(銘)에 이른다.

찬 얼음을 옥호에 넣은 듯하니,
아름다운 자질이 맑고 영롱하여 잊을 수 없습니다.
영예가 돌아가신 뒤에 가득하니,
제가 시를 지어 그 무궁함을 보입니다.

해제 이 글은 이재가 막내 외숙모인 한산 이씨를 기려 쓴 묘지문이다. 한산 이씨는 민진영의 아내로 28세에 요절했다. 이재는 막내 외숙모가 남의 말에 흔들림 없이 느긋했으며 까다롭던 시어머니의 눈에 들어 자별한 대우를 받았다고 전했다. 이재는 민진영과 민익수, 이하구 등의 말과 글을 참고하여 이 묘지를 썼다.

숙인 창원 황씨 묘지
淑人昌原黃氏墓誌

『시경』 서에서 이남 부인의 덕을 기려 이르길, '시집간 뒤에도 부모에게 효도하기를 부족하게 하지 않는다.'[9]라고 했는데, 시집간 뒤에 더욱 친정 부모에게 효도하니 시집가기 전에는 어떠했겠는가? 시집가서 시부모를 섬기는 것 또한 짐작할 수 있다. 내가 요즘의 어진 부인에 대한 명을 여럿 썼는데, 『시경』 서에서 기린 바와 같은 분은 황숙인만한 분이 없었다.

숙인은 그 집안이 창원에서 시작되었으며 고려의 시중 충준[10]이 그 시조이다. 본조에 들어오면 황위(黃瑋)가 있는데, 예문관 봉교로 형제 부자 10인이 동시에 과거를 통해 벼슬에 올라 이름이 났으니 숙인에게는 5세 선조가 된다. 증조부 황해(黃瀣)는 이조판서로 추증되었고, 조부 황신구(黃藎耇)는 돈녕부 도정으로 좌찬성을 추증 받았다. 아들 일곱을 기르셨는데, 막내 황만(黃鏋)은 당진 현감(唐津縣監)이 되었고, 두 대에 걸쳐 은혜를 받아 당진공의 형인 판돈녕 황흠[11]은 지위가 높았다. 당진공은 80세에 통정대부에 올랐으니 숙인의 아버지로 문화 류씨 정랑 축(軸)의 딸을 배우자로 맞았다.

---

9 후비가 시집간 후에도 부모에게 효성을 다한 것을 찬미한 내용이다. 『시경(詩經)』 「주남(周南)」 <갈담편(葛覃篇)>.

10 황충준(黃忠俊) : 고려 충렬왕 때 문하부 판문하시중을 역임했다. 창원 황씨 시중공계(侍中公系)는 황충준을 파조(派祖)로 한다.

11 황흠(黃欽) : 1639(인조 17)~1730(영조 6). 본관은 창원(昌原). 자는 경지(敬之). 신구(藎耇)의 아들이다. 정사에 관여한 50여 년 동안 나름대로 소임을 다하여 숙종·경종·영조 3대를 모셨다. 매사에 신중하였으며 청렴 검소한 인물로 평가받았다. 90세를 넘겼으나 조금도 흐트러짐이 없었고, 벼슬은 보국판돈녕(輔國判敦寧) 이조판서에 이르렀다.

숙인은 나면서 어질고 은혜로우며 정숙하고 현명하였다. 행동거지에는 법도가 있었고 성품 또한 총명하고 민첩해서 힘든 일을 부지런히 잘했다. 겨우 10세 때에 찬성공에게 가서 1년 넘게 모셨는데, 어머니가 데려오고자 하니 찬성공이 만류하며 이르길,

"손자가 많지 않은 것은 아니나, 늙은이가 살아가는데 이 아이에게 많이 의지하니 보낼 수가 없구나."

라고 하였다. 계미년[1703]에 안동 김문의 김시민[12] 사수에게 시집갔다. 김시민은 호조정랑 김성후의 아들이고 돈녕부 도정 김수일(金壽一)의 손자이다. 참판으로 호가 휴암인 김상준[13]과 참찬으로 호가 죽소인 김광욱[14]은 곧 도정 위로 이대의 조상이다. 시어머니 조숙인은 부녀의 규범에 매우 엄하여 숙인이 그 뜻에 맞도록 하기 위해서 힘썼다. 시어머니의 숙환이 겨울이 되어 갑자기 위중해지자 정성을 다해 간호하며 잠시도 곁을 떠난 적이 없었다. 추운 새벽에 이르기까지 침실 창문 밖에 기다리고 서 있다가 시어머니가 부르는 소리가 나면 숙인이 반드시 대답했다. 시어머니가 일찍이 말하길,

---

12 김시민(金時敏) : 1681(숙종 7)~1747(영조 23). 본관은 안동. 자는 사수(士修), 호는 동포(東圃)·초창(焦窓). 경기도 양주에서 살았다. 아버지는 호조정랑 성후(盛後)이며, 어머니는 임천 조씨(林川趙氏)로 관찰사 원기(遠期)의 딸이다. 김창협·김창흡의 문인이다. 1735년 낭천현감(狼川縣監) 재직 시 선정으로 읍민들이 거사비(去思碑)를 세웠고, 진산군수 재직 시에는 문교진흥(文敎振興)과 후진 양성의 공으로 군민들이 사당을 세워 그 덕을 기렸다. 성리학을 깊이 연구했으며, 고체시(古體詩)는 독자적 경지에 도달하여 시명(詩名)을 떨쳤다. 뒤에 이조참의를 추증 받았다.

13 김상준(金尙寯) : 1561(명종 16)~1635(인조 13). 본관은 안동. 자는 여수(汝秀), 호는 휴암(休菴). 아버지는 군기시정 원효(元孝)이며, 어머니는 이승열(李承說)의 딸이다. 계축옥사 때 무고로 체포된 뒤 고문에 못 이겨 김제남과 함께 영창대군을 추대하려 했다고 허위 진술하여 삭출 당했다. 인조반정 후에는 계축옥사 때 김제남을 모함한 일로 길주에 유배당했다가 풀려나왔다. 글씨를 잘 썼다.

14 김광욱(金光煜) : 1580(선조 13)~1656(효종 7). 본관은 안동. 자는 회이(晦而), 호는 죽소(竹所). 형조참판 상준(尙寯)의 아들이다. 형조판서·한성부판윤 등을 거쳐 이듬해 경기감사로 있으면서 수원부사 변사기의 역모사건을 밝혀냈다. 그 뒤 우참찬 등을 거쳐서 좌참찬에 이르렀다. 문예와 글씨에 뛰어났으며, 『장릉지장(長陵誌狀)』을 찬하였다.

"내가 이 며느리에게 의지하는 것이 마치 강보의 아이가 어미젖에 의지하듯 한다."
라고 했다. 계사년[1713]에 정랑공이 죽고 시어머니 또한 병들어서 나가 집을 세내어 지내니, 숙인이 급작스럽게 집안 살림을 맡아 한편으로는 제사를 치르고 한편으로는 약과 음식을 봉양하는데, 좌우에서 받들어 올리는 것이 조금도 군색하거나 어긋나지 않았다. 어떤 때는 부엌에 들어가 그릇들을 준비하는데, 손등이 얼어 터져서 피가 흘러도 스스로 그 고통을 알지 못했다. 시집식구들이 이것을 보고 감탄하여 이르길,

"정성스러운 효성과 일을 해내는 능력이 모두 일반 부녀자들이 미칠 수 있는 바가 아니다."
라고 했다. 집안의 장남으로 번갈아 양대 선조의 제사를 올리는데, 숙인은 조촐하고 깨끗하며 극진하고 삼가 조심하여 비록 병이 깊어도 남을 대신 시키지 않았다.

당진공이 목천에서 지내는데 서울과의 거리가 150에서 180리쯤 되어서 서신을 계속 보내기가 어려웠으나 숙인은 지성으로 안부를 물어 달마다 반드시 여러 차례 당진공의 안부를 들었다. 따뜻한 옷이나 맛있는 음식을 드리는 것도 길이 멀다고 해서 빠뜨리는 일이 없었다. 당진공이 매번 탄식하여 말하길,

"나같이 늙고 가난한 자가 이 딸이 아니라면 어찌 살아가겠는가!"
라고 했다. 나도 직접 그 말을 들었는데, 고향 사람들이 지금도 그 효성을 칭송한다. 벼슬살이로 서울에 있을 때에는 의복이나 음식 또한 손수 힘써 대며 친정을 번거롭게 하지 않았다. 판돈녕 공이 보고 아름답게 여기며 이르길,

"이 일을 어렵게 여기지 않을뿐더러, 가난한 집 여자들은 모두 부모를 보채며 요구하기를 그치지 않는데, 오직 나의 조카딸은 반드시 그 부모를 걱정하며 한결같이 자기의 일을 아뢰지 않으니, 내가 이미 그가 효녀

임을 알겠다."
라고 했다. 사수는 오활하고 소탈하여 집안일을 맡아 하는 바 없이 오직 조용히 앉아 시를 읊조릴 뿐이었다. 숙인이 집안을 다스리며 비록 가난이 심해도 사수가 알지 못하게 했고, 때로 손님이 이르면 순식간에 쟁반에 음식을 차리니 친구들이 모두 이르길,

"현명한 전운판관[15]이 아니라면, 어찌 그러할 수 있겠는가?"
라고 했다. 사수가 곤궁하고 이름을 이루는 바가 없었는데, 숙인은 운명을 받아들이며 탄식하거나 원망하지 않았다. 늦게야 처음 벼슬하여 낭천현감(狼川縣監)이 되자 청렴하게 다스리니 온 경내에서 그를 칭송하였는데 숙인의 도움이 많았다.

숙인은 뛰어난 식견이 있었고 무당이나 점쟁이가 문에 들어오지 못하게 했다. 병이 든 지 여러 해가 되어도 의약을 가까이 하지 않다가 기미년[1739] 2월 5일에 돌아가셨으니 57세였다. 한 달 후 양주 도혈리의 선산에 장사지냈다. 숙인이 자식을 낳지 못해서 조카 김면행[16]을 어릴 때 데려와 길러 후사로 삼았는데 사랑하기를 자기가 낳은 것보다 더했고 가르치는 것은 반드시 의로운 방법으로 했다. 김면행이 나에게 공부했는데 숙인을 위해 명을 부탁하기를 시간이 지나도 더욱 부지런히 했다. 내가 그 효심에 감동하여 병을 무릅써 서를 짓고 이어서 명을 쓴다.

집안을 화목하게 하는 덕은
이남 부인과 짝할 만하고,
넉넉함이 있어
여자이면서 남자에 비길 만하네.

---

15 전운판관(轉運判官) : 지방에서 조세를 거두어 서울로 운반하는 일을 담당하는 판관.
16 김면행(金勉行) : 1702(숙종 28)~1772(영조 48). 자는 경부(敬夫), 본관은 안동(安東), 김시민(金時敏)의 아들이다. 관직은 참판에 올랐다.

효성이 부족한 처자가
후회하며 부끄러워하지 않겠는가?
내가 그 아름다움을 가상히 여겨서
후세에 풍교로 삼으리라.

해제 이재가 평소 자신을 따르던 김면행의 어머니 창원 황씨를 위해 쓴 글이다. 숙인 창원 황씨는 김시민의 아내로 자식을 낳지 못해서 조카 김면행을 양자로 들여 친자식처럼 키웠다. 김면행이 이재에게 양어머니의 명을 써달라고 부지런히 부탁하여 이 글을 얻게 되었다. 이재는 주로 창원 황씨의 지극한 효성에 대해 서술했는데, 어릴 적부터 효성스러워 시집간 뒤에도 친정부모를 잘 섬겼으며 시부모 봉양도 지극했다고 기록하고 있다. 또 집안일에 무심한 남편을 대신하여 가사를 잘 다스리고 내조에도 힘썼다고 했다.

정부인에 추증된 청송 심씨 묘지
贈貞夫人靑松沈氏墓誌

무릇 사람이라면 자식에 대해, 어찌 스승을 가려 가르쳐서 그가 입신하여 영달하기를 바라지 않겠는가? 그러면서도 다만 잠시 눈앞에서 멀어지면 문득 이별의 근심이 생겨나고 또 그 음식과 거처가 집에 있는 것만 같지 못할까 걱정한다. 그래서 눈앞의 사랑에만 구애되어 끝내 모르는 사이에 아이를 그르치게 되는 것[17]이다. 그러나 어머니의 사랑을 끊고서 대체(大體)를 환히 알아 가르치는 법도를 다한 것을 내가 오직 심부인에게서 보았다.

부인의 청송 큰 가문은 고려조 위위시승(衛尉寺丞) 홍부(洪孚)의 후손이며 본조에 들어 청송백 심덕부[18] 이래 계속 대관을 지낸 집안이다. 청릉부원군 심강[19]의 증손 심광세[20]는 의정부 사인으로 진사인 심총(沈樬)을 낳았고, 총은 현감인 심약명(沈若溟)을 낳았으며, 약명은 통덕랑인 심척(沈

---

17 원문에 짐독(酖毒)은 짐새라는 독조(毒鳥)의 깃을 담근 술의 독기를 이른다. 이 술을 마시면 고통없이 사람이 죽는다고 한다. 짐독지안(酖毒之安)은 편안한 가운데 결국 죽음에 이르는 것으로, 모르는 사이에 아이를 그르치는 것을 비유적으로 표현한 것이다.

18 심덕부(沈德符) : 1328(충숙왕 15)~1401(태종 1). 본관 청송(靑松). 자 득지(得之). 호 노당(蘆堂)·허강(虛江). 1388년 서경도원수(西京都元帥)로서 이성계와 요동정벌에 나가, 위화도회군 후 삼사판사(三司判事)가 되고, 청성군충의백(靑城郡忠義伯) 등을 거쳐, 1392년 조선 개국 후에는 청성백(靑城伯)에 봉해졌다.

19 심강(沈鋼) : 1514(중종 9)~1567(명종 22). 본관은 청송(靑松). 자는 백유(伯柔). 아버지는 영의정 연원(連源)이며, 어머니는 좌찬성 김당의 딸이다. 명종의 장인으로 1546년(명종 1) 청릉부원군(靑陵府院君)에 봉해졌으며, 돈령부영사를 지냈다. 1563년 신진 사류로서 화를 당하려던 박순(朴淳) 등을 구하고, 권신 이량(李樑)을 제거하여 칭송을 받았다.

20 심광세(沈光世) : 1577(선조 10)~1624(인조 2). 본관 청송(靑松). 자 덕현(德顯). 호 휴옹(休翁). 1613년(광해군 5) 계축옥사로 고성(固城)에 유배, 인조반정 때 다시 응교를 거쳐 사인이 되었다.

滌)을 낳았는데, 심척은 부인에게는 아버지가 된다. 공조좌랑 해평 윤세규는 외조부이다.

부인은 태어나면서부터 총명하고 영리하며 남다른 자질이 있어서 부모형제들이 모두 기이하게 여기며 말하길,

"네가 사내로 태어나 우리 가문을 창대하게 하지 못하는 것이 한스럽구나."

라고 했다. 통덕공이 일찍이 심한 병에 걸렸는데, 계모 이씨는 집안살림에 소홀하였다. 부인이 이때 어렸으나 밤낮으로 손수 바느질하여 봉양할 음식을 마련하였는데, 재주와 기예가 민첩하고 뛰어나서 남들이 미칠 수 없었다.

이때 민숙인이 손자 홍양보(洪良輔)를 매우 사랑하여 어진 배필을 구하니, 정랑 정천[21]이 숙인의 조카이자 부인의 고모부로, 부인의 자색과 성품이 보통 사람들보다 뛰어나다는 것을 잘 알고 결혼을 권하였다. 이에 부인이 13세에 친영례를 행했다.

홍양보는 자가 강백(康伯)으로 충주목사 홍중해[22]의 아들이다. 홍문관교리 홍만형[23]의 손자이며 영안위 홍주원[24]이 그의 증조부이다. 부인이

---

21 정천(鄭洊) : 1659(효종 10)~1724(경종 4). 본관은 연일(延日). 자는 장원(長源), 호는 첨의당(瞻依堂). 철(澈)의 현손으로, 원림처사(園林處士) 보연(普衍)의 아들이다. 외숙인 민정중(閔鼎重)에게 수학했다. 기사환국으로 인현왕후가 폐위되자 왕후의 친척이면서도 도움이 되지 못한 것을 부끄럽게 여겨 문과를 단념하고 송시열의 문하에 들어갔다. 이때 송시열이 유배당하게 되자 그를 유배지까지 따라가 모셨다. 금천현감을 지냈다.

22 홍중해(洪重楷) : 1658(효종 9)~1704(숙종 30). 본관은 풍산(豐山). 자는 사식(士式). 아버지는 홍문관교리 만형(萬衡)이며, 어머니는 관찰사 민광훈(閔光勳)의 딸이다. 처음에는 송준길을 섬겼으나, 뒤에 송시열과 박세채를 사사하였다. 충주에서 세금을 많이 거두지만 아전들이 반 이상을 침식하여 창고가 빈 것을 바로잡기 위해 충주목사로 부임했는데, 창고를 조사하여 모실(耗失)이 심한 자를 효수(梟首)하고 다른 창고를 조사하던 중 독살당했다.

23 홍만형(洪萬衡) : 1633(인조 11)~1670(현종 11). 본관은 풍산(豐山). 자는 숙평(叔平), 호는 약헌(藥軒). 선조의 부마였던 영안위(永安尉) 주원(柱元)의 아들이며, 우참찬 만용(萬容)의 동생이다. 병조와 이조의 좌랑을 역임하였다.

초례를 치르는데, 용모와 태도가 매우 빼어나고 예의와 법도가 침착하고 익숙하여 내외 친척들이 칭찬하고 탄복하였다. 민숙인은 곧은 절개가 보통 사람들보다 뛰어나 용납함이 적었으나 오로지 부인을 어진 며느리라고 칭찬하며 일마다 반드시 물은 뒤에 행했다. 부인도 숙인을 섬겨 정성과 효도를 다했으며 감히 사랑하시는 것을 믿고 태만하지 않았다. 통덕공이 병이 깊고 곤궁하게 지내는 것을 근심하여 틈날 때마다 집안으로 모셔와 봉양을 극진히 하였고 떨어져 지낼 때에도 날마다 자주 안부를 물었으며, 맛좋은 음식을 하나라도 얻으면 반드시 보내드렸다. 옛날에 이른바 이미 혼인한 뒤에도 효도를 덜하지 않았다는 것은 부인에게 해당되는 말이다.

부인이 16세에 아들 홍창한[25]을 낳았는데, 남편이 일찍 과거공부를 그만두어 가문이 쇠락하게 되었기 때문에 반드시 학문을 권해 성취시키고자 하여 겨우 10세에 나에게 보내 공부시켰다. 홍창한이 처음에 집을 떠나와 감히 돌아갈 생각을 하지 않았으나 때때로 도망하여 돌아가면 부인이 곡진하게 가르치고 경계하여 돌려보냈다. 내가 북막에 가자 부인이 또 지재(趾齋) 민공(閔公)에게 나아가 공부하도록 했고, 내가 화전(花田)에 물러가 살게 되자 다시 와 머물게 했다.[26] 오래 떨어져 지내다가 잠깐씩 만나니, 아이가 번번이 무릎을 안고 젖을 빨며 떨어지지 않으려 했는데

---

24 홍주원(洪柱元) : 1606(선조 39)~1672(현종 13). 본관은 풍산(豊山). 자는 건중(建中), 호는 무하당(無何堂). 대사헌 이상(履祥)의 손자로 예조참판 영(靈)의 아들이며, 어머니는 좌의정 이정구(李廷龜)의 딸이다. 1623년(인조 1) 선조의 딸 정명공주(貞明公主)에게 장가들어 영안위(永安尉)에 봉해졌다. 1647년 사은사로 청나라에 가서 시헌력(時憲曆)을 구입해서 귀국, 새로운 역법의 시행을 건의했고, 그 뒤로도 수차례 청나라를 다녀왔다.

25 홍창한(洪昌漢) : 1698(숙종 24)~? 본관은 풍산(豊山). 자는 대기(大紀). 아버지는 양보(良輔)이며, 어머니는 심척(沈滌)의 딸이다. 영의정 국영(國榮)의 할아버지이다. 이재(李縡)의 문인이다. 정언·수찬을 거쳐 이조좌랑이 되었으며, 수원부사·전라도관찰사를 지냈다. 시문에 능하였고 글씨를 잘 썼다.

26 이재는 1708년에 문학·정언·병조정랑을 거쳐, 홍문관부교리에 임명되었으나 1709년에 헌납하고 이조좌랑과 북평사를 거쳐 사가독서하였다.

그러면 부인은 온화한 얼굴로 달래기도 하고 엄한 말씀으로 꾸짖기도 하여 날이 비록 저물었어도 그를 반드시 보냈다. 만날 때에는 또 걱정스럽게 이르길,

"너에게 바라는 것은 항상 덕망 있는 사람의 곁에서 보고 감화하여 보다 좋은 사람이 되는 것인데, 돌아올 때마다 기량이 여전히 예전과 같으니 어찌 부모의 뜻을 실천하지 않느냐?"

라고 하지 않은 적이 없었다. 나의 어머니가 가상히 여겨 탄복하여 말하길,

"어진 어머니로구나! 하늘이 반드시 그 지극한 정성에 감동하여 아들을 현달하게 하리라는 것을 의심하지 않는다."

라고 했다. 불행히 병신년[1716] 7월 29일에 죽으니 겨우 34세였다. 부인이 죽은 뒤 무신년[1728]에 홍창한이 비로소 문과에 발탁되어 한원 옥당[27]을 거쳐 지금은 전라도 관찰사가 되었으나 부인은 미처 보지 못했다. 이에 강백은 이조참판에 추증되었고, 부인도 전례에 따라 추증되었다. 부인이 생전에 창한에게 이르길,

"네가 과거에 오르기를 기다려 부모의 묘소에 데려가 무덤을 돌보고 돌아온다면 유감이 없을 것이다."

라고 했는데, 아! 또 어찌 그리 될 수 있을 것인가? 구양수가 이르길, '선을 행하면 보응이 없지 않으나, 늦고 빠른 것은 때가 있다.'라고 했으니 이 말은 믿을 만하구나! 차남 홍장한(洪章漢) 또한 나에게 배웠는데, 선비들 사이에서 명성이 있었다.

부인은 파주 당작동 동남쪽 언덕에 장사지냈는데, 참판공과 구릉은 같으나 묘는 다르다. 내가 평소 부인을 어질게 여겼으니 지금 무덤에 넣을 글을 의리상 차마 사양할 수 없었다.

---

27 한원옥당(翰苑玉堂) : 한원과 옥당 모두 홍문관(弘文館)의 별칭. 주로 학문, 문필에 대한 일을 맡았다.

명에 이른다.

부인이 십삼 세에
당에 올라 시부모께 절하니
예절과 법도가 한아하였네.
덕성을 일찍부터 갖추었으니
시어머니께서
나의 아름다운 며느리라 이르셨네.
집안을 화목하게 하는 행실은
짝을 찾을 수 없고
스승을 가려 자식을 가르쳤으니
옛날에도 짝이 드무네.
자애를 끊고 옳은 방도로 가르쳤으니
어질구나, 그 어머니여!
사람의 일이 잘못 되어
경사가 죽은 뒤에 있네.
직첩을 내려주시어 빛나게 하시니
아이가 절하고 머리를 조아렸네.
선한 행실에 대한 보응은
더디고 빠른 것이 다를 수 있지만 반드시 있는 것이라네.
내가 그 대강을 기록하여
가히 사라지지 않게 하겠네.

해제 이재가 자신에게 수학한 홍창한, 홍장한 형제의 어머니 청송 심씨를 위해 쓴 글이다. 청송 심씨의 시할머니 민숙인은 이재에게 외고모할머니가 된다. 이 글에 따르면 정부인 청송 심씨는 교육열이 남달라 사사로운 어미의 정을 끊고 자식의 공부를 위해 힘썼다고 한다. 이재는 심씨의 정성으로 아들 창한이 관찰사의 지위에까지 올랐지만 이것이 심씨 사후의 일임을 안타까워했다.

유인 완산 이씨 묘지
孺人完山李氏墓誌

아! 옛날부터 충신이나 의사(義士)가 위태롭고 험한 시국을 만나 마음과 힘을 쏟아서 위험천만하게[28] 국세(國勢)를 유지한 경우는 드물지만 한 번씩 있었는데, 죽기는 쉬워도 아비 없는 고아를 보전하기는 어렵다는 것이 정영과 공손저구[29] 이래로 이미 정론이 되었다. 그러니 이제 부인 중에서 그런 분을 찾는 일은 열렬한 대장부 가운데서 찾는 일보다 더욱 어려운 일이 아니겠는가? 그런데 나는 유인 이씨에게서 그러한 점을 보았다.

이씨는 우리 세종대왕의 별자(別子)인 밀성군 이침[30]의 후손이고, 상국(相國) 백강 이경여[31]의 증손이며 대사헌 죽서 이민적[32]의 손녀다. 아버지

---

28 원문에 일발천균(一髮千勻)은 일발인천균(一髮引千鈞)에서 나온 표현으로 한 가닥의 머리카락으로 삼만 근이나 되는 무거운 물건을 끌어당긴다는 말인데, 극히 위험하거나 무모한 일을 비유하는 말이다.

29 춘추시대에 정영(程嬰)과 공손저구(公孫杵臼) 두 사람이 함께 머리를 써서 조씨 가문에 남겨진 고아를 잘 보전하게 했다는 고사가 전한다.

30 이침(李琛) : 1430(세종 12)~1479(성종 10). 조선 초기의 종실. 본관은 전주(全州). 이름은 침(琛). 자는 문지(文之). 밀성군(密城君)은 세종의 다섯째 서자이며, 어머니는 신빈 김씨(愼嬪金氏)이다. 각 시(寺)의 도제조, 의금부도위관 등을 두루 역임하였으며, 1468년(예종 즉위년) 익대공신(翊戴功臣) 2등, 1471년(성종 2) 좌리공신(佐理功臣) 2등에 각각 책록되었다.

31 이경여(李敬輿) : 1585(선조 18)~1657(효종 8). 본관은 전주(全州). 자는 직부(直夫), 호는 백강(白江)·봉암(鳳巖). 목사 수록(綏祿)의 아들이다. 1623년 인조반정으로 부교리에 오르고 1636년 병자호란 때 왕을 남한산성에 호종하였다. 1642년 배청파로 청나라 연호를 쓰지 않았다는 밀고를 받고 선양에 끌려가 억류되었다가, 이듬해 우의정이 되었다. 시호는 문정(文貞)이다.

32 이민적(李敏迪) : 1625(인조 3)~1673(현종 14). 본관은 전주(全州). 자는 혜중(惠仲), 호는 죽서(竹西). 아버지는 영의정 경여(敬輿)이며, 어머니는 풍천 임씨(豊川任氏)로 별좌

는 판서 이사명[33]으로 왕실에 공로가 있는데, 숙종조 기사년에 간흉의 모함을 받아[34] 마침내 참혹한 화를 당했다. 어머니는 안정 나씨로 목사 나성두[35]의 딸이다.

유인은 정사년[1677]에 태어났는데, 태어난 지 7일만에 나부인이 죽자 할머니 황부인이 데려다가 기른 까닭에 황부인을 어머니로 알았다. 조금 자라 비로소 나부인 소생인 것을 알게 되자, 사모하며 눈물을 흘리는 것이 마치 어른과 같았다. 황부인이 비록 매우 사랑했지만 가르치는 것은 법도있게 하여 말 한 마디, 행동 하나도 반드시 법도를 따르게 했다.

19세에 광산 김씨인 용택[36]에게 시집갔는데, 김용택은 목사 김진화(金鎭華)의 아들이고 서포 김만중[37]의 손자이며 사계 문원공 김장생의 오대

(別坐) 경신(景莘)의 딸이다. 작은아버지 정여(正輿)에게 입양되었는데, 양모는 파평 윤씨(坡平尹氏)로 대사간 황(榥)의 딸이다. 윤문거(尹文擧)의 문인이다. 도승지·이조참판 등을 지냈다. 현종은 그의 문학적 소질이 탁월함을 알고 측근에서 보필하게 하였다. 저서로 『죽서집』 4권이 있다.

33 이사명(李師命) : 1647(인조 25)~1689(숙종 15). 본관은 전주(全州). 자는 백길(伯吉), 호는 포암(蒲菴). 대사헌 민적(敏迪)의 아들이다. 서인으로, 경신대출척(庚申大黜陟)에 가담하여 보사공신(保社功臣) 2등에 책록되었다. 형조판서·병조판서 등을 지냈으나 기사환국 이후 사형당했다. 문장과 시재가 뛰어난 석학이었으나, 당쟁에 깊숙이 관여한 탓으로 유배지에서 비명의 최후를 마쳤다.

34 기사환국(己巳換局) : 1680년(숙종 6)의 경신출척으로 실세하였던 남인이 1689년 원자정호(元子定號) 문제로 숙종의 환심을 사서 서인을 몰아내고 재집권한 일. 숙종은 희빈 장씨 소생인 왕자 윤의 원자 정호를 반대하던 서인의 영수 송시열을 사사하고 김수홍(金壽興)·김수항(金壽恒) 등을 파직, 또는 유배하여 서인은 조정에서 물러나고, 그 대신 권대운(權大運)·김덕원(金德遠)·목래선(睦來善)·여성제(呂聖齊) 등의 남인이 득세하였다. 이 환국의 여파로 민비는 폐출되고, 장희빈은 정비가 되었다.

35 나성두(羅星斗) : 1614(광해군 6)~1663(현종 4). 본관은 안정(安定). 자는 우천(于天), 호는 기주(碁洲). 아버지는 참의 만갑(萬甲)이다. 장유(張維)·정홍명(鄭弘溟)의 문하에 있었다. 호조좌랑·봉산현감 등을 지내며 농사를 권장하고 공명정대한 정치를 해 백성들의 추앙을 받았다. 향약을 실시하여 백성들의 삶을 윤택하게 하였다.

36 김용택(金龍澤) : ?~1722(경종 2). 본관은 광산. 자는 덕우(德雨), 호는 고송헌(高松軒). 할아버지는 대제학 만중(萬重)이고, 좌의정 이이명(李頤命)의 사위이다. 1722년 노론 사대신과 그 일당 60여인이 경종을 시해하려 한다는 목호룡(睦虎龍)의 고변으로 이천기(李天紀) 등과 함께 하옥, 국문을 받다가 고문치사되었다.

손이다. 처음 기사환국 때 서포공이 옥에서 나와 귀양 가면서 집안사람들에게 말하길,

"이 아무개가 원통하게 되었으니 나는 그가 매우 불쌍하구나. 그에게 어린 딸이 있다고 하니 장손과 혼인시켰으면 한다."

라고 했다. 혼인에 다다랐으나 판서공의 억울함이 아직 밝혀지지 않자 많은 사람들이 화를 당한 집의 자식과 혼인시켜서는 안 된다고 했다. 그러나 목사공이 의연하게 말하길,

"아버지의 뜻이니 바꿀 수 없습니다."

라고 했다. 유인이 김씨 집안에 시집와서 부덕이 다 마땅하니 친척들이 모두 축하하였다. 남편이 시문을 좋아하고 집안일에 마음을 두지 않아서 유인이 대신 힘써 했다.

경자년[1720]에 온 집안이 부여로 내려가 연산(連山)으로 이사했다. 임인년[1722] 봄에 흉악한 무리들이 무고한 옥사를 크게 일으켰는데[38] 그 남편이 맨 먼저 연루되었다. 유인이 어린 아이를 같은 마을 시댁식구에게 맡기고 직접 서울로 올라갔다. 매일 밤 목욕하고 하늘에 절하며 화가 풀어지기를 기원했지만, 상황이 더욱 급해져서 남편은 마침내 4월 11일 옥중에서 죽었다. 흉악한 무리들은 옥사가 성립되지 않을까 두려워하여

---

37 김만중(金萬重) : 1637(인조 15)~1692(숙종 18). 본관 광산(光山). 자 중숙(重叔). 호 서포(西浦). 시호 문효(文孝). 당쟁 속에서 동부승지·대사헌 등 벼슬살이와 유배 생활을 반복했다. 저서에 『구운몽』, 『사씨남정기』, 『서포만필』, 『서포집』 등이 있다.

38 신임사화(辛壬士禍) : 1721년(경종 1)~1722년(경종 2)에 걸쳐 왕통문제와 관련하여 소론이 노론을 숙청한 사건. 경종은 숙종 말년에 4년간 대리청정을 하다가 숙종이 죽자 왕위에 올랐다. 노론은 경종 즉위 뒤 1년 만에 연잉군[延礽君:뒤의 영조]을 세제(世弟)로 책봉하는 일을 주도하고, 세제의 대리청정을 강행하려 하였다. 소론측은 노론의 대리청정 주장을 경종에 대한 불충으로 탄핵하여 정국을 주도하였고, 결국에는 소론정권을 구성하는 데 성공하였다. 신임사화는 이러한 와중에서 목호룡(睦虎龍)의 고변사건, 즉 남인이 숙종 말년부터 경종을 제거할 음모를 꾸며왔다는 고변을 계기로 일어났다. 소론은 노론이 전년에 대리청정을 주도하고자 한 것도 이러한 경종 제거계획 속에서 나온 것으로 이해하였다. 고변으로 인해 8개월간에 걸쳐 국문이 진행되었고, 그 결과 김창집·이이명·이건명·조태채 등 노론 4대신을 비롯한 노론의 대다수 인물이 화를 입었다.

수일이 지난 뒤 자백하는 글이라고 거짓으로 꾸며 조보(朝報)에 냈다. 유인은 몰래 그 실상을 알아내서 정확한 제삿날을 잃지 않게 했으니, 명나라 시강 첨사 유무가 죽은 날을 알지 못하게 한 것과 견주어 보면 비교도 되지 않는다. 하물며 남편이 자백했다는 거짓 주장이 이[정확한 사망일] 로 말미암아 명백하게 입증 되었음에랴! 유인이 스스로 목숨을 끊어 남편 뒤를 따르려고 했는데, 그날 밤 꿈에 남편이 옥중에서 벽지를 찢어 크게 써서 주고 이르길,

"반드시 살아남아서 자식을 보호하시오."

라고 했다. 유인이 이에 큰 뜻으로 결심하고 죽지 않기로 맹세했다. 여러 간흉들이 수사[39]의 법을 사용하고자 하여 금군 기마대를 내어 유인의 거처를 에워싸고 장자를 급하게 찾았으나, 유인은 행동거지를 편안하게 하며 평소의 태도를 잃지 않았다. 간흉들은 이미 장자를 죽이고 사천(泗川)과 하동(河東) 땅에 유인과 장자의 처를 따로 정배시켰다. 그러자 유인이 울면서 며느리 이씨에게 말하길,

"나와 네가 같은 날 죽게 되니 어찌 쾌하지 않겠느냐만, 너의 시아버지가 충성스럽고 효성스러웠는데도 지극한 원통함을 안고 아비와 아들이 죽었는데, 내가 또 죽으면 어린 아이는 반드시 보전할 수가 없을 것이다. 내가 비록 살고자 해도 네가 죽는다면 나는 혼자 살 수 없다. 이는 네가 후사를 거듭 끊어버리는 것이니 차마 할 수 있겠느냐?"

라고 했다. 이에 며느리 이씨가 죽지 않겠다고 하자 또 통곡하며 이르길,

"나와 네가 사는 것은 죽는 것보다 더욱 슬퍼할 만하구나. 그러나 10년 후 만약 다시 해를 보게 되어 아이들이 장성하면 시가의 은덕을 만에 하나라도 갚을 수 있겠지."

라고 했다. 유인의 숙부인 의정공(議政公)이 사사되고 유인의 동생 이희

---

39 수사(收司) : 중국에서 열 집을 한 조(組)로 하여, 그 가운데 한 집이 죄가 있으면 다른 아홉 집이 관아에 고발하던 일.

지[40]와 의정공의 아들 이기지[41]가 모두 고문받아 죽었다. 유인의 새어머니 조씨와 유인의 언니 감사 김보택[42]의 부인과 희지의 아내 정씨가 모두 자결했으니 온 집안의 참혹한 화는 옛날에도 일찍이 없던 것이다. 장차 유배지로 떠나려는데, 송씨 여자가 와서 이별하기를 청했으나 허락하지 않고 말하길,

"내 마음을 어지럽힐 뿐입니다."

라고 했다. 두 아들과 딸 하나를 데리고 적소에 이르러 며느리 이씨에게 말하길,

"나와 네가 비록 살아있으나 만약 고을의 장졸들이 포악하게 굴면 마땅히 죽어야 한다."

라고 했다. 귀양살이 하는 집에 궤연을 차리고 아침저녁으로 피눈물을 흘리며 하늘에 부르짖으니 이웃 사람들이 감동하여 울었다. 이때 둘째 아들의 나이가 14세였다. 국법에 나이가 차기를 기다려 연좌해야 한다는 조문이 없었으나 간흉의 무리가 멋대로 행동하며 나이가 찼으니 체포해야 한다고 말하는 자도 있었다. 유인이 걱정하고 두려워하며 어찌할 바를 몰라 하다가 둘째 아들을 변장시켜 여종처럼 만들고 송씨에게 보내서

---

40 이희지(李喜之) : 1681(숙종 7)~1722(경종 2). 본관은 전주(全州). 자는 사복(士復), 호는 응재(凝齋). 판서 사명(師命)의 아들이며, 이명(頤命)의 조카이다. 1721년(경종 1) 신임사화 때 목호룡의 고변으로 경종에게 약물을 먹여 시해하려고 궁녀에게 금전을 주었으며 왕을 비방하는 노래를 지었다는 죄명을 얻었다. 이 무고로 이희지·이기지·김성행(金省行) 등 60여명이 투옥되었는데, 그는 형을 여덟 차례나 받고 죽었다.

41 이기지(李器之) : 1690(숙종 16)~1722(경종 2). 본관은 전주(全州). 자는 사안(士安), 호는 일암(一庵). 좌의정 이이명의 아들이며, 어머니는 광산 김씨로 판서 만중(萬重)의 딸이다. 1721년(경종 1) 신임사화 때 노론 4대신의 한 사람이던 아버지 이명이 세제책봉을 건의하다가 목호룡의 무고로 거제도로 귀양 가자 그도 연루되어 역시 남원으로 유배되었다가 다시 서울로 압송, 의금부에 투옥되어 고문 끝에 죽었다.

42 김보택(金普澤) : 1672(현종 13)~1717(숙종 43). 본관은 광산. 자는 중시(仲施), 호는 척재. 숙종의 장인이며, 서인의 거두인 만기(萬基)의 손자이고, 판의금부사 진구(鎭龜)의 아들이다. 형은 춘택(春澤)이다. 삼사(三司)의 요직을 역임했다. 노론의 선봉으로 성품이 강직하였으며, 문장은 물론, 글씨와 그림에 조예가 깊었다. 시호는 익헌(翼獻)이다.

다른 곳에 숨게 하고는 둘째 아들이 염병에 걸려 죽었다고 소문을 냈다. 현에 나가 알리고 임기응변으로 대처하여 조사를 벗어났으니 남들은 아는 사람이 없었다. 유인은 여자의 몸으로 홀로 비복들과 이런 지극히 어렵고 위험한 일을 행했으니, 은혜와 의리로 평소 신의를 쌓아 뜻대로 부릴 수 있는 사람을 얻었기 때문에 모두 죽을힘을 다하여 비록 변고가 있고 위급한 때일지라도 마침내 배신하는 사람이 없었던 것이다. 매번 산가지에 길흉 두 글자를 나누어 쓰고 영전 앞에서 점을 쳐서 정하면 일찍이 조금도 틀린 적이 없었으니 정성에 대한 감응이 이와 같았다.

지금 임금께서 을사년[1725]에 연루되어 귀양 간 자들을 모두 풀어주었는데, 유인의 둘째 아들이 사실을 자백하여 용서를 받았다. 화를 당하던 때에 두 대의 상을 당했으나 모두 임시로 장사지냈으며 장례 절차에 빠진 것이 많았다. 이에 유인이 홀로 일을 처리하여 병오년[1726]에 비로소 다시 장사지냈다. 그 다음 해 당시 상황이 또 변하자 여러 자식들을 데리고 회덕에 돌아갔다가 무신년[1728]에 난을 피해 연산으로 이사하고 여러 아들에게 이르길,

"이 땅은 집안 식구들이 살던 곳이며 문장과 학문이 있는 곳이니 지금 이후에 비로소 정착해서 살 것이다."

라고 했다. 유인이 자식이 장성하기 전에는 비록 빈궁하고 고생스러운 것이 많았지만 일찍이 죽는 일을 말하지 않았으나, 여러 아들이 성장하자 도리어 남편을 따라 죽지 못한 것을 지극한 한으로 여기며 쓴 채소를 데치고 찧어서 먹기를 십 년을 하루같이 했다. 기미년[1739] 10월 26일 병들어 죽었으니 향년 63세였다. 죽기에 이르러 여러 자식들을 경계하길,

"아버지의 억울함을 비통하게 여기고 어미의 뜻을 저버리지 말 것이며, 형제가 사이좋게 힘을 합쳐서 가문을 보존하여라. 내가 죽은 뒤에 너희 형수를 섬기기를 나를 섬기듯 해라."

라고 했다. 12월 9일에 석성 입석촌 서북방을 등진 언덕에 임시로 묻었는

데, 조부인의 묘 옆이다.

유인은 본성이 총명하고 대체(大體)를 잘 알았으며 『소학』·『논어』·『맹자』에 대해 그 뜻을 대략 꿰뚫어 알았다. 평소에 이르길,

“남녀 사이에는 넘어서는 안 될 한계가 있으니 반드시 엄격하게 하고 삼가야 집안의 도가 선다.”

라고 했으며 나이가 많아진 뒤에도 나이 어린 조카들이 가까이 앉지 못하게 했다. 적소에 있을 때 밤에 불이 나자 막내딸이 발을 구르고 울며 말하길,

“어머니 빨리 나오셔요.”

라고 했으나 유인은 천천히 걸어 나왔다. 막내딸이 앞에서 유인을 잡아당기자 유인이 이르길,

“어찌 이리도 성급하게 구느냐.”

라고 했다.

신축년[1721] 세자를 세운 후[43] 사람들이 모두 근심하지 않았으나 유인만은 크게 근심하였으니 그 탁월한 식견이 대체로 이러했다. 조카가 가난하여 판서공의 묘 제사를 제대로 지낼 수가 없게 되자 유인이 그를 위해 번갈아 제사지내며 기일에는 반드시 제사를 도왔는데 돌아가실 때까지 했다. 희지가 딸이 하나 있었는데 연좌되어 유배되었다. 유인은 그 외롭고 잔약한 것을 가련하게 여겨 금하는 것을 무릅쓰고 데려와 자기 딸처럼 길러서 사위를 골라 시집보냈다. 여러 자식들이 입고 먹는 것을 수수하게 하도록 하며 말하길,

“너희들이 어찌 호의호식을 하겠느냐?”

라고 했으며, 또 평생 하얀 대를 띠고 지극히 통한한 뜻을 두라고 했다. 평소 울며 여러 아들과 조카들에게 말하길,

---

43 영조가 세자로 책봉된 것을 이른다.

“기사년 화를 당하던 처음에 할머니께서 한 밤중에 부친의 손을 잡고, ‘너는 지금 죽고 사는 것이 아직 정해지지 않았는데, 혹시 옳지 않은 일이라도 있느냐? 네가 어찌 나를 속이겠느냐?’라고 물으시자, 아버지가 슬퍼하며, ‘이 마음은 단지 나라를 위할 뿐입니다. 하늘이 내려다보고 계시는데, 어찌 감히 어머니를 속이겠습니까?’라고 말씀하셨다. 내가 이때 나이가 어려 비록 화를 당하게 된 본말을 알지는 못했지만, 아버지의 지극한 억울함을 뼈에 새기며 슬피 여겼다. 너희 부친이 술만 마시면 부모님을 부르며 울면서 ‘나는 지금 부모님이 안 계시는데, 임금님께 충성을 다하는 것 밖에 다시 섬길 바가 무엇이 있겠느냐? 나는 대를 이은 신하로 이미 목숨을 나라에 바쳤다. 만약 부귀를 탐하고 사모하는 마음이 있다면 하늘이 반드시 미워할 것이다.’라고 말씀하셨으니, 이는 대개 충성스럽고 효성스러운 마음이 하늘에서 나와서 그러한 것이다.”
라고 했다. 을사년 이후 세상의 도가 비록 잠시 밝아졌지만 많은 억울한 자들이 여전히 다 신원되지 않았다. 유인은 일찍이 남편의 진심과 사건이 밝혀지지 않고 죽은 날조차도 왜곡되자 북을 쳐 억울함을 호소하려 했으나 사람들이 말리곤 했다. 유인이 죽은 다음 해 화가 또 일어나 둘째 아들이 잡혀갔다. 유인이 아뢰고자 했던 것을 조정의 물음에 대한 답으로 아뢰니 임금님께서 측은하게 여기셔서 죽이는 대신 해도에 유배시켰다. 아! 옛날 왕원미[44]가 탕절부(湯節婦)에 대해 전을 쓰면서, ‘이것은 이른바 온갖 화를 당하여 만 번을 죽으면서도 마침내 아비 없는 자식을 살려낸 것이다.’라고 했으니, 또 문신공[45]에게 비하면 절부가 이룬 것이 나은

---

44 왕세정(王世貞) : 명(明)나라의 문인. 자(字)는 원미(元美). 호는 봉주(鳳洲)・엄주산인(弇州山人). 벼슬이 형부상서에 이르렀다. 시문에 뛰어나 이반룡(李攀龍)과 이름을 가지런히 하였으므로 세상에서 이왕(李王)이라 아울러 일컬었다. 저서에 『엄주산인사부고(弇州山人四部稿)』가 있다.

45 문천상(文天祥) : 1236~1282. 송나라 길수(吉水) 사람. 자는 송서(宋瑞), 호는 문산(文山). 원나라 군대가 남하하여 수도 임안(臨安)에 다다르자 문관으로서 근왕병(勤王兵) 1

데, 하물며 유인은 이룬 것이 절부보다 더욱 어려움이 있었음에랴. 유인은 일찍이 제갈무후가 몸과 마음을 바쳐 나라에 보답하다가 죽은 뒤에야 그만두겠다고 한 말[46]을 들어 말하길,

"내가 김씨 집안에 본래 뜻을 둔 것이 또한 이와 같다."

라고 말했다고 한다.

유인은 4남 4녀를 키웠는데, 1남 2녀는 요절했다. 장남 대재(大材)는 임인년 체포된 자이고, 차남 원재(遠材)는 이제 제주에서 육지로 나왔으며, 삼남은 회재(晦材)이다. 장녀는 송재복(宋載福)에게 시집갔고, 차녀는 박종형(朴宗衡)에게 시집갔다. 원재가 잡혀가자 회재는 스스로 형제가 모두 온전할 수는 없다고 생각하고 유인의 일이 인멸되어 전하지 않을 것을 두려워하여 달려와서 울면서 나에게 명을 부탁했다. 이에 내가 그 뜻을 불쌍하게 여겨서 허락했다.

명에 이른다.

올빼미여, 올빼미여,
내 아들을 데려가고 우리 집안을 망쳤네.
깃털이 문드러지고 꼬리가 찢어졌구나.
비바람이 뒤흔드니 울부짖는 소리만 급히 내도다.[47]

만 명을 이끌고 임안 방위에 급히 참가하여 싸웠다. 좌승상에 승진되어 강서(江西)를 도독(都督)하다가 원나라 군에 패하여 순주(徇洲)로 달아났는데, 위왕(衛王)이 들어서자 신국공(信國公)을 봉했다. 나중에 원장(元將) 장홍범(張弘範)에게 패하여 잡혀서 연옥(燕獄)에 3년 동안 구금되었으나 끝내 절개를 굽히지 아니하고 시시(柴市)에서 피살되었다. 시에 능하여 옥중에서 <정기가(正氣歌)>를 지었다.

46 제갈량이 <후출사표(後出師表)>에서 언급한 말이다.

47 『시경』의 내용이다. 주나라 무왕(武王)이 붕(崩)하고 어린 성왕이 즉위하자 주공이 섭정했다. 관숙(管叔)과 채숙(蔡叔)이 이에 불만을 품고 반란을 일으키자, 주공이 2년간 동정(東征)하여 이들을 처단했다. 그러나 성왕이 오히려 주공의 뜻을 알아주지 않자, 주공이 치효(鴟鴞)의 시를 지어 성왕의 의혹을 풀었다. 그 시는 올빼미의 잔혹성을 침략자에 비유하여 관숙과 채숙의 패륜을 고발하고, 나라의 기틀을 반석 위에 올리기 위해 노력

아, 유인이 부지런히 애쓰며 몸을 바친 뜻은
이 시와 거의 같으니
내가 이 시를 써서 명을 짓고
명에서 그를 애도하노라.

해제 유인 완산 이씨는 김만중의 손자인 김용택의 아내로, 이재의 외삼촌인 민진후의 사돈댁 며느리이다. <유인 여흥 민씨 묘지[孺人驪興閔氏墓誌]>(『도암집』 권45)에서 이재의 외가와 김만중 집안의 혼인 관계를 확인할 수 있다. 완산 이씨의 시가와 친정은 기사환국과 신임사화의 한 가운데 온갖 시련을 겪었는데, 이 과정에서 완산 이씨는 남편과 큰 아들, 삼촌, 동생, 그리고 사촌을 잃고 새어머니와 올케 등이 따라 자결하는 참극을 목도하게 된다. 완산 이씨는 온 집안의 대가 끊길 위기에서 기지를 발휘해 옥사한 남편의 기일을 알아내고, 둘째 아들을 피신시켜 시가의 대를 잇게 한다. 이 글은 사화의 틈바구니에서 화를 당한 남편을 대신하여 집안을 추스르고 가문을 이어가기 위해 전전긍긍하며 살아가는 여성의 삶을 적나라하게 보여준다.

한 사람이 도리어 오명을 쓰는 것을 문드러지고 찢기는 새에 비유하여 노래하고 있다. 『시경』 「빈풍(豳風)」 <치효(鴟鴞)>.

유인 여흥 민씨 묘지

孺人驪興閔氏墓誌

유인은 성이 민씨이고 이름은 아무개로 나의 맏외숙 의정부 좌참찬 지재(趾齋) 부군(府君) 민진후(閔鎭厚)의 딸이다. 부군은 재주와 성실함이 모두 지극했고 나라를 위해 몸을 바쳤으니 진실로 우리 숙종 임금 때의 명신이다. 어머니는 연안 이씨로 현명하고 통달하여 여사의 풍모가 있었다. 유인은 태어나면서부터 아름다운 자질이 있었고, 또 기쁘게도 어진 부모가 있어 식사할 때나 쉴 때에도 감화를 받으며 가르침 밖으로 벗어나지 않았다. 온화하고 유순하며 겸손하고 공손했는데, 어릴 적부터 이미 그러했다.

16세에 광산이 본관인 김광택(金光澤) 덕요(德耀)에게 시집갔다. 덕요의 아버지는 김진화(金鎭華)인데 진사 시험에 장원을 하여 충주목사(忠州牧使)를 지냈다. 할아버지는 김만중 서포로 예조판서와 대제학을 지냈다. 유인이 시집오자 친척들이 모두 '아름다운 며느리.'라고 말했다. 신축년[1721] 덕요가 진사 시험에 합격하여 내가 삼청동 집으로 가서 축하했는데, 이곳은 덕요가 고른 땅이며 유인이 힘써 가꾸어 이룬 곳이다. 집 둘레에 하얀 돌이 있는 긴 시내가 흐르고 송대(松臺)가 뒤에 있어 그윽하고 깊으며 맑고 빼어나 깊은 골짜기와 같은 풍취가 있었다. 덕요는 편안히 앉아 시를 읊조리고 유인은 손수 길쌈을 하니, 시인이 계명(鷄鳴)[48]에 남긴 뜻을 깊이 얻었다. 내가 전후로 3번 찾아가서 보니 유인이 큰 소리를 내지 않고 집안일을 스스로 처리했으며, 입고 쓰고 마시고 먹는 것이 모

---

48 계명시는 부부가 서로 경계하는 내용이다. 『시경』「정풍(鄭風)」 "女曰雞鳴, 士曰昧旦, 子興視夜, 明星有爛, 將翺將翔, 弋鳧與雁."

두 검소하고도 정결했다. 이 겨울에 사화가 크게 일어나 다음 해에 목호룡이 변을 상달하여[49] 덕요의 형 김용택(金龍澤)이 먼저 체포되어 죽음에 이르렀다. 덕요가 가슴이 무너지고 혼이 달아나 살 뜻이 없는 듯했으나 곧 연좌되어 장기현(長鬐縣)에 유배되었다. 부인과 아이들이 따라 가다가 도중에 여주(驪州)를 지나는데, 이때 이부인[50]이 모든 가족들을 데리고 선산 아래 돌아와 있었다.[51] 지재부군 대상[52]이 10일 남았으며, 또 유인이 해산하는 달이었다. 집안사람들이 모두 잠시 머무르고자 했으나 유독 이부인이 이르길,

"비록 남편이 심각하지 않은 우환을 당했어도 마땅히 몸이 편하기를 도모해서는 안 되는데, 하물며 이 어떤 때인가? 일신이 죽고 사는 것도 족히 근심하지 않는데, 대상을 어찌 논할 것인가?"

라고 하며 따라가라고 재촉했고, 헤어질 때 기미를 얼굴에 드러내지 않았다. 유인이 또한 그 뜻을 알고 감히 눈물을 흘릴 수 없었다. 적소에 도착해서 비로소 해산했다. 바닷가에서 타향살이 하는 외로움에 고생이 많았으나 유인은 만족하며 홀로 견디었다. 이부인이 또한 유인에게 편지를 보내서 이르길,

"내가 보니 화를 당한 집의 자제들은 스스로 세상에 쓰이지 못할 것이라 생각하고 전혀 공부하는데 힘쓰고자 하는 뜻이 없다. 그리하여 그 집안이 일어날 수 없게 된다. 너는 실의한 기색을 아이들에게 보여서 학문을 게을리 하거나 그만 두게 하지 말라."

라고 하여, 유인이 옷에 달아 감히 잃어버리지 않았으며 두 어린 아들이

---

49 1721년에서 1722년에 걸쳐 일어난 신임사화(辛壬士禍)를 이른다.

50 민진후의 부인 이씨를 가리킨다. 민진후의 부인 이씨와 관련된 내용은 <막내 외숙모 숙인 한산 이씨 묘지(季舅母淑人韓山李氏墓誌)>와 <맏외숙모 정경부인 연안 이씨 행장(伯舅母貞敬夫人延安李氏行狀)>에 보인다.

51 여흥 민씨의 선산은 여주 섬악리 부근에 있다.

52 대상(大祥) : 사람이 죽은 지 두 돌 만에 지내는 제사. 상사(祥事)라고도 한다.

또한 학문에 힘썼다. 지금 임금께서 보위에 오르신 후 을사년[1725]에 비로소 죄인의 명부에서 벗어났으나 찾아갈 만한 사람이 없었다. 이에 유인의 동생 민익수(閔翼洙) 사위(士衛)와 민우수 사원[53]이 이부인을 모시고 여주에 있었으므로 덕요가 유인을 데리고 가서 의지하였으며 여러 번 옮겨 우만강촌(牛灣江村)에 이르게 되었다. 그 후에 내가 여러 번 찾아갔는데, 덕요의 성품이 너그럽고 진솔했으며 평소 생활하면서 스스로 자만하지 않았다. 덕요가 비록 자주 일어나더라도 유인이 일찍이 그를 위하여 일어나지 않은 적이 없었고, 유인이 덕요의 곁에 있을 때 성실하고 한결같았는데 마치 아버지를 모시듯 했으며 게으른 모습을 볼 수 없었다. 내가 매우 어질게 여겨 돌아와 집안사람들에게 이야기하니 감탄했다. 집이 가난하여 변변치 않은 끼니도 이을 수가 없었으나 유인은 근심하지 않고 덕요도 모르게 했다.

계축년[1733]에 이부인이 죽자 유인이 홀로 되어 더욱 의지할 데가 없었다. 10년 후 임술년[1742] 10월 3일에 우연히 병이 들어 섬악리 집에서 죽었으니 56세였다. 덕요는 유인보다 2살 위였는데, 유인이 죽은 후 이틀 만에 또 죽었다. 김씨 가문의 선산은 모두 멀어서 영구를 모시고 돌아갈 수가 없었다. 그래서 모월 모일에 우만 집 뒤에 합장했다. 유인은 아들 셋을 두었는데, 민재(敏材)와 간재(簡材), 헌재(獻材)이다.

아, 전(傳)에 이르길, '평소 환란에 처하면 환란에 따라 행동하니 들어가는 곳마다 스스로 만족하지 않음이 없다.'라고 했는데[54], 이는 오직 군

---

53 민우수(閔遇洙) : 1694(숙종 20)~1756(영조 32). 본관은 여흥(驪興). 자는 사원(士元), 호는 정암(貞庵). 문충공(文忠公) 진후(鎭厚)의 아들이며, 어머니는 정경부인 연안 이씨로 현감 덕로(德老)의 딸이다. 20세 전 사마시(司馬試)에 장원으로 합격하고 21세 때 성균관에서 학문을 닦았다. 권상하를 사사하였다. 1751년 사헌부대사헌을 거쳐 성균관좨주・세자찬선(世子贊善)・원손보양관 등을 역임하였다. 1758년 특명으로 자헌대부 좌참찬에 증직되었다. 시호는 문간(文簡)이다.

54 군자는 자신의 처지에 따라 행할 뿐이요, 그 밖의 것은 바라지 않는다는 뜻이다. 부귀에 처하면 부귀를 행하고, 빈천에 처하면 빈천을 행하며, 이적에 처하면 이적에 마땅하

자만이 할 수 있는 것이다. 대개 부인은 성품이 편벽되니 여기서 논할 수 있겠는가? 그러나 유인같은 사람은 가난한 선비의 아내로 진실로 곤궁하지 않다고 말할 수 없었고 중년 이후 험난한 고생을 겪은 것이 실로 예로부터 지금까지 드문 일이었다. 그러나 남들은 그 고난을 감당할 수 없었겠지만 유인은 즐거운 곳에 있는 듯하면서 일찍이 한 번도 탄식하거나 원망하는 말을 꺼낸 적이 없었고, 남들이 혹 위로하면 '운명입니다.'라고 말했다. 아! 우리 어머니께서 평생 남의 부귀를 보고 감탄하거나 부러워하는 마음이 없으셨으니 일찍이 말씀하시길,

"무릇 사람의 온갖 병은 탐하는 것으로부터 나온다."

라고 하셨는데, 유인의 덕성이 또한 닮은 점이 있음을 환란 중에 이와 같이 보여준 것이리라. 만약 유인이 부귀한 데 처했더라도 나는 그가 반드시 탐하지 않을 것임을 아니, 어찌 어질지 않은가? 아, 시에 '온화하고 공손한 사람'[55]이라고 이르지 않았던가? 오직 덕의 기틀이니, 무릇 온화함은 어진 성품이 드러난 것이고 공손함은 순한 성격이 나타난 것으로 이는 부인의 덕에서 가장 지극한 것이라고 이를 수 있다. 일찍이 돌이켜 생각해 보니 나의 어머니께서 말씀이 유인에게 이르자 감탄하며 이르시길,

"내가 온 집안의 부인들을 많이 보았지만 자질과 품성이 온순하고 공손한 것이 유인만한 자가 없었다. 이와 같은 덕이 있으나 운명이 곤궁한 것이 이에 이르니 이것이 어찌 천명이겠는가?"

라고 하시기에, 내가 답하길,

"떳떳한 것은 이(理)이고, 떳떳함에 반하는 것은 기(氣)인데, 예로부터

게 행하고 환란에 처하면 환란에 맞게 행하니 군자는 들어가 자득하지 못하는 데가 없는 것이라고 했다. 『중용』, "素富貴, 行乎富貴, 素貧賤, 行乎貧賤, 素夷狄, 行乎夷狄, 素患難, 行乎患難, 君子無入而不自得焉."

55 온화하고 공손한 사람이 나무에 올라가 있듯이, 두려워하고 두려워하는 소심한 사람이 골짜기에 서 있듯이, 얇은 얼음을 밟는 것처럼 조심하라는 내용의 시에 나오는 표현이다. 『시경』「소아(小雅)」<소완(小宛)>.

변고는 많고 떳떳한 것은 적었습니다. 그러나 고생스러움이 없었다면, 제 누이의 이와 같은 덕을 드러낼 수 없었을 것이니 이 또한 반드시 천명이 아님이 없습니다."
라고 했다. 내가 또 일찍이 유인에 대해 이렇게 말했는데, 유인의 부음이 이르자 이 말이 생각나서 더욱 그를 위해 슬퍼하며 눈물을 흘렸다. 성복[56]한 다음날[57] 유인을 위하여 묘지문을 초 잡아 썼는데, 그 자식의 글을 기다리지 않고 단지 직접 듣고 본 바를 순서에 따라 쓴 것이다. 오직 유인의 어짊을 찬양할 뿐 아니라 어진 자들에게 조금이나마 알려 권계하고자 하는 것이다. 이어서 명을 쓰니, 명에 이른다.

끝내 온화하고 은혜로웠으며,
정숙하고 신중했다네.
내가 이 시를 지어
유인을 기록하네.

해제 이 글은 김만중의 손자 김광택에게 시집간 민진후의 딸을 위한 글이다. 이재는 유인 여흥 민씨와 외사촌지간이다. 여흥 민씨는 신임사화로 남편 김광택이 장기로 유배를 가게 되었을 때 따라가서 아이를 낳는 등 갖은 고초를 겪었으나 이러한 시련을 운명으로 받아들이며 무던히 견뎠다. 이재는 민씨가 죽자 그 자식의 행장을 기다리지 않고 자신이 보고 들은 바대로 이 글을 썼다.

---

56 성복(成服) : 초상이 나서 상복을 입는 것.

57 『주자가례』「상례(喪禮)」<성복(成服)>에 의하면, 상복은 대렴한 다음날, 즉 죽은 날로부터 4일째 되는 날 입는다고 했다. 따라서 성복한 다음날은 돌아가신 지 5일째 되는 날을 말한다.

유인 경주 김씨 묘지
孺人慶州金氏墓誌

유인의 성은 김씨이고 경주가 본관으로 본조 개국공신 김곤(金梱)의 13대 후손이다. 증조부는 종성부사 김원립[58]이고 조부는 좌승지로 추증된 김민격(金敏格)이며, 아버지는 학생 김재한(金載漢)이다. 어머니는 전주 이씨로 학생 이중기(李重耆)의 딸이고, 조부는 부제학 이유홍[59]이다. 유인의 남편은 본관이 연일[60]인 정진(鄭鎭) 중숙(重叔)으로, 참봉 정찬헌(鄭纘憲)의 아들이고 포은선생(圃隱先生)의 여러 대 후손이다.

유인은 정사년[1677] 2월 24일에 태어나 경진년[1700] 6월 22일에 돌아가셨다. 김언호(金彦豪)는 나의 같은 고향 친구로 유인의 동생이다. 그가 유인의 행장을 썼는데, 읽어보니 유인의 어짊을 알 수 있었다.

대개 말하길, 유인은 5살에 생모를 잃고 계모를 잘 섬겼다. 그 어머니가 여공을 가르쳤는데, 매번 유인의 기이한 재주를 칭찬했다. 생모의 제삿날에 이르러 계모가 유인이 소리 내어 울며 슬퍼하는 모습을 보고는 언호를 안고 가르치길,

"자식이 효도하기를 마땅히 이와 같이 해야 하니, 너도 네 누나처럼

---

58 김원립(金元立) : 1590(선조 23)~1649(인조 27). 본관은 경주. 자는 사탁(士卓). 아버지는 찰방 성진(聲振)이다. 예조정랑·호조정랑·통례원우통례 등 관직을 두루 거치고 1647년 함경도 종성부사(鍾城府使)에 이르렀다. 소무영국원종(昭武寧國原從)의 공훈으로 예조판서에 추증되었다.

59 이유홍(李惟弘) : 1567(명종 22)~1619(광해군 11). 본관은 전주(全州). 자는 대중(大仲), 호는 간정(艮庭). 광평대군 여(廣平大君璵)의 후손이며, 현감 정필(廷弼)의 아들이다. 선조 때 평안도 암행어사를 거쳐 죽산부사에 올랐고 병조좌랑·홍문관부제학이 되었다. 광해군 즉위 후, 유영경 일당이라는 탄핵으로 유배되었다.

60 연일(延日)의 옛 이름이 오천(烏川)이므로 오천 정씨라고도 한다.

해야 한다."
라고 했다. 15세에 계모가 또 죽자 유인이 슬퍼하며 지성을 다하니 보는 사람들이 탄복하였다. 언호가 7, 8세에 고루하고 미련하며 아는 것이 없었는데, 부친은 오랫동안 부모님 곁에서 지내고 집안이 조금 기울어서 단속할 겨를이 없었다. 유인이 울면서 말하길,

"어머니께서 너를 사랑하시며 밖에 나가지 못하게 하시고 책을 읽도록 하셨는데, 지금 너는 어머님의 가르침을 생각하지 않고 경솔하게 마음대로 행동하는 것이 날로 심해지니 어머니께서 아신다면 어떻게 생각하시겠느냐?"
라고 하니 언호가 울며 사과하여 말하길,

"지금부터 오직 누나의 말씀을 따르겠습니다."
라고 했다. 그 후로 부친이 외출하면 문득 책을 끼고 나아오니 유인이 기뻐하며 바늘상자 위에 책을 펴고는 서산을 잡고 책을 읽도록 시키며 자주 글의 의미를 물어보았다. 또 자신의 자리 옆에 단정히 앉히고는 잘못을 경계하기도 하고 부지런히 가르쳤는데, 부모를 사랑하고 어른을 공경하며 책을 읽고 삼가 몸소 행하는 내용이 아님이 없었다. 비록 옛날 현명한 부형의 가르침일지라도 어찌 이보다 더했겠는가?

유인은 타고난 자질이 민첩하고 총명했으며 식견과 생각이 밝게 두루 미쳤다. 형제를 사랑하는 성품과 애틋한 정성이 가슴에 쌓여서 밖으로 드러나므로, 언호와 같이 어리석은 자도 스스로 두려워하고 공경할 줄을 알았으며 감히 그 곁에서 게으름을 피우며 장난칠 수 없었다. 오직 그의 말을 들으니, 지금 비록 늙고 성공하지도 못했으나 오히려 크게 잘못된 곳에 빠져서 가문을 욕되게 하는데 이르지 않은 것은 실로 유인이 구하여 건진 힘때문이다. 유인이 시댁에 있을 때에는 시부모가 그 효순함을 칭찬했으며 비복들은 그가 자애롭고 은혜롭다고 여겼으니 그 어짊을 더욱 알 수 있다.

유인을 포은선생 묘 오른쪽 기슭 동남쪽을 등진 언덕에 장사지냈다. 정진 중숙의 후처가 낳은 아들은 정관제(鄭觀濟)인데, 그는 나를 따라 공부한 사람이다. 장차 유인을 위해 무덤에 묘지명을 넣기 위해서 김생이 쓴 행장을 가져다 그 요지를 취하여 쓴다.

해제 유인 경주 김씨는 정진(鄭鎭)의 아내로, 이재의 고향 친구였던 김언호의 누나이다. 정진의 후처 소생인 정관제가 이재의 문인이기도 하다. 이재는 김언호가 누나에 대해 쓴 행장을 바탕으로 묘지를 썼다. 이에 이 글은 주로 경주 김씨가 일찍 생모를 잃은 김언호를 깨우쳐서 바르게 크도록 했던 내용을 담고 있다.

유인 의령 남씨 묘지
孺人宜寧南氏墓誌

유인 남씨는 오천이 본관인 정진(鄭鎭) 중숙(重叔)의 부인이다. 남씨는 본관이 의령으로 국초에 영의정 충경공 남재[61]가 이 있고, 그 뒤로 찰방 남정유(南挺蕤)와 현감 남철(南澈) 부자가 있는데, 충효로 유명했다. 현감의 증손 남천거(南天擧)는 첨지중추부사로 유인에게는 아버지가 된다. 그 부인은 언양(彦陽)이 본관인 김경지(金慶趾)의 딸이다. 중숙은 포은선생의 여러 대 후손이며, 참봉 정찬헌(鄭纘憲)이 그 아버지이다.

유인은 19세에 정씨에게 시집갔는데, 사람됨이 인자하고 은혜로우며 깨끗하고 조용하여 시부모를 모시기를 예로써 했다. 시누이와 지낼 때에는 이간하는 말이 없었고, 시누이의 아들이 부모를 잃자 자기 자식같이 길렀다. 집이 가난하여 씀씀이를 절약하였고, 또 누에를 기르고 밭을 매서 음식과 의복을 공급하였다. 제사 때에는 반드시 잘 살펴 지극히 삼가 행동했다. 아버지가 장수를 하였다 하여 관작을 받자, 유인이 가서 하례드리고 돌아와서 탄식하며 말하길,

"여자는 시집가야 하기 때문에 부모님이 나이 드셔도 봉양할 수가 없으니 어찌 하겠는가?"

라고 했다. 얼마 되지 않아 유인이 역병에 걸려 매우 위급해져서 중숙이 들어와 보니, 유인이 기운을 내서 말하길,

---

61 남재(南在) : 1351(충정왕 3)~1419(세종 1). 본관 의령(宜寧). 자 경지(敬之). 호 구정(龜亭). 초명 겸(謙). 시호 충경(忠景). 이색(李穡)의 문인이다. 이성계를 도와 조선개국에 공을 세운 공신으로 개국공신 1등에 책록되고 의성군에 봉해졌다. 후에 경상도도관찰사・우의정・영의정 등을 지냈다.

"군자께서는 스스로 삼가 조심하시길 바랍니다."
라고 하고는 말을 마치고 죽으니 경술년[1730] 5월 14일로 46세의 나이였다. 중숙이 용인(龍仁) 고매곡(古梅谷)의 남서쪽을 등진 언덕에 장사지냈는데, 포은선생 묘소에서 10리쯤 떨어진 곳이다. 5남 3녀를 두었는데, 아들은 관제(觀濟), 홍제(興濟), 겸제(謙濟)이고 나머지는 어리며 딸들은 모두 요절했다.

관제가 평소 나를 따라 공부했는데 유인이 보내며,

"밤낮으로 삼가고 경계하며 선생님을 욕되게 하지 마라."
라고 했고, 돌아오면 또 공부한 것이 어떤 것인지 물었다. 내가 관제에게 유인의 언행을 듣고 대충 알게 되었다. 유인은 성품이 책을 좋아하여 밤이면 아이에게 외우게 하여 들었는데, 충신과 효자의 일에 이르면 감탄하며 칭찬하기를 그치지 않았다. 매번 여러 아들을 경계하여 이르길,

"자식이 있으나 아름답지 못하면 없는 것만 못하다."
라고 했으며, 또 말하길,

"부녀자에게 끌려 다니는 자들이 많으니 너희들은 마땅히 조심하거라."
라고 했다. 아! 세상 사람이 편의에 따라 행동하는 것을 좋아하지 않는 자가 드문데, 유인이 홀로 그렇지 않았다. 관제가 삼가 행동하고 행실을 닦는 것은 내가 가르친 것이 아니라 사실 유인이 가르친 것이니 어찌 어질지 않은가? 관제가 울며 명을 청했다.

명에 말한다.

부지런히 집안을 다스리고,
바르게 자식을 가르치셨으니,
부인의 행실이
이와 같도다.

해제 의령 남씨는 정진의 두 번째 아내로 이재의 문인 정관제의 어머니이다. 이재는 정관제의 부탁을 받고 이 묘지를 썼다. 의령 남씨는 효와 우애, 자애로움을 지니고 있었는데, 특히 자식을 경계하며 바르게 키우고자 노력했다. 이에 이재는 관제의 바른 행실이 그 모친에게서 연유한 것이라고 했다.

숙인 안동 김씨 묘지
淑人安東金氏墓誌

숙인 안동 김씨는 안악군수(安岳郡守) 김창열(金昌說)의 딸이고, 영의정 문익공 퇴우당 김수홍[62]의 손녀이다. 어머니 오씨는 양곡 충정공 오두인[63]의 딸이다. 나의 중모 귀락당(歸樂堂) 부인은 숙인에게 고모가 된다. 숙인은 또한 내 아내를 이모라 불렀다. 내가 이 때문에 숙인의 어린 시절 일을 조금 자세히 안다. 대개 숙인은 두 집안의 첫손자라서 매우 사랑받았으나 조금도 교만하거나 게으른 기질이 없었고 행동이 지켜야할 법도에 맞았다. 말을 배운 지 얼마 되지 않아 이미 부모님을 사랑하고 어른을 공경하는 도를 알았다. 할머니 윤부인 여사가 항상 칭찬하시길,

"네가 아들로 태어났다면 반드시 김씨 집안을 다시 번창하게 했을 것이다."

라고 하셨다. 혼인할 때에 이르러 첨정 이성조(李成朝) 공의 막내아들 이매신(李梅臣)의 아내가 되었다. 내 아내가 일찍 죽고 중모께서 이어 돌아

---

62 김수홍(金壽興) : 1626(인조 4)~1690(숙종 16). 본관은 안동. 자는 기지(起之), 호는 퇴우당(退憂堂) 또는 동곽산인(東郭散人). 아버지는 동지중추부사 광찬(光燦), 양아버지는 동부승지 광혁(光爀)이고, 양어머니는 광산 김씨로 동지중추부사 존경(存敬)의 딸이다. 영의정 수항(壽恒)의 형이다. 효종・현종 때 여러 관직을 지냈는데, 1674년 영의정으로 자의대비 복상문제를 정할 때 남인의 기년설에 대해 대공설을 주장하다가 부처될 뻔하였다. 1689년 남인이 집권하자 장기에 유배되었다가 죽었다. 시호는 문익(文翼)이다.

63 오두인(吳斗寅) : 1624(인조 2)~1689(숙종 15). 본관은 해주(海州). 자는 원징(元徵), 호는 양곡(陽谷). 이조판서 상(翔)의 아들로 숙부 숙(翻)에게 입양되었으며, 어머니는 고성이씨(固城李氏)로 병조참판 성길(成吉)의 딸이다. 1689년 형조판서로 재직 중 기사환국으로 서인이 실각하자 지의금부사에 세 번이나 임명되고도 나가지 아니하여 삭직 당하였다. 이해 5월 인현왕후 민씨가 폐위되자 이에 반대하는 소를 올려 국문을 받고 유배도중 죽었다. 영의정에 추증되었다. 시호는 충정(忠貞)이다.

가셔서 이때부터 숙인의 일에 대해 다시 들을 수 없었다. 때때로 오씨 집안 자제들에게 물어보면 숙인이 어질지만 자식이 없다고 해서 또 일찍이 탄식하면서 안타까워하지 않은 적이 없었다. 수십 년 뒤에 이씨의 아들 이혜보(李惠輔)가 와서 숙인의 무덤에 넣을 글을 부탁하며 말하길,

"이것은 저희 아버님의 유언이십니다. 제 어머니의 명을 써 주실 분이 선생님이 아니시면 누가 있겠습니까?"

라고 했다. 내가 생각건대, 숙인의 자질과 성품이 맑고 밝으며 바르고 한결같아서 어릴 때의 일은 진실로 내가 일찍이 들은 것과 같으니, 시가에 있을 때에도 친부모를 섬기는 것처럼 시어머니를 모셔서 시어머니의 마음에 들었을 것임을 알 수 있다. 집안 살림을 꾸려보아도 집에는 오직 네 벽만 서있어서 가난으로 고생하는 것이 거의 감당하기 힘든 지경이었으나 세세한 일에 대해서는 남편이 알지 못하게 하면서 말하길,

"대장부가 살림살이에 골몰하는 것은 곧 아내의 수치이니, 제가 어찌 이러한 것으로 근심을 끼치겠습니까?"

라고 했다. 누에를 치고 옷감을 짜며, 새벽부터 밤까지 잠시도 게으름을 피우지 않았고, 밭일이나 담장과 집을 손보는 일에 이르기까지 직접 부지런히 힘썼다. 말소리가 집 밖으로 나가지 않았고, 평소 반드시 집을 청소하고 물건을 정돈하였는데, 위아래 사람이 각기 그 일을 맡아 하니 규문 안이 화목하였다. 욕심 없이 맑은 것을 좋아했고 부귀를 부러워하지 않았으며 녹거고사[64]를 듣고 문득 기뻐하면서 그것을 흠모했다. 당시 형제가 분가하여 지냈는데, 숙인이 말하길,

"종가가 가난하여 제사를 받들 수가 없는데 어찌 재산을 나누어 사용합니까?"

라고 하며 물건 하나도 사사로이 사용하지 않았다. 내가 이 행장에서 그

---

64 포선(鮑宣)의 아내 환소군(桓少君)이 선과 함께 녹거(鹿車)를 끌고 마을에 돌아갔다는 고사에서 나온 말이다. 『후한서(後漢書)』 <환선처전(桓宣妻傳)>.

듣지 못하던 바를 더 들을 수 있었다. 혜보가 또 울면서 말하길,

"저희 아버님이 일찍이 저를 불러 '네 어머니는 정숙하면서도 막힘이 없고 슬기로우면서도 절제를 잃음이 없으며 이미 온화하고 공손한데다가 부인의 덕을 갖추었다. 평생 부모님을 사모하기를 너의 어머니가 거의 그리하였구나.'라고 말씀하셨습니다."

라고 했다. 남편이 아는 것이 이와 같은데, 또 무슨 차이가 있겠는가?

숙인은 경오년[1690] 8월 15일에 태어나서 을묘년[1735] 정월 27일에 죽었으니 46세였다. 내가 이미 예안공의 명을 쓰고 또 따로 숙인을 위해서 묘지명을 쓰니, 대개 효자의 마음을 차마 상하게 할 수 없었기 때문이다.

명에 말한다.

집에 있을 때는 정숙한 여인이었고,
가난에 처해서는 어진 아내였네.
이모부가 시를 지어서
뭇 아름다운 사적을 갖추고자 하네.

해제 이 글은 이재가 숙인 안동 김씨의 아들인 이혜보의 청을 받고 썼다. 이재는 안동 김씨에게 이모부가 되며, 이재의 중모(仲母)가 안동 김씨에게는 고모가 된다. 이재는 안동 김씨가 어렸을 때의 일은 기억하고 있으나, 아내와 중모가 일찍 세상을 떠나서 그가 시집간 뒤의 일은 자세히 알지 못하다가 그 아들 이혜보가 쓴 행장을 보고 나중 일을 알게 되었다고 했다. 안동 김씨는 가난한 집안 사정을 남편 모르게 하면서 부지런히 살림을 꾸려 나갔으며 그런 가운데에도 부귀를 부러워하지 않고 욕심이 없었다고 한다. 이에 그 남편 이매신은 아내의 부덕을 높이 평가하며 아내의 명을 쓸 것을 유언으로 남겼다.

유인 은진 송씨 묘지
孺人恩津宋氏墓誌

유인 송씨는 동춘 문정선생[65]의 증손이고, 아버지는 목사 송병익(宋炳翼)이며, 어머니는 완산 이씨이다. 목사공은 아들딸이 10명인데 유인이 가장 막내로 그 단정하고 정숙함을 매우 사랑했다.

16세에 한산이 본관인 이사욱(李思勗)에게 시집갔다. 이사욱은 경력[66] 이수형(李秀衡)의 아들이었으나 현감 이수문(李秀文)의 양자로 나갔다. 증조할아버지는 참찬 이홍연[67]이다. 유인이 사당에 배례를 하기도 전에 (남편을 낳아주신) 시어머니께서 돌아가시니 곡을 하고 눈물을 흘리며 죽을 먹으면서 한결같이 예를 따랐다. 이에 목사공이 탄복하여 말하길,

"아이가 효도를 옮겨간 것이 이와 같다."

라고 했고, 얼마 지나서 시아버지를 뵈니 시아버지가 이르길,

"진실로 법도 있는 집안의 자제로다."

라고 했다. 세월이 지난 뒤에도 더욱 사랑하여 말하길,

---

65 송준길(宋浚吉) : 1606(선조 39)~1672(현종 13). 자는 명보(明甫), 호는 동춘당(同春堂). 어려서부터 율곡에게 사숙, 20세 때 김장생의 문하생이 되었다. 송시열과 같은 집안으로 예송이 있었을 때 송시열을 지지하였으며, 학문 경향을 같이 하여 이이의 학설을 함께 지지하였는데, 특히 예학에 밝았다.

66 경력(經歷) : 조선조 때 충훈부(忠勳府), 의빈부(儀賓府), 의금부(義禁府), 한성부(漢城府), 중추부(中樞府), 도총부(都摠府)에서 실제 사무를 맡아보는 종 4품 벼슬. 초기에는 한때 각도 관찰사의 지방행정보좌관으로 중앙에서 파견되었으나 7대 세조 11년(1465) 유수부(留守府)를 제외하고는 없앴다.

67 이홍연(李弘淵) : 1604(선조 37)~1683(숙종 9). 본관은 한산(韓山). 자는 정백(靜伯)·이정(而靜), 호는 삼죽(三竹). 아버지는 대사간 덕수(德洙)이며 어머니는 조씨(趙氏)이다. 병자호란 때 세자를 남한산성에 호종했다. 이어 사간으로 김자점을 탄핵, 간관으로 명성을 떨쳤다. 숙종 때 의금부당상관으로 경신대출척의 옥사를 다스려 남인을 숙청했다. 그 뒤 다시 공조판서를 지내고 좌참찬으로 기로소에 들어갔다.

"이 며느리가 나를 잘 섬긴다."
라고 했다. 무술년[1718]에 목사공이 죽고 경자년[1720]에 현감공이 세상을 떠났다. 시어머니 정부인이 오래 병으로 앓자, 유인이 치마를 팔아 소를 사서 직접 사료를 먹여 우유를 드리며 밤낮없이 간호했는데 한 번도 힘들다고 말하지 않았으며, 또 어머니나 언니가 알지 못하게 했다.
22세가 되던 계묘년[1723] 6월 4일에 죽었는데, 묘는 청주(清州)의 서쪽 수락동(水落洞) 동남쪽 언덕에 있다. 죽은 지 3년 후 이군(李君)이 비로소 진사가 되니 이부인이 (죽은) 유인에게 곡하며 이르길,
"미망인이 오래 전에 죽었어야 했는데, 내가 먹지 않으면 너 또한 먹지 않아서 억지로 먹으며 지금에 이르렀다. 나는 살아있는데, 너는 죽었느냐?"
라고 했다. 또 이르길,
"어찌 다른 자식이 없겠는가만, 네가 시집간 뒤로 내 몸을 의지할 곳이 없는 것 같구나."
라고 했다.
이군이 항상 탄식하며 말하길,
"유인은 나에게 잘못을 충고하는 좋은 벗이었으니 이제 어찌 다시 얻을 수 있겠는가?"
라고 했다.
유인의 조카 송명흠[68]이 유인의 덕을 행장으로 기록했는데 이러한 이야기를 갖추어 말했다. 또 그 아버지 금산공이 일찍이 '내 여동생은 유순하고 공손하며 자애로운 사람이다.'라고 칭찬하였다고 했다. 내가 생각하

68 송명흠(宋明欽) : 1705(숙종 31)~1768(영조 44). 본관은 은진(恩津). 자는 회가(晦可), 호는 역천(櫟泉). 아버지는 요좌(堯佐)이며, 이재(李縡)의 문인이다. 사화를 피하여 낙향하는 아버지를 따라 옥천·도곡(塗谷)·송촌(宋村) 등지로 옮겨 다니며 살았다. 1764년 부호군에 임명되고 찬선으로 경연관이 되어 정치문제를 논의하는 가운데 영조의 비위에 거슬리는 발언을 하여 파직되었다. 그는 이재(李縡)·민우수(閔遇洙)·김양행(金亮行) 등과 서신으로 학문에 대한 의견을 교환하였다. 이조판서에 추증되었다. 시호는 문원(文元)이다.

니 여자의 행실이 유순한 것보다 좋은 것이 없는데, 유인이 부모와 시부모의 마음에 든 것이 이와 같았다. 또 금산공은 내가 공경하고 존경하는 분으로 어찌 사랑하심에 편벽됨이 있겠는가? 유인은 어질어서 마땅히 복을 받아야 하건만 마침내 일찍 죽고 자식이 없으니 어찌하여 그러한가? 하물며 젊은 나이에 외로이 온갖 고생을 갖추어 맛보았으니 더욱 슬프다. 그러나 이와 같지 않았다면 유인의 지극한 성품이 어디로부터 드러났겠는가? 내가 이에 선생의 가르침이 멀리 이어졌음을 더욱 믿게 되었으니, 유인의 어짊이 어찌 단혈[69]의 한 깃털이 아니겠는가? 내가 또한 선생의 외가 후손[70]으로 드디어 명을 써서 산 자의 슬픔을 막고자 한다.

명에 말한다.

유순하고 아름다우니
공경하는 막내딸이네.
어찌하여 그렇게 왔다가
어찌해서 그렇게 갔는가?
기질이 맑으나 운수가 기박하니
예로부터 이와 같도다.

해제 유인 은진 송씨는 이사욱의 아내로, 유인의 증조부 송준길은 이재의 외증조부가 된다. 이 글은 이재가 은진 송씨의 조카 송명흠이 쓴 행장을 바탕으로 해서 썼는데, 송명흠의 부친 송요좌(宋堯佐)는 이재의 문인이다. 은진 송씨는 효성이 지극했는데 22세의 나이로 요절하자 시부모와 친정부모가 매우 애통해했다고 한다. 이재는 은진 송씨가 지극한 성품을 가질 수 있었던 것을 송준길의 가르침이 멀리 이어졌기 때문이라고 했다.

---

69 단혈(丹穴) : 봉(鳳)이 나는 곳으로, 훌륭한 인재가 나오는 고장을 비유하거나 상서로운 조짐을 의미하기도 한다.

70 송준길은 이재 모친의 외조부이다.

유인 남양 홍씨 묘지

孺人南陽洪氏墓誌

유인 남양 홍씨는 숙종 때 참봉을 지낸 홍우조(洪禹肇)의 딸이다. 할아버지 홍수용(洪受容)은 사헌부 감찰이었으며, 증조할아버지 홍처대[71]는 지중추부사였다. 어머니는 여흥 민씨로 부원군 문정공(文貞公) 민유중(閔維重)의 딸이니 나는 유인과 외할아버지가 같다. 유인의 외할머니는 풍창부(豐昌府) 부인 조씨(趙氏)로 조부인은 연세가 매우 높으신데 아직 살아계신다.

유인이 11세에 아버지를 잃고 16세에 어머니 또한 여의자 조부인이 유인의 형제를 집에 데려다 기르셨다. 그래서 내가 외가를 찾아가면 일찍이 유인과 만나지 않은 적이 없었는데, 천성이 엄정하고 조용하며 고결하여 어릴 적부터 이미 평범한 여자가 아니라는 것을 알았다.

18세에 완산이 본관인 이하상(李夏祥) 자화(子華)에게 시집갔다. 자화는 현감 이현지(李顯之)의 아들인데 큰아버지인 진사 이중지(李重之)의 후사로 나갔다. 광주목사(光州牧使) 이익명(李益命)이 그 할아버지이고 증조할아버지는 대사헌 이민적(李敏迪)이다.

유인이 시댁에 들어간 뒤, 시할머니 송부인은 평소 대범하고도 엄격해서 구구하게 칭찬하는 일이 없었는데, 유인에 대해서는 유독 그 어짊을 칭찬했다. 또 그 외로운 것을 불쌍하게 여겨서 위로하고 사랑하기를 지

---

71 홍처대(洪處大) : 1609(광해군 1)~1676(숙종 2). 본관은 남양(南陽). 자는 중일(仲一), 호는 역헌. 아버지는 관찰사 명원(命元)이며, 어머니는 윤민준(尹民俊)의 딸이다. 1652년(효종 3) 암행어사로 호서지방에 실시한 대동법(大同法)의 실효 여부를 조사했고, 그 뒤 호조·병조·형조 참판·도승지 등을 거쳐 금오총부에 올랐다. 지중추부사로 재직 중 죽었다.

극히 하니 유인이 어머니처럼 섬겼다. 부인의 병을 간호하면서 약과 음식과 수건을 받들며 밤낮으로 곁을 떠나지 않았는데 이와 같이 하기를 수십일 동안 하면서 한결같은 마음으로 게으름을 피우지 않았다. 상을 마친 뒤에도 매번 제삿날이 되면 눈물을 흘리며 말하길,

"시할머님의 은혜에 내가 보답하지 못했다."

라고 했으며 아들을 낳고 또 울면서 이르길,

"내가 아들을 낳았으나 시할머니께 보여드릴 수가 없구나."

라고 했다. 유인은 효성과 우애가 지극히 돈독하여 시집을 가서 새 옷이나 맛있는 음식을 하나라도 보면 문득 탄식하며 말하길,

"우리 할머니와 두 동생은 배고프고 추울 텐데, 나 혼자 편안하게 지낼 수 있겠는가?"

라고 했다. 역병에 걸려 장차 죽게 되었는데, 시아버지가 들어가 보고자 하니 유인이 말리며 말하길,

"죽는 것은 진실로 저도 싫습니다. 그리고 저도 들어와 구해주면 살고 들어와 구해주지 않으면 죽는다는 것도 압니다. 그러나 죽는 것보다 더 싫은 것이 있으니 끝내 들어오시게 할 수 없습니다."

라고 했다. 아, 병 들어서 아프면 부모를 부르는 것이 사람의 마음인데, 유인은 자신이 부모에게 누를 끼치지 않고자 했으며 죽고 사는 가운데에서도 그 마음을 바꾸지 않았으니 이것이 효라고 말할 수 있으나, 그 말이 또한 슬퍼할 만하다.

유인은 무자년[1708] 2월 30일에 태어나 임자년[1732] 윤5월 10일에 죽었다. 그해 8월 15일에 영동(永同) 마리곡(馬里谷)의 남쪽을 등진 언덕에 장사를 지냈다.

유인은 온갖 장신구들을 특별히 좋아하지 않았고 옷도 오직 빨아서 깨끗한 것만 취했으며 절대로 화미한 것은 가까이 하지 않았다. 시가에 왕래할 때는 옷차림을 더욱 검소하게 했으며 몸치장을 하지 않았다. 조

부인이 그 까닭을 물으면 곧,

"부녀가 도리를 지키는데 외모를 꾸미는 것은 마땅하지 않습니다."
라고 했다. 외가에 있을 때 손님들 중에 현달한 사람이 많아서 수레가 문에 이르면 여러 부녀자들이 엿보기도 했지만, 유인이 홀로 머리를 숙이고 여공을 하면서 마치 듣지 못하는 것처럼 했다. 두 동생과 있을 때에도 그 옷이 서로 닿을까 염려하여 따로 보관하였으니 대개 그 천성이 그러한 것이었다. 유인이 일찍이 자화에게 이르길,

"부녀자의 마음이 어찌 남편이 영달하기를 바라지 않겠습니까마는 저는 그렇지 않습니다. 군자가 만약 책을 읽고 몸을 닦으며 초연히 은거하는 선비가 된다면, 저에게 영광일 것입니다. 어느 때 당신과 함께 녹거를 끌고 산으로 돌아갈 수 있겠습니까?"
라고 했으니 대개 유인의 뜻이 맑고 깨끗하여 처사의 풍모가 있었으므로 이와 같이 말한 것이다.

자화는 사람됨이 맑고 깨끗하며 또 글을 잘 쓰기로 선비들 사이에 알려져 있었다. 그런데 유인이 죽은 지 몇 년 후 또 죽어서 양근(楊根)의 선산에 따로 장사지냈다. 내가 자화가 살아있을 때 일찍이 유인의 묘지명을 써주기로 했는데, 차마 그 말을 저버릴 수가 없어서 명을 쓴다.

명에 말한다.

시경에서 칭송한 여사를
내가 유인에게서 보았네.
만약 그 행실을 다하게 했다면
거의 왕소군과 맹덕요의 무리에 가까웠을 텐데.

해제 이재는 유인 남양 홍씨와 이종사촌 간으로 어릴 적 외가에서 본 기억이 있다. 이재는 그 남편 이하상에게 유인 홍씨의 묘지를 써 주기로 했던 약속을 지키기 위해 이 글을 썼다. 남양 홍씨는 시할머니를 잘 섬기고 자신을 키워준 외할머니를 늘 걱정했으며 평소 검소하고 정숙했다고 전한다.

사촌누이 유인 이씨 묘지
從妹孺人李氏墓誌

유인 우봉 이씨는 이조판서 귀락당(歸樂堂) 부군(府君) 이만성(李晩成)의 딸이며, 정랑으로 집의에 추증된 이구(李絿)의 누이이다. 부군의 원배(元配)인 안동 김씨가 집의군과 유인의 언니를 낳았다. 유인의 어머니는 김부인이라 했는데, 봉사 김정(金渧)의 딸이며 연흥부원군(延興府院君) 김제남(金悌男)의 오대손이다. 부군이 연로하시고 집의군이 아직 후사가 없는데 유인이 태어났다. 부군이 순무사로 호서 지방에 있다가 소식을 들었는데, 바라던 바를 크게 벗어났으나 돌아와 유인을 보고 기뻐하며 말하길,

"아이가 자못 나를 닮았다."

라고 했다.

점점 자라면서 지극한 행실이 있으니 부군이 매우 사랑했다. 유인은 천성이 온순하여 어릴 적부터 말 한마디, 행동 하나라도 어른의 뜻을 어기지 않았다. 부군이 평소에 명하길,

"옷에 무늬가 있으면 입지 마라."

라고 하였는데 김부인이 우연히 무늬 있는 비단옷을 입히자, 유인이 울며 이르길,

"아버님의 명이 있으시니 감히 입을 수 없습니다."

라고 했다. 그리고는 날카로운 칼을 달라고 하여 그 무늬를 없애려 했으나 없애지 못하자 그 옷을 다시는 입지 않았다. 김부인이 병이 드니 유인이 먹지 않으며 걱정스런 얼굴을 하고 어른이 비록 나가서 놀라고 해도 또한 그렇게 하려 하지 않았다. 때때로 여러 아이들과 장난치며 놀면서도 화내는 빛을 보인 적이 없었다. 집의군이 김부인을 섬기는 데 자애와

효성으로 서로 친밀하니 유인도 온화하고 공손하며 조화롭고 즐거운 뜻을 말과 얼굴에 드러냈다. 나의 어머니께서는 감식안이 있으셨는데 유인을 보시면 매번 감탄하시기를 마지 않으셨다. 유인이 6, 7세 때에 심한 병에 걸리자 김부인이 지성으로 간호하며 여공을 가르치지 않았는데 스스로 못하는 것이 없었으니 그 재능이 많은 것이 이와 같았다.

부군이 불행히도 임인사화로 옥중에서 병들어 돌아가셨는데 지금 임금님께서 즉위하신 후 을사년[1725]에 원한을 씻어주고 작위를 돌려주셨다. 집의군이 김부인을 모시고 달아나 춘천(春川)과 영평(永平)의 깊은 골짜기로 두루 돌아다닐 때마다 유인이 항상 따라다녔다. 성품이 근면하고 민첩했으며 누에를 기르고 나무 심는 것을 매우 좋아하여 비록 어려운 일이 있어도 그만 둔 적이 없었다. 집의군이 거듭 몸이 상하여 병이 들어서 장차 죽게 되자 나에게 손수 편지를 써서 부탁하길,

"병든 누이가 가엾게 되었으니 어머니를 읍으로 돌아가시게 하는 것이 낫겠네. 자네가 있을 때 불쌍히 여겨 혼인시켜주었으면 하네."

라고 했다. 이때 내가 화전(花田) 고리(故里)에 있다가 김부인을 모시고 돌아와 유인을 위해 배필을 구하여 정미년[1727] 가을에 전주가 본관인 유득양(柳得養) 중장(仲長)에게 시집보냈다. 중장의 할아버지 유태명(柳泰明)은 승지이고, 아버지 유유(柳愈)는 현령인데, 효성과 우애가 집안 대대로 이어졌다. 유인이 유씨 문중에 들어가 시부모 섬기는 데 예를 다했으며 부귀한 환경에서 생장했음에도 조금도 교만한 태도가 없었고 동서들과 같이 있으면 온화한 기운이 감돌았다. 시부모가 이르길,

"네가 나를 친부모처럼 섬기니 내가 어찌 딸이 없음을 근심하겠느냐?"

라고 했다. 김부인은 유인을 하루도 곁에서 떠나보낸 적이 없었으며 잠시라도 떨어지게 되면 반드시 눈물을 흘리며 걱정했다. 이에 유인이 매번 옷자락을 땅에 펼치고[72] 친정에 돌아갈 것을 아뢰었는데, 말이 간절하고 태도가 온순하니 시부모가 감동하여 허락했다. 중장이 유인을 얻어

내조를 받으며 나를 따라 공부하니 유인이 일찍이 그에게 공부하기를 권했으며 일에 따라 경계하고 바로잡은 것이 한두 가지가 아니었다. 내가 어릴 적 부모를 여읜 이래 용인의 한천(寒泉)에 옮겨와 살았는데, 한천은 곧 선산이며 귀락당 부군의 묘가 또 있는 곳이다. 계축년[1733]에 김부인이 유인을 데리고 와서 의지하며 지냈는데, 유인이 손수 옷감을 짜고 중장은 책을 읽었으니 계명시(鷄鳴詩)의 남긴 뜻을 깊이 얻었다. 매번 새벽부터 저녁까지 읽고 외우는 소리가 마루에 가득했는데, 유인이 듣고 즐거워하면서 거의 날이 가는 것을 잊었다. 1년을 지내다가 김부인이 잠시 서울로 들어갔는데, 유인이 따라갔다가 우연이 병이 들어 도성의 서쪽 집에서 죽었으니 이는 갑인년[1734] 10월 4일로 겨우 24세였다. 유인은 항상 병에 잘 걸렸고, 병이 나면 스스로 두려워하며 탄식하길,

"내가 죽으면 우리 어머니는 누구를 의지하겠는가?"

라고 했는데, 죽을 때에는 그 말이 더욱 슬프고 애절했다. 아! 유인과 같은 사람은 시집간 뒤에도 부모에 대한 효도를 게을리하지 않은 사람이라고 할 수 있다. 중장이 또 말하길, 유인이 병이 위중해지자 다른 말은 없이 다만 시아버지의 행방과 언제 오실지 물었다고 한다. 이때 시아버지가 경산현(慶山縣)에 있었는데, 과거 날이 얼마 남지 않아서 직접 보고 영결하지 못하는 것을 한스럽게 여겼다고 했다. 시부모가 평소 편지를 보내면 반드시 상자에 넣어두고 한 장도 잃어버리거나 해어지게 하지 않았으니 그 사랑하고 공경한 것이 이와 같았다고 한다.

유인이 나와 몇 달간만 헤어져 있기로 해놓고는 다시는 돌아오지 못했다. 김부인은 또 옛집을 차마 다시 보지 못하여 오직 중장만 때때로 나를 찾아와 서로 보고 슬퍼할 뿐이다. 유인은 이해 11월 30일 교하(交河) 월롱

---

72 <이소경(離騷經)>의 "옷자락을 펼치고 꿇어앉아 말씀을 올리고 나니, 내 마음 환하게 이미 바른 도를 얻었다[跪敷衽以陳辭兮, 耿吾既得此中正.]."라는 구절에서 표현을 차용하고 있다. 옷자락을 펼치고 아뢰는 것은 간곡하게 말씀을 올린다는 의미로 사용되었다.

산(月籠山)의 남쪽 기슭에 장사지냈으니 승지공의 묘와 서로 마주 보고 있다.

아! 여자로서 몸은 지극히 작지만 기량은 대인 같아서 가슴에 품은 것이 매우 크고 식견이 밝으며 정통했다. 비록 책을 읽지는 않았지만, 때때로 이치에 닿는 말을 했으니 유인과 같은 자를 어찌 다시 얻을 수 있겠는가? 유인을 만약 남자가 되게 했다면 반드시 우리 중부의 뜻과 사업을 잘 이어 우리 집안을 더욱 크게 했을 것인데 이미 그렇게 하지 못했다. 또 불행히 한 번 낙태하고 끝내 후사가 없어 하나의 좋은 과실수가 종자를 뿌리지 못한 것에 비유할 수 있으니, 더욱 슬퍼할 만하다. 유인은 직접 『소학』과 『삼강행실』을 쓰고 항상 스스로 살펴보며 나에게 그 책 겉에 제목을 써달라고 부탁하고자 했으나 미처 하지 못했다고 한다. 유인을 위해 그 행적을 행장으로 쓴 것은 중장이고, 글을 지어 후세에게 전하는 것은 사촌형인 재(縡)이다. 유인이 죽은 뒤 10년이 지난 갑자 월일에 중장이 비로소 묘지를 살라 묘에 넣었다.

명에 말한다.

아! 내가 부인을 보건대,
덕과 태도, 여공 세 가지를 겸비하였으니,
누가 우리 누이의 현숙함만 하겠는가?
이러한 병에 걸려서 수명을 다하지 못했으니,
하늘의 뜻임을 어이하리오.

해제 유인 우봉 이씨는 유득양의 아내로 이재의 사촌누이이다. 임인사화로 유인 이씨의 부친인 이만성이 옥사한 뒤 그 오빠인 이구가 병이 들어 죽으면서 이재에게 유인 이씨의 혼사를 부탁했다. 이에 유인 이씨는 이재의 문인인 유득양과 혼인하였다. 유인 이씨는 그 모친인 김부인과의 정이 유독 돈독하여 시부모에게 청해서 남편과 함께 친정살이를 했는데, 그 사는 곳이 이재와 가까웠다. 이재는 유인 이씨가 어릴 적부터 병약했으며 일찍 부친을 잃고 홀어머니와 서로 의지하며 지내다가 후사도 남기지 못한 채 갑작스럽게 죽은 것을 안타까워했다. 이에 그 남편은 행장을 쓰고 이재는 묘지를 써서 후세에 전하고자 했다.

오대조 할머니 정부인 진주 유씨 묘지
五代祖妣貞夫人晉州柳氏墓誌

전의현(全義縣) 서쪽으로 몇 리 거리에 우봉 이씨 가문의 선산이 있는데, 정부인 진주 유씨가 모셔져 있다. 위로 몇 걸음 떨어져 계신 예조판서 이승건(李承健)은 그 시아버지의 부친이고, 언덕 오른 편에 계신 사의(司議) 이심(李諶)은 그 시아버지이다. 사의공의 막내 아들인 이지신[73]은 홍문관 부제학으로 고양(高陽) 향동(香洞)에 따로 장사지냈는데, 부인은 부학공의 후처이다. 부인의 아버지인 참봉 이인동(李寅仝)은 정평공(靖平公) 이구(李玽)의 후손이고, 어머니는 의성(義城) 김씨로 참봉 김연(金漣)의 따님이며 모재선생(慕齋先生) 김안국(金安國)의 누이이다.

모년 모월 모일에 태어나셔서 모년 2월 4일에 돌아가셨다. 2남 1녀를 두셨는데, 장남 소(劭)는 참봉이고 차남 할(劼)은 찬성(贊成)에 추증되었다. 사위 손억(孫億)은 시로 유명했다. 참봉의 장남은 유항(有恒)이고, 유항의 아들은 정랑 분(玢)이며, 분의 아들은 현감 만형(晩亨)이니, 모두 지극한 행실이 있었다. 찬성은 다섯 아들을 두셨는데, 막내 유겸(有謙)은 참의이며 학문과 덕행으로 유명했다. 그 아들은 도정인 핵(翮)과, 지평에 추증된 영(翎), 대사헌인 상(翔)과 우의정인 숙(翿), 판서인 익(翊)이다. 의정공의 아들 만창(晩昌)은 참판에 추증되었는데, 나의 아버님이다. 만성(晩成)은 판서이고 만견(晩堅)은 관찰사이다.

---

73 이지신(李之信) : 1512(중종 7)~1581(선조 14). 본관은 우봉(牛峰). 자는 원립(元立), 호는 보진암(葆眞菴). 판서 승건(承健)의 손자이며 심(諶)의 아들이다. 1550년(명종 5) 전적으로 춘추관기사관을 겸하여 『중종실록』의 편찬에 참여했다. 성주에 기근이 들자 특명으로 목사가 되어 진휼에 힘썼고, 그 뒤 호조・예조의 참의를 역임했으며, 첨지중추부사에 이르렀다.

우리 이씨는 이에 이르러 더욱 크게 현달하게 되었으니, 어찌 부인이 덕을 쌓고 훌륭하게 가르치신 것으로부터 비롯된 것이 아니겠는가? 이에 묘지를 쓴다.

해제 정부인 진주 유씨는 이재의 오대조 할머니이며 이지신의 아내이다. 진주 유씨에 대한 생몰연대 등이 모두 미상이어서 그 번성한 자손을 소개하는 것으로 부인의 덕을 기리는 것을 대신하고 있다.

유인 전주 이씨 묘지

孺人全州李氏墓誌

참봉을 지낸 우봉 이지문(李之文) 공의 아내는 유인 전주 이씨이다. 공의 묘소는 고양 향동에 있으나, 공의 아버지 사의 이심과 할아버지 예조판서 이승건은 전의현 서쪽에 장사지냈다. 유인이 실로 그 선산을 따르니[74] 마을 사람들이 소주분(小主墳)이라 일컬었는데, 이것은 유인이 양녕대군의 현손이시며 아버지는 계림정(鷄林正) 탄(坦)이시기 때문인 것 같다.

유인이 태어나신 때는 그 연월을 자세히 알 수 없고 돌아가시기는 공보다 먼저 하셨으니 모년 1월 27일이다. 자식이 없어서 참봉공이 동생인 부제학 이지신(李之信)의 아들 할(劼)을 데려다 아들로 삼으셨다. 할은 의정부 좌찬성에 추증되었다. 참의 유겸과 대사헌 상, 우의정 숙, 판서 익, 참판 만성, 관찰사 만견은 그 자손으로 현달한 분들이고 나머지는 이루 다 기록할 수가 없다. 찬성공의 현손인 모 관직의 아무개가 삼가 쓴다.

해제 전주 이씨는 이지문의 아내로, 이지문이 동생 이지신의 아들 이할(李劼)을 후사로 삼았기 때문에 이재에게는 오대조 할머니가 된다. 이 글에서는 유인 전주 이씨에 대해서 그 행적을 기록하기보다 다만 자식이 없어 이할을 후사를 세웠다는 것과 그 후손의 대략적인 계통을 밝혔다.

---

74 친정의 선산.

할머니 정경부인 경주 박씨 묘지
祖妣貞敬夫人慶州朴氏墓誌

정경부인 경주 박씨는 우의정 우봉 이숙(李䎘) 공의 후처이시다. 의정공의 삼대 조상은 홍문관 부제학 지신과 의정부 좌찬성에 추증된 이할, 호조참의로 영의정에 추증된 이유겸이시며, 외할아버지는 처사로 파평이 본관인 윤홍유(尹弘裕)이시다. 부인의 아버지 박세영(朴世英)은 통덕랑이였고, 할아버지 박대이(朴大頤)는 세자익위사세마였으며, 증조할아버지 박홍미(朴弘美)는 승정원 좌승지였다. 어머니 전주 이씨는 사예 이만길(李晩吉)의 따님이시다.

부인은 숭정 을사년[1665] 7월 27일에 태어나셔서 병인년[1686]에 의정공에게 시집오셨다. 의정공은 이때 병조판서였다가 다음 해에 재상이 되시니 부인이 정부인에서 정경부인으로 올려서 봉해졌다. 무진년[1688]에 의정공이 돌아가시고, 그 뒤 30년 되는 정유년[1717]에 부인께서 돌아가셨다. 돌아가신 날은 정월 16일로 용인 한천의 골짜기에 있는 의정공 묘의 오른쪽 언덕에 장사지냈다.

의정공의 첫 번째 부인은 나주 박씨로 세 아드님을 두셨는데, 참판에 추증된 아버지 이만창(李晩昌)은 일찍 돌아가셨고, 차남은 이만성(李晩成)이시며, 그 다음은 이만견(李晩堅)이시다. 이만성은 병자년[1696] 정시(庭試)에서 장원을 하셨고, 이만견은 기묘년[1699]에 급제 하셨다. 또 삼 년만에 내가 과거에 급제하여 부인께서 극진하게 봉양 받으시기를 20여 년간 하셨다. 돌아가실 때 이만성은 이조판서였고, 이만견은 관찰사였으며, 나는 부제학이었으니 평생 영화를 누리셨다. 부인의 하나뿐인 사위는 사인 오이주(吳履周)인데 요절하여 부인이 매우 애통해 하셨다. 부인이 돌아가신 지 1년 뒤 따님이 또 죽었으니, 아, 어찌 그리 가혹한가!

부인은 정숙하고 명철하며 엄정하고 은혜로우셨으며, 집안을 다스릴 때에도 정연하게 법도가 있으셨다. 처음 시집오자 의정공께서 나의 어머니를 가리켜 말씀하시길,

"내 며느리는 여사(女士)이니 당신은 본받으시오."

라고 하셨다. 나의 어머니께서 지성으로 부인을 섬기니 부인이 돌아가실 때까지 매우 공경하고 존중하셨다. 맛있는 음식 하나를 얻어도 먼저 내 어머니께 주신 후에 드셨고, 여러 손자들을 대하실 때에도 은혜와 사랑을 지극히 하셨다. 그래서 보는 자들이 그 다르다는 것[75]을 알지 못했다. 이에 사람들은 의정공의 가르침이 집안에서 행해지고 부인의 덕이 존영을 누리는 것이 진실로 마땅하다는 것을 더욱 믿게 되었다. 오유인(吳孺人)[76]의 두 딸은 이양중(李養重), 권진응(權震應)에게 시집갔으며, 나의 하나뿐인 아들은 제원(濟遠)이다.

해제 경주 박씨는 이숙의 후처로 이재의 할머니이다. 시집온 지 2년 만에 남편이 세상을 떠나고 이후로 30년을 더 살았는데, 전처의 자식들과 손자가 관직에 높이 올라 영화롭게 지냈다. 그러나 경주 박씨가 낳은 딸의 남편 오이주가 요절하고, 경주 박씨가 세상을 떠난 지 1년 만에 그 딸도 죽었다. 경주 박씨는 이재의 모친보다 늦게 시집와서 며느리를 정중히 대접하고 손자들을 매우 사랑하며 집안을 잘 다스렸다고 전한다.

---

75 뒤에 들어온 시어머니임을 이른다.

76 오유인은 오이주와 혼인한 딸의 소생이다.

어머니 묘지
先妣墓誌

나의 어머니 여흥 민씨는 여양부원군 문정공 민유중의 따님이고 어머니는 은성부부인 송씨이다. 문정공은 덕이 높고 재주가 뛰어나 당대의 명신이었다. 송부인은 온화하고 엄정하며 부덕을 모두 갖추셨다. 부인은 태중에서부터 조상의 미덕에 젖어서 기이한 자질을 타고났다. 갓 5살에 외할아버지 동춘 선생께서 시를 지어 칭찬하셨다.

"부모가 일찍부터 가르치니, 총명한 네 성품은 그래서로구나."

나의 할아버지 의정부군과 문정공이 굳은 교분이 있어서 서로 결혼시키기로 약속하셨다. 부인이 15세에 우리 집안에 시집오셨는데, 덕이 있고 자태가 있으셔서 친척들이 칭송하며 축하했다. 우암 선생께서 송부인의 상을 당했을 때 조문 오셨다가 부인의 행동거지에 법도가 있음을 보시고 가상히 여겨 탄복하시기를 마지않으셨으며 돌아가 그 집안사람들에게 말씀하셨다.

부인이 오래도록 자식이 없자 의정부군께서 기다리시며 말씀하시길,

"어진 우리 며느리가 다행히 아들을 낳는다면 어찌 우리 집안의 복이 아니겠는가?"

라고 하셨는데, 경신년[1680]에 내가 태어났다. 갑자년[1684]에 아버님께서 일찍 세상을 떠나시자 친척들은 부인이 굳게 마음먹고 자결을 할까 크게 걱정하기도 했다. 그러자 문정공께서 말씀하시길,

"우리 아이가 그리하지는 않을 것입니다."

라고 하셨다. 얼마 지나서 부인께서 스스로 해명하시길,

"제가 어린 자식 하나를 두었으니, 잘 길러 성취시켜서 조상의 제사를

받들게 하는 것이 제 책무입니다. 어찌 지나치게 슬퍼하며 죽을 생각을 하겠습니까?"
라고 하셨다. 이에 제사에 올리는 물건과 장례의 집물을 직접 맡아 마련하지 않는 것이 없었고, 어른을 봉양하고 아이들을 돌보는데 효성과 자애를 지극하게 하니 내외 친척들이 모두 크게 기뻐했다. 시계모 박부인이 시집오자, 의정부군이 부인을 가리키며 말씀하시길,
"내 며느리는 여사(女士)이니 당신도 본받으시오."
라고 하셨다.
2년이 지나 의정부군께서 돌아가시고, 기사년[1689]의 화[77]로 인현왕후께서 사제(私第)로 돌아가시자, 부인께서는 가족들을 이끌고 화전(花田)에 있는 별장에 나가 사셨다. 내가 어려서 공부에 힘쓰지 않자 부인께서 울면서 말씀하시길,
"미망인이 오직 너 때문에 목숨을 부지하고 있는데, 자식이 있으나 공부를 하지 않으니 자식이 없는 것만 못하구나."
라고 하셨다. 나의 작은아버지 귀락공께서 과제로 책을 읽도록 시키시기를 매우 엄하게 하셨는데, 비록 아프게 종아리를 치시더라도 부인께서는 한 번도 탄식하거나 근심하는 빛을 띠지 않으셨다. 작은아버지께서 일찍이 이 일에 대해 말씀하시길,
"이것은 보통 부녀자의 마음으로는 매우 어려운 것인데, 오직 나의 혼자된 형수에게서 보았다."
라고 하셨다. 부인은 옷감을 짜는 일에 부지런하셨는데, 젊은 시절부터 나이 들어서까지 잠시도 편히 지내신 적이 없었다. 일찍이 손수 목화를 다듬으시다가 꽃가지로 서산을 만드셔서 밤새도록 책읽기를 시키셨으니 나의 노둔함으로 능히 성취할 수가 있었던 것은 실로 부인과 나의 작은아버지의 힘 때문이다. 중전의 자리가 다시 바르게 되자 부인께서 다시

---

77 기사환국을 이른다.

한양의 집으로 돌아오셨다. 내가 이때 손님과 친구를 맞아들여 더불어 책을 읽고 글을 지으니, 부인께서 직접 음식을 만들어 주시면서 힘든 줄을 모르셨다.

임오년[1702]에 내가 과거에 급제하자 부인께서 기뻐하시고 또 눈물을 흘리시며 말씀하시길,

"이것은 네 아버지의 음덕에 대한 보응이다."

라고 하셨으며, 또 이르시길,

"너의 영달이 기쁘지 않은 것은 아니지만, 귀한 사람이 되기는 쉽지만 좋은 사람이 되기는 어려운 법이다. 이점이 내가 깊이 걱정하는 바이다."

라고 하셨다. 내가 세상살이가 험난한 것을 보고 벼슬살이에 뜻이 적으니 부인께서 또 이르시길,

"네가 시속에 따르는 것을 좋아하지 않으면서, 마음으로는 관직에 나가 직무를 다하고자 하니 세상에 용납되지 못할까 걱정이 되는구나."

라고 하셨다. 내가 나랏일로 몇 해 서북지역에 나가 있게 되니, 부인께서 슬퍼하시며 말씀하셨다.

"만약 네가 벼슬을 하지 않았다면, 서로 보살피며 나의 여생을 마칠 수 있었을 것이다."

그리고는 교외의 집으로 돌아가셨다. 경인년[1710]에 내가 옥당의 관원으로 표를 올려 사정을 아뢰어서 진무열 고사[78]에 따라 물러나겠다는 청을 드렸는데 임금님께서,

"너의 사정은 내가 매우 불쌍하게 여기지만, 집에서 모친을 모시겠다는 부탁은 들어주기 어렵다. 모친을 올라오시게 해서 아침저녁으로 봉양

---

78 홍치(弘治) 연간에 어사 진무열(陳茂烈)이 벼슬을 내놓고 어버이를 끝까지 봉양할 것을 청하였을 때 임금이 그 사정을 불쌍히 여겨 허락하였다. 그 상소에 이르기를, '병으로 홀로 신음하고 있는데 약을 누가 지어드릴 수 있겠습니까? 임금의 은혜는 오히려 다 갚을 수 있지만 어버이의 여생은 얼마 남지 않았습니다.'라고 하였다. 『명사(明史)』

하기를 거르지 말라."
라는 비답을 내리셨다. 이후로는 벼슬을 내리셔도 번번이 사양했으며, 비록 왕역(往役)으로 부르셔도 또한 나아가지 않았다.[79] 때로는 위엄으로 꾸짖으셨지만, 일찍이 모친 슬하를 떠난 적이 없었다.

기해년[1719]에 내가 가선(嘉善)에 오르자, 돌아가신 아버님께서 이조참판에 추증되셨고 부인께서 따라서 정부인의 작위를 받으셨다. 경자년[1720] 숙종 임금께서 돌아가시고 귀락당께서 임인사화에 연루되어 옥사하셨다. 장례를 마치고 내가 부인을 모시고 인제(麟蹄)에 들어갔는데, 인제는 황량하고 궁벽져서 살기에 나빴지만 산과 물이 맑고 기이했으며 앞에 나는 봉과 같은 산봉우리 하나가 아스라이 있어서 부인께서 매일 아침에 일어나시면 돌아보시고 기뻐하시며 말씀하시길,

"구름이 아름답구나!"
라고 하셨다. 일찍이 갖가지 당귀와 영지 등을 옮겨 심으셨고 가을에는 손수 가지를 따셨는데, 내가 때때로 광주리를 가지고 따라가면 부인께서 즐거워하셨으며, 비록 거친 음식도 넉넉지 않았지만 만족해하셨다. 항상 나라를 걱정하시며 근심을 놓지 않으셨는데, 지금 임금께서 보위에 오르신 뒤 선비들이 신축·임인년의 일을 상소하여 논쟁을 벌이다 맞아 죽게 되자 부인께서 들으시고 탄식하시길,

"우리가 여전히 다시 해를 볼 날만을 기다리고 있으니, 지금 나라 일을 알만 하다."
라고 하셨다. 얼마 지나지 않아 조정이 잠시 맑아져 내가 다시 부름을 받았는데 사양하는 말씀을 올렸으나 받아들여지지 않았다. 이에 몇 달이 지난 뒤 모시고 교외의 집으로 돌아갔는데, 부인이 돌아가기에 앞서 웃으며 말씀하시길,

---

79 『맹자』에 따르면, 왕역(往役), 즉 가서 부역(賦役)을 하는 것은 서인(庶人)의 직무(職務)이고 임금을 가서 만나보지 않는 것은 선비의 예(禮)라고 했다. 『맹자』 「만장(萬章)」 하(下).

"네가 벼슬에 나아가는 것 때문이라면 반드시 산에서 나갈 필요는 없지만, 내가 살 날이 얼마 남지 않았으니 친척들을 만나보고 싶구나."
라고 하셨다. 내가 대제학으로 있을 때 여러 번 재촉을 받았던 일로 마침내 쫓겨나 삭직당하기에 이르렀다.[80] 어떤 사람이 부인에게 말하길,

"벼슬에 나아가라고 권하는 것을 하찮게 여기시는 것 아닙니까?"
라고 하자 부인이 이르시길,

"내가 어찌 부귀를 하찮게 보아서 권하지 않았겠습니까? 이미 그렇게 할 수 없는 형편이어서 다만 그가 지키고자 하는 것을 따랐을 뿐입니다."
라고 하셨다. 정미년[1727]에 조정에 또 큰 변이 일어나고[81] 다음 해[1728] 역모의 난[82]이 일어났다. 그래서 내가 달려가 문안하고 돌아왔는데 흉악한 말에 휘말려 다시 도성에 들어가 명(命)을 기다려야 했다.[83] 그러자

---

80 1726년 이재가 대제학으로 있을 때, 동조(東朝)의 상호(上號)를 위해서 빨리 올라오라는 별유(別諭)가 내렸으나 소명(召命)을 어겨 삭출되었다.

81 정미환국(丁未換局) : 1727년(영조 3) 영조가 당쟁을 조정하고 그 폐해를 막기 위해 조정의 인사를 단행한 일. 소론 일파가 정권을 잡고 있던 영조 초기에 왕은 당쟁의 폐단을 우려하여 노론·소론을 막론하고 당파성이 강한 자를 제거하고자 하였다. 그때 노론의 이의연(李義淵)이 지난날 세제(世弟)를 왕위계승자로 추대하다가 처벌된 신하들의 신원(伸寃)을 상고하면서 물의를 일으키자 귀양을 보냈다. 또한 소론 가운데 당파성이 농후한 김일경(金一鏡)과 목호룡을 신임사화(辛壬士禍)의 주동자로 처단하고 소론의 수장(首長) 이광좌(李光佐) 등을 유배시키는 한편, 노론의 민진원(閔鎭遠)·정호(鄭澔) 등을 소환하여 요직에 기용하고 신임사화 때 처단된 노론 4대신을 복관시켜 시호를 주었다. 이렇게 해서 노론이 정권을 잡았으나 이들이 계속 소론에 대한 보복을 고집하자, 영조는 노론·소론의 당쟁을 조정하기 위해 다시 민진원 등 노론 일파를 추방하고 소론의 이광좌·조태억(趙泰億) 등을 기용하였는데, 이를 정미환국이라 한다.

82 이인좌의 난 : 소론과 남인이 연합하여 일으킨 난. 신임사화로 득세한 소론이 영조의 즉위로 노론에 밀려나게 되면서, 영조가 신임사화 때 김창집 등 노론 4대신을 무고(誣告)한 소론파 김일경 등을 처형하자, 이에 소론의 과격파와 갑술옥사 이후 정계에서 밀려난 남인이 연합하여 이인좌·정희량(鄭希亮) 등을 중심으로 반란을 일으켰다. 이인좌는 스스로를 대원수라 하고 소현세자의 증손인 밀풍군 탄(坦)을 추대하여 왕통을 바로잡을 것을 주장하였다. 반군은 안성(安城)·죽산(竹山)에서 관군에게 패하고, 주모자가 체포되었다. 이 난은 당쟁의 연장으로 이후 영조의 탕평책 실시의 명분이 되었다.

83 이재는 1728년 역적인 이지시(李之時)가 무고한 일로 입성하여 대명(待命)하다가 희정당(熙政堂)에서 사대(賜對)한 일이 있다.

부인께서 쓸쓸히 말씀하시길,

"만약 네가 이름이 알려져 있지 않고 지위가 높지 않았더라면 어찌 이런 일이 있었겠느냐?"

라고 하셨다. 그래서 나는 더욱 물러날 뜻을 갖게 되었다. 부인의 부모님 묘가 여주에 있었고 부인의 동생인 좌의정 진원이 이때 원주에 유배되어 있었는데, 여주와 원주는 또한 인접한 지역이다. 그래서 부인을 모시고 여주로 옮겨 살았는데, 부인이 기뻐하지 않으시고 이르시길,

"네가 비록 내 뜻을 따르고자 한 것이지만, 가묘가 나를 따라 이곳에 오게 되니 내가 매우 편치 않구나."

라고 하시며 짐을 꾸려 다시 인제의 산속으로 들어가자고 하셨는데, 얼마 안 되어 병에 걸려 대거리(大居里)의 집에서 돌아가셨으니 이때는 무신년[1728] 9월 19일로 73세셨다. 발인하여 한천의 선산에 모시고 돌아와 11월 10일에 아버님의 묘를 파서 합장했다.

부인은 정숙하고 명철하며 인자하고 은혜로우셨으며, 보기에는 근엄하셨지만 가까이 하면 온화한 분이셨다. 효도하고 공경하기에 정성을 다하여, 그 모시던 시어머니 박부인이 병이 들자 크고 작은 일을 반드시 직접 하였는데, 정성스런 마음이 간절하고 지극했다. 박부인은 평소 과묵하고 엄격하셨지만, 병이 심해지자 부인을 돌아보며 말씀하시길,

"내가 죽게 되니, 우리 며느리의 은혜에 보답하지 못한 것이 한스럽구나."

라고 하셨다. 시계모 박부인이 또한 공경하고 중히 여기면서 무슨 일이든지 반드시 물어보았으며, 평생 사랑하고 아끼며 틈을 두지 않았다. 시계모에게는 딸이 하나 있었는데 일찍 과부가 되었다. 시계모가 세상을 떠난 뒤 딸이 또한 죽었다. 그러자 부인께서는 그 두 딸을 집에 데려다가 길렀는데 두 딸은 장성할 때까지 자기 어머니가 없다는 것을 느끼지 못했다. 제사를 받들 때에는 제수와 제기를 정갈하게 하고도 흠향을 잘 하

셨는지 가슴 조렸으며 제사가 끝난 뒤엔 슬퍼하면서 부족함이 있었던 것처럼 아쉬워했다. 날마다 새벽닭이 울면 일어나서 세수하고 머리를 빗으셨고 일을 질서정연하게 처리하시니 안팎의 종들이 각기 맡은 일을 하였다. 그들을 곡진하고 은혜로운 마음으로 대하셨으니 때로 춥고 배고프더라도 식사할 때는 한 번도 불러 일으키지 않으셨다. 어떤 자가 병이 났다고 핑계를 대면 이르시길,

"사람이 억지로 하기 어려운 것이 병이니 내가 차라리 속아주는 것이 낫겠구나."

라고 하셨다. 사리에 통달하셨고 옳고 그른 일을 분명히 아셨으며 온 집안의 자녀들이 잘못이 있으면 반드시 지극한 정성으로 타이르시니 듣는 사람이 감동하지 않을 수 없었다. 비록 친정에 다니러가는 날에도 또한 그러하셔서 여러 부녀자들이 부인이 오신다는 소식을 들으면 문득 서로 경계하며 감히 마음을 놓지 못했다. 친척들과 만나는 것을 좋아하여 모일 때마다 정이 돈독했으며, 소원한 사람에 이르기까지 그 마음을 다 쏟았다. 다만 옳지 못한 것을 보면 비록 물건을 보내도 받지 않았고 또 감식안이 있으셔서 그 말이 선한지 악한지 좋은지 나쁜지를 곧잘 맞추셨다. 이 때문에 친척들이 아들을 낳으면 모두 부인에게 품평을 한 번 받을 수 있기를 원했다. 다른 사람이 곤궁하고 급박한 것을 보시면 도와주기를 마치 목마른 것처럼 하셨고, 이웃에 가난한 친척들이 많이 살았기 때문에 항상 음식을 넘기지 못하는 듯하셨다. 손님들에게 음식 대접할 때에도 마음을 다하지 않음이 없었으나 오히려 말씀하시길,

"부족하지나 않은지요?"

라고 하셨다. 재물을 사용함에 늘 모자랄까봐 걱정하셨으나 평생 한 푼도 남에게 이자를 받지 않으셨고 몸이 대궐과 연결되어 있었지만 조금도 구하는 것이 없으셨다. 인현왕후께서 일찍이 말씀하시길,

"우리 형님은 높은 선비시다."

라고 하셨다. 중년에 중풍을 앓으시니 인현왕후께서 여의를 보내 진맥하게 하시고 방풍통성산[84] 수십 첩을 보내주시며 이르시길,

"형님의 마음에 여전히 불편하십니까?"

라고 하셨다. 옷 한 벌을 내려주신 일이 있었는데, 부인께서 유언으로 관에 넣어 달라 하시며,

"이것도 과분한 것이지요."

라고 하셨다. 나의 아내 오씨가 일찍 죽고 자식이 없자 그 오라비인 해창부마[85]가 어릴 적 좋아하던 구슬과 패물 따위를 보내며 말하길,

"이것을 가지고 계시면서 제사지낼 손자[86]를 기다려 보십시오."

라고 하니 부인이 사양하여 돌려보내시며 말씀하시길,

"이것은 모두 대궐로부터 나온 것이니 일반 백성의 집에 둘 만한 것이 못됩니다. 하물며 이 물건이 반드시 복을 부르는 것도 아니니, 감히 가지고 있으면서 태어나지도 않은 자손을 기다릴 수는 없지요."

라고 하셨다.

내가 일찍이 조자앙[87]의 진첩을 보고 사랑하여 사고자 했는데, 부인께

---

84 방풍통성산(防風通聖散) : 독성물질을 해독하는 데 사용하는 처방으로 체내의 식독(食毒)·수독(水毒)·풍독·열독 등에 쓰인다. 이 처방은 처방 약재 수가 많고 각각의 분량이 적은 것이 특색이며 효능이 우수하다.

85 오태주(吳泰周) : 1668(현종 9)~1716(숙종 42). 본관은 해주(海州). 자는 도장(道長), 호는 취몽헌(醉夢軒). 판서 두인(斗寅)의 아들이다. 12세인 1679년(숙종 5) 현종의 딸인 명안공주(明安公主)와 혼인하여 해창위(海昌尉)에 봉해졌고, 명덕대부(明德大夫)의 위계를 받았다. 1689년 희빈 장씨 소생 왕자의 세자 책봉에 반대하다가 일시 관작이 삭탈되었으며, 얼마 뒤 왕명으로 직첩이 환급되기도 하였다. 글씨를 잘 썼으며, 특히 예서에 능했다. 시문에도 능하여 숙종의 많은 총애를 받았다.

86 시사(尸祀) : 제사 지내는 시동(尸童)을 의미하지만 여기서는 제사 지낼 자손의 의미로 사용되었다.

87 조맹부(趙孟頫) : 원나라의 문인으로 본래 송나라 종실(宗室)이다. 자는 자앙(子昂), 호는 송설(松雪). 세조(世祖) 이후 오조(五朝)를 섬겨 신임이 두터웠으며 벼슬이 한림학사승지(翰林學士承旨), 영록대부(榮祿大夫)에 이르렀다. 글씨, 그림, 시문에 크게 뛰어나 후세에 미친 영향이 크다. 『송설재집(松雪齋集)』 10권이 있다.

서 조자앙의 진첩에 대한 일을 들으시고 나무라시며 말씀하시길,

"글씨는 다만 하나의 작은 기예일 뿐인데 어찌 족히 값지게 여길 만하겠느냐?

라고 하셔서 내가 황공하여 바로 돌려보냈다.

내가 은거하며 지낸 이후로 나이 어린 선비들 여러 명이 나를 따라 공부하니 부인께서 이르시길,

"이것은 내가 어렸을 때 외할아버지에게서 본 것인데, 너에게서 볼 줄은 생각지 못했구나. 덕이 미천한데 지위가 높고 능력은 작은데 책임이 막중하니 이것은 옛 사람들이 두려워한 바이다."

라고 하셨다. 매일 새벽과 저녁에 책 읽는 소리 듣기를 좋아하셨고, 또 일찍이 조심하면서 근심하지 않으신 적이 없었다. 평소에 '분(分)' 자를 즐겨 말씀하셨는데,

"사람이 각기 본분을 생각하고 혹시라도 넘어서지 않는 것이 도에 가까운 것이다."

라고 하셨다. 내가 부인을 50년간 모셨는데, 내가 보니 부인은 아름다운 덕을 모두 갖추셨으며 가르치시는 것이 우뚝하여 법도에 맞는 말씀이 아닌 것이 없었다. 비록 내가 재주가 없어 만에 하나도 뜻을 받들 수 없었으나 영화와 이익을 탐하며 조상을 욕되게 하고 자신을 그르치는데 이르지 않은 것은 오직 부인의 가르침이 바탕이 되었기 때문이다. 진심으로 걱정하는 바는 점점 멀어지고 희미해져서 마침내 사라져 불효의 죄를 더하는 것이라서 잠시 그 한두 가지를 기록하여 무덤에 넣는다. 우리 이씨의 세보와 그 자손에 대한 것은 이미 아버님의 묘지(墓誌)에 갖추어져 있어서 여기에는 군더더기를 붙이지 않는다.

해제 이재가 그 어머니 여흥 민씨를 위해 쓴 묘지이다. 이재의 모친은 민유중의 딸이자 송준길의 외손녀이며 인현왕후와는 자매지간으로 기사환국

과 신임사화, 정미환국 등 정치적인 파란의 중심에서 가문의 부침을 몸으로 겪었다. 이에 이재가 벼슬을 하는 것에 대해 늘 걱정하며 몸가짐을 경계했다. 이 글에서 이재는 모친이 시어머니를 잘 섬기고 자식 교육을 엄히 했다고 전한다. 또 인현왕후가 그 모친에게 약과 의복을 내렸던 일화를 싣고 있다.

정경부인에 추증된 작은어머니 안동 김씨 묘지
仲母贈貞敬夫人安東金氏墓誌

우리 작은아버지 이조판서 이만성(李晩成)께서 처음 맞이한 부인은 안동 김씨로 영의정 충익공 김수흥(金壽興)의 따님이시고, 좌의정 청음(淸陰) 문정선생(文正先生) 김상헌(金尙憲)의 증손이시며, 부사를 지내고 남원이 본관인 윤형각[88]의 외손이시다. 판서공의 아버지는 우의정 이숙(李翻)이시고 어머니는 나주 박씨로 첨지중추부사를 지내고 판서로 추증된 박호(朴濠)의 따님이시다. 의정부군의 둘째 형은 지평으로 추증된 이영(李翎)이시고 그 부인 동복(同福) 오씨와 같은 날 강도(江都)에서 순절하셨다.[89] 판서공은 의정부군의 명으로 그 후사가 되었다. 부인은 성품이 총명하고 슬기로워 충익공이 매우 사랑하셨다.

15세에 배우자를 택하여 판서공에게 시집오셨는데, 온순하여 부녀자의 도를 갖추셨으니 친척들과 시비들이 모두 그 자애로움을 칭송했다.

---

88 윤형각(尹衡覺) : 1601(선조 34)~1664(현종 5). 본관은 남원(南原). 자는 경선(景先). 관찰사 세림(世臨)의 후손이다. 1623년 인조반정에 참여한 공을 인정받았으며, 1636년 병자호란이 일어나자 사평으로서 원두표의 종사관이 되어 남한산성을 방어하였다. 후에 파주목사·성주목사 등을 역임했다.

89 1636년(인조 14) 병자호란에 이유겸(李有謙)을 따라 온 가족이 강도에 들어가 의병에 가입하여 광진을 수비하다가 갑곶이 함락하게 되자 이영(李翎)은 분하여 물에 빠져 죽으려 하였으나 부모를 위해 뜻을 이루지 못했다. 드디어 가족을 데리고 길상산(吉祥山)으로 들어가는 도중에 적을 만나 아버지가 적을 대항하여 굴하지 않는 것을 보고 형 핵(翮)과 함께 죽기를 결심하고는 이를 말리는 아버지에게, 아버지는 나라를 위해 죽고 자식은 부모를 위해 죽고 지어미는 지아비를 위해 죽을 뿐이라고 하면서 죽을 결심을 굳혔다. 별안간 적이 가족에게 해를 가하려 하자 어머니 윤씨가 불에 뛰어드니 형과 함께 중화상을 입은 어머니를 붙들어서 논에 눕히고 구호하는데, 적이 쏘려 하니 형제가 어머니를 덮어 가리면서 서로 대신 죽기를 다투었다. 적이 더욱 노하여 난사하니 핵은 어깨와 팔을 맞고 영은 얼굴을 맞아 즉사하였으며 아내 오씨와 형수 김씨도 모두 자살했다.

부인이 젊은 나이에 병이 들어 해가 지날수록 더욱 고질병이 되었다. 판서공이 늦게 첩을 얻었는데 혹 부인을 위로하는 사람이 있으면 부인이 정색을 하고,

"저는 병이 들어 집안일을 돌볼 수 없습니다. 그러니 남편의 이번 일도 늦은 것이지요."

라고 말씀하시고, 그 사람을 대할 때에도 은혜롭게 하니 듣는 사람이 이르길,

"이런 한결같은 마음은 어려운 것인데, 부인만은 그러하구나!"

라고 했다.

어머니 윤부인은 여자 중의 선비로 부인이 어려서 영향을 받아 대략 서책과 역사를 알았다. 사촌형제인 농암공 김창협과 백연자 김창흡이 항상 칭찬하며 가상히 여겼으니 그 식견이 이와 같았다.

부인은 숭정 기해년[1659] 정월 3일에 태어나셔서 계미년[1703] 5월 9일에 돌아가셨다. 판서공께서 병자년[1696]에 장원 급제하시고, 부인께서 돌아가실 때에는 관직이 홍문관 응교였는데, 다음 해에 발탁되어 승정원 승지가 되셔서 부인께서도 숙부인에 추증되셨다. 또 2년 뒤 아경(亞卿)에 오르시자, 이에 따라 전례대로 추증되셨다. 임인사화 때 판서공께서 옥중에서 돌아가시고 을사년[1725]에 원한을 푸시면서 좌찬성에 추증되시니, 부인도 정경(貞敬)으로 추증되셨다.

일남 일녀를 두셨는데, 딸은 진사 김성택(金星澤)에게 시집갔고, 아들 이구(李絿)는 진사시험에 장원하여 정랑이 되었다. 딸이 넷 있는데 시집가지 않았다. 사위의 사위는 사인 심봉인(沈鳳仁)과 진사 이명채(李命采)이다. 이구는 화를 당한 뒤에 달아나 깊은 산에 들어가서 마침내 통한을 품고 죽으니, 조정에서 그 효성을 불쌍히 여겨서 특별히 집의에 추증하고 정려를 내렸다. 우리 이씨가 대대로 충효를 계승하였는데, 이구가 욕되게 하지 않았으니 부인에게 또한 영광이 있는 것이다. 그러나 우리 작

은아버지의 후덕하심과 부인의 자애로움으로 마침내 후사가 없으니, 이것이 어찌 하늘의 뜻이겠는가?

부인을 처음 수원 쌍부(雙阜)에 장사지내고 판서공이 돌아가시자 그 왼편을 파서 합장했다가 무신년[1728]에 용인 한천동으로 옮겨서 묻었는데, 실제로 의정부군 묘의 왼쪽이니 구의 유언에 따른 것이다. 내가 어렸을 때부터 부인을 모셨고 부인께서 아들처럼 보살펴 주셨는데, 구가 이제 죽었으니 부인의 아름다운 덕을 내가 아니면 알 사람이 누가 있겠는가? 눈물을 흘리며 부인의 위하여 써서 무덤에 넣으니, 아, 슬프다!

해제 안동 김씨는 이만성의 아내로 이재에게는 둘째 작은어머니가 된다. 이만성의 아들 이구가 임인사화로 피난을 다니던 중 한을 품고 죽은 까닭에, 이재가 묘지를 썼다. 정경부인 김씨가 서책에 밝아서 사촌 형제인 김창협, 김창흡 형제의 칭찬을 받았다는 것과 고질병이 있어 남편이 첩을 들이자 은혜롭게 대했다는 내용 등을 실었다.

작은어머니 정부인 칠원 윤씨 묘지
季母貞夫人漆原尹氏墓誌

정부인 칠원 윤씨는 우리 작은아버지 관찰사 이만견(李晩堅)의 아내이다. 아버지는 관찰사 윤가적(尹嘉績)이고 할아버지는 사헌부 장령 윤우정(尹遇丁)이다. 외할아버지는 의금부 도사 배천 조석명[90]이고 시아버지는 돈녕부 도정 이핵(李翮)이며, 남편을 낳아준 시아버지는 의정부 우의정 이숙(李翻)이다.

부인은 무신년[1668] 5월 18일에 태어나서 15세에 관찰공에게 시집오셨다. 온화하고 유순하며 자애로우셔서 시부모님께서 매우 사랑하셨다. 스스로 작은며느리라 여기며 우리 어머니에게 감히 맞서지 않으셨고 한결같이 내칙을 따르셨다. 그리고 남편을 낳아주신 시어머니인 박부인의 장례에 달려가 진심으로 부르짖으며 통곡하니 보는 사람들이 그 효성에 감격했다. 나의 어머니께서 제사를 주관하시니 부인이 수고로움을 대신하셨는데, 이때 마침 혹독하게 추워서 손등이 터지고 찢어졌다. 나의 어머니께서 항상 이 일을 말씀하시길,

"비록 옛날의 효성스런 며느리라 하더라도 어찌 이보다 더하겠느냐?"
라고 하셨다.

관찰공이 관직이 높으셨으나 살림은 매우 가난했다. 후사로 나가 모시는 시어머니 이부인의 연세가 80이 넘으시니 손수 맛있는 음식을 해 드

---

90 조석명(趙錫命) : 1674(현종 15)~1753(영조 29). 본관은 풍양(豊壤). 자는 백승(伯承), 호는 묵소(墨沼). 상정(相鼎)의 손자로 대수(大壽)의 아들이며, 어머니는 영의정 서문중(徐文重)의 딸이다. 삼사의 관직을 두루 역임한 뒤, 1728년(영조 4) 대사간에 임용되자, 수령들의 지난 잘못을 일일이 밝혀 처벌할 것을 상소했다. 형조판서를 거쳐 판돈녕부사에 이르렀다.

리며 극진하게 모셨다. 이부인의 네 따님이 매번 친정에 다니러오면, 부인이 마음을 트고 대하여 서로 뜻이 맞았으니, 비록 저녁거리가 부족하여도 또한 알지 못하게 하셨다. 관찰공께서 기뻐하시며

"나의 여러 누나와 누이들이 즐거워하며 돌아가기를 잊도록 한 것은 부인의 힘이다."

라고 말씀하셨다.

관찰공께서 주・현을 두루 맡으셨는데, 부인께서 일찍이 조금도 청렴한 덕에 누를 끼치신 적이 없었다. 관찰공께서 돌아가시고 또 임인화변을 만나서 내가 온 가족을 이끌고 설악산 아래로 들어오게 되자 부인께서 외롭게 지내시며 더욱 곤궁해지셨다. 그래서 편지가 도착하면 슬프고 측은한 내용이 많았다. 을사년[1725] 4월 산에서 돌아오니 부인께서 이미 병이 드셔서 이달 19일에 화전(花田) 교외에 있는 집에서 돌아가셨다. 나의 어머니께서 미쳐 돌아오시기도 전이라 다시 서로 만나지 못하신 것을 평생의 한으로 여기셨다.

우리 이씨 가문의 계보와 부인의 자손은 관찰공의 묘지(墓誌)에 이미 갖추어 있어서 여기에는 군더더기를 싣지 않는다. 부인의 막내아들 이유(李維)가 일찍이 부인을 위해 따로 묘지를 갖추려 하였으나 마치지 못하고 죽었다. 내가 그 뜻을 불쌍히 여기고 또 부인의 아름다운 덕이 인멸되는 것을 두려워하여 대략 한두 가지 써서 무덤에 넣는다.

해제 정부인 윤씨는 이만견의 아내로 이재에게는 셋째 작은어머니가 된다. 이재는 사촌 형제인 이유가 그 어머니 윤씨의 묘지를 쓰고자 하다가 이루지 못하고 죽자, 부인의 아름다운 덕이 사라질 것을 걱정하여 이 글을 썼다. 정부인 윤씨는 이재의 모친을 잘 따랐고 후사로 나가 모시게 된 시어머니(이핵의 아내)도 극진히 모셨다고 했다. 임인화변으로 이재 등이 모두 피난을 떠나자, 윤씨는 외롭고 곤궁하게 지내다가 병을 얻어 세상을 떠났다.

정부인에 추증된 아내 해주 오씨 묘지
亡室贈貞夫人海州吳氏墓誌

삼주(三州) 이재(李縡) 희경(熙卿)의 아내는 해주 오씨로, 판서를 지내고 영의정에 추증된 충정공 오두인이 부친이며, 그 아버지가 부사 연(挻)인 정경부인 상주 황씨가 모친이다. 부인은 그 막내딸이다. 시아버지는 이조참판에 추증된 만창이고 시아버지의 부친은 우의정 이숙[91]이다. 시어머니의 아버지는 여양부원군 문정 민유중 공이다.

부인은 어려서 명철하고 정숙하며 유순하고 은혜로워 충정공이 여러 자식들 가운데 지극히 사랑하셨다. 내가 일찍 아버님을 잃어서 7세에 의정부군과 충정공께서 혼인을 약속하셨는데, 2년 뒤에 의정부군이 돌아가셨고 또 1년 뒤에 충정공께서 화를 입으셔서[92] 부인이 15세에 비로소 나에게 시집왔다. 이에 돌아가신 어른들에 대한 이야기를 하게 되면, 번번이 서로 마주하여 눈물을 흘렸다.

부인은 부귀한 집에서 태어났으나 전혀 교만하고 게으른 뜻이 없었고, 나의 할머니와 어머님을 모시면서 기쁜 얼굴빛과 온순한 태도로 좌우에서 뜻을 받들었으며, 명이 없으면 사실(私室)로 물러가지 않았고 손수 여공에 힘쓰며 잠시도 스스로 태만하지 않았다. 우리 집안은 대대로 검소

91 이숙(李翻) : 1626(인조 4)~1688(숙종 14). 본관은 우봉(牛峯). 자는 중우(仲羽), 호는 일휴정(逸休亭). 아버지는 참의 유겸(有謙)이며, 어머니는 윤홍유(尹弘裕)의 딸이다. 송시열의 문인이다. 11세 때 병자호란으로 포로로 선양에 붙잡혀 갔다가 회은군의 주선으로 귀국했다. 효종 때 삼사에 출입하였으며 우의정에 이르렀다. 경상감사 때 선정으로 여러 고을에서 사당을 세워 배향하였다. 시호는 충헌(忠獻)이다.

92 1689년 기사환국으로 서인이 실각하자 오두인은 지의금부사를 임명받고도 나가지 않아 삭직 당했으며, 인현왕후의 폐위를 반대하는 상소를 올렸다가 국문을 받고 유배 가던 중 파주에서 죽었다.

한 것을 숭상했는데, 부인이 또한 스스로 화를 당한 집안의 여자라 하여 담박한 옷을 입었다. 황부인이 일찍이 농담 삼아 나에게 말씀하시길,

"내 딸이 왕녀를 형으로 두어[93] 어릴 때부터 익숙한 것이 모두 진귀한 물건들이었으나 한 번도 욕심을 내는 기색을 드러낸 적이 없어서 늘 그 수수한 것을 이상하게 여겼는데 자네와 짝이 되려던 게지."

라고 하셨다.

부인이 여러 번 낙태를 하고 딸 하나를 낳았는데 곧 죽자, 병이 들어 심해졌다. 하루는 숨이 끊어졌다가 살아났는데 내가 왔다는 소리를 듣고 기운을 차려 말하길,

"시어머님 곁에 모실 사람이 없으니 당신은 빨리 돌아가시고 머물러 있지 마십시오."

라고 했으니 부인과 같은 사람은 죽어서도 효도를 잊지 못하는 자라고 말 할 수 있다.

부인은 숭정 기미년[1679] 9월 8일에 태어나서 경진년[1700] 4월 19일에 죽으니 참판부군 무덤 아래 몇 걸음 떨어진 곳에 장사지냈다. 부인이 죽은 지 2년 뒤 내가 비로소 알성과에 급제하였고 또 5년 뒤에 중시에 뽑혔다. 계사년[1713]에 성균관 대사성이 되니 부인이 이에 따라 숙부인에 추증되었고, 기해년[1719]에 홍문관 부제학으로 가선대부에 오르니 정부인으로 올려 추증되었다. 내가 남양 홍씨를 후실로 얻어서 1남 1녀를 두었는데 아들은 제원이고 딸은 사인 유언흠에게 시집갔다.

내가 부인에게 곡한 지 거의 30년이 되었는데 오래 지날수록 더욱 슬프니 다만 부인을 위해 슬픈 것만이 아니다. 지난날을 돌이켜보면, 기묘년[1699]에 내가 대과, 소과에 연이어 실패하여 기쁘지 않은 빛을 띠었는데 얼마 지나서 과옥(科獄)[94]이 일어났다. 부인이 조용히 나를 경계하여

93 왕녀는 이재의 아내 해주 오씨의 손위 올케를 말한다. 오씨보다 11세 위인 오라비 오태주가 12세에 현종의 딸인 명안공주와 혼인하여 해창위(海昌尉)에 봉해졌다.

말하길,

"붙고 떨어지는 것은 작은 일일 뿐인데 저토록 하지 않는 일이 없으니, 어찌 일찍이 근심하면서 하나만 생각했기 때문이 아니겠습니까?"

라고 하여 내가 두려워하며 칭찬하고 탄복했으니, 아! 어느 곳에서 다시 이 말을 듣겠는가? 내가 또 일찍이 시집올 때 가져온 병풍을 가리켜 말하길,

"어떻게 하면 이런 자연에서 당신과 집을 짓고 그 속에서 늙을 수 있겠소?"

라고 하니 부인이 기뻐하며 말하길,

"이것이 제 뜻입니다."

라고 했다. 내가 변고에 연루되어 자연 속에서 한가하게 지냈으니, 만약 부인이 있었다면 반드시 따르면서도 어려운 기색을 띠지 않았겠지만, 또 어찌 이룰 수 있겠는가? 내가 오랫동안 묘지를 쓰려했지만 슬퍼서 문장을 이루지 못했다. 내가 또 늙어서 슬퍼하며 그를 위해서 이와 같이 쓴다.

명에 말한다.

살아서 어머니를 모시지 못하고,
죽어서야 무덤에서 아버님을 따르는구려.
아, 부인이여 혼자 상심하지 마시오.

---

94 숙종 조에는 기묘, 임모, 임진년에 걸쳐 3번의 과옥이 있었는데, 여기서는 기묘과옥(己卯科獄)을 이른다. 1699년(숙종 25)의 증광문과 복시 때에 있었던 여러 가지 부정이 드러나 약 3년에 걸쳐 수십 명이 처형된 사건인데, 등록관·봉니관·서리 및 하인들이 공모하여 입격시권에 다른 사람의 피봉을 붙여서 부정입격시킨 것이 13건, 역서할 때 내용을 고쳐서 입격시킨 것이 1건, 거자가 자기시권(自己詩卷)의 자호(字號)를 시관에게 전하여 합격한 것이 1건이어서 합격자 33명 중 실로 15명이 부정으로 합격한 것이었다. 이 때문에 시관을 비롯한 10여명이 절도에 유배당하고 합격자 전원이 합격을 취소당하였다. 이러한 부정은 종사원들이 돈을 받거나 권력에 눌려 저지른 것인데, 당시는 돈만 들면 급제가 되어 어사화를 받는 것도 누워서 떡먹기였기 때문에 '어사화야 금은화야(御賜花耶 金銀花耶)'라는 노래가 유행하였다 한다.

나 또한 그대와 함께 묻히려오.

해제 정부인 오씨는 오두인의 딸이며 이재의 아내이다. 이재는 아내가 죽은 지 30년 만에 묘지를 쓴 이유에 대해 그동안 쓰려고 해도 슬퍼서 문장을 이루지 못했다고 밝히고 있다. 오씨는 명안공주의 시누이로 부귀한 집에서 태어났으나 시집와서는 검소하고 근면하며 효성이 지극했다. 특히 이재는 아내가 자신을 경계했던 일과 자신의 뜻을 기꺼이 따랐던 일을 생각하며, 아내를 다시 볼 수 없음을 슬퍼했다.

사촌 동생의 아내인 유인 안동 김씨 묘지
從弟婦孺人安東金氏墓誌

나의 사촌동생 이유(李維) 대심(大心)의 아내는 유인 안동 김씨로 그 아버지는 정랑 김시발(金時發)이고 선원 문충공 김상용[95]의 현손이며, 그 어머니는 이씨로 상국 이이명[96]의 딸이다. 나의 할아버지인 의정부군 이숙의 막내 아들은 사간원 대사간 이만견인데, 큰아버지인 도정 이핵(李翮)의 후사로 나갔다. 정부인 칠원 윤씨는 관찰사 윤가적(尹嘉績)의 딸로 (안동 김씨에게는) 남편의 어머니가 된다.

유인은 부유한 집에서 태어났으나 성품이 번화한 것을 좋아하지 않았고 재화와 이익에 욕심이 없었다. 대심이 서적을 좋아하여, 재물을 내서 마련하면서도 난처해하는 기색이 없었다. 영화롭고 귀한 것을 가벼이 여기고 명예롭고 절의가 있는 것을 중하게 생각하여 남편을 격려하는 말을 많이 했다. 내가 일찍이 유인에게 말하길,

---

95 김상용(金尙容) : 1561(명종 16)~1637(인조 15). 자는 경택(景擇), 호는 선원(仙源)·풍계(楓溪)·계옹(溪翁). 본관은 안동. 임진왜란 때 왜군토벌과 명군(明軍) 접대에 공을 세워 대사간이 되었으나 북인의 배척으로 한직(閑職)에 있다가, 17년(광해군 9) 폐모론이 일어나자 벼슬을 버렸다. 인조반정 뒤 병조·예조·이조 판서를 지냈는데, 병자호란 때 묘사주(廟社主)를 받들고 빈궁·원손을 수행하여 강화로 피난하였다가 성이 함락되자 순절했다. 글씨에 뛰어났다. 시호는 문충(文忠)이다.

96 이이명(李頤命) : 1658(효종 9)~1722(경종 2). 본관은 전주(全州). 자는 지인(智仁) 또는 양숙(養叔), 호는 소재(疎齋). 영의정 경여(敬輿)의 손자이자 대사헌 민적(敏迪)의 아들이며, 어머니는 의주부윤 황일호(黃一皓)의 딸이다. 작은아버지 지평 민채(敏采)의 양자로 들어갔다. 이조좌랑·의정부사인 등을 역임하면서 송시열·김석주(金錫胄) 등의 지원 아래 이선(李選)·이수언(李秀言) 등과 함께 노론의 기수로 활약했다. 이조·병조판서·우의정·좌의정 등을 지냈다. 경종 때 세제의 대리청정을 주청하였는데 소론의 반대로 철회되고 유배되던 중 목호룡의 고변으로 사사(賜死)되었다. 시호는 충문(忠文)이다.

"내 아우가 본래 세상살이에 소홀하여, 세월이 흘러도 굴뚝은 그을리지 않으면서 자리는 늘 가득할 것인데, 자네가 능히 그것을 감당하겠는가?"
라고 하니 유인이 고개를 숙이고 웃었다.

작년 봄에 대심이 충청도 지방에 있다가 난을 만나 장차 북쪽으로 돌아가게 되니, 유인이 헤어지면서 느긋하게 말하길,

"적이 이르면 오직 한 번 죽으면 그 뿐입니다. 예로부터 사람이 절개를 잃는 것이 어찌 일찍이 죽음을 두려워하는 것으로부터 연유한 것이 아니겠습니까?"
라고 했다. 이후로 대심은 달아나는데 아내가 없어서 하루도 편한 적이 없었다. 항상 깊은 자연 속으로 들어가서 밭을 갈고 책을 읽고자 하면 유인이 대개 기뻐하며 따르고자 했는데, 아! 지금 그는 죽었다.

우리 이씨와 김씨 집안은 거듭 혼인을 맺었다. 유인은 6, 7세에 이미 재주가 뛰어나다는 명성이 있다가, 15세에 이르러 우리 집안에 시집왔는데, 물러나 겸손하게 행동하며 능력이 없는 것처럼 했다. 대개 그 총명함이 남보다 빼어나 책을 보아도 눈이 지나는 곳은 외웠으며 『소학』 입교편과 『삼강행실록』, 두보의 시 몇몇 수를 더욱 좋아하였으나 이를 아는 자가 드물었다. 유인은 부녀자의 도를 더욱 깊이 알았는데, 일찍이 이부인이 여자 중의 선비라고 들었으니, 그 가르침이 어찌 스스로 생긴 것이겠는가? 나의 어머님께서는 감식안이 있으셨는데, 일찍이 유인에 대해 세속의 기운이 없었다고 칭찬하셨다. 대심도 안목이 넓고 말이 고상해서 다른 사람에 대해 인정함이 적었으며 또 사사로운 정에 힘쓰지 않았는데, 유인이 죽어 곡할 때에는 매우 슬퍼했으니 그 어짊을 알 수 있다.

그러나 유인의 행실은 더욱 탁월하여 지난 임인년[1722] 이상국께서 화를 당하시고 정랑공께서 또 연루되시어 죄를 입은 지 4년 동안 유인은 직접 절구질을 해서 옥바라지를 했고 밤이면 이슬을 맞으며 서서 하늘에 기도했다. 하루는 흉당들이 사형을 시키라고 아뢰었는데, 이때 유인의

아버지와 외할아버지가 모두 연좌되어 귀양 가 있었고 정랑공이 또한 아들이 없었다. 유인이 홀로 울며 부르짖다가 걸어서 대궐에 이르러 글을 올려 대신 죽기를 청하였다. 길에서 옥관 한 명을 만나자 또 수레를 막고 소리쳐 말하길,

"우리 아버지를 살려주십시오."

라고 하니 온 거리의 사람들이 모두 탄식하며 눈물을 흘렸다. 글은 비록 임금님께 전달되지 않았지만 화가 조금 느슨해져서 정랑공은 마침내 살 수 있었는데, 5년 뒤 유인이 죽으니 남편이 말하길,

"효성스럽구나! 오늘날의 제영[97]이로구나."

라고 했다. 유인은 유순하며 덕스러워 기록할 만한 것이 많지만, 나는 여기서 특별히 이것을 드러내서 세상의 자식 된 자에게 권계가 되고자 한다.

유인은 을유년[1705] 4월 30일에 태어나 기유년[1730] 5월 6일에 죽었다. 홍주 갈산에서 발인하여 모월 모일에 모 산의 모 구릉에 장사지냈다. 두 딸이 있는데 모두 어리다.

해제 유인 김씨는 이재의 사촌동생 이유의 아내이다. 유인 김씨는 이유가 생계를 돌아보지 않았으나 그의 뜻을 받들며 내조를 잘 했다. 임인사화 때 이유는 혼자 피난을 다니며 많은 어려움을 겪었는데, 유인은 남편에게 죽음을 두려워하여 절개를 잃는 것을 경계하였다. 유인 김씨는 그 부친과 외조부가 임인사화 때 연루되어 유배되었을 때 소론의 공격이 이어지자 대궐에 나아가 대신 죽기를 청했는데, 이재는 글의 말미에서 이 일화를 드러내어 자식 된 자들의 권계로 삼고자 한다고 썼다.

---

97 제영(緹縈) : 제(齊)나라 태창령(太倉令) 순우공(淳于公)의 딸로, 순우공이 죄를 지어 형벌[體刑]을 받게 되자 당시 임금인 효문황제(孝文皇帝)에게 상소를 올려 아버지의 죄를 대신 받고자 했다. 황제는 문신을 새기거나 팔과 다리는 자르는 체형이 부덕하다는 것을 깨닫고 형벌의 폐단을 고쳤다. 이에 순우공은 체형을 면할 수 있었다.

증조할아버지의 소실 창원 황씨 묘지
曾祖考小室昌原黃氏墓誌

용인현 동쪽 한천동에 참의였으며 영의정에 추증된 이유겸[98] 공의 묘가 있고, 또 동북쪽으로 5리의 거리에 있는 골짜기 염퇴(廉退)라는 곳에 그 소실 황씨의 무덤이 있다. 황씨 가문은 창원부원군 황석기[99]의 후손에서 나왔다. 고조할아버지는 판서 황형[100]으로 세종 조 때의 명장이고, 아버지 황열(黃悅)은 대궐을 지키는 위장(衛將)인데 병자년의 난으로 죽었다. 난을 당했을 때 홀로 가묘에 들어가 7위의 신주를 메고 갔기 때문에 신주가 병란을 피해 무사할 수 있었다.

참의공이 그 어짊을 듣고 첩을 들이니 삼가 건즐을 받들며 그 자손을 위해 재산을 마련하려 하지 않았다. 참의공이 돌아가시자 나의 할아버지 의정공께서 그를 공경하고 조심스럽게 섬기시며, 비록 다른 집에서 살아

---

98 이유겸(李有謙) : 1586(선조 19)~1663(현종 4). 본관은 우봉(牛峯). 자는 수익(受益), 호는 만회(晩悔). 관찰사 지신(之信)의 손자이다. 김장생을 사사하였다. 광해군 때에 조수륜이 화를 당하자 나서서 수습하고자 했고, 인목대비를 폐비시키고자 하는 것에 대한 잘못을 직언하여 피죄(被罪)되었다. 1623년 인조반정 뒤 광해군 때에 직언으로 피죄된 사실이 인정되어 신령현감을 제수 받았다. 1636년(인조 14) 병자호란 당시에는 의병을 일으켰으나, 남한산성에 도착하기 전에 함락되고 말았다. 벼슬은 호조참의에 이르렀다.

99 황석기(黃石奇) : ?~1364(공민왕 13). 본관은 창원(昌原). 1342년(충혜왕 복위 3) 밀직사지신사(密直司知申事)로 조적(曺頔)의 무리를 제거하고 왕을 시종한 공으로 1등공신이 되었다. 충목왕, 충정왕, 공민왕 때 공을 세워 문하시랑 동중서문하평장사(門下侍郎同中書門下平章事)에 이르렀으나 다음해 정월 파직되었다.

100 황형(黃衡) : 1459(세조 5)~1520(중종 15). 본관은 창원(昌原). 자는 언평(彦平). 아버지는 선공감정(繕工監正) 예헌(禮軒)이며, 어머니는 사헌부감찰 남인보(南仁甫)의 딸이다. 삼포왜란 때 전라좌도 방어사로 제포에서 전공을 세우고 경상도 병마절도사에 임명되었다. 그 후 도총관·훈련원지사를 거쳐 함경도 변경에서 야인이 반란하자 이를 진압하고, 관직이 공조판서에 이르렀다.

도 날마다 가 뵈었고, 맛있는 것 하나를 얻어도 '우리 작은어머니'라고 말씀하셨다.

의정공과 둘째, 셋째 할아버지가 모두 현달하셨는데, 무진년[1688] 이후 화가 계속 되자 매번 우시며 말씀하시길,

"내가 늙도록 죽지 않아서 불행히도 이것을 보는구나."

라고 하셨고, 10년 뒤 의정공의 두 아드님인 판서공과 관찰공께서 다시 연이어 조정에 오르시니 또 우시며 이르시길,

"다행히 내가 죽지 않아서 이것을 보는구나."

라고 하셨다.

내가 어려서 다가가 뵈면, 머리가 새하얗고 등에 검버섯이 있었으나 눈빛은 오히려 밝게 빛나셨다. 우리 집안의 옛날 일에 대해 이야기하시길 좋아하셨는데 또렷이 들을 만 했다. 항상 말씀하시길,

"어질고 효성스러우며 공손하고 근검한 것은 이씨 집안의 가풍이니 마땅히 너희 자손들은 번창할 것이다."

라고 하셨다. 대개 고금의 일에 통달하셨고 사리를 아셨는데, 때때로 남자도 모르는 것을 아셨다. 춥고 배고픈 자를 보면 슬퍼하기를 마치 자기 일처럼 하셨으니 천성이 그러하셨다. 무인년[1698] 12월 11일 돌아가셨으니, 만력 무오년[1618]에서 81년이 지난 때이다.

세 아들을 두셨는데, 휘(翬)와 습(習), 학(翯)으로 모두 앞서 돌아가셨으며 맏이와 막내는 진사였다. 딸은 윤발(尹撥)에게 시집갔는데, 또한 진사이다. 휘는 세 아들을 두었는데, 만징(晩徵)은 진사별제(進士別提)이고 만응(晩膺)은 사과[101]이며 만증(晩增)은 주부이다. 만응은 습의 후사로 나갔다. 사위 윤씨의 아들은 건교(健敎), 후교(厚敎), 심교(心敎)이다. 증손과 현손은 다 싣지 않는다. 참의공의 증손인 모 관직에 있는 재가 쓴다.

---

101 사과(司果) : 조선조 때 오위(五衛)에 딸린 정 6품의 군직. 현직에 있지 아니한 문무관 및 음관 중에서 뽑았다. 부사직(副司直)의 다음 관직.

해제 황씨는 이재 증조부의 소실이다. 그 부친이 병자호란 때 신주를 지켰다는 말을 듣고 이유겸이 그 딸을 첩으로 들였다. 황씨는 80세의 수를 누리며 이씨 집안의 부침을 모두 경험했으며 집안의 옛 일을 즐겨 이야기하고 고금의 일에 통달했던 인물이다. 이재의 조부 이핵이 이유겸이 죽은 뒤에도 황씨를 잘 보살폈다고 했다. 첩이나 서자에 대한 글은 이전까지 많이 쓰이지 않았는데, 18세기 이후로는 이들에 대한 글이 점차 그 수를 늘려간다. 이 묘지는 저작 대상이 가족의 주변인으로 확대되어 가는 양상을 보여준다는 점에서 의의가 있다.

큰고모 정경부인 이씨 행장
伯姑貞敬夫人李氏行狀

부인은 나의 할아버지 의정부 우의정 부군 이숙의 맏이이다. 우리 이씨는 우봉이 본관으로, 위로 고려시중 삼주백 이정 공이 계시고, 본조에는 관찰사 이길배와 판서 이승건,[102] 부제학 이지신이 가장 유명하시다. 부학공은 좌찬성에 추증된 이할을 낳으셨고, 이분이 참의로 영의정에 추증된 이유겸(李有謙)을 낳으셨는데 의정부군의 아버지가 되신다. 두 대에 걸쳐 선비의 학술로써 덕업을 세상에 크게 드러내셨다. 부군께서는 나주 박씨와 혼인을 하셨으니, 첨정이며 이조판서에 추증된 박호(朴濠)의 따님이시고 관찰사 박동열[103]의 손녀이시다. 정숙하고 엄정하며 마음이 곧고 한결 같으셨으니 부덕을 모두 갖추셨다.

부인은 숭정 계미년[1643] 5월 20일에 부안의 유천 의정부군의 집에서 태어나셔서 16세에 담포 홍공[104]에게 시집가셨다. 홍씨는 우리나라의 큰

---

102 이승건(李承健) : 1452(문종 2)~1502(연산군 8). 본관은 우봉(牛峰). 관찰사 길배(吉培)의 손자이며, 감찰 기(圻)의 아들이다. 1496년 세자시강원시강관을 역임하고 1500년 동지중추부사를 거쳐, 1502년 호조판서 겸 동지의금부사가 되었으나 병으로 사양했다. 예조판서에 추증되었다.

103 박동열(朴東說) : 1564(명종 19)~1622(광해군 14). 본관은 반남(潘南). 자는 열지(說之), 호는 남곽(南郭)·봉촌(鳳村). 사간 소(紹)의 손자로, 대사헌 응복(應福)의 아들이며, 동량(東亮)의 형이다. 황주목사 때 선정을 베풀었다. 형조참의·대사성·예조참의 등을 지냈다. 정인홍 사건으로 광해군이 유생들을 투옥시킬 때 이를 말렸다. 저서로 『봉촌집』이 있다.

104 홍수헌(洪受瀗) : 1640(인조 18)~1711(숙종 37). 본관은 남양(南陽). 자는 군택(君澤), 호는 담포(淡圃). 아버지는 관찰사 처후(處厚)이며, 어머니는 형조판서 정사호(鄭賜湖)의 딸이다. 1686년 함경도암행어사로 파견되어 탐관오리를 징계하며 민정을 살피고 돌아왔다. 1688년에 헌납으로 박세채를 변호하다 귀양간 영의정 남구만(南九萬)과 좌의정 여성제(呂聖齊) 등을 구하려고 여섯 차례 계(啓)를 올렸다가 북청판관으로 좌천되

가문으로, 집안이 배출한 명성과 덕망이 있는 분은 행장에 갖추어져있다. 부인은 어렸을 때 외가에서 자랐는데 할머니 윤부인이 매우 사랑하셨다. 판서공은 성품이 엄격하셔서 자손들이 모두 두려워하며 감히 뵙지 못했으나 부인만은 뜻을 받들며 거스름이 없었다. 윤부인이 돌아가시자 판서공이 부인을 머물러 있게 하며 집안일을 맡기니 의정부군이 그 나이 어린 것을 불쌍하게 여겨 여러 번 돌려보내라고 부탁드렸으나 뜻을 이루지 못했다. 부인은 상사(喪事)를 주관하면서 안으로는 어른을 봉양하고 밖으로는 손님을 접대하였는데, 윤부인이 살아계실 때와 같았다.

시집간 뒤에는 시부모를 효성스럽게 모시니 시부모가 칭찬하여 말하길,

"진정한 맏이는 우리 아이이다."

라고 했고, 생신 때마다 성심껏 상을 차려 봉양하니 시아버지가 기뻐하며 말하길,

"이것은 내 효성스런 며느리의 손을 거친 것이니 내가 어찌 배부르지 않겠는가?"

라고 했다. 또 동서지간에 잘 처신하였는데, 비록 기질과 취향이 사람마다 다르지만 한결같이 온화하고 겸손하게 대하니 좋아하며 따르지 않음이 없었다. 시어머니가 탄복하며 말하길,

"우리 며느리가 우리 집안에 들어온 지 오래 되었으나 공경하고 삼가는 것이 처음과 같아서 내가 그 허물을 본 적이 없다."

라고 했다. 담포공이 임술년[1682]에 과거에 급제하고 갑술년[1694]에 통정에 올랐으며 경진년[1700]에 가선대부가 되니 부인이 재차 숙부인, 정부

었다. 이듬해 사예가 되었으나 기사환국으로 정국이 바뀌자 무안으로 유배되었다. 1694년 갑술옥사로 유배에서 풀려나 민비(閔妃)의 복위도청(復位都廳)에 기용된 뒤, 대사간·대사성 등을 여러 차례에 걸쳐 역임하고 이천부사로 나가 선정을 베풀었다. 뒤에 호조판서·좌참찬 등을 역임하였다. 시호는 문정(文靖)이다.

인에 봉해졌다. 계미년[1703]에 공이 이조판서를 거쳐 판의금에 발탁되어 부인이 또 정경에 오르게 되니 근심스럽게 말하길,

“이것은 우리 시어머니와 어머니께서 미처 받지 못한 것입니다. 복은 아득한데 덕이 작으니 제가 어찌 감당하겠습니까?”

라고 했다. 신묘년[1711]에 공의 병이 위독해져서 부인이 임종하려 하자, 공이 흘깃 보면서 말하길,

“이런 때에 부인이 어찌 올 수 있습니까?”

라고 하니, 부인이 눈물을 흘리며 나가면서 이르길,

“당신이 도리에 맞게 죽고자 하는 뜻이니 제가 감히 어길 수가 없군요.”

라고 했다. 상을 치르는데, 아침저녁으로 제수를 차리는 것을 반드시 직접 했으며 나이 들었다고 해서 조금도 게을리 하지 않았다. 병신년[1716] 정월 13일에 부인은 장자 홍우제(洪禹齊)의 제천(堤川) 임소에서 돌아가셨으니 74세였다. 이해 3월에 공의 묘에 합장했다.

부인은 총명이 남보다 뛰어나 어릴 때 의정부군에게 『내훈』, 『소학』의 글을 가르침 받았는데, 한 번 입에 올리면 문득 잊지 않았다. 커서는 서사(書史)를 좋아하여 고금의 일을 대략 알았다. 일찍이 말씀하시길,

“내가 남자였다면, 어찌 만 권의 책을 읽어내지 않았겠느냐?”

라고 했다.

담포공의 집안이 대대로 청빈하여 부인이 손수 옷감을 짜서 생계를 이었고 남은 것이 있으면 모아 두었으며 나머지를 가져다가 살림을 꾸렸다. 공이 평소 욕심이 없어서 살림에 마음을 쓰지 않으니 부인이 그 뜻을 잘 받들어 일찍이 한 번도 있고 없는 것에 대해서 말하지 않았다. 만년에 관직과 지위가 높아지고 현달하여 녹봉이 넉넉해졌으나 부인이 마음 깊숙이 경계하면서 한결같이 아끼는 뜻을 두어 옷과 음식을 벼슬하지 않을 때처럼 했다. 병이 심하지 않으면 잠시도 쉬려고 하지 않았고, 나이든 뒤에도 여공에 오직 부지런했다. 일찍이 방물장수가 진귀한 노리개를 가지

고 와서 팔고자 하니 집안사람들이 다투어 가져다 보고자 했으나, 부인이 말하길,

"이것은 내 분수에 맞지 않는데, 보면 무엇 하겠는가?"

라고 하시면서 마침내 손에 가까이 하지 않았다. 의정부군의 형제가 번갈아 이조와 병조의 장이 되었고, 집이 또 가까이 있었는데, 부인이 조금도 사사로운 청탁을 하지 않았다. 담포공이 안팎에서 벼슬을 두루 지내니 부인이 문단속을 엄격하게 하고 사절하고 받는 것을 조심스럽게 하였다. 송경은 옛 고려의 수도로 상인이 많고 물화가 모여드는 곳이다. 이에 종들을 단속하여 물건을 사고팔지 못하게 했고, 또 공장이에게 노리개 등을 만들게 하지 못하게 했다. 의(醫), 역(譯), 시(市) 삼서를 맡은 것이 거의 10년이었으나 한 번도 부인에게 청탁이 이르지 않았다. 담포공은 맑은 덕으로 한 시대에 이름이 났는데 부인의 도움이 많았다고 한다.

담포공이 집에서 조상의 사당을 받들었고, 또 종손이 가난하여서 부모님 제사를 맡게 되니 부인이 손수 음식을 마련하고 지극한 정성으로 정갈하게 했으며 매번 제사 때에는 눈물을 흘리며 추모했다. 나의 아버님께서 일찍 돌아가시니 부인이 아버님에 대한 일을 이야기할 때면 애통해하였고 두 숙부인 판서공, 관찰공과 서로 사모하는 것이 깊고도 지극하여서 하루라도 서로 보지 못하면 근심하며 기뻐하지 않았다. 세상을 떠날 때에도 다른 말은 없이,

"내 동생을 볼 수 없는 것이 한스럽습니다."

라고 하였으니 그 효성과 우애가 돈독한 것이 이와 같았다.

담포공의 조카 우서[105]는 일찍이 기부(畿府)를 맡게 된 외숙을 위하여

105 홍우서(洪禹瑞) : 1662(현종 3)~1716(숙종 42). 본관은 남양(南陽). 자는 중웅(仲熊), 호는 서암(西巖). 관찰사 명원(命元)의 증손이며, 부사 수량(受亮)의 아들이다. 1702년(숙종 28) 알성문과에 병과로 급제했으나, 충주의 유학(幼學) 최세일(崔世鎰)이 고관사친(考官私親) 등의 부정거인폐해(不正擧人弊害)를 말하면서 홍우서는 삼촌 홍수헌의 사(私)로 등과하였음을 지적하였다. 후에 이조정랑・대사간・동부승지에 이어 우승지

부인에게 옥정(玉頂)을 부탁했다. 옥정은 홍씨 집안의 오래된 물건으로 담포공은 이때 적소에 있었다.[106] 부인이 정색을 하고 말하길,

"내가 들으니 자네의 외숙은 국모를 해한 흉도라 하는데, 어찌 차마 돌아가신 아버님이 착용하시던 유물을 그에게 주겠는가?"

라고 하였다.

임오년[1702]에 우서와 내가 같은 날 과거에 급제하니 부인이 내 소식을 듣고 기뻐하며 말하길,

"이것은 우리 동생의 음덕이다."

라고 하였고, 우서의 소식이 이르자 더욱 기뻐하며 이르길,

"우리 집안에는 아직 두 동생이 있으나 홍씨 문중은 우서의 급제가 아니었으면 삭막했을 것이다."

라고 하였으니 그 대체(大體)를 아는 것이 또한 이와 같았다.

내가 어릴 때부터 아침저녁으로 곁에서 부인과 공을 보니, 항상 서로 손님처럼 대했고 여러 자녀들이 앞에 가득했는데 온화한 기운이 넘쳤다. 대개 부인은 타고난 자질이 단정하고 정숙했으며 온화하면서도 절도가 있었고, 지조가 있으면서 인자하였다. 윗사람을 섬길 때에는 삼가 공경했고 아랫사람을 대할 때에는 자애로우면서도 엄하였다. 지위가 높아져도 더욱 겸손하였으며 녹이 많아져도 더 검소했다. 말씀이나 가르침이 규문을 넘어서지 않았고 덕택이 친척들에게 두루 미쳤다. 하늘이 장수하게 하시며 번창하게 하시어 자손을 보존하게 한 것은 마땅한 것이다. 시에 이르길, '그 집안을 화순하게 한다.'고 했으며,[107] 또 이르길, '온갖 복록

를 지냈는데, 『가례원류』의 발문에 스승 송시열을 배반한 윤증(尹拯)을 비난한 정호(鄭澔)를 변호하다가 소론의 탄핵을 받고 좌천되고, 이듬해 노론이 집권하기 전에 죽었다. 시문에 능했고, 당대 명필로서 예서에 능했다.

106 홍수헌은 사예를 제수 받고 병을 핑계하며 나아가지 않아서 무안(務安)에 정배되었다. 『숙종실록』 16년(1690) 1월 11일 기사.

107 혼인하기 좋은 때에 딸이 시집을 가서 그 집안을 의좋게 한다는 내용의 시를 인용한

을 이에 받도다.'라고 했으니[108] 부인에게 있는 것이다. 감히 큰 덕행을 찾아 엮어서 글 잘하는 군자에게 고한다. 조카 재가 삼가 쓴다.

해제 정경부인 이씨는 홍수헌의 아내로 이재의 큰고모이다. 이씨는 어릴 적 외가에서 외조부를 잘 모시며 외조모의 상을 어른처럼 치렀고 혼인한 뒤에는 시부모를 극진히 봉양했다. 이씨는 친정이 정치적 사건에 연루되어 풍파를 겪었으나, 그는 74세까지 수를 누리며 비교적 큰 화를 당하지 않고 지냈던 것으로 보인다. 이씨는 남편의 조카 홍우서가 그 외숙을 위해 남편의 옥정을 빌리러 오자 그의 외숙이 인현왕후 폐위에 가담한 것을 이유로 빌려주지 않았지만, 홍우서가 과거에 오르자 매우 기뻐했다고 한다. 이재는 이 일화를 소개하면서 큰고모가 일의 큰 줄기를 아는 분이라고 평가했다.

것이다. 『시경』 「주남(周南)」 <도요(桃夭)>.

108 상(商)나라가 사해로 그 영역을 넓혀 사람들이 왕래하며 원만하게 교류하니, 은나라가 천명을 받은 것이 모두 마땅하여 많은 관록을 어깨에 메게 되었다는 내용의 시를 인용하였다. 『시경』 「상송(商頌)」 <현조(玄鳥)>.

큰외숙모 정경부인 연안 이씨 행장

伯舅母貞敬夫人延安李氏行狀

정경부인 연안 이씨는 나의 큰외삼촌 좌참찬 충문(忠文) 민진후(閔鎭厚) 공이 나중에 들인 아내이며, 여양부원군 문정공(文貞公) 유중의 맏며느리이다. 문정공은 세 번 장가들었는데, 충문공은 은성부부인(恩城府夫人) 송씨가 낳았다. 저헌 문강공(文康公) 이석형[109]은 부인에게 구대조 할아버지가 되며, 할아버지 이천기[110]는 관찰사였고, 아버지 이덕로(李德老)는 현감인데, 재당숙 찰방 이경(李憬)의 후사로 나갔다. 찰방의 아버지는 죽창 충목공 이시직[111]으로, 정축년 강도(江都)에서 순절하였다. 현감공의 아내는 풍양 조씨로 그 아버지는 현감 옥(沃)이다.

부인은 현종 갑진년[1664] 4월 25일에 회덕(懷德) 소제촌(蘇堤村)에서 태어났다. (큰외숙모의) 할머니 송부인은 우암선생의 누이이며, 은성부인은 동춘선생의 딸인데, 동춘선생과 우암선생은 사촌뻘 되는 친척이어서, 은

---

109 이석형(李石亨) : 1415(태종 15)~1477(성종 8). 본관은 연안(延安). 자는 백옥(伯玉), 호는 저헌(樗軒). 대호군 회림(懷林)의 아들이며, 김반(金泮)의 문인이다. 문종 때 정인지 등과 『고려사』 개찬에 참여했다. 첨지한성부윤·황해도관찰사·대사헌·경기도관찰사·한성부판사 등을 지내고, 예종 때 숭록대부에 올랐다. 문장, 글씨에 능했다.

110 이천기(李天基) : 1607(선조 40)~1671(현종 12). 본관은 연안(延安). 자는 재원(載元), 호는 허주(虛舟). 도사 시정(時程)의 아들이다. 관직은 승지 등을 역임하였고, 감사에서 그쳤다. 김장생(金長生)의 문인으로서 일찍 학문을 닦았고 예의범절에 밝았다. 정언으로 재직 중 1641년 광해군의 초상 때 대사간 이덕수(李德洙)와 함께 예조에 올린 계사(啓辭)가 물의를 빚자 관직을 그만두었다.

111 이시직(李時稷) : 1572(선조 5)~1637(인조 15). 본관은 연안(延安). 자는 성유(聖兪), 호는 죽창(竹窓). 시호는 충목(忠穆). 연성부원군(延城府院君) 석형(石亨)의 6대손이며, 청암도찰방(靑巖道察訪) 빈(賓)의 아들이다. 이괄(李适)의 난 때에 왕을 공주까지 호종하였고, 병조좌랑·세자시강원필선 등을 역임했다. 병자호란 때 강화에 들어갔다가, 강화가 함락되자 활 끈으로 목을 매어 죽었다.

성부인이 때때로 친정에 다니러 오면 서로 왕래했다. 부인이 7, 8세 때에 송부인 곁에 있었는데, 총명하고 어른스러우며 용모가 깨끗하니 은성부인이 보고 매우 사랑하여 향노리개를 풀어서 매어주며 이르길,

"나중에라도 애야, 나를 잊지 말아다오."

라고 하였다.

부인은 19세에 충문공에게 시집왔는데, 이때 은성부인은 이미 세상을 떠난 뒤였다. 부인은 은성부인에 대해 이야기할 때마다 흐느끼며 말하길,

"내가 시어머님을 모시지 못하리라고는 생각지 않았다."

라고 했다.

1년 전에 인현왕후께서 중전의 자리에 오르시어 귀하게 되시고, 경신환국[112] 이후에 문정공의 형제께서 함께 국정을 잡으셔서 가문이 번성하고, 또 친족이 대궐에 닿아 있었으나, 부인은 향촌에서 나고 자라서 차림새도 매우 검소했으며 처신함에 위엄을 부리지 않았고, 겸손하고 공손하게 자신을 지켰다. 행동거지에 법도가 있었으며 사리에 통달하여, 일마다 막힘이 없었으니 집안사람들이 그 뛰어남에 탄복하지 않음이 없었다. 문정공의 형 문충공은 성품이 엄격하여 허락하는 것이 적었으나 유독 부인은 매우 어질게 여겼다. 이전에 문충공이 청에 사신 갔을 때 사람을 시켜 충문공을 위해 운수를 점치게 하니 이르길,

---

112 경신환국(庚申換局) : 1680년 남인의 영수이며 영의정인 허적(許積)의 집에서 조부 허잠(許潛)을 위한 연시연(延諡宴)이 있었는데, 이번 연회에 병판 김석주(金錫胄), 숙종의 장인인 김만기(金萬基)를 독주로 죽일 것이요, 허적의 서자 견(堅)은 무사를 매복시킨다는 유언비어가 퍼져서 김석주는 핑계를 대고 불참하고 김만기만 참석하였다. 숙종은 잔치에 궁중의 용봉차일(龍鳳遮日)을 보내려 했으나 허적이 이미 가져간 뒤였다. 숙종은 노하여 허적의 집에 남인은 다 모였으나 서인은 김만기 · 신여철(申汝哲) 등 뿐임을 알고, 조정의 요직을 모두 서인으로 바꾸는 한편, 이조판서 이원정(李元禎)의 관작(官爵)을 삭탈하여 내쫓았다. 다음 달 정원로(鄭元老)가 '삼복의 변[三福之變]', 즉 인조의 손자이며 숙종의 5촌인 복창군(福昌君) · 복선군(福善君) · 복평군(福平君)이 허견과 결탁하여 역모했다고 고변하여, 모두 잡혀와 고문 끝에 처형됐다. 이에 남인은 완전히 몰락하고 서인들이 득세하였다.

"마땅히 어진 부인을 얻을 것이다."
라고 했는데, 부인이 시집오자 탄복하며,
"점쟁이의 말이 영험하구나."
라고 했다.

4년 뒤에 충문공이 과거에 급제하였으며 다음 해 문정공이 세상을 떠났다. 기사년[1689]에 중전께서 사제로 돌아오시고 충문공 형제가 감옥에 갇혔다가 풀려난 뒤 온 집안 식구들이 도성 밖으로 나갔다. 이때 환란을 당하여 가난이 매우 심해 거친 음식으로도 끼니를 잇기가 어려웠는데, 부인은 한 번도 근심하는 빛을 띠지 않고 오직 날마다 바느질로 살림을 꾸렸다. 위로는 폐위된 중전을 봉양하고 아래로는 제사를 지내고 손님을 치르는 일에 마음과 힘을 다하면서 충문공이 있고 없는 것을 알지 못하게 했다.

부인이 일찍이 병에 걸려 위독해지시니 중전께서 충문공에게 서찰을 내리셔서 이르시길,
"이 기구한 운명 때문에 형님께 의지하여 형님의 수명을 재촉하였으니 이것이 저의 한입니다."
라고 하시자, 충문공이 답하여 이르길,
"이 사람이 결국엔 반드시 존귀함과 영화로움을 한 번은 누리게 될 것이니, 심려하지 마시기 바랍니다."
라고 했는데, 얼마 지나 과연 나았다.

갑술년[1694]에 전하께서 폐위를 후회하셔서 중전의 자리에 다시 오르시니 충문공이 비로소 옛 집으로 돌아왔다.[113] 집안에 따로 부엌을 쓰는 식구들이 항상 4, 5 집은 되었는데, 집집마다 풍족하고 가난한 것이 다르고 성품도 각기 달랐으나 부인은 큰 소리를 내거나 낯빛을 변하는 일이

---

113 갑술환국(甲戌換局) : 1694년(숙종 20) 폐비 민씨 복위운동을 반대하던 남인이 화를 입어 실권하고 소론과 노론이 재집권하게 된 사건.

없이 지극한 정성으로 조화롭게 하니 오래도록 감동하고 탄복하지 않음이 없었고 끝내 이간하는 말이 없었다.

병자년[1696]에 충문공이 통정에 오르고 호조참의가 되니 부인이 이에 따라 숙부인에 봉해졌고, 다음 해에 충청도 관찰사가 되니 정부인의 작위가 더해졌다. 또 9년 뒤에 판의금부사가 되자 또 정경부인에 올려 봉해졌다. 중전께서 편찮으셨을 때에 부인이 명을 받고 때때로 궐내에 들어갔는데 삼가고 조심하며 잠시도 느슨해지지 않았다. 중전께서 일찍이 말씀하시길,

"내가 일마다 우리 형님을 본받고자 했으나, 아직 이르지 못했습니다."
라고 하셨고, 병세가 위독해지자 또 돌아보며 말씀하시길,

"우리 형님의 은혜는 이제 갚을 수가 없습니다."
라고 하셨다.

충문공은 자신을 단속하고 맑고 엄격했으며, 부인도 옳고 그름에 밝았다. 사양하고 받는 것을 엄격하게 하니 비록 문생과 벼슬아치들도 감히 세력을 등에 업고 사사롭게 일을 꾸미지 못했으며, 집안이 엄숙하여 비록 입장이 다르고 비난을 잘 하는 자라도 실오라기만큼도 감히 지적하지 못했으니 부인의 도움이 실로 많았다.

경자년[1720] 충문공이 세상을 떠나고 다음 해에 세상에 화가 크게 일어나 부인이 여러 아들과 여주의 묘 아래로 돌아갔다가 병오년[1726] 잠시 도성으로 들어왔는데, 정미년[1727]에 다시 고향으로 돌아갔다. 십 년간 가난하게 지내며 집안 일이 두루 어려웠으나 부인은 느긋하게 처신하면서 집안의 부녀자들이 혹 탄식하고 원망하는 말을 하면 때때로 도리로 깨우쳤다. 나중에 들어온 시어머니 풍창 조부인은 부인보다 다섯 살 많아서 조부인이 형제처럼 대했으나, 부인은 공손하게 며느리의 도리를 다하며 간혹 그 곁에서 모시고 잤으며, 옷매무새나 청소하는 것을 번번이 직접 해드렸다. 조부인은 조용하고 말씀과 웃음이 적어서 부인이 매번

그 안색을 살펴 먼저 그 뜻을 받드니 조부인이 매우 기뻐하였다. 금상께서 즉위하신 뒤 계축년[1733] 5월 3일에 우만의 집에서 세상을 떠나니 70세였다. 부음이 원근 친척에게 이르자 탄식하며 눈물을 흘리지 않음이 없었다. 조부인이 이때 둘째 아들 의정공 댁에 있었는데, 직접 익수 등에게 글을 써주며 이르길,

"너희 어머니는 매우 어질고 현명하여 내 평생의 길하고 흉한 큰일은 네 어머니가 직접 손수 처리하지 않은 것이 없었다. 나의 여러 딸들과 외손주들도 친자식과 다름없이 사랑하고 가르쳤으니, 내가 마음으로 감탄한 것을 어찌 말로 형용할 수 있겠느냐?"

라고 했다. 칠월 모일에 충문공의 묘 앞에 장사지냈다.

부인은 2남 1녀를 키웠는데, 장남 익수(翼洙)는 사헌부 장령이고 우수(遇洙)는 평안도 도사로, 조정에서 모두 학덕 높은 선비[114]로 기대하였다. 딸은 진사 김광택(金光澤)에게 시집갔다. 장령[익수]의 아들은 백분(百奮)이고 도사[우수]의 아들은 생원인 백첨(百瞻)과 백겸(百謙)이다. 김민재,[115] 간재(簡材), 헌재(獻材)는 그 외손이다.

부인은 총명함이 남보다 뛰어나 어릴 때 다른 사람이 <애강남부>[116]를 읽는 것을 듣고 며칠 만에 외웠다. 평소에 옛 사람의 아름다운 말씀이나 선행을 좋아하여 한 번 들으면 평생 동안 잊지 않았다. 서사(書史)를 대략 섭렵하셨으나 집안사람들이 일찍이 부인이 책을 보거나 글자를 쓰

---

114 징사(徵士) : 조정에서 부른 학덕 높은 선비.

115 김민재(金敏材) : 1699(숙종 25)~1766(영조 42). 본관은 광산. 자는 사수(士修), 호는 우계(愚溪) 또는 보가재(寶稼齋). 아버지는 광택(光澤), 어머니는 문화 유씨(文化柳氏)로 진택(震澤)의 딸이다. 소론이 세제책봉을 반대하자 그들을 규탄하는 소를 올렸다. 선공감 감역에 이어 담양·제천 군수를 지냈다. 흉년에는 세금과 부역을 경감하고 경비를 절용하여 모범을 보였고, 서원을 중수하여 학문을 권장했다.

116 <애강남부(哀江南賦)> : 유신(庾信)이 지었다. 유신은 원래 양나라 사신으로 서위(西魏)에 갔다가 고국으로 돌아오지 못하게 되어 이 작품을 지었다. 전편이 정교한 변려문으로 되어 있어서 유미 문학의 최고 걸작으로 평가받고 있다.

는 것을 한 번도 본 적이 없었다. 두 송선생 집안의 상제에 관한 의례 절차와 갑자년 이후 유림의 논쟁을 기억하고 아는 것이 많아서 충문공이 때때로 상의하였다. 여공을 더욱 좋아하여 솜씨가 빠르고 정교한 것이 각기 극치에 이르렀으며, 글씨도 아름다워서 온 집안 부녀자들이 기이한 보물처럼 얻어갔다.

부인은 효성스럽고 자애로우며 근면하고 검소하였으며 인륜에 대해서는 그 마음을 쓰는 것이 지극하였다. 부모가 병이 들었다는 소식을 들으면 문득 문을 닫고 앉아 다른 사람과 웃거나 이야기하지 않았고 거의 자거나 먹지 않다가 병이 나은 뒤에야 평상시로 돌아왔다. 중년에는 봉록이 풍족해졌으나 스스로 생활하는 것을 담박하게 하면서 환난을 당했을 때와 다름이 없이 했다. 자녀들이 여유있게 생활하라고 권하면,

"우리 부모님의 옷과 음식, 장례를 마음만큼 해 드리지 못한 것이 한이 없는데, 내가 어찌 혼자만 부귀를 누리겠느냐?"

라고 했다. 충문공의 서매가 중한 병에 걸리자 부인이 매우 불쌍히 여겼는데, 병이 위독해져서 여러 차례 거처를 옮기자 번번이 따라가서 간호했다. 여러 달이 지나 죽으니 부인이 직접 가서 빗질하고 몸을 씻겼다. 이때 부인이 임신 중이었는데, 세속에서 장사지내는 곳에 가면 매우 불길하다고 여겼으나, 또한 개의치 않았다. 조상의 제사를 받드는 것도 정갈하고 삼가 조심스럽게 했으며, 비록 연로해지고 지위가 높아져도 반드시 그 일을 몸소 했다. 여러 제기들도 바르게 정돈하지 않음이 없었으며 원배(元配)[117]의 제사에 이르기까지 또한 그렇게 했다. 원배는 정관(靜觀) 이공의 딸인데, 정관부인이 연세가 높으니 부인이 친부모처럼 공경하고 섬겼고, 절기에 따라 음식을 보내고 안부를 물었으며, 봉급이 들어오면 반드시 나누어 드리므로 듣는 사람들이 감탄하였다. 여러 자식들을 매우

---

117 민진후의 원배는 이단상(李端相)의 딸이다.

엄하게 가르쳐서 비록 작은 잘못이라도 조금도 용서하지 않았고, 벼슬에 나아가고 물러나는 일에 이르기까지 부모 때문이 아니라 스스로 의리에 따라 결단하게 하고자 했다. 정미년 이후 익수가 여러 번 관직을 사양하다가 나중에 문의현령에 제수되었다. 그러자 부인을 권하여 이르길,

"지금 집안 살림이 날로 곤궁해져서 맛있는 음식을 올리지 못하고 있습니다. 또 문의는 회덕과 서로 인접한 곳으로 친척들과 왕래하는 것은 어머님께서 평소 좋아하시는 것이지요. 그러니 어머님께서 한 번 가시지 않으시겠습니까?"

라고 하니, 부인이 이르길,

"내가 본래 가난한 집의 자손으로 성기고 담박한 것을 마땅한 본분으로 여긴다. 자식과 어미가 서로 먹이니 즐거움이 그 가운데 있어서 힘들다는 것을 깨닫지 못했다. 또 나는 나로 인해서 네 몸을 힘들게 하고 싶지 않으니, 네 뜻에 가고자 하면 가고 가고자하지 않으면 가지 않으면 된다. 나 때문에 네 뜻을 바꾸지 마라."

라고 하여, 익수가 결국 벼슬을 사양하였다. 우수가 일찍이 과거를 그만두겠다고 부인에게 아뢰니, 부인이 정색을 하고 말하길,

"너는 단지 의리에 따라 결정하면 되는 것이다. 어찌 반드시 나에게 묻느냐?"

라고 하였다.

여형공(呂滎公)[118]의 가법을 매우 사모하여, 여러 자식들이 말을 배우면 직접 외워서 가르쳤다. 천성이 유학을 좋아했는데, 일찍이 꿈에 정주(程朱)를 뵙고 매번 여러 자식들을 경계하길,

---

118 여희철(呂希哲) : 1039~1116. 자는 원명(原明)이며, 변경(汴京) 사람이다. 여공저(呂公著)의 아들로, 범조우(范祖禹)의 추천을 받아 숭정전 설서(崇政殿說書)를 지냈다. 정이(程頤)와 나이가 서로 비슷하였지만, 정이의 학문을 높이 존경하여 나중에는 스승으로 섬겼다. 주자(朱子)는 여희철의 가법(家法)이 바른 것을 자주 칭송하고 『소학』과 『연원록(淵源錄)』에 편집해 넣기까지 하였다. 저서에 『형양공설(滎陽公說)』 등이 있다.

“나는 너희들이 영달하기를 원하지 않는다. 진실로 옛 책을 읽어서 유명한 선비로 알려지면 다행이다.”
라고 했는데, 두 아들이 모두 학문과 행실로 세상에 알려졌으니 부인의 뜻을 저버리지 않고 성취하게 된 것은 대개 여원명(呂原明)이 정헌(正獻) 신국공[119]으로 인하여 성취한 것과 같은 것이다.

임인년에 화를 입고 사위 김광택이 장기(長鬐)에 귀양 가게 되어 여주에 있는 부인에게 지나다 들렀는데, 이때는 마침 충문공의 대상 때였고 딸이 또한 만삭이었다. 김군이 그 아내를 머무르게 하고자 했으나 부인이 크게 반대하며 이르길,
“시가에 우환이 있으면 부인은 의리상 감히 편안함을 꾀할 수가 없거늘 하물며 이 어떤 때이냐? 죽고 사는 것도 오히려 말할 만한 것이 못 되는데, 그 나머지를 걱정하느냐?”
라고 했다. 그리고 해산할 때 필요한 도구를 실어 보내며 이르길,
“만약 중간에서 해산하면 김서방이 먼저 적소에 가고 너는 낫기를 기다렸다가 따라가면 된다.”
라고 하였다. 그 스스로 실천하고 다른 사람을 가르치는 것을 반드시 예의에 맞게 했으며 이끌고 붙잡는 보통 부인네의 행동을 하지 않았으니 대개 이와 같았다.

부인은 일찍이 송나라 백희가 불에 타 죽은 일[120]을 외우시며 감탄하였는데, 익수가 여쭙기를,

---

119 여공저(呂公著) : 1018~1089. 송대의 명신. 자는 회숙(晦叔), 신국공(申國公)에 봉해졌으며 시호는 정헌(正獻). 동래(東萊) 사람. 벼슬은 상서 우복야(尙書右僕射), 중서 시랑(中書侍郞). 사마광과 마음을 같이 하다가, 사마광이 위독하게 되자 여공저에게 국사를 부탁하였다.

120 『열녀전(列女傳)』에 백희(伯姬)에 관한 내용이 전한다. 백희는 노(魯)나라 선공(宣公)의 딸로 송나라 공공(恭公)에게 시집갔는데, 시집간 지 7년째 해에 과부가 되었다. 어느 날 밤, 집에 불이 나서 주변 사람들이 빨리 피할 것을 청했으나, 보모(保姆)와 부모(傅母)가 없이는 밤에 당을 내려갈 수 없다고 하며 기다리다가 결국 불에 타 죽었다.

"부모(傅姆)가 왔으니 갈 수 있었는데도 반드시 그 보모가 오기를 기다리다가 마침내 죽는 데에 이르렀으니 지나친 것이 아닙니까?"
라고 하자, 부인이 이르길,

"평소에 마음을 세우고 행동을 다스리는 것을 이와 같이 한다면, 비록 환난을 당했을 때에 어찌 몸을 상하고 절개를 잃을 걱정이 있겠느냐? 내가 이 때문에 깊이 우러르는 것이다."
라고 했다. 종숙부 이지로 공은 평소 행동을 단속하여 매번 부인을 방문할 때마다 충문공이 계시면 들어오고 계시지 않으면 들어오지 않으니 사람들이 그 고루하고 막힌 것을 병으로 여기기도 했으나 부인은 탄복하며 이르길,

"지금 사람들이 만약 공보문백의 어머니가 예를 알았던 것에 대해 안다면,[121] 우리 숙부를 고루하다고 여기지 않을 것이다."
라고 하였다. 부인은 내외의 가까운 친척이 올 때마다 만나보았는데 반드시 여러 아들을 곁에 있게 하였고, 나이 들어서까지 고치지 않았다. 종들을 부릴 때에도 먼저 명분을 엄하게 하면서도 그 즐겁거나 괴로운 일을 몸소 하였고 진심으로 그들을 대했다. 항상 말하길,

"아랫사람은 더욱 진실되고 믿음직하게 대해야 하며, 차라리 속을지언정 거꾸로 속여서는 안 된다."
라고 하였다.

덕스러운 성품에 너그럽고 조용하여 갑자기 급한 일이 있어도 일찍이 얼굴색이 변한 적이 없었다. 한 번은 집안에 불이 났는데, 우수가 식사 시중을 들고 있던 중에 버선발로 나갔다가 불이 꺼진 뒤에 돌아와 앉으니, 부인이 불이 나기 전과 같이 수저를 든 채로 우수를 책망하여 이르길,

"어찌 이와 같이 경망스럽고 조급하냐?"

---

121 계강자가 자신의 종조모인 공보문백의 어머니를 뵐 때에 반드시 문을 열어두며 문지방을 다 넘지 않았다는 고사를 인용하였다. 『소학』「계고(稽古)」 <명륜(明倫)>.

라고 했다. 그리고 평소에 말하길,

"내가 다른 일에는 마음을 잘 움직이지 않는데, 오직 자식들이 모자란 행동을 하는 것을 보면 번번이 가슴 속에서 불꽃이 일어나서 제어할 수 없는 것을 깨닫게 된다."

라고 하고 또 이르길,

"나는 남을 미워하지 않지만, 다만 남의 집 부녀자가 일을 하면서 성실하지 않고, 사람을 만나 말을 많이 하며, 허물을 들으면 화를 내고 헐뜯는 소리를 듣고 의심하며, 또한 반드시 자신의 장점은 스스로 과장하면서 남의 단점을 말하기 좋아하는 자를 보면 너무나 미워서 이겨낼 수가 없다."

라고 하였으니, 여기서 부인이 평소 기른 바를 볼 수 있고, 군자가 화내고 미워하는 것의 바름을 얻었다고 말할 수 있다.

아! 부인은 덕이 크고 굳으며 견식과 도량이 넓었고, 예는 엄하게 지켰으며 의논은 바르게 했다. 모든 부유하고 가난한 것이나 귀하고 천한 것, 얻고 잃는 것과 그리고 세속 부녀자들이 좋아하고 싫어하며 따져 논하는 것에 이르기까지 모두 마음에 두지 않았으니 이는 진실로 책 읽는 유학자에게도 매우 어려운 것이었다. 그리고 그 시부모의 곁에서 뜻을 받들고 봉양하며 친척들 사이에서 일을 처리할 때에 자애롭고 은혜로우며 유순한 태도로 하였고 곡진함이 두루 미쳤으니 또한 보통 사람이 미치기를 바랄 수 있는 것이 아니었다. 여공의 섬세한 부분에 이르기까지 솜씨가 묘한 경지에 이르지 않음이 없으니 여사(女士)의 덕을 모두 갖추었다고 말할 수 있다.

부인이 만년에 우수에게 이르길,

"내가 태어나자 어진 부모가 계셨는데 부모님이 모두 어질고 효성스럽다고 친척들에게 칭송을 받으셨고, 자라서는 남편을 받들었는데 그의 명망과 덕을 세상에서 중히 여겼으며, 내가 재주도 없으면서 40년간 살림을 맡았으나 다행히 죄를 얻지 않았다. 나이 들어서는 너희들이 또 어그러진 행동을 하지 않아서 집안을 이어가리라는 바람을 가지게 되니 나는 삼종지도에 있어서 거의 유감이 없다."
라고 하였으니, 이는 진실로 부인이 스스로 말한 것으로, 또한 부인의 어짊과 부인이 어질 수 있었던 이유를 볼 수 있다.

나의 어머니는 부인과 서로 매우 정이 도타우셔서 형제간처럼 지기가 되셨다. 어머니께서 매번 말씀하시길,

"자네와 이야기를 하면 비로소 내 가슴 속이 열린다네."
라고 하셨다. 내가 어머님을 여읜 뒤에 부인을 어머님처럼 따라서 때때로 찾아가 뵈면, 엄숙하게 법도에 맞는 말씀을 하셨는데 마치 우리 어머님께 듣는 것 같았다. 이에 존경하고 사모하는 것이 외삼촌과 조카의 사이로서만이 아니었으니 내가 일찍이 규문의 덕행과 풍화 가운데 으뜸이라 여겼다. 나의 두 어머니가 한 세상을 같이 사시면서 덕과 뜻을 함께 하셨으니 비록 감추어지고 드러나는 행적은 다르지만 세교에 보탬이 되는 것은 같지 않음이 없다. 그러므로 후세에 진실로 동관[122]을 잡고 어진 여자에 대해 기록한다면 마땅히 함께 전할 것이다.

장령군이 부인의 일을 모아 기록하여 나에게 행장을 써달라고 부탁하니 의리상 사양할 수 없었다. 이때 어머니의 묘지를 쓰고 있어서 이 부탁받은 글은 이어서 쓰려고 했는데, 다 쓰기 전에 장령군이 죽고 내가 또 병이 들었다. 진실로 마침내 그 부탁을 저버려서 천고의 한이 될까 두려워 어머니의 묘지를 겨우 쓴 뒤에 다시 병을 무릅쓰고 위와 같이 쓰니 필력이 약하고 둔하여 족히 그 덕과 아름다움을 형용해서 후손들에게 믿게끔 하는 데 부족할까 걱정스러울 뿐이다. 이에 생각해 보면, 내가 일찍이 충문공께서 병이 드셨을 때 찾아뵈니 부인이 곁에서 시중을 드시는데 삼가고 공손하게 그 뜻을 받드셨고, 좌우에서 섬기시는데 나는 듯이 민

---

122 동관(彤管) : 붉은 빛의 붓대. 또 그 붓.

첩하셨으며, 정성스런 마음으로 공경하는 것이 얼굴과 말씀에 드러나셨다. 비록 효자가 부모를 섬기는 것이라 하더라도 이보다 더하지는 못할 것이다. 그 평소에 생활하시는 것을 보면, 모습이 엄숙하고 바르시며 걸음걸이도 점잖으셨으니, 이와 같을 수 있을 것이라고는 생각지 못했는데 내가 지금에야 그러할 수 있음을 알았다. 대개 음교[123]가 이미 쇠하여 부부의 예가 사라진 이후로 옛날에 이른바 임금과 신하가 의리를 지키고 부모와 자식이 공경하는 것을 다시 볼 수 없었으나 부인에게서 거의 떠올릴 수 있었기 때문이다. 이에 감히 드러내 이야기하여 부인된 자들로 하여금 취하여 본받을 바를 알게 하고자 한다.

해제 정경부인 이씨는 민진후의 아내로 이재에게는 큰 외숙모가 된다. 민진후의 장남 민익수가 이재에게 정경부인 이씨의 행장을 써줄 것을 부탁했는데, 미루어두고 있다가 익수가 죽고 자신도 병이 들자 부탁을 저버리게 될까 두려워 이 글을 썼다. 이재의 큰 외숙모는 시가가 경신환국과 기사환국, 갑술화국, 신임사화, 정미환국 등 17세기 말부터 18세기 초까지 이어지는 정치적 사건에 연루되어 부침을 반복하는 가운데, 집안의 맏며느리로서 인현왕후를 모시고 집안 살림을 돌보며 자식들을 교육시키는 일을 모두 맡아서 했다. 이재는 큰외숙모가 평소 서책과 유학을 좋아했으며 상제의 절차와 유림의 논쟁에도 밝았다고 하면서 부덕뿐 아니라 식견도 넓었음을 밝히고 있다.

123 음교(陰教) : 여자의 교훈.

박필주 朴弼周 · 1665 ~ 1748

박필주(朴弼周) : 1665(현종 6)~1748(영조 24). 본관은 반남(潘南). 자는 상보(尙甫), 호는 여호(黎湖). 군수 태두(泰斗)의 아들이다. 1717년(숙종 43) 재상 송상기(宋相琦)의 추천으로 시강원자의(侍講院諮議)가 된 뒤 세자찬선(世子贊善)·이조판서·우찬성 등을 역임하였다. 영조 때 서원을 철폐한다는 사실이 알려지자 상소를 올리고 기자(箕子)·공자(孔子)·주자(朱子) 등 삼성인(三聖人)의 서원은 훼철하지 말 것을 청하였다. 시호는 문경(文敬)이다. 저서로 『여호집(黎湖集)』·『독서수차(讀書隨箚)』·『주자왕복휘편(朱子往復彙編)』·『춘추유례(春秋類例)』 등이 있다.

신비의 복위에 대한 의론
愼妃復位議

신은 학문이 미천하고 식견이 없는 사람으로 조정에 일이 있을 때마다 삼가 말석에서 논의에 참여했사오나 이제 이러한 질문을 내리시니 전혀 대답할 바를 모르겠습니다. 만약 그러하지 않다면, 또 어찌 다른 견해를 두어 국론을 크게 하나로 만드는 것에서 벗어나겠습니까? 항상 신하의 자리를 욕되게 하오니 죄는 실로 만 번 죽어 마땅합니다. 만 번 죽어 마땅합니다.

해제 영조 15년[1739] 3월에 유학 김태남(金台南)이 중종 비인 신비[1]의 복위를 주장하는 상소를 올리자, 영조가 대내외 신하들에게 신비의 복위에 대한 의견을 묻는다. 이 글은 영조의 물음에 대한 답으로 박필주가 작성한 것인데, 실제로 영조에게 올렸는지는 확인되지 않는다. 이 글에서 박필주는 신비 복위 문제에 대한 입장을 국론과 같이 하겠다는 뜻을 밝히고 있다.
영조는 신비의 복위를 원했으나, 송인명(宋寅明)·유척기(兪拓基) 등의 반대로 뜻을 이루지 못하다가, 김태남의 상소를 보고 매우 기뻐하며 대신들의 뜻을 물었다. 처음 대신들은 신비 복위에 반대했으나 영조의 뜻을 알고 다수가 찬성하게 된다. 이 글은 짧지만, 어지를 거스르지 않고 대세를 따르는 필자의 입장을 잘 보여준다. 결국 신비는 단경왕후(端敬王后)로 복위되고 묘소는 온릉(溫陵)으로 추봉되었다.

---

1 신비(愼妃) : 1487(성종 18)~1557(명종 12). 조선 제11대왕 중종의 비. 본관은 거창(居昌). 익창부원군(益昌府院君) 신수근(愼守勤)의 딸이다. 1499년(연산군 5) 성종의 둘째아들 진성대군(晉城大君)과 혼인하여 부부인에 봉하여졌다. 1506년 진성대군이 중종으로 추대되자 왕후에 올랐으나, 고모가 연산군의 비이고 아버지가 연산군의 매부로 연산군 축출을 위한 반정모의에 반대한 일로 성희안(成希顔) 등에게 살해되면서 공신들의 압력으로 폐위되었다. 처음 하성위(河城尉) 정현조(鄭顯祖)의 집으로 쫓겨났다가 본가로 돌아갔다. 1515년(중종 10) 장경왕후 윤씨(章敬王后尹氏)의 죽음을 계기로 김정(金淨)·박상(朴祥) 등이 복위운동을 폈으나, 이행(李荇)·권민수(權敏手) 등의 반대로 뜻을 이루지 못하였다. 1739년(영조 15)에 복위되었다.

조카를 대신해서 형수 윤영인의 궤연에 고하는 글
代家姪告嫂氏尹令人几筵文

『의례(儀禮)』의 「상복(喪服)」 주소(注疏)에 아버지가 돌아가신 지 3년 내에 어머님이 돌아가시면 1년간 복을 입는다는 글이 있는데, 이 의례는 대개 아버지를 존중한 큰 뜻에서 나온 것으로, 이미 옛 선비들의 말씀을 거친 것입니다. 밝은 말씀을 좇아 제도로 정한 것이므로 세상에 이런 일을 당한 사람은 또한 이 때문에 따라 행하며 의심하지 않았습니다. 저의 죄가 지극히 무거워서 아버님께서 자식들을 남기고 돌아가신 뒤 상복을 벗기도 전에 어머니께서 또 갑자기 세상을 떠나시니 변고에 슬픔이 끝이 없으며 부르짖고 가슴을 쳐도 미칠 수가 없습니다. 전술한 의례에 언급한 바에 의하여, 열한 달을 합쳐서 연상(練祥)을 치렀으니 감히 바꿀 수 없다는 생각이었기 때문입니다. 사람의 도리로 애통하여 진실로 차마 이렇게 할 수 없습니다만, 예가 이미 명백하게 쓰여 있고 또 저버릴 수 없어서 삼년상을 다 지키지 못하는 것입니다. 내일 중정[2]에 소상을 치르고자 하니, 온 마음이 사그라지며 더욱 피눈물이 납니다. 지극한 슬픔을 안고 이 저녁 상식(上食)을 올리며 감히 삼가 고하고, 삼가 아룁니다.

해제 이 글은 박필주가 조카 박사익[3]을 대신해서 쓴 형수 윤영인의 궤연문이다. 박사익은 본래 모친상을 3년 치러야 하지만 부친 박필하가 죽은 지

2 중정(中丁) : 음력으로 그 달의 중순에 드는 정일(丁日)을 이르는 말. 연제(練祭)나 담제(禫祭) 등의 제사는 대개 이날을 가리어 지낸다.

3 박사익(朴師益) : 1675(숙종 1)~1736(영조 12). 본관은 반남(潘南). 자는 겸지(兼之), 호는 노주(鷺洲). 동량(東亮)의 후손으로 참봉 필하(弼賀)의 아들이다. 영조 때 병조·형조의 판서를 역임하고 금원군에 봉해졌다. 글씨에 뛰어나 많은 비문을 썼다. <우의정민진원비>의 글씨가 있다. 시호는 장익(章翼)이다.

3년이 채 안 되어 모친이 죽었기 때문에, 『의례』에 근거하여 1년 상만을 치르게 되었다는 사연을 고하였다. 박필주는 모친을 일찍 여의고 형수 윤영인의 보살핌 속에 조카들과 함께 자라면서 형수를 어머니처럼 여겼다. 이에 박필주는 조카를 대신해서 이 글을 썼지만, 삼년상을 다하지 못하는 자식의 안타까운 심정을 글에 잘 드러냈다. <맏형수 윤영인께 올리는 제문[祭伯嫂尹令人文]>에서는 맏형수 윤영인을 잃은 박필주의 애통한 마음을 직접 확인할 수 있다.

셋째 고모께 올리는 제문
祭叔姑文

모년 모월 모일. 조카 필주가 삼가 술과 과일 등 변변치 않은 음식을 갖추어 셋째 고모 정부인 나주 박씨의 영전에 곡하며 영결합니다.

아아! 『시경』에서 여사(女士)를 노래했고 『주역』에서 부인의 정조에 대해 썼는데, 지극히 순종하는 것이 아니라면 어찌 그 이름을 칭송했겠습니까? 아, 우리 고모와 같은 분은 진실로 고고한 성품을 지니셨고, 온화하고 유순하시며 엄숙하면서 단정하고 공손하셨으니, 구슬처럼 흠이 없고 옥처럼 빛나 아주 작은 티끌도 붙기 어려운 분이셨습니다. 그러니 어찌 덕이 아름답지 않았겠으며, 어찌 그 위의가 갖추어지지 않았겠습니까? 드러난 행적이 아니더라도 내밀한 곳에서 부합하여 『주역』과 『시경』에서 이른 것에 진실로 부끄럽지 않으니, 동사(彤史)는 비록 끊어졌으나 덕이 어찌 사라지겠습니까? 무릇 오늘날의 부인은 더불어 짝이 될 수 없습니다.

금실이 매우 좋으셨고 복록도 함께 하시어 아름다운 국의[4]를 입으시고 명부의 지위에 오르셨습니다. 어찌 자식이 없다고 할 수 있겠습니까? 후사를 두셨으니, 남들도 "친자식과 무엇이 다른가?"라고 했지요. 살아계실 때는 잘 따르고 돌아가시자 편안히 장례를 치르며 애통해 하고 영예롭게 하는 예를 모두 갖추었습니다. 어떻게 해서 여기에 이르렀겠습니까? 덕업을 행한 상서로움 때문이었습니다.

생각해 보면 아버님의 형제와 자매가 어찌 많지 않았겠습니까? 일곱

---

4 국의(鞠衣) : 옛날 왕후의 여섯 가지 복색 중 하나. 이 글에서는 내명부의 지위에 오른 것을 뜻한다.

형제와 네 자매가 계셨으나, 가운이 좋지 않아 차례로 모두 돌아가시고 오직 고모만이 천수를 누리시어 칠순에 접어드셨습니다. 비유하면 노전[5]과 같아서 어린 아이, 어른 할 것 없이 바라보며 의지하게 되었으니, 일단 병이 들면 억지로 살려 두지 말라고 누가 말하겠습니까?

제가 아버님이 돌아가신 뒤 오래도록 깨닫지 못하였는데, 이른바 온갖 근심이 없었던 적이 없었으나, 어릴 때에는 딱하게 여겨 돌보아주셨고 장성해서는 더욱 걱정해 주셨기 때문이니, 여러 번 은혜를 입음에 뼈에 사무치도록 고마움을 알겠습니다. 아버님께서 당부하시고 유언으로 부탁하셨으니 유독 아껴주신 것이 또한 이런 이유 때문이라고 할 수 있습니다. 을해년[1695]을 기억해 보니, 제가 아버님을 여의기 전에 아버님의 명을 받아 고모님께 와서 지냈는데, 마치 태어날 때에는 없었던 어머니를 얻은 듯 했습니다. 음식도 다른 사람의 입맛에 맞추지 않으셨고 잠자리도 옆에서 함께 하셨으며 때때로 제 머리를 어루만지시며, '가여워라. 윤이 나고 자애로운 이슬도 하룻밤에 아홉 번씩 떨어지는데, 너는 이것이 없으니 제대로 자라지 못하는구나.'[6]라고 말씀하셨지요. 당시에도 이 말씀을 듣고 슬픔으로 마음이 잦아들었는데, 하물며 지금에 이르러 어찌 차마 추억하며 떠올릴 수 있겠습니까?

상여가 내일 떠나서 저 새 무덤으로 가니 저 숲이 우거진 곳은 선조께서 묻히신 곳입니다. 혼령이 가지 않음이 없으실 것이니 즐거울 뿐 무슨 유감이 있으시겠습니까? 오직 살아있는 사람의 마음만 찢어지는 듯합니다. 은혜와 노고에 보답할 길이 없고 덕스러운 음성은 영원히 끊어졌으니 쇠나 돌에 새겨도 제 슬픔은 다하기 어렵습니다. 피눈물을 흘리며 글

5 노전(魯殿) : 한(漢)나라 경제(景帝)의 아들인 노(魯) 공왕(恭王)이 세운 영광전(靈光殿)을 말한다. 여러 차례 전란(戰亂)을 겪었지만 큰 손상을 입지 않고 남아 있었기 때문에 뒤에 '비중있는 사람이나 물건이 가까스로 건재하고 있음[碩果僅存]'의 의미로 쓰인다. 산동성(山東省) 곡부현(曲阜縣) 동쪽에 있다.

6 '어머니 슬하에서 자랐다면 쑥쑥 잘 자랐을 텐데'라는 뜻으로 빗대어 한 말이다.

을 쓰지만 겨우 백에 하나 정도만 그 심정을 부칠 뿐입니다. 영령이 밝으시면 이 글을 흠향하소서.

해제 박필주의 셋째 고모는 윤세기[7]의 아내로, 박필주가 어릴 적에 보살핌을 받았으며 집안 어른으로 오래도록 의지하고 싶어 했던 분이다. 박필주의 부친 박태두는 셋째 여동생에게, 일찍 어머니를 여의고 유모와 형수 손에 자라는 아들 박필주를 돌봐달라고 특별히 부탁했다. 박필주는 셋째 고모가 자신을 가여워하여 음식과 잠자리에 이르기까지 살뜰하게 챙겨주었던 어린 시절을 떠올리면서 셋째 고모를 영원히 떠나보내는 애달픈 마음을 담아 상여가 나가기 전날이 제문을 썼다.

7 윤세기(尹世紀) : 1647(인조 25)~1712(숙종 38). 본관은 해평(海平). 자는 중강(仲綱), 호는 용포(龍浦). 해평부원군(海平府院君) 두수(斗壽)의 현손이며, 호조판서 계(堦)의 아들이다. 1687년 승지로 있을 때 비망기의 환수를 청하였다가 파직, 이듬해 승지로 복직하였다. 1689년 고부사(告訃使)로 청나라에 다녀온 뒤 기사환국으로 다시 파직·유배되었다. 1694년 갑술환국으로 풀려나 병조판서로 등용되었고, 1704년 서북면 출신 무신도 선전관으로 기용하라는 왕명을 시행하지 않아 파직되었다. 1705년 호조판서로 기용되어 우참찬·좌참찬 등을 지냈다.

맏형수 윤영인께 올리는 제문
祭伯嫂尹令人文

아아, 제가 일찍이 창려(昌黎)[8]가 정부인께 올리는 제문을 읽고 슬퍼서 마음으로 애통해하지 않은 적이 없었습니다. 대개 한유는 어릴 적 부모를 여의었으니 진실로 슬퍼할 만합니다. 그러나 다만 세 살 때 고아가 되었다고 하는데, '고(孤)'란 부친이 안 계시다는 것을 이르는 말로, 이것은 부친이 돌아가신 것을 가리켜 말하는 것이니 그 모친이 돌아가신 것은 언제인지 알지 못합니다. 또 부친을 세 살에 이르러 여의었으니 강보 안에서 잃은 사람과는 또한 다름이 있습니다. 그러나 그 말의 뜻이 측은하고도 간절하여 비록 천 년이 지나도 족히 읽는 사람으로 하여금 마치 그 사정을 직접 당하는 것처럼 만드는데, 하물며 운수가 사납고 매우 괴로운 것이 이보다 심한 사람은 그 마음이 상하고 애통한 것이 응당 어떠하겠습니까?

아아! 저는 죄악이 세상에 가득하여 태어나자마자 어머니를 여의고 밖으로 유모에게 내보내져서 실낱 같은 목숨을 이어갈 수 있었습니다. 그간에 아버님을 따라 여러 번 외관에 나갔으나, 집에 있으면 배고픔과 추위, 질병을 겪지 않은 적이 없었는데, 형수님께서 마음을 써 일을 주관

---

8 한유(韓愈) : 768~824. 중국 당나라 사람. 자는 퇴지(退之), 시호는 문공(文公). 벼슬은 이부시랑까지 올랐다. 종래의 대구(對句) 중심으로 짓는 병문(駢文)에 반대하고, 유종원(柳宗元) 등과 함께 자유로운 형식의 고문(古文)을 창도했으며, 시에서 지적인 흥미를 정련된 표현으로 나타내는 것을 시도했다. 이에 고문은 송대 이후 중국 산문 문체의 표준이 되었으며 시는 제재의 확장과 함께 송대의 시에 많은 영향을 미쳤다. 사상 면에서는 유가 사상을 존중하고 도교·불교를 배격하였으며, 송대 이후 도학의 선구자가 되었다. 작품은 『창려선생집(昌黎先生集)』, 『외집(外集)』, 『유문(遺文)』 등의 문집에 수록되어 있다.

하시고 걱정하고 보살펴주시어 죽는 데에는 이르지 않을 수 있었습니다. 아침저녁으로 여러 조카들과 함께 슬하에서 즐겁게 놀며 어머니와 자식 간이 아님을 스스로 깨닫지 못했습니다. 17세에 이르러 아버님을 여의니[9] 하늘과 땅이 아득하여 울부짖으며 가슴을 두드려도 되돌릴 수 없었는데, 믿고 의지하며 살도록 한 것은 오직 우리 형수님의 힘이었습니다. 이와 같음은 비록 한유가 정부인에게 보살핌을 받은 것과 같지는 않지만,[10] 그 은정이 지극히 돈독하니 어찌 큰 차이가 있겠습니까? 다만 제가 아내를 얻은 뒤에 따로 살게 되었고 의리상으로도 멀리 해야 되어서 계속 찾아뵙는 것을 예전같이 할 수 없었던 것이 한스러울 뿐입니다. 가난하고 병이 들어 영락한 처지로 한 가지 일도 본받지 못하고 은근한 정성을 저버려서 매번 절절이 슬퍼하며 탄식했으나, 지금 이후로는 더욱 때늦은 후회도 할 수 없게 되었으니, 아득한 저 하늘처럼 어찌 끝이 있겠습니까?

형수님은 성품이 넉넉하시고 덕이 순수하시니 진실로 부녀자들 가운데 보기 어려운 분이셨습니다. 많은 복을 받으셔서 자리를 거의 메울 정도로 자손들이 많았고 두 아들이 과거에 올라서[11] 영화가 눈앞에 가득하셨으니 만년의 즐거움이 족히 위로가 될 만했는데, 어찌 자식들의 봉양을 잠시도 누리지 않으시고, 이렇게 갑자기 세상을 마다하고 돌아가시는 데 이르셨습니까?

아아! 아버님께서 여러 자식들을 버리고 돌아가신 뒤 지금까지 거의

---

9 1696년 1월에 박필주는 17세의 나이로 부친 박태두(朴泰斗)의 상을 당한다.

10 한유는 위로 세 형이 있었으나 모두 일찍 세상을 떠나서 형수인 정부인을 의지하며 조카와 함께 자랐다. 정부인은 한유와 정부인 자신의 아들을 가리키며 '한씨 양 대에 걸쳐 이 두 사람뿐이구나!'라고 하면서 이들을 돌보았다. 한유, <열두 번째 조카에게 주는 제문(祭十二郎文)>.

11 영인 윤씨는 사익(師益), 사정(師正) 두 아들을 두었다. 박사익은 1710년에 생원이 되고 1712년 정시문과에 병과에 급제했으며 박사정은 1717년 별시문과에 병과로 급제했다.

이십여 년이 지나서 큰 형님이 돌아가셨습니다. 세상이 빨리 변하지만 그 슬픔을 이길 수가 없어서 형수님은 오래 사시기를 기원하며 우러러 모실 희망으로 위로를 삼았는데, 이런 희망도 이룰 수가 없게 되었습니다. 집은 예전과 같아서 발걸음이 떨어지지 않으니 눈에 보이는 것마다 마음을 놀라게 하고 일마다 슬프지 않은 것이 없는데, 무슨 말을 하겠습니까? 무슨 말을 하겠습니까?

평생의 은혜와 정의를 생각하면 1년 상을 치러서 창려가 한 것처럼 하는 것이 맞지만, 가등[12]하여 복을 입는 것은 선유들이 비판했던 것입니다. 이에 감히 경솔한 행동을 하여 선생들이 정한 제도에서 벗어날 수 없으니, 오직 이것이 매우 애통하며 마음에 깊이 맺혀서 죽어도 사라지기 어렵게 되었을 뿐입니다. 한 잔 술에 정성을 깃들여 하늘에 영결하니 혼령이시여 이를 살펴 주십시오.

해제 박필주가 맏형 박필하(朴弼夏)의 아내 윤영인께 올리는 제문이다. 박필주는 태어나자마자 어머니를 여의고 윤영인의 보살핌 속에서 자랐으며 일찍 아버지를 여읜 뒤에도 형수를 의지하며 지냈다. 이에 제문에는 어머니처럼 여기던 맏형수를 잃은 슬픔이 매우 곡진하게 표현되어 있다. 또 박필주는 윤영인에 대해 형수 이상의 예로 복을 입어 생전의 고마움을 표하고 싶지만 제도에 어긋나 복을 연장하여 입지 못하는 것을 애통하게 여기면서 정성을 다하지 못하는 안타까운 마음을 표현하고 있다.

---

12 가등(加等) : 등급을 올림. 이 문맥에서는 형수에 대한 복을 입는 기간을 모친에 대해 복을 입는 것처럼 함을 뜻한다.

아내에게 주는 제문
祭室人文

유세. 계묘년[1723] 9월 초 4일 경진일에 나의 아내 숙인 이씨가 죽은 뒤 첫 번째 생일을 맞아서 친정에서 술과 떡 등의 제물을 마련하고 내가 이날 아침에 강 건너에서 병든 몸을 부축해 들어와서 글을 바치며 곡합니다.

아아! 내가 어미 없이 태어나서 나이 50에 가까운데 거듭 자식도 없고 아내도 없는 사람이 되니 앉아 있어도 외롭고 걸어 다녀도 갈 곳을 모르겠소. 병 들어도 돌보지 못하고 배가 고파도 먹을 것이 없으니, 이렇게 세상을 사는데 무슨 재미가 있겠소? 그러나 목숨을 부지하고 있으면 기뻐하거나 슬퍼할 만한 일도 만나게 되지만, 의욕도 없이 운수에 맡기고는 그저 지낼 뿐이오. 당신이 죽어 이물(異物)이 되어서 두터운 땅에 묻히고는 한 번 가서 돌아오지 않으니, 서로 떨어진 거리도 멀다는 것을 알겠구려.

아아! 당신이 나에게 시집온 뒤로 수십 년간 가난만 실컷 맛보며 일찍이 하루도 미간을 편 적이 없었는데 오늘에 이르러서도 상을 치르고 제사를 올리는 모든 일이 하나도 유감스럽지 않은 것이 없으니, 이는 내가 못나서 당신을 이 지경에 이르게 한 것이 아님이 없소. 가련하오! 가련하오! 또 무슨 말을 하겠소?

당신은 불행히 자식이 없었는데 내 운수가 매우 기박하기 때문이라오. 일생이 궁핍하고 외로운 사람으로 늙어서야 비로소 사촌 아우의 셋째 아이[13]를 얻어 자식을 삼았으니, 매우 기특하고 사랑스러운 것이 진실로 일

13 사촌 동생 박필균(朴弼均)의 셋째 아들 박사근(朴師近)을 양자로 들였다.

반 사람들의 정보다 만 배나 더했소. 밤낮으로 즐거워하며 온갖 근심을 모두 잊고 오직 그 아이가 장성하여 장가가면 그 아이에게 의지해서 살기를 바랐는데, 당신은 뜻밖에 기다리지 않았구려. 이후로 내가 세상에 머무는 것이 몇 년이나 될지 모르겠지만, 만약 죽지 않고 그 아이가 장성해서 현달하는 것을 보게 된다고 해도 누구와 함께 기쁨을 나누겠소? 당신의 병이 오래되어 어찌할 수가 없었으나, 오히려 지난 겨울에 강가에서 나와 지낸 것이 어찌 셋째 아이를 위한 것이 아니었겠소? 내가 오랜 병으로 이리저리 오가고 아이도 다른 곳에 있어서 서로 모이지 못하므로 죽음을 무릅쓰고 와서 더불어 시간을 보내며 모자지간의 정을 맺으려고 했으니 그 정상이 매우 처량함은 비록 귀신이라도 마땅히 불쌍히 여길 만했는데, 이것을 이루지 못하고 몇 달 만에 갑자기 이 지경에 이르렀단 말이오. 아직도 강에서 돌아올 때가 기억나오. 아이와 부둥켜안고 얼굴을 부비며 물 흐르듯 눈물을 흘리면서 참담하고 연연해하여 차마 서로 떨어지지 못하는 모습이었소. 이 마음이 비록 담벼락같이 아둔하다지만 어찌 꺾인 듯, 베인 듯하지 않았겠소? 아아, 애통하오! 어찌 차마 이것을 말로 하겠소? 어찌 차마 이것을 말로 하겠소?

당신이 저 세상으로 떠난 뒤로 내가 가난이 더욱 심해져서 아이를 데리고 지낼 곳이 없어 잠시 아이를 그 생가에 맡겨두고 때때로 당신의 친정에 오가며 며칠씩 머물렀는데, 은정이 친밀하고 도타워 당신이 살아있을 때와 다름이 없었다오. 이에 내 마음이 더욱 슬프고 당신에게 보여줄 수 없다는 것이 한스러웠소. 어쩌다가는 당신은 이미 없고 일이 예전과 달라서 이 아이가 과연 나의 뒤를 이어 반드시 장성할 수 있을지 걱정스러웠소. 그러나 숙모님[14]께서 큰 뜻으로 깨우치시고 내 동생이 어질고 자애로워서 불쌍히 여기므로 이미 간 사람에게 차마 식언을 하지는 않을

---

14 숙부 박태길(朴泰吉)의 아내인 공인 윤씨.

것이니, 상황이 달라졌다고 해서 내가 이 때문에 근심할 일은 없을 것으로 믿는다오. 당신이 지하에서 반드시 이 마음과 함께 해주리라고 생각하오.

아아! 당신이 세상을 떠나니 모든 일이 어그러졌소. 생각 같아서는 내가 살아있을 때까지 당신의 어머님을 섬기고 당신의 여러 동생들과 우애있게 지내기를 당신이 살아있을 때나 세상을 떠난 뒤에나 다름없이 하려고 하지만, 가난과 병이 드리워져 마음과 일이 어긋나게 되니 내가 반드시 그렇게 하지 못하게 될까 걱정이오. 생각하면 당신이 저 세상으로 간지도 벌써 반년이 지났는데 거의 한마디로도 삶과 죽음의 길에 영결하지 못했으니 이는 박정해서가 아니라오. 대개 글로 마음을 과하게 드러내는 것을 또한 잘못된 풍습이라 여기고 싫어하는 것이라 더욱 본받으려 하지 않았기 때문이라오. 아무런 말도 없이 오늘에 이르렀으나 끝내 차마 입을 다물고 있을 수 없어서 급히 글로 써서 이 슬픔을 드러내니 말을 그칠 수가 없음이 이와 같음을 비로소 알게 되었소.

아아! 방에 들어가면 예전 그대로라서 내 마음이 더욱 놀랍고 아련한 음성과 모습은 듣는 듯 보는 듯 하다오. 이 생일 아침을 맞으니 비통하고도 아득한 것이 더하여 더욱 정신을 수습할 수가 없소. 한 잔 술의 제물도 스스로 마련하지 못했구려. 아아, 가련하오! 말은 여기서 그치지만 마음은 다할 수 없으니 오직 당신의 영혼이 있다면 이 마음을 알아주오. 아아, 슬프오!

해제 아내 이씨가 죽은 지 반년이 지나서 이씨의 첫 생일을 맞아 쓴 제문이다. 박필주는 아내가 가난한 집에 시집와서 고생만 하다가 죽은 것을 안타까워하며, 특히 자식을 낳지 못해서 늦게 양자를 들였으나 자신의 병 때문에 아내가 아들과 정을 붙일 틈이 없었던 것을 마음 아파하고 있다. 박필주는 이 글에서 아내가 뜻하지 않게 일찍 세상을 떠나서 양자 박사근을 잘 키우지 못할까봐 걱정했으나, 박사근의 친할머니와 생부의 따뜻한 배려로 대를 잇게 할 수 있을 것이라고 했다. 또한 아내가 죽은 뒤에도 처가의 보살핌을 받았으면서도, 아내가 살아 있을 때처럼 처가 식구들에게 정성을 다하지 못한 것에 대한 미안한 마음도 표현하고 있다.

이 글은 문식에 얽매이지 않고 아내와의 기억과 아내를 잃은 슬픔을 있는 그대로 표현하고 있다. 특히 마지막 부분에 아내의 죽음이 믿기지 않는 작가의 심정이 애절하게 표현되어 있다.

장모의 두 번째 주기에 올리는 제문
岳母再朞祭文

유세차. 병오년[1726] 2월 초 3일 병인에 사위 박필주가 삼가 죽황[15]과 평포 등 제수를 갖추어 집사에게 부탁하여 장모 상산(商山) 김씨의 영전에 아룁니다.

생각해 보면 얼마 전 집에 모여 친척들이 임종을 지켰던 것 같은데, 세월이 흘러 이 주기가 돌아왔습니다. 오랜 시간이 지나니 슬픔은 점점 잦아들지만, 우리 장모님을 어찌 잊을 수 있겠습니까? 그 은혜로움과 자애로움은 뼈에 사무치고, 덕스러운 모습은 눈에 선하여 매번 사모하는 마음을 불러일으켜 참담함이 가슴에 찹니다. 아! 제가 홀아비 신세로 근래에는 더욱 어렵게 지내고 있으니, 만약 장모님이 계셨다면 그 모습을 측은하고 불쌍하게 여기셨을 것입니다. 슬픔은 이미 홀로 겪어냈지만, 기쁨은 또 누구와 함께 한단 말입니까? 당하는 일마다 모두 상심하게 되고 중한 병이 들어 겨우 땅에 묻히는 것만 면한 상태입니다. 예전에 근심을 끼쳤던 것을 이제야 더욱 느끼게 되었으나, 두 번째 주기가 되었는데도 한바탕 곡을 하지도 못합니다. 병이 나서 몸이 얽매였기 때문이니 지은 죄를 갚을 길이 없습니다. 한 통 제문에 제 슬픔을 바치니 눈물이 종이를 적십니다. 정성이 지극하면 통한다고 하니, 혼령이 반드시 이를 살피시겠지요. 아아, 슬픕니다!

---

15 죽고(竹膏) : 죽황(竹黃). 대나무 속에 병으로 생기는 누런 빛깔의 흙 같은 물질로, 병을 치료하는 데 쓰인다.

해제 박필주가 장모의 2주기를 맞아 쓴 글이다. 박필주는 아내를 잃은 뒤에도 처가에서 따뜻한 대접을 받았던 것에 대해 <아내에게 주는 제문[祭室人文]>에 썼다. 그를 아껴주던 장모 역시 아내가 죽은 뒤 1년 만에 세상을 떠나고 2년이란 세월이 지났지만 여전히 그 모습을 잊지 못하는 참담한 심정을 제문에 담았다.

여섯째 숙모 공인 윤씨께 올리는 제문
祭六叔母恭人尹氏文

유세차. 병오[1726] 9월 경인 삭 14일 계묘에 조카 필주가 삼가 술과 과일, 붕어, 게 등의 음식을 차리고 여섯째 숙모 공인 윤씨의 영전에 두 번 절하고 울면서 제사를 올립니다.

아아, 슬픕니다! 숙모께서 이 지경에 이르시다니요? 숙모께서 이 지경에 이르시다니요? 사람의 목숨이 위태롭고도 짧아서 진실로 아침에 저녁을 도모할 수 없다고들 하지만, 어찌 숙모님처럼 갑자기 이렇게 눈 깜짝할 사이에 떠나실 수가 있단 말입니까? 죽고 사는 가운데서 이처럼 허둥지둥 하면서 잠시 매우 슬퍼하기도 하고 마음도 상할 수 있지만, 집에서 조용히 편한 마음으로 죽음을 맞이할 수 있다면 사람의 도에 떳떳하게 여기는 것이니 또한 어찌 깊은 유감이 있겠습니까? 그러나 지금은 그렇지 않습니다. 집을 떠난 지 겨우 하루 만에 갑자기 병이 들어 어찌 해볼 겨를도 없이 유명을 달리하셨지요. 배에서 갑작스럽게 돌아가셔서 그만한 변고가 없었으니, 모든 인간사에 하나도 유감스럽지 않은 것이 없습니다. 하늘이여, 귀신이여! 이것이 어찌하여 그리 된 것입니까?

아아! 숙모님의 이번 외출은 우리 선조 중 양 대가 시호 받은 것을 기리는 축하 잔치가 강화[沁府]에서 열렸기 때문이 아니겠습니까? 수십 년 지체해 온 것을 이제야 다행히 겨우 거행하였으니 이는 우리 가문에 보기 드문 경사였던 만큼, 특별한 일이 없는 일가 친속들은 모두 모여서 지극히 성대한 일에 빠지는 사람이 없도록 하려 했습니다. 그리고 물길이 순조로워서 배가 크게 흔들리지 않고 편안히 도달할 수 있었기 때문에, 가마에 모시고 가면서 젊은 사람이나 늙은 사람이나 우러러보고 의

지하며 즐겁게 십여 일을 모시려 하였는데, 뜻하지 않은 변고가 일어나 한순간에 이 지경에 이르렀습니다.

아아! 사람의 일을 기약할 수 없는 것이 심하고도 가혹하니 무슨 말을 하겠습니까? 무슨 말을 하겠습니까? 우리 숙부님은 아버님의 형제로 여섯째이셨는데, 가장 뛰어나다는 칭송이 있었으나 불행하게도 가장 일찍 세상을 떠나셨지요. 이때 아버님께서도 병환 중에 계셨기 때문에 얼마 뒤에야 비로소 숙부의 부음을 들으시고는 크게 울부짖고 통곡하셨습니다. 지금 돌이켜 생각하니, 그 일이 역력히 아직도 눈앞에 선해서 한 번씩 생각할 때마다 눈물을 줄줄 흘리지 않은 적이 없었습니다.

대개 숙모님은 30세도 되시기 전에 미망인이 되셨는데 외롭고 힘든 가운데 온갖 어려움을 두루 겪으시면서 두 아이를 키워 학문에 힘써 성공하게 하시고, 장성한 손자들도 모두 우뚝하니 두각을 나타내어 문장을 하는 집안의 자손이라고 불리게 하셨습니다. 작년 봄에 이르러서 막내가 처음 벼슬을 하게 되어[16] 천거를 받아 한원(翰苑)에 들어가서 임금을 가까이 모시는 신하가 되었으니, 이는 진실로 우리 숙부의 음덕으로 된 것이기도 하지만, 참으로 숙모님이 자애롭게 가르쳐 키우신 힘이 아니었다면 또한 어찌 이룰 수 있었겠습니까?

숙모님은 타고난 성품이 중후하시고 부녀자의 유순한 덕에 부합하셨으며, 온갖 고난과 곤궁함을 겪으시면서도 슬퍼하거나 감당하기 어려워하는 기색을 보이지 않으셨습니다. 말씀하시고 행동하신 모든 것이 세속 부녀자들이 까다롭고 세세히 따져 살피는 것을 어질다거나 지혜롭다고 하는 것과는 상반되었으나, 이러한 무리들은 마땅히 하늘에서 복을 받아 온갖 복록이 넉넉한데 우리 숙모님의 평생을 생각하면 오열하며 울 만한 것들이 앞서 말한 바와 같이 매우 많았으니, 이와 같이 된 이유가 무엇입

16 박필균이 1725년(영조 1) 정시문과에 병과로 급제하여 벼슬에 나갔다.

니까? 아마도 복록은 하늘에 달린 것이므로 사람이 복록을 누리는 것을 우물에서 물을 기르는 것에 비유한다면, 담아오는 것이 많을 수도 적을 수도 있는 것이요, 저쪽에서 퍼다가 이쪽 그릇에 담을 수도 있는 것이니, 두루 가득 채울 수 없는 것도 당연한 이치일 것입니다. 대개 숙모님으로 하여금 오래도록 노년의 영화를 누리시도록 하며 남편을 일찍 여읜 불운을 만회하게 한다면, 어짊에 대해 보답이 있음을 증명하는 데 족히 해가 되지 않을 것인데, 이제 겨우 보답을 받기 시작하려다가 도리어 마지막에 이르게 되었습니다. 미간을 펴고서 위로받고 기뻐하시면서 겨우 1년을 보내시고는 열흘간의 수명도 더 얻어내지 못하시어 강화 백리 길을[17] 다녀오지 못하셨지요. 아침만 해도 별 탈이 없으시다가 저녁 때 갑자기 돌아가셔서, 배에서 상여가 나와 허둥지둥하며 망극한 변을 겪게 되니 이는 세상에 거의 있을 수 없는 일입니다.

아아! 숙모님은 인자하고 덕이 높으셨는데도 어찌 하늘에서 복록을 얻지 못하시고 하늘에 시달리신 것이 이처럼 가혹하단 말입니까? 이른바 복선화음의 이치를 이에 이르니 더욱 알 수가 없습니다. 무슨 말을 하겠습니까? 무슨 말을 하겠습니까?

아아! 저희들이 하늘의 도우심을 받지 못하여 여러 숙부님께서 모두 일찍 돌아가셔서 세상에는 오직 세 분 숙모님만 계시니 우러러보며 의지하기를 어느 분께인들 똑같이 하지 않았겠습니까? 그러나 저와 숙모님은 또 각별하였지요. 숙모님께서는 사리에 밝으셔서 제가 평소에도 받들고 따랐으며, 제가 불행히 늦게까지 자식이 없자 숙모님께서 특별히 큰 뜻으로 아우의 셋째 아이를 후사로 삼게 하셨으니[18] 이제 7년이 되었습

---

17 숙용(宿舂) : 밤사이에 찧은 곡식. 적은 양의 음식을 일컫는 경우가 대부분이나 여기서는 '백리 길'의 의미로 쓰인다. 『장자』에서 '백 리 길을 가려는 사람은 전날 밤에 양식을 찧어 준비한다.'는 내용에서 빌려온 표현이다. 『장자』 「소요유(逍遙遊)」 "適百里者, 宿舂糧."

18 1720년 숙모 윤씨의 손자이자 사촌 동생 박필균(朴弼均)의 셋째 아들 박사근(朴師近)을 양자로 들인다.

니다. 보통의 숙모와 조카 사이에서는 쉽지 않은 일이지요. 매번 뵐 때마다 타이르는 말씀을 곡진하게 하시면서, 제가 쌓은 학식이 없고 성취하지 않는 것은 유념치 않으셨습니다. 숙모님께서는 또한 친밀하게 대해주시고 은정을 돈독하게 베푸셔서 거의 어머니와 자식 사이 같았지요. 제가 부모님을 여의고 가난하고 외롭게 지냈으나 오직 이 하나의 일로 조금이나마 마음을 위로받을 수 있었는데, 아아, 누가 이렇게 보전하지 못하시고 숙모께서 갑자기 세상을 떠나실 줄 알았겠습니까?

제가 강가에 와서 한가롭게 지낸 뒤로 첫째의 새집과 매우 가까이 살아서 매번 작은 배로 왕래했으며 계속 찾아가 뵈었는데, 둘째[19]가 조정에 나간 뒤로는 숙모님께서도 따라 서울에 들어가셔서 제가 서울과 멀리 떨어져 있으니 지난 가을에 잠시 뵌 후로는 떨어져서 소원하게 되었습니다. 근래 강화에 오실 때 애틋하게 편지를 보내셔서 저 곳에서 서로 만나자고 하셨지요. 그래서 손꼽아 날을 세었는데 겨우 며칠을 남기고 숙모님께서 갑자기 돌아가셨으니, 아! 어찌 이리 바삐, 어찌 이리도 급하게 이 지경에 이르셨습니까?

아아! 숙모님께서 저를 보살펴 주셔서 제가 이처럼 오늘에 이르렀으나, 제가 가난하고 힘이 모자라 한 번도 정성을 보여드릴 수 없었는데, 지금 이렇게 장례를 치르게 되니 더욱 드릴 말씀이 없습니다. 아득한 이 한을 마땅히 산 자와 죽은 자가 함께 할 뿐입니다. 오래 뒤에 있을 일이 갑자기 닥쳐서 길제사를 떠날 수레가 장차 길을 나서려 하니 오직 이 한 잔 술을 올리는 것에 부족하나마 정성을 부치고자 합니다. 엎드려 바라건대 혼령이시어 굽어 살펴 이르소서.

---

19 박필균(朴弼均) : 1685(숙종 11)~1760(영조 36). 본관은 반남(潘南). 초명은 필현(弼賢), 자는 정보(正甫). 첨정 세교(世橋)의 손자이고, 증이조판서 태길(泰吉)의 아들이며, 어머니는 진사 윤선적(尹宣績)의 딸이다. 지원(趾源)의 할아버지이다. 어려서부터 종숙부인 세채(世采)에게서 학문을 배웠다. 삼사의 여러 관직, 승지, 의금부동지사, 경기감사, 대사간, 호조와 병조의 참판, 돈령부지사 등을 지냈고 노론의 맹장으로 활동했다.

해제 공인 윤씨는 박필주의 여섯째 숙부 박태길(朴泰吉)의 아내이며, 진사 윤선적(尹宣績)의 딸이다. 공인 윤씨는 박필주에게 자식이 없자 자신의 손자 박사근(朴師近)을 그의 후사로 삼도록 한 분으로 박필주와는 각별한 사이였다. 공인 윤씨는 과부로 어렵게 살면서도 자식들이 학문에 힘써 성공하도록 뒷바라지를 했으나, 아들 박필균이 과거에 올라 생활이 나아진 지 1년 남짓 지나서 집안 행사에 참석차 배로 여행을 하다가 갑자기 세상을 떠났다. 박필주는 발인을 앞두고 숙모가 고생 끝에 즐거움을 누리지 못하고 갑작스럽게 객사한 것에 대한 안타까운 마음을 표현하고 있다.

맏조카며느리 정부인 민씨에게 주는 제문
祭伯姪婦貞夫人閔氏文

사람은 처음 태어나면서부터 죽을 곳이 정해진다더니 오직 저 송경(松京)이 혼령의 마지막 장소가 되었구나. 도도하게 흘러간 삼 년을 돌이키고자 해도 돌이킬 수 없다. 온 집안 가득 한을 남겼으니 어찌 그 슬픔을 말할 수 있겠느냐?

시에서 정숙하고 삼가는 것을 칭송했으니 너에게 그런 모습이 있었다. 잘못된 행실이 없었고 어지러운 말을 하지 않았으며, 시집와서 삼 일간의 모습이 나이 들어서도 바뀌지 않았으니, 지금의 부녀자들 가운데 이렇게 할 수 있는 자가 몇이나 되겠느냐?

우리 장손을 도와 집안을 다스림에, 한 가지 일을 하더라도 후세의 모범이 되도록 했지. 집안에 큰 일인 제사가 있으면 이에 정성을 다하여 제사의 바른 도를 이루었다. 일을 걱정하고 물건을 구비하며 미리 준비하고 갖추어 아름답게 제기를 차리고 정결하게 술과 음식을 장만하였는데, 작은 것이든 큰 것이든 할 것 없이 제사에 올릴 것은 모두 잘 간수해두고 다른 데 사용하는 것을 허락하지 않으며 공경하며 함부로 하지 않도록 하여 선조가 이를 흠향하도록 했었지. 이것을 미루어 보면 그 나머지 어른 섬기는 것도 알 수 있었다.

생각해 보면, 지난날 아버님께서 매우 칭찬하시며,

"내 손주며느리는 부덕이 아름답구나. 이런 어질고 예쁜 손주며느리를 얻어 제사를 맡기니 우리 집안에 이보다 더 큰 경사가 없구나."

라고 하셨는데, 돌이켜 생각할 때마다 음성이 귀에 들리는 듯하고 눈에 선하구나. 어찌 견주어 보시지 않으셨겠느냐? 네 행실은 아버님께서 알아주신 마음을 저버리지 않았으니, 지금 저 세상에서 뵈어도 드릴 말씀이 있을 것이다. 밝은 조서가 내려 매우 많은 복을 받았고, 아이는 이미 혼인을 했으며 수명도 60에 이르렀으니, 부녀자가 이와 같다면 만족스럽지 않음이 없는 것이다. 삶이 순조로웠고 죽어서도 편안하니 어찌 깊이 슬퍼하겠느냐? 다만 우리 가묘에 주부의 자리가 비고 살림에 있어서도 한 세대가 바뀌니, 눈이 가는 곳마다 느끼게 되며 애통한 일이 한 둘이 아니구나. 말이 이에 이르니 눈물을 흩뿌리게 된다.

무덤이 새로 자리 잡은 곳은 저 물의 상류로 거슬러 올라간 곳이어서 가난하고 병들어 뒤뚱거리는 몸으로 무덤에 가지 못한 것이 미안하구나. 한마디 말에 슬픔을 담아 마음을 이 글에 보이니 혼령이 어둡지 않다면 내 잔을 흠향하라.

해제 정부인 민씨는 민진장(閔鎭長)의 딸이자 박필주의 맏조카 박사익의 아내로, 민씨가 죽은 지 3년 만에 쓴 제문이다. 박필주는 맏며느리로 시집온 민씨가 제사를 잘 받들었고 박필주의 부친 박태두에게 어진 손주며느리로 인정받았던 것을 떠올리며, 민씨가 죽은 뒤 집안 살림에 그 빈자리를 느끼고 이를 슬퍼하는 마음을 제문에 담았다.

유인 유씨 묘표
孺人兪氏墓表

유인 기계 유씨는 지금 함열 현감 유학기(兪學基)의 딸이고 통덕랑 유명순(兪命舜)의 손녀이며, 대사헌 유철[20]의 증손녀이다. 외할아버지는 군수 박태두(朴泰斗) 공이다. 유인은 태어나 15세에 광산 김씨 상열(相說)에게 시집가서 사계 선생[21]의 육대 총부가 되었는데, 시집간 지 5년 만에 죽었으니 병오년[1726] 10월 23일이다. 회덕의 모 땅 모 방향을 등진 언덕에 장사지냈으니 그 시아버지 김인택(金仁澤)의 묘 자리를 따른 것이다.

유인은 단정하고 밝으며 온순하고 순수하였다. 어릴 적부터 한 점 객기가 없어서, 매번 절기마다 같은 또래가 모이면 여자아이들의 옷과 노리개가 화려하게 빛났으나, 유인은 그 사이에 있으면서도 보지 않는 것처럼 담담하게 처신했다. 어머니가 그 뜻을 시험하여 '너는 저런 것에 욕심이 나지 않느냐?'라고 묻자, 유인이 웃으며 대답하길,

"욕심이 나도, 제 물건이 아닌 것을 어찌겠습니까?"

라고 했다. 이때 겨우 7, 8세였는데 다른 행실도 모두 이와 같았다.

김군에게 시집가서는 더욱 조심하고 삼가며 잘못된 말이나 행동을 한

---

20 유철(兪㯙) : 1606(선조 39)~1671(현종 12). 본관은 기계(杞溪). 자는 방숙(方叔), 호는 취옹(醉翁). 대의(大儀)의 손자로, 예조참의 성증(省曾)의 아들이며, 어머니는 구준(具濬)의 딸이다. 사간에 재직 중 친청파로서 청나라에 사대의 예를 건의하여 시행하게 하였다. 병자호란 때 청나라에 끌려가 살해된 오달제·윤집·홍익한 등 3학사 가족들에게 은휼을 베풀게 하였다. 예조참판 등을 지냈다. 저서로는 『취옹집』이 있다.

21 김장생(金長生) : 1548(명종 3)~1631(인조 9). 본관은 광산. 자 희원(希元). 호 사계(沙溪). 선조 때 서인(西人)의 중진인 계휘(繼輝)의 아들. 효종 때의 예학사상가인 집(集)의 아버지. 이이(李珥)와 송익필(宋翼弼)의 문인이다. 임진왜란 이후 주로 지방관을 역임했으며, 인목대비 폐모논의가 일어나고 북인이 득세하자 낙향하여 예학 연구와 후진 양성에 몰두했다. 그의 제자로는 송시열 등 서인과 노론계의 대표적 인물들이 많다.

적이 없었다. 시어머니와 그 남편을 낳아주신 시부모를 섬기는 데, 한결같이 효성스럽게 했고 공경했으며, 가까운 친척이나 여러 친지들에 이르기까지 그 호감을 얻지 않음이 없었다. 비록 그가 집안에 들어와 며느리로 불린 햇수가 얼마 되지 않지만, 죽은 뒤에도 시댁 식구들이 사모하는 마음은 오래도록 더하며 줄어들지 않았으니, 아아, 어질도다!

유인은 나에게 조카딸이 된다. 내가 매번 유인을 보면 입으로는 어지러운 말을 하지 않았고 마음으로는 외람된 생각을 하지 않았으니 일찍이 감탄하지 않은 적이 없었으며 매우 아름다운 자질이라 여겼다. 만약 일찍 죽지 않았다면, 집안을 다스리는 것을 도와 이루었을 것이며 또 어진 자식에게 조상의 가르침을 전하게 하여 대대로 사라지지 않도록 했을 것이니, 또한 세교에 보탬이 되지 않았겠는가? 싹을 틔웠으나 결실을 얻지 못하고 이에 이르렀으니, 정부자가 이른바, '불행하게도 단명하였으니 어떠한 슬픔이 이와 같겠는가?'라고 한 것은 이것을 말하는 것이구나! 이것을 말하는 것이구나! 이에 표를 짓는다.

해제 유인 유씨는 박필주의 동복 여동생의 딸이다. 박필주는 조카딸인 유인 유씨가 어릴 적부터 또래 아이들과는 달리 어른스러웠고, 아름다운 자질을 지녀 시부모와 친척들의 아낌을 받았으나, 광산 김씨 집안의 총부가 된 지 5년 만에 요절하여, 그 부도(婦道)를 베풀 기회가 없었음을 안타까워하고 있다.

유인 정씨 묘표
孺人鄭氏墓表

사문 정오규 씨가 멀리 가림(嘉林)으로부터 와서 강가로 나를 찾아왔다. 내가 삼가 맞아들여 그 찾아온 이유를 묻자 그 이야기하는 모습이 애처롭고 처량하여 슬픈 일이 있는 것 같았으나 제대로 펴 보이지는 못하는 것 같았다. 잠시 후 글 한 통을 보이며 말하길,

"이 글은 제 둘째 딸인 이씨 집안 며느리의 행장입니다. 딸은 어릴 때부터 함부로 말하거나 웃지 않았고 위엄 있고 예의바른 행동거지가 능히 법을 이룬 듯하였으며, 사리를 알고 매우 효성스럽고 공손하였으니 그 타고난 자질의 아름다움은 이미 하늘로부터 품부 받은 것이었습니다. 그리고 여자의 일은 유모의 가르침을 기다리지 않고도 능숙하게 하였으니, 그 어미의 집안 일을 도왔는데 제사와 손님을 맞는 것에서부터 서찰을 주고받는 일이나 의복을 만드는 일에 이르기까지 직접 맡아서 하면서 게을리하지 않았습니다. 그래서 시집갈 나이가 되기 전에 부녀자의 덕과 말씨, 태도와 솜씨를 이미 갖추지 않음이 없어서 거의 정효녀[22]의 무리에 가까웠습니다. 딸의 외조부는 순창군수 김만준(金萬埈) 공으로 사계 선생의 적통 증손자이십니다. 그 부인이 장수하셨는데, 딸이 매번 가서 뫼셨지요. 김씨 집안은 예법을 지키는 집안으로 가문이 크고 번성했는데, 남

---

22 정효녀(程孝女) : 1061~1085. 중국 남송 때 학자 정호(程顥)의 딸. 어머니의 상을 당하여 상례를 극진히 하다가 죽었다. 그 숙부 정이(程頤)가 쓴 <효녀정씨묘지(孝女程氏墓誌)>(『이정문집(二程文集)』 권12)에서는, 남들은 정씨가 부덕을 갖추고도 시집을 못 간 것을 안타까워하지만 자신과 정호는 그렇게 여기지 않는다고 하고 그 이유로 정씨 같은 숙녀가 세속의 평범한 사람을 만나는 것은 부끄럽고 욕된 일이기 때문이라고 하였다. 정이의 <효녀정씨묘지>는 19세기 경에 편찬된 한글 여훈서 『곤범(壼範)』에 <효녀뎡시묘>라는 제목으로 번역되어 실려 있다.

녀노소 할 것 없이 모두 칭찬하여 제 딸을 여사라고 일컬었습니다. 저에게 다른 자녀가 없는 것은 아니었지만 이 딸을 특히 사랑하여 까다롭게 배우자를 골라 이상중(李商重)에게 시집보냈으나 불행히 단명하여 시집간 지 몇 개월 만에 죽었습니다. 제 딸이 어진 데도 일찍 죽어 이에 이르니 이것이 이미 슬퍼할 만 하지만, 더욱 슬픈 것은 시부모 사당에 뵈올 날을 단지 수십 일 남겨두고 딸이 갑자기 죽어서 그 집 며느리가 되지 못한 것이니,[23] 죽고 사는 고통이 이와 같은 것이 없습니다. 오직 글자로 드러내고 기려서 그 아름다운 덕이 없어지지 않도록 한다면, 만에 하나라도 이 슬픔을 위로할 수 있을 것이니, 감히 이 글을 토대로 제 자식을 위해 써 주시기 부탁드립니다."

라고 하였다. 말을 마치고 다시 오열하며 얼굴을 가리고 눈물을 흘리니 이에 내가 그것을 듣고 또한 슬펐다.

아! 부모가 자식을 여의면 그 슬픔이 진실로 지극한 정에서 나오지만 그러나 그 법도가 있는 것이니 혹 과도하면 잘못된 것이다. 이 때문에 자하가 '운명입니다. 죄가 없습니다.'라고 말했다가 증자에게 꾸짖음을 당한 것이다.[24] 그런데 지금 오규 씨가 책 읽는 유자로 성현의 교훈을 익혔으면서도 그 슬픈 마음을 억제할 수 없는 것이 오히려 이와 같은 것은 유인의 어짊이 평범한 부녀에 빗대어 논의할 수 있는 바가 아님을 잘 보여주는 것이다. 슬퍼하지 않으면 그만이지만, 슬퍼한다면 유인을 애통

---

23 비록 결혼하여 남의 아내가 되었다 하더라도 시집 사당에 인사드리고 제사지내지 않았다면 그 집 며느리로 인정받지 못한다. 『예기』에 의하면, 혼인한 지 석 달이 되어 사당에 뵐 때 며느리로 왔다고 인사를 드리고, 날을 가려 예묘(禰廟)에 제사를 해야 신부의 예를 다하는 것이라고 했다. 『예기』 「증자문(曾子問)」, "三月而廟見, 稱來婦也. 擇日而祭於禰, 成婦之義也."

24 옛날 자하(子夏)가 아들을 잃고 실명을 하자, 증자가 자하를 조문했는데 자하가 "운명입니다. 저는 죄가 없습니다."라고 하니 증자가 "상(商)아! 네가 어찌 죄가 없느냐? 너의 아들을 잃고 네 눈을 잃은 것은 너의 죄니 네가 어찌 죄가 없느냐?라고 꾸짖었다. 그러자 자하가 지팡이를 던지고 절하며 자신의 잘못임을 시인했다고 한다.

해하지 않으면 누구를 애통해 하겠는가?

그 집안을 살펴보면, 본적이 광주로 유인의 할아버지는 정부(鄭敷)인데 맑게 수양하고 학식이 있었다. 황강(黃江) 권상하(權尙夏) 공이 그 무덤에 묘지를 썼다. 증조할아버지는 정시형(鄭時亨)으로 해주목사인데 법을 잘 지키며 선량한 관리로 칭송받았다.

유인은 신묘년[1711] 12월 18일에 태어나 기유년[1729] 12월에 시집갔으며 그 다음해 경술년[1730] 3월 초 3일에 죽었으니, 아아, 얼마나 단명한 것인가? 이씨 또한 한산(韓山)의 유명한 집안으로 이조참판 이정기(李廷夔), 종묘령 이행(李涬), 참봉 이병철(李秉哲)은 남편 상중의 증조부, 조부, 아버지이다. 그리고 그 어머니는 반남 박씨로 이조판서 박태상(朴泰尙)의 딸이다.

내가 생각하기에, 오직 여자의 삶에는 스승과 친구가 학문을 물어 인도하는 일이 없다. 그래서 그 어질고 행실이 있는 자가 대개 성인의 자취를 따르지 않고도[25] 암암리에 부합되기는, 남자와 비교하면 더욱 어렵다. 특히 규방 안에서 떠나지 않으므로 비록 아름다운 덕이 있어도 마침내 사라지는 데 이르게 되니, 오규 씨가 유인을 위하여 그 사적이 사라지지 않도록 도모하는 데에 급급한 것은 다만 이런 이유에서이다. 그러니 내가 어찌 끝내 사양하여 자애로운 아버지의 마음을 상하게 하겠는가? 이에 그 이야기대로 써 주어서 돌아가서 무덤에 표하게 했다. 무덤은 결성(結城) 모 방향을 등진 언덕에 있으니 곧 이씨 선산이 있는 곳이다.

해제 박필주가 유인 정씨의 부친 정오규의 부탁을 받고 쓴 묘표이다. 정오규는 딸이 시집간 지 몇 달 만에 시부모 사당에 인사도 올리지 못하고 죽은 것을 가슴 아파 하면서 딸의 사적을 남기기 위해 박필주에게 이 글을 부탁했다. 이 글은 정오규가 딸에 대해 전하는 이야기를 그대로 전달하는 형식으로 구성되어 있는데 특히 딸을 여읜 정오규의 애달픈 심정이 잘 드러나 있다.

---

25 불천적(不踐迹) : 성인의 자취를 밟지 않는다는 의미이다. 『논어』 「선진(先進)」, "子張, 問善人之道. 子曰: 不踐迹, 亦不入於室."

어머니 숙인 신씨 묘기
先妣淑人辛氏墓記

아아! 우리 어머님이 돌아가시고 내가 외롭게 살아온 지 지금 34년이 되었다. 예로부터 지금까지 일찍 부모를 여의었다고 할 수 있는 자가 어찌 한이 있겠는가마는 크게 상심하고 매우 애통한 것으로는 강보에 있을 때 어머니를 잃는 것만 한 것이 없다. 그러나 오히려 거기에도 이르지 못한 것은 하루도 지나지 않아서 아이가 태어나자마자 어미가 죽은 것이니, 어머니가 길러주신 은택을 일찍이 몸에 적셔볼 수 없었던 것이다. 그러니 나와 같이 부모를 잃은 자는 진실로 온 세상을 다하고 고금을 통틀어도 없을 것이다.

아아, 슬프다! 이것을 어찌 참을 수 있겠는가? 부르짖고 찾아 헤매며 낮에는 생각하고 밤에는 꿈을 꾸면서 혹시 흡사한 모습을 보고 비슷한 목소리를 들을까 했으나 끝내 만나지 못했는데, 하물며 그 평소에 아름다운 말씀과 행동이 있는 분임에랴! 그러니 다만 한두 개 전하는 실마리라도 사라져 기록되지 않는 것을 용납할 수 없는 것이다.

대개 어머니는 성품이 자애롭고 생각이 활달하셨으며 지식이 밝고 행실이 깨끗하셨다. 평소에 일하는 데 노심초사하면서도 분명하게 하여, 남이 모르는 것이 없도록 하셨으며 아버님이 집안을 다스리시는 것을 도우셨다. 11남매의 맏이로 길고 짧으며 모지고 둥근 것이 사람마다 각기 달랐지만 너나없이 있건 없건 간에 함께 나누셨고, 분가할 때에도 아버님께서 좋은 물건을 사사로이 하지 않으시도록 힘쓰셨다. 전처의 여러 자녀들을 키우시며 자기가 낳은 것처럼 사랑하셨는데 억지로 하시는 것이 아니었다. 종을 부릴 때에도 먹이는 것을 넉넉히 하시고 일을 고루 나누어

주시니 고맙게 여기며 받들었다. 제사 때가 되면, 반드시 기일에 앞서 정갈하게 하고 자잘한 일이든 큰일이든 모두 직접 하셨으며 제사 음식은 반드시 모두 나누어주셨다. 제삿날을 지나치지 않도록 하며 말하길,

"신령의 은덕에 대한 보답이 늦어서는 안 된다."

라고 하셨다. 이때 아버님께서 아직 조정에서 벼슬하기 전이었으나 집안이 본래 번성해서 제사 때에 손님들을 받들고 혼인과 상사에 혼수와 제수를 마련하는 데 그 비용이 많이 소요되었지만, 어머님께서 수고를 아끼지 않으셔서 술독이 바닥나게 하신 적이 없었다. 가난한 사람을 애처롭게 여기고 어려움에 처한 사람을 걱정하는 데 급급하셔서 상을 당했으나 가난하여 염을 할 수 없는 사람에 대해 들으시면 비록 친척이 아니더라도 상자 속 재물을 내어 수의(襚衣)를 해 주셨으며 배고픈 사람에게는 음식을 주고 추위에 떠는 사람에게는 옷을 주셨다. 심지어 여름에 땔감이 없고 겨울에 바지에 넣을 솜이 없어도 남에게 베푸는 것이라면 머리카락과 살이라도 아까워하지 않으셨다. 대개 의로운 것을 귀하게 여기고 재물을 천하게 여기며 넉넉하고 모자란 것에 구애받지 않으셨으니 성품이 이와 같으셨다. 아버님께서 이에 더욱 중히 여기셨으나 녹(祿)이 미치지 못함을 생각하시고 항상 슬퍼하시며 평생의 한으로 여기셨다. 여러 숙모님들과 고모님들께서 돌아가신 어머님의 일을 이야기하실 때면 지금도 때때로 목이 메여 눈물을 흘린다고 하셨다.

무인년[1698] 내가 일이 있어서 성리(城里)의 마을에 이른 적이 있었는데, 내외종의 여러 장로들은 어머님이 부모님께 효도하고 형제간에 우애있게 지냈으며 친척에게도 인자하게 대한 것이 평범한 부녀자들은 미칠 수 없는 바였다고 다투어 칭송하고 말이 끝나자 문득 눈물을 주루루 흘렸다. 종들도 어머님을 모시던 때에 생각이 미치자 또한 그러했다. 이에 내가 가만히 생각해 보니, 어머님께서 살아계실 때 서로 더불어 친하고 아끼지 않음이 없었으므로 어머님께서 돌아가신 뒤 세월이 지나도 문득

잊어버리지 않는 자가 있는 것이다. 지금 어머니 무덤 위에 나무가 아름아름 자랐는데도, 추모하고 사모하는 마음이 시가와 친정에서 이와 같은 데에 이르니, 아아! 이것이 어찌 말씀과 웃는 모습만으로 이루어진 것이겠는가? 요컨대 그 덕이 진실로 다른 사람을 깊이 감동시키지 않았다면 스스로 이에 이르지 않았을 것이다. 이에 마땅히 하늘이 내린 복록을 받아 많은 복을 누리셔야 하는데도, 오직 나를 낳으시느라 고생을 하신 까닭에 갑자기 하루도 지나지 않아서 돌아가셨으며 수명을 조금도 연장하지 못하셨으니, 아아, 슬프다! 이것을 어찌 참을 수 있겠는가? 내가 비록 백 번을 죽어도 그 죄의 만분의 일을 갚기에도 부족할 것이다.

어머니는 성은 신씨이고 본관이 영월이며, 문장공 백록선생 신응시[26]의 현손이시다. 증조할아버지 신경진[27]은 대사헌이셨고 할아버지 신희업(辛喜業)은 군수셨으며, 아버지 신환(辛晥)은 명망과 덕이 있어 천섬[28]에 오르셨고 벼슬은 금화(金化)현감에 그치셨다. 어머니는 광주 김씨로 참의에 추증된 김정익(金廷益)의 따님이다. 숭정 무자년[1648] 8월 20일 임자에 인천 외가에서 태어나셨는데, 곧 이른바 성리의 마을이라는 곳이 이곳이다. 19세에 고아가 되셨고 22세에 시집오셨는데, 아버님은 성이 박이고 이름이 태두(泰斗)이며 자(字)가 백첨(伯瞻)으로 이 분의 후처가 되셨다. 또 11년 경신[1680] 6월 초 9일 임오에 돌아가셨으니 나이가 겨우 33세셨다. 이전에 어머님께서 연이어 딸 둘과 아들 한 명을 낳으셨으나 아들과 큰

---

26 신응시(辛應時) : 1532(중종 27)~1585(선조 18). 본관은 영월(寧越). 자는 군망(君望), 호는 백록(白麓). 아버지는 부사 보상(輔商)이다. 백인걸(白仁傑)의 문하에서 배웠다. 1566년 문과중시에 급제하고, 예조와 병조의 좌랑 등을 지낸 뒤 선조가 즉위하자 경연관이 되었다. 그 뒤 전라도관찰사·예조참의·대사간 등을 역임하였다. 시호는 문장(文莊)이다.

27 신경진(辛慶晉) : 1554(명종 9)~1619(광해군 11). 본관은 영월. 자는 용석(用錫), 호는 아호(丫湖). 아버지는 부제학 응시(應時)이며, 이이(李珥)의 문인이다. 임진왜란이 일어나자 지평이 되어 왕을 호종, 평양에 가서 체찰사 유성룡의 종사관이 되고, 난이 끝난 뒤 강릉부사·사간을 거쳐 이조참의를 지내고 성주·충주의 목사를 역임하였다.

28 천섬(薦剡) : 사람의 재능과 장점을 기록하여 인재를 추천하는 글.

딸은 모두 일찍 죽었다. 내가 어머니 뱃속에 있을 때 아들인지 딸인지 아직 알 수가 없었는데 어머님께서 항상 가리키며 다른 사람에게 말씀하시길,

"내가 아들 하나만 낳는다면 죽어도 한이 없겠네."

라고 하셨다. 나를 낳으시던 저녁에 시중들던 자가 잘못하여

"딸입니다."

라고 말하자 어머님께서 갑자기 들으시고 놀라셔서 병이 나서 어찌할 수 없게 되었다. 이에 사람들은 이 말을 참언으로 여겼다고 한다.

안산의 선산 서북쪽을 등진 언덕에 장사지냈다. 아버님은 일찍이 그 오른쪽을 비워 두시고 돌아가신 뒤를 기약하셨으나 지관의 말이 그 산은 적합하지 않다고 하여 아버님이 돌아가시자 임시로 그 곁 산록에 묻었다.

아버님의 원배(元配)이신 조씨(趙氏)는 1남 3녀를 낳으셨으니 박필하(朴弼夏)는 참봉이고 딸은 학생 이명진(李明晉), 진사 유복기(兪復基), 군수 윤택(尹澤)에게 시집갔다. 나와 사인 유학기(兪學基)의 아내인 막내 누이는 곧 어머님이 낳으셨다.

아아! 부모가 자식에게 베푼 그 은혜는 온 세상과 같아서 비록 머리가 하얗게 늙어도 고아라고 부르며 오히려 추모하는 마음을 이기지 못하는데, 하물며 나처럼 지극히 불쌍한 사람이 되어서랴? 어려운 가운데 자라서 다행히 죽지 않고 요행히 한 가닥 숨이 멈추지 않았으나 슬프지 않은 날이 없었다. 죄악이 가득 차서 후사를 늦게야 얻어 어머님의 자손이 실낱처럼 끊어지지는 않도록 했으나, 병들고 쇠약한 까닭에 현달하여 이름을 날리는 일에 힘을 쓸 수 없었다. 그러니 한 번씩 생각할 때마다 세상을 보기가 부끄러워 차라리 살지 않는 것만 못하게 되었다. 하지만 돌이켜 생각하면 어머님의 덕과 본보기를 끝내 후인들이 모르게 할 수 없으니 이에 차마 죽을 수 있겠는가? 이에 전해 들은 것을 위와 같이 대략 기록하여 무덤에 넣는다. 은혜를 갚고자 하나 하늘처럼 끝이 없어 보답

할 수 없으니, 아아, 애통하다! 못난 고아는 눈물을 흘리며 삼가 쓴다.

해제 숙인 신씨는 박필주의 어머니다. 신씨는 아들 낳기를 고대하다가 박필주를 낳았을 때 딸로 잘못 알고 병이 나 곧 죽었다. 이에 박필주는 여러 편의 글에서 어머니를 일찍 여읜 애통한 심정을 드러낸 바 있는데, 이 글에도 자신의 기억 속에 없는 어머니에 대한 그리움을 애절하게 표현하고 있다. 박필주는 친척들과 어머니의 친정 마을 사람들이 기억하는 신씨의 행적을 토대로 신씨가 죽은 지 30여 년 만에 이 사적을 남겼다.

정부인에 추증된 유씨 묘지명
贈貞夫人柳氏墓誌銘

부인의 행실로 유순한 것만 한 것이 없다. 반드시 이것을 행한 뒤에야 부인의 도리와 부인의 본분에 합치되어 부인의 떳떳한 도를 잃지 않게 되는 것이다. 그렇지 않으면 비록 재주 있고 지혜로우며 아는 것이 많다고 불리더라도 부덕이 아름답지 않은 것이다. 내가 동돈녕 안공[29]이 쓴 그의 아내 유씨 부인의 행장을 보니 한결같이 어찌 그리 이 도와 부합하는지!

대개 그 행장의 말에 의하면, 부인이 집안에 있을 때에는 한 뜻으로 삼가고 진중하게 지냈으며 그 일하는 것은 오직 음식하고 바느질하는 것이었고 질문이 있지 않으면 조용히 다른 말이 없었다. 남편을 마땅한 도리로 섬기고 시부모의 마음에 들었으며 가깝게는 동서와 고모, 시누이로부터 멀게는 내외 친척에 이르기까지 모두 기꺼이 은혜를 베풀며 아꼈다. 무릇 이와 같은 것이 유순함에서 말미암지 않았다면 능히 그러할 수 있겠는가? 그 어짊은 진실로 드러날 만하다. 비록 그러하나 여리면 사사로운 욕심에 떨어지게 되고 순하면 구차하게 따르기 쉬우니, 덕행이 병폐가 됨은 이치가 반드시 그러한 것이고 이는 부녀자의 일반적인 폐해이며 벗어날 수 없는 것이기도 하다. 그러나 부인은 그렇지 않았으니, 가난

---

29 안구(安絿) : 생몰년 미상. 본관은 죽산(竹山). 자는 자유(子柔). 일찍이 아버지를 여의고 어머니의 교훈을 받아 열심히 공부하여 경사(經史)에 밝고 문명이 높았으며, 명경거유(名卿巨儒)들이 많이 살고 있는 장의동(藏義洞)에 거주하면서 그들과 교유하였다. 1689년의 기사환국 때에 인현왕후 폐위의 부당성을 역설하였다. 집이 몹시 가난하였으나 성품이 청렴결백하여 재물을 탐하지 않고, 다만 서책을 벗 삼아 생활하면서 후진 양성에 힘써 많은 인재를 길러냈다. 벼슬은 동지돈녕부사(同知敦寧府事)에 이르렀다.

한 집안의 부녀자로 배고픔과 추위가 심했으나 사사로이 재물을 모으지 않았다. 동돈공이 소탈하시고 살림을 돌아보지 않으셔서 옷을 벗어서 남에게 입히는 일이 여러 번 있었으나 조금도 싫은 내색을 하지 않았다. 집에 와서 공부하는 동돈공의 당질[30]들을 잘 보살피면서 있거나 없거나 박하거나 후하거나 간에 자기 자식과 고르게 했고, 자식을 사랑하는 것이 비록 매우 지극했으나 잘못이 있으면 반드시 심하게 야단치며 일찍이 사랑한다 하여 야단치는 것을 그만두지 않았다. 동돈공이 노비들을 꾸짖다가 조급함에 다치게 하기도 하였으나, 부인이 온화한 말로 깨우쳐서 잘못에 이르지 않게 된 자가 많았다. 그 행적을 생각하면 유순한 덕이 있었지 유순함의 병폐는 없었으니 어찌 더욱 어질지 않은가? 『주역』에서 '이루는 바가 없으며 규중에서 음식을 장만하면 지조를 지켜 좋은 일이 오게 된다.[31]'라고 했고,[32] 『시경』에서는 '잘못도 없고 잘한 것도 없다.'라고 했는데,[33] 부인이 이에 가깝다.

유씨는 평산(平山)이 본적으로 부인의 아버지는 선교랑 유필수(柳必壽)이고, 할아버지는 강서현령 유시건(柳時健)이다. 증조할아버지는 장성현감 유담(柳湛)이고 고조할아버지는 시선군수 유안근(柳安根)이다. 외할아버지는 감찰 한덕해[34]이다. 부인은 72세로 임인년[1722] 10월 16일에 죽었다. 장단강(長湍江) 남쪽 독정리(獨正里) 서쪽을 등진 언덕에 장사지냈는데,

---

30 당질(堂姪) : 종형제의 아들.

31 정길(貞吉) : 지조(志操)를 변하지 아니하면 좋은 일이 온다는 의미.

32 유약하여 집안을 다스릴 수 없으니 이루는 것이 없고, 유순한 것이 부인의 도이기 때문에 집안에 있으며 먹이면 바름을 얻어 귀하게 된다는 내용이다. 『주역』 <가인괘(家人卦)>, "無攸遂, 在中饋, 貞吉."

33 여자는 순종하는 것을 정도로 삼으니 잘못이 없으면 족하고 너무 잘하는 일이 있어도 길상(吉祥)이 아니라는 의미이다. 『시경』 「소아(小雅)」 <사간(斯干)>, "乃生女子, 載寢之地, 載衣之裼, 載弄之瓦, 無非無儀, 唯酒食是議, 無父母詒罹."

34 한덕해(韓德海) : 1582년(선조 15) 생. 본관은 청주(淸州). 자는 자함(子涵). 부친은 한응남(韓應南)이고, 관직은 전적(典籍)에 올랐다.

조상의 묘 자리를 따른 것이다. 동돈공의 이름은 안구이고 관직은 높은 반열에 이르니 부인이 추증된 것 역시 그 지위를 드러낸 것이다. 두 아들을 두셨는데, 상징(相徵)은 재주가 있었으나 어려서 죽었고, 상휘[35]는 부인이 죽은 지 겨우 몇 년 만에 문과에 올라 대성(臺省)을 지냈으며 이제 영천군수가 되었다. 딸 하나는 김대수(金岱壽)에게 시집갔으나 일찍 죽었다. 상휘의 아들 윤검(允儉)은 상징의 후사가 되었으나 또한 불행히 일찍 죽었다. 나머지 아들 두 명과 딸 한 명은 모두 어리다.

명에 이른다.

아내로는 어진 아내이고
어머니로는 사리에 밝은 어머니이니
어찌 이에 이르렀는가?
오직 유순하기 때문이로다.

해제 정부인 유씨는 안구의 아내이다. 박필주는 안구의 부탁을 받고 그가 쓴 행장을 토대로 이 글을 썼다. 유씨에 대해 유순하면서도 부녀자들이 유순한 성격 때문에 저지르게 되는 폐단은 없다고 했다. 특히 박필주는 유씨가 여러 사람들과 조화롭게 잘 지내며 그 행실을 지나치게 드러내지 않았다는 점을 높게 평가하고 있다.

---

35 안상휘(安相徽) : 1690(숙종 16)~1757(영조 33). 본관은 죽산(竹山). 자는 신보(愼甫). 증이판(贈吏判) 정찬(廷燦)의 손자이며, 형조좌랑 구(絿)의 아들이다. 언관으로 활약하고, 세자시강원보덕을 지낸 후 1751년 승지에 올랐다.

유인 민씨 묘지명
孺人閔氏墓誌銘

내가 조익보가 쓴 그의 아내 여흥 민유인의 행장을 읽으니 눈물을 흘릴 만했다.

유인의 아버지는 판관공 민계수(閔啓洙)로 늦게 유인을 얻어서 매우 사랑하여 진실로 손바닥 위의 구슬같이 여겼다. 혼인할 때에 이르러 익보에게 시집왔는데 서로 손님처럼 엄숙하게 지내며 부부간에 지기로 여겼으니 인륜의 즐거움으로 이와 같은 것이 없었다. 이때에 익보의 아버지 충익공 조태채[36]가 숙종임금께 매우 신임을 받아서 상서를 거쳐[37] 재상에 올랐고 유인의 외할아버지 충헌 김창집[38] 공은 지위가 재상에 올라 함께 잘 지냈다. 판관공의 할아버지와 아버지는 재상을 지냈던 문충공 민정중[39]과 문효공 민진장[40]으로 집안에서 덕이 짝을 이루어 필적할 만

---

36 조태채(趙泰采) : 1660(현종 1)~1722(경종 2). 본관은 양주(楊州). 자는 유량(幼亮), 호는 이우당(二憂堂). 시호는 충익(忠翼). 형조판서 계원(啓遠)의 손자로, 괴산군수 희석(禧錫)의 아들이다. 태구(泰耉)의 종제이며, 태억(泰億)의 종형이다. 관직은 공조판서·이조판서를 거쳐 우의정에 올랐다. 노론 4대신의 한 사람으로 세제(世弟:英祖) 책봉을 건의, 실현시켜 대리청정하게 했으나 소론의 반대로 철회되자 사직하였다. 신임사화가 일어나자 진도에 유배되고 적소에서 사사되었다.

37 팔좌(八座) : 한대(漢代)에는 육조(六曹)의 상서(尙書)와 일령(一令)·일복(一僕)을, 위대(魏代)에는 오조(五曹)·일령(一令)·이복야(二僕射)를 일컬었으며, 수당(隋唐) 이후에는 좌우복야(左右僕射) 및 육상서(六尙書)를 이른다.

38 김창집(金昌集) : 1648(인조 26)~1722(경종 2). 본관 안동. 자 여성(汝成). 호 몽와(夢窩). 시호 충헌(忠獻). 영의정 수항(壽恒)의 아들. 기사환국 때 부친이 사사되자 은거하였다. 후에 영의정까지 올랐으나, 경종 때 왕세제의 대리청정을 주장하다가 소론파의 반대로 대리청정이 취소되자 관직에서 물러났다. 이어 신임사화가 일어나자 거제도로 유배되었다가 사사(賜死)되었다.

39 민정중(閔鼎重) : 1628(인조 6)~1692(숙종 18). 본관은 여흥(驪興). 자는 대수(大受), 호는 노봉(老峯). 강원도관찰사 광훈(光勳)의 아들이다. 송시열의 문인으로, 서인 계열이

하였으니 세상에 비할 바가 없었다. 윗사람은 자애롭고 아랫사람은 효성스러워 은혜로운 뜻이 넘쳤으니 복록이 지극한 것이 시내가 끝이 없는 것과 같았다. 그러므로 세상에서 말하는 걱정이나 고난은 그 사이에 끼어들지 못했다.

얼마 지나서 판관공이 죽고 또 조금 지나서 사화가 일어나서 충헌과 충익 두 공이 연이어 충청과 영남지방의 적소에서 사약을 받았다.[41] 익보 형제는 다행히 함께 사사되지는 않았지만 모두 각기 절역에 유배되어 생사를 알 수 없었다. 유인은 규방 안에 있는 사람으로 망극한 변고를 당하여 서울에서부터 목숨을 내놓고 홀로 가서 천 리의 바다 밖에서 익보를 만났는데, 죽을 고생을 겪은 모습이 말로 표현하기 어려운 지경이었으니 비유하자면 눈보라가 몰아치자 난초가 먼저 시드는 것과 같았다.

사는 이치가 막는다 해도 반드시 이룰 수 있는 것은 아니니, 그 사이에 다행히 세상의 도가 다시 새로워져서 익보가 은혜를 입고 북쪽으로 돌아왔으나 유인은 이미 병이 들어 1년도 안 되어 마침내 자리에서 죽었다. 아아! 사람의 목숨이 처음과 끝이 서로 같지 않은 것이 어찌 이리 심한 지경에 이르렀는가? 대개 유인이 겪은 것은 뽕나무 밭이 바다로 변하는 것보다 심한 것이었다. 그러나 처지에 따라 스스로 편안히 할 수 있었으니, 가문이 모두 번성했지만 늘 경계하고 두려워하며 걱정하는 마음이었

다. 이조·공조·호조·형조 판서를 역임했다. 남인의 득세로 유배되었다가 후에 좌의정이 되었다. 기사환국으로 유배되어 죽었다. 시호는 문충(文忠)이다.

40 민진장(閔鎭長) : 1649(인조 27)~1700(숙종 26). 본관은 여흥. 자는 치구(稚久). 시호는 문효(文孝). 좌의정 정중(鼎重)의 외아들이며, 어머니는 의령 남씨로 예조판서 이성(二星)의 딸이다. 송시열의 문하에서 수학했다. 1686년(숙종 12)에 별시문과에 장원하니, 할아버지 광훈(光勳)과 아버지에 이어 3대가 계속 장원하였으므로 세상에서 삼세문장(三世文壯)이라 일컬었다. 관직은 형조판서·사헌부대사헌·호조판서 등을 역임하며 군국(軍國)의 중무(重務)를 맡았다. 성품이 온화하여 사림과의 마찰이 없었고, 효행이 뛰어나서 정문(旌門)이 세워졌다.

41 신임사화(1721)를 이른다. 소론이 노론을 무고한 이 사건으로, 조태채와 김창집 등 노론 인사들이 사사되었다.

으며, 화의 기미가 급박해도 그 떳떳함을 잃지 않고 처신했다. 병으로 죽게 되었을 때, 세상사람들은 보통 반드시 백방으로 달리며 벗어나 보려 하지만 유인은 두려워하지 않았고, 일찍이 꿈에서 불길한 조짐을 먼저 보는 일이 있었으나 또한 익보가 알지 못하게 했다. 그 행적을 되밟아보면 거의 의리와 명분을 편안히 여기는 군자에 가까웠으나 불행히 단명하여 이에 이르니, 이것이 익보가 더욱 슬퍼하며 정을 스스로 그만둘 수 없었던 까닭이다.

유인은 어려서 효성스럽고 유순했으며 반드시 삼가고 공손하게 부모님의 말씀을 들으니 외증조할머니 나부인과 농암, 삼연[42] 등 여러 나이 많은 친척들이 모두 한결같이 그 어짊을 칭찬하였다. 앉아 있을 때는 반드시 단정하게 앉고 어깨와 등은 바로 했으며, 여럿이 있어도 소란하게 굴지 않고, 말을 할 때는 반드시 세심하게 헤아려 했다. 오직 무격을 좋아하지 않아서 아들과 딸이 모두 천연두에 걸렸을 때에도 세속을 따라 기도하지 않았다. 다른 집 후사로 나간 아이가 있었는데, 항상 말하길,

"사람은 본래 태어난 곳에 대해서는 힘쓰지 않아도 마음이 저절로 이르게 되지만, 남의 후사가 되면 힘써도 부족하게 되니, 이러한 뜻으로 어린 시절부터 가르치고 경계하여 스스로 편안하고 익숙하게 하지 않을 수 없다."

라고 했다.

여공에 정통하여 못하는 것이 없었으니 예복, 심의,[43] 난삼[44] 등도 모두

---

42 농암(農巖)은 김창협의 호, 삼연(三淵)은 김창흡의 호.

43 심의(深衣) : 옛 학자의 연거복(燕居服:모든 공직을 떠나 한가로이 사는 사람이 입는 옷). 신선복 또는 학창의라고도 한다. 덕망 높은 선비의 웃옷이며, 백색 천으로 만들고 옷 가장자리에 검정비단으로 선을 둘렀다.

44 난삼(襴衫) : 조선시대 유생복 · 진사복 · 생원복으로, 또는 관례의 삼가(三加) 때에 입었고, 제례 때에는 과거에 응시한 사람이 입었으며, 상례 때에는 벼슬을 하지 않은 자가 백색 난삼을 입었다. 형태는 옷깃이 둥글고 소매가 크며, 무가 넓어서 여분이 뒤로 돌아가 붙은 단령(團領)과 같으나, 색이 다른 연(緣), 즉 선을 옷깃 · 섶선 · 옷단 · 소맷부리,

그 제도를 다 갖추었으며 조금도 실수가 없었다. 심지어 영산[45]에 이르기까지 셈이 가장 어려운 부분도 한 번 들으면 문득 모두 깨달았다. 익보가 일찍이 적통을 계승하는 둘째 아들이 그 할머니의 복을 입는데 돌아가신 아버지를 대신하여[46] 복을 입을 수 있는지 물으니, 유인이 말하길,

"적통을 계승하는 자는 시마[47]로 그 어머니의 복을 낮추어 입으니, 어머니도 감히 그 아들을 자식으로 대할 수 없습니다. 중간에 전하는 것이 이미 끊어져 이어지지 않게 되었는데, 그 손자에 이르러 어찌 다시 이어서 복을 입을 수 있겠습니까?"

라고 했으니 그 식견이 높은 것이 이와 같았다. 익보가 이른바 경서를 공부하는 학자도 미칠 수 없을 식견이 유인에게 있다고 했는데, 과연 지나친 말이 아니다.

유인은 임신년[1692] 11월 18일에 태어나 을사년[1725] 12월 초 1일에 죽었으니 겨우 34세였다. 장단강(長湍江) 동쪽 파촌(坡村) 동편을 등진 언덕에 장사지냈는데, 충익공의 묘와 백여 걸음도 떨어지지 않은 가까운 곳이다. 익보의 이름은 겸빈(謙彬)으로 양주 사람이다. 판서 충정공 조계원[48]의 증손이고 군수 조희석(趙禧錫)의 손자이며 부사 심익선(沈益善)의

뒤돌아간 무의 뾰족한 곳까지 댄 점이 다르다. 머리에 복두를 쓰고 허리에 띠(帶)를 두르고 가죽신을 신었다.

45 영산(影算) : 삼각법의 전 용어. 삼각형의 변과 각의 관계를 기초로 하여 기하학적 도형의 양적 관계, 측량 따위의 응용을 목적으로 하는 수학.

46 승중(承重) : 장손(長孫)으로 아버지가 돌아간 뒤에 조부모의 상사(喪事)를 당할 때에 아버지를 대신하여 상제 노릇을 하는 것.

47 시마(緦麻) : 석 달 동안 입는 상복.

48 조계원(趙啓遠) : 1592(선조 25)~1670(현종 11). 본관은 양주(楊州). 자는 자장(子長), 호는 약천(藥泉). 아버지는 지중추부사 존성(存性)이며, 어머니는 이신충(李藎忠)의 딸이다. 신흠(申欽)의 사위로, 이항복(李恒福)의 문인이다. 인조반정 후 의금부도사를 거쳐 형조좌랑이 되었다. 1641년 세자시강원보덕으로서 소현세자가 청나라의 요구로 명나라의 진저우[錦州] 공격에 참가하게 되자 그를 시종하여 무사히 돌아오게 하는 데 큰 공을 세웠다. 관직은 형조판서에 이르렀다. 시호는 충정(忠靖)이다.

외손이다. 진사에 올라 일찍이 교관이 되었으나 나아가지 않았다. 박학다식했으며 인물이 뛰어났다. 두 아들이 있었는데, 장자는 영극(榮克)으로 익보의 맏형 정빈(鼎彬)의 후사로 나갔고, 둘째는 영순[49]인데 순은 바로 유인이 죽을 때 태어났다. 두 딸은 모두 어리다.

생각해보면 내가 어린 시절 판관공과 함께 낙사(洛社)에서 공부했는데, 유인이 4살 아이로 그 유모를 따라 간간이 한 번씩 왔다. 토실토실하고 예쁜 모습을 생각할 때마다 마치 눈앞에 보는 듯해서 이제 익보가 묘명(墓銘)을 부탁하는데, 차마 거절할 수가 없었다.

명에 이른다.

창려(昌黎)가 일하고 말하는 것이 모두 예와 법도를 따른다고 한 것이,
유인에게 있도다.
아아! 유인과 같은 사람이
어찌 옛날의 어진 부녀자에게 뒤지겠는가?

해제 유인 민씨는 민계수의 딸이자, 조겸빈의 아내이다. 박필주는 젊은 시절 민계수와 함께 공부하였으며, 또 유인 민씨의 아들 조영순은 훗날 박필주의 문인이 된다. 박필주는 조겸빈의 부탁을 받고 그가 쓴 행장을 토대로 이 글을 썼다. 조겸빈의 형 조관빈(趙觀彬)도 <막내 제수 유인 여흥 민씨 행장[季嫂孺人驪興閔氏行狀]>(『회헌집(悔軒集)』권19)을 남겼는데, 조관빈 역시 조겸빈이 아내에 대해 쓴 기록을 토대로 한 것이어서 박필주의 묘지명과 구성과 내용이 유사하되 그 행적이 좀 더 자세하게 기술되어 있다.
이 글은 신임사화의 파란 속에서 여성들이 겪었던 삶의 질곡을 보여준다. 유인

---

49 조영순(趙榮順) : 1725(영조 1)~1775(영조 51). 본관은 양주(楊州). 자는 효승(孝承), 호는 퇴헌(退軒). 우의정 태채(泰采)의 손자이며, 동몽교관(童蒙敎官) 겸빈(謙彬)의 아들이다. 박필주의 문인이다. 의주부윤이 되고 동부승지·황해도관찰사·부제학·비변사부제조 등을 거쳐 호조참판으로 동지부사가 되어 청나라에 다녀왔다. 저서로 『퇴헌집』이 있다.

민씨는 이 사건으로 외할아버지와 시아버지가 사사되고 남편은 절역으로 유배되었지만, 불안한 기색 없이 당당했으며 온갖 고난을 겪으면서 직접 남편의 유배지에 찾아가기도 했다. 사화가 진정되어 생활이 편안해지자 유인 민씨가 곧 병들어 죽게 되니 조겸빈이 더욱 애통해했다고 한다.

이 글에서는 유인 민씨가 당시 많은 논란이 되었던 복상(服喪) 제도에도 밝았던 일화를 소개하며 그 식견이 높음을 함께 기리고 있다.

유인 이씨 묘지명
孺人李氏墓誌銘

부인의 덕은 대개 밖에 알려지지 않게 마련인데 요절한 사람은 더욱 기록이 없는 것 같다. 그러나 창려(昌黎)가 여나(女挐)를 위해 쓴 명(銘)[50]이 있고, 명도(明道)[51]가 단랑(澶娘)을 위해 쓴 지(誌)[52]가 있는 것은 현숙하기 때문이든 인정 때문이든, 그 행적이 사라지는 것을 차마 볼 수 없었기 때문일 것이다. 내가 질손[53] 창원[54]의 아내인 유인 전의 이씨의 행장을 보니 슬퍼할 만한 것이 있었는데, 행장은 유인의 아버지 이후경[55] 군이 쓴 것이었다.

행장에 따르면, 유인은 무술년[1718] 2월 28일에 태어났는데 나면서부터 착한 성품이 있었고 단정하고 점잖았으며 빼어나고 총명했다고 한다. 몇 살 안 되어 천연두에 걸렸으나 행동거지가 단정하여 보는 사람들이

---

50 한유가 자신의 넷째 딸 여나(女挐)가 요절한 것을 슬퍼하여 <여나광명(女挐壙銘)>과 <제여나여문(祭女挐女文)>을 지은 바 있다.

51 정호(程顥) : 1032~1085. 호 명도(明道). 동생 정이(程頤)와 함께 이정자(二程子)로 알려졌다. 그는 우주의 근본원리를 '이(理)'라 부르고, '이기일원론(理氣一元論)', '성즉이설(性則理說)'을 주창하였는데, 그의 사상은 주자(朱子)에게 큰 영향을 주어 송나라 새 유학의 기초가 되었고, 정주학(程朱學)의 중핵을 이루었다.

52 정호는 자신의 어린 딸이 죽은 것을 슬퍼하며 <단랑묘지명(澶娘墓誌銘)>을 지었다.

53 질손(姪孫) : 조카의 아들. 형제의 손자.

54 박창원(朴昌源) : 1717년(숙종 43) 생. 자는 성보(盛甫). 본관은 반남(潘南). 부친은 박사정(朴師正)이며 조부는 박필하(朴弼夏). 통덕랑을 거쳐 정언(正言)에 올랐다.

55 이덕재(李德載) : 1683(숙종 9)~1739(영조 15). 본관은 전의(全義). 자는 후경(厚卿). 관찰사 만웅(萬雄)의 손자이며, 징하(徵夏)의 아들이다. 김창흡(金昌翕)의 사위로 그의 문하에서 수학하였다. 1728년 이인좌(李麟佐)의 난을 평정하여 북평사(北評事)에 임명되었으나 사퇴하였다. 1732년(영조 8) 지평을 거쳐 정언을 오랫동안 지내면서 탕평책을 주장하기도 했으며, 만년에 외직을 원하여 부안현감 등을 지냈다.

기특하게 여겼다. 부모가 외동딸이라 하여 매우 사랑했는데 유인은 사랑받는다 하여 공경하기를 그만두지 않았다. 아버지가 병이 들자 지극한 정성으로 걱정하고 애태웠으며 약을 달이고 음식을 마련했으니 어린 나이에 하기 어려운 바가 많았다. 그 몸이 잔약해서 옷을 이길 수 없을 것 같았으나 일을 할 때에는 도리어 말아서 민첩하게 하는 능력이 있었다. 부녀자의 일을 배우지 않아도 이루어냈고, 안팎의 일을 잘 처리했으며, 부모님의 뜻을 일일이 잘 맞추었다. 부모님께 일찍 후사를 세우라고 권하였는데, 나중에 늘 말하길,

"집에 외동딸만 있으면 뒤에 들어온 자식이 부모님의 마음에 들기가 매우 어려운데 이는 그 딸의 잘못입니다. 이미 우리 부모님의 자식이 되었으면 이는 내 형제로 보아야 합니다. 어찌 차이를 둘 수 있겠습니까?"
라고 했다.

당시 숭상하던 일체의 것에 대해서 모두 담담한 태도로 달갑게 여기지 않았다. 시집올 때 입은 옷을 부녀자들은 보통 빌려주는 것을 꺼렸지만 유인은 그것을 빌려주며 말하길,

"가난한 사람이 어디서 얻어 쓰겠는가?"
라고 했으니 그 식견이 높고 막히거나 인색하지 않음이 이와 같았다.

시집 온 이후 예법에 맞게 공경하기를 더욱 갖추어 하여 시부모의 마음에 들었다. 전염병에 걸렸을 때에도 오직 부모를 걱정하며 나가 피하기를 권했으니 깊은 효심을 죽음에 이르렀을 때에도 볼 수 있다. 그 시아버지가 가서 보니 병세가 이미 위독하였는데 오히려 몸을 수습하고 공경하기를 다하였다. 계축년[1733] 6월 18일에 죽었다.

아아, 안타깝다! 대개 후경이 쓴 행장만 참고한 것이 아니고 시부모 또한 다른 말이 없었으니 어질지 않다면 이와 같겠는가? 이는 비록 단랑과 견주었을 때는 어떠한지 모르겠으나 여나에 비하면 또한 남음이 있다. 내가 그래서 명을 써서 후경의 슬픔을 위로하는 것이다. 후경은 이름

이 덕재로 전 사헌부 지평이었고, 증조할아버지는 황해감사 이만웅[56]이며 할아버지는 지돈녕부사 이징하(李徵夏)이다. 외할아버지는 삼연 김창흡 공으로 항상 유인을 기특하게 여기며 사랑하여 이름을 지어 기원하는 마음을 실었다. 우리 박씨는 반남의 큰 성으로 지금 호조참의 박사정[57]이 유인의 시아버지가 된다. 그 시어머니는 숙부인 이씨이다. 유인은 양주(楊洲) 천마산(天磨山) 모 방향의 언덕에 장사지냈다.

명에 이른다.

아, 유인이여!
태어나 15년 만에 시집가서
시집가 1년 만에 요절했네.
명이 짧으니,
어찌 하늘이 가엾게 여기지 않겠는가?
백년이든 천년이든
영원히 남으리니,
믿기지 않거든
이 명(銘)의 글을 보라.

---

56 이만웅(李萬雄) : 1620(광해군 12)~1661(현종 2). 본관은 전의(全義). 자는 심보(心甫), 호는 몽탄(夢灘). 아버지는 행건(行建)이며, 어머니는 청송 심씨로 대후(大厚)의 딸이다. 1639년(인조 17) 사마시에 합격하여 진사 · 참봉을 지냈으며, 1650년(효종 1) 증광문과에 병과로 급제하여, 통정대부에 올라 병마수군절도사와 황해도관찰사를 역임하였다. 세상을 떠난 뒤 이조판서로 증직되었다.

57 박사정(朴師正) : 1683(숙종 9)~1739(영조 15). 본관은 반남(潘南). 초명은 사성(師聖), 자는 시숙(時叔). 동량(東亮)의 증손으로, 필하(弼夏)의 아들이다. 노론에 속하였기 때문에 신임사화로 소론이 정권을 잡자 향리에서 은거하였다. 영조 때 다시 등용되었으며 여러 벼슬을 거쳐 1739년 예조참판에 올랐다. 금성위(錦城尉) 명원(明源)의 아버지가 되므로 영조가 장차 크게 기용할 뜻을 가지고 있었으나 뜻밖에 폭질(暴疾)로 죽었다.

해제 유인 이씨는 박사정의 며느리이자 박창원의 아내로 박필주에게는 조카손주며느리가 된다. 박필주가 유인 이씨의 부친 이덕재의 부탁을 받고 그가 쓴 행장을 바탕으로 이 글을 썼다. 유인 이씨는 외동딸로 자라면서도 지극히 효성스럽고 행동거지가 민첩했으며 식견이 높았으나 시집간 지 1년 만에 세상을 떠났다. 박필주는 이 글이 친정아버지가 쓴 행장에 기초한 것이지만 시가에서의 평가도 다르지 않았다고 하면서 유인 이씨에 대한 평가가 사적인 관계에 치우친 것이 아님을 강조했다. 또 외할아버지 김창흡 공이 유인 이씨를 매우 사랑하여 이름을 지어주었다는 일화도 소개하였다.

공인 구씨 묘지명
恭人具氏墓誌銘

전 통덕랑 이헌기(李軒紀) 군은 일찍 세상을 떠났으니 내가 쓴 명(銘)에서 대략 볼 수 있다.[58] 그 어진 아내 구공인은 여자면서 선비의 행실이 있었으니, 장남 이민곤[59]이 손수 규중의 아름다운 행적을 갖추어 행장을 써서 나를 찾아왔다.

내가 생각하기에, 여자의 일은 남의 딸로서 시작하여 아내로서 중간 단계를 거치고 어머니로서 마치게 되는데 반드시 정조와 신의로써 일관되게 해야 하며 마지막까지 처음처럼 신중하여 세 단계 모두 여자의 도리를 다한 뒤에야 귀하게 여겨질 만하게 된다. 그러나 경우에 따라 순조롭거나 순조롭지 않을 수 있고, 일에 따라 어렵거나 쉬울 수 있다. 이른바 순조롭고 쉬운 것을 반드시 만나게 되지는 않으니, 그 겪는 일이 때때로 순조롭지 않고 어려운 것일 수 있다. 오직 상사(喪事)로 근심하고 슬퍼하며 온갖 고초를 모두 겪게 되기도 하는데, 이와 같은 자가 순조롭지 못한 것이 심하여 진실로 모든 일에 대해 이지러지든 무너지든 방치하고 잘 다스리지 않는다면 부인으로서 유종의 미를 거두었다고 하기 어려우니, 아아, 이것이 오직 어려운 것이다!

---

58 <통덕랑 이군 묘지명[通德郎李君墓誌銘]> 『여호집』 권28.

59 이민곤(李敏坤) : 1695(숙종 21)~1756(영조 32). 본관은 전주(全州). 자는 후이(厚而), 호는 임은(林隱). 아버지는 헌기이며, 어머니는 능성 구씨(綾城具氏)로 환(奐)의 딸이다. 1718년 박필주에게 사사하였고, 그 뒤 김한간(金翰幹)·이재(李縡)의 문하에도 출입하였으며, 『오자근사록변(五子近思錄辨)』 등을 저술하여 학계의 중망(重望)을 받았다. 보령현감(保寧縣監), 헌납(獻納) 등을 지냈다. 탕평책을 반대하다 유배되어 유배지에서 죽었다. 후에 도승지에 추증되었다.

아마도 공인은 시집와서 17세에 남편이 죽고 장사 지낸 지 얼마 지나지 않아서 연이어 시부모를 여의었으며 남편을 낳아준 시아버지 상을 치른 지 또 얼마 안 있어 숙부와 동서를 잃었으니, 화를 당하여 힘겨운 것이 온갖 고초를 겪는 것 이상이었을 것이다. 아버지를 잃은 두 아이는 어리고 어리석으며 가르침이 없으니 이때에 이씨 가문이 오직 공인의 한 몸을 의지하게 되었다. 공인이 이에 하늘에 부르짖고 가슴을 치며 슬퍼하면서도 깊이 막중한 임무를 생각하고, 부지런히 힘써 일하여 전후의 여러 상사(喪事)에 부장품들을 한 가지도 유감이 없도록 했으며, 집에서 평소에 쓰는 것이나 제사와 혼사의 비용에 이르기까지 모든 일에 빠진 것이 없게 하였다. 또 자식을 가르치는 것도 도탑게 하여 두 아이가 마침내 성공하도록 했다. 대체로 공인이 평생을 살면서 처음부터 끝까지 거의 달라진 것이 없었으니, 순조로운 상황에 있으면서 떳떳한 도를 따르는 자와 비교하건대, 어찌 더욱 어렵지 않겠는가?

공인의 조상은 능성에 본적을 두었으며 고려 삼중대광(三重大匡) 구존유[60]가 그 먼 조상이다. 할아버지 구시면[61]은 성균관 사예였고, 아버지 구환(具奐)은 통덕랑이었으며, 어머니는 연안 김씨로 통덕랑 김선(金善)의 큰 딸이다. 어릴 적부터 총명함이 남보다 뛰어났으며 바느질 솜씨도 귀신 같았다. 또 문자를 대략 이해하여 부모가 매우 기특하게 여기고 사랑했다. 막내 작은아버지 좌랑공 구협(具夾)이 사람을 알아보는 감식안이 있었는데, 매번 공인이 남자가 되지 못한 것을 아깝게 여겼다. 시집가게 되자 온 친척이 다투어 축하하였는데, 상국 정치화[62]의 아내인 남 부인이

---

60 구존유(具存裕) : 본래 송나라 사람으로, 고려 고종 때 장인 주잠(朱僭)과 함께 귀화한 것으로 전한다. 벼슬이 검교상장군(檢校上將軍)에 이르렀다.

61 구시면(具時勉) : 1597년(선조 30) 생. 자는 면보(勉甫). 본관은 능성(綾城). 아버지는 구강(具剛). 관직은 봉사(奉事)를 거쳐 사예(司藝)에 이르렀다.

62 정치화(鄭致和) : 1609(광해군 1)~1677(숙종 3). 본관은 동래(東萊). 자는 성능(聖能), 호는 기주(棋洲). 형조판서 광성(廣城)의 아들이며, 어머니는 황근중(黃謹中)의 딸이다.

시댁식구로, 공인을 한 번 보고는 문득 탄복하여 말하길,

"내가 사람을 많이 보았는데, 새댁과 같은 자는 본 적이 없다."

라고 했다. 공인의 순수하고 아름다운 기질은 자연스럽게 또래보다 뛰어났을 뿐더러, 다른 사람이 공경하고 기이하게 여기는 데 이르렀다. 집안일을 맡아 보는데 간명하고도 요령이 있었는데 항상 말하길,

"조상을 제사지내는 물건은 마땅히 미리 마련해 두어야 한다. 만약 기일이 임박해서 빌리면 어찌 정성껏 제사를 받들 수 있겠는가?"

라고 했고 또 이르길,

"사람은 한 번 죽지만, 때를 지나서 염(斂)하면, 이는 두 번 죽게 하는 것이다."

라고 했다. 또,

"염치를 온전히 하고자 하면 마땅히 자신의 일을 지켜야 하는데, 씀씀이를 절약하고 근면하며 검소한 것에 그 요령이 있다."

라고 했으며, 또 말하길,

"재물을 쓸 때에는 모름지기 분명하게 해야 하니, 그렇지 않으면 오래도록 유지할 도리가 없다."

라고 했다. 두 아들에게 십구사[63] 등의 책을 입으로 전하며 지극한 정성으로 가르치고 보살폈다. 일마다 반드시 선과 악을 두 실마리로 삼아서 그 본받을 만한 것과 경계할 만한 것을 알도록 했고, 스승을 따라 성실하게 공부하는 데 정성을 다하도록 했다. 뜻에 맞지 않는 것이 있으면 반드시 정색을 하고 꾸짖었는데 냉담하고 엄숙하여 감히 우러러 한마디도 붙

영의정 태화(太和)의 동생이며, 좌의정 지화(知和)의 4촌이 된다. 오위장 남정(南瀞)의 딸 의령 남씨와 결혼하였으나 아들을 얻지 못하여, 형 태화의 막내아들 재륜(載崙)을 입양했는데, 효종의 딸 숙정공주(淑靜公主)와 혼인하여 동평위(東平尉)가 된다. 1657년 형조판서가 되고, 1659년 이조판서 때 원접사로 청나라 사신을 맞았다. 그 뒤 병으로 사직했다가 1667년 우의정이 되고, 동지사로 청나라에 다녀와 1668년 좌의정에 올랐다.

63 십구사(十九史) : '십팔사(十八史)'에 '원사'를 더한 열아홉 가지의 중국 역사서.

일 수가 없었다. 두 아들이 힘써 공부하여 이름이 났으나 소인배의 기질이 있을까 걱정하여 매번 말하길,

"남자는 범과 같이 하되 끝에 가서는 오히려 쥐와 같이 할까 걱정이고 여자는 쥐와 같이 하되 끝에 가서는 오히려 범과 같이 할까 두렵다."
라고 했고 또,

"과부의 자식은 몸가짐이 매우 어렵다. 한 번 잘못해도 사람들은 반드시 배운 것이 없다고 손가락질하니 걱정하지 않을 수 없다."
라고 했다. 또 말하길,

"행실이 으뜸이고 문장은 귀하게 여길 만한 것이 못되는데, 문장은 있으나 행실이 없는 자가 많다."
라고 했으니 평소의 가르침이 모두 이에 있었다. 또 선견지명이 있어서 사람과 일에 대해 논하면 뒤에 대부분 틀리지 않았다. 정신이 죽을 때까지 오히려 또렷하여, 회고하는 말이 전하여 기록할 만한 것이 많았다. 아! 이러한 높은 식견과 여러 행실은 마땅히 그와 같은 데에 이르기 어려운 것이다. 내가 모두 쓰지 않고 오직 집안일을 맡아보며 아이를 키운 일만을 더욱 자세히 기록한 것은, 진실로 부녀자들이 어려워하는 것으로 이보다 어려운 것은 없는데 이에 능했으니 다른 일은 능하지 않음이 없을 것이기 때문이다.

공인은 현종 을사년[1665]에 태어나 지금 임금 즉위 후 을묘년[1735] 4월 초 8일에 죽었으니 71세였다. 마전(麻田) 화진면(禾津面) 동정동(東井洞) 남쪽을 등진 언덕에 합장했다. 통덕랑의 집안 내력과 자녀에 대한 내용은 앞의 글[64]에 모두 보이므로 이에 기록하지 않는다.

명에 이른다.

---

64 박필주 자신이 쓴 <통덕랑 이군 묘지명>을 가리킨다.

부인의 빼어남이여!
어찌 사람이 없다고 말하는가?
그윽한 곳에서 부합함이 있으니
미쳐 알려지지 않는 것이다.
어느 누가 이 공인만 하랴!
배우지 않아도 아는 분이네.
그 분이 남긴 말씀 곱씹어 보면
귀에 쟁쟁 잡힐 듯하네.
말씀을 모아 명을 써서
무덤에 가지런히 두노니,
아, 그 후손들이여!
그분을 잊을 수 있겠는가?

해제 공인 구씨는 박필주의 문인 이민곤의 어머니이다. 박필주는 이민곤의 부탁으로 그가 쓴 행장을 토대로 해서 이 묘지명을 썼다. 공인 구씨는 시집와서 남편과 시부모, 친척들이 연이어 죽는 참상을 겪고 홀로 제사를 받들며 자식들을 키웠다. 박필주는 공인 구씨가 집안을 돌보고 자식을 키운 내용을 중심으로 이 글을 썼다고 밝히고 있는데, 특히 과부의 자식이기 때문에 두 아들을 더욱 엄하게 교육시킨 사연을 소개하고 있다.

셋째 누나 숙인 묘지
叔姊淑人墓誌

전 청풍부사 윤택[65] 공의 아내는 숙인 나주 박씨로 우리 아버님의 셋째 따님이다. 아버님 박태두(朴泰斗)는 관직이 고양군수에 이르셨고 어머니 풍양 조씨는 포저 선생 익[66]의 손녀이시며, 생원 래양(來陽)의 따님이시다. 민부상서 윤계[67]와 사옹원 첨정 윤세강(尹世綱)은 곧 청풍공의 할아버지와 아버지이다.

숙인의 아들은 득항(得恒), 득겸(得謙), 득진(得晉)이고, 두 딸은 이현보(李顯甫), 김원겸(金元謙)에게 시집보냈다. 득항은 일찍 죽었고 둘째 딸도 뒤를 이었으며, 얼마 안 되어 청풍공이 청풍관사에서 죽었다. 몇 년 지나서 득겸과 득진도 한꺼번에 요절하였고 모두 자식이 없었으니 청풍공의 세계(世系)는 여기서 끊어졌다. 숙인이 밤낮으로 하늘에 부르짖고 가슴을

---

65 윤택(尹澤) : 생몰년 미상. 본관은 해평(海平). 자는 춘경(春卿). 호조판서 계(堦)의 손자이며, 사옹원첨정 세강(世綱)의 아들이다. 1692년(숙종 18) 할아버지가 강진의 적소에서 죽자, 반장(返葬)함에 있어 예에 벗어나지 않았고, 이로 인해 상심 끝에 괴질을 일으켜 과거에 나가지 않았다. 종부시주부・감찰을 거쳐 형조좌랑에 이르렀는데, 소송사건을 신속히 처결하고 판결이 공평하여 칭송을 받았다. 청풍부사가 되어 선정을 베풀다가 55세에 죽었다.

66 조익(趙翼) : 1579(선조 12)~1655(효종 6). 본관 풍양(豊壤). 자 비경(飛卿). 호 포저(浦渚)・존재(存齋). 김육의 대동법 시행을 적극 주장하였고, 성리학의 대가로서 예학에 밝았으며, 음률・병법・복서에도 능하였다. 예조판서・대사헌・좌참찬・우의정을 거쳐 좌의정에 이르렀다.

67 윤계(尹堦) : 1622(광해군 14)~1692(숙종 18). 본관은 해평(海平). 자는 태승(泰升), 호는 하곡(霞谷). 영의정 두수(斗壽)의 증손으로, 첨정 면지(勉之)의 아들이며, 어머니는 참판 경섬(慶暹)의 딸이다. 1678년(숙종 4) 진주목사로 나가 치적을 올리는 등 여러 관직에서 공적을 쌓았으나, 기사사화 때 송시열의 일당으로 몰려 강진에 귀양 가서 죽었다.

치며 울기를 10년을 하루같이 하다가 마침내 계축년[1733] 11월 초 2일에 죽으니 태어난 계묘년[1663]으로부터 71년이 지난 뒤이다. 장단(長湍) 어룡포(魚龍浦) 청풍공의 묘에 합장했다.

대개 숙인은 덕성이 깊고 두터워서 대지의 도로 만물을 포용하는 모습이 있었으며 청풍공은 마음과 행실이 곧아서 귀신이 꺼리는 바를 범하지 않았다. 그리고 여러 자식들은 예쁘고 준수했으며 글재주가 있고 단정했으므로 사람들이 모두들 칭송하기를,

"숙인이 저렇게 된 것은 당연하다!"

라고 했는데, 아마도 숙인에게 복록이 돌아가지 않음이 없었기 때문이다. 그런데 어찌하여 초상이 잇따르는 것이 마치 누군가 원수라도 갚는 듯하더니 외롭게 홀로 되어 부양해 줄 사람 없는 늙은이로 번민하고 원망하며 애통해하고 괴로워하다가 세상을 떠났는가? 아아! 하늘의 도는 알 수 없고 사람의 일은 헤아리기 어려운 것이지만 어찌 이다지도 심하단 말인가?

숙인은 어릴 적부터 효성스러워서 3살 때 어머니를 여의었는데 부르짖으며 통곡할 줄 알았으니 어린 아이 같지 않았다. 늙어서도 오히려 그때의 일을 기억하며 사람들에게 이야기할 때마다 눈물을 주룩주룩 흘렸다. 시집간 뒤에는 시부모와 시조부모께 효성을 옮겨 조심스럽게 뜻을 받들고 섬기며 한 번도 어긋나거나 벗어나는 일이 없었으니 상서공이 매우 아끼고 중히 여기며 매번 말하길,

"어질구나, 우리 맏손자며느리!"

라고 했다. 상서공이 복사[68]에서 죽으니 숙인이 늘 슬퍼하며 추모했다.

---

68 복사(鵩舍) : 귀양가서 사는 집. 복(鵩)은 올빼미이다. 한나라 때 가의(賈誼)가 폄직(貶職)되어 장사왕(長沙王)의 스승이 된 지 3년 만에 올빼미가 날아와서 가의의 곁에 앉았다. 올빼미는 불길한 조짐의 새이기 때문에 가의는 자신이 오래 살지 못할 것임을 알고는 슬퍼하면서 <복조부(鵩鳥賦)>를 지었다. 후대에는 문인이 귀양을 가거나 불행한 일을 당한다는 의미로 쓰였다. 『사기』 <굴원가생열전(屈原賈生列傳)>.

시할머니 박부인의 상을 당하여 청풍공을 따라서 돌아가신 시아버지를 대신해 상제가 되어 함께 복을 입었는데 매번 곡하고 울 때마다 눈물이 자리를 적시고 옷소매가 모두 문드러지니 사람들이 모두 감탄했다.

숙인은 공손하고 신중하며 겸손하고 온순하여 다른 사람과 있을 때에는 나이가 많거나 적거나 지위가 높거나 낮거나 상관없이 오직 그 마음을 상하게 하지 않을까 걱정했으나, 대의(大義)에 밝아서 일에 닥치면 역량을 발휘했고 부녀자들이 시류를 따르는 잘못을 하지 않았다. 청풍공을 내조한 것이 매우 많아서 청풍공이 부부간에 지기를 허락했다.

아아! 숙인은 나보다 7살 위였으니 어린 시절을 어찌 기억 못하겠는가? 어린 시절부터 숙인은 나를 사랑하고 내가 숙인을 우러르니 진실로 어머니와 아들 같았다. 내가 외람되이 조정의 부름을 받았지만 가난하여 돌아갈 곳이 없었는데, 또 숙인의 은혜에 힘입어 강가 작은 집을 얻게 되어 만년에 서로 의지할 생각을 했다. 비록 상사가 계속 있어서 눈물을 흘리며 우는 것으로 나날을 보냈으나 함께 지내며 옆에서 모시는 것이 평생 처음 있는 일이었다.

숙인이 일찍이 나에게 말하길,

"옛날 돌아가신 어머님이 자네를 가지셨을 때, 옷차림이 매우 훌륭한 노인 한 분을 꿈에서 보셨는데, 자네가 고생을 하고 병이 들어서 백 번 죽게 되었다가도 한 번 살아날 수 있었던 것이 어쩌면 혹시 이 몽조 때문일까?"

라고 했다. 돌아보건대 숙인이 세상을 떠난 지 또 이미 이에 7년이 되었는데, 나는 오히려 고집스럽게 살아 있으니 진실로 어찌하여 그러한지 알 수 없다. 다만 숙인의 남기신 사적을 사라지게 할 수 없지만 수습할 사람이 없으니 더욱 느끼며 눈물을 흘리게 된다. 이에 대략 일의 줄거리만 기록하여 무덤에 넣어서 후세 사람으로 하여금 숙인이 이와 같은 덕이 있었으면서도 하늘의 복을 받지 못한 것을 알게 한다면 영원히 슬픈 일로 여기게 될 것이라 하겠다.

아아, 슬프다! 득항이 후사로 들인 아들은 선동(選東)이고, 득겸이 후사로 들인 아들은 태동(台東)이다. 진사 김상성(金相聖)은 득항의 사위이고, 사인 홍유한(洪維漢)은 득겸의 사위이다. 득진도 두 딸이 있으니 진사 이성중(李聖中), 심경운(沈慶運)이 그 사위이다. 이를 묘지(墓誌)로 삼는다.

해제 이 글은 박필주의 셋째 누나 숙인 박씨의 묘지이다. 숙인 박씨는 박태두의 원배인 조씨의 소생으로 박필주와 어머니가 다르지만, 가까이 살면서 연이은 집안의 상사를 함께 치르며 박필주와 서로 의지하며 지냈다. 숙인 박씨의 자식들과 남편이 연이어 죽어서 윤씨 집안의 대가 끊어지게 되자 박필주는 셋째 누나가 외롭게 노년을 보냈던 것을 애달파하면서 죽은 지 7년 만에 그 사적을 남기기 위해 이 글을 썼다.

유모 무덤에 넣는 글

乳母壙誌

유모는 성이 김이고 이름은 악덕(岳德)이며 나주 사람으로 우리 집안의 여종이다. 경신년[1680] 6월 초 9일에 어머니께서 나를 낳으시고 갑자기 돌아가시니 아버님께서 나를 내보내서 예전에 종으로 있던 윤계선(尹繼善)의 집에 두자, 그 아내와 함께 맡아서 보살펴 살리고, 젖먹이는 것은 유모에게 맡겼다. 얼마 지나서 윤계선의 아내가 죽으니 유모가 젖 먹여 키우는 일을 전적으로 맡아서 했다. 인자하고 부지런하게 돌보아서 백 번 죽을 만한 곳으로부터 한 목숨이 살아날 수 있었다. 그 딸은 나와 같은 젖을 먹다가 죽었는데도 돌보지 않았다. 내가 젖을 떼고도 아직 유모의 품을 떠나지 않으며 앉으나 서나 그 곁을 따라다니기를 거의 10여 년 가까이 했다.

그 남편 좌운(左雲)은 마의(馬醫)였는데 말 때문에 남에게 맞아서 불행히도 죽는 데 이르렀고, 유모 또한 잘못 되어 나주로 유배가게 되니 서로 붙들고 차마 이별하지 못했다. 내가 유모를 기억하고 유모가 나를 생각하며 양쪽 지역에서 슬퍼하며 바라보니 그 정경이 매우 슬펐다. 이렇게 하기를 또 6, 7년 하다가 유모가 다시 돌아와 나와 서로 만나게 되었으니 그 슬픔과 기쁨이 어떠했는지 알 수 있다. 마침 이때에 내가 겨우 상을 마치고 새로 가정을 이루었으나 영락하여 고단한 신세로 병이 나지 않는 날이 없었는데, 유모가 또 직접 돌봐주며 그 배고프고 배부른 것을 살펴서 음식을 해 주었으며, 잠자리나 굴뚝, 불 때는 일과 땔나무에 이르기까지 또한 반드시 남에게 맡기지 않고 내가 추위를 면하게 해 주었다. 대개 한 때 하나의 생각도 나에게 있지 않음이 없었으니, 비유하자면 충신이 어린 임금을 돕는 데 힘을 다하고 목숨을 걸고서 한결같이 정성스럽게 하며 다른 일은 신경쓰지 않는 것과 같았다. 기해년[1719] 11월 21일 병들어 죽으니 71세였다. 고양(高陽) 서쪽 산에 장사지냈는데, 좌운의 묘가 그 오른편에 있으니 모두 동향이다.

아아! 유모가 없었다면 내가 실낱 같은 목숨을 이어서 오늘에 이를 수 없었을 것이니, 그 끝없는 은혜를 어찌 하겠는가? 병들고 재주도 없어서 만에 하나도 보답할 수 없으니 아득한 하늘에 이 어떠한 사람인가? 이 어떠한 사람인가? 모진 목숨이 죽지 않고 다시 경자년[1720]이 되었으나, 외로운 사람의 슬픔은 더욱 줄어들지 않았다. 이에 슬픔을 참고 그 일을 대략 써서 기록하여 그 무덤에 넣으니, 훗날 사람들이 이를 불쌍히 여겨 밭 갈거나 쟁기질 하지 않는다면, 다행일 것이다. 다행일 것이다.

해제 박필주가 유모를 위해 쓴 글이다. 박필주는 태어나자마자 곧 그 모친을 여의어서 형수, 고모, 누나의 보살핌을 받았는데 실질적으로 유모의 손에 길러져서 유모에 대한 마음이 매우 애틋하다. 이 글은 유모가 저자를 친자식처럼 따뜻하게 돌봐주었고 유모와 저자가 서로 의지하고 아꼈던 기억을 중심으로 서술되어 있다.

신정하 申靖夏 · 1680 ~ 1715

신정하(申靖夏) : 1680(숙종 6)~1715(숙종 41). 조선 후기의 문신. 본관은 평산(平山). 자는 정보(正甫), 호는 서암(恕菴). 여정(汝挺)의 손자이고, 영의정 완(琓)의 아들이며, 유(瑜)에게 입양되었다. 김창협(金昌協)의 문인이다. 예문관검열·부교리 등을 역임한 뒤, 1715년 헌납으로 있을 적에 유계(兪棨)의 『가례원류(家禮源流)』를 발간하면서 발문을 쓴 정호(鄭澔)가 윤증(尹拯)을 비난한 일 때문에 윤증·유계의 제자들 사이에 일어난 소송사건에 연루되었다. 그의 아버지 완은 윤증의 제자였는데, 이때 그도 윤증을 옹호하는 편에 가담하여 정호를 반박하였다가 파직당하고, 노론이 득세한 병신처분이 있기 전에 죽었다. 저서로는 『서암집(恕菴集)』이 있다.

어머니 공인 전주 이씨 행장

先妣恭人全州李氏行狀

어머니 공인 이씨는 그 조상이 태종대왕의 두 번째 아드님인 효령대군 이보(李補)에서 시작되었다. 고조할아버지 이중계(李重繼)[1]는 지평으로 참판에 추증되었고 증조할아버지 이극달(李克達)은 감역으로 좌승지에 추증되었으며, 할아버지 이명익(李明翼)은 선교랑이었다. 아버지 이태욱(李泰郁)은 학생으로, 판관이었던 강릉 유환(劉煥)의 딸을 아내로 맞아서 숭정 25년 계사년[1653] 5월 19일에 어머니를 낳으셨다.

어머니는 단정하고 엄숙하며 바르고 조용했으며 어질고 후덕하며 과묵하셨다. 어릴 때부터 기쁘거나 노여운 것을 일찍이 얼굴에 드러낸 적이 없었고 다른 사람과 다투어 논쟁하는 것을 좋아하지 않으셨다. 외가에서 자랐는데, 날마다 외가의 여러 아이들과 함께 지내면서도 소란스럽지 않았고 겸손하고 유순하게 그 가운데 있으면서 일찍이 어른들을 번거롭게 하여 꾸지람을 듣는 일이 없었다.

16세에 아버님께 시집오셨는데 시어머니 이부인이 법도 있는 집안에서 태어나 자라셔서 규방의 법도를 매우 엄히 하시니 어머니께서 한 마음으로 뜻을 받들고 따르며 효도하고 공경하기를 모두 지극하게 하셨다. 시누이 동서들 사이에서나 미천한 종들에 이르기까지 그 은혜로운 마음을 곡진하게 드러내어 마음을 얻지 않음이 없었다. 처음에 경암부군[2]이

1 이중계(李重繼) : 1566(명종 21)~1619(광해군 11). 본관은 전주(全州). 효령대군 보(孝寧大君補)의 6대손이며, 부사직 경림(景霖)의 아들이다. 호조정랑으로 춘추관기주관을 겸임하여 『선조실록』 편찬에 참여하였다. 1618년 사헌부지평이 되었을 때 대북의 음모로 인목대비(仁穆大妃)가 서궁(西宮)에 유폐당하자 이를 탄핵하다가 삭직당하였다.

2 신완(申琓) : 1646(인조 24)~1707(숙종 33). 본관은 평산(平山). 자는 공헌(公獻), 호는

석호공(石湖公)[3]의 명으로 큰아버지 평녕공(平寧公)의 후사로 나가니 그 뒤 석호공에게는 오직 아버님[4]만이 있어서 온 집안의 기대가 매우 컸다. 어머님이 시집오셨는데 행동에 법도가 있으니 이에 내외친척들이 내조할 만한 사람을 얻은 것을 아버님께 축하하지 않음이 없었다. 그리고 석호공이 사람을 대하면 또 말씀하시길,

"이 며느리는 반드시 우리 집안을 일으킬 사람이다."

라고 하셨다.

신해년[1671] 2월에 아버님께서 돌아가시자 어머님께서 남편을 잃은 슬픔이 매우 심하여 세상에 머물지 않기로 맹세했다. 그 해 6월에 학생공의 상을 당하자 크게 슬퍼하여 몸이 수척해져서 거의 스스로 보전할 수 없게 되었으나 한 번도 슬픈 표정을 시부모께 보인 적이 없었다. 경오년[1690]과 신미년[1691]에 이르러 석호공과 이부인이 연이어 세상을 떠나시니 어머니께서는 또 경암부군과 피눈물을 흘리면서 6년 동안 상을 치렀다. 상사로 집안이 요동친 끝에 가운이 미약해지고 집안 일이 쇠락해져서 모두 다시 떨치고 일어나기 어렵다고 말했다. 그러나 어머니께서는 외로이 오랜 병을 앓고 계시면서도 새벽에 일어나 밤늦게 주무시면서 일하시는 데 조심스럽고 신중하게 하셨으며 일찍이 조금도 마음이 해이해지지 않으셨다. 제사도 반드시 넉넉하고 깨끗하게 하셨고 아랫사람을 부릴 때에 더욱 인자하고 은혜롭게 대하면서도 위엄이 있으셨다. 앞서 경암부군의 둘째 아들이었던 정하가 아버님의 후사가 된 지 이미 10년이

경암(絅庵). 목사 여식(汝拭)의 아들이며 삼촌 여정(汝挺)에게 입양됐다. 박세채(朴世采)의 문인이다. 1700년 우의정에 올랐다. 서인의 소론으로 희빈 장씨의 처벌에 온건론을 폈고 북한산성의 축조를 건의, 윤허를 얻었으나 일부의 반대로 뜻을 이루지 못했다. 1703년 영의정에 오르고 평천군(平川君)에 봉해졌는데, 1706년 유생 임부(林溥)로부터 앞서 세자에 대한 모해설이 있었을 때 사건규명을 잘못했다는 탄핵을 받고 파직당했다.

3 신여식(申汝拭)의 호.

4 신유(申瑜)를 이른다.

지났는데, 가르치시며 사랑으로 보살피시기를 직접 낳은 자식보다 더 하셨다. 성인이 되기까지 경암부군을 모시기를 석호공 섬기듯 하면서 엄숙하게 집안일을 맡은 지 거의 30년이 되었으니 이는 어머니께서 부도를 다하셨기 때문이다. 어머니께서는 신해년[1671]에 아버님이 돌아가신 이후, 중간에 두 번의 상사(喪事)를 겪으시면서 여러 번 몸을 상하여 병이 들어 고질이 되었다. 이에 신묘년[1711] 9월 21일에 대단치 않은 병으로 갑자기 세상을 떠나시니 연세가 59세셨다.

아, 슬프다! 어머니께서는 식견과 뜻이 매우 높으셨는데, 평소에 책을 두루 읽지는 않으셨으나 말과 행동에 드러나는 것은 옛 사적에 기록된 것에 은연중 부합했다. 일찍이,

"여자의 직분은 집안을 다스림에 부엌일을 주관하며 조상을 받듦에 제사를 올리는 것뿐이다. 글씨를 쓰고 편지를 보내는 등의 일에 정신을 피로하게 하며 말을 주고받는 것을 능사로 삼는 것은 곧 문인 재사의 일이지 여자가 마땅히 할 바는 아니다."

라고 말씀하셨다. 그러므로 근세의 규방에서 전하는 일종의 패서는 일찍이 읽으신 적이 없었으며 오직 옛날 절행이 있는 부인을 기리는 제문을 보는 것을 좋아하셨다. 혹 눈물을 흘리시며,

"슬프고 괴로운 사람은 정이 서로 감응하는 바가 있다."

라고 말씀하시면서 자매들을 돌아보고 말씀하시길,

"내가 죽으면 반드시 글을 써서 나를 제사지내 주세요."

라고 하셨다. 일찍이 제사를 올리는 데 정성을 다했으며 제물을 마련하는 데에도 반드시 미리 갖추어 따로 저장해 두어서 모자라지 않도록 하셨다. 제사일이 되면 그전부터 재계하고 종들도 감히 더러운 옷을 입고 일하지 못하게 했다. 크고 작은 솥과 여러 제기 등에 이르기까지 또한 반드시 손수 씻었는데 비록 병이 깊어도 다른 사람을 대신 시키지 않았다. 사람들이 과로하여 병이 나겠다고 하면 말씀하시길,

"아직 죽지 않았으니 내 힘을 다하지 않을 수 없습니다."
라고 하셨다. 비록 내가 또 제사 올리는 물건을 매우 넉넉하게 하는 것에 대해 정성에 있지 물건에 있지 않다고 아뢰면, 어머니께서 가르치시길,

"나는 정성을 뒤로 미루지 않지만, 그러나 또 감히 스스로 정성이 있다고 믿을 수도 없으니 물건을 두고 또 어찌 박하게 할 수 있겠느냐? 그러니 후세로 하여금 내 법을 따르게 하면, 잘하는 자는 두 가지를 다하게 될 것이고, 잘하지 못하는 자도 두 가지를 모두 그만 두는 데 이르지는 않을 것이니, 또한 좋지 않으냐?"
라고 하셨으므로 내가 삼가 가르침을 받았다. 비록 괴롭고 어려운 때에도 조금도 구차한 일이 없었으며, 아주 가까운 사이에도 또한 그러하셨다.

경암부군께서 어머니께 조상 제사를 받들고 집안을 이어달라는 부탁을 하면서 매우 공손하게 예를 갖추셨으며, 경신년[1680]에 큰 일이 있었을 때[5]에는 병과 우환을 실제로 함께 하시며 그 정의가 간절하고 돈독하셨으니 또한 일반 집안의 제수와 아주버니 사이에 비할 바가 아니었다. 그러나 만년에 경암부군의 관직이 일시에 높아지자 여러 자매들이 요구하고 청탁하기를 분주하게 했으나 어머니께서는 홀로 그런 일을 하지 않으셨다. 이런 까닭으로 경암부군께서 일찍이 다른 사람들에게 말씀하시며 탄복하시길,

"제수씨는 함께 지내는 40년 동안 일찍이 한 번도 부탁하는 말을 하지 않았으니 그 어짊을 알 수 있다."
라고 하셨다.

성품이 엄하고 깨끗하셨고 평소에 사람들과 만나는 일이 드물었으며 더불어 말할 때에도 지나치게 마음을 드러내는 일이 없으셨다. 오직 문

---

5 1680년(숙종 6) 남인이 대거 실각하여 정권에서 물러난 경신환국(庚申換局)을 이른다. 신완은 서인으로서 이때 남인을 공격하고 결국 관직에 올랐으나, 김석주의 상소로 인해 인피(引避)하고 물러가 대죄하기도 했다.

을 닫고 하루 종일 여공에 힘쓰셨고, 아침부터 저녁까지 물건들을 반듯이 정돈하셨으며 집은 꼭 물 뿌려서 청소하여 안으로는 부엌으로부터 밖으로 마구간에 이르기까지 정연하였고 먼지 하나 없었다. 나를 갓난아이처럼 사랑하시면서도 반드시 바른 도로 가르치셨다. 매사에 더할 나위 없이 잘하고자 했으며 조금도 다른 사람의 마음에 용납되지 않은 일이 없었다. 온 집안의 경조사에는 사람을 보내 안부를 물으니 인사(人事)에 빠뜨리는 일이 없었고, 내가 미처 생각지 못해도 어머니께서 이미 먼저 하시어 일찍이 다른 집보다 늦은 적이 없었다. 친척들이 처음에는 그 민첩함을 괴이하게 여기다가 시간이 지나 어머니로부터 나온 것임을 알고 또한 칭찬하고 탄복하지 않음이 없었다. 스스로 밤에 책을 읽기로 하고는 반드시 물시계의 물방울이 30번 떨어지는 시각이 되면 그만두었는데, 매번 등불을 등지고 손으로 삼실을 뽑으며 귀로 읽는 소리를 듣는 것을 일상으로 삼으셨다. 내가 나이가 많아졌는데도 오히려 스스로 집안일을 맡아보시며 그 일을 그만 두려 하지 않으셨다. 지난 번 아내를 맞을 때에 어머니께서 말씀하시길,

"세속에서는 대체로 며느리를 맞아오는 날 기뻐하는데, 나는 그럴 수가 없다. 신부를 맞아왔어도, 그 사람을 얻으면 집안의 도가 흥하고 그 사람을 잃으면 가문의 도가 그쳐지게 되니, 얻고 잃는 것이 정해지지 않은 상황에서 내가 어찌 기뻐하겠느냐?"

라고 하셨다.

과거에 급제했을 때에는 관인[6]이 합격 소식을 가지고 와서 요란을 떠니 온 집안의 위아래 할 것 없이 미친 듯이 놀라 기뻐했는데, 어머니께서는 바야흐로 상을 마주하여 식사를 마칠 때까지 다른 모습을 보이지 않으셨다. 외람되게도 내가 영예롭게 선발되어서 다 품을 수 없을 정도로

6 관인(館人) : 객사를 지키고 빈객을 대접하는 사람.

많은 녹을 받게 되어서도 명예와 절의는 반드시 보존해야 한다고 가르치셨다. 말씀이 석호공과 이부인께 이를 때마다 반드시 눈물을 흘리셨고 그 두 자매를 만나면 전보다 더욱 돈독하게 대하셨다. 말년에 내가 과거에 급제하고 연이어 아들과 딸을 낳으니 눈물을 흘리시며 말씀하시길,

"시부모님께 보여드릴 수가 없구나."

라고 하셨고, 얼마 뒤 또 이르시길,

"조부인[7]께 보여드리지 못하고, 나에게만 보여주는구나."

라고 하셨다. 이에 낳아주신 어머니의 외가를 매우 후하게 대접하도록 나를 가르치셨다. 그 친척들을 대하는 데에도 얕고 깊거나 소홀하고 친밀한 것을 각기 이치에 맞게 했고 재난에 처한 자를 구하고 가난한 자를 돕는 데 한결같이 힘을 다해 돌보았다. 늘 친정 어머니 유유인(劉孺人)께서 시골에 사셔서 곁을 떠나 계셨으므로 매우 깊이 그리워하면서 맛이 좋은 음식으로 봉양하는 데 길이 멀다고 빠뜨리는 일이 없었다. 부음을 듣고는 매우 슬퍼하며, 옷이나 이불과 같은 부장품부터 제수에 이르기까지 정성과 힘을 다해서 마련했는데, 외삼촌이 해야 할 일로만 여기지 않으셨다. 제삿날이 되자 병을 무릅쓰고 갔으나 중간에 병이 심해져서 마침내 다다르지 못하고 돌아와서는 평생 한스럽게 생각하셨다. 게다가 이때부터 발이 문밖을 나간 적이 없으셨으니, 매번 나에게 말씀하시길,

"네가 만약 봉지(封地)를 얻어서 내 부모님의 무덤에 가까이 간다면, 내가 한 번 움직일 수 있을 텐데."

라고 하셨는데, 내가 변변치 못하여 그 뜻을 이루어드리지 못했다. 돌아가시기 하루 전날에도 어머님께서는 아프신 데 없이 지내셔서 나와 여러 아이들이 곁에 모시고는 건강하고 행복하게 지내시기를 기원하자, 어머님께서 쓸쓸히 말씀하시길,

---

7 신정하의 생모를 이른다. 조부인은 1683년 신정하가 3살 때 죽었다.

"이씨 집안 대대로 남자건 여자건 연세가 높으신 분이 안 계신데, 나만 허물이 많고 운명이 기박한 까닭에 지금에 이르렀을 뿐이니, 마지막까지 그런 복을 누리기를 바랄 수 있겠느냐?"
라고 하셨으니 아아, 애통하다! 어찌 이 말씀대로 되어서 어머님께서 아름다운 덕을 갖추시고도 마침내 넉넉한 보답을 받지 못하실 줄을 알았겠는가? 내가 효성스럽지 못하고 변변치 못하여 어머니께서 건강하시던 때에도 그 봉양을 다할 수 없었고 병이 위독해지셨을 때에도 신명에 부르짖어 스스로 대신하지 못했으니 천지에 가득한 슬픔을 품고 다시 무슨 말을 하겠는가? 이제 죽기 전에, 다만 평소 남기신 행적이 족히 여사(女史)에 모범이 될 만한 것이 있는데, 사라지게 하여 불효의 죄를 더할 수 없어서, 이에 감히 피눈물을 훔치며 행장을 쓴다. 다음에 일을 맡을 자에게 바라건대, 거칠고 어지러우며 빠뜨리고 누락되어 글이 두서가 없으니, 가련하게 여겨 다듬고 쓸 만한 내용을 가려내 주었으면 한다.

해제 공인 이씨는 신유(申瑜)의 아내이며 신정하의 양어머니이다. 신정하의 생부 신완은 본래 신여식의 아들로 삼촌 신여정의 후사로 나갔으며, 신정하는 다시 신여식의 아들 신유의 후사로 나갔다. 공인 이씨는 남편과 친정아버지, 시부모의 상을 연달아 치르고, 양자인 신정하를 친자식같이 키우며 쇠미해가는 집안을 다시 일으켰는데, 그 과정에서 시아버지 신여식의 친아들이며 아들 신정하의 생부인 신완의 도움을 많이 받는다. 또한 공인 이씨는 이러한 어려운 상황 속에서도 친정 일을 자신의 일처럼 돌봤다.
이 글에서는 연이은 상사로 쇠락한 집안을 일으키기 위해 공인 이씨가 입후한 양아들을 돌보며 집안 살림을 세세한 부분까지 직접 꾸려낸 공을 기리고 있다.

유모 옥선의 무덤에 넣는 글
乳母玉僊壙誌

유모는 성이 김이고 이름이 옥선(玉僊)으로 을유년[1645] 모년 모일에 태어나서 갑신년[1704] 9월 모일에 죽었으니 거의 60세였다. 예전에 나의 어머니 정경부인 조씨께서 돌아가실 때 한 아이가 아직 어려서 여러 시비들 가운데 젖이 나오며 조심스럽게 보살펴서 근심하지 않아도 될 만한 자를 골라 아이를 맡기려 하니, 김씨만 한 이가 없었다고 한다. 그래서 울면서 아이를 부탁하니 김씨도 또한 울면서 명을 받았는데, 아이는 바로 정하이다.

정하는 어릴 적 약하고 병이 많아서 7세까지 젖을 먹으니, 김씨가 자식에게 젖 먹이던 것을 그만 두고 정하에게 젖을 먹였는데, 7년을 하루같이 했다. 대개 그 근면함이 이에 이르렀다. 정하가 성인이 되어 책 읽는 것을 좋아했는데, 김씨가 일찍이 등불을 등지고 앉아 듣다가 기름을 넣기도 하고 탄 심지를 자르기도 하면서 책 읽는 것을 도왔다. 정하가 조금 이름이 나자 유모는 속히 성공하여 당세에 현달하기를 매일 바랐으나, 정하가 여러 번 과거에 낙방하니 유모는 한 번씩 낙방했다는 소식을 들을 때마다 그 때문에 울었다. 정하가 이윽고 을유년[1705] 겨울에 증광시에 합격하여 벼슬에 나갔는데, 김씨가 죽은 지 이미 1년이 지난 뒤였다.

돌아가신 어머님께서 명하시어 그 남편과 함께 김씨가 보살펴 키우는데 마음을 다했으나, 그 고생한 것에 대하여 미처 보답하지 못한 것을 생각하면 눈물이 옷깃을 적시지 않은 적이 없었다. 옛날 이방숙[8]의 보모

---

8 이치(李廌) : 송대(宋代) 사람. 자는 방숙(方叔), 호는 덕우재(德隅齋). 벼슬에 뜻이 없고 고금 치란을 논하기 좋아했다. 문장이 매우 뛰어났는데, 소식(蘇軾)이 과거를 주관하는

가 방숙이 과거에 여러 번 낙방하는 것을 보고 매우 분개하여 스스로 목을 맸는데, 지금 김씨의 죽음이 비록 방숙의 보모와 같지는 않으나, 내가 일찍이 한 것이 없었고 하루도 그 길러준 것에 대해 보답하지 못했으니, 천년 뒤에 내가 방숙과 그 한스러움을 함께 하게 되었다.

김씨의 무덤은 적성현(積城縣) 아무 마을 아무 방향의 언덕에 있다. 세월이 오래 지나 봉분이 평평해져서 그 묻힌 곳을 알아볼 수 없을까 봐 걱정하여 지난 일을 떠올리며 이 광지를 지어 무덤 옆에 묻는다. 아아! 이것이 오히려 죽은 영혼을 위로할 수 있을지, 나와 같은 사람으로 하여금 이 슬픔을 조금 덜게 할 수 있을지!

해제 이 글은 신정하가 유모를 위해 쓴 글이다. 신정하의 생모 조부인이 일찍 세상을 떠나면서 어린 신정하를 시비인 김옥선에게 맡기자, 김옥선은 젖을 먹이던 자기 자식을 버려두고 신정하를 잘 보살펴 키우면서 그가 성공하기만을 바랐는데, 그가 과거에 합격하기 1년 전에 세상을 떠나고 만다. 신정하는 유모에게 그 어떤 보답도 하지 못한 안타까운 마음을 이 글에 담았다.

고시관의 우두머리로 있으면서 이치의 문장을 알아보지 못하여 그가 낙방하자 부끄러운 심정을 담은 시를 지어 이치에게 보낸 바 있다.

심씨에게 시집간 조카딸에게 주는 제문
祭姪女沈氏婦文

모년 모월 모일, 숙부 반관거사(反觀居士)가 술과 음식을 올려 조카딸 심씨 아내의 영전에 곡하며 영결을 고한다.

아아! 네가 약해서 남들이 모두 걱정했지만 약한 것은 여자가 타고난 것이고, 네가 병이 있어서 남들이 모두 위태롭게 여겼지만 병이 있다고 해서 반드시 죽는 것은 아니다. 하물며 너의 곧은 성품은 족히 그 약한 것을 이기고, 맑고 욕심이 없는 것은 족히 그 병을 없앨 것이며, 효성스럽고 우애 있으며 가족 간에 화목한 것은 족히 그 보응을 얻을 것이지만, 마침내 요절하여 죽은 것은 그 이치를 알고자 하나 헤아릴 수가 없다.

아아! 너는 나이가 나와 겨우 한 살 차이가 나니, 비틀비틀 걸음을 배울 때부터 시집가서 남편을 섬기게 되기까지 일찍이 하루도 잠시 떨어진 적이 없어서 지금 너의 평생을 이야기할 수 있다. 엄숙하게 행동을 절제하여 말하고 웃는 데에 실수하지 않았고, 검소하게 자신을 단속하여 화려하고 사치스럽게 꾸미지 않았으며, 단정하게 몸가짐을 하여 바르지 않은 것을 보지 않았고, 청렴하게 스스로 지켜서 의롭지 않은 것을 취하지 않았으니, 또한 여자 중의 백이(伯夷)이며 세상의 선비 가운데 드문 바로, 이것이 우리 형님이 아들이 아님을 탄식한 이유였다. 시가에 베푼 것으로 말하여도 심씨 집안에 이런 며느리가 있음을 축하하지 않을 수 없었다. 내가 너를 알아서 말할 수 있는 것은 이와 같으니, 만약 내외가 막혀 있었다면 알 수 없고 말할 수도 없는 것들이 또 그 얼마나 되었을지 모르겠다.

아아! 네가 죽은 뒤에 해산하고 일어나는 자도 있고, 끌어안고 희롱하는 자도 있으며, 먹고 마시며 웃고 즐기는 자도 있는데, 오직 너의 모습과 목소리는 간 바를 알 수 없고, 오직 너의 여러 아이들만 엉엉 울 뿐이구나. 말이 여기에 이르니, 나는 죽은 사람이 눈을 감기 어려울까 두렵기도 하지만, 살아남은 자에게 기쁨이 없던 것이 위로가 되는구나.

아아! 도곡산(陶谷山) 연미(燕尾) 언덕은 내 어머니와 형수의 묘가 있는 곳으로 소나무와 오동나무가 빽빽하게 서 있는데 무덤이 서로 마주 보고 있으니 너를 그 곁에 묻어서 네 혼으로 하여금 의지하게 했다. 나는 신명의 이치가 막히지 않음을 아니, 그 곳에서 네가 또 어찌 슬프겠느냐? 아아! 이 말을 너는 듣고 있으냐? 듣지 못하느냐? 다만 눈물만 하염없이 흘릴 뿐이다.

해제 이 글의 대상인 심정신(沈廷紳)의 아내는 신정하의 친형 신성하[9]의 딸이다. 조카딸은 신정하와 나이가 한 살 차이밖에 나지 않아서 어린 시절 함께 자랐다. 이에 신정하는 내외의 구분이 있음에도 조카딸에 대해 잘 알고 있을 뿐만 아니라 함께 자란 정이 도타웠던 것으로 보인다. 이 글에서 저자는, 보통의 사람들이 희로애락을 느끼며 하루하루 살아가는데 유독 조카딸만은 그 가운데 없음에 대해 안타까운 심정을 드러내고 있다.

---

9 신성하(申聖夏) : 생몰년 미상. 조선 후기의 문신. 본관은 평산(平山). 자는 성보(成甫), 호는 화암(和庵). 영의정 완(琓)의 아들이다. 연안부사를 거쳐 돈녕부도정에 이르렀으며 평운군(平雲君)에 봉해졌다. 문장이 뛰어났고 72세에 죽었다. 저서로는 『화암집』이 있다.

정내교 鄭來僑 · 1681 ~ 1757

정내교(鄭來僑) : 1681(숙종 7)~1757(영조 33). 조선 후기의 시인·문장가. 본관은 하동(河東). 자는 윤경(潤卿), 호는 완암(浣巖). 출신은 한미한 사인(士人)이었으나 시문에 특히 뛰어나 당대 사대부들의 추중(推重)을 받았다. 1705년(숙종 31) 역관으로 통신사의 일원이 되어 일본에 갔을 때 독특한 시문의 재능을 드러내 더욱 명성을 얻었다. 그의 시문은 홍세태(洪世泰)의 계통을 이은 것으로서 시와 문장이 하나같이 천기(天機)에서 나온 것과 같은 품격을 지녔다는 평을 들었다. 저서로 『완암집』 2책 4권이 전한다.

오효부전
吳孝婦傳

오효부는 가난한 집의 자손으로 그 집은 네거리 옆에 있었다. 일찍 남편을 여의고 두 딸과 함께 사는데, 술과 음식을 정결히 하여 그 조상에 제사지내니 이웃 사람들이 그가 부녀자의 행실이 있음을 칭송했다. 하루는 바람이 몹시 부는 날씨였는데, 이웃 사람이 밤에 불을 내서 급한 소리가 온 동네에 시끄러웠다. 부인이 이때 자고 있다가 놀라 일어나 달려나와서 보니 불이 집에 다다랐다. 불길이 더욱 치솟아 다시 들어갈 수 없게 되자, 발을 구르고 울부짖으며 말하길,

"우리 집안 두 대의 신주에 불길이 닿으려 하는데 어찌 신주를 버리고 내 몸만 보존하겠는가?"

라고 하면서 연기와 불길을 무릅쓰고 들어가고자 하니, 두 딸이 울면서 팔을 잡아당기며 말렸으나, 부인이 듣지 않고 그 팔을 밀치고 달려 들어가 누 위에 올라가 미친 듯이 부르며 신주 있는 곳을 찾았다. 이때 불이 더욱 급해져서 부인이 미처 잡기도 전에 불이 이미 몸에 이르렀다. 이에 크게 소리 지르며 누 아래로 떨어져 기절했다. 길 가던 사람들이 모여들어 보니 몸이 모두 타고 문드러져서 조금도 온전한 피부가 없었다. 그 친척이 옮겨 집에 이르니 곧 죽었다. 친척이 그를 불쌍히 여겨서 관을 갖추어 장사 지냈다. 내가 그때 광경을 본 사람과 그 친척이라는 사람을 만나 보니 말이 매우 상세했다.

아아, 어찌 그토록 용감한가! 내가 보건대, 예로부터 스스로 의롭게 죽는 사람은 선비나 군자의 무리 가운데서 많이 나왔고, 평민은 전혀 없거나 조금 있었다. 천성에서 나온 것이 아니면 할 수 없는 일이므로, 군자도

늘 어려워하는 것이었으니 평민 여자가 한 것은 더욱 귀한 일이라 하겠다. 지금 오씨 여자는 매우 가난한 집의 평범한 여자일 뿐이어서 이익과 의로움을 취하고 버리는 구분을 반드시 알지는 못했다. 그러나 제 목숨을 돌아보지 않고 두 딸도 생각하지 않은 채 그 신주를 급하게 여겨 불길 속에 뛰어들어 죽으니 이것이 어찌 억지로 하는 데서 나온 것이겠는가? 대개 그 천성이 그러해서 하는 바가 스스로 의리에 맞았기 때문이다. 비록 옛날의 백희, 조아[1]라도 어찌 이보다 더하겠는가?

해제 이 글은 평민인 오씨 여자가 목숨을 걸고 신주를 구한 사건을 쓴 전이다. 정내교는 오씨의 친척과 사건 목격자의 상세한 진술을 바탕으로 해서 이 글을 썼다. 그는 평민인 오씨 여자가 자신의 목숨과 두 딸을 돌아보지 않고 신주를 구한 것은 본래 천성이 그러해서 나온 결과라고 평하였다.

1 조아(曹娥) : 동한(東漢) 때 조아의 부친이 강에 빠져 익사를 했다. 당시 14세이던 조아는 강을 따라 통곡하며 부친의 시체를 찾아 헤매었지만, 17일이 지나도록 그 부친의 시체는 찾지 못했고, 마침내 5월 1일 그녀 역시 강물에 몸을 던졌다. 5일에 함께 부둥켜안은 두 부녀의 시체가 강물 위로 떠올라 보는 이들의 눈시울을 적셨고, 동네 사람들이 이들을 위해 제사를 지냈다고 한다.

취매전
翠梅傳

호서(湖西) 공산현(公山縣)의 아전 김성달(金聲達)이라는 자는 산성의 창고를 지키는 관리로 장부를 거짓으로 작성하여 쌀 사백 석을 도둑질했는데, 일이 발각되어 옥살이를 한 것이 여러 해였으며, 그 친척들도 연루되어 집이 망한 자가 또한 수십 명이었다. 이때 관찰사 홍공이 장차 법에 따라 죽이고자 해서 문서를 쓰고 서봉(書封)을 갖추어 날을 가려 임금께 올리려 했다. 밤에 한 여자 아이가 막부(幕府)에 나아가 문을 두드리며 울부짖기를 매우 슬프게 하므로 비장이 괴이하게 여겨 물으니 곧 성달의 딸이었다. 손에 한 통 글을 들고 울며 말하길,

"제발 제 아비를 살려주셔요."

라고 했다. 그 말이 곡진하여 슬퍼서 차마 읽을 수가 없었다. 그러나 일은 이미 어찌 할 수가 없어서 권도로 말하여 위로해 돌려보냈다. 다음 날 공이 관아에서 업무를 보는데 남녀 백성 수백 명이 문을 메우고 들어와 떠들썩하게 뜰을 가득 채웠다. 한 여자 아이가 머리를 풀고 앞에 나왔는데, 곧 막부에서 본 아이였다. 곧장 들어와서 계단에 올라가 크게 소리 질렀다.

"저는 옥에 갇힌 김성달의 딸입니다. 제발 은혜를 베풀어 제 아비를 살려주십시오. 제 아비를 살려주십시오."

공이 안색을 고치고 그 호소하는 것을 듣고 또 묻기를,

"저 백성들은 무엇 하러 왔는가?"

라고 하니 여러 사람들이 말하길,

"성달이 나라의 곡식을 훔친 것은 그 죄가 죽어도 아깝지 않으며 또

저희들은 그 친척도 아닙니다. 그러나 그 여자의 사정이 매우 불쌍하여 각자 곡식 한 섬씩 낸 것이 모두 수백 섬이 되니 원컨대 이것으로 그 죽이는 것을 면해 주십시오."

라고 하자, 공이 말없이 한참을 있다가 이르길,

"내가 생각해 보고 처리하겠다."

라고 했다. 여러 사람들이 물러갔으나 여자는 여전히 엎드린 채 눈물을 흘리며 울면서 가려고 하지 않고 말하길,

"제발 은혜를 베풀어 제 아비를 살려주십시오."

라고 했다. 이와 같이 하기를 네다섯 번 하자, 이에 좌우에서 또한 전날 밤 일을 갖추어 아뢰니, 공이 불쌍하게 여겨서 그 문서 올리는 것을 멈추어 보고하지 않았다.

이 때 내가 마침 관사에 손님으로 있다가 그 일을 목격하고 또 백성들에게 들어서 상세하게 안다. 여자는 그 아비가 처음 갇혔을 때부터 아침 저녁으로 직접 밥과 반찬을 가지고 옥에 가서 드시도록 했는데 여러 해를 마치 하루처럼 했다. 아비가 죽게 되었다는 소식을 듣고는 입을 닫고 먹지 않자 여자가 번번이 머리로 옥문을 두드리며,

"만약 드시지 않으시려면, 저를 먼저 죽여주십시오."

라고 말했다. 또 거짓말로 위로하여 안심시키고는 다 드시는 것을 본 뒤에야 돌아갔다. 여러 사람들에게 곡식을 얻고자 하루 낮밤을 미친 듯이 달렸는데 수백 집을 두루 다니며 슬피 부르짖으면서 도와 달라고 애걸하여 그 마음을 감동시켰다.

아아, 얼마나 기이한 일인가? 옛날 제영이 한 장의 편지로 아비가 형벌을 받는 것을 면하게 하고, 조아가 물에 나가 죽어서 그 아비의 시체를 안고 나온 것을 사전(史傳)이 아름답게 기리지만, 이 여자는 몇 마디 말로 수백 명의 백성들을 감동시켜서 하루아침에 곡식 수백 섬을 얻어 그 아비를 죽음에서 벗어나게 하니 보건대 제영과 조아도 또한 하기 어려운

것이다. 아아, 어떤 뛰어난 역사가가 채록해 전하여 세상에 드러낼 것인가? 여자의 이름은 취매이고 이 때 나이는 열일곱 살이었다고 한다.

해제 이 전은 정내교가 공산현 관사에서 직접 보고 들은 것을 기록한 것이다. 취매라는 아전의 딸이 나라의 곡식을 도둑질하여 처벌받게 된 아버지를 살리기 위해 수백 집을 직접 다니며 젖값으로 치를 쌀을 구해서 결국 뜻을 이루었다는 내용이다. 취매가 지극한 효성으로 사람들을 감동시킨 사연을 채록하여 그 사적을 세상에 알리기 위해 쓴 글이다.

제수 유인 변씨 묘지
弟妻孺人邊氏墓誌

유인 변씨는 진사 정계통[2]의 아내이다. 계통에게 시집온 지 16년 동안 시아버지 섬기기를 매우 효성스럽게 했으며 부녀자의 일에 있어서도 모두 부도(婦道)에 맞게 했다. 신해년(1731) 겨울 계통이 영남 지방에서 객사하니, 유인이 충청 지방에 있다가 계통의 죽음을 듣고는 울부짖고 가슴을 치며 여러 날 동안 먹지 않았다. 얼마 지나 상여를 따라 서울에 이르러 장사 지냈는데 이미 병이 나버렸다. 식구들에게 이르길,

"내가 2월에 죽을 것이라고 진사군께서 이미 꿈에서 나에게 일러주셨다."
라고 했다. 병이 위독해지자 오늘이 며칠인지 묻고 이르길,

"아! 내 어머니께서 돌아가신 날이니 내가 죽을 날이 오늘이구나!"
라고 하고 나에게 이르길,

"제가 죽기를 원하여 죽게 되는 것이니 어찌 슬프겠습니까? 뒷일은 공이 계시는데 또한 무슨 한이 있겠습니까? 제가 죽으면 염할 때 비단으로 하지 마시고, 관도 반드시 얇은 것으로 해 주시며, 점쟁이의 말을 쓰지 마시고 반드시 우리 진사군의 묘에 합장해 주십시오. 궤연도 하나로 함

---

2 정민교(鄭敏僑) : 1697(숙종 23)~1731(영조 7). 본관은 창녕(昌寧). 자는 계통(季通), 호는 한천(寒泉). 아버지는 첨지중추부사 차징(次徵)이며, 어머니는 진주 강씨(晉州姜氏)로 부호군 사일(泗逸)의 딸인데 후처였다. 시인 내교(來僑)의 동생이다. 29세 때 진사가 되어 성균관에 들어갔으나 곧 그만두고 여항시인으로 행세했다. 형을 이어 홍세태(洪世泰)의 문하로 들어갔는데 시재가 있어 당시 여항 · 사대부 사이에 이름이 있었다. 집이 궁핍하여 호남 한천(寒泉)으로 내려가 농삿일을 하기도 했는데 이 때문에 호를 한천이라 했다. 그는 평생 공직에 오른 적은 없고 다만 남의 집 기실(記室)을 지내는 데 그쳤다. 영남백(嶺南伯)이던 조현명(趙顯命)의 객사에 머무르다가 학질을 앓아 35세로 요절했다. 저서로 『한천유고』가 있다.

께 하셔서 제사 음식 올리는 것을 편하게 하십시오."
라고 하고 두 여종을 경계하길,
"제사에 음식을 올리는 것을 반드시 정갈하게 하고, 어린 아이를 볼 때에는 게을러서는 안 된다. 그렇지 않으면 내가 죽어서도 영혼이 있어 반드시 너희에게 벌을 내릴 것이다."
라고 하고, 다시 기운을 내어 앉아서 말했다.
"나에게 종이와 붓을 다오. 몇 글자를 쓰려고 한다. 내 부친이 천 리를 떨어져 계시니 오직 이것이 지극히 한스러울 뿐이다."
말을 마치고 두 딸아이를 불러 앞에 두고 등을 어루만지며 오래도록 슬퍼하다가 옷깃을 여미고 자리에 나가 죽으니 임자년[1732] 2월 16일 갑진일이다. 이 해 4월 17일 계통의 묘 왼편에 합장했다.
아버지는 주부(主簿)인 변택중(邊擇中)이고, 할아버지는 만호(萬戶) 변창회(邊昌恢)이며 증조할아버지는 첨정 변영강(邊永康)으로 변씨는 원성(原城)에서 비롯되었다. 어머니는 파평 윤씨로 호군(護軍) 아무개의 딸이다.
아아! 계통은 재주와 행실이 있어서 아름다운 선비로 세상에 이름이 났다. 유인은 죽을 때에도 조용했고 말하는 가운데 도리가 있었으니 어진 부인이다. 그러나 몇 달 안에 서로 이어 요절하니 어찌 화가 이토록 가혹한가? 계통이 꿈에 죽는 날을 알리고, 죽는 날이 그 모친과 같으니 모두 기이한 일이다. 미리 정해 둔 것이 있는 것인가? 슬프다!

해제 유인 변씨는 정내교의 동생 정민교의 아내이다. 유인 변씨는 남편 정민교가 객사하자, 매우 애통해하다가 장례를 마치고는 곧 병이 들어 남편의 뒤를 따랐다. 정내교와 유인 변씨는 수숙 간이므로 이 글에서는 변씨가 시집 온 이후의 삶에 대해 기술하였으며, 특히 저자의 아우가 죽은 뒤 변씨가 세상을 떠나기까지의 일을 중심으로 서술하였다. 정내교는 동생과 제수가 연달아 요절한 것을 가슴 아파하며, 제수가 마치 정해진 운명처럼 죽은 것에 대해 슬퍼하면서도 기이하게 여겼다.

이익 李瀷 · 1681 ~ 1763

이익(李瀷) : 1681(숙종 7)~1763(영조 39). 본관은 여주(驪州). 자는 자신(子新). 호는 성호(星湖). 1705년(숙종 31) 증광문과(增廣文科)에 낙방하고, 이듬해 형 잠(潛)이 장희빈을 두둔하다가 당쟁의 제물로 장살(杖殺)되자 벼슬할 뜻을 버리고 학문에만 몰두하였다. 처음 성리학에서 출발하였으나 차차 이이(李珥) · 유형원(柳馨遠)의 학문에 심취하였는데, 특히 유형원의 학풍을 계승하여 천문 · 지리 · 율산 · 의학에 이르기까지 능통하였으며, 서학에도 관심을 가졌다. 투철한 주체의식과 비판정신을 토대로 그의 주요 저서인 『성호사설(星湖僿說)』과 『곽우록(藿憂錄)』을 통해 당시의 사회제도를 실증적으로 분석 · 비판하여 정책적 대안을 제시하였다. 중농사상에 입각하여 개인의 토지점유를 제한하는 것으로 전주(田主)의 몰락을 방지하려는 한전론(限田論)에서 전제(田制) 개혁의 방향을 찾았으며, 노비신분을 점차적으로 해방시킬 것 등을 주장하는 한편, 당쟁의 발생은 이해(利害)의 상반에서 오는 것이라고 분석, 양반도 산업에 종사해야 한다는 사농합일(士農合一)이론을 주장하였다. 인재등용에 대해서는 과거제도에만 의존하지 말고 공거제(貢擧制)를 아울러 실시할 것 등도 제시하였다. 1763년 83세의 고령에 이르자 나라에서는 우로예전(優老例典)에 따라 중추부첨지사(中樞府僉知事)로 승자(陞資)의 은전을 베풀었으나 그 해에 죽었다. 이조판서로 추증되었다. 그의 학문은 직계 후학들에 의하여 계승 · 발전되었다. 초서(草書)에 능했으며 저서에는 『성호집(星湖集)』『이선생예설(李先生禮說)』『사서삼경』『근사록(近史錄)』 등이 있다.

열부 권씨에게 드리는 글
烈婦權氏呈文

무릇 목숨을 버리면서까지 지조를 변하지 않는 것은 백성의 큰 절개이고 선악을 구별하여 풍교를 바로 세우는 것은 나라의 아름다운 법이다. 이 의리는 자식이 효도하는 데에 달려있고 신하가 충성하는 데에 달려있으며 부녀자가 열을 실천하는 데 달려있으니 거기에 크고 작고 가볍고 무겁고 어렵고 쉬운 것의 구분은 없다. 어떤 사람이 탁월한 선행을 하여 남이 하기 어려운 일을 하면 반드시 천거하여 표창하니 선을 권장하기 위함이다. 그래서 큰 고을이나 대도시의 명문가에서는 귀를 의심하고 눈이 휘둥그레지게 할 사적을 찾아내어 기록하고 칭송하지 않음이 없으니 이는 사회의 풍교를 돕고 죽은 넋을 위로하는 데 크나큰 공헌을 하게 된다. 그러나 간혹 궁벽한 마을이나 여항의 일반 백성 가운데에도 빼앗을 수 없는 지조와 행실을 갖춘 자가 있다. 그런 사람이 없는 것이 아니지만, 다만 지역이 멀리 떨어져 있고 형세가 고단하여 그 이름이 사라져서 알려지지 않는 것이니 슬프다! 그러나 도를 지키고 선을 좋아하는 것은 누구나 마찬가지니 직접 보고 기록하여 놓았다면 누군들 눈물을 흘리며 감탄하지 않겠는가? 생각건대 세상에 널리 알리는 것이 또한 풍속의 교화를 맡은 자가 빨리 들리게 하고 싶어 하는 것이 아니겠는가?

아래 지방인 만화촌(晩花村)에 사인 이용(李涌)의 아내 권씨는 홍주(洪州) 사람이다. 5대 조상 이래로 효도로 널리 알려져 그 마을에 두 정려가 내려졌다. 권씨는 아름다운 자질을 타고났으며 7세 정도부터는 이미 맑은 행실이 있었으므로 자못 이웃에서 놀라고 감탄하였다. 모두 이르길,

"조상의 덕이 키운 것이다."

라고 했다.

용이 이미 혼인하고 아직 아내를 맞아오지 않았는데, 갑자기 집에서 병으로 죽었다. 권씨가 부음을 듣고 숨이 끊어지도록 부르짖으며 미음도 입에 넣지 않아서 거의 죽게 되었다. 하루는 사사로이 다른 사람에게 말하길,

"제가 한 번 죽는 것은 어렵지 않지만 저는 아직 시부모님께 인사드리지도 못하였으니 며느리가 되기도 전에 죽는 것은 의리상 있을 수 없는 일입니다. 하물며 남편을 아직 묻기도 전이니 제가 스스로 죽을 날이 아닙니다. 또 생각해 보니 다른 지방에서 죽으면 시신을 길에 운반해야 하니 시부모님과 친정 부모님께 거듭 걱정을 끼치게 되므로 제가 차마 하겠습니까?"
라고 하고는 다시 조금씩 죽을 먹었다. 사람들이 그가 자결할까 걱정해서 대비하여 지키게 하면, 말하길,

"목을 매거나 칼로 찔러서 죽는 사람을 많이 보았는데, 매우 옳지 않습니다. 내 일은 이미 정해졌는데, 어찌 몸을 훼손하는 데 이르겠습니까?"
라고 했다. 이에 부모에게 인사하고 짐을 싸서 길에 올랐는데, 좋은 말로 설득하고 잘 위로하였으며 그 간직하던 물건들을 모두 흩어준 다음에 길을 떠났다. 빈소에 이르러 곡을 하며 발을 구르는 것이 예에 맞았으며 오직 시부모의 명을 따르니 시부모가 더욱 불쌍히 여기며 아꼈으나 그 마음이 이미 스스로 목숨을 끊으려고 한다는 것을 알지는 못했다. 우제(虞祭)를 지내고 다시 입을 닫고 먹지 않아서 억지로 먹게 하면 삼켰다가 토하며 말하길,

"설령 먹고자 해도 배가 이겨내지 못하니 어쩝니까?"
라고 했다. 이와 같이 이십여 일을 지내니 간이 마르고 폐가 타서 얼음장 같이 차고 야위었으나 조금도 마음을 바꾸지 않았다. 스스로 병이 이미 어찌 할 수 없다는 것을 알고 이에 뜻을 좇아 미음을 마셨으나 하루도

되지 않아서 죽게 되었다. 시부모가 와서 신부에게 어떠한 한이 있는지 물으니 공경하여 대답하길,

"죽으려고 해서 죽는 것인데 다시 무슨 원망이 있겠습니까?"

라고 하고는 이윽고 죽었으니 무술년[1718] 10월 그믐날이었다. 마을사람들이 그를 위해서 감동하여 우는 것이 향당에까지 이르니, 향당이 함께 상소하여 모두 임금께 아뢰어 이 일을 공론화하기를 원했다.

대개 일반 백성은 지위가 낮으며 일개 여자의 몸은 미천하여 사적이 또한 사립문을 넘지 않으니 사람이 혹 쉽게 소홀히 여긴다. 그러나 한 점 넋이 통하여 고금에 뻗치고 세상을 가로질러 효도와 충성을 옮기니 기이한 행적은 같은 데로 돌아가게 되므로, 오직 일종의 진심이 있는 자는 감정을 격발하여 일으키게 되는 것이다. 옛 문문산(文文山)[1]은 절개가 높아 나라가 이미 망한 뒤에도 8일간 죽지 않자 이에 다시 먹었으며, 하후령의 딸[2]은 고심하다가 남편의 친척이 죽고 나자 방으로 돌아와 코를 자르고 삶을 이어갔다. 죽고 사는 것은 말하기 어렵게 된 지 오래지만, 만일 이에 힘쓰면 힘쓰지 않을 것이 없을 것이다. 저 여리고 유약한 사람이 규방에서 나고 자라서 말은 인륜에 합당하게 하고 행동은 법도에 맞게 했으며 한결같이 침착하게 행동하다가 죽고서야 그만두었으니 어질고도 어질다. 아아! 난초는 불에 닿으면 더욱 맹렬해지고 계수나무는 껍질을 벗기면 오히려 가시가 돋는 법이다. 죽은 자는 유감이 없으나 남은

---

1 문천상(文天祥) : 1236~1282. 중국 남송의 정치가이자 시인. 자 송서(宋瑞)·이선(履善). 호 문산(文山). 장시성(江西省) 지수이현(吉水縣) 출생. 남송이 원나라에 항복하자 저항하다 체포되었는데, 원나라 세조가 그의 재능을 아껴 몽고에 전향하기를 권유했지만 거절하고 죽음을 택했다. 시에 능하여 옥중에서 지은 『정기가(正氣歌)』로 유명하다.

2 하후령(夏侯令)의 딸 : 중국 삼국시대 사람. 권세를 누리다 패하여 죽은 조상(曹爽)의 종제인 문숙(文叔)의 아내. 일찍 과부가 되었는데, 아비가 재가를 시키려 하자 귀를 잘랐고, 조상이 패한 뒤 또 시집보낼 의논이 나오자 이번엔 코를 베어 절개 굳은 것을 나타냈다. 이를 들은 사마의는 그의 정절을 찬양하여 양자를 주선하여 조씨의 대를 잇게 하였다.

향기가 가득하니 백성들이 말하지 않으면 이는 그 품성을 등지는 것이다. 다시 아뢰어 드러내 알리는 것은 진실로 우리 태수께 달려 있으니 백성들이 구구하게 모여 축원하는 데만 맡겨두지는 않을 것이다.

해제 열부 권씨는 사인 이용의 아내인데, 혼인하고 시가에 가기도 전에 남편이 죽었다. 그러자 권씨는 시부모와 친정부모가 시신을 운반하기 어려울 것을 걱정하여 주변을 정리하고 시가에 가서 음식을 끊고 죽었다. 이 글에서는 평민 여자인 권씨의 효성과 절개를 드러내고 이를 기렸다. 이익은 일반 백성 가운데도 아름다운 행실이 있는 자가 있지만 쉽게 잊혀져 전하지 않게 되는 것을 안타깝게 여기고, 이를 기록하여 풍교에 보탬이 되고자 했다.

우씨 쌍절 정려기
禹氏雙節旌閭記

임금과 아버지 중 누가 먼저인가? 아버지와 자식이 있은 뒤에야 임금과 신하가 있는 것이지만, 나라는 공적인 것이고 집안은 사사로운 것이니 임금에게 어려움이 있으면 사적인 것을 뒤로 하고 공적인 것을 먼저 해야 한다. 삶과 죽음은 무엇이 중한 것인가? 진실로 의롭게 살 수 있다면 누가 하지 않겠는가? 그러나 어떤 사람은 살아도 편치 않아서 차라리 목숨을 버리고 죽는데 마치 낙원에 달려가듯 한다. 병자호란 때 사람들이 모두 머리를 싸안고 도망가 숨으니 성묘(聖廟)[3]가 비어 사람이 없었는데, 오직 진사 우정[4] 공이 이때 여러 학생들과 공부를 하다가 떨쳐 일어나 말하길,

"작은 지혜만 있어도 지키면서 기물을 빌려주지 않는 것이 예이고[5] 세 번 태어나도 한 분을 섬기는 데 목숨을 바치는 것이 의이다. 하물며 성현의 신위가 이곳에 있고 임금께서 지키기를 명하셨는데, 내가 어찌 감히 살기를 바라며 본분을 잊겠는가?"

라고 하니 마침 한두 명의 전복[6]이 그를 따랐다. 이에 먼저 양쪽 무(廡)[7]

---

3 성묘(聖廟) : 공자를 모신 사당.

4 우정(禹鼎) : ?~1637(인조 15). 본관 단양(丹陽). 호 갈계(葛溪). 1633년(인조 11) 생원시에 급제하였고, 1636년 병자호란 때 성균관 유생으로서 혼자 남아 문묘(文廟)를 지켰다. 고향에 갔다가 아내와 함께 포로가 되자, 금강(錦江)에서 함께 투신자살하였다. 숙종 때 지평에 추증, 쌍정문(雙旌門)이 섰다.

5 계손이 초나라에 가 있는 맹손씨의 영지 성(成)을 진나라 사람에게 주려고 하자, 성 땅을 관장하고 있던 맹손씨의 가신인 사식이 이를 반대하였다. 그는 작은 재주만 있어도 기물을 지키고 빌려주지 않는 것이 예라고 하면서 주인이 없는 틈에 가신이 영지를 잃는다면 자신의 충성을 의심받게 된다는 것을 그 반대의 이유로 들었다. 이 내용은 『춘추좌전』 노소공(魯昭公) 7년 기사에 전한다.

의 위패를 전각 북쪽에 묻고, 또 성인과 네 분의 현인, 열 분의 철인의 위패를 받들어 정성껏 봉해 가지고 가서, 학문을 담당하던 신하 대사성 윤지[8]를 뒤쫓아 행재[9]에 다다르니, 윤지가 감탄하고 옷 뒷자락에 공의 이름을 써서 아울러 아뢰었다. 이에 공은 공주(公州) 갈곡(葛谷)에 있는 집으로 돌아왔는데 어머니가 계셨기 때문이다. 그래서 어머니를 모시고 산속으로 도망가서 숲 깊은 곳에 숨었는데 마침내 적에게 붙잡히게 되었다. 그가 붙잡히게 된 것도 먼저 자신을 드러내서 어머니를 감추어 보호하려고 했기 때문이었다. 어머니가 벗어난 뒤에 아내인 의성 김씨가 함께 잡혔는데, 일행이 금강 나루에 이르자 부부가 다만 강물 속에서 목숨을 버리기로 맹세하고, 함께 잡혀있던 사람에게 말하길,

"당신이 죽음을 면하면 돌아가 우리 식구들에게 이 강에서 나를 찾으라고 말해주시오."

라고 하고는 일시에 강에 몸을 던져 죽었으니 나이 37세였고 김씨는 1살 아래였다. 난이 끝나고 그 시신을 찾아 합장했다. 감사 정태화[10] 공이 누차 부부의 쌍절을 아뢰어 정려가 내려졌고 공은 사헌지평에, 김씨는 공

---

6 전복(典僕) : 조선시대 각사(各司)와 시(寺), 성균관·향교(鄕校) 등에 딸려 음식을 만들거나 수직(守直), 혹은 건물을 짓는 등의 잡역을 맡아 하는 노복을 말한다.

7 동무(東廡)와 서무(西廡)를 이른다. 조선시대에는 문묘(文廟)에 여러 유현(儒賢)의 위패를 동쪽에 있는 행각(行閣)인 동무와 서편의 행각인 서무에 나누어 모셨다.

8 윤지(尹墀) : 1600(선조 33)~1644(인조 22). 인조반정 후 사간원정언으로 등용되어 삼사를 비롯하여 육조·승정원 등의 여러 관직과 예조참판·전라도관찰사·경기도관찰사 등을 역임했으며, 언관으로 국가의 기강을 바로잡기 위한 활발한 활동을 했다. 1636년 병자호란이 일어나자 성균관으로 달려가 생원들과 힘을 합하여 동무(東廡)·서무(西廡)에 모신 선현의 위패를 산에 묻고, 다시 오성(五聖)·십철(十哲)의 위패를 남한산성으로 모셔 문묘(文廟)의 위판(位版)을 구했다.

9 행재(行在) : 거둥 때 임금이 머무는 곳.

10 정태화(鄭太和) : 1602(선조 35)~1673(현종 14). 본관 동래(東萊). 자 유춘(囿春). 호 양파(陽坡). 형조판서 광성(廣城)의 아들이다. 1637년 소현세자를 선양에 배종하고 돌아와 호령안찰사로 있을 때 명나라와의 밀약이 청나라에 탄로나자, 조정에서는 그를 봉황성에 보내 청나라의 협박을 막았다. 문집에 『양파유고』, 저서에 『양파연기(陽坡年紀)』가 있다.

인에 추증되었다. 그리고 얼마 뒤 임금께서 노복의 이름을 들으시고 그 사는 마을에 정표를 내리게 하셨다. 이에 도내 30주의 유생 1200여 명이 태학[11]에 알려 또 전복에게 내렸던 전례에 따라 정문이 내려졌다. 사실은 두 번 정문을 내리는 것이니 처음은 도의 신하가 상소한 것에 따라 그 효를 기린 것이고 나중은 전복에게 내렸던 전례에 따라 그 충을 기린 것이니 한 몸으로 충과 효를 모두 드러내고 한 집안이 절과 의를 모두 이룬 것이다.

그 본말을 상세하게 보니 우연히 이에 힘쓴 것이 아니라 유래가 오래된 것이었다. 공은 졸재 신 선생[12]의 외손으로 그 문하에서 공부하였다. 공인에 추증되신 분 역시 사재 선생[13]의 현손이고 효자 판결사 강대호[14]의 외증손으로 법도 있는 가문에서 태어나 자라서 본래 학식과 수양이 있었다고 한다.

해제 이 글은 우정(禹鼎) 부부의 쌍절(雙節)에 대한 내용을 담고 있다. 병자호란 중에 모두 도망가고 성묘를 지킬 사람이 없게 되자 우정은 피난을 미루고 성묘가 화를 당하지 않도록 잘 수습했으며, 또 우정 부부는 어머니를 피

---

11 태학(太學) : 조선시대 성균관의 다른 이름.

12 신식(申湜) : 1551년(명종 6) 생. 자는 숙정(叔正)이고 호는 졸재(拙齋)이다. 본관은 고령(高靈)이며 부친은 신중엄(申仲淹)이다. 충의교위(忠毅校尉)를 거쳐 지사(知事)가 되었다.

13 김정국(金正國) : 1485(성종 16)~1541(중종 36). 본관은 의성. 자는 국필(國弼), 호는 사재(思齋). 아버지는 예빈시참봉(禮賓寺參奉) 연(璉)이며, 어머니는 양천 허씨(陽川許氏)로 군수 지(芝)의 딸이며, 안국(安國)의 동생이다. 중종 때 기묘사화로 삭탈관직되었다가 복관되어, 전라감사가 되고 뒤에 병조참의·공조참의·형조참판 등을 지냈다. 김굉필의 문인으로, 시문이 당대에 뛰어났고 의서에도 조예가 깊었다.

14 강대호(姜大虎) : 1541(중종 36)~1624(인조 2). 자는 호변(虎變), 호는 하음(河陰), 본관은 진주(晉州). 형조판서에 증직된 공망(公望)의 손자이며, 강원도관찰사 욱(昱)의 아들이다. 평양부윤·원주목사·상주목사·임천군수 등 주로 외직을 역임하였는데, 선정을 베풀어 칭송받았다. 1610년(광해군 2) 장예원 판결사에 이르렀다. 효행이 지극하여 정려되었다.

신시키는 과정에 도적에게 잡히자 강물에 몸을 던져 자결했다. 이에 병자호란이 끝나고 전란을 수습하는 과정에서 정태화와 여러 유생들이 충과 효를 이룬 우씨 부부에게 정려를 내릴 것을 건의하여 그 행적을 기리고자 했다.

이숙인 행록에 붙인 발문

李淑人行錄跋

부모가 아름다운 행실이 있는데 알지 못하는 것은 지(智)가 아니며, 알면서 전하지 않는 것은 인(仁)이 아니다. 지와 인은 자식된 자가 마음을 다해야 하는 일이니 아는 것은 겨울에 가죽 옷을 반드시 입고 여름에 베옷을 반드시 입듯이 해야 하고, 전하는 것은 해가 뜨고 달이 뜨면 반드시 사람을 비추는 것처럼 해야 한다. 이는 단지 부모를 드러내는 일이 소중하기 때문만이 아니라 장차 세상의 풍교에 도움이 되기 때문이다. 그러나 전하는 데에는 반드시 글이 있어야 하니, 글로 행적을 적을 때에는 마치 초상화를 그리듯이 해야 한다. 덧붙이면 속이는 것이 되고 덜 하면 또한 유감스럽게 되니 이것은 더욱 효자가 조심해야 할 바이다.

내 친구 조정숙(趙正叔)[15]이 그 어머니 숙인의 행록을 써서 가져와 나를 보여주었다. 그 말에 이르길,

“돌아가시기 전까지 항상 눈으로는 바른 것을 보셨으며 공경하고 복종하기를 꾀하셨다.”

라고 했다.

그 아는 것이 깊어도 아는 것을 마음에 두면 자신에게서 끝날 뿐이니, 그러므로 그 말에 하였으되,

“자식과 손자로 하여금 보전해 지키고 사모하여 본받게 했다.”

라고 하였다.

그 전하는 것이 멀어서 오히려 말이 부족할까 걱정하며 마음을 다했으

---

15 조정(趙侹) : 1676년(숙종 2) 생. 자는 정숙(正叔). 본관은 평양. 부친은 조세웅(趙世雄). 1726년 별시에서 병과(丙科)에 올랐고 관직은 판결사(判決事)에 이르렀다.

니 그 말에 이르길,

"이 기록은 빠지고 생략된 것은 있어도 높이고 꾸미지는 않았으니, 실어둔 것은 말과 행실인데 말씀과 행실을 실은 것은 기록하여 취할 만하기 때문이며, 또한 혹 계승되지 않을까 두려웠기 때문이다."

라고 했다.

사적은 사라지기 쉬워서 날이 오래되면 날로 잊혀지게 된다. 그러므로 그 말에 하였으되,

"한 마디 말씀이라도 남기는 것은 중요하니, 잊지 않고 따르기를 게을리 하지 않도록 하면, 거의 죄과에 떨어지지 않게 될 것이다."

라고 했다.

대개 스스로 권면하는 것이 남이 타이르는 것만 못하고, 남이 타이르는 것은 글로 경계함만 같지 못하니, 이것이 정숙의 뜻이다. 시에 이르길, '위의가 때에 맞으니 군자에게는 효자가 있네. 효자가 감추지 아니하니 길이 착한 이들에게 전하도다.'[16]라고 했으니, 내가 조씨 집안이 죄과에서 벗어났음을 알겠다.

해제 이숙인은 이익의 친구 조정(趙侹)의 모친이다. 이익은 조정이 쓴 모친의 행록에 발을 써서 조정이 모친의 행적을 기록한 뜻을 기리고 있다. 조정은 행록의 내용이 과장된 것이 아니며 기록할 만한 것이라고 하면서 후손들이 이를 기억하며 본받기를 바라는 마음을 드러냈다. 이익은 조정의 문장을 인용하고 그 뜻을 풀이하는 형식으로 글을 구성하였다.

---

16 『시경』 「대아(大雅)」 <生民之什>. 주 문왕이 위엄 있는 제사 의식으로 효자를 기르니, 효자가 널리 알려 효도를 전할 것임을 노래하는 구절이다.

유모에게 올리는 제문
祭乳母文

일월. 여홍 이익이 유모의 영전에 삼가 고합니다. 목숨에 대한 보답은 죽음으로 하는 것이 의리상 지극한 것이고, 명분에 따라 복을 입는 것이 예에 맞는 것입니다. 사람이 태어나 젖먹이로 지각이 비로소 생겨날 때부터 먹일 사람이 필요한데, 부지런히 길러서 죽지 않고 살 수 있게 하는 것은 그 공이 크고, 마음을 달래어 목숨을 부지하게 하며 더군다나 부모와 같이 보살펴주는 것은 그 명분이 중하니, 이것을 잊을 수 있다면 잊지 않는 것이 거의 없을 것입니다.

아아! 내가 태어나 4, 5세 때에 유모가 죽었는데, 당시에는 미련하여 아는 것이 없었습니다. 생각하니, 유모의 이름은 승정(承貞)이고 얼굴에는 마마 자국이 있었으며 성품이 온화하였고 말씀을 천천히 하시면서 나를 붙들어 안아주시기를 매우 정성스럽게 해 주셨지요. 그런데 성이 무엇인지 본관이 어딘지, 몇 년에 태어나서 언제까지 살았는지, 돌아가신 것이 몇 월 며칠인지, 장지는 어느 언덕인지도 알지 못합니다. 다만 들은 것은 유모가 일찍이 개에게 물렸는데 뒤에 미친 개 고기를 먹고 독이 퍼져 죽어서 서울 서문 길 옆에 묻혔다는 것입니다. 양인 아무개가 실제로 그 일을 맡아서 했는데, 수십 년 뒤에 양인이 다시 와서 따라가 찾아보았지만 찾을 수 없었습니다. 세월이 오래 지나 자취가 없어지고 풀이 덮여서 구분할 수가 없었으니, 슬픈들 어찌하겠습니까?

유모가 돌아가신 지 이제 40여 년에, 저는 하늘을 이고 땅을 밟고 서서 때때로 마시고 먹으며 아내도 얻고 자식도 낳고는 자못 세상을 사는 즐거움을 누리고 있으나 유모는 여전히 웅덩이의 풀숲에서 이지러지고 있으니, 이는 멀리 있어서 소홀하기 쉽고 그에 따라 돌보지 않아서겠지요. 또 생각해보면 유모는 아들과 딸을 두었는데, 딸은 나보다 나이가 많고 아들은 어렸지요. 그러나 지금은 모두 서쪽 지방으로 떠돌아 다녀서 살아있는지 죽었는지도 알지 못합니다. 나도 점차 나이가 들어 죽을 날이 얼마 남지 않았으니 이에 제사를 올리지 않으면 또한 제사를 올리지 못하게 되는 것입니다.

아아! 마른자리를 사양하고 진자리에 머물며 맛있는 음식을 먹는 것도 잊었으니 유모가 그러하였지요. 매번 다른 어미에게 젖을 먹고 자란 사람을 보면 추모의 마음이 살아나니 거의 피붙이와 다름이 없기 때문입니다. 그러나 장성하여서도 정성으로 보답한 것이 없으니 반드시 온 몸으로 후회하고 슬퍼한들 어찌 유모가 지하에서 원망하며 탓하지 않으리라는 것을 알겠습니까? 이것은 저의 죄입니다.

제가 들으니 뼈와 살이 흙으로 돌아가도 혼백과 기운은 사라지지 않는다고 합니다. 이에 집 옆에 단을 쌓고 1년에 한 번씩 잔을 올리기를 죽기 전에는 그만두지 않을 것이니 혼령은 굽어 흠향하소서.

해제 이익이 유모가 죽은 지 40여 년이 지나 쓴 제문이다. 이익은 유모가 자신을 정성스럽게 보살펴 주었는데도 자신이 그를 자세히 기억하지 못할 뿐 아니라 그 묘소와 자손을 돌봐주지 못하는 것에 대한 미안한 마음을 이 글에 담았다.

팔대조 할머니 정부인 오천 정씨 묘갈명
八世祖妣貞夫人烏川鄭氏墓碣銘

오천 정씨는 그 가문이 오래되었으니, 뛰어난 분은 증조부로 그 호가 포은(圃隱)이시고 종성(宗誠)과 보(保) 두 대에 걸쳐 명성이 있었다. 여주가 본관인 이씨 집안에 시집오셨는데, 부군은 이계손[17]으로 대사마의 자리에 올랐다. 아들은 이지임(李之任)이고 나머지 자식은 후처 소생이다. 오대손[18]은 더욱 현달하였으니 세자이사였던 상의[19]가 있다. 추현(秋峴) 남쪽 언덕에 돌에 새겨 후손들에게 보인다.

해제 이익이 팔대조 할머니 정부인 정씨를 위해 쓴 묘갈명이다. 이계손의 아내인 정부인 정씨에 대한 사적은 자세히 알 수 없었는지 그 조상과 자손을 소개하는 형식으로 짤막한 글을 구성하고 있다.

17 이계손(李繼孫) : 1423(세종 5)~1484(성종 15). 본관은 여주(驪州). 자는 인지(引之). 의인(依仁)의 아들이다. 1462년 강원도관찰사로 부임하여 기근이 심한 백성들의 진휼에 공을 세워 가선대부에 오르고, 형조·예조참판을 지냈다. 1469년(예종 1) 함길도관찰사로 이시애의 난 뒤에 동요된 민심을 수습, 교학을 진흥시켰다.

18 이계손에서 이상의까지의 세대는 '이계손-이지시(李之時)-이공려(李公礪)-이사필(李士弼)-이우인(李友仁)-이상의'로 이어진다.

19 이상의(李尙毅) : 1560(명종 15)~1624(인조 2). 본관은 여흥(驪興). 자는 이원(而遠), 호는 소릉(少陵)·오호(五湖)·서산(西山)·파릉(巴陵). 사재감첨정 우인(友仁)의 아들이다. 1608년 이조판서를 지냈으며 임진왜란 때 광해군을 호위한 공으로 여흥부원군에 올랐고, 1618년 좌찬성에 올라 세자이사(世子貳師)를 겸하였다. 인조반정으로 품계가 강등되어 중추부지사로 좌천되었다.

정부인 이씨 묘지명 병서
貞夫人李氏墓誌銘并序

근세의 명성 있는 대부는 오직 호조판서 화산(花山) 권이진[20] 공의 집안으로 그 할아버지는 탄옹선생 권시[21]인데 돈후하고 순박함이 본보기가 되어 나라 사람들이 사모하였다. 판서 권정기[22]는 조정에 나가 학식과 업무에서 높게 인정받아서 30여 년간 안팎에서 업무에 바빴으므로 사사로운 일을 처리할 만큼 한가하지 못했다. 그 정부인 이씨는 새벽부터 밤까지 뜻을 받들어 가문의 명성을 더욱 굳건하게 했으니 어찌 잘 보좌한 것에 대한 남은 영광이 없겠는가? 내가 예전에 판서공 느내미[晩南] 묘의 지문(誌文)을 지었기 때문에,[23] 가정에서의 행실을 잘 안다. 지금 그 아들 권형징(權泂徵) 씨가 말하길,

"어머님은 아버님께서 묻히신 곳에 장사지내지 못했습니다. 묘가 진잠현(鎭岑縣) 지동(池洞) 북쪽 방향을 등진 언덕에 있으니 장차 따로 무덤에 묘지문을 넣으려 합니다."

---

20 권이진(權以鎭) : 1668(현종 9)~1734(영조 10). 본관은 안동. 자는 자정(子定), 호는 유회당(有懷堂) 또는 수만헌(收漫軒). 공주 출신. 아버지는 현감 유(惟)이며, 외할아버지는 송시열(宋時烈)이다. 윤증(尹拯)의 문인이다. 호조판서를 지내고, 평안도 관찰사로 부임하여 당시 국경을 넘어와 위원군에 숨어 살던 청나라 사람들을 체포할 것을 건의하는 장계를 올렸다. 글씨를 잘 썼다.

21 권시(權諰) : 1604(선조 37)~1672(현종 13). 본관은 안동. 자는 사성(思誠), 호는 탄옹(炭翁). 아버지는 좌랑 득기(得己)이고, 어머니는 전주 이씨로 도정(都正) 첨(瞻)의 딸이다. 공조좌랑 등 여러 직을 거쳐 승지가 되었다. 송시열과 같은 기호학파로서 예론(禮論)에 밝았다.

22 권정기(權正己) : 권극례(權克禮)의 아들.

23 <호조판서 유회당 권공[이진]묘지명 병서(戶曹判書有懷堂權公[以鎭]墓誌銘并序)>, 『星湖全集』 권64.

라고 하여 삼가 부탁을 받고 그 행장을 살피니 부인은 왕실의 후손으로 세종의 별자인 의창군(義昌君) 이강(李玒)의 7세손이며, 증조할아버지는 군수로 도승지에 추증된 이수(李綏)이고 할아버지는 군수 이복생(李復生)이다. 아버지는 처사 이익하(李翊夏)로 숨은 덕행이 있어 당세의 유현에게 칭송받았다. 선무랑 이원생(李元生)의 후사로 나갔는데, 할아버지 선교랑 이작(李綽)은 군수공과 형제간이다. 외할아버지는 강화 최씨로 효자이며 좌랑에 추증된 최도원(崔道源)이다.

부인은 경술년[1670] 11월 2일에 태어났는데, 성품이 단정하고 슬기로웠으며 부모님을 섬기는 데 효를 다했다. 시집와서 가난하여 궁핍한 살림을 맡게 되자, 부인은 집이 본래 재물이 넉넉하였으므로 지참금을 내어 조심스러운 마음으로 살림을 하였고 검소한 덕을 더욱 드러내어 변변치 못한 음식도 싫어하지 않았다. 또한 부녀자의 일을 맡아 하면서 자잘한 일로 남편에게 근심을 끼치지 않았고 관아에 있을 때에는 하나의 물건도 밖에서 구하지 않았다. 여러 조카와 자식들을 돌보는 데에도 먹고 입는 걱정을 하지 않고 공부에만 전념할 수 있도록 했다. 친척 가운데 의지할 데가 없는 사람이 있으면 가진 것을 털어내어 도와주면서도 조금도 표정에 기미를 드러내지 않았으며, 노비와 이웃에도 인정을 널리 베풀었다. 을미년[1715] 8월 6일에 돌아가시니 나이 46세였다.

두 아들을 길렀는데, 첫째는 명(銘)을 부탁한 사람이고, 둘째 아들은 권정징(權靜徵)으로 현감이다. 손자 세억(世檍), 세식(世栻), 세구(世構)와 서출인 손자 세집(世集), 세휘(世彙), 세반(世槃), 그리고 증손자 상희(尚熹), 상훈(尚薰), 상황(尚煋)은 장자의 자손들이다. 손자 세모(世模), 세성(世檉), 세용(世榕)과 손녀 윤성기(尹聖基)의 아내, 그리고 증손자 상렴(尚廉)은 둘째의 자손들이다. 나머지 아들은 이름이 없고 딸은 혼인하지 않았으니 많아서 기록하지 않는다. 자손을 많이 길렀는데 비록 유학을 공부하는[24] 수재들이었으나 부인의 가르침에 따라 몸가짐을 했다. 내가 일찍이 손자 구환[25]

을 위해서 아내를 구하며 말하길,

"이 아이는 반드시 가르침을 받은 바가 있을 것이다."

라고 했는데, 지나보니 과연 그러했다. 구환의 아내는 곧 그 장손의 장녀였으니 이로써 권씨 집안이 오래도록 자손에게 복이 이어지리라[26]는 것을 더욱 믿게 되었다.

명에 이른다.

부녀자의 도는 하늘의 명을 받들어
수고하고 고생하는 것을 바른 도로 삼으니,
삼가고 검소한 것으로
남편을 편안하게 하였고,
부인은 예를 갖추어
기틀을 이루셨네.
살아서는 더불어 지내셨는데
죽어서는 함께 묻히지 못하셨으나,
공이 계신 곳과 진잠현은
이십 리로 가깝고
영혼은 가지 못하는 곳이 없으니
밝게 아실 것이다.
평소의 명[27]에 따라서

24 장보관(章甫冠) : 은(殷)나라 때의 관(冠)의 이름. 공자가 이 관을 썼으므로 유학자의 관을 의미한다.

25 이익의 손자로 『성호선생전집(星湖先生全集)』 권48에 손자 이구환(李九煥)에게 지어준 <자설(字說)> 9편이 전한다.

26 주 문왕이 효도를 가르쳤으니 만년토록 길이 그 자손에게 복이 내릴 것임을 노래하는 『시경(詩經)』의 표현을 사용하고 있다. 『시경』 「대아(大雅)」 <生民之什>, "其類維何, 室家之壼. 君子萬年, 永錫祚胤."

묘 자리를 얻으니 옛 유자가 살던 곳[28]이네.

해제 정부인 이씨는 권이진 공의 부인이다. 이익의 손자 구환(九煥)이 권이진의 손녀와 혼인했으니, 이익과 권이진은 사돈 관계이다. 이익은 권이진의 아들 권형징의 부탁으로 정부인 이씨의 행장을 토대로 해서 이 묘지명을 썼다. 부인은 왕실의 후손으로 본래 풍족하게 살았으나, 가난한 집에 시집와서 검소하게 생활했으며 친척과 이웃, 노비들에게 널리 베풀었다고 전한다.

---

27 치명(治命) : 사람이 병이 들지 않았을 때 하는 명령. 즉 평상시의 명령.

28 고정(考亭) : 복건성(福建省)에 있는 지명. 주희(朱熹)가 살던 곳.

전주 이씨 부인 행록
全州李氏夫人行錄

규방의 아름다운 행적은 외부 사람이 자세히 알지 못한다. 당연히 시집가기 전의 일은 남편의 집에서 보고 기록하지 못하고 시집간 뒤에는 또 부모형제와 멀어져서 비록 가족이라도 그 일의 전모를 갖추지 못하니 오직 두 집안사람이 그 사람을 논하는 것을 살펴보면 이에 알 수 있다.

이제관(李齊筦)이 나에게 유씨(柳氏) 집안에 시집간 누나의 정숙한 행실에 대해 이야기했다.

"어릴 때부터 사리를 깨우쳐 일찍이 중문 밖을 엿본 적이 없었습니다. 유모가 어쩌다 안고 나오면 문득 얼굴을 덮고 재촉하여 들어가 버렸지요. 하루는 숙모의 방에서 낮잠을 자고 있었는데, 숙모의 집안사람이 지나가자 숙모가 홑이불로 덮어주었으나 일어나서는 부끄러워하며 다시는 가지 않았습니다.

아버지가 병이 들어 거의 돌아가시게 되자 누나가 부르짖고 울면서 하늘에 기도하기를 자신이 대신 죽게 해달라고 했는데, 여러 달이 지나도록 게을리하지 않으니 마을 사람들이 감동하고 놀랐습니다.

제가 부모님께 잘못을 해서 혹 부모님이 꾸짖으며 매를 때리시면, 누나가 반드시 저를 구석진 곳에 끌고 가서 비 오듯 울었습니다. 당시에 비록 어리고 무지했지만 감동하여 깨닫게 되었지요. 막내 동생이 태어난 지 1년이 되었을 때에 어머니께서 젖에 종기가 나서 먹일 수 없게 되자, 누나가 직접 안아 보살폈는데, 옷이 썩고 헐어도 동생을 노비들의 손에 맡기지 않았습니다.

유씨 집 며느리가 되었는데, 유군이 이때 이미 아버지를 여읜 뒤였으며 형제도 없었습니다. 이에 시부모를 섬기는 예로 여러 숙모들을 섬겼으며 형을 섬기는 의리로 그 사촌형을 섬기니 여러 숙모와 사촌 형들이 편안하게 여겼습니다. 유군에게는 단지 친자매와 서자매 둘이 있어서 혼수를 마련하여 시집보냈는데, 그 은혜를 베푸는 것이 어머니와 같았습니다. 유군의 누이가 '한스러운 것은 올케가 그 부모님을 섬기는 것처럼 시부모님께 효도를 다할 기회가 없었던 것입니다.'라고 말한 적이 있습니다. 그 매부와 인척들도 부인의 행실을 익히 알아서 모두 힘써 칭찬하였는데 일반적인 말에 그치지 않았습니다. 노비들과 이웃에 이르기까지 또한 은혜를 받고 우러러 사모하지 않음이 없었습니다. 유군이 병들어 죽게 되자 매우 애통해 하며 피를 토하고는 소상[29]이 끝난 뒤 또한 죽었으며 아이는 시누이에게 맡겼습니다."
라고 했다.

제관의 자(字)는 인중(仁仲)으로 나를 따라 공부한 것이 오래되었다. 본래 일을 알아도 실정에 지나치게 할 수 없으므로, 그 마음에 또한 형용할 수 없었던 말이 있는 것 같았다. 내가 늙고 어리석어 그 뜻에 부합하지 못할 것 같아서 또 제관의 말을 기록하여 아이가 자라면 주려고 기다린다.

해제 이익이 문인인 이제관의 부탁으로 그 누나 전주 이씨의 행실에 대해 쓴 글이다. 이제관의 누나는 어릴 적부터 정숙했으며 효성과 우애가 있었고 시집가서도 여러 친척들과 형제들로부터 사랑받았는데, 남편이 죽자 소상이 끝난 뒤 곧 죽었다고 전한다. 이익은 이제관의 뜻에 맞지 않을까 걱정하여 그의 말을 그대로 인용하는 방식으로 글을 구성하고 있다.

---

29 연복(練服) : 상례 때 입는 것으로 소상(小祥)이 되면 남자는 수질(首絰)을, 여자는 요질(腰絰)을 벗고 이 연복을 입는다.

임상덕 林象德 · 1683 ~ 1719

임상덕(林象德) : 1683(숙종 9)~1719(숙종 45). 조선 후기의 문신·학자. 본관은 나주(羅州). 자는 윤보(潤甫)·이호(彝好), 호는 노촌(老村). 아버지는 도사 세공(世恭)이며, 어머니는 이형생(李逈生)의 딸이다. 큰아버지 세온(世溫)에게 입양되었으며, 윤증(尹拯)의 문하에서 수학하였다. 어릴 때부터 가까운 집안의 임영(林泳)으로부터 학문의 영향을 받았다. 1710년 이조정랑으로 사서를 겸하였으나 사직되었다가 다시 취임하였다. 뒤에 호당(湖堂) 응제(應製)에 수석하여 초모(貂帽)를 하사받았다. 홍문관교리를 거쳐 대사간에 올랐으나 37세에 병사하였다. 경세(經世)의 뜻을 품고 당시의 제도와 시책들을 경장(更張)하여야 한다고 주장하여 많은 건의책을 내놓았으며, 위기지학(爲己之學)과 성리학 연구에 심혈을 기울였다. 또한 우리나라 역사에 관심을 기울여 많은 연구 업적을 남겼다. 저서로는 『동사회강(東史會綱)』·『노촌집』이 있다.

영인 파평 윤씨 묘지명
令人坡平尹氏墓誌銘

영인 윤씨는 본적이 파평이며 묘는 광주(廣州) 석문리(石門里) 북동쪽을 등진 언덕에 있다. 장사지낸 지 3년 만에 그 남편 청송(靑松) 심숙평(沈叔平)[1]께서 행장을 저에게 주며 말씀하시길,

"내 아내는 지난 시절에 유명한 대부였던 부제학 윤진(尹搢)[2]의 딸이네. 지금의 우의정 명재(明齋)선생[3]이 그 종부(從夫)[4]이지. 그 선조는 고려 때부터 현달하여 본조에는 파평군(坡平君)에 봉해진 윤곤(尹坤)[5]이 있네. 증조할아버지는 대사간 팔송(八松)선생 윤황(尹煌)[6]이며 할아버지는 성균좨

---

1 심준(沈埈) : 1674년(현종 15) 생. 자는 숙평(叔平). 본관은 청송(靑松). 부친은 심정희(沈廷熙)이다. 직장을 거쳐 승지에 이르렀다.

2 윤진(尹搢) : 1631(인조 9)~1698(숙종 24). 본관은 파평(坡平). 자는 자경(子敬), 호는 덕포(德浦). 아버지는 장령 순거(舜擧)이며, 어머니는 함평 이씨(咸平李氏)로 관찰사 춘원(春元)의 딸이다. 숙종 대에 고위 관료로 있으면서 붕당을 없앨 것과 구황에 노력할 것 등 시정책을 수시로 제기했다. 예조참의에 발탁된 후 대사헌 등을 역임했다. 저서로 『덕포유고』가 있다.

3 윤증(尹拯) : 1629(인조 7)~1714(숙종 40). 자는 자인(子仁), 호는 명재(明齋). 본관은 파평(坡平). 송시열의 주자학적 조화론과 의리론만으로는 정국을 바로잡을 수 없다고 비판했으며, 그의 사상은 소론 진보세력들에 의해 꾸준히 전승 발전되어 노론일당 전제체제 하에서 비판 세력을 형성했다. 저서로 『명재유고(明齋遺稿)』 등이 있다.

4 영인 윤씨의 아버지 윤진과 윤증은 사촌 간이다.

5 윤곤(尹坤) : ?~1421(세종 3). 본관은 파평(坡平). 고려 말에 문과에 급제했다. 제2차 왕자의 난 당시 이방원을 도운 공으로 1401년(태종 1) 좌명공신(左命功臣) 3등에 책록되고 파평군(坡平君)에 봉해졌다. 평안도 관찰사 등을 거쳤고, 기생 풍류를 없애고 풍속을 바로 세우는 등 여러 치적을 남겼으며 이조판서와 우참찬을 지냈다.

6 윤황(尹煌) : 1571(선조 4)~1639(인조 17). 본관은 파평(坡平). 자는 덕요(德耀), 호는 팔송(八松). 창세(昌世)의 아들이며, 전(烇)의 형이다. 정묘호란과 병자호란 때 사간으로서 극력 척화를 주장하였다. 환도 후 부제학 전식의 탄핵을 받아 영동군에 유배되었다가 병으로 풀려나와 죽었다. 사람됨이 강의(剛毅)하고 기절(氣節)이 있었다는 평을 들었다.

주에 추증된 동토(童土)선생 윤순거(尹舜擧)[7]이니 모두 도덕과 기개가 있는 당대의 명망 있는 선비라네. 부학공의 아내는 전주 이씨로 좌랑인 이태장(李台長)이 그 아버지이고 참판인 이시매(李時楳)[8]가 그 할아버지이니 이것이 내 아내의 집안내력이네. 내 아내는 지극한 성품으로 우리 어머니의 상을 당하자 크게 슬퍼하고 호곡하다가 이날로 병이 들어 결국 일어나지 못했네. 내가 이를 애통하게 여기는데, 그가 땅에 묻혀 사라지는 것이 더욱 참기 어려우니, 자네가 이 명을 사양하지 말고 써주게. 그의 말과 행동은 내가 이러이러하게 행장에 썼네."
라고 하셨다. 나는 숙평에게 이종 동생이 되므로[9] 영인의 어짊은 내가 자세히 아니, 행장은 모두 믿을 만한 것이다.

영인은 총명하고 아는 것이 많아서 옛 여사의 풍모가 있었다. 성품이 유순하고 슬기로우며 공손하고 신중하니, 명재선생이 평소에 탄복하여 말씀하시길,

"만약 남자였다면 반드시 우리 집안을 크게 만들었을 것이다."
라고 하셨다. 시골집에서 밤에 강도가 이를 것이라는 경고가 있자 집안 사람들이 모두 두려워했다. 영인은 이때 아직 어렸는데도 홀로 말하길,

"집이 가난한데 어찌 도둑을 근심합니까? 반드시 다른 마을로 갈 겁니다."

---

7 윤순거(尹舜擧) : 1596(선조 29)~1668(현종 9). 본관은 파평(坡平). 자는 노직(魯直), 호는 동토(童土). 아버지는 대사간 황(煌)이며, 어머니는 당대의 명유인 성혼(成渾)의 딸이다. 죽산부사를 지낸 큰아버지 수(燧)에게 입양되었다. 병자호란 때 아버지 황(煌)은 척화죄로 유배되고 숙부 전(烇)이 강화에서 순절하자 고향에 내려가 학문을 닦았다. 문장과 글씨에 뛰어났다. 저서로 『동토집』·『노릉지』가 있다.

8 이시매(李時楳) : 1603(선조 36)~1667(현종 8). 본관은 전주(全州). 자는 자화(子和), 호는 육은재(六隱齋). 춘영(春英)의 아들이다. 삼사의 요직을 담당하였고, 효종 때 승지·강화부유수·도승지 등을 지냈으나, 뇌물수수사건에 연루되어 덕원으로 유배되었다. 현종 즉위 후 공조참판·경기도관찰사를 거쳐 한성부우윤에 이르렀다.

9 임상덕과 심준의 외할아버지는 이훤(李藼)이다.

라고 했는데, 과연 그러했다. 17살 때에 심씨에게 납채를 받았는데, 두 집이 모두 가난했다. 여공을 매우 열심히 하여 손수 바느질 한 것이 아니면 남편을 입히지 않았다. 그리고 남편이 의로운 것을 좋아하여, 배고프고 추위에 떨며 상사(喪事)를 당한 자를 보면 옷을 벗어주고 부의를 보냈는데, 영인이 번번이 권하여 돕게 하며 조금도 아까워하지 않았다. 남편이 잘못이 있으면 반드시 완곡하게 간하였으니 그 남편이 친척과 친구들 사이에서 명성을 얻을 수 있었던 것은 또한 영인이 도왔기 때문이다.

효행은 더욱 돈독히 하여 어릴 때 어머니가 병이 들자 손가락을 베어 피를 내서 구하여 소생시켰다. 시집온 뒤로는 항상 부모와 멀리 떨어져 있는 것을 슬퍼하였고, 친정부모의 상을 당할 즈음에는 식사를 하다가 갑자기 마음이 움직여 젓가락을 거두었는데 마치 슬퍼하는 것 같았다. 며칠 후 부음이 이르자 사람들이 모두 기이하게 여겼다. 장례를 맡아 치르며 매우 몸이 상했으나 시부모가 부르면 반드시 용모를 가다듬고 들어갔다. 시부모의 병시중을 들 때에도 밤에 옷을 벗지 않고 약은 반드시 직접 맛본 뒤에 드리니 시부모가 매우 사랑하였다. 마침내 몸소 시어머니의 뒤를 따랐으니 마땅히 그 남편이 오래도록 크게 애통해 하며 문자를 빌려 그 지극한 행실을 조금이나마 표하고자 하는 것이다.

숭정 후 갑인년[1674]에 태어나 무자년[1708]에 죽었다. 아들 둘을 두었으니 규진(奎鎭)과 성진(星鎭)[10]이다. 심씨는 본래 명망있는 가문으로 숙평의 아버지는 경륜과 행실에 매우 신중했으며 우리 이모님은 이름 높은 관리의 따님으로 규방의 좋은 본보기가 되셨다. 숙평의 이름은 준(埈)으로 또한 학문에 힘써 과거에 올라 현달하였다.

내가 일찍이 들으니, 군자에게 소학의 도가 그쳐진 이후로 여자의 가르침이 규방 안에서 더욱 사라져 여스승의 말씀을 듣지 못해서 딸일 때

10 심성진(沈星鎭) : 1695년(숙종 21) 생. 자는 시서(時瑞). 본관은 청송(靑松). 아버지는 심준(沈埈)이다. 통덕랑을 거쳐 옥당(玉堂)에 올랐다.

는 지혜롭지 못하고 아내일 때는 불손하여 어른께 크게 패륜을 저지르는 자가 때때로 있다고 한다. 영인같은 사람은 어릴 때부터 시집가서까지 평생 예법이 밝은 집안에서 벗어나지 않아서 눈으로 보고 느끼고 따라 익힐 수 있었으니 그 덕성을 이룬 것은 단지 타고난 바탕이 아름다워서만은 아닌 것이다. 이에 마땅히 명을 쓴다.

명에 이른다.

예법의 가르침 속에서 나고 자라나,
효도를 다하고 죽었으니,
그 몸이 복록을 받지 못했으나,
후세에 반드시 복록이 드러날 것이네.
내가 무덤에 명을 새겨
부녀자 교육의 척도로 삼으리라.

해제 파평 윤씨는 임상덕의 이종사촌형인 심준의 아내이다. 심준의 부탁을 받고 그가 쓴 아내의 행장을 바탕으로 이 묘지명을 썼다. 윤씨는 남편에 대한 내조를 잘했을 뿐 아니라 효성 또한 지극했는데, 친정부모님이 돌아가신 것을 멀리서도 마음으로 느꼈으며 시어머니의 상을 당하자 그 슬픔으로 병이 들어 뒤따라 죽었다. 임상덕은 윤씨의 행실이 이토록 지극할 수 있었던 것은 그가 예법에 밝은 좋은 집안에서 나고 자랐기 때문이라고 하면서 가풍의 중요성을 강조하고 있다.

영인 풍양 조씨 묘지
令人豊壤趙氏墓誌

아아! 이것은 우리 영인 풍양 조씨의 무덤이다. 영인은 고려시중 조맹(趙孟)의 후손이며, 근세 명성 있는 대신이자 가문의 맏적장자로 대상 충정공(大相忠貞公)에 추증된 조형(趙珩)[11]의 증손녀이다. 현감 조상변(趙相抃)의 손녀이고 장악원 직장 조기수(趙祺壽)의 딸이다. 17세에 시집왔는데, 시댁은 나주에 적을 두며 고려 지휘사(指揮使) 임비(林庇)가 먼 조상이 되고, 부호군(副護軍) 임세온(林世溫)이 그 시아버지이며 숙인 완산 이씨가 시어머니이다. 의금부 도사 임세온(林世溫)은 남편을 낳아주신 시아버지이고, 공인 완산 이씨는 남편을 낳아주신 시어머니이며, 장원으로 진사에 급제한 전 홍문관 교리 임상덕이 그 남편이다. 외가는 왕가에서 나왔으니 인평대군 이요(李㴭)[12]가 외할아버지가 된다.

영인은 부유하고 귀하게 자라났으나, 생각해보면 타고난 품성이 단정하고 엄격했으며 검소하고 깨끗하여 마치 청빈한 집 여자 같았다. 18세에 남편을 따라 호남에 있는 후사가 된 집으로 갔는데,[13] 시부모를 섬기

---

11 조형(趙珩) : 1606(선조 39)~1679(숙종 5). 본관은 풍양(豊壤). 자는 군헌(君獻), 호는 취병(翠屛). 감찰 기(磯)의 손자로, 승지 희보(希輔)의 아들이다. 병자호란 때 임금을 호종하여 병조좌랑이 되었고, 좌참찬을 거쳐 예조판서에 이르렀다. 1674년 인선왕후(仁宣王后)의 상에 대공설(大功說)을 주장하여 양주로 귀양 갔다가, 이듬해 풀려나 기로소(耆老所)에 들었다. 시호는 충정(忠貞)이다.

12 인평대군(麟坪大君) : 1622(광해군 14)~1658(효종 9). 본관은 전주(全州). 이름은 요(㴭), 자는 용함(用涵), 호는 송계(松溪). 조선 인조의 셋째 아들이며 효종의 동생이다. 1640년 볼모로 심양에 갔다가 돌아온 이후, 4차례에 걸쳐 사은사로 청나라에 다녀왔다. 제자백가에 정통했으며, 병자호란의 국치를 읊은 시가 전해진다. 또 서예와 그림에도 뛰어났다. 저서에 『송계집』·『연행록』·『산행록(山行錄)』 등이 있다.

13 큰아버지인 임세온의 후사가 된다.

기를 친부모 섬기듯 하니 시부모가 그 효성스럽고 사랑스러움을 기뻐하여 딸보다 더 아꼈다. 남편을 섬길 때에는 온순하고 법도가 있었는데, 그 남편은 학문에 정통하지 못하고 기질이 약하여 때때로 영인의 절도 있는 행동에서 스스로 그 말과 행동을 단속할 바를 찾았고 감화된 바가 많았다. 남편이 좋아하고 숭상하는 것이 이치에 맞으면 반드시 마음을 다해 뜻을 받들었고, 잘못이 있으면 또한 은근히 돌려 말하여 옳게 고치도록 했으니 남편이 공경하고 중히 여기며 점잖은 벗으로 여겼다. 남편의 본성이 자연을 좋아했는데, 조정에 이름이 알려진 뒤로 세도가 나아가기 어려움을 보고 더욱 뜻을 먼 곳에 두었다. 그러자 영인이 번번이 산을 사라고 권하고 경대를 내다 팔기까지 하며 산을 구입할 비용을 마련하려 하였으니 맹덕요의 풍모가 있었다. 두 번 아이를 가져 낳았으나 키워내지 못하고 병든 지 5년만에 죽었다.

슬프다! 임술년[1682]에 태어나 계사년[1713]에 죽고 다음해 갑오년[1714]에 순창 북쪽 피로(避老)의 마을 동남쪽 언덕에 장사지냈는데, 호군공의 무덤 아래다. 그 왼편을 비워두어 그 남편이 죽기를 기다린다.

장사지낼 때에는 힘이 부족하여 묘지(墓誌)를 넣지 못했다. 그래서 영인의 평소 아름다웠던 행실을 모아 행장을 써서 세상의 글 잘하는 군자에게 부탁하고자 했으나 이미 그 남편이 모친상을 당하여 하루아침에 거의 죽을 지경에 이르니 남은 자의 책임을 다하지 못할까 두려워서 마음에 있는 수십 마디를 대략 써서 기록한다.

말하자면, 죽어서 피와 살은 흙으로 돌아가 없어질 수 있지만 덕은 사라질 수 없고, 살아서는 세상에 깃들여있던 형체와 기운은 떨어질 수 있지만 장사지낸 뒤에는 떨어질 수 없다. 비록 이치는 선속(禪續)에 그치지만, 정은 슬픔에서 나오는 것이어서 제사는 물릴 수 없으니, 아! 내 자손들은 오히려 공경하는 마음을 지닐 것이다. 병신년[1716] 3월 일에 남편 임상덕이 쓴다.

해제 임상덕이 아내 영인 조씨를 위해 쓴 묘지이다. 영인 조씨가 시집온 지 5년 만에 후사도 없이 죽었는데, 임상덕은 아내가 죽었을 당시에는 묘지를 쓰지 못하고 미루다가 어머니의 상을 치른 뒤 혹시 끝내 그 행실을 기록하지 못할 것을 걱정하여 이 글을 썼다. 영인 조씨는 부유한 집에서 자랐으나 검소하게 생활했고, 효성스러워 시부모의 사랑을 받았다고 했다. 또한 남편인 저자 자신이 때때로 행실을 견주어보고 감화를 받을 정도로 내조를 잘 하여 그를 벗으로 여겼다고 했는데, 특히 임상덕이 벼슬에 나아가 세상사의 어려움을 느끼자 영인 조씨가 쌈짓돈까지 털어서 적극적으로 전원으로 돌아갈 길을 마련했다고 했다.

낳아주신 어머니 공인 전주 이씨 행장

生妣恭人全州李氏行狀

공인의 성은 이씨로 세계(世系)가 왕가에서 나왔으니 성종대왕의 별자(別子)이신 완원군 이수[14]가 그 시조가 된다. 증조할아버지는 이진[15]으로 종친으로서의 신분이 끝났고 관직은 현감이었으며 이조판서에 추증되었다. 할아버지 이상질[16]은 옥당[17]과 호당[18]에 선발되었는데, 교리로서 간한 일로 마침내 유배되었다. 뒤에 홍문관 직제학으로 추증되었다. 아버지 이훤[19]은 한림원과 옥당을 거쳐 관직이 첨지중추부사에 이르렀고, 뒤

---

14 이수(李燧) : 1480년(성종 11)~1509년(중종 4). 자는 득지(得之), 시호는 소도(昭悼). 성종의 후궁인 숙의 남양 홍씨가 낳은 7왕자 3옹주 중의 장남. 1489년(성종 20) 10세 때 완원군(完原君)으로 봉군(封君)되었는데 종친 품계는 정1품 홍록대부에 이르렀다.

15 이진(李瑱) : 1562년(명종 17) 생. 자는 총숙(聰叔), 본관은 전주(全州). 아버지는 순흥군 이몽우(順興君 李夢禹)이다. 현감을 지냈다.

16 이상질(李尙質) : 1597(선조 30)~1635(인조 13). 본관은 전주. 자는 자문(子文), 호는 가주(家洲). 아버지는 이조판서에 증직된 진(瑱)이며, 어머니는 함안 이씨(咸安李氏)로 생원 성(晟)의 딸이다. 권필(權韠)의 문인이다. 인조반정으로 성균관에 입학했고, 예조좌랑·부수찬·정언을 거쳐 교리에 이르렀다. 인조가 사친을 추숭하고자 하는 것을 극간하다가 유배되었다. 저서로는『가주집』5권이 있다.

17 옥당(玉堂) : 홍문관(弘文館). 조선시대에 궁중의 경서(經書)·사적(史籍)의 관리, 문한(文翰)의 처리 및 왕의 자문에 응하는 일을 맡아보던 관청.

18 호당(湖堂) : 조선 전기에 과거에 급제하여 벼슬길에 나선 젊고 유능한 문신들을 위한 수양·연구 시설. 임진왜란으로 소실될 때까지 학문 연구와 도서관의 기능을 담당하였는데, 정조 때 규장각이 설치됨에 따라 완전히 소멸되었다.

19 이훤(李藼) : 1628(인조 6)~1679(숙종 5). 본관은 전주. 자는 낙보(樂甫), 호는 도촌(道村). 교리 상질(尙質)의 아들이다. 홍문관응교에 재임 시 대왕대비의 복제문제로 남인과 왕의 미움을 받아 파직되었다가, 숙종 즉위 후 사간이 되었으나 종래의 예론복제문제(禮論服制問題)와 관련, 송시열을 비난하는 남인을 죄줄 것을 청한 계문(啓文)을 올렸다가 왕의 노여움을 사 파직되었다. 그 뒤 첨지중추부사 등에 임명되었으나 관직에 나가지 않았다.

에 홍문관 부제학에 추증되셨다. 어머니는 배천 조씨로 개국공신 복흥부원군 조반[20]의 먼 자손이고, 이조참판과 양관 대제학이었으며 이조판서에 추증된 문효공(文孝公) 조석윤[21] 공의 따님이니 이것이 공인의 조상 내력이다.

숭정 후 을미년[1655] 정월 4일에 태어나 기유년[1669] 11월 모일에 시집오셨으며, 무진년[1688] 4월 8일에 돌아가셨으니 겨우 34세셨다. 아들, 딸 8명을 젖 먹여 키우셨지만 딸은 여럿 일찍 죽어서 돌아가실 때에는 딸 하나와 아들 셋을 두셨는데 모두 어렸으니, 이것이 공인의 생애이다. 그 덕행이 아름다우나 여러 자식들이 어리석고 총명하지 못해서 그와 비슷하게도 기록하지 못하였다. 내가 7, 8세 때에 이웃 마을에 놀러 가면 이웃 마을 아낙네들이 말하길,

"어진 부인이 남긴 아이로구나."

라고 하면서 다투어 떡과 과일을 먹였다. 나이가 조금 들어서 내가 친가와 외가의 여자 친척들에게 들으니 공인을 칭찬하고 사모하지 않음이 없었다. 이때는 공인이 돌아가신 지 이미 오래되었을 때인데도 자주 눈물을 흘리며 다시 뵙기를 원했지만, 뵐 수가 없었다. 이 때문에 내가 공인이 옛 성녀의 덕성에 거의 가까웠다는 것을 알았으나, 또한 자세히 알 수는 없었다. 하루는 아버님을 모시고 앉아 있었는데, 아버님께서 다가와 말

---

20 조반(趙胖) : 1341(충혜왕 복위 2)~1401(태종 1). 고려말 조선 초기의 문신. 본관은 배천(白川). 1389년 밀직사동지사로 왕의 즉위를 전하려고 명나라에 갔을 때 윤이·이초 등의 본국에 대한 무고 사실을 해명하여 명나라 황제의 의심을 풀게 했다. 1392년 조선 개국에 공을 세워 개국공신 2등에 책록되고 복흥군(復興君)에 봉해졌다. 이방원을 수행하여 재차 명나라에 다녀왔다. 1395년 판중추원사를 거쳐 참찬문하부사(參贊門下府事)에 이르렀다.

21 조석윤(趙錫胤) : 1605(선조 38)~1654(효종 5). 본관은 배천. 자는 윤지(胤之), 호는 낙정재(樂靜齋). 대사간 정호(廷虎)의 아들이다. 장유(張維)·김상헌(金尙憲)의 문인. 시강원 사서를 거쳐 이조정랑·승지 등을 지내고, 진주목사로 재임 중 치적으로 뒤에 송덕비가 세워졌다. 1650년 양관대제학으로 『인조실록』 편찬의 책임을 맡았다. 저서로 『낙정집』이 있다.

씀하시길,

"네 어미가 어질었으나, 내가 말해주지 않으면 너희 어린 것들은 마침내 알지 못하겠지. 나와 네 어미는 20년을 함께 살았는데, 얼굴에 불쾌한 빛을 띤 적이 없었고 목소리를 높인 적이 없었으니 어찌 난들 그렇게 할 수 있었겠느냐? 네 어미는 뜻을 잘 받들었을 뿐 아니라, 효성스럽고 공손하여 가훈을 잘 이어받았고, 아름답고 사리에 밝아 여자가 지켜야 할 규범을 따랐단다. 자애롭고 온순한 덕이 성정에서 흘러나와 억지로 힘쓰지 않아도 되는 사람이었지.

내 어머니를 섬기기를 겨우 2년을 했지만 어머니께서 사랑하시기를 딸처럼 하셨고, 일찍이 나아가 할머님을 모셨는데 할머님께서 며느리처럼 여기셨으니 이는 네 어미가 잘 봉양했기 때문이란다. 어머니께서 돌아가시자 우리 큰형수님을 따르니, 형수님께서 항상 '우리 아우, 우리 아우.'라고 하셨지. 자매와 여러 동서들 사이에서 처신을 잘 하여 종들 사이에 감히 말을 내지 않았단다. 동서들 마음에 흡족하게 하여 친척들 사이에서 칭찬하는 이야기가 들렸지.

네 어미가 죽자 내 자매들부터 성이 다른 이종형제들의 아내에 이르기까지 곡을 했는데, 겉으로만 슬퍼하는 것이 아니었으며, 다투어 옷과 이불을 도와주며 '반드시 내 옷을 부장품으로 써주셔요.'라고 부탁했고, 어떤 사람은 거친 음식을 먹으며 한 달여를 보냈으니 매우 인자하고 지극히 사랑하는 것이 사람의 마음에 맺히지 않았다면 이와 같을 수 있었겠느냐? 이것은 네 어미가 가깝고 먼 친척들에게 잘 대해주었기 때문이다.

풍속이 화려하게 꾸미게 된 지 오래되어 부녀자들이 시가에 잘 보이기 위해 음식과 옷차림, 용모와 말솜씨로 다투었지만, 네 어미는 시집온 날 해진 농 2개를 지니고 왔으나 사람들이 가난하다고 여기지 않았고, 비단옷도 더러운 것을 빨아 입었으나 사람들이 비루하다고 여기지 않았지. 시어머니께 봉양하는 음식이 몇 가지에 불과했으나 사람들이 모두 그 효성에 감복했으며 형제들과 섞여 지낼 때에는 그 용모를 담박하게 하고 말하고 웃는 것을 매우 과묵하게 하였으나 사람들이 모두 그 화목함을 기쁘게 여겼으니 이것이 네 어미의 덕행인데, 내가 또한 어찌 능히 그러함을 알지 못했겠느냐?"

라고 하시고 또 말씀하셨다.

"예전에는 우리 집안이 매우 가난한 것이 지금보다 심하여 살 집 한 칸이 없어서 남의집살이를 했는데, 내 성품이 생업에 힘쓰지 않고 오직 술만 좋아해서 매번 벗들과 술에 흠뻑 취하는 것으로 즐거움을 삼았단다. 그러면 네 어미는 항상 미리 마련해 두고 일찍이 부족하다고 말한 적이 없었는데, 내가 이때 어려서 부녀자의 직분이 진실로 그러한 줄만 알았구나. 네 어미가 죽은 뒤 내가 비로소 가난에 대해 근심하면서 밭을 구하고 집을 사며 대충 살 방도를 마련했는데, 지금의 수십 칸짜리 집도 예전에는 없던 것이다. 그러나 집안 살림이 날로 더욱 비어가고 내 변변치 않은 옷과 거친 음식도 항상 댈 수 없을까 걱정이니 내가 이에 네 어미가 집안 살림을 잘 했다는 것을 알겠구나. 아! 내가 세상에서 궁색하게 지낸 지 오래 되었으니 영락하고 낭패를 보면서 매우 어렵게 지냈으나, 우연히 내가 방에 들어가도 일찍이 탄식하거나 걱정하는 빛을 보이지 않고 나로 하여금 내 가난을 잊고 즐기도록 했는데, 나에게 이런 즐거움이 없어진 뒤로는 내가 집에서도 궁색하게 되었구나. 그러니 네 어미는 인자한 마음과 온순한 몸가짐을 지녔으니 마땅히 복록을 누려야 할 사람인데, 죽을 때 네 누나는 아직 시집가기 전이었고 네 형제는 모두 어렸으니, 내가 어찌 너희들이 마침내 성공하기를 바랐겠느냐? 지금 너희들이 모두 장성하여 가정을 이루었으니 이는 네 어미의 남은 은택이며 하늘이 너희들에게 만분의 일이라도 보응을 베푼 것이겠지?"

내가 울며 절하고 가르침을 받았다. 그 뒤에 내가 큰아버지의 후사로 나가게 되니 아버님이 또 다가와 말씀하셨다.

"네가 큰형님의 자식이 될 것을 네 어미는 이미 알았단다. 옛날 내 어머니께서는 감식안이 매우 높으셨는데, 큰형수님께 후사가 없을 것임을 아셨지. 네 어미가 지극한 행실이 있자 매번 눈여겨보시며 말씀하시길, '집안을 잘 이끌어갈 며느리가 나왔구나.'라고 하시고, 일찍이 직접 작은 두루마리를 받들어 주며 '내가 막 시집왔을 때 내 시아버님께 이것을 받아 받들어 간수하면서 40년간 감히 함부로 떨어뜨리지 않았다. 지금 종사가 아직 정해지지 않았으니 그 책임은 너에게 달려있다. 위로 조상의 제사를 받들고 아래로 여러 식구들을 어루만져 통솔하는 방도가 모두 이 두루마리에 있으니 너는 삼가 잊지 마라.'라고 경계하시자, 네 어미가 꿇어앉아 받아서 간직했단다. 이 때 네 어미가 시부모님께 절하며 귀 기울여 들었는데, 한 명의 아들도 낳지 않았을 때였으나 어머님께서 갑자기 종통의 큰일로 가법을 전수하시고 이와 같이 당부하신 것이니, 아아! 이것이 어찌 우연이겠느냐? 네가 태어나자 형님께서 바라던 바를 말씀하시니 네 어미가 듣고 '제가 시어머니께 두터운 은혜를 받고 보답함이 없었는데 만약 제 아들로 종사를 이을 수 있다면 제가 다시 무슨 한이 있겠습니까?'라고 했으니 이것은 또한 세속의 편벽한 성품을 지닌 부녀자들이 할 수 없는 것이다."

내가 다시 울면서 절하고 가르침을 받았다. 아아! 못난 자식이 어렸을 적이라 어머니의 목소리와 모습을 기억할 수 없어서 어머니의 말씀과 행동을 잘 기록하지 못하였고 하나 둘 집안에서 들은 것도 이에 그쳤으니, 아아 애통하다! 그러나 이것이 또한 여자의 모범으로 전하여 훗날의 군자로 하여금 나의 어머니가 옛날 성녀의 덕성을 지니셨음을 알게 할 만하구나! 부모의 은혜가 끝이 없으니 아아, 애통하다!

공인이 돌아가신 지 3년 만에 딸은 계림(鷄林) 김려(金礪)[22]에게 시집갔

---

22 김려(金礪) : 1675(숙종 1)~1728(영조 4). 본관은 경주. 자는 용여(用汝), 호는 설재(雪齋). 아버지는 신령현감(新寧縣監) 윤호(胤豪)이며, 어머니는 금성 이씨로 돈녕부도정

고, 또 9년 만에 아들 상덕은 직장 조기수(趙祺壽)의 딸과 혼인했다. 다음해 상덕이 진사에 올랐고, 상악(象岳)은 원성(元城) 원몽은(元夢殷)의 딸과 혼인했다. 또 4년 뒤에 상극(象極)은 계림 김세호(金世豪)의 딸과 혼인했고, 또 4년 뒤에 김려가 진사에 올랐으며 상덕은 문과에서 장원을 했다. 또 7년 뒤에 상악이 생원시에 장원을 했다. 지금 김려는 2남 1녀를 두었고, 상악과 상극은 모두 아들딸을 두었다. 공인께서 자식들을 저버리신 뒤 목성이 겨우 두 번을 도니[23] 친손자와 외손자가 점점 많아졌으며 과거에도 차차 올랐다. 생각건대 하늘이 그 남기신 덕에 보응하여 그 후손을 거듭 번창하게 한 것이니 아버님의 말씀이 거의 증명된 셈이다.

공인의 무덤은 여러 번 옮겼는데, 처음에는 고양(高陽) 모 산에 묻었다가 다시 무안(務安)에 있는 이산의 선산 한쪽 기슭에 묻었다. 아버님이 같은 무덤에 다시 장사지내라고 유언하셔서 갑신년[1704] 11월 갑인에 같은 현의 진예리(進禮里) 이포촌(梨浦村) 용금산(湧金山) 아래 서북쪽을 등진 언덕에 잠시 묻었다가 합장했는데, 노나라 사람의 예로 했다. 아버님은 돌아가실 때 관직이 의금부도사에 이르셨으며, 임씨 가문의 내력은 모두 아버님의 가장(家狀)에 있으므로 여기에는 기록하지 않는다.

신묘년[1711] 4월 일 출계자(出繼子) 봉정대부(奉正大夫) 홍문관교리(弘文館校理) 지제교 겸 경정시독관(知製敎兼經筵侍讀官) 춘추관기주관(春秋館記注官) 교서관교리(校書館校理) 세자시강원문학(世子侍講院文學) 서학교수(西學教授) 상덕이 피눈물을 닦으며 삼가 쓴다.

핵(翮)의 딸이다. 사헌부지평·사간원정언 등을 거쳐 경기도 도사·충청도 관찰사 등을 역임했다. 언관으로 재직시에는 직언을 서슴지 않았다. 수원부사로 재임시 흉년으로 기근이 심하자, 백성의 굶주림을 구하기 위해 사재를 털고 나라의 봉납을 유예하는 등 선정을 베풀었다. 저서로 『설재집』 1권이 있다.

23 세성(歲星)은 목성(木星)으로 공인 이씨가 세상을 떠난 지 23년이 지난 뒤에 이 글을 썼기 때문에 이러한 표현을 썼다. 11년 315일 걸려 태양을 한 바퀴 돈다.

해제 이 글은 임상덕의 생모인 공인 이씨의 행장이다. 임상덕은 본래 임세공(林世恭)의 장남으로, 큰아버지인 임세온(林世溫)의 후사가 되었다. 임상덕은 어렸을 때 세상을 떠난 생모를 잘 기억하지 못해서 집안사람들과 아버지의 증언을 토대로 이 글을 썼다. 공인 이씨는 가난한 집에 시집와서 검소하고 알뜰하게 살림을 했으며, 친척들과도 화목하게 지냈다. 특히 공인은 임상덕을 큰집의 후사로 보내면서도 가문의 종사를 생각하며 당연한 일로 받아들였다. 이처럼 가문을 위해 친자식을 형제나 친척에게 양자로 보내면서도 이를 의연하게 받아들이는 여성에 대해 부덕이 있다고 평가하였다. 임상덕은 어머니가 돌아가신 뒤에 그 자손들이 번창하게 된 것이 모두 공인 이씨의 덕에 대한 보응 때문이라고 했다.

박윤원 朴胤源 · 1734 ~ 1799

박윤원(朴胤源) : 1734(영조 10)~1799(정조 23). 본관은 반남(潘南). 자는 영숙(永叔), 호는 근재(近齋). 공주판관 사석(師錫)의 아들이며 김원행(金元行)과 김지행(金砥行)의 제자이다. 1792년과 1798년에 학행으로 천거되었지만 곧 사퇴하거나 거절하였다. 가난한 집안 형편에도 불구하고 끝까지 벼슬하지 않고 경전의 훈고와 성리학에 몰두하였다. 김창협(金昌協)·이재(李縡)·김원행의 학통을 계승하였으며, 그것을 다시 홍직필(洪直弼)에게 전수하여 신응조(申應朝)·임헌회(任憲晦)·조병덕(趙秉德) 등으로 이어지는 조선 후기 성리학의 중요한 학파를 형성하였다. 죽은 뒤에 대사헌에 추증되었으며, 저서로 『근재집』과 『근재예설(近齋禮說)』이 있다.

염절부전
廉節婦傳

염절부는 초계군(草溪郡) 사람 이씨의 아내로 용모가 아름답고 성품이 단정하며 엄정하여 한결같이 그 남편을 예로써 섬겼다. 비록 양인 집안의 딸이지만 그 행실이 사족과 같아서 그 어짊에 대한 칭송이 고을에 자자했다. 마을에 거칠고 사나운 젊은이가 있었는데 염씨의 미모에 대해 듣고 겁탈하고자 했다. 하루는 그 남편이 없는 틈을 타서 찾아와 염씨를 희롱하니, 염씨가 말하길,

"아녀자가 혼자 있는데 당신은 뭐하는 겁니까?"

라고 하고는 문을 닫고 스스로 맹세하길,

"죽더라도 너를 따르지는 않을 것이다."

라고 하니 젊은이가 그 뜻을 빼앗을 수 없다는 사실을 알고 이에 갔다. 길에서 그 남편을 만나자 말하길,

"내가 너의 집에서 오는 길인데, 네 마누라와 사통했지."

라고 하여 남편이 염씨를 의심해서 남편이 그를 쫓아내면 자신이 취하고자 했다. 남편은 젊은이의 흉악한 계략을 알지 못하고 염씨를 크게 의심하여 돌아가 화를 내며 꾸짖었다.

"너는 아마도 아내로서의 도리를 다하지 않았구나."

그러자 염씨가 울면서,

"젊은이가 저를 모함한 것입니다."

라고 했지만 남편은 오히려 화내고 꾸짖기를 그치지 않았다. 염씨는 남편의 의심을 풀 수 없고 몸에 이른 치욕을 씻을 수 없다고 생각하고 자결하고자 하다가 다시 생각하길,

'반드시 이 원통함을 세상에 명백하게 밝히고 죽어도 늦지 않다.'
라고 하고 드디어 관부에 이르러 그 무고함을 스스로 밝혔다.

이때 군에 태수 자리가 비어 있어서 옆 고을의 군수가 그 군의 업무를 함께 보았다. 이에 옆 군으로 가서 젊은이에게 무고를 당한 상황을 갖추어 고했다. 옆 고을의 군수가 젊은이를 옥에 가두고 장차 그 일을 조사하려고 장교 몇 사람을 변장을 시켜서 그 고을에 보내 염씨의 사람됨을 알아보게 했다. 이에 그 고을의 모든 사람들이 염씨의 어짊을 칭찬하지 않는 이가 없었다. 옆 고을의 군수가 염씨가 어지니 필시 젊은이가 거짓으로 꾸몄으리라는 것을 알게 되었다. 그러나 그 해당 고을의 일이 아니어서 오래 붙들고서 결정하지 못하고 새 태수가 오기를 기다렸다. 염씨가 관청에 들어가서 하소연을 했으나 관청에서는 들어주지 않았다. 훗날 또 들어가서 하소연하며 말하길,

"빨리 판결을 내리시어 하루도 원통함을 품지 않도록 해주십시오."
라고 하자 관청에서 노하여 하리로 하여금 끌어다 내쫓게 했다. 그러자 염씨가 말했다.

"내 손이 남에게 잡히고 말았구나!"

그러고는 드디어 칼을 뽑아 그 손을 자르고 곧 목을 찔러 죽으니, 주변에 그 소식을 들은 사람 가운데 염씨의 절개가 대단하다고 하지 않는 자가 없었다. 옆 고을의 군수가 후회하며 말했다.

"이 여자가 나 때문에 죽었구나!"

남편도 비로소 아내의 원통함을 알고 이에 시신을 거두어 돌아가 짚으로 싸서 장사지냈다. 얼마 후 새 태수가 군에 이르러 수레에서 내리자마자 곧 염씨의 일을 모두 조정에 고했다. 이에 특별히 어사를 파견하여 가서 살피게 했다. 어사가 이르러 그 시신을 검사했는데, 이때는 염씨가 죽은 지 이미 십여 개월이 지났는데도 그 얼굴은 살아있는 사람과 같았고 피는 아직도 붉은 빛이 선명했다. 어사가 장계를 올려 아뢰니 임금이

그 젊은이를 목 베도록 명했으며 염씨의 집에 정려를 세우고 '절부'라 일컫게 했다. 어사가 글을 지어 절부를 제사지냈다.

아름답다, 여인이여! 깨끗한 얼음 같고 순수한 옥 같은데,
이 지극한 원통함을 안고 더러운 도랑에서 죽었구나!
이미 미미하게 감추어졌으니 누가 그대의 밝은 행실을 말하겠는가마는
거룩한 임금께서 비춰주시니 변방도 먼 곳이 아니로구나.
침전에서 신하에게 명을 내리니 은혜로운 말씀에 더욱 탄복하도다.
영남은 실로 공맹의 땅으로
여자가 아름다운 행실을 지니니 강포함이 저절로 드러나게 되었구나.
어찌 조사할 일이 있겠는가? 바로 흉악한 자를 죽여
그 원통함을 위로하고 그 어짊을 이룰 뿐.
미천한 신하가 절하고 머리를 조아려 임금의 명으로 삼가 받드니
사족의 여자에게 쾌함을 보였고 영원히 향기로움을 드리웠도다.
정려비가 빛나고 제기는 매우 정결하니,
삼가 임금의 뜻을 받들어서 이에 정렬을 널리 알리노라.

어사는 김응순[1] 공이다. 내가 염씨의 절행을 아름답게 여기고 또 임금이 밝은 행실에 정려를 내린 법을 우러러보아 이에 염씨를 위해서 전을 썼다.

찬에 이른다.

세속에 말하길, 더러운 모함은 밝히기 어렵다고 하는데 아니다. 염씨

---

1 김응순(金應淳) : 1728(영조 4)~1774(영조 50). 본관은 안동. 자는 회원(會元). 상용(尙容)의 8세손이며 아버지는 이건(履健)이다. 1759년에 경기어사가 되어 환곡(還穀)을 돈으로 거둬들인 광주부윤 원경(元景), 죄수를 사역시킨 통진현감 윤병연(尹秉淵), 치적이 나쁜 죽산부사 이석유(李碩儒)의 파직을 건의하였다. 뒤에 호조참판 · 한성부우윤을 역임하였고, 후에 예조판서에 추증되었다.

와 같은 궁벽한 향촌의 여자도 이름이 대궐에 이르고 몸이 정려의 포상을 입으니 절행이 탁월해서 마침내 모함할 수 없는 경우가 어찌 아니겠는가? 그는 한 손도 남에게 더렵혀지는 것을 용납하지 않았으니 그 한 몸이 젊은이의 모욕을 즐겨 받지는 않았을 것이 명백하다. 내가 옛날 왕응의 아내[2]가 있다는 이야기는 들었는데 염씨가 그에 가깝다.

해제 이 글에서 소개하는 염절부의 사연은 『영조실록』에도 기록되어 있다.[3] 실록의 기록은 박윤원의 기록과 조금 차이가 있다. 실록에 의하면, 염씨는 합천(陜川) 사람으로 사인 조후창(曹後昌)의 아내인데, 같은 마을에 윤후신(尹後莘)이란 자가 염씨가 자는 틈에 그녀의 의복 등을 훔쳐 달아나다가 그 남편에게 들키자, 염씨와 사통했으며 조후창의 아들과 딸도 모두 자신의 소생이라고 말해서 도둑질한 흔적을 덮으려 했다. 염씨가 관가에 고하고 칼로 배를 갈라 죽으니, 임금이 듣고 어질게 여겨 윤후신을 처결하고 염씨에게 정문을 내리며 어사 김응순으로 하여금 제문을 지어 제사지내게 했다고 전한다. 『병세재언록』의 "규열록(閨烈錄)"에도 합천에 염씨 열녀가 있었다는 언급이 보인다.

실록의 기록과 비교하면, 박윤원의 전에서는 염씨의 절행을 더욱 강조했다. 염씨를 사모한 젊은이는 겁탈하고자 했지만 염씨의 기세를 꺾지 못했고, 사건 조사 과정에서 주변 사람들은 염씨의 어짊을 칭찬했으며, 염씨는 관청의 하리가 염씨를 끌어내는 과정에서 손을 잡히자 몸을 더럽혔다고 여겨 자결했다고 전한다. 특히 염씨가 억울함을 풀지 못하고 죽은 뒤 10개월이 지나도록 시신이 썩지 않았다고 하여 죽은 뒤에까지 절의가 이어지고 있음을 보여주었다. 이러한 사건 서술의 차이에서 박윤원의 입전의식을 이해할 수 있다.

---

2 사도온(謝道韞) : 중국 동진시대 사람(약 서기 376년 전후)으로 저명한 여류작가. 사안의 질녀, 사혁의 딸로서 유명한 서예대가 왕희지의 아들 왕응(王凝)의 아내. 어려서부터 문장의 재주가 뛰어났다. 삼촌 사안이 서당에서 강의하는데 함박눈이 내리자 "함박눈의 흩날림은 어쩐 일인고?"라고 하면서 학생들에게 대구를 쓰게 했다. 이에 사도온은 "버들꽃마냥 바람에 춤을 추네."라고 했는데, 후에 이 글귀가 널리 알려졌다. 남편 왕응이 반란군에 의해 살해된 뒤에 홀로 여생을 보냈다. 산문 <논어찬>과 시 <태산음(泰山吟)> 두 수가 전한다.

3 영조 34년(1758) 11월 11일 갑오 세 번째 기사.

유열부전
劉烈婦傳

반고가 '조선의 풍속은 남자가 신의를 숭상하고 여자는 음란하거나 간사하지 않다.'라고 했는데, 대개 과거 융성했던 시대에 근거한 말이다. 기성(箕聖)[4]으로부터 멀어져 바른 교화가 느슨해졌으며 고려 말에 이르러서는 오랑캐에 빠져 사람의 도리가 썩어 없어져서 아내가 남편을 죽이는 자가 매우 많았으니, 어찌 애초의 풍속을 회복할 수 있었겠는가? 우리 조정이 일어나 백성을 예로써 인도하고 삼강행실도를 반포하며 개가의 금지를 시행하니 이로 말미암아 더러운 풍속이 크게 변하여 여항의 평범한 부녀자들이 모두 정절을 즐겨 지킬 줄 알게 된 지 지금 300년이 되었다. 규문의 아름다운 정열(貞烈)이 나라의 역사서에 끊이지 않으니, 아아, 성대하도다! 여러 성인들이 가르치고 기른 것이 두텁지 않았다면 어찌 이에 이르렀겠는가?

반남자가 이르길, '여덟 길이 넓으니 내가 모두 알 수 없을 뿐이다.'라고 했는데, 일찍이 황주(黃州)의 유지(遺誌)를 살펴 열부 여덟 명을 찾았고, 아산지(牙山誌)에서 다섯 명을 찾았으며, 아소현(牙小縣) 황하읍(黃遐邑)에도 정열(貞烈)이 이처럼 많으니, 왕의 교화가 가까운 곳으로부터 먼 곳까지 이르렀음을 또한 볼 수 있다. 그러나 그 13명 가운데 왜란과 호란 때에 치욕을 당하고 핍박을 받아서 목숨을 버린 자가 12명이며 평상시에 남편을 따라 죽은 자는 오직 아산의 허씨 한 사람뿐이니, 어찌 저들은 많고 이들은 적은가? 증오하는 바가 죽기보다 심하여 죽기도 했고, 살아

4 기자(箕子) : 은(殷)나라의 태사(太師). 주왕(紂王)의 숙부로서 주왕을 자주 간하다가 잡히어 종이 되었다. 은나라가 망한 후 조선에 도망하여 기자 조선을 창업하였다.

도 몸을 잃을 걱정이 없었으나 오히려 죽기도 했는데, 이 둘 가운데 과연 무엇이 어려운 것인가? 군자의 평소 의론에 반드시 정함이 있다.

허씨는 사인 이동우(李東遇)의 아내로 아들 하나를 낳고 동우가 죽으니 허씨가 밤낮으로 하늘에 부르짖으며 마실 것도 입에 넣지 않았다. 장차 남편의 장례를 치를 때에 이르자 소금물을 주발 가득 가져다가 마시니 장이 썩어서 죽게 되어 남편과 같은 날 장사지냈다. 이에 친척들과 이웃이 허씨의 정절을 칭송하지 않음이 없었다. 내가 근래에 한양(漢陽) 유씨(劉氏)의 일을 들었는데 허씨와 서로 유사하니 얼마나 기이한가? 이에 더불어 기록하여 역사가가 가려 뽑을 수 있도록 갖추어 둔다.

유씨는 최홍원(崔弘遠)의 아내로 한양 사람이다. 아버지는 종대(宗大)이고 할아버지는 동중추(同中樞)인 성희(聖禧)인데 효행으로 알려져 있다. 유씨는 사람됨이 단아하고 정숙하며 자애롭고 은혜를 베풀었다. 어려서부터 말이 적었고 부모가 가르치고 단속하는 것을 엄하게 하지 않았으나 행동이 부녀자의 규범에 맞았다. 14세에 홍원에게 시집가서 시부모를 섬김에 정성과 공경을 갖추어 지극히 했고 남편을 섬기는 데에도 한결같이 뜻을 따랐으며 매번 서로 대할 때에는 손님처럼 그를 공경했는데, 일찍이 해이해지는 법이 없었다. 평소에 옛날 부녀자가 정절을 지킨 일을 들을 때마다 무릎을 치며 탄복하여 말하길,

"여자가 마땅히 이와 같아야지."

라고 했으며, 어쩌다 스스로 목을 벤 자에 대해 들으면 반드시 그를 비난하며 말하길,

"죽는 데에 어찌 다른 방도가 없어서 부모가 남기신 신체를 훼손하는가?"

라고 했다.

어느 날 남편이 갑자기 병들어 누워서 해가 지날수록 더욱 심해졌다. 유씨가 직접 약을 지키고 간호를 하며 밤새도록 잠을 자지 않았으며 때

로는 몰래 귀신에 기도하여 남편을 대신해서 죽기를 청하였으나 남편이 마침내 죽으니 이때 유씨는 25세였다. 남편이 일찍 죽은 것을 애통해 하며 통곡을 하다가 숨이 끊어졌는데 한참 뒤에 깨어났다. 이윽고 눈물을 거두고 용모를 가다듬고는 말하길,

"제 남편의 죽음은 제 운수가 사납기 때문입니다. 이제 끝이 났으니, 오직 돌아가신 분을 보내드리고 제사를 받드는 일에 제 정성을 다하는 것이 마땅하지요. 어찌 다만 통곡하고 가슴을 치면서 부모님의 마음을 상하게 하며, 또 돌아가신 분을 더욱 슬프게 하겠습니까?"

라고 하고는 손수 수의를 지어 염습하고 힘을 다해서 제수를 갖추며 오직 때를 지나칠까 봐 걱정했다. 유씨는 이때부터 헝클어진 머리에 해진 옷을 입고 얼굴에 때가 묻어도 씻지 않았다. 다만 제사 때에 손을 씻을 뿐이었다. 남편의 병이 심해졌을 때에 별채를 사서 나가 지냈는데, 남편의 장례에 이르자 시아버지가 본가에서 반혼(返魂)을 하고자 하니 유씨가 울면서 아뢰길,

"일의 이치가 곧 그러하나, 늙은 부모가 계시니 곡하고 울기에 편치 않습니다. 또 이미 이곳에서 고복(皐復)을 했으니, 여기서 반혼을 하는 것이 예에 해가 되지는 않을 것입니다. 바라건대 3년만 기다리면 어떻겠습니까?"

라고 하자, 시아버지가 그 뜻을 가엽게 여겨서 이를 따랐다.

유씨가 일찍이 아들 하나를 두었는데 생김새가 아비를 닮았다. 유씨가 매번 어루만지며 말하길,

"다행히 하늘의 영령에 힘입어 이 아이가 장성한다면, 그 아비의 제사가 끊이지 않을 수 있을 것이다."

라고 했고, 또 돌아보며 여동생에게 말하길,

"내가 죽고자 하나 최씨의 혈속이 오직 이 아이뿐이니, 내가 죽으면 누가 아이를 키우겠으며, 제사는 또 누가 주관하겠느냐? 내가 죽지 않는

이유는 이것뿐이다. 3년 뒤에 궤연을 거두고 아이가 품을 벗어나면 이때가 내가 죽을 날이다."
라고 했는데, 불행히 아이가 두 살에 죽었다. 사람들은 '유씨가 어진데, 아이 하나를 보전하지 못했으니 하늘의 이치를 알 수 없구나.'라고 했다. 이때부터 집안사람들이 유씨가 죽을까 걱정하여 항상 그를 말렸는데, 유씨가 더 슬퍼하지 않고 매번 편안한 안색으로 시부모와 부모를 뵈었다. 집안사람들이 이런 이유로 마음을 조금 놓았다. 남편의 대상(大祥) 날에 이르러 유씨가 직접 제수를 점검하고 예를 다하여 대상을 치렀다. 시부모와 친척들이 모두 돌아가니 오직 시비 몇 사람만 남아있었는데, 다음날 유씨는 머리를 빗고 목욕을 하고는 새로 옷을 빨아 입고 집을 청소하고 그릇을 수습해 두고 나서 여종에게 말하길,

"날이 따뜻하고 방이 매우 더우니, 다른 솥에 불을 때라."
라고 했다. 대개 그 시신이 빨리 식도록 한 것이지만 여종은 알지 못했다. 이에 사당에 들어가 통곡하자 여종들이 그를 말리니 유씨가 곧 통곡을 그치고 잠자리에 나아가 누웠다. 여종들이 이에 부엌에 들어가 밥을 짓는데, 잠시 후 배를 앓는 소리가 들렸다. 놀라고 괴이하게 여겨 들어가 물으니 유씨가 말하길,

"무슨 고통이 있겠느냐? 나는 돌아가고 싶구나."
라고 했다. 여종들이 의아하여 그 곁을 돌아가며 살펴보니 그릇이 하나 있었는데, 그릇 바닥에 간수가 있었다. 여종이 시부모와 부모에게 달려가 아뢰자 시부모와 부모가 급히 달려와 그를 보니 이미 말을 할 수 없었다. 오직 부모를 몇 번 부르고는 죽었다. 이날은 임인년[1782] 5월 2일이다. 멀고 가까운 곳에서 소식을 들은 자들이 탄식하고 눈물을 흘리지 않음이 없었다. 지사 윤수웅(尹壽雄) 등 백여 명이 이 행실을 들어 예조에 글을 올려서 정려를 청하니 예조에서 허락하여 시행하였다.

반남자가 이르길, '옛말에 죽지 않는 것도 어렵고, 죽는 것도 어렵다.'

라고 했는데 장부도 오히려 그러한데 하물며 여자는 어떠하겠는가? 유씨와 같은 자는 진실로 높은 식견이 있는 것이다. 3년 간 몰래 인내하며 조용히 때를 기다리다가 또한 그 형용을 스스로 상하지 않고 열과 효를 모두 온전히 했으니 어려운 일이라 말할 수 있다. 내가 그 숙부인 종철(宗哲)이 유씨의 용모가 가늘고 약하여 큰 절개에 힘쓸 수 없을 것 같다고 말하는 것을 들었는데, 마침내 능히 그러했으니 기이하도다! 어찌 이른바 부드러운 가운데 강한 것이 행하는 자가 잘못하는 것이겠는가? 같은 시대에 박경유(朴景兪)의 아내 이씨도 그 생일에 남편을 따라 죽었다고 한다.

해제 이 글에서 대상으로 한 최홍원의 아내 유씨는 젊은 나이에 남편이 세상을 떠나고 아들이 두 살에 죽자 남편의 대상을 마친 뒤 자결하여 정려를 받은 인물이다. 박윤원은 글의 서두에서 왜란이나 호란 때 치욕을 당하여 자결한 경우보다 평시에 남편을 따라 목숨을 끊는 경우가 드문 것은 후자가 더 어려운 일이기 때문이라고 밝히고, 대표적인 인물로 유씨를 소개하고 있다. 특히 유씨는 3년 간 남편의 상을 마치고는 몸을 훼손하지 않고 자결하여 열과 효를 모두 온전히 했다고 평가한다. 이 글의 말미에서 박윤원은 유씨의 숙부가 유씨의 가늘고 약한 외모를 이유로 큰 절개를 이룰 수 없을 것이라고 한 말을 전하는데, 이러한 언급을 통해 남편을 여읜 여성에 대한 주변인들의 시선과 기대를 짐작할 수 있다. 뒤에 서유구가 홍이복의 부탁을 받고 <열부 유씨 묘지명[烈婦劉氏墓誌銘]>을 썼는데, 박윤원의 전을 축약하여 유씨의 사적을 전하였다.

아내에게 주는 세 가지 글

贈內三章

부녀자의 행실은 마땅히 조용하고도 엄숙하고 유순하면서도 곧으며 말과 행동이 한결같이 그 법도를 지켜야 하오. 태만한 태도를 취하지 말고 번화한 일을 꾸미지 않아야 하며 옷감을 짜는 일에 힘쓰고 제사를 받드는 데에도[5] 지극히 삼가면서 그 근본은 반드시 공경하고 효성스러우며 화목한 것을 중심으로 삼아야 하므로, 세 문장을 써서 이러한 경계와 규범의 뜻을 담소. 당신이 처녀로 우리 집에 시집온 뒤 5년간 부녀의 도에 힘쓰기를 우선으로 하였지만 나 또한 십수 년간 책을 읽은 선비이니 내 말을 소홀히 여기지 말고 마음에 새겨둔다면, 내가 기대하는 내치(內治)가 거의 그 바라던 것에서 벗어나지 않을 것이오. 삼가고 삼가시오.

부부 사이가 좋은 것은 곧 부모의 뜻을 따르는 것이오. 지아비라 하고 지어미라 하는 것은 천지와 같은 것으로 양은 굳세고 음은 부드러우니 서로 섞여야 이루어지오. 누가 짝이 없겠소마는 오직 손님처럼 공경하는 마음을 두어야 하오. 혹시라도 반목한다면, 가정이 바르게 될 수가 없소.

위의 내용은 지아비에 대한 것이다.

시부모께서 사랑하시니 마음을 다해 봉양할 뿐이오. 마음으로 삼가며 섬기고, 낯빛을 온화하게 하고 뵈어야 하오. 시부모께서 시키시는 일이

---

5 '빈조(蘋藻)'는 대부의 아내가 법도에 따라 조상을 섬기고 부지런히 직분을 다하여 제사를 받드는 의미로 쓰인다. 『시경』「소남」"于以采蘋, 南澗之濱. 于以采藻, 于彼行潦. 于以盛之, 維筐及筥. 于以湘之, 維錡及釜. 于以奠之, 宗室牖下. 誰其尸之, 有齊季女."

있으면, 한 번 듣고도 유순하게 처리해야 하며, 온갖 대소사를 감히 사사로이 처리해서는 안 되오. 아, 나의 아내여! 이것을 염두에 두고 마음에 두시오.

위의 내용은 시부모에 대한 것이다.

형제는 의리로 맺어져 있고 오직 시누이와 동서가 그 사이에서 처신하는 것이므로 한결같이 대해야 하오. 원망은 묵혀두지 말고 기쁨은 함께 하며 모두 융화하여 화합하고 마음을 맞추어서 지극히 화목하게 지내면, 비로소 여러 형제간에 우애가 있고 마침내 집안이 화목하게 되오.

위의 내용은 시누이와 동서에 대한 것이다.

해제 이 글은 가훈의 하나로, 박윤원이 아내 김씨가 시집온 지 5년이 되었을 때, 남편을 공경하고 시부모에게 효를 다하며 시누이나 동서와 화목하게 지내는 방도에 대해 경계하는 뜻을 담아 쓴 것이다. 남편을 손님처럼 공경하며 서로 반목해서는 안 되고, 시부모를 진심으로 공경하고 집안의 대소사를 마음대로 처리해서는 안 되며, 시누이와 동서와 화목하게 지내고 원망을 두지 말며 기쁨을 함께 해야 형제가 우애 있게 지내니, 이 세 가지는 부녀자의 소임으로 아내에게 마음에 새길 것을 당부하고 있다. 박윤원은 아내에게 주는 글 외에도 첩에게도 경계하는 글[戒側室文]을 남겼다. 이러한 글을 통해서 처와 첩의 역할과 의무에 대한 사대부 남성의 기대 수준을 가늠해 볼 수 있다.

여자에게 주는 여덟 가지 경계: 조카며느리 이씨의 침방 병풍에 쓰다
八條女誡 書從子婦李氏寢屛

내가 『소학』의 '입교(入敎)', '명륜(明倫)' 등 편에서 부녀자의 도에 가장 긴요한 것을 뽑아서 대략 구절을 빼고, 반소(班昭)의 『여계(女誡)』 가운데 '부녀자의 행실[婦行]' 한 장을 넣었으며, 마지막에는 『시경』의 세 수를 인용하여 마무리했다. 여덟 가지 조목은 종경[6]이를 시켜서 병풍의 여덟 폭에 각각 쓰게 했으니, 규방의 법도가 이에 대략 갖추어졌다. 부녀자들이 늘 보면서 몸으로 익혀 행한다면 옛날의 훌륭한 여인에 가깝게 될 것이니, 종경이는 이로써 부부가 손님처럼 예우하는 일에 더욱 힘쓰는 것이 가능할 것이다. 『열녀전』의 임신에 대한 절 하나는 『소학』의 여러 편들을 앞에 두고 이것을 일곱 번째 두었는데 어째서냐면, 『소학』은 사람을 가르치는 방도를 이야기하는 것이므로 먼저 싣고 태교는 부녀자의 도를 닦고 난 뒤에 어머니의 도를 행하는 것이므로 뒤에 두었으니 이는 같지 않은 까닭이다. 보는 자는 알지어다.

「내칙(內則)」[7]에 이르길, 계집아이는 열 살이 되면 집 밖에 나가지 아니하며, 여선생의 가르침을 온순한 말씨와 태도로 듣고 따른다. 삼베길쌈

---

6 박종경(朴宗慶) : 1765(영조 41)~1817(순조 17). 본관은 반남(潘南). 자는 여회(汝會), 호는 돈암(敦巖). 판서 준원(準源)의 아들이고, 어머니는 증이조참판 원경유(元景游)의 딸이며, 누이는 순조의 생모인 수빈(綏嬪)이다. 승지와 병조·이조·호조의 판서, 훈련대장 등을 지냈으나 탄핵을 받아 양주목사로 좌천되었다. 가통을 세우기 위해서 5대 이하의 유고를 모두 모아 『반남 박씨 오세 유고(潘南朴氏五世遺稿)』를 편집하고, 선대의 묘소에 비석이 없는 곳은 모두 비석을 세웠다.

7 『예기』의 편명.

을 하고 누에를 쳐서 실을 뽑으며 비단을 짜서 옷을 제공하고 제사에 참관하여 제수와 제기를 올리며 제물을 차리는 데 돕는다.

위는 스승의 가르침을 받는 내용이다.

「사혼례(士昏禮)」[8]에 이르길, 아버지가 딸을 시집보낼 때 '조심하고 공경하며 아침저녁으로 시부모의 명을 어기지 마라.'라고 당부한다. 어머니도 수건을 묶어주면서 '힘쓰고 공경하여 부녀자의 일에 어그러짐이 없어야 한다.'라고 말한다. 서조모는 작은 주머니를 주며 '네 부모의 말씀을 공경하며 듣도록 해라.'라고 당부한다.

위는 부모의 가르침을 받는 내용이다.

반소의 『여계』에 이르길, 여자는 실천해야 할 네 가지 행실이 있는데, 행하고 그만 두는 데에 법도가 있는 것이 부녀자의 덕이고, 말을 가려서 하는 것이 부녀자의 말이며, 더러운 때를 씻어내고 의복을 깨끗이 하는 것이 부녀자의 용모이고, 길쌈에 전념하고 술과 음식을 정갈하게 하는 것이 부녀자의 일이다.

위는 부녀자의 행실을 경계하는 내용이다.

「내칙」에 이르길, 예의는 부부 사이에 삼가는 데서 시작되니, 집을 지을 때에도 안팎을 구분한다. 남녀가 옷걸이를 함께 쓰지 아니하여 감히 남편의 옷걸이에 걸지 아니하고 감히 남편의 상자에 넣지 아니하며 감히 욕실을 함께 사용하지 아니한다.

---

8 『의례』의 편명.

위는 남편을 섬기는 내용이다.

「내칙」에 이르길, 며느리가 시부모의 처소에 나아가면, 숨을 나직이 하고 부드러운 음성으로 옷이 따뜻한지 차가운지 여쭤보고, 편찮으신지 가려우신지 조심스럽게 짚어보고 긁어드리며, 드시고 싶은 것을 여쭈어 보고 삼가 드시게 하는데, 시부모가 반드시 맛보신 뒤에야 물러간다.

위는 시부모를 봉양하는 내용이다.

「내칙」에 이르길, 시부모가 맏며느리에게 일을 시키시면 게을리 하지 말며 감히 작은며느리에게 예의 없는 행동을 하지 말아야 한다. 시부모가 만일 작은며느리에게 일을 시키시면 작은며느리는 감히 맏며느리에게 대적하지 말 것이며 감히 대등하게 행동하지 않고 감히 나란히 명을 받지 않으며 감히 나란히 앉지 않는다.

위는 동서를 대하는 것에 대한 내용이다.

『열녀전』에 이르길, 옛날에는 부인이 임신을 하면 모로 누워 자지 않고, 가장자리에 앉지 않으며, 외발로 서지 않고, 야릇한 맛은 먹지 않았다. 좋지 않은 색은 보지 않고, 음란한 소리는 듣지 않으며, 밤에는 소경에게 시를 낭송하게 하고, 바른 일을 말했다.

위는 삼가 태교하는 내용이다.

『시경』에 이르길, '그대는 일어나서 밤을 보라, 새벽별이 찬란하도다.'[9] 라고 한 것은 집안일을 부지런히 하는 것이고, 『시경』에 이르길, '흰 옷에

---

9 『시경』 「정풍(鄭風)」 "女曰雞鳴, 士曰昧旦. 子興視夜, 明星有爛. 將翱將翔, 弋鳧與鴈."

쑥색 수건을 쓴 여인이여, 잠시나마 나를 즐겁게 하도다.'라고 한 것은 몸을 검소하게 하는 것이며, 『시경』에 이르길, '그 집안사람들을 화순하게 하도다.'라는 것은 그 행실로 규문을 교화시키는 것이니, 이는 아름다운 것이다.

위는 부녀자의 규범을 이루는 것에 대한 내용이다.

해제 조카며느리 이씨는 박종경의 아내로, 이술모(李述模)의 딸이며 저자의 동생인 박준원의 며느리이다. 박윤원은 『소학』과 『여계』, 『시경』 등에서 부녀자가 지켜야 할 도리에 해당하는 내용을 발췌하여 조카로 하여금 그 아내의 침실 병풍에 써 넣어 경계로 삼도록 했다. 그 내용은 여자가 처음 교육을 받는 것부터 시집 가서 남편과 시부모를 섬기는 것, 동서들과 화목하게 지내는 것, 태교에 대한 것까지 보통 여자가 경험하게 되는 순서에 따라 썼다. 마지막에는 이러한 모든 부녀의 행실이 잘 지켜졌을 때 곤범의 교화가 온 집안에 이루어진다는 내용의 시를 인용하였다. 조선후기에는 『계녀서』나 『여훈』 등의 교훈서가 많이 쓰였는데, 여성들의 일상 공간에 세워두는 병풍도 여성교훈서의 내용으로 채워졌음을 볼 수 있다.

첩을 경계하는 글

戒側室文

예를 갖추어 장가들면 '처'라 하고 사사롭게 맺어졌으면 '첩'이라고 함[10]은 귀천의 구별이며, 처를 '정실(正室)'이라 하고 첩을 '측실(側室)'이라 함은 적서의 차등이다. 명분이 지극히 엄하니 어지럽혀서는 안 된다.

맹자가 이르기를,

"순종하는 것을 정도로 삼는 것이 첩부(妾婦)의 도리이다."[11]

라고 하였으니 하나라도 순종하지 않는 것은 첩이 할 바가 아니다.

첩이 섬기는 사람을 '군(君)'이라고 부르니, 이것은 신하가 임금을 섬기는 것과 같음을 이르는 것이다.

군이 사랑하여도 감히 교만해서는 안 되며, 군이 성을 내어도 감히 원망해서는 안 된다.

군의 곁에서 모실 때에는 온화한 낯빛과 부드러운 음성으로 하며, 일을 시킬 때에는 민첩하게, 응대는 공손하게 한다.

군이 명을 내리면 두 번 말할 때까지 기다리지 않는다.

군이 꾸짖으며 벌을 내리면 순순히 받아들여 죄를 인정하고 감히 바로잡는 말을 해서는 안 된다.

일은 마음대로 하지 말고 반드시 아뢴 뒤에 행한다.

세면도구를 받들고 빗자루를 잡는 것은 첩의 일이다. 부지런히 삼가고 게을리 하지 않아야 한다.

---

10 『예기』「내칙」의 구절. '빙(聘)'은 예의를 갖추어 장가드는 것, '분(奔)'은 '여자가 사사롭게 스스로 남자와 결합하는 것[女子私自與男子結合]'이다.

11 『맹장』「등문공」 하의 구절.

군에게 병이 있으면 약을 맛보고 죽 수발을 드는 데 밤낮으로 게을리 함이 없어야 한다.

바깥일에 관여하지 말며 사사롭게 재물을 탐하지 않아야 하니, 군에게 누를 끼치지 말아야 한다.

첩이 군 앞에서는 식구들의 잘못을 말해서는 안 된다. 비방하고 헐뜯는 것을 가까이 하지 말아야 한다.

첩은 군의 아내를 '여군(女君)'이라 부르니, 첩이 여군을 섬김은 마땅히 며느리가 시어머니를 섬기듯이 해야 한다.

여군이 살아 있으면 충성으로 섬기고, 여군이 돌아가시면 정성으로 제사 지내야 한다.

군의 부모에게 효도하고 군의 형제를 공경하며 군의 자녀에게 공손해야 한다.

여군이 없어서 군의 맏며느리가 집안일을 주관하게 되면 집안 일 다스리는 것을 돕고 그 명을 한결같이 따라야 한다.

윗사람을 받들고 아랫사람을 잘 대접하라. 종들과 다투지 말라.

몸은 비록 천하지만 군이 가까이 하는 자이니 몸가짐을 반드시 삼가고 안팎의 구분을 반드시 엄하게 해야 한다.

투기는 악행으로 칠거지악의 항목에 속한다. 아내도 내보내는데 하물며 첩이겠는가? 삼가야 할 것이다.

무당과 점을 믿지 말고, 잘못된 도에 미혹되지 말라. 반드시 집안을 어지럽히게 된다.

계문자[12]의 첩은 몸에 비단옷을 걸치지 않았다. 어찌 본받지 않겠는가?

석숭의 첩 녹주[13]는 사치하다가 패가망신하였다. 어찌 경계하지 않겠

12 계문자((季文子) : 노(魯)나라의 대부. 성은 계손(季孫), 이름은 행보(行父).

는가?

네가 어진 첩이 되고 싶은가, 네가 악한 첩이 되고 싶은가? 네가 그것을 생각해 볼지어다.

해제 이 글은 가훈의 하나로, 첩이 남편과 그의 부모와 정처, 정처의 자식에 대해 갖추어야 할 태도를 비롯하여 그가 지켜야 할 생활의 지침을 제시한 것이다. 18세기 이후 축첩의 문제가 더 부각되었는데, 사대부 남성이 생활 속에서 그녀들의 위상과 규범을 어떻게 인식하고 있었는지 확인할 수 있는 자료이다. 예컨대 첩은 남편을 '군(君)', 남편의 정처를 '여군(女君)'이라 부르며 남편은 물론이고 정처에게도 군신과 같은 관계 질서를 지킬 것을 요구받고 있다. 박윤원이 쓴 <아내에게 주는 세 가지 글[贈內三章]>과 비교하면 처와 첩에게 다르게 부과되는 규범과 의무 등을 확인할 수 있다.

---

13 석숭(石崇) : 진(晉)의 대부호. 금곡원(金谷園)에서 손님들을 초빙하여 연회를 베풀 때 시를 짓지 못하면 벌주로 술 석 잔을 먹였기에 금곡주수(金谷酒數)라는 성어가 있다. 녹주는 가무와 용모가 빼어났던 그의 애첩이다. 녹주(綠珠)로 인하여 대부호였던 석숭은 끝내 굶어 죽었다.

여자를 경계하는 글
女誡

여자의 선악에 시댁의 흥망이 매여 있고 친정의 영욕이 달려 있다. 한 몸이 두 집안에 관계되니 어찌 삼가지 않겠는가?

몸가짐의 도리는 반드시 안팎을 엄하게 하고, 마음가짐의 법도는 반드시 곧고 한결같은 것을 귀하게 여겨야 한다.

여자가 친정에서 부모에게 효도하고 곧 출가해서는 시부모에게 충성해야 한다. 친정에서 형제와 우애 있게 지내고, 출가해서는 동서들과 화목해야 한다. 이것이 미루어 행하는 도리이다.

남편은 하늘이다. 혹시라도 그 남편을 공경하지 않는다면 이는 하늘을 공경하지 않는 것이다.

시부모는 남편을 낳은 자이다. 시부모 사랑하기를 자기의 부모같이 하지 않는다면 이는 남편을 자기처럼 여기지 않는 것이다.

부인의 행실은 화를 잘 내지 않고 다투기를 좋아하지 않아야 하니 분노와 다툼은 집안의 화목한 기운을 상하게 한다. 부인은 성질이 조급하고 도량이 좁으니 더욱 이를 경계해야 한다.

부인은 사람을 섬기는 자이니 그 도는 순종함을 주로 할 뿐이다.

부녀의 도리는 고요함을 귀하게 여기니 목소리가 커서는 안 되며 말이 많아서도 안 된다.

길쌈과 의복, 음식은 부인의 일인데 또한 많으니 부지런히 하지 않으면 어떻게 다하겠는가? 한가하고 잡스럽게 노닥거리는 것으로 여자의 일에 해가 되는 모든 것은 일절 하지 말라.

제사를 받드는 데 제수를 정결히 하고 정성을 지극하게 해야 한다. 손님을 대접할 때에는 민첩함에 힘쓰면서도 예를 갖추어야 한다.

종들을 거느림에는 위엄보다 은혜를 앞세우고, 비록 꾸짖을 때라도 나쁜 소리를 하지 말라.

속된 말을 입에서 내지 말고 교만한 기색을 얼굴에 드러내지 말며 교만한 생각은 마음에서 싹도 틔우지 말라.

진주, 비취가 예쁜 것이 아니라 선한 행실이 아름다우며 비단에 수놓은 것이 화려한 것이 아니라 덕의 아름다움이 화려한 것이다.

재화를 구차하게 취하지 말고, 재물을 함부로 쓰지 말아야 한다.

해제 이 글은 가훈의 하나로 집안의 부녀를 경계하기 위해 쓴 글이다. 박윤원은 집안의 여자, 조카, 아이, 종 등을 경계하는 글을 썼는데, 그 가운데 아내와 첩, 조카며느리 이씨, 여자 일반을 위한 글이 가훈의 대부분을 차지하고 있다. 조선 후기에 이르러 부훈(婦訓)이나 계녀서류가 많이 지어졌는데, 18세기 이후 가족 및 상속 제도의 변화와 함께 가문의 결속을 더 확고히 하고 가부장적 질서를 유지하기 위해 여성의 삶에 더 많은 조건과 요구들이 세세하게 부과되었던 것으로 보인다. 이 글 역시 같은 맥락에서 작성된 것으로 이해할 수 있다.

누이에게 주는 제문
祭亡妹文

유세차 임오년[1762] 8월 신묘 삭 초 10일 경자에 오라비 윤원이 슬픔을 머금고 눈물을 참으며 김씨 집안에 시집간 죽은 누이 유인 김씨의 아내 영전에 영결을 고한다.

아아, 애통하구나! 네가 병이 든 지 6개월여가 지나서 어머니께서 세상을 떠나셨다. 우리 형제들과 너는 피눈물을 흘리고 가슴을 치며 원통함을 부르짖었으나 어찌할 도리가 없었지. 어머니께서 네가 중한 병을 앓고 있었기 때문에 걱정을 안고 묻히시니, 네가 또 어머님의 수명을 덜었다는 이유로 네 병에 그 죄를 돌리고 더욱 크게 슬퍼하며 살 뜻이 없었으니, 아아, 애통하구나! 내가 불효하여서 마침내 어머님의 수명을 늘이지 못하였으니 큰 벌과 가혹한 화는 사실 내가 스스로 자초한 것인데, 어찌 너의 죄이겠느냐? 어찌 너의 죄이겠느냐? 내가 더욱 모질어서 곧 죽지도 못했는데, 네가 죽어서 어머님을 따랐으니, 아! 네가 죽은 것이 내가 사는 것보다 어진 것이로구나! 비록 그렇지만, 내가 어찌 구차하게 살기를 바랐겠느냐? 내가 죽지 않은 것은 우리 아버님이 살아계시기 때문이었다. 아버님의 연세가 50으로 머리카락이 이미 하얗게 새셨는데, 두 아들은 매우 약하고 딸 하나는 병이 위독하니 즐거워하실 일이 없을까 매우 걱정스러웠지. 아버님께서 연로해지시니, 너는 일찍이 나에게 나이가 들수록 강건해져야 한다고 권하면서 눈물을 흘리며 말하기를 그치지 않았는데, 이것이 어찌 우리 형제가 보존하여 아버님의 마음을 더 상하게 하는 일이 없도록 하려는 것이 아니었겠느냐? 그러나 이제 너 자신이 죽어서 아버님으로 하여금 밤낮으로 부르짖으며 곡을 하시게 한 것은 어째서이

냐? 어머님께서도 아신다면 지하에서 슬퍼하시며 우실 것이다. 작년 여름에 내가 매제에게 말하길,

"누이의 병이 만약 낫는다면, 내가 어머님 영전에 고하고 싶네."

라고 했지. 이는 『예기』의 문장에 없는 것이지만 내가 이처럼 말한 것은 그 마음이 간절하고 슬퍼서인데, 어찌 너는 어머님의 상을 마치기도 전에 죽었단 말이냐? 예가 중하여 담제(禫祭)를 지내고 결국 제사를 그만두어서 우리 형제가 상복(祥服)[14]을 벗으니, 지극한 슬픔을 누를 수가 없구나. 아아, 세상에 어찌 다시 이런 애통한 일이 있겠느냐? 우리 집안이 편안하고 즐거웠던 때에는 할아버지, 할머니께서 수를 누리시고 자손들이 요절하는 일이 없어서 한 집안에 삼대가 건강하고 화목하게 지냈는데, 10년 사이에 사람의 일이 모두 변하여 지금에 이르렀으니, 지금 비록 예전으로 돌아가고자 하지만, 그리 할 수 있겠느냐?

아아! 내가 태어난 지 3년만에 네가 또 태어나자 두 아이의 어머니께서는 함께 먹일 모유가 없으셨고 집이 가난하여 유모를 둘 수도 없어서 먼저 낳은 아이에게는 밥을 먹이고 나중에 낳은 아이에게는 젖을 먹이며 힘들게 키우셨으니 어머님께서 고생을 하셨지. 내가 어릴 때부터 곧잘 병이 나서 부스럼이 온몸에 퍼져 열 손가락이 모두 터지니, 어머니께서 말씀하시길,

"이 아이가 일찍 젖을 떼서 피가 말라서 이렇지."

라고 하셨는데, 네가 듣고 걱정하면서 오빠의 병이 자신 때문이라고 여기고 속으로 근심하며 편안히 지내지 못했다. 내가 혈기가 마르고 약하여 늘 너보다 먼저 죽게 되어 네가 끝없는 슬픔을 안게 될 것이라 생각했는데, 이제 전혀 이와 반대가 되었으니 죽고 사는 일은 알 수 없다고 이를 만하구나.

---

14 상복(祥服) : 대상(大祥)에 입는 상복(喪服).

우리 동기간은 세 명이지만 여자 형제는 너뿐이라 부모님께서 너를 사랑하고 중히 여기시기를 아들과 다름없이 하셨고, 나도 너를 준원이와 똑같이 여기면서 누구를 더 경시하거나 중하게 여기거나 후대하거나 박대하지 않았다. 네가 혼인해서도 같은 마을로 시집가서 아침저녁으로 왕래하며 부모님을 뵈었으니 진실로 부모 형제가 모두 기뻐했고 너도 다행으로 여겼지. 다만 우리 집이 가난하여 혼인할 때 보낸 재물이 도리어 오녀(五女)의 집[15]에도 미치지 못해서 너로 하여금 집안 살림을 꾸려가기 어렵게 했다. 아이를 낳을 때에는 추위를 막을 바지가 없고, 병이 들었을 때에도 더위를 식힐 옷이 없어서 어머니께서 늘 이 때문에 근심하고 가여워하셨지. 그러나 나는 네 사람됨이 유순하고 자애로워서 조금도 다른 사람을 해치거나 사물을 상하게 할 뜻이 없으니 마땅히 하늘의 도움을 받고 복록이 드리워질 것이라고 생각했다. 또 남편이 준수한 데다 명성이 있고 부귀와 영예로움을 늘 지니며 너는 마땅히 그와 해로하게 될 것이니 궁하면 통한다고 이치에 당연하게 여겼다. 내가 평소에 너에 대해 이런 생각을 했었는데 일이 크게 어그러져 버렸다. 무릇 사람이 태어나 근심은 질병보다 괴로운 것이 없고, 슬픔은 일찍 죽는 것보다 참담한 것이 없으며, 곤궁한 것은 자식이 없는 것보다 큰 것이 없다. 이제 네가 죽으면서 세상에 궁한 것을 한 몸에 모두 갖추었으니, 너는 어진데도 어찌 이렇게 심한 지경에 이르렀느냐? 어찌하여 내가 전에 예상하던 것이 허망하게 되었느냐? 세상의 속설에 김씨 집안과 박씨 집안의 혼인은 불길한 경우가 드물다고 했는데, 이는 여러 번 경험했기 때문이다. 서넛 집안이 그리되었기 때문만이 아니라, 이것은 우리 집안의 둘째 고모님에게서

---

15 오녀(五女) : 다섯 딸은 패주(貝州) 송처사(宋處士) 정분(廷芬)의 딸들인 약화(若華), 약소(若昭), 약륜(若倫), 약헌(若憲), 약순(若荀)으로 그 아버지가 늙고 병들자 다섯 딸은 시집가지 않고 아버지를 봉양하기로 맹세한다. 당(唐) 왕건(王建)의 <송씨오녀시(宋氏五女詩)>가 있다.

이미 보았는데, 너만은 그리 되지 못했으니 어째서이냐? 어찌하여 세상에서 일컫는 것이 다만 우연이고 반드시 다 이루어지지는 않느냔 말이다! 이것이 모두 내가 애통하고 안타까워하는 것이다.

네가 무인년[1758] 봄에 태아가 거꾸로 된 채[16] 아들을 낳았는데, 아이가 태어나자마자 죽었으니, 네 병의 조짐은 여기서 이미 보였다. 그러나 그 2년 뒤에 임신을 하여 딸을 낳았기 때문에 식구들이 크게 걱정하지 않았지. 얼마 지나지 않아서 병이 들더니 밤낮으로 통증이 심하여 몸을 굽히지도 펴지도 못하게 되었는데, 의원도 그 원인을 몰랐고 온갖 약을 다 써도 모두 효험이 없었다. 전전긍긍하면서 3년이 지나자 등뼈가 튀어나오고 한쪽 다리가 오그라들었으며 찌르는 듯한 고통이 오히려 그치지 않았다. 의원이 이르길,

"절름발이가 되지 않으면, 곱사등이가 될 겁니다."

라고 하여, 내가 이 두 가지 병은 반드시 죽는 병은 아니라 여기고 다행히 살 수 있기를 바랐다. 그런데 뜻하지 않게 올 여름에 큰 종기가 원기를 다 소진시키고 독이 퍼져 위를 손상케 하여 시간이 지날수록 야위어 가더니 이윽고 구할 수 없는 지경에 이르렀으니, 아아! 이것이 무슨 일이냐? 네가 고통스러워하면서 병으로 앓느니 살지 않는 것이 낫다고 말했었지. 이 말이 편협한 것임을 네가 모르지 않았지만 다만 통증이 심한 까닭에 그러한 것이었다. 아! 옛 사람이 어질면서 병을 앓은 자로, 좌구명[17]은 눈이 멀었고, 염백우[18]는 나병을 앓았으며, 손자(孫子)는 형벌로 경골(脛骨)이 끊어졌는데, 이들은 모두 장부이면서도 오히려 다 벗어나지 못했다. 이제 너는 부인으로 규방에서 지내니 드나들고 생활하는 것도

---

16 오생(寤生) : 태아가 거꾸로 나오는 것. 역산(逆産).

17 좌구명(左丘明) : 노(魯)나라 태사(太史). 공자의 춘추(春秋)에 해석을 붙인 『춘추좌씨전(春秋左氏傳)』을 짓고 또 실명한 뒤로 『국어(國語)』를 지었다.

18 염백우(冉伯牛) : 춘추시대의 노(魯)나라 사람. 이름은 경(耕). 공문십철(孔門十哲)의 한 사람으로서 덕행으로 이름이 높다.

일반 사람들처럼 보고 듣고 먹고 마시며 족히 늙어갈 수 없었는데, 하물며 곱사등이에 부실한 몸으로 늘 병이 있었으니 그 몸을 돌보고 수명을 다할 수 있었겠느냐? 내가 너를 위로하여 마음을 풀어주고 너를 깨우치는 논리가 여기에 있으니, 너는 마침내 살 수가 없었구나. 지난날 병을 잘 본다는 좋은 의사로 하여금 심해지기 전에 막게 했다면 비록 병이 들었어도 위독해지는 데 이르지는 않았을 것이며, 또 집에 값비싼 약이 있어서 원기를 북돋워주었다면 비록 위독해졌어도 죽는 데 이르지는 않았을 것이다. 그러나 세상에 좋은 의사가 없고 집도 가난해서 내가 비록 너로 하여금 병이 낫게 하고 죽지 않게 하고자 했지만, 또한 어찌 할 수가 없었구나. 아아, 애통하다! 아아, 애통하다!

내가 어머님을 모신 세월이 짧아서 지극한 한이 하늘에 닿을 정도이니, 살아서 모실 수 없었고 돌아가신 뒤에는 예를 다하지 못했기 때문이다. 늘 어머님이 너를 사랑하시던 마음을 생각해서 너에 대한 우애를 더욱 도타이 하여 속으로 나중에 집안 살림이 조금 나아지면 결코 너를 배고프고 춥게 하지는 않겠다고 다짐했었다. 이제 아버님께서 몸소 나랏일을 하게 되셔서 적은 녹봉이나마 들어오게 되었는데, 이미 어머님께도 미치지 못했으며 또 너에게도 나누어주지 못하게 되었으니 진실로 우리 형제만이 차마 이것을 누릴 수는 없구나. 이 일을 생각할 때마다 오열하며 눈물을 흘리지 않은 적이 없다.

내가 생각하기에 가문의 복록이 쇠미해지고 내 자신은 세상에 외로운 신세가 되어, 안으로는 한 집에서 지내는 여러 형들이 없고 밖으로는 죽고 사는 것을 부탁할 정도의 사귐이 있는 벗이 없으니, 병을 앓고 있으면서 누구에게 의지할 수 있겠느냐? 나는 겨우 매제 한 명을 두어 형제로 맺었기에, 또 네가 아들을 많이 낳아서 우리 집안의 자손들이 많아지기를 원했는데, 이제 네가 마침내 사내아이를 낳지 못하고 죽었으니 우리 집안을 외가로 여길 자가 누가 있겠느냐? 의리가 이지러져서 정이 그칠까 염려되니, 내가 네 남편[19]과 힘써 노력하면 네가 살아있을 때와 다름 없이 할 수 있을지 아직 알 수 없구나. 네 딸이 이제 세 살인데 만약 다행히 두 집안에서 서로 잘 돌봐서 자랄 수 있다면, 이것은 네 핏줄이 이 세상에서 끊어지지 않도록 하는 것이겠지. 다만 이와 같이 할 뿐이다. 아아, 살아있는 자는 여전히 살 수 있지만, 죽은 자는 마침내 다시 살아날 수 없다. 내가 어머님을 여의고도 여전히 지금까지 죽지 않았으니 어찌 너를 따라 저 세상에 갈 수 있겠느냐? 다만 죽을 때까지 이 슬픔을 잊지 않을 뿐이다. 아아, 애달프다!

해제 이 글은 박윤원이 누이동생이 죽은 지 2달여 만에 장사지내면서 고하기 위해 쓴 제문이다. 누이동생 박씨는 박윤원과 3년 터울로 남매의 정이 남달리 도타웠다. 박윤원은 누이가 죽자 이 글 외에도 행장과 묘지명, 그리고 천장하면서 올린 제문 등 여러 편의 글을 썼다.

이 글에서는 어머니를 여의고 남매가 서로 위로하며 의지하던 일과 집이 가난하여 시집간 누이가 고생하는 데 보탬이 되지 못했던 일, 누이가 출산 뒤에 병이 들어 3년 동안 앓던 일 등을 떠올리며 누이를 여읜 슬픔을 매우 곡진하게 드러내고 있다. 특히 누이의 병세가 위중해지는 과정을 자세히 서술하였는데, 저자의 누이는 한 번의 역산 뒤에 다시 딸을 낳고는 병세가 점차 심해지면서 등뼈가 튀어나오고 한쪽 다리가 오그라들면서 통증이 그치지 않았으며, 나중에는 큰 종기로 고생하다가 위까지 상하여 차라리 죽는 것이 나을 정도의 극심한 고통에 시달리다가 죽었다고 하면서 그 참담했던 상황을 전하고 있다. 또 박윤원은 이 글에서 누이가 아들을 낳지 못하고 죽은 것을 안타까워하며 세 살 난 딸을 잘 키우면서 매제와 그 집안과의 인연을 이어가겠다고 다짐하는 것으로 누이를 위로하였는데, <누이동생의 묘를 이장하며 올리는 제문(祭亡妹遷葬文)>에 의하면 이 딸 역시 누이가 죽은 지 4년이 못 되어서 죽고 말았다고 했다.

이 제문은 동기를 여읜 절절한 슬픔을 전하는 동시에, 박윤원의 누이를 통해 부녀자들이 출산 뒤에 질환을 얻고 투병하는 과정 등을 생생하게 보여준다.

---

19 김재순(金在淳)을 이른다.

둘째 고모께 올리는 제문
祭仲姑文

우리 고모님이 세상을 떠나신 지 이제 1년이 지났으나, 조카 윤원·준원 등이 병고에 얽매여 아직 한 잔 술도 올리지 못했는데, 세월이 흘러 끝내 하지 못하고 죽게 되는 한을 품게 될까 봐 이에 올해 무자년[1768] 9월 병술 삭 12일 정유에 술과 과일을 소박하게 갖추고 영전에 삼가 올리며 글을 지어 슬픔을 고합니다.

아아, 작년 4월에 고모부께서 세상을 떠나시자 고모님께서는 아들을 끌어안고 곡을 하시며 삼 일 동안 미음도 마시지 않으셨지요. 늙은 어미와 병든 아들이 애처롭게도 부지할 수 없을 듯하여 저희들의 마음이 매우 근심스럽고 두려웠습니다. 얼마 지나 고모님은 밝은 식견이 있으셔서 반드시 아들을 위해 보전하여 아비 잃은 아들이 요절하는 일이 없게 하고자 마침내 다시 일어나셨지요. 제가 이에 묵묵히 빌었는데, 뜻하지 않게 나흘도 안 되어서 고모님께서 돌아가시고, 40일도 안 되어서 아들이 죽었으니, 아아! 어찌 그리도 가혹합니까? 고모님께서는 슬픔을 억누르고자 했으나 가슴 속의 애통함을 끝내 스스로 제어할 수 없어서 이 지경에 이르셨습니까? 홀로 남은 자식은 이미 병들어 있었는데 고모부님과 고모님이 연이어 갑작스럽게 돌아가시니 또 그 때문에 명을 재촉하게 된 것인가요? 아니면 고모님께서 아이가 죽는 것을 차마 보지 못할 것을 아시고 황급히 먼저 돌아가신 것입니까? 아아, 애통합니다!

이 해 6월 초 9일에 세 구의 관을 평구(平丘)에 함께 장사지내고자 발인하여 가니, 길에서 보는 자들이 눈물을 흘리지 않음이 없었습니다. 아아, 두 달에 걸쳐 세 번의 장례를 지내는 일이 세상 어디에 있겠으며 같은 날 세 번의 장사를 치르는 일은 세상 어디에 있겠습니까? 귀로 듣고 눈으로 보는 바 드문 일이니, 하늘이 화를 내리심이 어찌 이리도 심하단 말입니까?

고모님께서는 덕이 두텁고 용모가 넉넉하시며 뜻이 넓고 기운이 화평하시어, 길하고 상서로우며 좋은 일들이 마땅히 고모님께 모여들었습니다. 비록 젊은 시절 가난하고 곤궁하게 지내셨으나 중년 이후로는 고모부를 따라 세 읍을 다니시며 배고픔과 추위를 면하실 수 있었지요. 비록 아들을 많이 낳으셨지만 키우지 못하시다가 늦게야 외아들을 얻으셨는데 그 아들이 이미 관례를 치르고 혼인을 하여 슬하에서 모시며 기쁘게 해드리고 고모부님은 연세가 60이 되도록 고모님과 해로하셨으니 이것이 중년의 복이라 할 수 있는데, 이제 갑자기 하루아침에 이처럼 되었으니 저 하늘이 좋은 일을 허여한 것이 그 마지막까지 허락한 것은 아니어서입니까? 저희들이 진실로 이 이치를 헤아릴 수가 없어서 하늘을 향하여 길이 부르짖을 뿐입니다.

저희 아버지 형제로 고모님이 세 분 계시는데, 조부모님께서 세상을 떠나신 뒤로 저희 아버님은 오직 여러 고모님들을 의지하셨지요. 막내 고모님은 돌아가신 지 이미 8년이 되었고, 첫째 고모님은 고모님보다 한 달 전에 돌아가셨는데 이때 아버님께서는 서쪽 읍의 관직에 매여 있어서 직접 영결하지 못하게 되시자 더욱 애통해하셨습니다. 고모님의 장례에서 저희들이 곡을 하며 서로 말하길,

"무슨 말로 아버님께 알린단 말인가? 아버님께서는 연로하시어 마음이 쉽게 상하실 텐데, 세상의 외로운 처지로 누이의 상사를 연거푸 듣게 되시면 어찌 감당하시겠는가?"

라고 했습니다. 열흘 뒤에 아버님이 서쪽 읍에서 돌아오셔서 고모님 임종 때의 일을 들으시고는 말씀하시길,

"누이는 나이가 많은데 사흘이나 미음을 끊었으니 능히 보전할 수 있었

겠느냐? 나를 서울에 있게 했다면 이 지경에 이르게 하지는 않았을 텐데."라고 하시며 이에 오열하고 눈물을 흘리셔서 저희들도 흐느껴 울며 눈물을 흘렸습니다. 생각해보면 저희들이 어리석고 모자라서 마음을 잘 위로하여 풀어드리지도 못했고 정성을 다하여 돌봐드리지도 못하여 고모님을 이에 이르시게 하였으니, 굽어보고 올려다보며 애통해하고 한스러워하는 것을 어찌 그칠 수 있겠습니까?

저희들은 백부나 숙부가 계시지 않아서 여러 고모님들을 백부나 숙부처럼 따랐지요. 고모님은 시집가신 뒤로도 여전히 친정에 머무셨기에 저희들이 고모님의 은혜를 가장 많이 받았습니다. 고모님은 저희 아버님과 아침저녁으로 조부모님을 모시고 식사하셨고, 저희들은 여러 사촌자매들과 좌우로 이끌면서 곁에서 장난을 쳤습니다. 고모님은 진실로 저희들을 쓰다듬고 사랑해 주시기를 친자녀들과 다름이 없게 하셨습니다. 따로 살게 되었을 때에도 마을을 벗어나지 않으셨으며 장을 서로 가져다 먹고 비질이나 절구질을 서로 도왔으며 음식을 서로 나누어 먹으니 천한 비복들도 각기 소속을 알지 못했고 두 집안의 어른과 어린 아이들이 날마다 번갈아가며 오고갔지요. 봄가을로 여유로운 날에는 닭을 삶고 돼지를 잡아서 웃고 이야기하며 즐겼는데, 아아! 이러한 것을 지금 어찌 다시 즐길 수 있겠습니까?

작년은 고모님의 회갑으로 5월 20일은 곧 생신이셨지요. 저희들이 장차 사촌동생과 여러 자매들과 함께 잔을 올려 장수를 기원하려 했는데, 사람의 일이 갑자기 크게 변하여 사촌동생이 죽은 것이 또 이 날이었으니, 아! 공교로운 일입니다. 누가 이런 참혹한 짓을 했단 말입니까? 고모님은 다른 자식이 없으시고 손자도 없으셔서 세 번의 상례에 제사를 주관할 자가 없고 시가도 망하게 되어서, 저희들이 매번 이 일을 생각할 때마다 애간장이 끊어지는 듯하지 않음이 없었습니다. 아아! 고모님이 비록 돌아가셨더라도 자식은 보전을 하거나 자식이 비록 죽더라도 그 자식이 있다면 비록 제가 고모님을 위해 애통해 하더라도 오히려 이렇게 심하지는 않을 텐데, 지금 그렇지 않으니 애통함이 어찌 심하지 않을 수 있겠습니까? 아아, 애통합니다! 아아, 애통합니다!

비록 그러하나, 고모님은 이미 고모부님과 해로하셨고 돌아가신 뒤에는 지하에서 며칠 안에 고모부님을 따르시게 될 터이니 당세에 그 열(烈)을 일컫겠고 내세에 그 아름다운 행적을 전하게 될 것입니다. 부녀자가 이와 같이 된다면 영예롭다 할 수 있는데, 고모님이 또한 무슨 한이 있으시겠습니까? 시가의 친척들이 반드시 그 자손을 세워줄 것이니 비록 혈육이 아니더라도 제사가 끊어지지 않을 수 있겠지요. 그 마지막을 이와 같이 할밖에 또 다시 어쩌겠습니까? 아아! 고모님께서 앎이 있으시다면 오래도록 상심하지 않으시길 바라오나, 저희들의 애통함은 또한 끝내 잊을 수가 없을 뿐입니다. 아아, 슬픕니다! 상향.

해제 이 글은 박윤원이 둘째 고모 숙인 박씨가 죽은 지 1년이 지난 뒤에 지은 제문이다. 박윤원의 부친 박사석은 누이만 셋을 두었는데 특히 둘째 누이는 시가가 어려워서 친정살이를 하였고 또 그 뒤에도 친정 가까이 살아서 그 정이 돈독했다. 이 글에서 박윤원은 둘째 고모와의 단란했던 추억을 서술하면서 사별의 슬픔을 강조하고 있는데, 이러한 내용은 양반가 여성들이 혼인 후 친정과 어떻게 교류하며 지냈는지 구체적인 사례를 제시한다.

박윤원의 둘째 고모인 박씨는 김수홍의 손자이자 오두인의 외손인 김정겸과 혼인하여 거의 환갑에 이르기까기 열심히 집안 살림을 꾸려나가면서 남편과 해로하고 아들도 혼인시키며 중년의 복을 누렸다. 그러나 남편 김정겸이 갑자기 세상을 떠나자, 숙인 박씨도 곡기를 끊고 슬퍼하다가 죽고, 40일도 지나지 않아 아들도 지병으로 죽어서 모두 한 날 묻혔다. 특히 아들 재행은 숙인 박씨의 환갑잔치를 하기로 예정했던 날 죽어서 주변사람들을 더욱 안타깝게 했다. 박윤원은 이 제문에서 갑작스럽게 세상을 떠난 둘째 고모와 그 일가의 비극에 대해 애통한 마음을 드러내고 있다. 박윤원은 <둘째 고모 숙인 행장[仲姑淑人行狀]>에서 둘째 고모의 행적에 대해 자세히 기술하였다.

장모 홍씨께 올리는 제문
祭外姑洪氏文

지난날 제가 혼인할 때 나이가 겨우 15세였는데 본성이 일찍 깨우치지 못하고 말과 행동이 법도에 어긋났으나, 장인 장모님께서는 은덕을 베푸시어 "이 사위가 문장을 좋아하여 장래가 촉망되니 가르칠 만하구나!"라고 하셨지요. 저를 여강(驪江) 가에 있는 관사로 불러 장인어른께서 저에게 책을 주시고 장모님께서는 저에게 음식을 주시며 제가 크게 성장하고 영화롭게 되기를 축수하셨습니다. 안팎으로 들고 나는 것이 덕이 높다는 칭송이 아님이 없었지요. 그러나 제가 돌아간 지 7년만에 장인어른께서 돌아가셨다는 소식을 듣게 되어 제가 눈물을 흘리며 오래도록 장인어른께서 남기신 필적을 적셨습니다.

장모님께서 여러 딸들을 그리워하셔서 여강을 떠나 서울에서 지내실 때 아내가 다니러 가서 곁에서 모시면 저도 자주 찾아뵈었지요. 때때로 저에게 오셔서 옛일을 이야기하며 슬퍼하셨고 남편을 생각하며 어리석은 저를 권면하셨지만, 제가 오만하고도 나태하게 자라서 조금도 성취하지 못하니 경사는 안겨드리지 못하고 근심만 끼쳤습니다. 그러나 운명이 기박하여 어머니를 잃고는 의지할 곳 없이 살아가는데, 감싸고 보살펴주시며 오히려 돌봐주시기를 그만두지 않으셨습니다. 산골 부엌에 먼지 앉은 솥만 덩그러니 있고 병약한 아내가 배고픔에 울었을 때 그 음식을 나누어 주셨던 것을 어느 날에나 잊겠습니까? 가마가 남쪽으로 떠나 초산(楚山)이 아득하게 되었을 때에는 그렇게 가게 된 것을 기뻐하시면서도 저를 걱정하셨지요. 그러다 창동(倉東)에 돌아가서는 제가 다리를 지나 나막신을 신고 왕래하기를 아침 저녁으로 할 정도로 가까이 살면서 더욱 돕고 의지했습니다. 신음소리도 듣지 않은 것이 없었고 가려움도 알지 못하는 것이 없었지요.

아내가 병이 들고 아이가 없다가 늦게야 비로소 아이를 얻었는데, 날이 찬데도 산모를 돌보느라 연세가 높으신 장모님이 고생이 많으셨습니다. 아들이 태어나자 어르고 먹이며 여러 손자들을 사랑하시니 노년의 즐거움을 돕는 것은 오직 여기에 있었습니다. 제가 이룬 것이 없었지만 격려하기를 그만두지 않으시고 제가 학문에 정진하여 과거로 벼슬에 오르기를 바라셨고 제가 잘못을 고치기를 마치 병이 낫듯이 하기를 바라셨으니 장인의 옛 가르침을 다시 듣는 듯했습니다. 사람들이 항상 말하기를 사위 사랑은 장모라고 하지만, 누가 저처럼 장모님의 사랑을 받고 가르침을 받을 수 있었겠습니까?

담양현에서 봉양 받으실 때 저도 금(錦)에서 노닐고 있었는데 호수 양편에 마주하고 있었으니 가르침을 받은 것은 이유가 있었던 것입니다. 그러다 다음 해에 북쪽으로 돌아가게 되자 길에서 헤어지면서 슬픈 표정으로 괴로이 말씀을 하시니 제가 놀랍고 의아스러웠는데, 어찌 자주 오겠다고 말씀드린 지 오래지 않아서 돌아가실 줄 알았겠습니까? 저는 장이 꺾이고 또 다시 산이 무너지는 듯했습니다. 돌아가시는 날 저녁에 여러 번 저를 부르셨으니, 제가 무슨 예를 안다고 뒷일을 부탁하고자 하셨습니까? 곡진하게 말씀을 하시고 아내와 아이에게도 탄식하시며 “너희들은 부정한 일을 하지 말거라.”라고 하시고는 다시 말씀을 하시려다가 마침내 말을 삼키고 그치셨지요. 아아! 이것이 슬플 뿐이니, 죽을 때까지 어찌 끝나겠습니까? 염습할 때에 일손을 돕고 장례 때에는 무덤을 지켰으나 이는 보잘것없는 일일뿐, 어찌 덕에 보답했다고 하겠습니까? 쇄주(祭酒)도 아직 바치지 못했는데 해가 다시 바뀌었다고 해서 어찌 끝내 하지 않을 수 있겠습니까? 아직 궤연을 걷지 않아서 제 거친 글과 아내의 소박한 음식으로 그 정성을 이에 두나니 흠향하여 이르소서.

해제 이 글은 저자가 장모인 남양 홍씨가 죽은 지 1년이 지난 뒤에 쓴 제문이다. 박윤원은 초년에 벼슬에 나아가지 못하고 처자식과 어렵게 살았는데, 장인에게 신임을 받아 학문을 배우고 장모의 보살핌을 받아 생계를 이어나갈 수 있었다. 특히 장인이 세상을 떠난 뒤에는 장모의 격려를 받으며 학문에 정진하였고, 오랜 기간 장모와 가까이 살면서 의지하며 지냈다고 했다. 이 글에서는 저자가 어머니를 일찍 여의고 장모로부터 많은 보살핌과 사랑을 받다가 장모마저 세상을 떠나자 장이 끊어지는 듯한 슬픔을 느끼며 그 심정을 곡진하게 드러내고 있다. 이 글이 저자가 기억하는 장모 홍씨와의 추억을 담고 있다면, 저자가 쓴 <장모 유인 남양 홍씨 행장[外姑孺人南陽洪氏行狀]>은 처형과 아내가 기억하는 장모의 행적을 상세하게 전하고 있다.

누이동생의 묘를 이장하며 주는 제문
祭亡妹遷葬文

유세차 정유년[1777] 5월 초 1일 을축에 누이동생 김씨의 아내 영구를 광주(廣州)의 새 묘 자리로 옮겨 다시 장사지낸다. 오라비 윤원(胤源)은 병 때문에 가서 곡할 수 없어, 몇 줄 글을 지어 이틀 전 계해에 아우 준원[20]을 보내서 평구(平丘)의 선산 아래에 나아가 영연(靈筵)에 낭독하여 고하게 했다.

지난날 너의 장례를 보고는 마음껏 곡도 못했고, 우리 아버님의 마음을 더욱 아프게 할 수가 없어서 돌아와 억지로 웃었다. 네 딸이 너의 얼굴과 닮아 네가 아직 죽지 않고 세상에 머물러 있다고 여겼는데, 4년이 못되어 이 딸이 또한 죽으니 네 모습은 어디에 깃들어 있는 것이냐? 네 종적이 마침내 사라져버렸구나. 내가 잠시 상여를 따라 네 무덤을 지나며 보았는데 풀이 무성하고 나무가 울창하며 벌레와 새가 서로 울어대더구나. 곁에 있는 작은 무덤이 내 눈을 더욱 참담하게 하여 지날 때 곡을 하고자 했으나 다만 혼자 머뭇거리기만 했구나. 아버지가 수령이 되고 형제들이 벼슬에 오를 때에도 네 몸이 차고 네 배는 주리고 있다는 것을 잊을 수 있었겠느냐? 여러 서매들이 있지만 문득 네 생각이 나고 조카들이 모여 즐길 때에도 네 딸이 일찍 죽은 것이 한스러웠단다. 매제가 작은

---

20 박준원(朴準源) : 1739(영조 15)~1807(순조 7). 본관은 반남, 자는 평숙(平叔), 호는 금석(錦石), 시호는 충헌(忠獻). 공주판관을 지낸 사석(師錫)의 아들이며, 어머니는 기계유씨(杞溪兪氏)로 수기(受基)의 딸이다. 김양행(金亮行)의 문인이다. 딸이 수빈(綏嬪)이 되자, 건원릉참봉(健元陵參奉)·공조좌랑이 되었다. 1790년 수빈이 순조를 낳자 통정대부에 봉해지고, 호조참의가 되어 궁중에서 순조를 보좌하였다. 1800년 순조가 즉위하자 공조참판·판서(判書)를 거쳐 돈령부판사를 지내고, 어영대장·형조판서·금위대장 등을 역임하였다. 영의정이 추증되었다. 저서로는 『금석집』 12권이 있다.

성공을 이루어[21] 축하객들이 문을 가득 메웠지만 네가 기뻐하는 모습을 볼 수 없었으니 내 슬픔을 어떻게 표현할 수 있었겠느냐? 내 죄가 하늘의 용서를 받지 못해서 아버님께서 갑자기 돌아가셨으나 부모를 여읜 슬픔이 쌓여도 너와 이야기를 나눌 수가 없었다. 내가 모진 운명이라 상을 마치고 네 사당으로 달려갔지만 내 창자가 끊어지려 한들 나무 신주가 어찌 알았겠느냐?

매제가 나에게 네 무덤이 이전 것은 안 좋은 땅인가 싶어 새로 길한 곳으로 이장한다고 하더구나. 관이 밝은 해를 보게 되니 네가 다시 살아난 것 같아서 내가 가서 쓰다듬어주고 싶었으나 병 때문에 차마 갈 수가 없구나. 그러나 어찌 진실로 다시 살아나는 것이겠느냐? 다시 긴 밤으로 돌아가게 되겠지. 멀리서 바라보니 마음이 무너져 슬픈 눈물이 쏟아지는 듯하다.

해제 이 글은 박윤원이 누이동생인 김재순(金在淳) 아내의 묘를 이장할 때 쓴 제문이다. 김재순은 그 아내의 무덤자리가 좋지 않다고 여기고 다시 길한 곳을 잡아 이장하고자 오라비인 박윤원에게 알렸다. 박윤원은 누이의 묘를 이장하는 날 병 때문에 직접 가지 못하게 되자, 동생 박준원으로 하여금 대신 제문을 고하게 했다. 이 글은 누이 박씨가 죽은 지 15년이 지난 시점에 쓰여진 것으로, 그 사이에 누이동생의 어린 딸이 죽고, 또 아버지가 돌아가셨으며, 매제에게는 경사스러운 일이 있어 벼슬에 나아가게 되었는데, 이러한 슬픔이나 기쁨을 누이동생과 함께 하지 못한 것에 대해 서러움을 표현하고 있다. 박윤원은 하나뿐인 누이동생을 위해, <누이에게 주는 제문[祭亡妹文]>과 <누이 유인 행장[亡妹孺人行狀]>을 남겼고, 이 글을 쓰고 난 뒤 20년 쯤 지나서 <누이인 김씨의 아내 묘지명 병서[亡妹金氏婦墓誌銘 幷序]>를 썼다.

---

21 매제인 중관(仲寬) 김재순(金在淳)은 상주(尙州) 목사를 지냈다.

아내에게 주는 제문
祭亡室文

유세차 신축년[1781] 5월 19일 신묘에 아내 유인 안동 김씨의 영구를 양주의 축석령(祝石嶺) 선영 아래에 묻으려 합니다. 남편 박윤원은 아내가 영원히 가버리는 것을 슬퍼하고 살아서 고생만 했던 것을 애도하며 엿새 전인 병술일에 영전에 술잔을 올리며 글을 지어 답답한 마음을 고합니다.

아아! 당신이 병이 들고부터는 여러 번 흉한 꿈을 꾸었는데, 매번 조상의 혼령이 나를 보시고 가엽게 여기시는 것이었소. 깨고 나면 번번이 슬프고도 놀라워 속으로는 불행하게도 꿈이 맞으리라는 것을 알았소. 당신은 비록 한낱 아녀자일 뿐이지만, 당신이 죽고 사는 데 실로 우리 집안의 흥망이 달렸기 때문에 꿈에서 조짐을 보여주는 것이 그처럼 분명하기 그지없었나 보오.

아아! 나는 3대를 이은 종손으로 우리 집안이 본래 가난하여 제사에 제수를 대지 못할까 늘 걱정했는데, 당신이 주부로서 부지런히 힘써서 제사에 모자람이 없도록 했소. 정성스럽고 성실하며 느슨해지지 않는 것이 『시경』에서 이른 바 '공경하는 어린 여자'[22]와 흡사하니, 불효자인 나는 조상님의 제사를 모시는 것을 거의 어진 당신에게만 의지할 뿐이었소. 이제 당신이 죽으니 안팎으로 갖추어지지 않아서 비록 제사를 올려도 오히려 부족함이 있게 되었소. 하물며 온갖 제수를 준비할 사람도 없

---

22 공경하는 나이 어린 여자가 법도에 따라 선조를 받들고 제사를 올린다는 내용의 시가 있다. 『시경』 「소남」 "于以采蘋, 南澗之濱. 于以采藻, 于彼行潦. 于以盛之, 維筐及筥. 于以湘之, 維錡及釜. 于以奠之, 宗室牖下. 誰其尸之, 有齊季女."

는데, 봄가을에 서리와 이슬을 맞으며 누가 사당에서 추모의 마음을 펴겠소? 장차 내 조상에 대한 제사가 근심스럽게 되었으니 나의 불효만 더하게 되었소. 아아, 슬프오!

남들이 말하길 중년에 배우자를 잃으면 가장 견디기가 어렵다고 하는데, 부부의 정이 이미 깊어서 잊지 못하기 때문이며 부부 생활의 즐거움이 조금 무르익었으나 다하지는 못했기 때문이라오. 또 위로는 어머니의 보살핌을 받지 못하고 아래로는 며느리의 봉양도 받지 못하니, 장부가 스스로 옷을 해 입고 음식을 장만하지 못하여 온갖 고생을 다하게 된다오. 아내가 없는 사람의 곤궁함은 이러한 때에 매우 심하여 내가 늘 이러한 사람을 보면 마음으로 불쌍하게 여겼는데, 어찌 오늘날 불행히도 내가 그리될 줄 생각이나 했겠소? 나는 이미 부모님을 잃고 또 하나 있던 누이동생마저 잃었으며, 하나뿐인 동생은 2백 리 거리의 강가에 살고 있어서 내가 더욱 고단해졌어도 병든 몸을 의지할 데가 없소. 비록 아들이 하나 있지만, 아직 다 자라지 않아서 그 아이가 나에게 걱정을 끼치고 있으니 어떻게 나를 봉양한단 말이오? 올려다보고 내려다보고 사방을 둘러보아도 전혀 의탁할 곳을 알 수 없으니 장차 깊은 산에 들어가서 중과 더불어 살까 하오. 신세를 생각하면 자연히 눈물이 흐르니 모르는 사람은 너무 한다 여기겠으나 나는 정말 버겁다오. 평생 장주(莊周)의 공허와 달관은 공부하지 않았으니 어찌 이 슬프고 애통한 심정을 다스릴 수 있겠소? 늙은 홀아비는 고할 데 없는 곤궁한 백성이라고 맹자가 이미 말씀하셨고[23] 주부자 같은 큰 현인도 그 아내를 잃자 집안의 자질구레한 일에까지 마음을 써야 한다는 것에 탄식하셨는데, 지금 나 같은 소인이 어찌 슬퍼하여 스스로 상심하지 않을 수 있단 말이오?

나는 다만 글이나 알지 생계를 도모하는 데에는 서툴러서 내 몸 하나

---

23 『맹자』「양혜왕(梁惠王)」下 "老而無妻曰鰥, 老而無夫曰寡, 老而無子曰獨, 幼而無父曰孤, 此四者, 天下之窮民而無告者."

받드는 것과 열 식구를 보살피는 것을 오로지 당신에게 맡겼지요. 비어서 아무것도 없는 가운데 빼앗아냈으니 당신이 받은 고초가 심했을 것이오. 춥고 배고픈 것이 어지간한 일이 되었을 정도니 마음의 노고와 몸의 고단함, 정신의 피폐함은 실로 견디기 힘든 지경에 이르렀을 것이오. 결국 이 때문에 병이 들어 수명이 짧아졌으니 내가 어찌 부끄럽고도 애통하지 않겠소? 살았을 때 그 많던 근심이 한 번 죽고 나니 모두 사라져 무덤 가운데에 크게 누워 깊이 잠든 상태로 다시는 속세의 고뇌를 알지 못하게 되었으니, 당신은 그곳에서 편안하시오? 당신은 편안하겠으나 이 몸은 어쩌란 말이오? 내가 평소에 힘들게 일하면 당신이 대신하고자 했었는데, 지금은 어찌 이처럼 나를 버려두고 마음을 쓰지 않는단 말이오? 나는 오히려 버려둘 수 있다고 하더라도 저 양아(陽兒)[24]는 어찌 차마 버려둔단 말이오?

아이는 늦둥이에다 외동아들이라서 당신이 특히나 사랑했지요. 품에서 떼어놓을 수 있는데도 젖을 먹였고 선생에게 보내도 되는데도 옆에 오래도록 두면서 마치 하루도 서로 떨어질 수 없을 것처럼 하더니 이제 마치 잊어버린 것처럼 그 아이를 버리다니 평소에 사랑하던 마음과 어찌 서로 다르단 말이오? 당신이 죽은 뒤로는 내가 아이를 내 곁에 두었더니 아이가 잠결에 나를 어미로 여기고 '엄마'라고 부르지 뭐요. 그래서 내가 쓰다듬어 주자 눈물을 줄줄 흘렸다오. 아이의 나이가 비록 열여섯이지만, 마음은 젖을 뗀 아이같이 어릴 뿐이라오. 그러나 어린 아이는 어미가 없어도 그 슬픔을 알지 못할 터이지만, 양아는 아이 같으면서도 슬픔을 알

---

24 박종여(朴宗輿) : 1736(영조 12)~1785(정조 9). 본관은 반남(潘南). 자는 원득(元得), 호는 냉천(冷泉). 증좨주(贈祭酒) 윤원의 아들이며, 어머니는 김시관(金時菀)의 딸이다. 일찍이 아버지로부터 교육을 받아 15세가 되기 전에 육경(六經)에 통하였으며, 시와 예학에 조예가 깊었다. 홍직필(洪直弼)과 교분이 깊어 학문을 논한 왕복이 많았다. 홍천현감(洪川縣監) 등을 역임, 고양군수(高陽郡守)를 거쳐 뒤에 서흥부사(瑞興府使)가 되었는데, 그 지방의 기근을 구제하려고 애쓰다가 과로로 죽었다. 대사헌에 추증되었다.

기 때문에 이것이 내가 더욱 가엾게 여기고 차마 보지 못하는 이유라오.

그 어미가 살아있을 때 어렵고 힘들었던 모습을 아이가 때때로 내 앞에서 울며 이야기하는데, 그 아비가 미처 다 알지 못했던 것이라서 나는 곧바로 귀를 막고 싶었소. 일찍이 어질고 후덕하다고 일컬어졌는데 고생이 이 지경에 이르다니요. 당신을 이렇게 만든 것은 모두 내 책임이오. 가난한 선비의 아내가 생계를 꾸리기 어려운 것은 늘 있는 일이라 하지만 당신에게는 또 얼마나 심했던지! 세상 사람들은 부인의 어짊이 가난과 궁핍으로 가려진다고들 하지만, 나는 빈궁함으로 인해서 그 어짊이 더욱 드러난다는 이극(李克)의 말이 진실로 옳다고 생각하오. 그때 당신의 힘이 아니었다면 나는 스스로 살아가지 못했을 것이오. 아! 하늘이 당신에게 곤액을 겪게 한 것은 그 덕의 아름다움을 더욱 빛나게 하려는 것이었나 보오.

부인이 빈궁하게 살다가 일찍 죽으면, 남들이 슬퍼하면서 '평생 동안 고생만 하다가 훗날 좋은 일이 생기는 것은 기다리지 못했구나.'라고 말하지요. 내가 부모님을 여의고부터는 벼슬에 나갈 뜻이 없어서 쓸쓸히 노년을 보내기로 이미 마음을 정했으니, 비록 당신이 이 세상에 오래 머물렀더라도 어찌 남편의 영예로운 날을 누릴 수 있었겠소마는, 깊이 소원하는 것은 있었다오. 내가 본래 도시나 시가지를 좋아하지 않아서 마음은 늘 속세 밖에 두었소. 옛사람들이 함께 은둔하던 일을 사모하여 당신에게 말해 두었지요. 아이가 혼인하기를 기다려 서울 집을 팔고 서울 주변이나 충청도 어디쯤에 작은 집을 하나 장만하여 가족을 이끌고 함께 가자고. 나와 당신이 비록 늙고 쇠하여 직접 밭을 갈고 옷감을 짜지 못하더라도 노비 두서넛이 있으니 시켜서 하면 된다고. 그리고 아이가 자라면 내 소임을 맡겨 조상에 제사하고 우리를 돌보게 하자고 했지요. 나는 밖에서 조용히 앉아 책을 읽으면 만년에 조그만 공이나 얻을 수 있을 거라고 하면서. 당신에게 이 일을 하루도 말하지 않은 날이 없었는데,

오직 이 한 가지 소원이 뭐가 그리 사치스럽다고 하늘이 인색하게 군단 말이오?

부인네들의 소원은 늘 남편보다 먼저 죽는 데 있으나, 이는 함께 늙다가 죽을 때에 조금 차이로 먼저 죽는 것을 말하는 것일 뿐이오. 당신은 나이가 오십도 차기 전에 죽었고 외아들이 혼인하는 것을 보지도 못했으며 남편을 이렇게 고생스러운 지경에 놓이게 했으니, 어찌 원하는 것이었겠소? 이런 경우 비록 남편보다 먼저 죽었지만 과연 어떻게 스스로 기뻐할 수 있겠소? 당신은 병중에 있으면서도 나에게

"당신이 오래 살았으면 해요."

라고 하면서 축원해 주었지요. 비록 내가 목숨을 지루하게 이어간다 해도 신세를 이미 망쳐버렸으니 무슨 즐거움이 있겠소? 다만 슬픈 날이 길어질 뿐이오.

내가 당신에 대해 유난히 애달파하는 이유는, 세상의 부인네 가운데는 당신처럼 효성과 우애가 있는 사람이 반드시 많을 것이고 당신처럼 유순하고 조용한 사람도 반드시 많을 것이며 당신처럼 순수하고 깨끗한 사람도 반드시 많을 것이지만 식견이 아주 높고 분명하며 바른 사람으로는 당신과 같은 이가 많지 않을 것이라고 생각하기 때문이오. 당신의 식견은 시서(詩書)에 힘쓰지 않았어도 천성으로 이미 터득하여 아버지와 형제들에게 들으면 평생 동안 외우게 되므로 모든 사물에 대해 능히 그 옳고 그름, 선과 악을 판별할 수 있었소. 그래서 내가 내당에 들어가 지낼 때마다 의리에 대한 이야기와 고금에 대한 논의를 땔나무나 쌀, 장 담그기나 소금 따위에 대한 이야기보다 많이 했다오. 예문(禮文)의 같고 다름과 학술의 높고 낮음부터 심지어 성명(性命)의 심오한 경지에 이르기까지 때때로 이야기가 그러한 내용에 이르게 되면, 당신이 기뻐하면서 마치 깨닫는 듯했지요. 그래서 나는 아침저녁으로 토론하는 것을 내실에서의 즐거움으로 삼았으니, 다른 사람이 들으면 나를 어리석다고 여길 것이나, 나

는 즐거워하며 이것을 마치 당연히 그러한 것으로 여겼다오. 늘 밖에는 뜻을 함께 할 사람이 적지만 집에서 지기(知己)를 얻어서 좋아했는데, 이제 갑자기 하루아침에 잃었으니 아내를 잃은 것만이 아니고, 좋은 벗도 잃은 것이라오. 집안에서 비록 다시 얻고자 한들, 이전과 같은 즐거움을 얻을 수 있겠소?

내가 젊었을 때에는 학문에 뜻을 잃었다가 만년에 비로소 이 일에 마음을 두었지요. 당신도 번잡하고 화려한 것을 천하게 여기고 아름다운 명예를 좋아하는 사람이인지라 항상 나를 도와서 이것을 이루게 하고자 권면하고 경계하면서 오직 내가 학문에 힘쓰며 태만하지 않기를 기원했소. 내가 돌아보니 학행에 힘쓰지 않고 기질을 미처 바꾸지도 못했으며 성질이 편벽되고 조급하며 고루하고 막혀서 행동에 번번이 잘못이 있었는데, 당신은 늘 걱정하며 낯빛에 드러냈고 나도 부끄러워하며 사과한 일이 많았었지요. 이전에는 내가 학문에 조금이나마 정진하면 당신을 기쁘게 할 수 있었는데, 지금부터는 비록 적게나마 학문에 진전을 보아 내 뜻을 이루고자 해도 당신은 이미 볼 수 없게 되었으니 이것이 또한 내가 매우 한스러워하는 바이오.

당신이 20여 년간 풍담을 앓아서 평소에도 늘 고통스러워했으므로 반드시 이 병 때문에 죽을까봐 걱정했지, 혈괴[25]로 인해 죽게 될 것이라고는 일찍이 생각도 못 했소. 그 병은 걱정 근심 때문에 생긴 것으로 을미년[1775]에 시작되었는데, 나는 곧 알지 못했고 몇 년이 지난 뒤에야 비로소 알게 되었소. 나는 이미 몇 년 동안 별 일이 없었으니 뭐 크게 근심할 일이랴 싶었다오. 또 약을 써서 치료할 여력도 없어서 자연히 낫기를 바랐소. 그 병이 깊어졌을 때는 비록 약을 써도 이미 때가 늦어버린 뒤였소. 내가 진실로 어리석었고 내가 정말로 소홀했지만 이 또한 가난했기 때문

---

25 혈괴(血塊) : 몸 안에서 피가 혈관 밖으로 나와서 응고된 덩어리.

이라오.

작년 7월에 당신의 큰오라버니인 담양공(潭陽公)[26]이 돌아가셨을 때는 지독한 무더위가 한창이었는데, 당신은 곡하고 울며 매우 슬퍼하다가 돌아와서는 한 달이나 설사를 앓았었지요. 이때부터 위장이 상해서 먹기를 꺼렸으니 위급한 조짐이 이미 나타난 것이었소. 만약 이때에 많은 약을 써서 허하고 손상된 몸을 보했다면 혹여 이 지경에 이르지는 않았을 것인데, 아아! 이미 끝났으니 다시 어찌 돌아갈 수 있겠소?

지난해 내가 당신과 이야기를 하다가 우연히 부녀자의 상례에 사내종을 쓰는 것은 예가 아니라고 논한 일이 기억나오. 당신은 내 말을 듣고는

"제가 죽으면 반드시 연이(蓮伊)에게 초혼하게 하세요."

라고 했지요. 연이는 계집종 이름으로 당신이 시집올 때 따라왔지요. 계집종이 본래 병약해서 당신이 죽은 뒤까지 살 수 없을 줄 알았는데, 지금 이 계집종에게 당신의 초혼을 시키니, 아! 또한 이상한 일이오. 이것은 20년 전에 말한 것이 결국 언참이 된 것이니, 어찌 죽고 살고 수명을 다하고 요절하는 것이 이미 정해져 있어서 이처럼 쉽게 바꿀 수가 없단 말이오? 아아, 슬프오!

당신은 병중에도 스스로 초종의 장례를 걱정했지요. 뜻을 내어 도와준 이가 있어서 함께 묻을 여러 물건들을 그날로 준비했고 당신의 둘째 언니가 손수 바느질을 해 주었으며 나의 매부 김서방이 관을 살 돈을 보내주어서 기일에 맞게 장사를 치를 수 있었소. 비록 대부분 넉넉하게는 못했으나, 가세에 비한다면 유감없이 했다고 할 수 있다오.

장지는 금곡(金谷) 선산의 아래 기슭에 서북 방향을 등진 자리로 지세는 비록 낮지만 바람을 감싸면서 남쪽을 향하고 있소. 이곳은 갑오년[1774]에 아버님을 장사지낼 때 지관이 와서 보고 좋은 자리라고 해서 내

---

26 김시관(金時寬)의 장남인 김철행(金喆行)을 이른다.

가 나중에 묻히려고 생각했던 곳이오. 일찍이 당신에게 말한 적이 있었지요. 이제 이곳에 묘를 정해서 아버님의 발치에 묻으면, 귀신의 이치에나 사람의 마음에 진실로 흡족할 것이니, 나는 당신이 반드시 즐거이 이곳에 나아가리라는 것을 알고 있소.

당신이 날마다 하던 자잘한 일 가운데 처리하려고 했으나 하지 못한 일이 있으면, 양아가 매우 똑똑해서 그 아이가 당신의 뜻대로 하나하나 처리할 것이오. 혹시나 내 뜻에 따르느라 약간 임기응변에 따라 처리하는 일이 있을 수 있으나, 또한 당신의 뜻과 크게 다르지는 않을 것이니 당신은 안심하고 염려하지 마시오.

당신은 임종 때에도 집안일을 걱정했지요. 제사와 옷은 서모에게 부탁하고 아침저녁 식사는 두 여종에게 맡기고는 며느리가 들어오기만을 기다리고 있다오. 당신은 나의 혈병을 걱정했지요. 내가 걱정으로 마음을 태우고 슬픔으로 상을 치른 끝이라 병이 마땅히 크게 심해졌을 터인데, 심해지지 않았으니 속으로 도리어 이상하게 여기고 있소. 하늘이 혹시 당신이 바라던 대로 내 모진 목숨을 연장해 주는 것은 아닌지.

나는 정말로 이승에서는 즐거움이 없다오. 내가 살아있으면 양아를 보호할 수 있고, 양아를 보호하면 가문을 지탱해 나갈 수 있어서 내가 오래 죽지 않기를 바라는 것이니 오직 이것뿐인데, 과연 끝내 이러한 소원을 이룰 수 있을는지.

당신은 병중에도 나에게 이야기했지요.

"양아는 부모가 꾸짖으면 지나치게 마음을 쓰니 이것이 걱정스럽습니다. 내가 야단칠 때 간혹 심하게 하면 어미의 엄한 훈육이 중도를 얻을 수 있도록 해 주세요."

이 말이 오히려 귀에 생생한데, 내가 어찌 잊을 수 있겠소?

양아가 동지에 태어나자 아버님께서 '다시 회복한다[來復]'는 뜻을 취하여 이름을 지어주셨지요. 지금은 가운이 지극히 좋지 않은 때이지만,

혹 훗날 형통하여 집안이 다시 일어나면 마침내 아이의 이름자에 부합될 수 있을는지요? 당신이 돌아가 조상님께 도와주십사 고해주시오. 아아! 말이 여기서 그치고 눈물이 이에 다하니, 아아, 슬프구려! 상향.

해제 이 글은 박윤원이 아내 안동 김씨를 위해 쓴 제문이다. 박윤원의 아내는 김시관(金時筦)의 딸로 15세에 시집와서 가난과 지병으로 고생하다가 50세를 넘기지 못하고 죽었다. 박윤원은 평소 집안의 생계와 대소사를 모두 주관하고 자신과 학문적 대화까지 나누던 아내가 뜻하지 않은 혈괴병으로 갑자기 죽자, 제문에 아내를 잃은 슬픔과 홀아비 신세의 처량함을 절절하게 표현하고 있다. 특히 자신도 몰랐던 아내의 생전 고초에 대해 아들로부터 전해 듣고 귀를 막고만 싶었던 심정을 생생하게 전달하고 있다. 박윤원은 이 제문에서 아내를 여의고 혼자된 막막한 심정을 적극 토로했다면, <아내 행장[亡室行狀]>에서는 안동 김씨의 평소 행적에 대해 담담하면서도 상세하게 서술하였다.

심씨에게 시집간 고종사촌 누나께 올리는 제문
祭外姊沈氏婦文

유세차 임인년[1782] 10월 갑자 초 1일 갑자에 외사촌 동생 박윤원이 글을 지어 심씨에게 시집 간 고종사촌 누나 김씨의 영전에 곡하여 영결합니다.

아아! 누나는 고모님의 따님으로 저희 집에서 자라셨지요. 누님의 나이가 저보다 일곱 살이 많으셔서 제가 울면 누님께서 안아주셨고 누님의 옷을 제가 잡아당기기도 했으며 자리를 구분할 나이에 이르러서도 또한 밥상을 나란히 했었지요. 할아버지, 할머니께서도 외손자 친손자 구분 없이 사랑해 주셔서 비록 성이 다르지만 친남매같이 지냈습니다. 정원에 있는 심대(心臺)[27]를 할아버지께서 거니실 때면 꽃과 대나무 사이에서 왼쪽에서 끌고 오른쪽에서 당겼었지요. 누님은 문자를 두루 아셔서 누님이 도연명의 <귀거래사>와 소식의 <적벽부>를 외우면 제가 따라 부르니 내당에 달이 밝으면 할머니께서 웃으시며

"너희들 소리가 듣기 좋구나!"

라고 하셨습니다. 고모님 댁을 오가는 거리가 밭두렁 하나 넘는 사이여서 누님과 저는 서로 떨어져 있기를 삼 일을 넘기지 않았습니다. 누님께서 신랑을 맞은 것도 외가에서 하셔서 저도 아이 적에 예식을 보았는데 비단 자리에서 혼례를 올리셨지요. 새 신랑이 집에 들어온 뒤로 저는 형님이라 부르며 환한 등에 좋은 음식을 차려두고 서로 담소를 나누었습니

27 세심대(洗心臺) : 인왕산(仁王山) 아래 박윤원 조부 박필리(朴弼履)의 집에 있던 누대. 박윤원이 조부 박필리와 자신의 형제들과 함께 이 누대에서 즐기던 기억들을 쓴 '세심대유거기(洗心臺幽居記)'가 있다. 『근재집(近齋集)』 권21.

다. 제가 자라 장가를 간 뒤에도 누님께서는 제 아내를 가엽게 여기셔서 오셔서 쪽을 지워주시는 것이 마치 친시누이 같으셨습니다. 누님께서 얼마간 저 사직동에 사실 때에는 제가 지날 때마다 술을 잔 가득 부어주셨으며, 말씀이 제 어릴 적에 이르게 되면 문득 슬퍼하시고 감회에 젖으시며 할아버지, 할머니를 그리워하셨습니다.

세월이 이미 많이 지나 누님과 제가 함께 늙어 만년에 서로 의지하며 남은 세월을 보내려 했는데 이제 누님께서 돌아가셔서 모든 일이 영원히 끝나버렸으니, 제 마음의 슬픔이 친형제를 여읜 것과 다름이 없습니다.

누님의 덕은 진실로 빛나서 정숙하고 현명하시며 자애롭고 어지셨지요. 재앙을 매우 혹독하게 당하실 때에도 그 효성이 크게 빛났습니다. 정해년[1767]이 어떤 해였습니까? 삼일 안에 두 번의 상을 치르고 한 달이 지나지 않아서 동생이 또 세상을 떠났습니다.[28] 친정이 장차 망하게 되자 한 몸으로 버티면서 (누님께서는) 동생을 위해 그 아들을 구하고자[29] 가마를 타고 달려가시니 친척들이 정성에 감동했습니다. 부모님께서 후손을 두신 것이 옛날에는 슬퍼할 만한 일이었지만 지금은 경사로 여기게 되었고, 누님 역시 스스로 말씀하시길 죽어도 눈을 감을 수 있겠다고 하셨지요.

누님은 체질이 약하시고 고질병을 앓으셨지만 비록 장수를 누린 것은 아니나 요절했다는 말은 면할 수 있게 되었습니다. 누님이 낳지는 않았으나 양아들[30]의 아름다운 신부도 다행히 보았으니 누님은 유감이 없으시겠지요. 다만 저는 훗날 죽을 때까지 의탁할 곳이 없어졌으니 형님과

---

28 1767년 4월 12일에 김정겸(金貞謙)이 죽고 4월 15일에 아내 숙인 박씨도 죽었으며, 5월에는 김정겸의 독자 재행(在行)이 병으로 죽었다.

29 김재행(金在行)은 영돈녕부사(領敦寧府事) 홍낙성(洪樂性)의 딸과 혼인했으나 자식이 없어서 친척의 아들인 리호(履毫)를 후사로 삼았다.

30 심사존의 계자 심굉진(沈宏鎭)을 이른다.

서로 보고 눈물을 흘릴 뿐입니다. 누님의 모습을 볼 수 없고 누님의 목소리를 들을 수 없지만 누님의 영혼이 제 글을 굽어 살펴 주실는지요?

해제 박윤원의 고종사촌 누나는 김정겸(金貞謙)과 둘째 고모 사이에서 태어난 딸이며, 진사 심사존(沈師存)의 아내이다. 박윤원은 고종사촌 누나와 어린 시절부터 외할아버지의 정원에서 함께 뛰어놀았으며 가까이 살면서 돈독하게 지냈기 때문에 그 정이 남달랐다. 이 글에서는 고종사촌 누나가 1767년 삼일 만에 친정 부모를 모두 여의고 곧 남동생마저 잃은 뒤 친정 집안의 명맥을 잇기 위해 달려와 후사를 세웠던 일을 크게 기리고 있다. 출가한 딸이 친정 집안의 후사를 정하여 가문을 지속시키는 데 적극적으로 기여했음을 보여주는 자료이다.

제수 원씨에게 올리는 제문
祭弟婦元氏文

계묘년[1783] 8월 29일 제수 유인 원주 원씨가 여주의 고향집에서 죽어서 11월 9일에 주 내의 항금평(亢金坪)에 장사지냈으나, 박윤원은 몸에 병이 있어 땅에 묻히는 것도 보지 못했고 가서 곡을 할 수도 없기에 이에 포와 과일을 실어 보내고 글을 지어 동생으로 하여금 모월 모일에 영전에 베풀고 읽어 고하도록 합니다.

동생은 재주를 품고도 중년이 되도록 영화를 보지 못하자, 장부가 세상으로부터 뜻을 멀리 두고 아내를 도와 생계를 꾸리고자 가족들을 이끌고 배에 올라 여강 가로 돌아가서 집을 빌리고 밭을 경작했지요. 유인이 힘써 일하여 봄에는 누에가 채반에 차고 여름에는 오이가 밭에 널리게 되었으니 어찌 근심에서 벗어나지 않았겠습니까? 먹고사는 문제를 어느 정도 해결하게 되었는데 유인이 갑자기 돌아가셔서 모든 일을 그르치게 되었습니다. 가여운 내 동생은 어떻게 살아가겠습니까? 키와 절구만 쓸쓸하게 놓여있으니 눈에 보이는 것마다 남은 한이 있습니다. 열 명을 낳아 여덟 자식을 키우고 반쯤은 시집 장가를 보냈으나, 저 어린 것들은 마치 그릇에 담긴 밤송이처럼 가득한데 어찌 이 아이들을 저버리셨습니까? 까닭을 알 수 없어 슬프기만 합니다.

보통은 제수에 대해 예의상으로는 밀어서 멀리한다지만,[31] 이미 서로 복을 입으니 정은 실제로 얕지 않은 것입니다. 동기의 배우자이고 부모님이 사랑하는 사람이지만, 내가 유인에 대해 고마운 마음은 이보다 더

31 『예기』 「단궁(檀弓)」에서 "형제의 아내와 남편의 형제 사이에 복을 입지 않는 것은 대개 밀어서 멀리하는 것이다.[嫂叔之無服也, 蓋推而遠之也.]"라고 했다.

욱 큽니다. 내가 부모님을 여의고 동기간도 적어서 형제라고는 다만 둘 뿐인지라 서로 의지해야 하지만, 가난하여서 서로 흩어져 지내며 고단함을 위로하지 못했습니다. 각자 혼인을 하여 가정을 이루었으나, 불행히 신축년[1781]에 내가 아내를 여의게 되자 유인이 조문하러 오셨지요. 배를 타고 여강 가에서 나와서 마치 부모를 잃은 듯이 관 앞에서 통곡을 하고 장차 떠나야 할 때에는 차마 가지 못하고 곤궁한 나를 돌보아 주셨습니다. 다음해 봄에 다시 오셔서는 열 달 동안 머무르면서 가난을 걱정하며 더욱 편안히 지내도록 보살펴 주셨지요. 이때 총부가 없어 종가의 제사를 주관할 사람이 없자 둘째며느리로 대신 맡아 제수 준비에 부족함이 없게 하셨습니다. 내 식사도 준비해 주고 내 옷도 손봐주었으며 어미처럼 종여[32]도 어루만져 주셨지요. 날씨가 추워지자 서둘러 돌아가시려고 눈보라 속에 길을 떠나셨으니 나와 우리 아이는 위로받을 길이 없었습니다. 종여의 길일이 되어 신부를 맞으니 유인은 병중에도 듣고 기뻐하며 병이 나으면 서울 집에서 다시 만나자고 하셨는데, 어찌 하루 저녁에 갑자기 흉한 소식을 듣게 될 줄 알았겠습니까?

예전엔 내가 혼자 슬퍼하면서 사실 우리 아우를 부러워했습니다. 부부가 화복하게 지내는 것을 보면서 오래도록 함께 늙어가기를 축원했는데, 해로하기가 어찌 이리 어렵단 말입니까? 또 형처럼 홀아비가 되었으니 고통을 함께 하며 서로 이해하고 곤궁함도 함께 하며 서로 불쌍히 여기게 되겠지요. 남들도 오히려 그러한데 하물며 형제지간에는 어떻겠습니까? 오직 이런 이유가 나의 눈물을 더하게 합니다.

부녀가 덕이 있으면서 재주와 지식까지 겸비하는 자는 드문데, 아! 유인은 거의 모두 갖추었습니다. 정숙하고 한결같으며 또 온화하고 유순하신 데다 그 도량이 크셨지요. 살림을 주관하는 일에도 능하여 눈썹을 찡

---

32 박종여(朴宗輿)는 박윤원의 아들.

그리지 않고도 집안 일이 저절로 처리되었습니다. 그러니 군자에 비한다면 옛날 전운사[33]가 좋은 조력자를 잃은 것과 같은데, 어찌 깊이 슬퍼하지 않겠습니까? 내 동생의 슬픔을 이 형이 알아서 지금 이렇게 쾌주(祭酒)와 제문으로 유인의 아름다운 행실을 대략이나마 이야기하는 것은 드러내 알리려는 것이 아니라 애도하기 위한 말인 것입니다.

해제 원씨는 원경유(元景游)의 딸이자 박준원의 아내이며 수빈 박씨[34]의 어머니이다. 박윤원에게는 제수(弟嫂)가 된다. 박윤원은 이 글에서 그가 상처했을 때 원씨가 와서 돌봐주었던 기억을 떠올리며 고마운 마음과 슬픈 심정을 동시에 드러내고 있다. 또 동생 박준원마저 자신처럼 홀아비 신세가 된 것에 대해 매우 가슴 아파 하고 있다. 이 글을 통해 사대부가 여성들이 돌보고 보살펴야 했던 가족의 범위와 이들이 가족을 위해 헌신해야 했던 가사 노동의 정도를 구체적으로 살펴볼 수 있다.

33 전운사(轉運使) : 조세(租稅), 양미(糧米) 등의 조운(漕運)을 맡은 벼슬.

34 수빈 박씨(綏嬪朴氏) : 1770(영조 46)~1822(순조 22). 조선 순조의 생모. 본관은 반남(潘南). 아버지는 좌찬성 준원(準源)이며, 어머니는 원주 원씨(原州元氏)이다. 1787년(정조 11)에 정조의 빈이 되어 순조와 숙선옹주(淑善翁主)를 낳았다.

며느리 이씨에게 주는 제문
祭子婦李氏文

유세차 병오년[1786] 오월 계묘 삭 십오일 정사에 시아버지가 며느리 유인 이씨의 관을 이 달 23일 장사지내고자 슬픔을 참고 글을 지어 술을 올리며 영결한다.

아아! 네가 우리 집에 시집 온 지 이제 겨우 4년이 되었는데, 4년 만에 죽다니 무엇이 그리도 급했느냐? 네 얼굴을 생각하면 달무리처럼 희미하고 너의 또렷한 정신을 떠올리면 꽃이 바람에 나부끼듯 하다. 자식을 두기도 전에 사라져 자취가 없게 되었으니 비록 며느리라 하지만 어찌 딸을 일찍 여의는 것과 다르겠느냐? 너의 명이 짧은 것을, 내가 천명을 어찌하겠느냐?

너를 애도할 겨를도 없이 내 신세를 처량하게 여긴다. 네가 시집오기도 전에 네 시어머니가 먼저 세상을 떠나서 빈 집을 아비와 아들이 서로 지키면서 종에게 밥을 얻어먹고 남에게 바느질을 부탁했지. 온갖 자잘한 일들을 장부가 감당할 수 없었지만, 인내하면서 3년을 보내며 네가 시집오기를 기다렸다. 네가 시집오는 날에야 집안 살림이 갖추어지기 시작하여 중당에서 폐백을 받았으며 일가친척들이 모두 축하했다. 비록 시어머니는 뵐 수 없었으나 시아비가 홀로 위안을 삼고 기뻐하였고, 삼대의 제사도 너를 얻어서 맡길 수 있었다. 오십 세의 궁핍한 홀아비가 너에게 의지하여 봉양을 받았으니 누가 얼마 가지 않을 것이라고 말했겠느냐? 또 갑자기 너를 잃고서 내 곤궁함이 더욱 심해졌고 집안이 더욱 쇠락하여 오래도록 집안일을 걱정해봐도 끝나지 않으니 애가 끊어지는 듯, 늙은이의 눈물이 더욱 흘러내리는구나.

네 용모가 단정하고 너의 자질은 덕스러워서 외며느리로 각별히 아꼈다. 또 다행히 어질어서 우리 집안의 법도를 받들고 내 식성을 기억했으며 살림을 정결히 했고 음식 봉양도 잘했지. 집안일을 부지런히 해서 점차 일들이 가닥을 잡아갔으니 아내를 잃은 슬픔을 나는 거의 잊을 수 있었으나, 너는 배고픔과 추위에도 원망함이 없었다. 고통은 끝이 있고 즐거움은 반드시 온다고, 우리 아이가 학문을 닦아 조만간 성취하면 장차 늙은 아비를 영예롭게 하고 너와 함께 하겠거니 했다. 나는 아들이 하나뿐이어서 많은 손자를 안아보기를 바랐으니 마치 가지가 하나뿐인 나무에 그 잎이 무성한 것처럼 되었으면 했단다. 그런데 너는 어찌 자식을 기르지 못하고 꽃다운 나이에 죽었단 말이냐?

네 덕은 복을 받아 마땅하고 네 관상은 일찍 죽을 운명이 아닌데, 곧 시아비 때문에 재앙이 몸에 쌓이고 신명이 시기하여 너를 이리도 빨리 빼앗아 갔구나. 나를 위태롭게 하고 나를 상하게 하여 나의 여생을 괴롭게 할 일인데 나는 실로 이에 이르렀으니 부끄럽고 슬픈 것을 어찌 말로 할 수 있겠느냐?

아, 내 아들은 누구와 아비를 봉양하겠느냐? 두 대에 걸쳐 모두 홀아비가 되었으니 살 방도가 없다. 옷이 찢어져도 기울 수 없고 음식이 떨어져도 미쳐 방도를 찾지 못하게 되었다. 아아! 이 괴로움을 네 혼백은 응당 불쌍히 여기겠지. 슬프구나! 너무나 원통하다.

매우 변변치 못하게 너를 장사지냈지만, 위안으로 삼는 것은 너를 네 시어미 곁에 묻는다는 것이다. 살아서 미처 섬기지 못했으니 죽어서 따르면서 고부간에 서로 의지하여 오래도록 평안하여라. 아아! 슬프구나. 상향.

해제 박윤원이 외며느리였던 한산 이씨가 시집온 지 4년 만에 요절하자 이를 애도하며 이 글을 썼다. 박윤원은 아내가 죽은 뒤, 살림을 맡을 주부가 없이 아들 종여와 고단하게 생활하다가 한산 이씨가 시집온 뒤에는 아내를 여읜 슬픔을 추스르며 지낼 수 있었다. 한산 이씨는 시댁에서 일반적으로 갓 시집온 며느리가 담당하는 역할 이상을 해냈는데, 여유롭지 못한 집안 살림을 꾸려가면서 신고가 심했던 것으로 보인다. 그러나 얼마 지나지 않아 한산 이씨가 자식도 남기지 못한 채 세상을 뜨자, 일찍 세상을 떠난 외며느리의 운명뿐 아니라 앞으로 살아갈 자신의 신세를 생각하며 크게 슬퍼하고 있다. 박윤원은 한산 이씨의 행적을 <며느리 유인 한산 이씨 묘지명 병서[子婦孺人韓山李氏墓誌銘 幷序]>에 기술하였다.

서매에게 주는 제문
祭庶妹文

유세 임자 아무 달 간지 삭 아무 날 간지에 형 윤원은 이씨에게 시집간 둘째 서매의 상을 치름에 복제(服制)가 이미 끝나니 술과 안주를 차리고 울면서 상복을 벗으며 글을 써서 애통함을 고한다.

아아, 슬프구나! 내가 부모를 여의고도 죽지 않다가 연이어 형제의 상을 당했다. 너의 언니가 죽은 지 5년만에 네 동생이 죽고 네 동생이 죽은 지 4년 만에 네가 또 죽었으며 아우가 네 언니보다 먼저 죽었으니 누나만 요절한 것이 아니어서 성인으로 애도할 수 있었지. 이것을 아울러 따져 보면 8년 안에 형제의 상을 4번 당한 것이니, 내 쇠약한 장이 남아나겠느냐? 아, 너의 언니가 죽자 너와 네 동생이 남고 네 여동생이 죽자 너만 남았으나, 서모의 애통함을 위로하고 내 마음의 슬픔을 풀어줄 수 있었는데, 이제 너마저 죽어서 서모가 낳은 자녀가 모두 죽었으니, 서모의 애통함은 어찌 위로할 것이며 내 마음의 슬픔은 어찌 풀리겠느냐? 너희들의 평소 효심으로 어찌 차마 그 어미를 저버리고 서로 연달아 가버리면서 조금도 돌아보며 연연해하지 않는 것이냐? 아, 이것은 하늘이 한 일이지 너희들이 스스로 한 것은 아니로구나!

너희들은 어릴 적 아버님께 깊은 사랑을 받았고 내가 또한 너희들을 매우 아꼈지. 내가 완악한 불효자로 오래도록 효도를 다하지 못한[35] 애통함을 품고서 끝없는 은혜에 미처 보답하지 못하여, 항상 너희들을 어루만져 보살피고 가르쳐 인도하며 성취시켜서 이로써 돌아가신 아버님께

---

35 육아(蓼莪) : 효자가 부모의 봉양을 뜻대로 하지 못하는 것을 슬퍼하여 읊은 『시경』의 구절.

보답하고자 했는데, 어찌 너희들이 모두 혼인한 지 몇 년 안 돼서, 나이가 서른도 못 돼서 요절하여 지하에서 우리 아버님의 영령을 슬프게 할 줄 알았겠느냐?

서모는 아들 하나도 두지 못하고 연달아 여러 딸을 여의고는 오직 너와 서로 의지하여 목숨을 부지했는데, 이제 또 너를 잃고는 일신이 홀로 남아 의지할 곳이 없으며 늙고 곤궁하게 되니 슬퍼하면서 살 뜻이 없으셨다. 그 가슴을 치는 모습과 목 놓아 곡을 하는 소리를 나는 정말 차마 볼 수가 없고 들을 수가 없었으니, 너의 혼백이 여기서 방황하며 머뭇거리지 않을 수 있겠느냐? 아아, 애통하구나!

너의 시댁이 교외 60리쯤 거리에 있어서 서모가 늘 서로 떨어져 지내는 것을 한스러워하시고 너도 자주 귀녕하지 못하는 것을 근심했는데, 작년 봄에 네가 지방의 집을 팔고 서울에 올라와 정착해 살 계획을 세우니 서모도 우리 아우의 보은 관사[36]로부터 이곳에 돌아와서 모녀가 같은 성에서 왕래하며 모여 지내면서 매우 즐거워했지. 네가 가난하고 한미한 집안에서 태어나 자라서 늘 서모가 불쌍히 여겼는데, 시집가서는 집도 어지간히 갖추어지고 생계도 근근이 잇게 되니 서모가 또한 매우 기뻐했었다. 딸 하나 때문에 그 몸이 고된 것도 잊고 또 너의 봉양을 의지하여 만년에 기쁘게 지내고자 했으니, 어찌 네가 하루아침에 가버려서 서모의 이 바람이 영원히 어그러지게 될 줄 생각이나 했겠느냐? 아아, 슬프다!

너는 태어나면서부터 아름다운 자질이 있었으며 단정하고 슬기로우며 유순하고 조용했다. 일찍 아버님을 여의었으나 스스로 「여칙(女則)」을 따라 실천했으며, 명문가에 시집가서는 더욱 부도를 지켰지. 그 배필이 매우 어질고 또 자식을 얻었으니 복과 경사가 시작되었고 영예로운 복록을 기약할 수 있었는데, 갑자기 좋은 일이 깨지고 무너지게 된 것이 마치

---

36 서모는 박준원이 1788년에 보은(報恩) 현감에 제수되었을 때 박준원의 관사에서 함께 지내다가 딸과 함께 살기 위해 상경했다.

뜨거운 불에 옥이 타 듯, 거센 바람에 꽃이 떨어지듯 되었으니, 어찌 그리 가혹한 일이 있느냐?

너는 병이 들어서 백여 일을 심하게 고생하니 의원들도 모두 그만 두고 달아나고 약도 쓸 것이 없게 되었다. 그러나 내가 조금이나마 희망을 가졌던 것은 원기가 이미 소진되었으나 여전히 버틸 수 있었고 기질이 본디 약했으나 약한 가운데 강했기 때문인데, 너는 마침내 일어나지 못했다. 아, 오래 살고 일찍 죽는 것도 운명인데, 내가 천명을 어쩌겠느냐?

나는 네가 죽은 뒤로 간장이 베이는 듯하여 견딜 수가 없는데, 갑자기 이때에 조카 종익이도 죽으니 내 동생은 애통하여 거의 눈이 멀 지경이고 나도 놀라고 낙담한 마음을 진정할 수 없다. 이 아이가 죽은 것이 너의 상을 치른 지 15일도 지나지 않아서이다. 가족의 상사가 거듭하여 가혹하게 일어나는 것이 어찌 이리도 심한 지경에 이르렀단 말이냐? 내가 어찌 목석같을 수 있겠느냐?

내가 부스럼 병이 있었는데 여름에 크게 번져 자리에 기대고 누워 몸을 돌릴 수도 없어서 네 상을 치르는데도 염습하는 것을 볼 수 없었고 너를 입관할 때에도 관을 어루만질 수가 없었으며, 네 장례에 묘소에 갈 수가 없었다. 인정이 끊어지고 하늘의 이치가 그친 것이니 내가 어찌 이 한을 참을 수 있겠느냐?

네가 죽은 지 몇 달이 안 되어서 네 남편이 처음 벼슬에 나아가 얼마간 녹을 받게 되었으니, 네가 그것을 보지 못한 것이 더욱 한스러웠다. 네가 비록 일찍 죽었으나 아들 한 명을 둔 것이 용모가 맑고 아름다우며 성취하기를 바랄 만하니 너의 언니와 여동생과 비교하면 너는 곤궁하지 않다. 너의 영령이 이 때문에 스스로 위로로 삼을 수 있을까? 아아, 슬프구나! 상향.

해제 이 글은 박윤원이 이현즙(李顯楫)에게 시집간 서매를 위해 쓴 제문이다. 박윤원은 지병 때문에 서매의 장례에 참석하지 못한 것을 한스럽게 여겨 상복을 벗으면서 이 제문을 고하였다.

박윤원의 서모는 아들을 아주 어려서 잃고 딸 셋을 키웠으나 첫째와 셋째 딸을 여의고 이 글의 대상인 둘째 딸만이 남았었는데, 이 딸마저 여의게 되었다. 이 글에서 박윤원은 부친이 사랑했던 서매들을 잘 돌보는 것으로 부친에 대한 은혜에 보답코자 했는데 둘째 서매마저 시집간 지 몇 해 만에 일찍 세상을 떠나서 보답하지 못하게 된 것과, 또 서모가 모든 자식을 다 여의어 더 이상 의지할 곳이 없게 된 것에 대해 매우 애통해하고 있다.

박윤원이 서매들과 아우 준원을 지칭하면서 너의 언니[汝姊], 내 아우[吾弟] 등으로 구분하여 표현하는 것을 통해 서모와 서모의 자식들에 대한 거리감을 확인할 수 있으나, 서매들의 죽음에 깊이 슬퍼하며 가슴 아파하는 것을 통해서는 이들과 한 가족, 동기 간으로 인간적인 정을 쌓아왔음을 알 수 있다. 또 이 글에서는 박윤원의 서모가 박준원의 보살핌을 받다가 기출 자식과 함께 살고자 옮겨갔던 행적에 대해 서술하고 있는데, 이를 통해 측실이 노후에 생활을 영위하는 방식을 엿볼 수 있다.

김씨에게 시집간 종손녀에게 주는 제문
祭從孫女金氏婦文

유세차 을묘[1795] 십일월 무신 삭 초 일일 무신에 종조부 종강옹이 술과 과일 등 제물을 갖추어 김씨에게 시집간 종손녀 유인의 영전에 제사를 지내며 말한다.

아, 슬프다! 네가 시집간 지 2년 만에 갑자기 죽으니 어찌 출가한 부인이라지만 슬프지 않겠느냐? 너의 숙부인 종익이도 겨우 장가들자마자 죽어서 5년간 온 집안이 모두 무척이나 참혹했었다. 너와 네 숙부는 정말이지 덕스러운 것이 비슷해서 종익이는 온화하고 후덕했으며 너는 정숙하고 온순했지. 남녀는 비록 다르지만 이처럼 덕이 많은 사람이라는 것이 같은데 차례로 요절하였으니 어찌 신에게 노여움을 샀단 말이냐? 누가 살리고 죽이는 것을 주관하기에 이처럼 어질지 못한 일을 하는 것이냐? 나와 네 조부[37]의 애통함과 슬픔을 어찌 말로 하겠느냐?

종익이와 너를 자식처럼 손녀처럼 여기며, 그 어짊을 아끼고 또 가르쳐 깨우치면서 모두 성취하기를 바랐는데, 일이 이내 어그러져서 종익이는 이 세상에 이름을 미처 알리지 못하게 되었고 너는 시가에서 부도를 실천하지 못하게 되었으니 천고에 뜻을 펴지 못했다는 면에서 그 원통함이 같구나. 내 마음이 두 번의 애통함을 밀쳐내거나 잊어버리려 해도 모두 어렵기만 하다.

네 남편은 어질고 좋은 집안의 아름다운 자제로, 청옹(淸翁)의 명을 받아 나를 따라 공부했다. 내가 그를 볼 때마다 문득 네가 더욱 생각나니

37 박준원(朴準源)을 이른다.

어찌 네가 죽었다고 소홀히 대하겠느냐?

난곡에 궤연을 차렸으니 내 거처에서 가깝지만, 자주 와서 곡을 하지 못했으니, 아! 내가 쇠약하고 고달팠기 때문이다. 네 자취는 이미 옛 흔적이 되었으나 네 혼이 아직 남아있으니 한 잔 술에 마음을 펴서 늙은이의 눈물을 모두 쏟으련다.

해제 이 글은 박윤원이 아우 준원의 손녀인 김씨댁이 시집간 지 2년만에 죽자 그를 위해 쓴 제문이다. 박윤원은 준원의 셋째 아들인 박종익이 세상을 떠난 지 5년 만에 다시 첫째 아들인 박종보의 딸이 죽자, 종손녀와의 추억보다는 집안의 연이은 상사로 인한 슬픔을 제문에 담았다. 박윤원은 조카와 종손녀를 친자식, 친손녀처럼 여기며 아꼈는데, 둘 다 뜻을 펴지 못하고 요절을 한 것을 매우 안타깝게 여겼다. 종손녀의 남편 김병구는 평소 박윤원을 따라 공부했던 자로, 박윤원은 그 남편을 볼 때마다 죽은 종손녀가 생각나니 그를 소홀히 여길 수 없겠노라 하며 요절한 종손녀의 혼백을 달랬다.

외할머니 정부인 안동 김씨께 고하는 묘문

동생을 대신하여 쓰다

告外祖母貞夫人安東金氏墓文 代家弟作

삼가 생각건대 할머니께서는 여사로 훌륭한 본보기가 되셨으니 어진 부친의 아름다움을 이어받으셨고 시경과 예기의 가르침에 부지런히 힘쓰셨으며 그 남편을 섬기면서 낡은 옷으로도 만족하셨습니다. 중년에 할아버지를 여의시고 홀로 집안을 보존하셨는데, 효자가 크게 성취하여 온 조정의 영예를 누리게 되었지요. 의로운 가르침을 바탕으로 삼아 명예와 절의를 모두 이룬 것이니 동관이 기록하여 후세에 전할 만합니다.

제가 어머니를 따라 어릴 적 곁에서 모셨는데, 만년에 손자들을 아끼시며[38] 친손자, 외손자를 구분하지 않으셨고 할아버님의 유훈으로 때때로 이끌어 가르치셨습니다. 어머니를 여읜 이후로는 더욱 불쌍하게 여기시어 저의 가난과 고생을 생각하시고 얼굴에 걱정의 빛을 띠셨지요. 이처럼 은혜를 입었는데 조금도 보답하지 못했습니다. 때때로 스스로 돌이켜 생각해보면, 슬프고도 얼마나 비통하고 한스럽던지요. 비록 적게나마 성취했으나 묘소가 멀어서 삼산[39]을 맡아 다스리게 되고서야 뒤늦게 처음 와서 성묘하게 되었습니다. 제가 다섯 마리의 말[40]을 소나무 잣나무 아래 매어두고 옛날을 떠올리면서 많은 눈물을 흘리며 술잔에 정성을 부

---

38 함이농손(含飴弄孫) : 후한(後漢)의 마황후(馬皇后)가 손자들과 벗할 뿐 정사에는 관여하지 않겠다고 말한 고사. 전하여 귀찮은 일에서 일체 손을 떼고 만년을 즐겁게 지내고자 함을 이른다.

39 박준원은 1788년 보은(報恩) 현감에 제수되었다. 삼산(三山)은 보은의 옛 이름이다.

40 오마(五馬) : 태수의 수레는 다섯 필의 말이 끌었으므로 전하여 태수의 별칭으로 쓰인다.

칩니다.

해제 박윤원은 동생 박준원을 대신하여 외조모 김씨의 묘에 고하는 글을 썼다. 박준원은 묘소가 멀어서 찾지 못하다가 외할머니 김씨가 죽은 지 16년만에 늦게야 성묘하게 되었다. 박준원은 외모조가 일찍 어미를 잃고 가난하게 생활하는 자신을 가엾게 여기며 사랑해 주었는데 그 은혜에 보답하지 못했던 것을 한스럽게 여기다가 보은 현감을 맡게 되면서 외조모의 묘소에 찾아가게 되었다고 했다. 박윤원은 동생의 입장에서 이 글을 쓰면서 아우와 공유하고 있는 외조모에 대한 추억과 애틋한 마음을 담았다. 박윤원은 외숙인 유언민이 이루지 못한 <외할머니 정부인 안동 김씨 행장[外祖母貞夫人安東金氏行狀]>을 썼는데, 이 글에 김씨의 행적이 자세히 나타나 있다.

이유인 애사
李孺人哀辭

안동 김양순 공이 유인 이씨를 여읜 지 이미 5년이 지나 윤원에게 제문을 부탁하며,

"비록 늦었으나, 거절하지 마시길 바랍니다."

라고 했다.

윤원은 북쪽 마을에 산 지 오래되어 김씨 집안과 늘 왕래가 많았는데, 김씨 집안 사람들이 유인의 어짊을 칭송하지 않음이 없었고 유인이 죽자 한탄하면서 애석해하지 않음이 없었다. 내가 그래서 유인의 어짊을 알게 되었으니 공의 뜻이 어찌 사사로운 것이겠는가?

공은 평소에 책을 읽고 행실을 바로 세웠으며 유인은 착하고 바른 덕으로 배우자가 되어 같이 수십 년을 지내면서 서로 도우며 잘 지냈으니 옛 부부의 도가 있었다. 시아버지[41]를 섬김에 그 뜻을 받드는 데 힘쓰고 좋은 일이 있는 것을 보면 얼굴에 기쁜 빛을 띠었으며 뜻을 받들고 따르는 데 마치 미치지 못할까 염려하는 것처럼 하니 이런 이유로 공이 더욱 그를 중히 여겼다.

말을 백금에 팔려는 사람이 있자 시아버지가 유인의 백금을 가져다가 그것을 샀는데, 보니 뛰어난 말이 아니었다. 그래서 말을 돌려보내고 돈을 돌려달라고 했는데 마침 그 말이 병으로 죽었다. 그러자 유인이,

---

41 김이건(金履健) : 1697(숙종 23)~1771(영조 47). 본관은 안동. 자는 강백(剛伯), 호는 간옹(澗翁). 상용(尙容)의 5대손이며, 할아버지는 관찰사 시걸(時傑)이다. 여러 고을의 수령을 역임하였는데, 청도군수로 재직 중 치적이 출중하여 당상관에 올랐으며, 청주목사일 때에는 진휼에 힘써 선치수령(善治守令)으로 뽑혔다. 뒤에 이조참판에 추증되었다

"죽은 말로 값을 받을 수 있겠습니까?"
라고 하고는 다시 환불을 요구하지 않으니 그 사람이 감복했다.

시아버지가 일찍이 군을 맡게 되었는데, 이 해에 나라에 큰 기근이 들자 시아버지가 말하길,

"내가 비록 군을 맡게 되었으나 백성을 구휼하는 것이 급해서 관의 힘으로 내 친척들을 구할 수가 없구나. 집안의 곡식을 내어 친척들에게 나누어 주어야겠다."
라고 했는데, 얼마 지나지 않아 일이 생겨서 이룰 수가 없게 되어, 곡식을 나누어주고자 하나 집에 먹을 것이 없었고 주지 않으려니 친척들이 낙담하게 되었다. 유인이 음식의 반을 나누어 주자고 청하여 친척들이 모두 도움을 받을 수 있었다.

공이 일찍 과거를 포기하고 포의로 늙을 뜻을 정했는데, 공의 동생 회원[42]은 신하의 반열에 올라서 드나들 때에 벽제소리를 요란하게 울리니 한 집안에 영화로움과 고단함이 같지 않았으나 유인은 부러워한 적이 없었다. 아름다운 명예를 더욱 좋아하여 오직 공이 학문에 독실하고 행실에 힘쓰며 덕에 정진하게 하고자 할 뿐이었다. 공이 평소에 서울에 사는 것을 좋아하지 않아서 산자락을 매입하여 은거하고자 하자 유인이 기꺼이 따르며 맹광과 적씨(翟氏)[43]를 자임하였으나 이제 죽었으니 공이 비록 슬퍼하지 않으려 하나 그럴 수 있겠는가?

회원이 어려서 유인의 손에 자랐으니 사랑하는 것이 모자지간 같았다고 한다. 유인의 행적에 대해 말하는 것이 이와 같으니, 아! 유인은 시아

---

42 김응순(金應淳) : 1728(영조 4)~1774(영조 50). 본관은 안동. 자는 회원(會元). 상용(尙容)의 8세손이며, 아버지는 이건(履健)이다. 『동국문헌비고(東國文獻備考)』의 편찬에 참여하였고 이조참판·한성부좌윤을 거쳐 호조참판·한성부우윤을 역임하였고, 후에 예조판서에 추증되었다.

43 적씨(翟氏) : 도연명의 아내. 도연명을 대신하여 집안을 꾸려나갔다. 백낙천(白樂天)의 시 <증내(增內)>에서 적씨에 내조에 대한 언급이 보인다.

버지에게는 어진 며느리였고 남편에게는 어진 아내였으며 시동생에게도 어진 형수였으니 그 덕이 갖추어졌다고 말할 수 있다. 그러나 하늘이 수명을 허여하지 않았으니 애석하구나!

유인은 두 아들을 두었는데 두 아들 모두 총명하고 아름답다. 한 아들은 이미 관례를 올리고 혼인을 했는데, 그 며느리가 어질다는 칭찬이 자자하다. 이에 그 후손이 번창하리라는 것을 거의 알 수 있으니, 하늘의 뜻이 여기에 있는 것인가? 하늘의 뜻이 여기에 있단 말인가?

애사에 말한다.

아름다운 부인이 있어 여러 부인 가운데 뛰어나니,
아름다운 덕과 범절은 술과 음식을 마련하는 것뿐만이 아니었다네.
그 남편에게 마땅한 배필로 벗과 같고 손님과 같이 지냈고,
어찌 노리개와 머리장식을 쓰겠는가? 삼가 검소한 옷차림으로도 만족했으며,
말씀을 따르기를 원하여 밭에 들밥을 내가고 밭을 갈았네.
아! 하룻저녁에 아내를 여의었으니[44]
아직 윗저고리가 횃대에 남아 있으나 금슬을 이을 수 없네.
은거하여 함께 지내려 했는데 어찌 먼저 갔단 말인가?
남편이 슬피 운 것은 사사로운 마음 때문만은 아니니,
덕이 두터웠으나 오래도록 이어지지 못했기 때문이라네.
태어난다는 것은 기(氣)가 모이는 것이요,[45] 죽는다는 것은 무(無)로 돌아가는 것이니,
오래 살고 일찍 죽는 것이 또한 어찌 다른 것이겠는가?
알려지지 않으면 비록 나이가 들어도 일찍 죽는 것과 같은 것,

---

44 취구(炊臼) : 상처(喪妻)함을 이른다.

45 음의(喑醷) : 기(氣)가 모이는 모양.

아아! 오직 명성이여, 오래도록 남으리라.

해제 이 글은 저자가 이웃에 살던 김양순의 부탁을 받고 그의 아내 유인 이씨에 대해 쓴 글이다. 저자는 평소 김양순의 집안과 왕래가 잦아 김양순의 집안 식구들로부터 이씨에 대해 많이 들었던 것을 토대로 이 글을 썼다. 이유인은 시아버지의 뜻을 받들어 봉양하고 시동생을 자식처럼 길렀다. 특히 유인은 시동생 김응순이 높은 벼슬에 올라 영화로웠으나 이를 부러워하지 않고 벼슬에 나가지 않은 남편이 학문에만 정진할 수 있도록 내조했다. 박윤원은 이유인이 이러한 덕을 갖추었으면서도 자신은 오래 살지 못했으나, 그 덕이 자손이 번창할 수 있는 바탕이 되었다고 보았다.

숙부인 연안 이씨 애사
淑夫人延安李氏哀辭

숙부인 이씨는 청풍 김종선[46]의 어머니이다. 종선은 자가 성보(城甫)인데 성보는 국구(國舅)인 청원부원군의 손자로 어린 나이에 학문에 뜻을 두고 부지런히 노력하며 스스로 행실을 삼가니 보통의 부잣집 자제들과는 달랐다. 일찍이 나를 따르며 공부했는데, 내가 그의 행동거지에 법도가 있음을 보고 속으로 기이하게 여겼다. 이때는 그의 아버지 참의공이 죽은 지 이미 오래 지난 때이므로, 어려서 아버지의 엄한 가르침을 받지 못하고도 능히 이처럼 되었으니, 나는 그 어머니가 반드시 현명한 분이고 이 분이야말로 자식을 잘 가르친 분이라고 생각했다. 얼마 지나서 김씨 집안 인척이 성보 어머니가 어질다고들 칭송하는 것을 들었다.

금상 재위 9년[1785] 을사 4월에 부인이 죽어서 내가 성보에게 조문하니 성보가 곡을 하고 절하며 말하길,

"세월이 머물지 않아서 장차 장사를 지내야 하니, 선생님께서 뇌사[47]를 지어주세요."

라고 하기에 내가 슬퍼하며 허락했다. 장례에 가니 성보가 신씨 집안에 시집 간 시이모가 지은 행록을 나에게 보여주어 내가 이에 그 아름다운

---

46 김종선(金宗善) : 1766(영조 42)~1810(순조 10). 호는 송재(松齋). 할아버지는 청원부원군(淸原府院君) 시묵(時默)이고, 아버지는 공조참의 기대(基大)이다. 일찍이 이술원(李述源)으로부터 글을 배운 뒤 박윤원·오윤상(吳允常)의 문인이 되었다. 정조에 의해 특별히 척신(戚臣)으로 기용되어 돈녕부주부가 되었으며, 1800년 순조가 즉위하면서 의령현감을 역임한 뒤 승지·도승지가 되어 매번 강연에 나아갔다. 1809년에 형조참판을 거쳐 이듬해 우윤(右尹)이 되었다.

47 뇌사(誄詞) : 죽은 사람의 살았을 때 공덕을 칭송하며 문상하는 말.

덕을 자세히 알게 되었다.

부인은 연안(延安) 사람이며 현주공[48]의 6세손으로 명문가에서 자라서 어릴 때부터 단정하고 엄숙하며 온화하고 정숙했다. 명문대가로 시집간 뒤에는 더욱 마음을 다잡고 공경하며 조신하게 처신했고, 시부모에게 효도하고 제사에 정성을 다하며 남편에게 순종하고 친척들과 화목하게 지냈으며 종에게 은혜를 베풀었으니 부덕이 갖추어지지 않음이 없었다. 또 서사(書史)를 두루 꿰뚫어 식견이 높았으나 능력이 없는 것처럼 겸손하게 처신했다. 부인은 왕실의 인척으로[49] 일찍이 궁에 드나들었는데, 함께 들어가는 자들이 모두 화려한 복장을 했으나 부인은 오래된 옷을 입고 그 사이에 있으면서도 부끄러워하지 않았다.

참의공은 17세에 진사에 합격하였는데 기뻐하는 기색이 없이 말하길,

"대장부가 젊은 나이에 과거에 이름이 올랐으나, 서두를 바는 아닙니다."

라고 했으니 그 검소하고 침착한 것이 이와 같았다. 아아, 이것은 성보의 어머니가 된 까닭인가?

성보는 밤낮으로 『대학』『가례』 등 책을 읽었으며 과거에 힘쓰지 않았으니 대개 부인의 뜻을 이은 것이다. 부인이 젊은 나이에 과부가 되어 죽을 때까지 애통해 했으나 아름다운 아들을 둔 것을 스스로 기쁨으로 삼았으며 더욱 크게 성취할 것이라 기대했다. 부인은 네 명의 자식을 길렀는데 아들은 오직 성보 한 명뿐이니 소중한 자식이라 할 수 있다. 부인은 아끼면서도 능히 힘써서 바깥 선생에게 나아가서 학업에 성실히 매진하게 했으며 잘못이 있으면 반드시 엄하게 경계하여 꾸짖으니, 성보도

---

48 이소한(李昭漢) : 1598(선조 31)~1645(인조 23). 조선 중기의 문신. 자는 도장(道章), 호는 현주(玄洲). 서울 출신. 좌의정 정구(廷龜)의 아들이다.

49 김시묵(金時默)의 딸이자 연안 이씨의 시누이가 1761년에 간택되어 이듬해 2월에 세손빈으로 책봉되었는데, 정조의 정비인 효의왕후(孝懿王后) 김씨이다.

어머니의 가르침을 이어 받들어 더욱 스스로 학문을 닦으면서 나태하지 않았다. 성보의 학문은 부인이 실로 권하여 이끈 것이니, 이것은 과연 내가 예전에 일찍이 생각했던 것과 같다.

내가 성보와 좋은 사귐이 있고 또 부인의 어짊을 아는데, 어찌 한마디 말이 없을 수 있겠는가? 아아, 부녀자의 도에서 자식을 가르치는 것이 가장 어려우니 유순한 성품으로 인해 사랑에 치우치고 엄격함이 부족하기 때문이다. 그러므로 옛날 유중영의 어머니 한부인[50]과 여원명의 어머니 노부인[51]을 현명한 어머니로 칭송하는데, 두 부인이 엄하게 자식을 가르친 것은 후세의 부인들이 미칠 수 없는 것이지만 지금 부인은 능히 그에 가깝다 할 수 있다.

애석하도다! 부인의 수명이 길지 않아서 그 자식이 학문을 이루고 이름을 알리게 되는 것을 보지 못하였다. 그러나 사람의 자식이 되어 부모를 드러내는 것은 돌아가셨거나 살아계시거나 차이가 없으니, 성보는 장차 정진하며 그치지 않을 것이다. 나는 그가 조만간 학문을 이루어 부인의 아름다운 이름을 끝없이 전하게 되리라는 것을 아나니, 이는 성보에게 달려있다. 이는 성보에게 달려있는 것이다.

내 글이 어찌 부인을 전하는 데 족하랴마는, 다만 그 어짊을 흠앙하여 뇌사를 쓴다.

사에 이른다.

아아! 부인은 아름다운 자식을 하나 두었으니,

---

50 『당서(唐書)』 「유중영전(柳仲郢傳)」에 "어머니 한씨(韓氏)가 중영 등 여러 아들들에게 웅담환(熊膽丸)을 만들어 주어 밤에 씹으면서 부지런히 공부하도록 하였다."라고 전한다.

51 여원명(呂原明)은 곧 여형공(呂滎公)이라 불렸는데, 형공은 송나라의 명신인 여희철(呂希哲)의 봉호이다. 그 모친 신국부인(申國夫人)은 참정 노종도(魯宗道)의 따님으로 성품이 엄하고 법도가 있어 아들을 심히 사랑하였으나 모든 일을 반드시 예법을 따르도록 엄격하게 가르쳤다. 『이낙연원록(伊洛淵源錄)』.

이에 기대를 걸고 늙어갔으나 남편을 여의는[52] 슬픔을 겪었다.
아이에게, 아버지가 안 계시니 스승이 아니면 누가 가르치겠느냐?
스승께 나아가 밤낮으로 게으름 피우지 마라고 하시니
아들은 어머니의 가르침을 받들고 규범을 따르며
수행하는 바는 의로운 것이었는데 큰 집과 호화로운 말이 무슨 소용이 있었겠는가?
자식의 학문이 성장한 것을 자신의 영광이라 말씀하지 않으셨으나
어머니는 어찌 오래 살지 못하여 자식의 성공을 보지 못하였는가?
이는 슬퍼할 만하여 조문하는 자들이 계속 눈물을 흘렸다.
오래 살고 일찍 죽는 것은 운명이고 복이 완전하기는 어려워,
비록 오래 살아도 자식이 없고, 열 자식이 있어도 똑똑한 아이가 없는 법.
부인이 저러함을 볼진대, 누가 복이 많고 누가 복이 작은 것이겠는가?
아들이 어머니의 장례를 치르는 것이 모두 예절에 맞았으니,
아침저녁으로 슬피 곡을 하고 술과 음식을 향기롭고 정결하게 했다.
띠와 수건을 늘어놓아 마치 어머니의 영령이 임하여 머무르는 것처럼 하고,
그 유훈을 따르며 감히 잃지 않았다.
자식의 학문이 마침내 이루어져 장차 성공하여 명성을 얻을 것이니,
어머니가 비록 이미 죽었으나 더욱 드러나 빛나게 되어,
한부인, 노부인과 동사(彤史)에 나란히 오르리라.
부인의 혼백이여, 오래도록 슬퍼하지 마시라.

52 백주(柏舟) : 『시경』의 편명으로 「백주편(柏舟篇)」은 공백(共伯)의 처 공강(共姜)이 남편이 죽은 뒤 재가를 불응하고 지은 시이다.

해제 박윤원이 제자인 김종선의 부탁으로 그의 모친을 위해 쓴 글이다. 박윤원은 평소 김종선의 어머니 연안 이씨가 어질다는 칭송을 익히 들어오다가 연안 이씨의 장례 때 그 시이모가 쓴 행록을 보고 자세한 행적을 알게 되어 이를 바탕으로 애사를 썼다.
연안 이씨는 시누이가 세손빈으로 책봉되어 궁에 드나들 때에도 화려한 옷을 입지 않았고, 남편이 젊은 나이에 진사에 합격했을 때에도 희색을 띠지 않고 경계하였다. 특히 아들 김종선이 학문에 매진할 수 있도록 가르쳐 결국 크게 성취할 수 있도록 했다. 그러나 연안 이씨는 아들이 성공하여 이름을 알리기 전에 세상을 떠났다.
박윤원은 김종선과의 친분으로 이 글을 썼기 때문에, 다른 점보다 훌륭한 자식을 있게 한 어머니라는 점에 초점을 맞추었다. 박윤원은 일반적으로 부녀자가 유순한 성품 때문에 자식 사랑에 치우쳐 엄격하게 가르치기 어려우나, 연안 이씨는 이를 능히 해냈다고 칭송했다. 이어서 김종선이 학문을 이루어 성공해야만 연안 이씨의 이름이 길이 남게 된다고 언급하여, 당대 여성들이 영예롭게 세상에 그 존재를 알릴 수 있었던 방식을 엿볼 수 있도록 했다.

어머니 숙인 기계 유씨 행장
先妣淑人杞溪兪氏行狀

어머니는 기계 유씨로 신라 아찬 삼재(三宰)의 후손이다. 고려 초 의신(義臣)이 있었는데 스스로 신라를 대대로 섬긴 집안의 신하라 하여 절개를 지켜 굽히지 않자 고려의 태조가 노하여 호장으로 강등하였다. 이후로 벼슬이 끊이지 않아서 우리나라의 큰 성씨가 되었다. 우리 조정에 이르러서는 경안공 여림[53]과 숙민공 강[54]이 양 대에 걸쳐 모두 판서를 지냈고 이어서 명신이 되었다. 영(泳)은 군수를 지냈고 승지에 추증되었으며 대의(大儀)는 이조참판에 추층되었는데, 이분들은 어머니에게 6대, 5대조가 된다. 고조할아버지 희증(希曾)은 군수로 병조참판에 추증되었고, 증조할아버지는 석(晳)은 감역에 제수되었으나 벼슬을 하지 않았으며, 이조판서에 추증되었다. 할아버지 명홍[55]은 예조판서로 시호가 장헌공이고

---

53 유여림(兪汝霖) : 1476(성종 7)~1538(중종 33). 본관은 기계. 자는 계옥(啓沃), 호는 정당(政堂). 아버지는 첨지중추부사 기창(起昌)이며, 어머니는 능주 구씨(綾州具氏)로 훈련원참군(訓鍊院參軍) 안우(安愚)의 딸이다. 홍문관직제학 · 전라도관찰사 · 도승지 등을 역임하고, 1526년(중종 21) 사헌부대사헌이 되고 홍문관부제학을 거쳐 1529년 형조판서가 되었으나 2년 뒤인 1531년 김안로(金安老)의 탄핵을 받아 삭직되었다가 1537년 김안로가 축출되자 예조판서에 복직되었다. 시호는 경안(景安)이다.

54 유강(兪絳) : 1510(중종 5)~1570(선조 3). 본관은 기계. 자는 강지(絳之). 아버지는 예조판서 여림(汝霖)이고, 어머니는 창녕 성씨(昌寧成氏)로 판서에 증직된 담명(聃命)의 딸이다. 대사간 · 대사헌을 지냈고 첨지중추부사로 사은사가 되어 명나라에 다녀와 평안도관찰사가 되었다. 그 뒤 도승지 · 한성부판윤 · 공조판서 · 호조판서 등을 역임하였다. 시호는 숙민(肅敏)이다.

55 유명홍(兪命弘) : 1655(효종 6)~1729(영조 5). 본관은 기계. 자는 계의(季毅), 호는 죽리(竹里). 석(晳)의 아들이다. 도승지 · 대사간을 지냈고 한성좌윤 · 전라감사가 되었다. 신임사화로 노론이 추방되자 파직되어 유배되었다가 1724년 영조가 즉위하고 노론이 집권하자 이듬해 대사간 · 경기감사가 되고, 1726년(영조 2) 한성판윤 · 예조판서, 1727년 우참찬이 되었다. 시호는 장헌(章憲)이다.

아버지 수기(受基)는 지극한 행실이 있어서 이를 기려 사헌부 지평을 추증받았는데 뒤에 둘째아들 언민[56] 때문에 귀하게 되어 또 이조참판에 추증되었다. 호는 일헌(逸軒)이다. 그 모친은 정부인 안동 김씨로 예조참판 문간공(文簡公) 농암선생 창협(昌協)의 딸이다. 신묘년[1711] 3월 26일에 대흥의 죽리에서 어머니를 낳으셨다.

어머니는 태어나면서부터 효성스럽고 뜻을 거스르지 않았으며 어릴 때부터 이미 부모를 공경하고 두려워할 줄을 알아서 부모님 곁에 있을 때에는 일찍이 떠들썩하게 말하거나 웃은 적이 없었고 매번 음식을 보아도 먹으라는 부모의 명이 없으면 먼저 먹지 않았다. 점차 자라서는 몸가짐을 조심하여 방에 깊이 거처하면서 종일 문틈을 엿보는 일이 없었다. 참판공이 가르치는 바가 있으면 반드시 공손하게 가르침을 받아 마음에 두고 잊지 않았다. 또 여공의 여러 가지 일에 익숙하여 정밀하고 민첩하지 않음이 없었다.

17세에 아버님께 시집오셨는데, 애초에 할아버지께서 늦게 외아들을 두셔서 그 배필을 고르기를 매우 신중하게 하셨다. 참판공이 평소 몸가짐과 행실이 도탑고 갖추어졌음을 듣고 그 자녀도 어질 것이라고 여겨서 이윽고 장가를 들였는데, 보고난 뒤에 기뻐하며 이르길,

"과연 법도 있는 집안의 여식이로구나."

라고 하셨다.

어머니는 시부모 섬기기를 정성과 공경으로 극진히 하였고 명이 있으면 두 번 말씀하시도록 하지 않았으며 얻는 것이 있어도 하나도 사사로이 가지지 않았으니, 할머니 이부인께서 매우 아름다이 여기셔서 말씀하

---

56 유언민(兪彦民) : 1709(숙종 35)~1773(영조 49). 본관은 기계(杞溪). 자는 이천(伊天), 호는 석은(石隱)·기재(棄齋). 예조판서 명홍(命弘)의 손자이며, 수기(受基)의 아들이다. 이조참의·대사헌·예조참판 등을 역임하고 1771년 도승지에서 강화부유수가 되었다. 저서로 『석은집』이 전한다.

시길,

"내가 외며느리를 두었는데, 이 며느리가 어지니 집안의 복이다."

라고 하셨다.

아버님께서 형제가 없으셔서 홀로 양친을 봉양하시며 따뜻하고 시원하게 하며 주무르고 긁어드리기[57]를 어머니와 함께 하셨는데, 어머니는 더욱 조심스럽게 힘써 하시면서 조금도 해이해지는 일이 없었다. 시부모가 병이 들면 밤에도 문 밖에 앉아서 음식 시중을 들기를 날이 밝을 때까지 했는데, 비록 매서운 추위에도 방에 들어가 쉬는 일이 좀처럼 없었다. 약이 부족하면 장신구를 내다 팔아서 넉넉하게 마련하여 아버님이 이로써 봉양하도록 하셨다.

남편을 섬기면서도 한결같이 순종하면서 거스르는 일이 없었고 여러 가지 베풀고 행하는 것을 비록 작은 일이라도 반드시 아뢰었다. 아버님에게 혹시라도 잘못이나 어긋남이 있으면 반드시 법도로 직언을 하여 더욱 도량을 넓히도록 하시니 아버님께서 현위(弦韋)[58]에 비유하셨다. 아버님께서 벗들과 문사의 모임을 할 때마다 어머님께서 음식을 마련하여 대접하셨는데 고기를 자를 때에도 반드시 바르게 하시니 손님들이 돌아가면서 탄복하여 이르길,

"그 집안의 음식을 보면 집안이 다스려지는 것을 알 수 있다."

라고 했다.

둘째시누이가 가난하여 가옥이 없어서 집에 와서 지냈는데 어머님께

---

57 『예기』「내칙」에 '쑤시고 가려우면 가만히 누르고 문지른다.[疾痛苛癢 而敬抑搔之]' 하였는데, 그 아래 또 풀이하면서 '누른다[抑]는 것은 만진다는 것[按]이요, 문지른다[搔]는 것은 비벼주는 것[摩]이다.' 하였다.

58 현위(弦韋) : 활시위와 다룬 가죽. 팽팽함과 느슨함. 전국 시대 서문표(西門豹)는 성질이 너무 급해 자기의 성질을 느슨하게 하기 위해 부드러운 가죽을 차고 다녔고 진(晉)나라 때 동안우(董安于)는 자기의 성질이 너무 느슨하여 이를 바로잡기 위해 팽팽한 활시위를 차고 다녔다는 데서 온 말인데, 전하여 자신의 단점을 보충하는 자료가 됨을 뜻한다. 『한비자(韓非子)』.

서 함께 수십 년을 사시면서도 시종일관 화목하게 지내셨다. 집안에 조카딸 혼사를 세 번 치렀는데, 어머니께서 반드시 직접 그 옷을 지어주시면서 혹 한밤중이 되어도 피곤한 기색이 없으셨다. 서출인 시누이와 서숙모가 어머님과 나이가 서로 비슷했으나 어머니께서는 늘 모두에게 예를 갖추어 대하였고 온화하고 겸손하며 거스름이 없으니, 이 때문에 서출인 시누이와 서숙모가 모두 어머님을 공경하고 아끼셨다.

어머니는 일생 동안 겸손하고 신중하시어 바깥일을 간여하거나 아신 적이 없었고 부녀자가 마음대로 하는 것을 보면 속으로 그릇되게 여기셨다. 비록 자녀의 혼사도 아버님의 뜻을 기다려 정하셨다. 김서방[59]과의 혼사를 의논할 때에 어떤 이가 집이 가난하다는 이유로 난처하게 여기자 어머니께서 이르시길,

"사람이 어진지 그렇지 않은지만 볼 뿐입니다."

라고 하셨다.

임신년[1752]에 할아버지께서 세상을 떠나시니 어머니께서 중한 병에 걸려 자리에 누워 계시면서도 이에 예법대로 통곡하고 가슴을 치셨다. 제사 때에는 반드시 몸소 그릇을 씻으시며,

"시아버님 성품은 정갈한 것을 좋아하셨으니 더욱 삼가지 않을 수 없습니다."

라고 하셨다.

이때부터 시어머니를 대신하여 집안 살림을 맡으셨는데 집안이 본래 가난하여 어머니께서는 힘을 다해 열 식구를 돌보시느라 몸에는 걸칠 만한 제대로 된 옷이 없으셨다. 이때 참판공이 이미 돌아가시고 오직 정부인만이 살아계셨는데, 어머니께서는 정부인께서 듣고 걱정하실 것을 염려하여 굶주린다는 것을 말씀드리지 않았고 친정에 다니러 갈 때면 늘

---

59 박윤원의 누이와 혼인한 김재순(金在淳)을 이른다.

웃는 낯으로 뵈었다. 그 둘째형 대성공(大成公)이 지날 때마다 반드시 살림은 어떤지 물었는데, 어머님은 한 번도 자질구레한 말을 한 적이 없었다. 대성공이 여러 차례 군(郡)을 맡게 되어 도와주어도 많고 적음에 대해 말하지 않으니 대성공이 일찍이 '우리 누이는 욕심이 적어서 가난한 것뿐이다.'라고 여겼다. 어머니께서는 비록 매우 가난하셨지만, 곤궁하다는 이유로 의롭지 않은 것을 구차하게 받지 않으셨다. 아버님께서 관직에 계실 때 아랫사람이 집에 생고기를 가져오자 어머니께서 여러 아들들을 돌아보며 이르시길,

"물건이 비록 작아도 네 아버지의 명을 듣지 못했는데 어찌 마음대로 받을 수 있겠느냐?"

라고 하시고는 곧 받지 않으셨다.

병자년[1756]에 이르러서 시어머니 상을 당했는데, 큰 기근이 든 해라서 집안이 더욱 곤궁하였으나 제물은 빠짐없이 올렸다. 막내 시누이가 근처 고을에서 과부로 지내자 아버님께서 여러 번 사람을 시켜 음식을 실어 보내게 하시니, 어머니는 반드시 마련해 두고 기다리셨는데, 힘쓰는 것이 아버님의 뜻에 맞았다. 친척 중에 굶주려 위급함을 알리는 자가 있으면 비록 다음날 써야 하는 것이라도 번번이 모두 보내 주었다.

집에 있던 한 여종은 시골에서 왔는데, 어머니께서 맡아 부리시다가 그가 병들자 어머니가 직접 죽을 끓여 주며 이르시길,

"나는 그 아이가 어미를 떠나 와서 돌봐줄 사람이 없는 것이 가엾다. 내가 이 때문에 직접 먹이는 것이다."

라고 하셨고, 그가 죽자 그를 위해 눈물을 흘리며 음식을 드시지 않으셨다.

일찍이 여러 자식들에게 학문에 힘쓰라고 경계하여 이르시길,

"너희 부친께서는 문장을 잘하셨지만 급제하지 못하셨으니 이는 진실로 운명이다. 그러나 너희들이 이 때문에 학문을 하는 뜻을 저버려서는

안 된다. 학문이 단지 과거를 위한 것만은 아니기 때문이다."
라고 하셨다.

아버님께서 상을 마친 뒤에도 오래도록 견복[60]되지 않자 자제들이 혹 탄식하는 말을 하면, 어머니께서

"벼슬은 운이 있는 것인데, 탄식한들 무슨 보탬이 되겠느냐?"
라고 하셨으니 그 분수와 운명을 따른 것이 이와 같았다.

신사년[1761] 5월에 병이 들었는데 마침내 이달 25일에 돌아가셨으니 겨우 51세셨다. 병이 깊었을 때 시아버지의 기일이 되자 오히려 살뜰하게 제수를 걱정하셨는데 4일 뒤에 돌아가셨으니, 아! 애통하다. 그 해 7월 25일에 양주(楊州) 금곡(金谷)의 선영 아래 서쪽을 등진 언덕에 묻히셨다.

2남 1녀를 두셨는데, 장남은 불초자 윤원이고 차남은 준원이다. 윤원은 김시관의 여식과 혼인했고 준원은 원경유의 딸과 혼인하였으며, 딸은 김재순에게 시집갔다. 윤원은 아들을 하나 두었는데 어리고 준원은 2남 3녀를 두었는데 모두 어리다. 김재순은 딸 하나를 두었으나 요절했다.

어머니는 타고난 성품이 맑고 바르며 자애롭고 온화하셨으니, 그 효성스럽고 우애가 있는 것은 천성이셨다. 기유년[1729] 겨울에 참판공이 시골집에서 돌아가셨는데 어머니께서 직접 영결하지 못하여 돌아가실 때까지 애통해하셨으며 말이 이에 이르면 반드시 오열하면서 끊이지 않고 곡을 하셨다. 형제자매 3인이 오래도록 더욱 슬퍼하였으니 지극한 정성이 이와 같았다. 그러므로 시부모를 부모처럼 섬기셨으며 시누이도 형제처럼 대하셨다. 평소에 대범하고도 진중하셨으며 말씀이 적으셨다. 일찍이 치장을 하여 칭찬받기를 바란 적이 없으셨고 마음으로 불쌍히 여기며 사람을 아끼시니 사람들이 모두 기쁜 마음으로 따랐다. 친정 부모님과 말씀을 나눌 때에도 시댁 식구들의 장단점을 말하지 않으셨고, 종이나

---

60 견복(甄復) : 늙어서 벼슬을 내놓고 퇴임한 사람이 필요에 따라 다시 부름을 받아 벼슬하는 것.

부리는 사람의 죄를 책망할 때에도 반드시 허물을 분별하셨으며 자녀들을 어루만져 돌보실 때에도 편애하지 않으셨다. 남의 급한 사정을 보면 번번이 도와주고자 하셨고 베풀지 못하면 늘 종일토록 즐거워하지 않으셨다. 이를 미루어 사물에까지 미쳤으니 비록 닭이나 개 등 집에서 기르는 것은 차마 그 고기를 드시지 못하셨고 오로지 어질고 덕스러우셔서 내외 친척들로부터 고을사람들에 이르기까지 모두 이르길,

"어질구나! 아무개 부인은 덕스러운 마음을 지녔다."

라고 했다.

아버님을 30여 년 동안 섬기셨는데, 집안 살림의 대소사가 모두 그 마땅함을 얻었으며 가난하고 곤궁한 가운데에서도 부족한 것이 있으면 힘써 일하고 빈틈없이 조리 있게 처리하여 아버님으로 하여금 땔감이나 쌀에 대한 걱정을 잊도록 하셨다. 조상의 제사에 더욱 정성을 다하시어 생선 한 마리 과일 하나라도 얻으면 반드시 제수로 쓰기 위해 쌓아두셨는데, 일찍이 말씀하시길,

"제사는 풍족한 것이 정갈함만 못하다."

라고 하셨다. 성품이 성하고 화려한 것을 좋아하지 않으시어 세속의 높은 다리[61]와 아름다운 옷을 달갑게 여기지 않으시는 것 같았다. 아버님께서 일찍이 고모의 상을 당하셨는데 어머니께서 상복을 입는 기간이 이미 지난 뒤에도 오히려 붉은 옷을 입으려 하지 않으시며 말씀하시길,

"배우자[62]가 복을 입는 중에, 어찌 온전한 길복을 입을 수 있겠습니까?"

라고 하셨으니 우리 아버님께서 일찍이 말씀해주신 것이다.

또 참판공의 말씀으로 아들들을 가르쳐 이르시길,

"사람은 반드시 그 부모를 공경한 뒤에야 다른 사람의 부모를 공경할

---

61 다리 : 여자의 머리 숱이 많아 보이게 하기 위하여 덧넣는 땋은 머리.

62 제체(齊體) : 부부가 평등하다는 것.

수 있는 것이니 너희들은 그것을 알아두어라."
라고 하셨으니, 어머니께서 본가에서 가르침 받은 것이 대개 이와 같았다. 이런 까닭에 그 말씀 한 마디, 행동 하나가 모두 예법에 맞았으니 비록 옛 여사라 하더라도 어찌 더할 수 있겠는가?

아아! 어머니는 매우 어질고 덕이 두터우셨으나 그 복을 받지 못하시어 평생 동안 곤궁하게 지내셨으며 또 수명도 길지 못하셨다. 이는 실로 우리 자식들이 불효를 하여 죄가 거슬러 하늘에 전해져서 결국 이에 이르게 된 것이니, 아득한 하늘처럼 애통함이 어찌 끝날 수 있겠는가? 만약 또 그 사적이 사라진다면 불효한 죄가 더욱 크게 될 것이니 이 때문에 두렵다. 이에 피눈물을 흘리며 삼가 사적을 기록하여 글 잘하는 군자에게 문장을 구하려는 것이니, 그 뜻을 불쌍히 여겨서 명을 써주기를 바라노라.

해제 이 글은 박윤원이 어머니 기계 유씨를 위해 쓴 행장이다. 숙인 기계 유씨는 유명홍의 손녀이자 유수기의 딸이며 김창협의 외손녀로, 명문가에서 교육을 받고 자라서 시집간 뒤 배운 바를 잘 실천하였으므로 시아버지로부터 법가의 여식이라는 칭찬을 들었다고 한다. 숙인 유씨는 시부모를 정성으로 봉양하고 남편을 잘 섬겼으며 시가의 친척들을 두루 보살폈고 종들에게까지 마음을 썼다고 한다. 또한 신중하고 욕심이 적었으며 덕을 베푸는 것이 미물에까지 미쳐서 사람들의 마음을 얻었다고 한다. 박윤원은 그 모친의 행장을 쓰면서 일반적인 선비행장(先妣行狀)의 구성에 따라 기계 유씨의 아름다운 행적과 덕성을 전달하고자 했다.

누이 유인 행장
亡妹孺人行狀

누이 박씨는 본적이 반남으로, 좌의정이자 금천부원군이며 시호가 평도공인 박은의 후손이며 사간 문간공 야천 선생 박소의 팔대 손이다. 고조할아버지 박세성은 좌부승지를 지냈으며 이조참판에 추증되셨고, 증조할아버지 박태원은 황주목사였으며, 할아버지 박필리[63]는 통덕랑이셨다. 아버지 박사석[64]은 지금 아산현감이시고, 돌아가신 어머니는 공인 기계 유씨이며 외할아버지 유수기는 이조참판에 추증되셨다.

누이는 병진년[1736] 9월 20일에 태어났는데, 장차 잉태될 때 어머니께서 봉황의 꿈을 꾸셨다. 누이는 태어나면서부터 단정하고 지혜로우며 맑고도 총명했으며 유순하고 조용하며 정숙했고 순박했다. 또 부모님의 외동딸로 부모님께서 매우 사랑하셨으나 어릴 때부터 교만하거나 어리광부리는 버릇이 없어서 부모님께 한 번도 야단을 맞은 적이 없었다. 배나 밤 등을 얻을 때마다 큰 것은 번번이 남자 형제들에게 주고 자신은 작은 것을 가지며 말하길,

"여자애가 당연하지요."

라고 했다. 타고난 품성이 어질고 자애로우며 측은히 여기는 마음이 사

63 박필리(朴弼理) : 1687(숙종 13)~? 자는 경옥(景玉), 호는 성암(醒庵). 사헌부장령 태창(泰昌)의 아들이다. 1735년(영조 11) 증광문과에 장원급제한 뒤 1740년 당상(堂上)에 올라 승지에 임명되었고, 그 뒤 동지의금부사(同知義禁府事)에 이르렀다.

64 박사석(朴師錫) : 1713(숙종 39)~1774(영조 50). 자는 성우(聖虞). 통덕랑 필리(弼履)의 아들이며, 어머니는 전의 이씨(全義李氏)로 익산군수 만시(萬始)의 딸이다. 안구(安絿)에게 가르침을 받았다. 의금부도사(義禁府都事)·선공감감역(繕工監監役)·공주판관(公州判官) 등을 역임했다.

물에까지 미쳐서 새끼 참새가 처마 아래로 떨어져서 어미를 잃고 우는 것을 보면 종일토록 슬퍼하면서 눈물을 흘렸고, 일찍이 정원의 수풀 사이를 거닐다가 잘못하여 꽃을 건드려서 꽃의 뿌리가 뽑히자 스스로 뉘우치며 이것은 할아버지가 심어두신 것이라는 생각에 다시 그곳에 가서 흙을 북돋아 다독여 두었는데, 이는 6, 7세 때의 일이다.

을축년[1745]에 어머니께서 병이 드시니 누이의 나이가 겨우 10세였는데도 약 시중을 들고 돌봐드리기를 잘하였고 애를 태우는 기색이 역력했으며, 때때로 어머니를 대신하여 일하는데 일을 처리하는 것이 민첩하고 넉넉해서 비록 나고 드는 자잘한 것으로도 어머니께 걱정을 끼치지 않았다. 자라면서 더욱 형제들과의 우애가 돈독해져서 그 오라비가 매우 여위고 병치레를 많이 하자, 매번 근심하며 편안히 지내지 못하면서 이르길,

"오라버니의 병은 저 때문입니다. 제가 태어나서 오라버니는 겨우 세 살에 젖을 떼었기 때문이지요."

라고 했으니, 그 말하는 것이 이와 같았다. 그 오라비의 아내가 시집와서 누이와 서로 매우 화목하게 지내며 친밀했다. 그래서 감히 시부모에게 직접 말씀드릴 수 없는 일이 있으면 누이가 그 일을 반드시 곁에서 말씀드려서 부모님께서 그 뜻을 잘 들어주셨다. 어머니께서 일찍이 말씀하시길,

"부인네들이 시누이의 마음을 얻기가 어려워서 늘 근심하는데, 만약 너와 같은 시누이를 둔다면 무슨 어려움이 있겠느냐?"

라고 하셨다.

15세가 되기도 전에 여공의 여러 일들에 정통하며 민첩하지 않음이 없었다. 15세에 안동 김재순 군에게 시집갔는데, 이때 시부모가 이미 돌아가신 뒤여서 누이가 크게 슬퍼했다. 시증조할머니와 시할머니, 뒤에 들어온 시어머니를 모시는데, 삼가 공경하며 정성을 다하여 시증조할머

니와 뒤에 들어온 시어머니가 모두 매우 편안해했다. 김씨 집안 친척이 많아서 손위 어른과 또래, 손아래 식구들이 또한 수십 명이나 되었는데, 누이는 그 사이에서 온화하고 거스르지 않으며 경계를 두지 않으니, 시가 친척들이 모두 사랑하며 기뻐했다. 이런 까닭에 우리 집이 김씨 댁과 이웃하여 지냈는데, 여러 해가 지나도 시종일관 비방하는 말을 듣지 못했다. 김군이 평소 부모를 여의고 혼자된 것을 슬퍼하면 누이도 그를 대하여 흐느껴 울었으며, 일상적으로 나누는 이야기는 오직 학문에 힘쓰고 행실을 닦으며 명성을 이루라는 것뿐이었다. 김군이 겨울만 되면 산사에 머물며 부지런히 책을 읽으면서 세상일에 흔들리거나 뜻을 빼앗기지 않은 것은 누이의 도움이 컸기 때문이다.

우리 집이 본래 가난하여 누이가 시집 갈 때 종 하나를 딸려 보내지 못했다. 누이는 몸소 부지런히 일하며 남편의 옷을 마련했는데, 하루도 바늘과 실을 놓고 스스로 즐기지 않았다. 또한 그 살림이 궁핍한 것을 부모님이 알지 못하게 했으며, 장신구를 내다 판 돈으로 친정의 씀씀이가 부족한 것을 보면 가져다가 채워주었고, 조금도 아끼지 않았다. 혹 집안에 혼인이 있을 때면 입던 옷을 입었는데, 수놓은 비단 옷을 입은 자들과 함께 서 있으면서도 부끄럽게 여기지 않으며 말하길,

"이는 가난하고 부유한 것이 다른 것이지요."

라고 했다. 누이가 대략 열흘에서 달포 간격으로 친정에 다니러 왔는데, 늘 말하길,

"여자는 혼인하면 부모, 형제와 멀리 떨어져 지내게 되는데, 저는 다행히 부모, 형제와 멀리 떨어져 지내지 않으니, 이는 즐거워할 만합니다."

라고 하면서 이로써 근심을 잊고자 했다.

김군은 일찍이 성균관에 나아가 여러 번 재주를 인정받았는데 우리 형제가 누이에게 전해주면 누이는 기쁜 빛을 띠지 않았다. 그러나 우리 형제가 어쩌다가 서로 문장에 더욱 정진하는 이야기를 나누면 누이가

듣고는 기쁜 기색을 드러냈다. 우리 형제가 잘못을 하면 반드시 그것을 고치게 하면서 말하길,

"고집 부리지 마셔요. 고집하면 막혀버립니다."

라고 했으니 그 생각과 식견이 대개 이와 같았다.

누이는 시집간 지 9년이 되었는데도 자식을 낳아 기르지 못해서 부모님이 매우 걱정하셨다. 얼마 지나 임신을 해서 친정집에서 아들을 낳게 되었는데, 심한 난산이었다. 이날 마침 날씨도 매우 추워서 아이가 나올 때 울지 않았으니 이미 죽은 것이었다. 누이가 속으로 당황하고 놀랐으나 또한 어머님이 지나치게 상심하실까 걱정하여 억지로 온화한 표정을 짓고 또 말하길,

"나이가 젊어서 이제 다시 낳을 수 있으니 너무 상심하지 마셔요."

라고 했다. 그 다음 해 9월에 또 딸을 낳았는데, 아우의 아들도 같은 달에 태어나자 누이가 자신의 딸보다 더욱 사랑하면서 매번 부모님 곁에서 함께 안아보는 것을 즐거움으로 여겼다. 이에 이르러 갑자기 병이 들더니 시간이 지날수록 더욱 심해졌다. 어머니께서 병간호를 해주시니 누이가 매번 탄식하면서 아픈 것을 숨기고 말하길,

"제가 어쩌다가 이런 걱정을 끼치게 되었나요?"

라고 하였다. 또 사사로이 어머니에게 말하길,

"아내는 남편을 받들어 모시는 사람인데, 제가 병이 들어서 바늘과 실을 잡을 수가 없으니, 양인 중에 서둘러 첩을 하나 얻어주시면 제 마음이 편안할 것입니다."

라고 하니 듣는 사람들이 가엽게 여겼다. 이때 막내 고모님의 부음이 들렸으나 집안 식구들이 누이에게 병이 있으니 곡을 할 수 없다고 말하였는데, 누이가 말하길,

"고모와 조카의 정으로 어찌 곡을 하지 않을 수 있겠습니까?"

라고 하고는 방에서 곡을 했으니 비록 병이 들었으나 예절에 어긋나지

않음이 이와 같았다. 그 해 5월에 어머니의 상을 당하자 누이가 매우 심하게 부르짖고 가슴을 치며 말하길,

“제 병이 어머니의 수명에 누가 되었군요.”

라고 하면서 살고자 하는 뜻이 없었으나 슬픈 기색을 드러내지 않고 아버님을 뵈었다. 장례를 치르고 시가에 돌아갔는데, 아침저녁으로 음식을 올릴 때마다 반드시 멀리 바라보며 눈물을 흘리면서 슬퍼하고 사모하기를 다했다.

병이 든 지 3년이 지나자 병이 더욱 심해졌는데, 어머님의 연상(練祥) 때에 이르러 친정에 실려서 돌아와 마침내 죽었으니, 임오년[1762] 6월 초5일이다. 속광하기 전에 잠꼬대 하는 것이 모두 어머니를 그리워하는 말이었으니, 아아, 애통하고, 아아, 애통하구나! 이 해 8월 아무 날에 양주(楊州) 평구역(平丘驛) 아무 방향의 언덕에 장사지냈다. 그 외동딸은 아직 어리다.

아아! 누이는 용모가 여리고 연약했으며 타고난 품성이 어질고 유순했다. 다른 사람과 이야기할 때에는 혹시 그가 상처받을까 걱정하여 비록 종들에게도 소리 지르며 꾸짖지 않았다. 그러나 또한 선악을 분명히 하여서 의가 아닌 것을 심히 물리쳤으며 매사에 비록 조금이라도 마음에 편안하지 않으면 하지 않았다. 천륜을 더욱 도탑게 하여 부모를 섬김에 지극히 공경하고 순종했으며, 형제들과 함께 할 때에도 일찍이 한 번도 화를 낸 적이 없었다. 늘 기뻐하고 즐거워하면서 효성과 우애를 집안에서 실천했으며 부녀자의 도를 지켜 자못 칭송을 받았으나 또한 겸손하고 가진 것이 없는 것처럼 했다. 어릴 때 닭국을 먹고 싶어 하니 둘째 고모님이 듣고 닭 한 마리를 보내셨는데 얼마 지나서 그 음식이 혐의로운 것임을 깨닫고 마침내 먹으려 하지 않았으며, 종이와 먹처럼 미미한 것도 남에게 부탁하는 것은 입 밖에 내지 않아야 할 것처럼 했으니 그 성품이 또한 매우 순박했다. 그리고 깨끗하여 욕심이 없었고 단정하고 엄숙하면

서도 말이 없었으며 화려한 것을 사모하지 않았고 곤궁한 것을 원망하지 않으면서 부녀자가 단속해야 할 것을 삼가 지켰으니 모두 순박하기 때문이었다. 김씨 집안에서 10년을 지내면서 항상 새신부처럼 법도에서 조금도 벗어나지 않으니, 남편의 중부(仲父)인 부솔공(副率公)[65]이 항상 칭찬하여 이르길,

"이 며느리는 곧고 깨끗하며 심지가 있다."

라고 했는데, 우리 누이를 알아보았기 때문이다.

누이가 죽은 날 형제의 아내들과 시가의 친척들을 막론하고 부모가 돌아가신 것처럼 곡을 했으니, 곧 이웃 마을에서 듣는 자들이 모두 눈물을 흘렸다. 이는 누이가 어질고 후덕했던 것을 몹시 불쌍히 여겨 슬퍼하는 것으로 다른 사람에게 신망을 얻음이 있었기 때문이다. 아아, 하늘이 이미 덕과 아름다움을 주고는 마침내 심한 병에 걸리도록 하여 일찍 죽고 자식도 없게 했으니 하늘의 도는 어디에 있는가?

장사를 지내고 나니 중관(仲寬)[66]이 나에게 그 행적을 써 달라고 부탁했는데, 부녀자의 행실은 뇌사(誄詞)가 아니면 드러나지 않아서 그 아는 것이 형제만 한 자가 없기 때문이다. 내가 이에 행장을 썼는데, 혼인하기 전은 내가 상세히 아는 것이고 혼인한 뒤는 중관에게서 얻은 것이 많다. 병이 들었을 때의 일과 같은 것은 내가 진실로 차마 쓸 수 없는 것이 있었으나 참고 쓴 것은 이것으로 더욱 그 사람을 볼 수 있다고 여겨서이다. 중관이 이 행장을 가지고 당대의 어진 분에게 묘지문을 부탁할 것이니 그러면 반드시 채록될 것이다. 아아, 슬프다!

---

65 김이곤(金履坤)을 이른다.

66 중관(仲寬)은 유인 박씨의 남편 김재순을 이른다.

해제 이 글은 박윤원이 누이 박씨의 행적을 기록한 것이다. 누이의 장사를 지낸 뒤 매부인 김재순이 행장을 부탁하여 이 글을 쓰게 되었다. 누이가 혼인하기 전의 일은 본인이 상세히 알고 있고 혼인한 뒤는 매부에게 들어서 그 행적을 자세하게 기술할 수 있었다. 박윤원은 매부가 이 행장을 가지고 당대 문장가에게 묘지문을 부탁할 것이라고 기대했으나, 여의치 않게 되자 30년이 지난 때에 박윤원 자신이 <누이인 김씨의 아내 묘지명 병서[亡妹金氏婦墓誌銘 幷序]>를 작성한다. 또 박윤원은 사이가 각별했던 누이를 여윈 슬픔을 <누이를 그리워하며 슬픈 정회를 쓰다[思亡妹述悲]>에 곡진하게 드러냈다.

이 글에는 친정과 시댁이 이웃하여 친정 식구들이 시집간 딸의 생활을 자주 전해 듣고, 딸은 친정에 자주 왕래하면서 부모를 멀리 떠나지 않아도 되는 상황에 안도하며, 딸이 병들어 오래 앓게 되면 친정어머니가 병간호를 맡아하는 내용 등이 소개되어 있다. 이처럼 저자의 누이인 박씨는 친정으로부터 정서적으로나 물리적으로 지지와 지원을 받으며 생활하였고 박씨 또한 친정에 보탬이 되고자 노력했다. 이러한 기록들은 양반가 여성들이 시집간 뒤 친정과 어떻게 관계를 지속시켜 나갔는지 보여준다.

아내 행장
亡室行狀

유인 김씨는 반남 박윤원의 아내이다. 김씨는 본관이 안동으로 고려 태사 선평[67]의 후손이다. 5대조 선원선생 상용은 우의정을 지냈고 병자호란 때 강화도에서 순절하여 나라에서 정려를 내리고 시호를 문충(文忠)이라 했다. 고조할아버지 광현[68]은 이조판서로 직언을 하여 삼수에 유배되었고 호가 수북이다. 증조할아버지 수민(壽民)은 덕산 현감으로 이조참판에 추증되었는데 효성스러워 정려를 받았다. 할아버지 성도(盛道)는 은율 현감으로 이조참판에 추증되었고 아버지 선비 시관(時莞)은 박학하고 높은 행실이 있었으나 벼슬에 나아가지 않았다. 어머니는 남양 홍씨로 이조참판에 추증된 내재(耐齋) 태유(泰猷)의 딸이고 익평위 득기[69]의 증손

---

67 김선평(金宣平) : 생몰년 미상. 고려 태조 때 공신. 본관은 안동. 930년(태조 13) 태조가 견훤과 싸울 때, 안동에서 권행(權幸)·장길(張吉)과 더불어 태조를 도운 공으로 대광(大匡)에 임명되었다. 뒤에 벼슬이 아부(亞父)에 이르렀다.

68 김광현(金光炫) : 1584(선조 17)~1647(인조 25). 본관은 안동. 자는 회여(晦汝), 호는 수북(水北). 우의정 상용(尙容)의 아들이다. 대사헌·대사간·예조참의를 거쳐 1634년 부제학이 되었다. 이때 대사간 유백증(兪伯曾)이 인조의 사친추숭(私親追崇)을 옹호하자, 이를 임금에게 아부하는 일이라 하여 탄핵하다가 삼수(三水)로 유배당하였다. 다음해 방면되어 돌아왔으나 곧 병자호란이 일어나 그의 아버지 상용이 강화로 피난하였다가 강화가 함락당하여 그곳에서 자살하자, 그도 홍주의 오촌동(鰲村洞)에 은거하였다. 조정에서 그 호종(扈從)의 공을 수록하고 대사간을 제수하였으나 나가지 않다가 다시 청주목사에 제수되었으나 모든 문서에 청나라 연호 쓰기를 거부하고 단지 간지만 씀으로써 파직당하였다. 1646년 소현세자빈 강씨의 옥이 일어나 강씨가 사사되자, 강빈의 오빠 문명(文明)이 그의 사위였던 까닭에 순천부사로 좌천되었다가 이듬해 그곳에서 울분 끝에 죽었다.

69 홍득기(洪得箕) : 1635(인조 13)~1673(현종 10). 본관은 남양(南陽). 자는 자범(子範), 호는 월호(月湖). 1649년(인조 27) 당시 세자이던 효종의 둘째딸 숙안군주(淑安郡主)와 혼인하여 익평부위(益平副尉)에 봉해졌다. 같은 해 인조가 죽고 효종이 즉위하자 익평

이다. 인자하고 맑으며 집안을 다스리는 데 법도가 있었다. 영조 10년 갑인년[1734] 11월 16일에 유인을 낳았다.

유인은 충효를 실천하는 집안에서 태어나 성품과 자질이 어질고 맑았으며 또 어진 부모의 가르침을 입어 어릴 때부터 몸가짐이 법도에 맞으니 처사공이 칭찬하여 이르길,

"네가 남자로 태어났다면 우리 집안의 명성이 떨어지지 않을 것이다."

라고 했다. 조금 자라서는 『소학』과 여계서(女誡書)를 익혀 몸소 행하는 것이 많았다.

작은아버지인 부학공(副學公)[70]에게 매우 사랑을 받아서 안변부(安邊府)에 따라 갔는데, 이때 나이가 12살이었지만 말과 행동이 모두 예법에 맞으니 부학공이 더욱 사랑하였다.

15세에 윤원에게 시집왔는데 시조부모와 시부모가 보고 기뻐하며,

"법도 있는 집안의 여식이다."

라고 하니, 내외 여러 친척들이 모두 진정한 총부를 얻었다고 축하했다.

우리 할머니 이공인은 청강[71]과 잠와[72]의 후손으로 자라며 조상의 덕

위(益平尉)로 진봉(進封)되었다. 시호는 효간(孝簡)이다.

70 김시찬(金時粲) : 1700(숙종 26)~1767(영조 43). 본관은 안동. 자는 치명(穉明), 호는 초천(苕川). 홍주(洪州) 출신. 상용(尙容)의 현손으로 아버지는 좌랑 성도(盛道)이다. 노론에 속했으며, 규장각대교(奎章閣待敎)로 조태구(趙泰耉)·유봉휘(柳鳳輝)·이광좌(李光佐) 등 소론 일파의 처벌을 청했다가 당시 탕평책에 반대한다 하여 흑산도로 유배되었다. 1740년 수찬으로 복관되었고 1755년 대사간에 임명되었다. 1759년 부제학을 제수받고 이를 사양하는 글을 바쳤으나, 그 글에 불경스러운 구절이 있다 하여 다시 흑산도에 유배되어 1764년 풀려나왔다. 1806년(순조 6) 이조판서에 추증되었다. 시호는 충정(忠正)이다.

71 이제신(李濟臣) : 1536(중종 31)~1584(선조 17). 본관은 전의(全義). 자는 몽응(夢應), 호는 청강(淸江). 병마사 문성(文誠)의 아들이며, 영의정 상진(尙震)의 손자사위이다. 형조·공조·호조 정랑과 사헌부감찰·사헌부지평 등을 지냈고, 사은사 종사관이었다. 함경북도 병마절도사 때 여진족 이탕개를 막지 못해 유배되었다. 글씨에 능했고 청백리에 책록되었다.

72 이명준(李命俊) : 1572(선조 5)~1630(인조 8). 본관은 전의(全義). 자는 창기(昌期), 호

을 이어받아서[73] 규중의 본보기로 무리 중에 빼어나셨는데, 유인과 덕성이 서로 가까워서 더욱 사랑하시고 중히 여기셨다. 아침저녁으로 불러서 곁에 앉혀두고 옛 말씀과 과거의 사적들을 들어 가르치면, 유인은 듣고 배우기를 삼가 부지런히 하고 평생토록 잊지 않았으며 매번 거론하여 나에게 말하며,

"할머님께서 일찍이 말씀하셨다."

라고 했다.

병자년[1756]에 이공인의 병시중을 들었는데, 음력 6월이 되자 침석에서 부채질을 하며 하루 종일 곁을 떠나지 않았다. 땀이 옷 밖으로 배어 나와도 문을 나가는 일이 없었으니 아버지 판관부군께서 마음으로 가상히 여기셨다. 신사년[1761]에 어머니 유숙인의 병이 위독해지자 유인이 손가락을 잘라 피를 모아 드시도록 했다. 나의 외숙인 대헌공(大憲公)[74]이 이것을 보고는 감탄하기를 마지않았다. 어머니의 상을 마치고 나자 집이 더욱 곤궁해져서 살림이 매우 어려워졌다. 유인의 노고가 심해지니 아버님께서 가엾게 여기셨다. 유인의 형 담양공이 이르길,

"우리 누이는 성품이 편안하고 조용하니 견디어낼 것이네."

라고 했다. 어머니의 아침저녁 제사를 올리면서도 비록 비녀를 팔고 머리카락을 자를지언정 내가 제사를 올리지 못할까 봐 걱정하게 하지 않았다. 아버님의 의복을 바느질하고 세탁하는 것은 반드시 때에 맞춰서 하여 아버님의 마음을 근심스럽게 하지 않았다.

는 잠와(潛窩) 또는 진사재(進思齋). 아버지는 병마절도사 제신(濟臣)이며, 어머니는 목천 상씨(木川尙氏)로 붕남(鵬南)의 딸이다. 호조·형조의 좌랑을 지냈다. 계축화옥(癸丑禍獄) 때 유배되었다. 인조반정 이후 벼슬이 병조참판에 이르렀다. 사후 좌찬성에 추증되었다.

73 세미(世美) : 후대(後代)가 전대(前代)의 미덕(美德)을 계승하는 것. 『춘추좌전(春秋左傳)』 문공(文公) 18년 조에 "대대로 그 미덕을 이루어서 그 명성을 떨어뜨리지 않았다. [世濟其美 不隕其名]" 하였다.

74 유언민을 이른다.

내 누이인 김재순의 아내가 큰 종기로 병이 들어 여러 달이 지나 또 위독해지자 아버님께서 직접 고름을 닦고 약을 발라주셨다. 혹 일이 생기면 유인이 대신 하였는데, 매우 잘했으며 병석에 깨끗지 못한 것이 있으면 종종 직접 닦아내면서도 싫어하거나 피곤한 기색이 없었으니 보는 이들이 어려운 일이라 여겼다.

유인은 우애가 도타워서 내 아우 준원이 이미 분가한 뒤에도 유인이 맛있는 음식과 따뜻한 옷을 나누어 주었는데 반드시 내 마음보다 앞서서 했다. 그리고 다른 며느리들을 대할 때에는 온화하고 고르게 하고자 힘써서 서로 잘 지내지 않음이 없었다.

아버님께서 첩을 두셨는데, 유인이 10여 년을 함께 살면서도 인심을 잃지 않았고, 친척과 이웃에 이르기까지 한결같이 정성스럽고 믿음이 가도록 대하였다. 이런 까닭에 멀든 가깝든 간에 감복하지 않음이 없었다. 나를 섬기면서도 공경하며 예를 다했고 시집와서 오래지나도록 여전히 신부와 같이 행동했으며 한가로이 사사롭게 하는 말도 모두 법도에 맞았다.

내가 성품이 조급하고 사나워서 화를 내는 일이 많았는데, 집안 식구들이 잘못하는 것을 보면 성내고 책망하면서 그저 두지 않으니, 유인이 이르길,

"이미 그릇된 것을 어찌 되돌릴 수 있겠습니까? 엎어진 물을 다시 담을 수 없는 것과 같습니다."

라고 했다. 일찍이 나에게 학문을 권하며 이르길,

"사람이 아름다운 자질을 지니고도 학문을 하지 않는 것은 마치 옥을 다듬지 않는 것과 같습니다."

라고 했고, 세상살이가 괴롭고 험난한 것을 보고는 내가 과거에 응시하지 않기를 바라며 말하길,

"나로 하여금 장부가 되게 한다면, 마땅히 과거에 나아가지 않을 것입

니다."
라고 했다. 내가 늦게야 비로소 학문에 뜻을 두고 과거의 문장을 끊어버리니 기뻐하며 이르길,
"저는 당신에게 아름다운 이름이 있기를 바라지 이익과 봉록이 있기를 바라지 않습니다."
라고 했다.

유인은 사물에 대해 담담하여 좋아하는 것이 없었으나 돌이켜보면 오직 의리에 대한 이야기를 듣는 것은 좋아했다. 내가 때때로 경전의 문장과 예절에 대한 것으로 오묘하고 복잡한 것을 말하면, 세상의 유학자들도 이해하기 어려운 것을 유인은 번번이 이해하였으니 그 통달하고 밝은 것이 이와 같았다. 유인은 아름다운 재주를 드러내지 않고 스스로 감추었으며 마치 서사(書史)를 알지 못하는 것처럼 겸손했다. 그러다 내가 하루는 우연히 송나라 때 명신의 사적을 생각하다가 능히 기억해내지 못하는 것이 있었는데 유인이 매우 상세하게 외우고 있었다. 또 조정에서 일어난 사화(士禍)의 전말에 대해서도 자세히 알아서 때때로 나와 토론하였다. 그래서 내가 자못 이상하게 여겼는데, 뒤에 그 상자를 보니 옛 책을 번역해서 베껴놓은 것이 쌓여서 두루마리와 책을 이루었다. 절의에 대한 사적을 가장 사모하였는데, 옛 사람이 몸을 바쳐 인을 이루고 임금 앞에서 충간을 하는 것을 논하면서는 반드시 감동하거나 격앙되어 매번 이르길,
"대장부가 행함에 있어 마땅히 방정하고 엄격하며 바르고 곧아야 하며 책상모서리나 만지고 있[75]어서는 안 됩니다."
라고 했다.

---

75 모릉(摸稜) : 무슨 일에 대해서 시비를 결정하지 못하는 것. 당(唐)나라 때 소미도(蘇味道)가 재상으로 있으면서 "매사를 명백하게 결정해서는 안 된다. 만약 착오가 있으면 견책을 당하니 책상모서리나 만지면서[摸稜] 양단(兩端)을 잡고 있어야 한다." 하였다.

부학공이 일찍이 항소를 하여 해도에 유배되자 유인이 이르길,

"노년에 거친 땅에 유배되셨으니[76] 비록 자식들과 조카들은 걱정이 되겠지만, 작은아버지께 있어서는 광영입니다."

라고 했으니, 이와 같은 식견은 비록 책을 읽은 군자라 하더라도 어찌 넘어설 수 있겠는가?

이보다 앞서 처사공이 여강에서 돌아가시니, 유인이 서울에서부터 달려가 곡을 했는데 죽을 때까지 애통해 했다. 늘 한 번 성묘하기를 소원하여, 아버님께서 아산(牙山)을 맡아 나가 계시게 되었을 때 유인이 잠시 나아가 뵙고 이에 돌아오면서 홍주에 가서 처사공의 묘에 찾아뵙고 이르길,

"내가 간절하게 소원하던 것을 이루었으니, 이는 시아버님의 은혜입니다."

라고 했다. 뒤에 아버님께서 파직되셔서 집에 계실 때 이미 연세가 많으시니 유인이 힘을 다하여 봉양하였고 반드시 식사를 준비하고 병시중을 들며 죽을 끓이고 국을 데우는 일을 남이 대신 하게 하지 않았다. 상을 당하자 곡을 하며 죽고자 했고 제삿날이 되면 저녁 내내 슬피 울었다. 부모님과 시부모님이 남기신 서찰은 반드시 수습하여 조심스럽게 보관해 두었다가 때때로 공손하게 열어보며 그리운 마음을 붙였고, 매번 그것을 어루만질 때마다 반드시 눈물을 흘렸다.

내가 교유하여 사람을 얻었다는 것을 들으면 기뻐하고 얻지 못하면 기뻐하지 않았다. 어떤 일로도 나에게 누를 끼치지 않았고, 늘 음식을 얻게 되면 경솔히 나에게 내오지 않았으며 반드시 그 출처를 살피고는 내오면서 이르길,

"제가 들으니, 고조부님이신 승지공[77]께서 궐에 계실 때 우연히 부유

76 영조 35년[1759] 김시찬의 나이 60세에 상소가 당론을 펴고 예에 어긋난다 하여 흑산도에 유배되었다.

한 벼슬아치의 맛있는 음식을 대접받았는데 여러 사람들이 모두 음식을 먹고자 했으나 공만은 돌아보지 않으셨다고 합니다. 비단 당신의 성품이 깨끗하기 때문만이 아니라, 제가 조상의 덕을 욕되게 하지 않으려는 것입니다."
라고 했으며, 늘 외조부인 내재공을 칭송하였다.

집안에 어려운 일을 당하자 스스로 곤궁한 사람임을 자처하였고, 화를 당한 집안의 자제들이 사치를 일삼는다는 것을 들으면 매우 그릇되게 여겼다. 스스로 문충공의 후예라 하여 그 날짜는 반드시 숭정의 연호를 썼다.[78] 사람들이 그것을 보고 이르길,

"춘추의 큰 뜻이 여사(女史) 가운데 있다."
라고 했다.

홍유인의 증조할머니가 숙안공주라서 궁에서 임금이 내려준 내훈서가 자손들에게 전해졌다. 유인은 외가에서 그 책을 얻어서 베껴서 읽었는데, 귀로 떠도는 이야기를 듣지 않고, 눈으로 나쁜 것을 보지 않았으며, 마음을 전일하게 하고 얼굴색을 바르게 한다는 구절에서는 더욱 세 번 반복하여 읽으면서[79] 마음을 다했다.

또 그 종고모인 송요화[80]의 아내[81]는 세상에서 여사라고 일컬었다.

---

77 우부승지와 호조참의 등을 지낸 박세성(朴世城)을 이른다.

78 김상용의 아들인 김광현(金光炫)이 청주목사로 있을 때 모든 문서에 청나라 연호 쓰기를 거부하고 단지 간지만 쓰다가 파직당한 일을 본받은 것이다.

79 삼복(三復) : 『시경』 「대아(大雅)」에서 "흰 구슬의 티는 갈아 없앨 수 있거니와, 말의 허물은 어찌할 수가 없다.[白圭之玷 尙可磨也 斯言之玷 不可爲也]" 한 것을 남용(南容)이 세 번씩 되풀이하여 읽었던 데서 온 말로, 『논어』 「선진(先進)」에서 "남용이 백규의 글을 세 번씩 되풀이하여 읽거늘, 공자가 형의 딸을 그의 아내로 삼아 주었다.[南容三復白圭 孔子以其兄之子妻之]"라고 하였다.

80 송요화(宋堯和) : 1682~1764. 본관은 은진(恩津). 자는 춘유(春囿), 호는 소대헌(小大軒). 충청도 회덕(懷德)에서 태어났다. 대사헌을 지낸 동춘당 송준길의 증손이며, 아버지는 장악원정(掌樂院正)을 지낸 송병하(宋炳夏)이다. 어려서부터 설악산에 들어가 삼연 김창흡에게 역학(易學)을 배우고 제자백가를 두루 읽었다. 관직은 동지중추부사에까지

<자경편(自警編)>을 지었는데, 마음을 바르게 하고 스스로 수행하는 방도를 언급하고 있으니, 유인이 가져다가 자리 오른편에 두고는 아침저녁으로 외우고 익혔다. 행실을 닦아 젖어드는 것이 이와 같았으니, 그 덕과 선을 이룰 수 있었던 것은 비단 타고나서 그러한 것만은 아니다.

내가 집이 가난하고 삼대의 제사를 받들어야 했는데, 유인이 제주의 아내로 정성을 다해 힘써서 음식이 모자람이 없도록 했고, 씻고 익히는 것도 반드시 정갈하고 정성스럽게 했다. 아관(亞祼)을 할 때에도[82] 나아가고 물러나며 일을 처리하는 것이 모두 예의 절차에 맞았다. 손님들을 대접할 때에도 좋은 음식을 깨끗한 그릇에 반드시 반듯하게 담았고, 비록 일상적인 반찬이라도 꼭 정결하게 했다. 시장의 건어물은 반드시 씻어서 먹으며 이르길,

"내 생각에 장사꾼이 파는 건어물 꿰미는 신을 신고 밟을 것이다."
라고 했다.

종들을 부리면서도 주는 것을 고르게 했고 고생스럽고 편한 일을 편중되게 시키지 않았으며 가르쳤으나 따르지 않으면 그제야 벌을 주었다.

유인은 나이가 들어서까지 자식이 없다가 33세에 비로소 아들을 두어서 매우 사랑하였으나, 또한 사랑한다 하여 가르치고 경계하는 것을 잃지는 않았다. 아이가 교만하고 멋대로 행동하는 버릇이 있으면 책망하길,

"내가 부모님을 곁에서 모시는데, 어찌 감히 이와 같이 하느냐? 나는 네가 재주는 넉넉하지만 행실이 부족한 것을 염려하는 것이다."
라고 했다. 아이가 홍유인에게 매우 사랑을 받았는데, 홍유인이 돌아가

올랐고, 외직으로 선산부사(善山府使)·광주목사(光州牧使) 등을 지냈다.

81 호연재(浩然齋) 김씨 : 1681(숙종 7)~1722(경종 2). 조선후기 여류시인으로 군수를 지낸 안동 김성달의 딸이다. 19세에 동춘당의 증손인 송요화와 혼인하여 보은현감을 지낸 오숙재 송익흠과 딸 하나를 두고 42세에 죽었다. 가통을 이어받은 시적 재능이 있어 절제된 간정과 사유를 시문에 담았다. 시집, 유고, 자경편 등을 남겼다.

82 보통 기제사(忌祭祀) 등 일반 제사에서는 제주의 부인이 두 번째 잔을 드리게 된다.

시고 나자 유인이 아이에게 체벌을 하며 울면서 이르길,

"예전에는 너에게 매질을 하면 우리 어머니께서 너를 가엾게 여기셔서 나를 나무라셨는데, 이제 너를 매질해도 우리 어머니의 책망하는 말씀을 들을 수 없어서 이런 까닭에 울 뿐이다."

라고 했으니 유인이 깊이 그리워하는 것이 이와 같았다.

남이 곤궁한 것을 보면 자기 일처럼 근심하였고 반드시 도와줄 것을 생각하였다. 측은히 여기는 마음이 사물에까지 미쳐서 처사공의 제사 때에 여종이 살아있는 꿩을 사오니 유인이 그 산 것을 보고는 차마 그 삶는 것을 볼 수 없어서 이에 자신의 돈을 내어 죽은 꿩으로 바꿔서 쓰고 산 것은 산 위에서 놓아주었다. 일찍이 집에서 닭을 길렀는데, 여러 닭들이 사랑하며 서로 먹이니 집안사람들이 기이하게 여기며 유인의 어짊이 능히 가축을 감화하였다고 말했다.

유인은 어릴 적 풍담병[83]에 걸렸었고 중년에도 혈질(血疾)을 앓았는데, 이리저리 오래도록 낫지 않다가 신축년[1781] 3월 16일에 죽었으니 48세였다. 이해 5월 19일에 양주 축석령 선영 곁 서북을 등진 언덕에 장사지냈다.

아들 하나만 낳았고 딸은 없었다. 아들은 종여이다. 종여가 혼인을 하기로 하여 납폐할 때에 이르렀는데, 이날 새벽에 유인이 죽었으니 듣는 자들이 슬퍼하지 않음이 없었다.

예전에 유인이 나와 이야기하다가 우연히 민가의 부인 상사에 남자종에게 고복(皐復)을 시키는 것은 예가 아니라고 논하면서 유인이 이르길,

"내가 죽으면 연이에게 복을 하게 해 주셔요."

라고 했다. 연이는 여종의 이름으로 유인이 시집올 때 따라온 자이다. 20여 년 뒤에 결국 이 여종에게 고복을 하게 했으니, 아! 그것이 참언이었다.

---

83 풍담(風痰) : 풍증을 일으키는 담병. 또는 풍으로 생기는 담병.

일찍이 이공인이 실을 짜던 기구를 사용하였는데 낡았는데도 소중하게 여겼다. 장차 죽게 되자 그 기구를 가리키며 이르길,

"내가 죽으면 누가 이 기구가 소중한 것임을 알겠습니까?"

라고 했으니, 부모를 사모하는 마음이 죽음에 이르러서도 더욱 두터운 것이 이와 같았다.

유인은 평소에 앉을 때에는 반드시 바르게 꿇어앉았고 말수가 적었으며 위의를 갖추었고 말씨나 표정으로 조급하게 구는 것을 더욱 경계하였는데, 어쩌다가 어긋남이 있으면 번번이 종이를 가져다 써두고는 스스로 살펴 고쳐나갔다. 농담은 입 밖에 내지 않았고 시기하여 이기고자 하는 마음을 싹트게 하지 않았으며, 과장하거나 자만하고 모함하거나 아부하며 다투고 경쟁하는 습성은 전혀 가지고 있지 않았다. 차라리 남에게 속을지언정 거꾸로 속이려고 꾀를 내지 않았고, 차라리 남에게 원망을 받을지언정 바르지 않는 방도로 명예를 구하지 않았다. 세속에서 꺼리는 일에 흔들리지 않았고 귀신 요괴에 미혹되지 않았으며 능히 일의 옳고 그름과 마땅함과 마땅하지 않음을 구분하였다. 내가 그러므로 때때로 의심나는 바가 있으면 많이 물어보고 결정을 하였다. 성품이 고결하여 구차하게 요구하여 얻으려 하지 않았으니, 비록 가까운 친척에게라도 입 밖에 내지 않았고, 혹 부득이하게 되면 내심 좋아하지 않았다. 평소에 화려한 것을 좋아하지 않았고 해진 옷을 입고도 부끄러워하지 않았다. 여공에서 가장 어려운 것은 정교함을 다하는 것이라 하는데, 예복의 제도에 대해서도 잘 꿰뚫어 알고 있었다. 집안일을 하면서도 재물과 비용을 아끼고 쓰임대로 처리하였으니 대개 주관하는 능력이 있었다. 심지어 키와 절구를 자리에 두는 것도 정연하게 하여 두서가 있었다.

내가 세상물정에 어두워서 살림을 꾸려나가지 못하니 유인이 직접 옷감을 짜서 값을 받아 꾸려나갔고, 내가 처신하면서 감당해내지 못하는 일이 있으면 또 분수와 운명에 맡기고는 끝내 원망하거나 유감스러워하

는 뜻이 없었다. 옛 어진 부인 가운데 흠모하면서 본받고자 하는 이는 후부인과 여형공 부인이었다.

부학공이 일찍이 유인을 칭찬하여 이르길,

"투기는 부인네들이 벗어나기 어려운 것인데 이 아이는 멀리 벗어나 있네."

라고 하니 유인은 작은아버지가 자신을 알아주었다고 여겼다. 내가 여색을 가까이 한 적이 없으니 이는 유인을 시험하지 않은 것이지만 유인의 다른 행실을 보면 미루어 알 수 있는 것이다.

유인은 용모가 넉넉하고 마음 씀씀이가 어질고 순하여서 아버님께서 매번 칭찬하시길,

"이 며느리는 존귀한 상이니, 곧 복이 있는 사람이다."

라고 하셨으나 다만 내가 오활하고 또 곤궁하여 평생 고생만 하였고 또 그 수명도 길지 못했으니 슬프다!

아아! 유인과 나는 취향이 서로 맞아서 함께 산림에 은거해 살기로 약속했는데, 유인이 먼저 세상을 떠났으니 어찌 깊이 한스럽지 않겠는가?

내가 들으니, 유인이 일찍이 이르길,

"사람의 행적을 기록하면서 간혹 그 사실을 과장하면 곧 다른 사람이 됩니다."

라고 했는데, 이는 정부자가 화상(畫像)을 논한 말과 합치되는 것이다. 내가 이제 유인의 행장을 쓰면서 어찌 그 말을 보태어 유인의 뜻을 상하게 할 수 있겠는가? 다만 실제 행적에 근거해서 쓸 뿐이다.

해제 이 글은 박윤원이 아내 유인 안동 김씨를 위해 쓴 행장이다. 안동 김씨는 효성스러워 시어머니의 병을 낫게 하기 위해 단지(斷指)를 했고 시누이가 종기로 고생을 할 때에는 고름을 닦는 등 병수발을 도왔으며 시아버지의 첩과 친척들에게 정성을 다하여 마음을 얻었고 또 많은 고서들을 번역하고 필사하여

경전의 문장이나 역사 등에 대해서도 정통하였다고 했다. 특히 외가에서 전하는, 궁에서 내려준 내훈서와 김씨의 종고모인 호연재 김씨의 자경편을 읽으며 본받고자 했다는 기록을 통해 여훈서가 집안마다 부녀자들에게 어떠한 방식으로 전승되었는지 알 수 있다. 안동 김씨는 외아들 종여의 혼인을 앞두고 세상을 떠나서 주변사람들의 마음을 더욱 안타깝게 했는데, 박윤원은 아내의 병에 무심했던 자신과 모친을 여읜 아들의 슬픔을 <아내를 위한 제문(祭亡室文)>을 통해 애절하게 드러냈다.

외할머니 정부인 안동 김씨 행장
外祖母貞夫人安東金氏行狀

외할머니 정부인 김씨가 돌아가신 지 12년 만에 외숙인 대헌공이 죽었다. 대헌공은 매우 효성스럽고 문장을 잘하여 마땅히 행장이 있을 만한데 정부인의 행적을 기술하는 것을 마침내 하지 못했다. 목천(木川)에서 여묘살이를 할 때는 슬픔에 글을 이룰 수 없었고 뒤에는 병들고 여러 가지 일로 인해 순조롭게 이룰 수 없었기 때문이다. 공의 아들 한석(漢石)은 양자인데, 그가 들어왔을 때 정부인이 세상을 떠난 뒤이니 어찌 정부인의 행적을 알아서 대헌공이 이루지 못한 행장의 문장을 완성하겠는가?

윤원은 정부인의 외손자로 비록 정부인을 모시기는 했지만, 성품이 우둔하고 어리석어서 평소에 듣고 본 것은 데면데면 지나쳐 잘 알지 못하고 또 세월이 오래되어 잊은 것이 많으니, 또한 어찌 덕행을 상세히 실어서 후세에 드리워 보일 수 있겠는가? 그러나 비록 백 가지 중에 한두 가지일지라도 오히려 그것으로써 전체를 증험할 수 있으니, 모아 정리하고 기록하여 사라지지 않도록 하는 것이 윤원의 책임이 아니면 그 누구의 책임이겠는가? 이에 외람됨을 스스로 헤아리지 못하고 붓을 잡고 행장을 쓴다.

정부인은 본관이 안동으로 고려 태사 선평의 후손이고 청음선생 문정공 상헌의 현손이다. 증조부 광찬은 동지중추부사였고, 할아버지 수항은 영의정을 지냈으며 호가 문곡이고 시호는 문충공이다. 아버지 창협은 예조판서를 지냈고 시호가 문간공인데 학자들은 농암선생이라 불렀다. 어머니 정부인 연안 이씨는, 부제학으로 호가 정관재인 단상[84]의 딸이다.

부인은 숙종 16년인 기사년[1689] 7월 15일에 태어나 16세에 우리 외조부인 일헌공(逸軒公)에게 시집가서 25년간 아내의 역할을 하며 모셨고 일헌공이 죽은 뒤 34년간 미망인으로 불렸다. 첫째와 셋째 두 아들은 모두 양자로 다른 사람의 후사가 되어,[85] 둘째 대헌공이 부인이 따르는 아들노릇을 했다. 부녀자의 삼종지도 가운데 아들을 따르는 것이 가장 어려운데, 부인은 능히 이를 다했다. 집안의 크고 작은 일을 모두 대헌공에게 물어본 뒤에 처리했고, 대헌공이 하고자 하는 바를 했으며 하고자 하지 않는 것은 하지 않았다. 상제와 혼례부터 손님을 접대하는 일에 이르기까지 오직 대헌공의 뜻에 맞게 했다. 중년 이후로 연이어 자녀 세 명을 여의어서 참담한 슬픔을 견디기 어려웠으나 억지로 떨쳐버리며 대헌공의 마음을 상하게 하지 않았다. 대헌공이 의영고[86]의 관직을 맡고 있었는데, 이때 부인의 생신이 되자 아랫사람들이 맛있는 음식을 차려 올리니 부인이 대헌공에게 말하여 물렸다. 그 뒤에 네 곳에서 대헌공이 지방관을 맡으며 부인을 봉양하였는데, 아침저녁으로 음식을 올리는 것 외에는 관의 물건을 하나도 취하지 않았으니, 이는 부인이 어미의 도리를 행한 것으로 윤원이 보아서 아는 것이다.

윤원이 일찍이 어머니로부터 들었으니 이르시길,

"우리 아버님께서 지극한 효성으로 부모를 섬기시니 우리 어머니가 한결같이 따르며 어김이 없으셨지. 아버님이 상을 치르기를 매우 엄격하게 하셨는데 병이 아주 위중하셨지만 상례를 집행하는 데 게을리 하지 않으셨고 어머니는 들어가지 못하셔서 문 밖에 서서 기다리셨지."

---

84 이단상(李端相) : 1628(인조 6)~1669(현종 10). 본관은 연안(延安). 자는 유능(幼能), 호는 정관재(靜觀齋)·서호(西湖). 좌의정 정구(廷龜)의 손자로 대제학 명한(明漢)의 아들이다. 대간 및 부제학 겸 서연관(書延官) 등을 지낸 조선 후기의 문신으로 사후 이조판서에 추증되었다.

85 과방(過房) : 자식이 없는 사람이 형제나 혹은 동종(同宗)의 아들을 데려다가 후사(後嗣)로 삼는 것을 말한다.

86 의영고(義盈庫) : 조선시대 호조의 속아문(屬衙門)으로 국초부터 설치하여 기름·꿀·밀·채소·후추 등의 조달·관리 등의 일을 맡아보았다.

라고 하셨으니, 이는 부인이 아내의 도리를 다한 것으로 윤원이 들어서 아는 것이다.

또 외숙인 대헌공께 들었는데 공이 이르시길,

"우리 집이 본래 가난하여 대흥의 죽리에서 살았는데, 흉년이 되어 먹을 것이 없자 어머니께서 박의 속으로 국을 끓여 우리 형제들을 먹이셨다. 가난과 고생이 이와 같았는데도 어머니께서는 편안히 여기셨지. 아버님께서 돌아가신 뒤에 홀로 가문을 지키며 어린 자식들을 어루만져 돌보시고 혼인을 시켜 성인으로 키워내신 것으로 아버님께 헌신하셨으니 우리 어머니의 덕과 행실이 이와 같았다."

라고 하시고, 또 이르시길,

"내가 젊었을 때에 과거 공부를 하는데 고루할 것을 걱정하여 서울에 들어가 사우(士友)를 구하고자 했지만, 홀어머니께서 홀로 지내실 것이 걱정되어 차마 떠나지 못했었지. 그런데 우리 어머니께서, '지금 집안 살림이 지극히 가난하여 오직 네가 입신양명하기만을 바라고 있다. 모자가 각자 참기 어려운 바를 인내하고 난 뒤에 성공할 수 있을 것이니 너는 나를 걱정하지 말거라.'라고 하셔서 내가 이에 명을 받들어 서울에 들어가 대과와 소과를 치르고 내외 관작의 봉록으로 어머니를 봉양할 수 있었단다. 지난날 어머니의 가르침이 아니었다면 내가 어찌 이에 이르렀겠느냐?"

라고 하셨으니 이는 부인이 어머니로서의 도리를 행한 것으로 또한 윤원이 들어서 아는 것이다.

외할머니의 어린 시절 일은 윤원이 어른들께 여쭤볼 수 없어서 들을 수는 없었으나, 아내와 어머니로서 도리를 행한 것이 이미 저와 같이 갖추어졌으니 딸로서의 행실도 알 수 있다. 사람은 어진 부형이 있음을 기뻐하는데, 부인은 농암선생을 아버지로 두어서 어릴 적부터 반드시 영향받은 바가 있을 것이니 어찌 다만 타고난 성품만이 그러한 것이겠는가?

대헌공이 일찍이 옥당에 있을 때 세도가를 상소로 배척했다가 이 때문에 임금께 의심을 받으셨다. 오래도록 은점(恩點)[87]을 받지 못하셨는데, 승선(承宣)이 되어 임금의 앞에 출입하게 되고 은총이 두터워지자 대헌공이 감격하여 돌아와 부인께 고하니 부인이 이르시길,

"네가 이미 임금께 인정을 받게 되었으니 이후로 만약 차질을 빚게 되면 그 죄가 크게 된다. 지금부터는 대간 직무는 절대로 사양하여 피하는 것이 옳다."

라고 했다. 18년 뒤에 대헌공이 대사헌의 직을 맡지 않으려 하다가 임금의 노여움을 사서 형벌[88]을 받기에 이르러 거의 큰 화를 당하게 되었는데, 공초[89]에 돌아가신 어머니가 경계한 말씀을 인용하여 다른 이유로 피한 것이 아님을 명백히 하자 이것이 임금을 감동시켜서 결국 풀려났다. 아아! 부인의 높고도 멀리까지 내다보는 식견이 아니었다면, 어찌 한 마디 말을 드리워 이처럼 돌아가신 뒤에도 남은 자식을 도와 보호했겠는가? 아아, 기이하다!

부인은 임오년[1762] 10월 12일에 돌아가셔서 목천 속은리 아무 방향을 등진 언덕에 장사지냈다. 일헌공과 따로 장사를 지냈는데, 거리가 10리쯤 떨어져 있다. 일헌공은 이름이 유수기(兪受基)로 지극한 행실이 있어서 이를 기려 지평으로 추증되었고 뒤에 대헌공이 귀하게 되어 이조참판에 추증되었다. 부인도 이에 따라 봉작을 받았다. 기계가 본적이고 일헌공의 아버지는 명홍(命弘)으로 이조판서를 지냈으며 시호가 장헌공(章憲公)이다.

부인은 3남 3녀를 두었는데, 장남 언인(彦人)은 학생으로 큰아버지 서윤공(庶尹公) 두기(斗基)의 후사가 되었고 차자는 곧 대헌공 언민(彦民)이고 삼남 언손(彦孫)는 작은아버지 학생공 부기(阜基)의 후사로 나갔다. 장

---

87 은점(恩點) : 임금의 재가.

88 삼목(三木) : 죄인의 목·손·발에 각각 채우던 세 형구. 칼, 수갑, 차꼬를 이른다.

89 공사(供辭) : 죄인의 범죄 사실을 진술하는 말. 공초(供招), 초사(招辭)와 같은 의미.

녀는 판관 박사석(朴師錫)에게 시집갔으니 곧 윤원의 아버지이고, 차녀는 사인 최종진(崔宗鎭)에게 시집갔으며, 삼녀는 현감 정발(鄭墢)에게 시집갔다. 대헌공은 사간 이수해(李壽海)의 딸과 혼인하여 2남 3녀를 두었는데, 장남 한운(漢雲)은 큰아버지의 후사로 나가 장헌공의 제사를 받들고, 둘째는 요절하여 친척 중 언일(彦一)의 아들 한석(漢石)을 데려다 후사로 세웠다. 딸은 부사 송택규(宋宅圭), 전부(典簿) 이영원(李英遠), 사인 서유정(徐有鼎)에게 시집갔다. 판관의 장남은 곧 윤원이고 차자는 준원이며 딸은 직장 김재순에게 시집갔다. 대헌공은 첩이 둘 있었는데, 모두 여식 하나씩을 키워서 장녀는 이용(李溶)에게 시집보냈고, 차녀는 심휘진(沈翬鎭)에게 시집보냈다. 내외 손자, 증손자도 몇 두었다.

부인은 평소에 집안일을 매우 부지런히 했는데, 대헌공이 귀하게 된 뒤에도 오히려 실과 삼을 잣는 것을 게을리 하지 않았다. 윤원이 물러나 혼잣말로,

"이는 공보문백 어머니[90]의 사적과 같구나."

라고 했다.

윤원이 아내를 맞게 되어 손님을 맞이하면서 소반에 채화(綵花)[91]를 두었는데 부인이 그것을 듣고 윤원에게 이르길,

"네 집이 매우 가난한데 어찌 이런 물건을 쓰느냐?"

라고 하셨으니 검소한 것이 이와 같았다.

윤원이 기억하건대, 예전 무자년[1768]에 어머니의 행장을 쓰면서 대헌공에게 가서 여쭤보니 대헌공이 윤원에게 이르시길,

"우리 어머니의 행장은 지금까지 아직 쓰지 못하고 있다네."

---

90 공보문백(公甫文伯)의 어머니인 경강(敬姜)이 베를 짜고 있었는데 아들 문백이 말리자 경강은 관리가 되어서 올바른 도를 듣지 못했느냐고 하며 관리의 도리를 들어서 훈계하고 이어 왕후도 비단을 짜는 것이라고 가르친 고사가 있다. 『국어(國語)』 「노어(魯語)」.

91 채화(綵花) : 세속에서 수파련[綉八蓮]이라 한다. 잔치 때에 장식으로 쓰이는 종이로 만든 연꽃.

라고 하시며 눈물을 흘리셨는데, 6년 뒤에 대헌공이 돌아가시어 행장은 마침내 이루어지지 못했다. 윤원이 외숙이 전날 하셨던 말씀을 애달파하고 외할머니의 아름다운 행적이 전해지지 않게 되는 것을 두려워하여 이와 같이 행장을 썼다. 그러나 식견이 없고 문장이 졸렬하니 어찌 만에 하나라도 드러내 알릴 수 있겠는가? 예전에 농암선생께서 외할머니 김씨의 수서(壽序)를 쓰면서 그 덕을 칭송하길,

"일을 행함에 바르고 곧으며 마음을 다잡음에 늘 굳게 하여 진실로 소나무 잣나무의 꿋꿋함과 쇠와 돌의 견고함이 있으니, 이는 지극히 정숙한 덕이라 할 수 있다."[92]

라고 했는데 내가 부인에 대해서도 감히 이른다.

해제 박윤원은 외할머니 김씨가 죽은 뒤 외숙인 대헌공 유언민이 행장을 이루지 못하고 세상을 떠나자, 자신이 보고 기억하는 것, 외숙인 대헌공과 어머니로부터 들은 것을 바탕으로 이 글을 구성했다. 김씨는 김창협의 딸로 유수기에게 시집와서 25년간은 남편의 뜻을 받들었고, 남편이 죽은 뒤 34년간은 아들 대헌공의 뜻을 따르며 지냈다. 특히 이 글에는 김씨가 삼종지도 가운데 아들을 따르는 도를 다했음을 강조하여 서술하고 있는데, 김씨는 집안 대소사를 모두 대헌공의 뜻에 따랐고, 또 과부의 몸으로 자식들을 성취시키고 자식의 성공을 위해 집안일에 얽매이지 않도록 했으며 관직의 진퇴에 대한 조언도 아끼지 않았다고 했다. 이 글은 김씨가 아들을 따르며 가문을 지키고 그를 성취하도록 한 행적을 기리면서 과부가 된 양반가 여성에 대한 당대의 기대를 드러내고 있다. 박윤원이 아우 준원을 대신하여 쓴 <외할머니 정부인 안동 김씨께 고하는 묘문[告外祖母貞夫人安東金氏墓文]>도 남아있다.

---

92 『농암집』 권22 <외할머니숙인김씨80세수서(外祖母淑人金氏八十歲壽序)>의 구절.

장모 유인 남양 홍씨 행장
外姑孺人南陽洪氏行狀

유인은 홍씨로 남양에서 나왔으며 그 시조 홍은열(洪殷悅)은 고려 초 태사를 지냈다. 본 조정에 들어서는 여러 대에 걸쳐 과거로 현달했으며, 홍성민(洪聖民)에 이르러서는 선조를 섬긴 공훈으로 익성군(益城君)에 봉해졌고 관직은 이조판서 겸 양관 대제학에 올랐으며 시호는 문정(文貞), 호는 졸옹(拙翁)이다. 다시 전하여 홍명구(洪命耉)에 이르면 평안도 관찰사로서 병자호란 때 병사를 이끌고 왕을 모시다가 김화(金化)의 잣나무 밭에서 순절하여 영의정에 추증되었고 시호는 충열(忠烈)인데, 이 분이 유인에게 오대 조상이 된다. 고조할아버지 홍중보(洪重普)는 우의정으로 시호가 충익(忠翼)이고 증조할아버지 홍득기는 숙안공주에게 장가가서 익평위에 봉해졌고 시호는 효간이다. 할아버지 홍치상(洪致祥)은 사복시주부였고 아버지 홍태유는 주부공이 기사년의 화를 입자 은거하여 지내면서 벼슬에 나아가지 않았는데, 행실이 뛰어나고 문장이 높았다. 호는 내재(耐齋)로 막내아들 홍익삼(洪益三)이 귀하게 되어 이조참판에 추증되었다. 어머니 전의 이씨는 지돈녕부사 이징하(李徵夏)의 딸이며 관찰사 이만웅(李萬雄)의 손녀로 부덕을 두루 갖추었다.

유인은 숙종 정축년[1697] 6월 22일에 태어났는데, 나면서부터 단정하고 정숙했으며 총명하고 지혜로운 것이 다른 사람보다 뛰어났다. 5세에 문자를 깨우치니 아버지 내재공이 매우 사랑했으나 일찍이 자랑하려 하지 않았고 아버지의 가르침을 받드는 데 게으름을 피우지 않았다. 주부공의 세 번째 아내인 조숙인은 자녀를 두지 못했는데 유인을 매우 사랑하니 유인도 그를 어머니처럼 섬겨서 사람들이 그 효성을 칭송했다.

16세에 처사 김공에게 시집갔는데 이때 시부모는 모두 돌아가신 뒤이므로 유인이 미처 섬기지 못하게 되니 죽을 때까지 애통해했다. 처사공의 집이 호중(湖中)에 있었는데 매우 가난하고 한미하여 유인이 오래 지나도록 갈 수 없었다. 그래서 시부모의 제삿날이 되면 눈물을 줄줄 흘리면서 반드시 기일이 되기 전에 과일과 포를 마련하여 사람을 보냈는데, 4, 5일쯤 걸리는 거리임에도 한 번도 거르지 않았다. 유인은 부유한 집에서 자라서 풍족하고 화려한 것에 익숙했으나 시가가 빈한한 것을 보고는 그래왔던 것처럼 편안히 지냈으며 교만하게 굴거나 얕보지 않았고 더욱 공경하고 조심스럽게 처신했다. 처사공과 함께 친정의 여강(驪江) 집에 와서 머무르며 옷과 음식을 모두 유인이 마련하니, 처사공은 자신의 재산이 아니기 때문에 그 쓰는 바를 묻지 않았는데, 유인은 조금이라도 거리끼는 바가 없도록 했으며 신중하게 하면서 절약했다. 처사공은 근엄하고 말수가 적었으며 집안을 법도로 다스리니, 유인이 손님처럼 공경하면서 큰 일이든 작은 일이든 간에 모두 여쭤본 뒤에야 행동으로 옮겼다. 처사공이 부모를 여읜 마음을 옮겨서 형제간의 우애를 더욱 돈독하게 했는데, 유인이 그 뜻에 따르면서 미치지 못할까 걱정했다. 남편의 누나인 지평 이정박(李廷樸) 공의 아내가 매우 가난했는데, 유인이 정성껏 두루 보살펴주었으며, 남편의 형제들이 오면 직접 음식을 점검하면서 입에 맞도록 힘썼고, 남편의 동생 부학공은 더욱 자주 와서 머물렀는데 그때마다 마음을 다하여 음식을 대접했으며 비록 매우 궁핍하더라도 조금도 난처해하지 않았다. 부학공이 칭송하여 이르길,

"어질군요, 우리 형수님!"

이라고 했다.

처사공은 매우 외로운 처지여서 어릴 적에 종숙부인 시직공(侍直公)에게서 자랐으므로 그를 아버지처럼 섬겼다. 시직공이 돌아가신 뒤에 시직공 부인이 곤궁하고 연로하시니 처사공이 편하게 봉양하기 위해 유인을

이끌고 호중으로 갔는데, 계묘년[1723]이었다. 시직공의 집은 큰 형의 집과 매우 가까웠는데, 이전부터 유인이 동서들과 함께 지내지 못하는 것을 한으로 여기다가 이에 이르러 비로소 서로 만나게 되자, 큰 동서를 공경하고 아랫동서를 사랑하며 한 번도 얼굴색을 바꾸지 않았고, 친정에서 보내온 것이 있으면 시직공 부인에게 보내드리고 그 다음에 동서들끼리 똑같이 나누었으며 개인적으로 쌓아두지 않았다. 시직공 부인을 모시기를 친시어머니를 모시는 것처럼 했으며 시직공의 여러 아들들과 며느리들을 마치 남편의 형제와 동서들을 대하듯 했다. 밤낮으로 부지런히 힘써 집안일을 처리했으며 여종을 부르는 소리가 문밖으로 나가지 않았으니, 호중의 온 집안이 모두 비범한 부인으로 칭송했다.

병오년[1726]에 서울로 돌아가게 되자 떠나면서 남편의 둘째형 집에 집안 살림을 맡겨두고는 닫아 잠그려 했다. 처사공이 말하길,

“형제의 집에 두면서 어찌 잠가둘 수 있겠는가?”

라고 하자 유인이 곧 그만두었으니, 그 남편의 뜻을 받들어 순종하는 것이 이와 같았다.

을묘년[1735]에 처사공이 증광시 초시에 합격하였으나 복시(覆試)에서 좋은 결과를 보지 못했는데, 부학공은 대과에 급제하자 유인이 얼굴에 기쁜 빛을 띠었다. 한 집안의 득실이 같지 않았으나 유인은 마음에 두지 않았으니 사람들이 부인이 하기 어려운 일이라 여겼다.

애초에 시직공이 밭을 나누어 처사공에게 주었으나 처사공이 받지 않아서 집안 살림을 도모할 수가 없게 되자 다시 여강에 돌아가 지냈는데, 유인은 있으나 없으나 부지런히 힘쓰며 처사공이 알게 하지 않았다. 손님을 접대할 때 예를 다했으며 미리 포와 과일을 준비해 두었다가 대접하는 데에 사용했다. 비록 궁벽한 시골에 갑작스럽게 찾아와도 모자람이 없었으니, 보는 자들이 기이하게 여겼다.

유인은 타고난 성품이 지극히 효성스러워서 을묘년에 내재공의 상을

당하자 장사를 지내기 전에는 육즙을 먹지 않았으며 내재공이 일찍 세상을 떠난 것을 지극히 애통해하여 말이 이에 이르면 반드시 슬픈 빛을 띠었다. 봄가을마다 이부인에게 인사를 가면 탄식하면서도 기쁜 빛을 띠었고 아버지의 기일이 되면 이부인을 도와 제사 준비를 했는데 반드시 정성을 다하고 예의를 갖추어 했다. 정묘년[1747]에 이부인의 병세가 위독하다는 것을 듣자 바로 친정으로 가서 약시중을 들며 밤에도 옷을 벗지 않았고, 마침내 상을 당하자 슬퍼하는 것이 예를 넘어섰다. 여러 형제들과 관을 받들어 여강으로 돌아가서 3년간 제사를 올렸는데 정성과 효를 다했다.

둘째 아우 장성공(長城公)과는 냇물 하나를 사이에 두고 살았는데, 아침저녁으로 오가면서 즐겁게 담소를 나누고 음식이나 물건이 생길 때마다 반을 나누어 보내면 장성공의 아내 김씨도 유인을 위해서 그렇게 했다. 조씨(趙氏)에게 시집 간 여동생도 아끼면서 거스르는 일이 없었는데, 여동생이 먼저 죽자 오래도록 애통해하고 상심하기를 그치지 않았다.

김씨는 큰 가문으로 인물이 번성한데 유인은 한결같이 화목하게 지냈다. 조씨(曹氏)에게 시집간 남편의 사촌누나는 유인과 가까웠는데, 덕성이 모두 도타워 서로 마음이 잘 맞았다. 조씨에게 시집 간 누나가 회갑이 되자 유인이 옷을 지어 드리니 사촌누나가 그 옷을 입고 말하길,

"나는 이 옷을 아주 좋아하고 아끼지."

라고 했다.

아들딸 여섯 명을 사랑하며 편애하지 않았고 늘 경계하였는데, 잘못이 있으면 직접 타이르고 잘못이 크면 처사공에게 알려 야단치도록 했다. 일찍이 여러 딸들을 경계하여 말하길,

"여자가 시집가면 어른을 속이는 일이 없어야 한다. 작은 것이라도 숨기면 반드시 드러나니 신명이 곁에서 보고 계시는 것이다. 말은 반드시 미더워야 되니, 하나라도 어긋나는 것을 남에게 보이면 죽을 때까지 의심을 받게 되므로 반드시 조심해야 한다. 친밀한 것은 부부만 한 것이

없으나 예에 소홀하면 안 된다. 여자는 대의를 지키는 것을 먼저 하고 사사로운 정을 나중으로 해야 하니 이것이 부녀자의 도리이다. 시부모님의 명이 있으면 받들어 행하되 그 뜻에 미치지 못할까 걱정하듯 하고, 만약 손윗동서가 있으면 일을 반드시 나중에 행해야 한다. 시부모님이 주시는 음식은 공경하면서 받고 비록 싫더라도 반드시 맛을 본 뒤에 내려놓아야 한다. 좋은 말이 아니면 시가의 일을 전하지 말고, 시부모님의 일은 더욱 감히 말하지 말거라."

라고 했으며, 또 이르길,

"사람이 비록 지극히 어리석더라도 한 가지는 취할 만한 것이 있으니, 비록 미천한 하인들이라도 보지 못한 일 때문에 억울하게 해서는 안 되고, 야단칠 때에는 박절하게 해서는 안 되며, 종을 부릴 때에는 은혜와 위엄을 함께 베풀어야 하고, 간사하고 완악한 자는 감화하지 않으면 안 되니, 이렇게 하여야 집안의 도가 일어나는 것이다."

라고 했다.

을해년[1755] 늦여름에 처사공이 죽으니 유인이 자녀들을 이끌고 상을 치렀다. 정축년[1757]에 서울에 들어가 부학공의 삼청동 집에서 머물렀는데, 장남이 처음 벼슬을 하게 되어 비로소 녹봉으로 봉양을 받을 수 있었다. 그러나 유인은 처사공이 이러한 봉양을 받지 못했기 때문에 홀로 누리는 것을 즐거워하지 않았다. 처사공의 기제사 때마다 한 가지 음식이라도 반드시 직접 만들고 종들에게는 반드시 기일 전에 가지런히 하고 정결히 하도록 명했다.

계미년[1763]에는 정읍현(井邑縣)에서 아들의 봉양을 받았는데, 이보다 앞서 부학공이 언사(言事)로 조정에서 견책을 당하여 흑산도에 유배되었다가 장성(長城)으로 이배되어 있었다. 장성과 정읍의 거리가 5, 60리 정도이니 유인이 맛있는 음식을 마련하여 보내기를 계속하며 그치지 않았다. 그 뒤에 또 담양에서 봉양을 받았는데, 전후로 두 읍에 머물면서 항상 밖에 베풀었으며 관의 물건은 하나도 들이지 않았으니 관리들이 대부인이 청렴하다고 칭송했다.

2년을 머물다가 장남이 관직을 그만두고 모시고 돌아왔는데, 유인이 담양에서부터 병의 증상을 보이다가 이에 이르러 더욱 심해져서 결국 경인년[1770] 9월 12일에 세상을 떠났으니, 74세였다. 이 해에 11월 아무 날 홍주(洪州) 인흥촌(仁興村) 아무 방향을 등진 언덕에 장사지냈는데, 처사공의 묘 왼편에 합장했다.

처사공 김시관(金時莞)은 안동 사람으로 좌의정 선원 문충공 김상용의 5대손이다. 유인은 2남 4녀를 키웠는데, 장남 철행(喆行)은 현감이고, 차남은 열행(烈行)이며, 딸은 판서 이유수(李惟秀), 현감 안종인(安宗仁), 사인 박윤원, 참봉 황기후(黃基厚)에게 시집갔다. 장남은 군수 권양성(權養性)의 딸과 혼인하여 두 아들을 낳았는데, 이주(履周)는 일찍 죽었고, 차남은 이윤(履尹)이다. 차남은 사인 이병함(李秉咸)의 딸과 혼인하여 두 아들을 두었는데 모두 어리다. 이유수의 뒤를 잇기 위해서 들인 아들은 술초(述初)이고, 안종인의 아들은 명원(命遠), 복원(福遠)이고, 홍원(興遠)은 일찍 죽었으며, 후원(厚遠), 익원(益遠), 홍원(弘遠)이 있다. 박윤원의 아들은 종여이고 황기후의 아들은 종오(鍾五), 종일(鍾一)이니, 내외 손자, 증손자가 수십 명이다.

유인은 성품이 엄정하고 용모가 엄숙했으며 기쁨과 노여움을 급하게 드러내지 않았고 뛰어난 식견과 겸하여 강단이 있었다. 부녀자들의 어리석고 나약한 허물이 없었으나 한결같이 겸손했으며 독단적으로 일을 처리한 적이 없었다. 곤궁하게 오래 지냈으나 조금도 구차함이 없었고, 부귀한 사람을 보아도 일찍이 부러워하지 않았으며 남의 은밀한 부분을 엿보지 않았고 남의 잘못을 말하지 않았다. 안과 밖의 구분에 엄격하여 수숙간이나 남매들과 지낼 때에도 예의를 지키고 더욱 삼가며 느슨해지지 않았다. 평소에 집안을 청소하고 옷을 가지런히 정리하며 하루 종일 단정히 앉아 근엄하게 있었으니, 비록 자녀들이라도 두려워하며 감히 말을 걸지 못했다. 그러나 사람을 대할 때에는 온화한 기운을 띠었고, 걱정 근심으로 마음을 움직이지 않았다. 장남이 관원의 과실에 연좌되어 경원(慶源)으로 유배를 가게 되었는데, 모자가 수십 리를 떨어져 지내게 되었으나 유인은 조그만 기미도 드러내지 않으니 사람들이 어려운 일로 여겼다. 차남은 관례를 치르기도 전에 아버지를 여의었지만, 유인은 사랑 때문에 가르치기를 그르치지는 않았으며, 매번 처사공의 행적을 들어 그를 가르쳤다. 늘 큰조카가 후사가 없음을 걱정하면서 근심을 잠시도 내려놓지 않자, 주변 사람이 그것이 크게 잘못된 것이라고 말하니, 유인이 이르길,

"어찌 모르는 소리를 하는가? 집안의 제사를 전하고 맡기는 일이 오직 그 아들에게 달려있는데, 내가 어찌 걱정하지 않을 수 있겠나?"

라고 했다.

자녀들이 혼인할 때 혼수는 사치와 검박한 것 사이에서 중도를 지켰는데, 일찍이 누에치기와 방적을 힘써 하여 혼례 의복을 직접 만들어냈으므로 시장에서 구한 것이 매우 적었다. 여공의 여러 일들에 능하지 않은 것이 없었고 술과 음식을 만드는 데 정결하고 풍미가 있었다. 비록 서사(書史)에 두루 통하지 못했으나 어릴 적부터 고서(古書)를 베껴서 상자 가득 쌓아두었으며 옛 현인의 사적을 보면 반드시 손으로 직접 기록했는데 늙어서도 그만 두지 않았으니 그 부지런함이 이와 같았다.

유인은 타고난 품성이 아름다운 데다가, 어릴 때는 내재공의 의로운 가르침에 젖어들고 시집가서는 처사공의 가법에 익숙해져서 그 식견이 사군자에 가까웠으니 아름다운 언행을 다 기록할 수가 없다. 비록 규방 안에 숨은 행적이지만 밝은 빛이 밖으로 드러나 끝내 감출 수가 없으니, 세상에 동사(彤史)를 엮는 자가 반드시 채록해 드러내서 후손에 전하여 궁금한 것이 없게 해야 한다. 담양공이 유인의 행장을 쓰고자 했으나 병이 있어서 이루지 못하고 죽었다. 안씨에게 시집간 딸이 언문기록 한 통

에 그 행적을 실어 놓을 것을 가져와서, 열행이 윤원에게 행장을 써 달라고 부탁했다. 윤원이 유인의 사위가 되어 사랑을 받은 것이 30년이 되었고 또 문자를 조금 안다고 외람되이 기리는 글을 맡기는데, 의리상 어찌 감히 사양하겠는가? 또 사사로이 느끼는 바가 있으니, 신축년[1781]에 아내가 거의 죽어가고 있을 때 안씨에게 시집간 딸이 기록한 것을 아내에게 보이고 덧붙일 것과 뺄 것에 대해 물었는데, 아내는 실오라기처럼 숨을 쉬면서도 눈을 떠 읽고는 한두 가지 보충해 달라고 부탁했다. 이때 열행이 곁에 있다가 나를 가리키며 말하길,

"이것의 편찬은 매형에게 달렸지요."

라고 하자 내 아내가 끄덕였다. 윤원이 속으로 그 뜻을 슬프게 여겼으므로 잊을 수가 없으니, 또 어찌 차마 사양할 수 있겠는가? 그래서 그 기록에 근거해서 모아다가 위와 같이 쓴다.

해제 이 글은 박윤원이 장모 남양 홍씨를 위해 쓴 행장이다. 박윤원은 큰처남이 행장을 쓰지 못하고 병사하자, 둘째 처남의 부탁으로 이 글을 쓰게 되었다. 박윤원은 안종인의 아내인 처형이 언문으로 그 모친 남양 홍씨의 행적을 기록해 둔 것을 바탕으로 아내의 조언을 더하여 행장의 내용을 구성하였다. 남양 홍씨는 부유한 집안에서 자라서 가난한 집으로 시집왔으나 교만하지 않았고 더욱 조심스럽게 행동했으며 남편의 뜻을 잘 받들어 남편의 형제들이나 친척들과 화목하게 지냈다고 한다. 또 홍씨는 시가의 살림이 어려워서 친정의 도움을 많이 받으며 생활하면서도 남편이 불편하지 않도록 했고, 친형제자매들과도 자주 왕래하며 지냈으며, 친정의 후사 문제에 대해서도 적극적으로 관여했다고 전한다. 이처럼 행장에서는 홍씨가 여전히 친정의 영향 아래 생활하면서 혼인한 여성이 갖추어야할 부덕을 실천했던 인물로 가리고 있다. 박윤원은 홍씨를 위한 제문 <장모 홍씨께 올리는 제문[祭外姑洪氏文]>도 남겼다.

둘째 고모 숙인 행장
仲姑淑人行狀

둘째 고모 숙인 박씨는 서윤(庶尹) 김정겸(金貞謙) 공의 아내이다. 우리 박씨는 반남에서 나왔으니 반남선생 상충[93]은 고려 말 우문관직제학으로 본조에 들어 문정(文正)의 시호를 추증 받으셨다. 은(訔)을 낳으셨는데, 우리 태종을 도우셔서 관직이 좌의정에 이르셨고 공로로 금천부원군에 봉해지셨으며 시호는 평도(平度)이다. 4대를 지나 소(紹)에 이르면 중종을 섬기셨고 관직은 사간에 그치셨는데 도학으로 기묘제현(己卯諸賢)에 추앙 받았다. 호는 야천(冶川) 선생이고 영의정에 추증되셨으며 시호는 문강(文康)으로 이분은 숙인에게 7대 조상이 되신다. 고조할아버지 환(煥)은 계해반정[94]에 참여한 공으로 바로 사간에 제수되셨고 동지중추부사의 관직에까지 오르셨으며 호는 학고(鶴皐)이다. 증조할아버지 세성(世城)은 내한(內翰)을 역임하셨고 관직이 좌부승지에 이르셨으며 효종과 현종 양대 조정을 섬기셨는데 곧은 절개로 명망이 높아서 당대의 명신이 되셨다. 할아버지 태원(泰遠)은 황주목사셨고, 아버지 필리(弼履)는 통덕랑이셨는데 두터운 덕과 곧은 지조가 있었고 벼슬에 나아가지 않고 돌아가셨다. 어머니는 공인 전의 이씨로 익산군수 만시(萬始)의 따님이고 병조참판이며 호가 잠와인 명준의 5대손이다. 서윤공은 안동 사람으로 영의정 퇴우당

---

93 박상충(朴尙衷) : 1332(충숙왕 복위 1)~1375(우왕 1). 고려 말기의 문신 · 학자. 본관은 반남(潘南). 자는 성부(誠夫). 밀직부사 수(秀)의 아들이다. 신진 유생으로서 친명파에 가담, 이인임 등 친원파에 대항하였다. 경사 · 역학에 밝고 문장이 뛰어났다. 『사전』을 썼다.

94 계해반정(癸亥反正) : 조선 광해군 15년(1623)에 이귀 · 김류 등 서인 일파가, 광해군 및 집권파인 대북파(大北派)를 몰아내고 능양군(綾陽君)인 인조를 즉위시킨 정변. 인조반정.

수홍의 손자이고 안악군수 창열(昌說)의 넷째 아들이며, 판서인 충정공 양곡 오두인의 외손자이다.

숙인은 숙종 정해년[1707] 5월 20일에 태어나셨는데 태어난 지 8개월 만에 말을 하여 집안사람들이 기이하게 여겼다. 이공인은 총명하고 사물에 통달하였는데, 숙인이 닮아서 어릴 적부터 재주가 빼어나고 기상이 밝으며 사물에 통달하고 민첩하여 어른들에게 칭찬을 많이 받았다고 한다. 17세에 김공에게 시집왔는데 공은 어릴 때 오부인을 여의어서 숙인은 시어머니를 모실 수 없었던 것을 죽을 때까지 애통해 하며 제삿날에 매우 슬프게 곡을 했다. 시아버지 안악공을 섬기는 데 더욱 정성을 다하며 공경하니 안악공이 매우 칭찬하며 말하길,

"이 며느리는 어질구나!"

라고 했다. 안악공은 두 첩을 두었는데 숙인이 모두 잘 대우하여 한결같이 그들의 마음을 얻었다.

김씨 가문은 예로 상국(相國)의 집안이었으나 대대로 이어온 살림이 본래 청빈했다. 서윤공은 맏아들이 아니었으나 형제가 많아서, 안악공이 돌아가신 뒤에도 살림을 나누어 살 수가 없었다. 중년에 이르러 비로소 작은 집 한 채를 소유했으나 다시 그것을 팔고는 종가(宗家)에 끼어 살거나 처가에 얹혀 살았는데 대략 5년 동안 두 곳에서 각각 반씩 살았다. 숙인은 여기 살다가 저기 살다가 해도 싫어하지 않았으며 동서와 형제간에 화목하여 규문 안에 이간질하는 말이 한마디도 없었다. 통덕랑과 이공인은 항상 숙인이 가난한 것을 걱정하며 맛있는 것이 있으면 반드시 가르고 적은 것도 나누어주시기를 하루도 잊은 적이 없으셨다. 숙인은 부모에게 걱정을 끼치는 것을 한스럽게 여겨서 양친이 돌아가시자 매우 슬퍼하면서 제전을 차리고 곡을 했는데 눈물이 옷을 적시니 보는 이들이 그 효성에 감탄하였다.

숙인은 안목이 있고 일을 잘 헤아렸으므로 우리 아버님 판관공께서

결정하기 어려운 일이 있을 때마다 반드시 가서 상의하면 숙인은 그때마다 즉시 대답하는 것이 대나무를 가르고 강을 트는 것 같았다. 아버님께서 말씀하시길,

"우리 둘째 누나가 남자였다면 반드시 우리 집안을 크게 했을 것이다."
라고 하셨다. 숙인은 김공을 섬기면서 뜻을 거스르지 않고 도왔으며 공이 미처 생각이 이르지 못하는 것이 있으면 숙인이 한 마디로 일깨웠는데 공이 받아들이는 일이 많았다. 집이 매우 가난하였으나 반드시 추위에 앞서 공에게는 두꺼운 옷을 드렸으며, 아침저녁 밥상에 반드시 한 가지 고기반찬을 올렸으니 숙인이 집안 살림을 부지런히 꾸려나갔음을 알 수 있다.

윤원이 일찍이 보니 숙인은 대낮까지 밥을 먹지 못했는데, 여러 계집아이들이 눈앞에 가득 울며 보채도 숙인은 한 번도 눈썹을 찡그리지 않았으며 공 역시 안색을 부드럽게 하고 웃으며 말했으니, 가난한 가운데 즐기는 것에 가까웠다. 숙인은 평소에 사람을 대할 때 귀천을 따지지 않고 한결같이 정성과 신의로 대했으므로 사람들 역시 그에게 성의를 다했다. 서로 친분이 있는 마을의 부녀자들이 숙인이 병이 났다는 소식을 들으면 병문안을 끊이지 않고 왔으며 항아리에 닭국을 담아서 보내기까지 했다. 뒤에 서윤공이 처음 벼슬에 올라 현을 다스리게 되니, 숙인이 손에서 비로소 되 그릇을 놓을 수 있었다. 이에 직접 옷감을 짜고 노복들도 매우 열심히 일하게 하여 얻는 대로 모으니 말년에는 집안을 일으켜 밭과 집을 마련할 수 있었다. 공이 세 번 군읍을 맡았는데, 숙인은 녹봉 외에는 일찍이 조금도 공에게 걱정을 끼친 적이 없었다.

숙인은 성품이 넉넉하고 바르며 태도가 침착하고 진중했고 말이 적고 조용했다. 무릇 일을 함에 있어 베푸는 것에 마땅함을 얻었고 어려워하거나 조급한 태도가 없었으며 집안일을 하는 데 법도가 있었다. 날마다 세 명의 여종에게 각각 일을 맡도록 했는데 큰 소리로 하지 않아도 일이 자

연히 풀렸다. 제사를 올리는 절차에 더욱 삼갔는데 공이 가장 어른으로서 제사를 받들게 되면 숙인이 반드시 미리 제기를 쌓아두고는 기다렸으며 제삿날에는 음식을 준비하는 데 반드시 정성으로 했고 정갈하게 했다.

일찍이 둘째딸의 상을 당하였는데 장례를 치르기 전에 마침 귀한 손님이 밤에 지나게 되니 공이 술과 음식을 대접하려 하였다. 집안사람들이 난로회[95]의 음식을 대접하라고 하자 숙인이 말하길,

"난로회에서는 번화한 음식을 차려내는데, 복을 입는 중에는 차릴 수 없습니다."

라고 하고는 대신 다른 안주를 마련하였으니 그가 짧은 순간에도 예를 지킨 것이 또한 이와 같았다.

숙인은 딸을 여럿 낳아 키웠으나 아들은 7세에 요절하니 후사가 없음을 근심했다. 그러다가 44세에 문득 아들을 얻으니 마땅히 그를 매우 사랑했으나 숙인은 또한 사랑 때문에 그를 가르치는 것을 잃지는 않았다. 밤낮으로 책을 읽도록 권하니 그 아들이 문예를 일찍 이룰 수 있었다.

정해년[1767] 초여름에 공이 갑자기 병을 얻어 돌아가시자 숙인은 물도 입에 넣지 않고 염습하는 옷 등을 직접 점검하지 않음이 없었으며 관의 네 모퉁이 빈 곳을 채우는 솜에 이르기까지 모두 손으로 직접 정갈하게 다듬었으니 하나도 미진한 것이 없었다. 입관할 때에 나와 기대어 곡을 하다가 기가 막혀서 죽으니 곧 4월 15일로 환갑이 되기 40일 전이었다.

아아, 슬프다! 이보다 앞서 그 아들 재행(在行)이 심한 병에 걸렸었는데 또한 5월에 죽었다. 이에 이해 6월 아무 날에 평구(平丘)의 선산 아래에 서윤공을 장사지내고 숙인을 같은 날 함께 묻었으며 재행 역시 같은 날

---

95 난로회(煖爐會) : 『동국세시기(東國歲時記)』에 의하면, 서울 풍속에 숯불을 화로에 피워 번철(燔鐵)을 올려 놓고 쇠고기에 갖은 양념을 하여 구우면서 둘러앉아 먹는 것을 '난로회'라 한다고 하였다. 번철은 전을 부치거나 고기를 볶는 데 쓰는 무쇠 그릇으로 전철(煎鐵)이라고도 한다. 삿갓을 엎어놓은 듯한 모양의 번철 주위에 둘러앉는다고 하여, 난로회를 '철립위(鐵笠圍)'라고 한 듯하다.

에 그 옆에 장사지내니, 먼 곳과 가까운 곳에서 소식을 들은 사람들이 오열하며 눈물을 흘리지 않음이 없었다.

1남 2녀를 두었는데, 아들은 곧 재행이고 장녀는 진사 심사존(沈師存)과 혼인했으며, 차녀는 참봉 이영조(李英祖)와 혼인했다. 재행은 영돈녕부사 홍낙성[96]의 딸과 혼인했는데 자식이 없어서 친척의 아들 이호(履祜)를 후사로 삼았고, 심사존은 굉진(宏鎭)을 양아들로 들였으며 이영조는 딸을 하나 두었는데 서병수(徐秉修)의 아내가 되었다.

아아, 숙인이 죽은 것은 운명인가, 운명이 아닌가? 숙인이 남편을 잃었으나 젊어서 과부가 된 것과는 다르고 어린 자식도 아직 살아있는데, 부인의 밝은 식견으로 어찌 남은 자식을 온전히 보호할 방도를 생각지 않고 급히 공을 따라 갔는가? 그러나 공이 강건하였고 나이도 60세에 이르지 않았으므로 마땅히 돌아가실 걱정이 없었는데, 하룻저녁에 돌아가셔서 원통하고 참혹함이 하늘에 닿았으니, 그 애통함이 극에 달해서 크게 통곡하며 기가 상하는 줄도 모르다가 여섯 맥이 끊어지는 데 이른 것이다. 이는 죽어서 따르기를 기약하지 않았으나 죽어 따르게 된 것이니, 아! 결국 또한 열녀로구나! 이런 까닭에 이웃에서 정표를 내려달라는 글을 올리자는 논의가 있었으나 김씨, 박씨 양 집안사람들이 질박함을 지키고 장대한 것을 좋아하지 않으며 또한 숙인의 평소 겸양하던 마음을 상하게 할까 하여 그 일을 그만두었다.

아아! 숙인의 아름다운 덕과 범절은 후세에 전할 만하여 사라지게 할 수 없으나, 그 일과 행적을 이호가 어찌 알겠으며, 심씨에게 시집간 누나가 이미 죽었으니 또한 어찌 밝히겠는가? 윤원은 둘째 고모가 오래도록

---

96 홍낙성(洪樂性) : 1718(숙종 44)~1798(정조 22). 본관은 풍산(豊山). 자는 자안(子安), 호는 항재(恒齋). 예조판서 상한(象漢)의 아들이며, 어유봉(魚有鳳)의 사위이자 문인이다. 이조와 형조, 병조의 판서를 거쳐, 1782년(정조 6) 좌의정이 되고, 1784년 사은사로 청나라에 다녀왔다. 1793년 영의정에 이르고 80세인 1797년 궤장(几杖)을 하사받고 중추부영사에 전임하여 기로소에 들어갔다. 글씨를 잘 썼다.

친정에 머물 때에 아침저녁으로 가르침을 받았으므로 여러 숙부들과 다름없이 여겼고, 둘째고모님도 매우 깊이 어루만지며 사랑하셨다. 윤원이 늦게야 아들을 낳으니 둘째고모님이 들으시고 크게 기뻐하셨는데, 당시 쇠약하고 연세가 높으셨으나 손수 강보의 옷을 지어주시며 축하하시길,

"이것은 매우 귀한 사람 옷이다."

라고 하셨다. 대개 아이가 앞으로 부모의 제사를 받들 것이기 때문에 이와 같이 말씀하신 것이니 효심의 한 실마리를 볼 수 있다. 생각해보니 윤원이 일찍이 문자를 조금 안다고 외람되이 칭찬과 격려를 받았으니 이제 둘째고모님의 행적을 기록할 자가 윤원이 아니면 누구이겠는가? 내가 일찍이 보고 들은 것을 기록하고자 하였으나 또한 남기고 빠뜨린 것이 많을까 염려하여 이호로 하여금 심사존 공에게 유사(遺事)를 부탁드리게 하니 심공이 한 통을 써서 보여주셨다. 윤원이 이에 대략 모아서 넣고 정리하여 행장을 이루었으니, 이로써 글 잘하는 군자를 기다린다 하겠다.

해제 이 글의 대상 인물인 숙인 박씨는 김수홍의 손자이자 오두인의 외손인 김정겸과 혼인했다. 시가는 명문가이지만 청빈하고 형제가 많아서 숙인 박씨는 종가와 친정을 오가며 얹혀 살면서도 남편 내조와 집안 살림에 부지런했다. 말년에는 집안을 일으켜 집과 전답을 마련했다. 숙인 박씨는 김정겸이 갑자기 병사하자 남편의 장사를 치르다가 기가 막혀서 죽는데, 곧 아들 재행도 병으로 죽어서 모두 한 날 묻히게 된다.

숙인 박씨는 박윤원의 둘째고모로 혼인 후 친정에서 지낼 때 박윤원에게 가르침과 사랑을 베풀었다. 이에 박윤원은 고모의 자손들까지 모두 세상을 떠나자 사위 심사존에게 유사를 받아 이 행장을 이루었다. 이 자료는 가난한 양반가에서 여성이 집안의 경제 문제를 견뎌내며 극복해나가는 방식을 보여준다. 또한 가족이 한 날 묻히는 참혹한 사건을 서술하면서도 숙인 박씨를 열녀로 명명하고 평가하는 것을 통해서 여성의 죽음을 의미화하는 방식을 볼 수 있다.

할머니 공인 전의 이씨 묘지
祖妣恭人全義李氏墓誌

윤원이 일찍이 할머니를 모시면서 할머니를 뵈니 집안을 다스리시는 데 법도가 있었고 할아버지께 마땅한 도리를 다 하셨다. 비록 어리고 우둔했으나 오히려 대략 기억할 수 있다. 일을 살필 줄 알게 되어 집안의 도가 이루어지고 윗사람이나 아랫사람이나 편안하다는 것을 본 후에는 우리 할머니의 덕이 크고 교화가 두터워 근래의 부녀자들이 미칠 수 있는 바가 아님을 더욱 알게 되었다.

할머니는 자애롭고도 엄하셨으며 공정하면서도 도량이 있으셨으니 남의 작은 허물을 드러내지 않으셨고 남의 비방하는 말을 듣지 않으셨으며 사람을 접대하고 어루만져 부리는 데에도 모두 그 방도를 얻으셨다. 그러므로 친척들이 화목하고 자녀들이 화락했으며 종들이 두려워하고 사모하여 집안이 숙연하였으니, 할머니의 덕이 높고 가르침이 두텁지 않았다면 능히 이와 같았겠는가?

이때 우리 할아버지는 바깥출입을 하지 않으며 고요한 삶을 지키면서 벼슬을 하지 않고 늙으셨으므로 집에는 한 섬의 밑천도 없었으나 할머니는 기쁘게 지내셨다. 이것을 걱정하는 사람이 있으면 할머니는 말씀하시길,

"남편이 청빈한 복을 누리고, 자녀들이 일찍 죽는 일이 없으며, 세상 사람들이 얻거나 잃고 기쁘거나 슬픈 일에 몰두하는 것을 멀리 하니 나는 스스로 이를 즐거워할 뿐입니다."

라고 하셨으니, 할머니는 가난하고 검소한 것에 만족하며 이처럼 부귀를 사모하지 않으셨다.

할머니는 평소에 서사(書史)에 두루 정통했고 식견이 매우 높았으며 더하고 덜하고 주고 빼앗는 이치에 대해 매우 밝아서 이것으로 저것을 바꾸고자 하지 않으셨다. 이것이 어찌 부녀자에게 더욱 어려운 바가 아니겠는가? 군자가 칭송했다면, 반드시 여사로 일컬었을 것이다.

할머니 공인 이씨는 본적이 전의로 고려 때의 태사 도(棹)의 후손이고 청강선생 문과북병사(文科北兵使) 제신(濟臣)의 5대손이다. 고조할아버지 명준은 병조참판을 지냈고 호는 잠와이며, 증조할아버지 석근(碩根)은 부사용(副司勇)이었고, 할아버지 행교(行敎)는 통덕랑인데 군수공 선기[97]의 아들로 사용공(司勇公)의 후사가 되었다. 아버지 만시(萬始)는 익산군수였고, 어머니 청주 한씨는 학생 여천(如川)의 딸이며 지평인 필명[98]의 손녀이다.

할머니는 숙종 1년[1675] 갑자 9월 8일에 태어나셨는데, 타고난 바탕이 정숙했고 용모와 태도가 넉넉하고 단정했으며, 어릴 적부터 말과 웃음이 적었고 게으른 태도가 없었다. 아버지 군수공은 아들이 없고 딸만 하나 두어서 매우 사랑하였는데, 또 그 어짊을 기특하게 여겨서 말하길,

"네가 어찌 아들로 태어나지 않은 것이냐?"

라고 했다. 15세가 되기 전에 여공을 잘하셨고 일의 이치를 빨리 깨우치셨다.

17세에 우리 할아버지에게 시집오셨으니 할아버지 박필리는 통덕랑이셨다. 우리 박씨는 반남에서 나왔으니, 그 할아버지 세성(世城)은 좌부승

---

97 이선기(李善基) : 생몰년 미상. 본관은 전의(全義). 김집(金集)의 문인이다. 송시열과의 친분으로 1661년(현종 2) 면천군수로 발탁됐으나 부역군을 임의로 부렸다는 탄핵을 받았다. 합천군수로 재직 시 군기(軍器)를 특별히 잘 준비했던 일로 말을 하사받았다.

98 한필명(韓必明) : 1597(선조 30)~1644(인조 22). 본관은 청주(淸州). 자는 회이(晦而), 호는 서강(西岡). 아버지는 동지중추부사 효중(孝仲)이며, 어머니는 감찰 이언형(李彦亨)의 딸이다. 임숙영(任叔英)의 문인이다. 1636년 병자호란 때 인조를 남한산성으로 호종하였다. 정언·지평 등을 역임하고 춘추관기사관을 겸직하였다. 도승지에 추증되었다.

지로 이조참판에 추증되었고 아버지 태원(泰遠)은 황주목사를 지냈다.

할머니는 시집오셔서 부녀자의 도리를 지키면서 공경하고 순종하며 법도를 어김이 없었다. 몇 년이 지나 시어머니 신숙인(申淑人)이 죽었는데, 어린 시누이들은 앞에 가득했으며 집안 살림은 어려웠다. 할머니는 힘을 다해서 일하며 시아버지를 봉양하고 시어머니 제사를 지냈으며 여러 시누이들을 어루만져 키우면서 시집보낼 때까지 춥고 배고프게 하지 않았다. 시아버지 목사공이 기뻐하면서 말하길,

"이 며느리는 내가 불쌍한 홀아비라는 것을 잊게 한다."

라고 했다.

목사공은 성품이 대쪽 같고 정결하여 용납함이 적었는데, 할머니가 곁에서 주선하고 일을 맡아 대신 하면 그 뜻에 맞지 않음이 없어서 목사공이 매번 가려운 곳을 긁어주는 것 같다고 빗대어 말했다. 목사공과 군수공이 여러 번 주군(州郡)을 맡게 되니 녹봉을 받은 것 외에 부족하다는 말을 하지 않았고 오직 시아버지와 남편이 혹시라도 알게 될까봐 걱정하면서 몸소 누에 치고 방적을 하며 모자란 것을 채웠다.

무술년[1718] 군수공이 돌아가시고 임인년[1722] 목사공이 돌아가시자 상례가 모두 먼 읍에서 치러지게 되니, 할머니는 매우 한스럽게 여기며 돌아가실 것처럼 애통해 하였다. 신해년[1731]에 어머니 한유인(韓孺人)이 돌아가셔서 해미현 시골집으로 가는데 마침 크게 도는 전염병을 만나서 길이 막혔다. 여럿이 의논했으나 매우 어렵게 되자 할머니가 사람들을 돌아보며 말씀하시길,

"우리 집 혈육은 나밖에 없는데, 누가 이 행차를 막겠느냐?"

라고 하시고 눈물을 흘리니 슬퍼하는 것이 주변사람들을 감동시켰다. 뒤에 부모의 기일이 되었는데 혹 친정에 일이 생겨서 제사를 지내지 않는다는 것을 들으면 반드시 음식을 차리고 멀리 바라보며 곡을 하셨으니, 대개 후부인[99]의 고사를 따른 것으로, 그 효성이 지극히 돈독한 것이 이

와 같았다. 내외 친족들에게 반드시 때에 맞춰서 안부를 물었고 혹 빠뜨리게 되면 편안히 주무시지 못하셨다. 남들이 혹시 앞서 베푼 것이 지나치다고 불평을 하면 매번 꾸짖어 말씀하시길,

"어찌 남이 후한 것은 책망하고 내가 박한 것에는 관대한가?"

라고 하셨으며, 일찍이 말씀하시길,

"가난하고 부유한 것은 중요한 것이 아니다."

라고 하시며, 자녀의 혼사를 의논할 때 반드시 가난하고 소박한 곳에서 얻었고 세도가의 집안에서 사람을 보내 구혼하면 사양하였다. 평소에 늘 『소학』에 실린 마복파(馬伏波)의 교훈[100]을 외워서 아들을 가르치며 이르길,

"나는 여자인데도 언제나 구설에 오르는 것을 두려워하는데, 너는 남자로 소홀히 할 수 있겠느냐?"

라고 하셨고, 또 말씀하시길,

"책을 읽는 것은 사대부의 기본이니 너는 감히 게을리 하지 마라. 나는 공부하지 않고 요행히 과거에 오르는 것을 원하지 않는다."

라고 하셨다.

임신년[1752]에 할아버지의 상을 당하니 곡을 하며 이르시길,

"내 나이가 70세에 다다랐으니 곧 따라 죽기를 바라지만, 다만 약한 아들 하나 때문에 아직 죽지 않는 것일 뿐이다."

라고 하셨고, 매번 나의 아버지가 곁에 있는 것을 보면 반드시 슬픈 표정을 고치셨다. 뒤에 나의 아버지가 처음 벼슬에 올라 녹봉으로 모시게 되니 할머니께서 말씀하시길,

---

99 후부인(候夫人) : 북송의 유학자인 정이(程頤), 정호(程顥) 형제의 어머니. 자녀 교육에 엄격하여 작은 잘못이라도 있으면 반드시 아버지에게 말해 바로잡고자 하였다. 어머니의 가르침을 따라 정이, 정호 형제가 대학자가 될 수 있었다고 전한다.

100 『소학』 「가언(嘉言)」의 내용. 복파(伏波)장군 마원(馬援)이 교지(交趾)에서 조카들에게 글을 보내서 남의 장단이나 정사의 시비 등을 논하는 것을 삼가라고 훈계 하였다.

"한스럽게도 네 아버지는 누리지 못하고 내가 혼자 누리려니 진실로 즐겁지 않구나."
라고 하셨다.

병자년[1756] 6월 21일에 갑자기 병들어 돌아가시니 연세가 73세였다. 그리고 8월 24일에 양주(楊州) 축석령(祝石嶺)의 북쪽을 등진 언덕, 할아버지 통덕공의 묘 왼편에 합장하여 같은 묘에 다른 관을 두었다.

아들 하나와 딸 셋을 두셨는데 아들 사석은 판관으로 곧 나의 아버지이시고, 딸은 목사 이광회(李匡會), 서윤 김정겸(金貞謙), 사인 이현곤(李顯坤)과 혼인했다. 아버지는 2남 1녀를 두셨으니 장남은 곧 윤원이고, 차남은 현감인 준원이며, 딸은 현감 김재순과 혼인했다. 목사는 1남 1녀를 두었는데 아들은 감역인 단형(端亨)이고 딸은 진사 홍정한(洪挺漢)과 혼인했다. 서윤은 1남 2녀를 두었으니 아들은 재행(在行)이고 딸은 진사 심사존(沈師存), 참봉 이영조(李英祖)와 혼인했다. 사인은 자식이 없어서 양자 복중(復中)을 들였다. 윤원은 아들이 하나로 종여(宗輿)이며, 준원은 4남 3녀를 두었으니 주부(主簿)인 종보(宗輔), 종경(宗慶)이 있고 둘은 어리며, 딸은 신광회(申光誨), 무과군수(武科郡守)인 이요헌(李堯憲)과 혼인했다. 셋째는 곧 수빈이시니 지금의 임금께 간택되어 궁에 들어가셨다.

아! 할머니는 본성이 총명하시고 기억력이 좋으셔서 성현의 언행, 역대 치란, 조정의 옛 사실과 가문의 계파 지류에 대해 밝게 알지 못함이 없었으나 드러내지 않고 숨기시며 바깥일에 관여하지 않으셔서 알기 어려웠다. 윤원은 어릴 적에 할머니를 곁에서 모시면서 아침저녁으로 가르침을 받아서 배움에 들어서기 전에 먼저 옛 역사를 대략 들었다. 조금 자라자 할머니께서는 일찍이 윤원을 가리키며 할아버지께 말씀하시길,

"이 아이는 겉으로는 소탈하지만 안으로는 총명하니 앞으로 성취함이 있을 것입니다."
라고 하셨는데, 윤원이 못나고 잔달아 이룬 바가 없어서 할머니의 지감

을 저버렸으니 다만 서툰 글로 할머니의 묘지를 써서 후손에게 보이기를 도모할 뿐이다. 슬프다!

해제 박윤원은 어린 시절 할머니 전의 이씨 곁에서 가르침을 받으며 할머니의 기대 속에서 자랐으나, 기대에 미치지 못한 것을 안타까워하며 이 글을 썼다. 전의 이씨는 시집 온 뒤 몇 년 만에 시어머니가 죽자 누에치기나 방적을 통해 매우 가난한 살림을 꾸리며 시아버지 봉양과 시어머니 제사, 어린 시누이들의 양육을 맡아 하였고, 친정의 사정이 어려워지면 직접 돌보았다고 한다. 또 전의 이씨는 책을 널리 읽고 성현의 언행, 역사, 족보 등에 밝았으며 식견이 높아서 『소학』의 내용을 외워서 아들을 가르쳤고 손자 박윤원이 배움의 길에 들어서기 전에 역사 등을 가르치기도 했다고 한다. 이러한 기록에서 일부 부녀자들의 경우 구수를 통해 자녀 교육을 담당했음을 알 수 있다.

제수 유인 원주 원씨 묘지명 병서
弟婦孺人原州元氏墓誌銘 幷序

나의 아우 평숙[101]이 그 아내 유인 원씨를 여의었다. 장사를 지내고 나서 바로 행장을 지어 나에게 청하여 말하기를,

"형님께서 묘지명을 지어 주십시오."

라고 하였으니, 내 어찌 차마 사양하겠는가? 내 어찌 차마 사양하겠는가?

처음에 유인이 우리 집안에 들어왔을 적에 나는 유인이 내 아내와 함께 지내며 자리를 나란히 하지 않고 개부[102]의 예를 지키며 제사음식을 잘 차리고 음식의 간을 잘 맞추며 내 아내를 도와 일하되 혹여 조금도 게으르게 하지 않는 것을 보고서 나는 진실로 유인이 어질다는 것을 알았다.

내 아우가 분가하게 되자 재물이 매우 부족했다. 그런데도 그 집을 보면 작은 항아리에는 장이, 옹기에는 젓갈이 담겨 있었고 남편에게 올리는 밥상에는 반드시 고기반찬이 있었으니 나는 또 유인에게 살림을 잘하는 능력이 있다는 것을 알았다. 내가 알고 있던 유인은 이와 같았는데 지금 평숙의 행장을 보니 더욱 자세하게 나와 있다.

유인은 성품이 굳세면서 고요했다. 어려서 백부 창하공[103]을 따라 강

---

101 평숙(平叔) : 박준원(朴準源)의 자(字).

102 개부(介婦) : 맏며느리가 아닌 며느리.

103 원경원(元景夏) : 1698(숙종 24)~1761(영조 37). 본관은 원주(原州). 자는 화백(華伯), 호는 창하(蒼霞)·비와(肥窩). 효종의 부마 흥평위(興平尉) 몽린(夢麟)의 손자이며 목사 명구(命龜)의 아들이다. 1739년에 영조의 뜻을 받들어 붕당이 나라를 그르치는 화근이 된다는 것과 탕평책을 진언하였다. 아울러 신임사화로 화를 입게 된 조태억(趙泰億)·조태구(趙泰耉) 등을 신설(伸雪)하는 데에 앞장섰다. 뒤에 영의정에 추증되었다.

화의 부임지에 가게 되었는데 큰 고래가 배를 등에 지니 배 안의 부녀자들이 모두 놀라고 두려워하였으나 홀로 두려워하는 기색이 없었다. 자랄수록 신중하고 찬찬하여서 기쁘고 노한 빛을 갑작스레 드러내지 않았고 일찍이 저녁에 변소에 가다가 귀신 머리를 보았으나 미동도 하지 않았다. 무속, 점치는 것과 세속에서 금기로 여기는 일 등을 매우 싫어하여 요사스러운 노파가 집에 드나드는 것을 철저히 금하였다.

천성이 또 총명하여 알아듣고 이해하는 것이 매우 빨라서 평숙이 매우 공경하고 중히 여겼다. 일찍이 좋은 거울을 하나 사려 하였는데 값이 사천 전(錢)이었다. 평숙이 『소학』의 풍외랑 아내의 일[104]을 말하며 풍자하니, 말이 끝나자마자 곧 그 거울을 돌려주고는 연연해하는 뜻이 없었다. 아! 이러한 일은 모두 써둘 만한 것이니 기록하기를 어찌 그만둘 수 있겠는가?

유인은 경서와 역사에 달통하였고 한문을 잘 썼으나 또한 감추고 드러내지 않으며 여공에만 전념하였으니 정교하고 신속하여 왕왕 귀신이 조화를 부리는 것 같았다. 종일토록 조용히 병풍 안에 거처하면서 집안의 일을 정연하게 스스로 처리하였다. 종을 부릴 때에는 법도가 있게 하여 완악하고 사나운 자들로 하여금 그 위엄을 두려워하게 하고 그 은혜에 감복하게 하였다.

평숙이 재주가 있었으나 뜻을 얻지 못하였는데 중년에는 더욱 곤궁해지니, 유인이 드디어 황려강(黃驪江) 가에 함께 돌아가 그 아버지의 옛집에 가서 거처하였다. 농사와 과수원 일을 하고, 누에치기와 길쌈을 힘써 하여 평숙이 가난과 추위를 근심하지 않도록 하였으나 자신은 지게미를

---

104 풍외랑(馮外郎)의 이름은 구(球)이며 당나라 사람이다. 풍구가 아내를 위해 비녀를 칠십만 전에 샀는데 이 비녀는 원래 상국 왕애(王涯)의 딸 두씨(竇氏) 여자가 사려고 했던 것으로 왕애가 칠십만 전의 비녀는 요물이니 후에 화가 닥칠 것이라고 만류하여 결국 사지 않았던 물건이었다. 풍구는 재상 가속(賈餗)의 문인으로 가씨 집안과 친밀했는데 후에 가속의 하녀에게 독살되었다. 『소학』 권6.

달게 먹고 해진 옷을 싫어하지 않았다. 또 평숙에게 말하기를,

"부유하고 귀하면서 화를 얻는 것은 가난하고 천하지만 몸을 편안히 하는 것만 못합니다."

라고 하니 평숙이 더욱 유인을 존경하고 중히 여겼다.

5년을 살다가 유인이 노질[105]로 죽었는데, 병이 심해졌을 때에도 슬퍼하는 빛이 없었다. 평숙이 슬픈 말을 하기라도 하면 유인이,

"운명입니다."

라고 하고는 병에 관한 말은 한 마디도 하지 않았다. 살이 부어올라 몸집이 커져서 작은 옷을 입을 수가 없게 되자 그 장남의 옷을 입고 있었는데 마음이 절로 불안하여 자부가 수의(壽衣)를 만드니 불러 이르길,

"우선 수의는 놓아두고 어서 먼저 큰 옷을 만들어 오너라."

라고 하였다. 이에 큰 옷을 만들어 올리자 드디어 그 옷으로 바꿔 입고 죽었으니 이는 바르게 죽는 뜻을 얻은 것이다. 아아! 어질다.

내가 듣기로, 유인의 아버지 유안당[106] 공은 곧은 지조와 깨끗한 행실이 있어 사우(士友)로 칭송받았다 한다. 유인이 두 살 적에 세상을 떠나서 비록 아버지의 가르침을 직접 받지는 못했으나 그 닦은 바가 저절로 부합되는 것이 이와 같으니, 이 어찌 조상의 미덕이 몸에 밴 것과 같지 아니하겠는가?

유인의 가계는 원주에서 나왔으니 원평부원군(原平府院君) 좌의정 두표[107]의 5세손이다. 고조할아버지 만리[108]는 평안도 관찰사였고, 증조할

---

105 노질(勞疾) : 폐에 병사가 침입하여 전염되는 만성소모성질환. 허로병.

106 유안당(遺安堂) : 원경유(元景游)의 호.

107 원두표(元斗杓) : 1593(선조 26)~1664(현종 5). 자는 자건(子建), 호는 탄수(灘叟)·탄옹(灘翁). 인조반정 때 세운 공으로 정사공신 2등에 책록, 원평부원군이 되었고 형조참판·호조판서·좌참찬 등을 지냈다. 병조판서 때 대동법에 반대하였고 우의정을 거쳐 좌의정에 이르렀다.

108 원만리(元萬里) : 1624(인조 2)~1672(현종 13). 자는 중거(仲擧), 호는 청재(聽齋). 아

아버지 몽린[109]은 홍평위였다. 할아버지 명구(命龜)는 목사 벼슬을 하였고 영의정에 추증되었다. 유안공 경유(景游)는 통덕랑을 역임하였다. 어머니는 해평 윤씨로서 통덕랑 형동(衡東)의 따님이며 영의정 두수(斗壽)의 후손이다. 평숙의 이름은 준원이다. 우리 박씨는 반남의 큰 성이니 좌의정 평도공(平度公) 은[110]의 후손이다. 고조할아버지 세성[111]은 좌부승지를 역임하고 이조참판에 추증되셨고, 증조할아버지 태원[112]은 황주목사를 하셨다. 할아버지 필리가 통덕랑을 하셨고, 돌아가신 아버지 사석은 공주목 판관을 하셨다.

유인은 영조 경신년[1740] 8월 1일에 나서 지금의 임금[정조] 계묘년[1783] 8월 29일에 세상을 떴다. 이 해 11월 9일에 여주 남쪽 항금평(亢金坪)의 동남쪽을 등진 새 언덕에 장사지냈다. 6남 5녀를 두었는데 아들로 종보[113]와 종경이 있고 나머지는 어리고 두 명은 요절했다. 딸은 신광회

버지는 좌의정 두표(斗杓)이며, 작은아버지 두추(斗樞)에게 입양되었다. 예조좌랑 · 승지 · 정언 · 수원부사 등을 거쳐 병조 및 형조참의 · 병조참판을 지내고, 동부승지를 거쳐 평안도관찰사에 임명되었으나 부임하기 전에 죽었다.

109 원몽린(元夢麟) : 1648(인조 26)~1674(현종 15). 자는 용여(龍鮍), 호는 죽서(竹西). 할아버지는 두표(斗杓)이고, 아버지는 평안도관찰사 만리(萬里)이다. 1659년(효종 10) 효종의 딸 숙경공주(淑敬公主)와 혼인하여 홍평위(興平尉)가 되었고, 후에 홍평군에 봉하여졌다. 여러 차례에 걸쳐 도총부도총관을 지냈다.

110 박은(朴訔) : 1370(공민왕 19)~1422(세종 4). 자는 앙지(仰之), 호는 조은(釣隱). 조선 개국 후 2번의 왕자의 난 때 공을 세워 좌명공신에 책록되었다. 의금부판사 때 신장의 정수를 1차에 30으로 정하여 합리적 형정제도를 시행했다. 우의정, 좌의정 등을 지냈다.

111 박세성(朴世城) : 1621(광해군 13)~1671(현종 12). 자는 만기(萬基). 동지중추부사 환(煥)의 아들이며, 어머니는 부안임씨(扶安林氏)이다. 효종 때 홍문관 정자 · 평안도 암행어사 등을 지냈다. 현종 때 윤선도와 함께 서인과 권력쟁탈을 벌이다가 삭직되었다. 재등용되어 형조참의 · 우부승지 등을 지냈다.

112 박태원(朴泰遠) : 1660(현종 1)~1722(경종 2). 자는 경구(景久), 호는 회와(悔窩) · 일우(一愚) · 송담(松潭). 부승지 세성(世城)의 아들이다. 인현왕후가 폐위되자 성균관 유생들을 이끌고 이를 적극 반대하였다. 부평현감(富平縣監) · 황주목사(黃州牧使) · 합천군수(陜川郡守) 등을 역임했다. 뒤에 이조참판에 추증됐다.

113 박종보(朴宗輔) : 1760(영조 36)~1808(순조 8). 본관은 반남(潘南). 자는 여신(汝臣). 판돈녕부사 준원(準源)의 아들이며, 어머니는 증이조참판 원경유(元景游)의 딸이다.

(申光誨), 이요헌[114]에게 시집갔고 한 명은 어리고 두 명은 요절했다. 종보의 한 딸은 어리다.

아! 우리 할머니 공인 이씨는 일찍이 유인을 칭송하여 말하기를,

"이 며느리는 용모와 덕을 겸비하였으니 반드시 복록을 크게 누릴 것이다."

라고 하였다. 할머니는 여사로서 감식안이 있었으므로 그 말씀이 마땅히 어긋나지 않을 것인데, 이제 유인은 살아서는 봉작을 받지 못했고 수명은 중년에도 미치지 못한 것은 어째서인가? 그러나 아들 넷이 남아 있으니, 생각건대 하늘이 장차 그 후손을 끝없이 창대케 하려는 것인가? 복록의 징조가 여기에 있는 것이리라. 그래서 내가 이에 감히 할머니의 말씀을 풀어서 실어 명(銘)으로 삼는다.

명에 말한다.

할머니께서 말씀하시기를,
복된 사람이로다, 며느리여.
네 명의 자식들이
그 어머니를 빛나게 하겠구나.
살아서는 보답받지 못했으나
죽어서 받음이 있으리라.
미리 복록이 클 것을 아나니

1787년(정조 11) 누이가 수빈이 된 뒤 정조의 아들이 태어나자 임금의 명에 따라 궁중에서 보육의 책임을 맡았다. 승지・부호군・시약청부제조・형조참판・성천부사・사도시제조・호조판서・비변사제조 등을 지냈다.

114 이요헌(李堯憲) : 1766(영조 42)~1815(순조 15). 본관은 전주(全州). 자는 계술(季述), 호는 소소옹(笑笑翁). 순조 홍경래의 난 때 양서순무사에 발탁되어 평안도 일대를 석권한 난군의 기세를 꺾고 반란을 평정한 공으로 원훈의 호가 내려졌으나 사양했다. 병조판서・한성부판윤・금위대장 등을 거쳐 형조판서에 이르렀다.

반드시 후손에게서 징험하리로다.

묘지(墓誌) 글이 이미 완성되고 나서 4년 뒤 병오년[1786]에 내 아우 준원이 생원에 합격하고 지금은 보은 현감이 되었으니 유인이 지아비의 직위를 따라 의인(宜人)으로 칭해졌다. 의인의 아버지 통덕랑은 자손들 덕에 이조참판에 추증되고, 어머니 윤씨는 정부인에 봉해졌다. 장남 종보는 지금 사옹원 주부로서 이미 벼슬을 하고 있고 또 생원이 되었다. 차녀의 사위 이요헌은 무과에 급제하여 순천 군수가 되었고 막내딸은 정미년[1787]에 간선이 되어 수빈이 되었다. 종보는 1남 1녀를 두었는데 모두 어리다.

아! 의인이 죽은 후에 지아비에게 벼슬과 녹봉이 생겨 제사를 지낼 수 있게 되었고 아들은 벼슬하고 딸은 귀하게 되어 가문이 번영하였다. 의인의 훌륭한 덕이 보답을 받았음을 이로부터 징험할 수 있다.

해제 박윤원이 아우 준원의 아내인 유인 원주 원씨를 위해 쓴 묘지명으로 1782년에 작성되었다. 박윤원은 아우가 아내의 행장을 주며 묘지명을 부탁하여 이 글을 썼기 때문에 대부분의 내용이 준원이 쓴 행장에 그 바탕을 두고 있다. 이 글에는 성품이 총명하며 예법을 중시하고 살림을 잘했던 원주 원씨의 모습이 잘 묘사되어 있다. 박윤원은 유인 원씨의 덕에 대한 보답으로, 그의 사후에 남편과 아들, 딸이 모두 번창하게 되었다고 했다. 박윤원은 제수 원씨를 위한 제문도 썼는데, <제수 원씨에게 올리는 제문[祭弟婦元氏文]>에서 제수에 대한 개인적 감정을 토로하고 있다면, 이 글에서는 주로 원씨의 가계와 덕행을 기리는 데 치중하고 있다. 이 두 글은 묘지문과 제문의 성격을 극명하게 비교해 볼 수 있는 자료들이다.

김씨에게 시집간 누이 묘지명 병서
亡妹金氏婦墓誌銘 幷序

나의 누이 숙인 박씨는 지금 상주 목사 중관 김재순 군의 전 아내이고, 나의 아버지인 공주목 판관 부군 사석의 딸이다. 어머니는 유숙인이니 봉황의 꿈을 꾸시고서 누이를 낳으셨다.

태어나면서부터 단정하고 자애로우며 맑고 밝으니 부모님이 매우 사랑하셨다. 어려서부터 효성스럽고 순종하였으며 부모를 섬기는 데 바르지 않은 일이 없었고 형제들과 있을 때에는 성내는 일이 없었다. 나이 예닐곱 살에 그 어짊이 이미 미물에까지 미쳤다. 참새가 처마 밑에 떨어져 어미를 잃고 우는 것을 보고서는 종일토록 슬피 울었다. 일찍이 정원의 수풀 사이를 거닐다가 잘못하여 꽃을 건드리니 꽃 뿌리가 돌출되었다. 그러자 스스로 뉘우치며 다시 흙을 북돋아 제대로 해 놓았다. 매양 배나 밤 따위를 얻으면 큰 것은 문득 남자 형제들에게 내밀며 말하기를,

"계집아이가 마땅히 그래야죠."

라고 했다.

아버님께서는 하나밖에 없는 딸이 어질기까지 하니 사위 고르기를 매우 신중하게 하셨다. 하루는 중관의 여러 부형과 노닐다가 중관의 아름다운 자질이 빼어남을 보시고는 마침내 누이를 시집보내셨는데, 누이는 15살이었다. 시부모가 이미 돌아가신 뒤여서 누이는 매우 슬퍼하며 증조시할머니와 시할머니, 뒤에 들어온 시어머니를 섬겼는데 공경함에 정성을 다하였다. 김씨 집안 친척이 많아서 손위 어른과 또래, 손아래 식구들이 또한 수십 명이나 되었는데, 누이는 그 사이에서 한결같이 화목하게 지내고 순종하니 시가의 친척들이 다 누이를 아끼며 기뻐하였다. 이런

까닭에 우리 집과 김씨 집안이 이웃해 살았는데 여러 해가 지나도 시종 일관 비방하거나 헐뜯는 말이 들리지 않았다.

중관이 항상 그 아버지가 안 계신 것을 슬퍼하니 누이 또한 그를 보며 오열하였다. 단란하게 이야기할 때에도 오직 중관에게 부지런히 배우고 삼가 행하며 이름을 세울 것을 권할 뿐이었다.

우리 집이 본디 가난하여 누이가 시집갈 때 여종 한 명도 딸려 보내지 못했다. 그래서 누이는 몸소 부지런히 힘써서 남편의 옷을 지었으며 일찍이 하루도 바늘과 실을 놓아버리고 즐긴 적이 없었다. 누이는 사람됨이 조심스럽고 소박하며 욕심이 적었다. 음성이 고요하고 기운이 부드러워 남과 말할 때에는 상대를 맘 상하게 할까 봐 조심했다. 또한 선악의 분별에 밝아서 의가 아닌 것은 깊이 배척하기를 마치 구정물을 보듯 하였다. 전아하고 고상하며 검소하고 소박하여, 마을 혼인 잔치에 갈 때에 오래된 옷을 입고서도 비단옷을 입은 사람과 함께 서 있으면서 부끄럽게 여기지 않으며,

"이는 가난하고 넉넉한 것이 다른 것이지요."

라고 말했다.

남편의 중부(仲父)인 봉록공[115]께서 일찍이 칭찬하며 이르길,

"이 며느리는 곧고 깨끗하며 심지가 있구나."

라고 했다.

누이가 이웃으로 시집간 뒤에 대개 열흘에서 달포 간격으로 다니러왔는데 말하기를,

"여자는 시집가면 부모 형제와 멀어진다고 하지만, 나는 부모와 형제

---

115 김이곤(金履坤) : 1712(숙종 36)~1774(영조 50년). 본관은 안동이고 자는 후재(厚哉). 호는 봉록(鳳麓). 경사에 밝고, 시문에 능하였다. 1752년에 동궁시직(東宮侍直)이 되었으며, 1762년 사도세자가 화를 당하자 사직하였고, 1774년에 신계현령에 제수되었다. 시가에서 독특한 체를 이룩하였는데, 그것을 봉록체(鳳麓體)라고 한다.

와 멀리 떨어지지 않았으니 이것이 기쁩니다."
라고 하였다.

갑자기 병을 얻어서 반 년 동안 지속되자 어머니께서 돌봐 주시니 누이가 매번 탄식하고 고통을 참으며 말하기를,

"내가 어찌 이러한 근심을 끼쳐 드리는고?"
라고 하였다. 신사년[1761] 여름에 어머니가 돌아가시자 누이는 곡하고 가슴을 치며 음식을 물리쳤는데, 살 뜻이 없는 것 같았다.

병이 더욱 깊어져 마침내 임오년[1762] 6월 5일에 죽으니 곧 어머니의 소상(小祥)을 지낸 지 2개월 되었을 때로 나이는 27살이었다. 아, 슬프다! 이 해 8월의 어느 날, 양주(楊州) 평구역(平丘驛) 아무 방향의 언덕에 장사 지냈다. 1남 1녀를 두었는데 모두 살지 못했다. 후에 모년 모월 모일에 광주(廣州) 아무 고을 아무 방향의 언덕으로 천장했다.

우리 박씨는 가계가 반남으로부터 나왔다. 좌의정 평도공 은의 후손으로, 사간으로서 영의정에 추증되신 문강공 야천선생 소[116]가 누이에게 8세조가 된다. 고조할아버지 세성은 문과에 급제해 좌부승지를 하고 이조참판에 추증되셨고, 증조할아버지 태원은 황주 목사를 하셨으며, 할아버지 필리는 통덕랑을 하셨다. 어머니께서는 기계 유씨로, 이조참판에 추증되신 수기의 따님이시다. 중관은 안동 사람으로 우의정 선원 문충공 상용의 7세손이다. 선공감(繕工監) 부정(副正)으로 사복시(司僕寺) 정(正)에 추증된 시보(時保)의 증손이고, 현감으로 이조참의에 추증된 순행(純行)의 손자며, 이조참판에 추증된 이진(履晉)의 셋째 아들이다.

애초에 내가 누이를 곡하면서 그 행장을 지어 중관에게 보이니 중관이

---

116 박소(朴紹) : 1493(성종 24)~1534(중종 29). 자 언주(彦胄). 호 야천(冶川). 시호 문강(文康). 조광조의 문인. 조광조 등 신진사류와 더불어 왕도정치 구현을 위하여 힘썼다. 후에 사간이 되었으나 김안로(金安老) 등 훈구파의 탄핵으로 사성(司成)에 좌천되었다가 파면되어 경상도 합천(陜川)에 내려가 학문에 전념하였다. 영의정에 추증되었다.

말하기를,

"처남이 어찌 이어서 묘지문을 짓지 않습니까?"

라고 하였다. 내가 사양하며 봉록공에게 청하게 했는데, 묘지문을 이루기 전에 봉록공이 돌아가셨다. 이후로 내가 스스로 지으려 하였는데 병을 조리하느라 미처 겨를이 없었다. 올해 병진년[1796] 가을에 누이의 환갑이 마침 돌아오는데 중관은 큰 고을을 다스리고 있으나 누이가 함께 그 복록을 누리지 못하니 내가 더욱 누이가 그리워 서럽기만 하다. 이에 땅에 매장한 지 30여 년이 되었으나 무덤에 아직도 묘지명이 없는 것을 생각하고, 누이의 아름다운 행실이 마침내 사라져 전해지지 않을까 두려워서, 예전에 지은 행장을 수습하여 눈물을 흘리며 묘지문을 짓고 또 명(銘)을 덧붙인다.

명에 말한다.

어질고 순수함은
어머니를 빼닮은 것이고,
공손하며 검소함은
아버지의 가르침 덕이라네.
명문가에 시집가서
그 향기를 퍼뜨렸건만,
어찌하여 복을 받지 못해
자식도 남기지 못하고 수명도 길지 못했는가?
기운이 맑아 운수가 박명한 것은
옛사람이 슬퍼한 것
그 형이 명을 지었으나
말은 혹여 사사로운 데서 나온 것이 아니네.

해제 박윤원은 누이가 죽었을 때 행장을 써서 매제의 숙부인 김이곤에게 묘지명을 부탁하게 했으나, 김이곤이 다 쓰지 못하고 죽자 누이가 죽은 지 30년이 지난 뒤, 누이가 살아있다면 환갑이 되는 해에 직접 이 글을 썼다. 누이 박씨의 행적에 대해서는 앞서 작성한 <누이 유인 행장[亡妹孺人行狀]>의 내용을 바탕으로 서술하였다. 다만 박윤원은 이 글을 쓰는 시점에 매부인 김재순이 큰 고을을 다스리고 있지만 누이는 그 봉록을 함께 누리지 못하는 것에 대해 안타까운 마음을 드러냈다.

박윤원은 누이가 하나뿐이고, 누이가 시집간 뒤에도 친정 근처에 살면서 자주 귀녕했기 때문에 정이 도타웠던 것으로 보이나, 이 글은 오랜 세월이 지난 뒤에 쓴 글이라서 그런지 누이의 행적에 대해 비교적 담담하게 서술하고 있다.

며느리 유인 한산 이씨 묘지명 병서
子婦孺人韓山李氏墓誌銘 幷序

나의 아들 종여의 아내 유인 이씨는 나이 21살에 자식도 없이 죽었다. 죽을 적에 남편에게 말하기를,

"내가 당신의 집안에 들어와 4년 동안 시아버님의 깊은 사랑을 받았으나 끝까지 봉양하면서 은덕을 갚지 못하고 죽으니 이것이 저의 한입니다. 저를 이어 당신의 아내가 될 사람은 중후하고 다복하여 지아비의 집안을 창대하게 하기를 원합니다."

라고 하였으니, 아! 그 말은 슬프되 그 마음이 어짊을 알 수 있다. 시아버지가 슬픔이 지극하여 눈물을 흘리면서 글을 지어 그 묘지(墓誌)로 삼는다.

이씨의 가계는 한산에서 나왔으니 고려 때의 시중인 목은 문정공 색의 후손이다. 고조할아버지 동직[117]은 문과에 급제하여 감사(監司) 벼슬을 하고 이조판서에 추증되었으며, 증조할아버지 수준(秀儁)은 군수를 지내고 이조참판에 추증되었다. 할아버지 사례(思禮)는 통덕랑을 하였고 아버지 사인 규복(奎復)은 군수 사욱(思勖)의 아들인데, 나와서 통덕공의 후사가 되었다. 지평인 광직(光稷)과 판서인 홍연이 곧 유인 아버지를 낳아주신 증조할아버지와 고조할아버지이다. 어머니 기계 유씨는 통덕랑 언집(彥集)의 따님이며 정언(正言) 명함(命咸)의 증손이다.

유인은 영조대왕 42년[118] 병술년[1766] 10월 14일에 태어났는데, 어려서

---

117 이동직(李東稷) : 1611(광해군 3)~1675(숙종 1). 본관은 한산(韓山). 자는 순필(舜弼). 목사 성연(聖淵)의 아들이며, 어머니는 예조좌랑 이천(李蕆)의 딸이다. 이동악(李東岳)・김집(金集)의 문인이다. 사간원정언・광주부윤이 되었고, 우승지・예조참의・전라도관찰사 등을 역임했다.

118 원문에는 43년으로 되어 있다. 영조 43년은 정해년[1767]이며, 병술년은 42년이다. 착

부터 어리광을 부리지 않았다. 일찍 어머니를 여의고 고모 김씨댁 손에서 자랐는데, 고모 김씨댁은 당시에 화려하게 꾸미고 곱게 입혀서 몸가짐을 가르치니 유인은 힘써 따랐으나 그것을 좋아한 것은 아니었다. 아버지가 풍비[119]로 몇 년을 앓았는데, 유인은 아직 비녀를 올리기 전인데도 아버지를 간호하는 것이 성인과 같았다. 밤낮으로 비가 오나 눈이 오나 홀로 약탕을 끌어안고서 종들을 대신 시키지도 않았다. 아버지의 병이 심해져 입으로 그 아픈 곳을 말할 수가 없게 되었는데 유인이 번번이 알아내어 곧 손으로 안마하여 그 아픈 곳을 진정시켰다. 아버지가 종종 숨이 막히면 유인이 울면서 하늘에 기도를 드려 자신이 대신 하기를 청하였다. 아버지의 병이 마침내 낫게 되자 아버지가 말하기를,

"이 딸 아이가 내 목숨을 잇도록 할 수 있었던 것은 그 효성이 신명을 감동시켰기 때문이다."

라고 하였다.

나의 아들 종여에게 시집왔을 때에는 시어머니가 이미 죽은 뒤였다. 유인이 처음에 시집와서 곧바로 집안 살림을 도맡으니 나이가 겨우 18살이었다. 그러나 살림을 주관하는 것이 매우 익숙하여 사람들이 그 재주의 민첩함을 칭송했다. 제사를 지낼 적에 제기를 잘 씻었고 음식은 반드시 정갈하고 깔끔하게 했다. 시아버지를 섬김에 공경하고 정성스레 하였고 국은 반드시 직접 간을 맞추었고 옷도 반드시 몸소 지었다. 시아버지가 말하기를,

"이 며느리가 나로 하여금 불쌍한 홀아비 신세를 잊게 해 주니 어질구나."

라고 하였다.

오가 있었던 것으로 보인다.

119 풍비(風痹) : 주비(周痹). 팔다리와 몸이 쑤시고 무거우며 마비가 오는데 그 부위가 일정하지 않고 수시로 이동하는 병.

시집이 매우 가난하여 유인이 먹을 음식이 충분하지 않았으나 항상 편안한 빛이었다. 그 남편과 서로 마주할 때에는 반드시 옷을 단정히 하고 용모를 바르게 하여 눈을 아래로 하고 말을 천천히 하였다. 유인은 타고난 품성이 부드럽고 고요하며 단정하고 깨끗했다. 또 식견이 높아 남편이 바야흐로 안에서 글을 읽으면 유인이 곁에 있다가 기쁜 빛으로 그것을 들었다. 남편이 관녕과 화흠이 금을 던진 일[120]을 두고 묻기를,

"두 사람은 맑고 높음이 실상은 같으니, 논자들이 어찌 그 우열을 가릴 수 있겠소?"

라고 하니 유인이 말하기를,

"관녕은 무심히 그것을 버렸고 화흠은 뜻이 있었으나 취하지 않았으니, 자연스러운 것과 밖으로 힘쓴 것이 다르지요."

라고 하였으니 그 똑똑함이 이와 같았다.

일찍이 스스로 말하기를,

"점치는 사람이 내 운명을 논하기를, 요절하거나 그렇지 않으면 반드시 과부가 될 것이라고 하였는데 저는 그것이 매우 걱정스럽습니다. 만일 함께 늙어갈 수 없다면 차라리 제 수명을 짧게 하여 당신을 장수하게 하겠어요."

라고 했다.

마침내 병을 얻어 병오년[1786] 2월 30일에 일어나지 못했는데, 죽을 때에 슬퍼하는 빛이 없었다. 그 해 5월 어느 날에 양주(楊州)의 축석령(祝石嶺) 선영(先塋)의 옆 남서쪽 방향을 등진 언덕에 장사지냈다.

우리 박씨는 반남에 적을 두고 있으며 좌의정 평도공 은의 후손이다.

---

120 관녕(管寧)과 화흠(華歆)은 모두 중국 삼국시대 위(魏)의 인물로서 동문수학했던 사이였다. 밭을 갈다가 금이 나왔는데 관녕은 못 본 척하였고 화흠은 금을 집어서 보다가 내던졌다는 일화가 있다. 『삼국지』 권13, 「위서(魏書)」 13, <종요화흠왕랑전(鍾繇華歆王朗傳)> 제13.

종여의 아버지 윤원은 선공감 가감역으로서 벼슬하지 않았다. 할아버지 사석은 공주목 판관을 하셨고, 증조할아버지 필리는 통덕랑을 하셨으며, 고조할아버지 태원은 황주목사를 지내셨다. 5세조 세성은 문과에 급제해 좌부승지를 하고 이조참판에 추증되셨다.

아! 유인은 아버지에게 효도하여 어진 딸이 되었고 시아버지에게 마음을 다하여 어진 며느리가 되었으며 남편을 공경하여 어진 아내가 되었으나, 안타깝게도 자녀를 두고 어진 어머니가 되어 영예롭게 돌아가는 것을 하지 못했다.

명에 말한다.

삼가 그 효성을 칭송함은
그 아버지의 말이고,
이에 그 훌륭함을 드러냄은
그 시아버지의 글이네.
아버지와 시아버지가
다 사사롭게 드러낸 것이 아니니,
내외의 모든 족속이
입을 모아 칭찬했네.
네 수명은 짧았으나
네 이름은 길 것이니,
흙을 움켜 북돋워서
밭 갈고 쟁기질하여 상하는 일이 없게 하리라.

해제 이 글은 박윤원이 아들 종여의 아내이자 자신의 며느리인 한산 이씨를 위해 쓴 묘지명이다. 박윤원이 쓴 <아내를 위한 제문[祭亡室文]>과 <며느리 이씨를 위한 제문[祭子婦李氏文]>에 따르면, 저자는 아내를 여의고 아들과 외롭게 지내면서 며느리가 들어오기만을 기다리다가 이씨가 시집오자 크게 기뻐했다고 했다. 그러나 18세에 시어머니가 없는 집에 시집와서 살림을 도맡아 했던 한산 이씨가 20세를 갓 넘겨 자식도 없이 죽자, 박윤원은 외며느리인 한산 이씨를 잃는 슬픔이 매우 컸던 것으로 보인다.

박윤원은 며느리 이씨와 함께 한 시간이 길지 않았기 때문에 이 글에 이씨에 대한 많은 기억을 담지는 못했다. 다만 한산 이씨는 친정부모에게 효도를 다 했고 시집 와서 시아버지와 남편을 지성으로 섬기면서 집안 살림을 능숙하게 했으며 식견이 높아 남편과 옛 사적에 대한 의견을 나눌 수 있는 여성이었다. 그러나 자식을 낳지 못하고 짧은 삶을 마감한 비운의 인물이기도 했다.

숙인 음성 박씨 묘지명 병서
淑人陰城朴氏墓誌銘 幷序

홍직필[121] 백응 군이 숙인의 행장을 직접 써서 나에게 보여주며 울면서 묘지를 써달라고 부탁했다. 나와 백응은 서로 만나 공부한 지 이제 7년이 되어 사귐이 깊고 우의가 돈독하니 내가 어찌 사양할 수 있겠는가? 규문의 행실이 감추어져 겉으로 드러나지 않지만 백응이 젊은 나이에 뜻을 지키고 도에 힘쓰는 것을 보건대 그 모친이 반드시 현숙한 어머니임을 알겠다. 하물며 백응이 효성스러워서 사사롭게 그 부모에 대해 지나치게 미화하지는 않을 것이니 이 행장은 마땅히 믿을 만한데 내가 또 어찌 사양할 수 있겠는가? 비록 늙고 병들었다 해도 감히 사양할 수 없다. 이에 행장의 문장을 바탕으로 엮어서 기술한다.

숙인은 박씨 성으로 본적은 음성이며 고려의 공부상서 재(梓)의 후손이다. 본 조정에 들어서는 순[122]이 있으니 관직은 이조판서에 올랐다. 태

---

121 홍직필(洪直弼) : 1776(영조 52)~1852(철종 3). 본관은 남양(南陽). 초명은 긍필(兢弼). 자는 백응(伯應)·백림(伯臨), 호는 매산(梅山). 서울 출신. 판서 이간(履簡)의 아들이다. 뛰어난 재질이 있어 7세 때 한자로 문장을 지었으며, 17세에는 이학(理學)에 밝아 성리학자 박윤원으로부터 오도유탁(吾道有托)이라는 찬사를 받았다. 주리파(主理派)의 한 사람으로 성리학에 전념하여 당시의 원로 명사인 송환기(宋煥箕)·이직보(李直輔)·임로(任魯) 등과 연령을 초월하여 교유하였다. 1851년(철종 2) 대사헌에 전후 두 차례나 특배되고 이듬해 지돈녕부사에 승배되었으나 끝내 나가지 않았다. 그해 7월 형조판서에 제수된 뒤 곧 죽었다. 저서로는 『매산집』 52권이 있다.

122 박순(朴淳) : ?~1402(태종 2). 고려 말 조선 초의 문신. 본관은 음성(陰城). 요동정벌 때 이성계 휘하로 종군, 조선 개국 후 상장군이 되었다. 태조가 태종을 미워하여 함주에 머무르며 사자를 모두 죽이자, 그가 자청하여 함흥에 가서 태조의 귀환을 간곡히 청하였다. 이에 태조도 한양으로 돌아갈 것을 약속하였다. 귀로에 오르자, 태조를 모시던 신하들이 그를 죽일 것을 요청하였다. 태조는 그가 용흥강(龍興江)을 건너갔으리라 생각하여 신하들의 청을 승낙하면서 강을 건넜으면 쫓지 말라고 하였다. 그러나 그는 급병

조가 조정을 나누어 함주(咸州)에 계실 때 문안사(問安使)가 되어서 북쪽 지방에 가서 충언으로 상왕을 감동시켜 깨닫게 하니 상왕이 비로소 수레를 돌리실 뜻을 두었다. 그러나 공이 돌아오다가 미처 용흥강에 이르지 않아서 사약을 받았다. 시호는 충민(忠愍)이다. 참판인 흔(昕)과 사인 숙달(叔達)은 두 세대에 걸쳐 모두 현달했는데, 삼대 유녕(有寧)에 이르러서는 일사[123]로 집의에 제수되었으나 나아가지 않았다. 이는 숙인에게 육대 조상이 된다. 증조할아버지 성귀(聖龜)는 진사이며 할아버지 정완(廷琓)은 효성스러워서 지평에 추증되셨다. 아버지 양흠(亮欽)은 호가 지족당(知足堂)으로 덕을 드러내지 않고 벼슬에 나가지 않았으며, 어머니 해주 정씨는 운휘(運徽)의 딸이다.

숙인은 나면서 함부로 울지 않았고 어려서부터 부모의 뜻을 거스르지 않았으며 동기간에도 싸우지 않았다. 조금 자라서는 아버지 지족당공에게 규훈서를 배우고 행실을 익히는 데 게으르지 않았다. 엄정하고 진중하며 너그럽고 온화하며 행동에 바른 도가 있었다. 어질고 사랑하는 마음이 사물에까지 미쳐서 기르는 개의 고기를 먹지 않았다.

17세에 이르러 홍씨 집안에 시집와서 판관 이간[124]의 아내가 되었다. 처음 시집왔을 때 시아버지[125]가 의금부 도사가 되어 나랏일로 길을 재

으로 중도에서 지체하다가 겨우 배에 올랐으므로 살해되고 말았다. 태종이 그 공을 높이 사서 관직과 토지를 내리는 한편, 자손의 등용을 명령하고, 부음을 듣고 자결한 부인 임씨(任氏)에게 묘지를 내렸으며, 그의 고향에 충신·열녀의 정문을 세우도록 하였다.

123 유일(遺逸) : 명망이 높은 사람으로 초야에 묻힌 사람. 또는 세상에서 버림받고 초야에 묻혀 있는 일사(逸士).

124 홍이간(洪履簡) : 1753(영조 29)~1827(순조 27). 본관은 남양(南陽). 자는 원례(元禮), 호는 남헌(南軒). 황주목사 선양(善養)의 아들이다. 1777년(정조 1) 진사시에 합격하고, 1789년 음사(蔭仕)로서 휘릉참봉(徽陵參奉)이 된 이래 통례원인의(通禮院引儀)·의금부도사로 승진하였다가 일시 파직, 곧 복직되어 형조좌랑·임실현감·대구부판관 등을 역임했다. 1801년(순조 1) 공조좌랑·밀양부사·경주부윤 등을 거쳐 동지중추부사에 이르렀다. 청렴강직하여 명성을 구하지 않았고, 외직에 있을 때는 이속들을 엄중히 단속하여 민폐를 끼치지 못하게 하였다. 시문에 능하였다. 저서로 『남헌고』가 있다.

촉하여 남쪽 지방에 가게 되었다. 그러자 숙인이 마음으로 그것을 걱정하여 수십 일간 옷을 벗지 않고 잠자리에 들다가 복명[126]하기에 이르러서야 평소와 같이 지냈으니 숙인이 부녀의 도를 행함이 여기에서 이미 드러났다. 시어머니 이숙인의 상을 치를 때에는 슬퍼하면서도 예를 갖추었고 시아버지의 옷과 음식을 받드는 데에도 정성껏 부지런히 했으며, 조상의 제사는 풍족하고도 정결하게 했다. 남편을 섬김에 손님처럼 공경하였고, 동서나 시누이와도 형제처럼 지냈으며, 조카들을 자기 자식처럼 돌보고 사람을 정성스럽고 신의 있게 대하니 내외 친척들이 모두 그 덕을 본받았다. 보통 부인들의 성품은 인색하지만 숙인은 베푸는 것을 좋아했다. 남편의 외가가 매우 가난하였는데 숙인이 힘을 다해 도와주기를 마치 시어머니가 주관하는 것처럼 하니, 당시 사람들이 쉽지 않은 일이라 여겼다. 평소에 영예와 이익을 좋아하지 않아서 일찍이 말하길,

"저는 세상살이가 힘든 것을 보고 남편이 급제하기를 바라지 않게 되었습니다."

라고 했으며, 또 그 아들에게 경계하길,

"곤궁하고 현달하는 것은 운명이니 흔들리지 마라."

라고 했으니, 그의 높은 뜻과 밝은 식견이 이와 같았다.

평소에 속된 말을 입에 올리지 않았고 오만한 기색이 없었으며 마음을 너그럽고 바르게 가지면서 겉과 속을 같이 했으니 세속 부녀자들의 자질구레하게 꾸미는 태도가 전혀 없었다. 여종이 도둑질을 한 적이 있었는

---

125 홍선양(洪善養) : 1727(영조 3)~1798(정조 22). 본관은 남양(南陽). 자는 사호(士浩). 직필(直弼)의 할아버지이다. 1754년(영조 30) 생원이 되고, 성균관장의로서 신임사화에 화를 입은 사람을 변호하는 자들을 상소하여 배척하였다. 1765년 강릉참봉(康陵參奉)이 되고, 청주목사・장용영종사관(壯勇營從事官)・상의원첨정(尙衣院僉正)을 역임하고, 선혜랑이 되어 죽었다. 서화에 능하였으며, 특히 꽃과 대나무를 잘 그렸다. 품성이 청조(淸操)하다는 평을 들었다

126 복명(復命) : 사명(使命)을 띤 사람이 그 일을 마치고서 돌아와서 아뢰는 것.

데 묻지 않고 감싸서 스스로 뉘우치게 했으니 그 도량이 남보다 넉넉했다. 한밤중에 혼자 앉아서도 귀신을 무서워하지 않았으며 의연히 평정심을 유지했으니 또한 어찌 정자 어머니의 고사와 같지 않으랴? 그 덕이 이미 갖추어진 것이다. 게다가 주관하는 능력도 있어서 시아버지가 여러 번 외읍에서 벼슬을 하고 남편도 이어서 벼슬에 나가니 집안 일이 점차 많아졌으나 여유있게 대처했다. 사치가 분수를 넘어서는 사람을 보면 그를 매우 나무랐으며 검소하고 절약하여 모자람이 없게 했다. 이에 돌아가시는 날 그 장부를 보니 다만 십여 량뿐이었다.

숙인은 지금의 임금이 재위하신 뒤 계축년[1793] 7월 8일에 죽었으니 41세였다. 이해 봄에 조상의 제삿날을 기록해 둔 것을 가리키며 말하길,

"나도 머지않았으니 나란히 써둔 가운데 들겠지."

라고 했는데 아마도 참언이었던 것 같다. 8월 12일에 고양 토당리 북쪽을 등진 언덕에 장사지내고 다음 해 갑인년[1794] 2월 28일에 같은 산 동북편을 등진 곳에 옮겨 장사지냈다.

홍씨는 남양의 큰 가문으로 통덕랑 중채(重採), 현령 상언(尙彦), 목사 선양이 판관공의 삼대 조상이다. 숙인은 5남 2녀를 두었는데, 아들 넷은 키우지 못했다. 직필은 둘째로 판서 이계(李溎)의 딸과 혼인했고, 딸은 김태근(金泰根), 윤약렬(尹約烈)에게 시집갔다. 직필은 딸 하나를 두었는데 어리다.

숙인은 성품이 엄정하여 자녀들에게 사정을 봐주는 말을 하거나 기미를 드러내지 않았고 장난감을 보여준 적도 없었다. 백응이 일찍이 잘못을 하여 숙인이 화가 나면 백응이 짚을 깔고 땅에 엎드렸는데 일어나라 명하지 않았고 반드시 잘못을 뉘우친 뒤에야 화를 풀었다. 아침저녁으로 타이르며 백응에게 옛 사람의 위기지학[127]을 권하자 백응이 뜻을 세우기

---

127 위기지학(爲己之學) : 자신의 인격 수양을 목적으로 하는 학문.

를 높이 하여 과거에 힘쓰지 않고 오로지 학문에만 전력을 하였으니 과연 숙인의 가르침이 그렇게 하도록 한 것이다. 아아, 숙인은 이미 그 자식에게 학문을 가르쳤으나 그가 성취하는 것을 보지 못했으니, 슬프다!

명에 말한다.

부친에게 받은 아름다운 규훈이 있어,
한결같이 이를 본받아 집안에서 행했네.
여자의 직분을 두루 갖추었고
바르게 자식을 가르치며 그릇된 것을 받아주지 않았으니,
옛 어진 여사 가운데 누가 이보다 더할까?
비록 수명이 짧았지만 명성은 길이 남고,
그 후손이 반드시 번창함은 이치에 어긋남이 없으리니,
내가 명을 써서 아름다움을 드날리리라.

해제 박윤원은 7년간 함께 공부하면서 교분이 두터웠던 홍직필로부터 그의 어머니인 음성 박씨의 묘지명을 써달라는 부탁을 받고, 홍직필이 쓴 행장을 바탕으로 이 글을 썼다. 박씨는 17세에 홍이간에게 시집왔는데 시어머니 이 숙인이 일찍 세상을 뜨자 시아버지 봉양과 남편의 내조, 집안의 대소사를 도맡아 했고 이미 세상을 떠난 시어머니의 친정까지 보살펴주었다. 박씨는 부지런하고 검소하면서도 넉넉한 도량으로 주변 사람들에게 베풀고 신의를 얻었던 인물이었다고 소개했다. 특히 박윤원은 박씨의 가르침 덕분에 홍직필이 과거에 힘쓰지 않고 학문에만 전념할 수 있었다고 하면서 그 자식의 성취를 통해 박씨의 행적을 기리고 있다.

이덕무 李德懋 · 1741 ~ 1793

이덕무(李德懋) : 1741(영조 17)~1793(정조 17). 본관은 전주(全州). 자는 무관(懋官), 호는 형암(炯庵)·아정(雅亭)·청장관(青莊館)·영처(嬰處)·동방일사(東方一士). 통덕랑 성호(聖浩)의 아들이다. 박학다식하고 고금의 기문이서에 이르기까지 달통하였으며, 문장에 개성이 뚜렷하여 문명을 일세에 떨쳤으나, 서자였기 때문에 크게 등용되지 못하였다. 어릴 때 병약하고 빈한하여 거의 전통적 정규교육은 받을 수 없었으나 그는 가학(家學)으로 6세에 이미 문리(文理)를 얻고, 약관에 박제가·유득공·이서구와 함께 『건연집(巾衍集)』이라는 사가시집(四家詩集)을 내어 문명을 떨쳤다. 특히 박지원, 홍대용, 박제가, 유득공, 서이수 등 북학파 실학자들과 깊이 교유하여 많은 영향을 받았다. 그는 1779년 박제가·유득공·서이수와 함께 초대 규장각 외각검서관이 되어 규장각의 도서편찬에도 적극 참여했다. 비속한 청나라의 문체를 썼다 하여 박지원·박제가 등과 함께 문체반정에 걸려 정조에게 자송문(自訟文)을 지어 바치기까지 했다. 1793년에 병으로 죽었다. 저서로는 『이목구심서(耳目口心書)』, 『영처시고(嬰處詩稿)』, 『사소절(士小節)』, 『청비록(淸脾錄)』, 『입연기(入燕記)』 등 16종이 있다.

두 열녀의 전
兩烈女傳

송화현(松禾縣)의 열녀 이씨는 이홍도(李弘道)의 아내이다. 남편과 같은 해에 태어나서 부녀자의 도리를 다해 섬겼는데 22세에 남편이 죽었다. 그러자 이씨가 슬픔을 이기지 못하고 늘 따라 죽고자 바늘까지 삼켰으나 죽지 않았다. 남편이 꿈에 나타나 이르길,

"당신이 죽으려 하는 것은 진심이겠으나, 정해진 운명은 바꿀 수 없으니, 50년 뒤에 내가 죽던 날, 당신도 돌아오시구려."

라고 했다. 이씨는 그것이 운명임을 알고 죽으려는 뜻을 버렸다. 그러나 죽을 때까지 삼년상 때의 소복을 입었고 옷이 해질 때마다 고쳐 입으면서 새 옷으로 바꿔 입지 않았으며 술지게미를 먹고 볏짚을 깔고 앉았다. 나이가 많이 든 뒤에야 비로소 장을 마셨다.

7월 5일은 남편이 죽은 날로 신사년[1701]에 그 날이 되자, 직접 제수를 갖추고 제사를 지내려고 하다가 갑자기 이불에 기대어 말하길,

"내가 죽으려는 구나."

라고 하고는 온화한 표정으로 죽었는데, 남편이 꿈에 나타났을 때로부터 햇수를 세어보니 과연 만 50년이 지난 뒤였다. 그리고 남편이 인시[1]에 죽었는데 부인도 그 시각에 죽었다. 향년 72세였다. 아아, 기이하다! 하늘이 정한 운명은 이처럼 바꿀 수 없는 것이로구나. 마을 사람들이 그의 선한 행적을 기록하니, 태수가 아름답게 여겨서 마을에 정문을 세워줄 것을 아뢰었다.

---

1 인시(寅時) : 오전 3시에서 5시까지의 시간.

이씨의 조카딸인 이씨도 열녀이다. 어릴 적 어머니를 여의고 그의 당고모에게서 자랐는데, 이씨는 『소학』과 『사기』를 모두 통달했다. 17세가 되어 8월에 용강현(龍崗縣)의 김인로(金麟老)에게 시집갔는데, 인로가 10월에 그의 아내를 데리고 돌아가려고 대동강을 건너다가 빠져 죽었다. 열녀가 그 소식을 듣고 크게 슬퍼하여 땅을 긁으면서 통곡하니 손톱에서 피가 흘렀다. 다음날 시댁으로 울며 달려가다가 강 가운데에서 크게 통곡하며 말하길,

"내 남편이 나를 데려가려다 물에 빠져 죽었으니 남편을 따라 죽으면 유감이 없겠다."

라고 하고는 강에 나아가려 하자 옆에서 말려서 죽음을 면했다. 시댁에 도착해서도 여러 번 밤에 도망가서 강에 이르렀는데, 그럴 때마다 사람에게 발각되어 뜻을 이루지 못했다. 열녀가 속여서 이르길,

"남편이 이미 죽었으니, 내가 살아 있어야 남편의 제사를 지낼 수 있겠군요."

라고 하면서 평소처럼 편안하게 지내니 집안 식구들이 의심하지 않고 지키지도 않았다. 그러자 밤에 몰래 우물에 가서 빠져 죽었다. 날이 밝아서야 가족들이 알아채고 건져냈는데 발끝에서부터 가슴과 등에 이르기까지 모두 명주로 감은 것이 견고해서 풀 수가 없었다. 그의 유서는 집안일을 처리하는 내용과 시부모와 친정 부모, 모든 형제들에게 마지막 인사를 하는 내용을 담고 있었다. 또 이르길,

"명주로 감았던 것과 소복을 벗기지 말고 염습해 주세요. 매우 한스러운 것은 남편의 시신을 찾지 못한 것입니다. 만일 끝까지 찾지 못하면 남편의 옷과 머리카락을 함께 묻어 주세요. 이것이 제 뜻입니다."

라고 썼는데, 나중에도 끝내 시신을 찾지 못했다. 무오년[1738]에 감사가 그 일을 상달하자, 마을에 정려문을 내리도록 명했다. 열녀는 계모를 지극한 정성으로 모셨는데, 그녀가 죽자 계모도 슬퍼하다가 죽었다. 군자

가 탄식하여 말하길,

"사람의 아름다운 행적을 같은 마을에서 보기도 쉽지 않은데, 하물며 한 마을, 그것도 같은 집안임에랴! 아아! 열녀가 열녀에게 배워서 마침내 열녀의 이름을 이루었으니, 또한 기이하구나!"

라고 했다.

옛날 공동자[2]가 울면서 <여섯 명의 열녀전[六烈女傳]>을 지었는데, 아마도 세상에 유감이 있었기 때문이었을 것이다. 내가 <두 열녀의 전[兩烈女傳]>을 쓴 것도 그와 같은 것이다.

외가 친척 아저씨인 박여수(朴汝秀) 씨는 송화(松禾) 사람인데, 젊은 열녀가 또한 그의 처형이어서 나에게 그 대강의 내용을 말해 주었다. 이에 감탄하여 기록해서 <두 열녀의 전>을 이루고 다시 찬(贊)한다.

여자의 행실이
어찌하여 나로 하여금 공경하는 마음이 일어나도록 하는가?
송화 땅이
어찌하여 두 열녀를 나란히 냈는가?

해제 이 글에서 소개한 두 열녀는 같은 지역, 같은 집안의 여성들이지만, 다른 방식으로 열을 지켰다. 이홍도의 아내는 남편이 죽은 뒤 50년간 살면서 절의를 드러냈고, 김인로의 아내는 혼인하여 시댁에 들어가기도 전에 남편이 죽자 곧 따라 죽는 것으로 열의를 표현했다. 이덕무는 두 열녀와 같은 지역에 살았던 외가 친척으로부터 사연을 듣고 감탄하여 입전하였다.

2 이몽양(李夢陽) : 명나라 문학자. 자는 헌길(獻吉), 호는 공동자(空同子). 시와 고문(古文)을 잘 했고, 명나라 십재자(十才子)의 한 사람으로 저서로 『공동자집(空同子集)』이 있다.

지혜로운 여자의 전
慧女傳

어느 마을에 후처에게 미혹된 선비가 있었는데 그 이름은 알려지지 않았다. 전처의 딸이 신랑을 맞아 밤이 되었는데, 군복을 입고 큰 칼을 찬 도적이 창밖에서 눈을 번득이며 크게 꾸짖길,

"신랑은 빨리 나와라. 그렇지 않으면, 내가 너를 찌르리라."

라고 했다. 신랑이 매우 두려워하여 나가려고 하자 신부가 그의 옷자락을 잡고 말리며 말하길,

"제가 알아서 하겠어요."

라고 하고는 곧장 문을 나가서 군복을 입은 사람을 안고 말하길,

"어머니, 어머니, 어쩌자고 이러셔요?"

라고 하니 도적이 칼을 던지고 고개를 숙였다. 가족들이 불을 밝혀 보니 바로 계모였다. 신랑은 비로소 신부의 어머니가 악하다는 것을 알고 의심했던 것을 이에 풀었으나, 다음날 짐을 꾸려 바로 돌아가 버렸다. 계모는 그 딸이 자신의 악행을 떠벌린 것에 화가 나서 딸을 죽여 매장해버렸다. 한참 뒤에 남편이 찾아가니 아내가 없었다. 모두들 말하길,

"병들어 죽어서 이미 장사지냈소."

라고 했다. 남편이 크게 의심스럽고도 두려워서 염습한 것을 열어 보니 모습이 마치 살아 있는 것 같았고, 옷 위에는 피가 여기저기 얼룩져 있었다. 남편은 매우 슬프고 분하여 새 옷으로 갈아 입혀 장사를 지냈다. 그리고 장인을 책망하며 말하길,

"제 아내의 원수를 장인이 갚아 주십시오. 나는 이제 떠나겠습니다."

라고 하고는 옷을 떨치고 가 버렸다. 이에 친정식구들이 논의해서 그 후

처를 쫓아냈다.

군자가 말하길,

"여자의 지혜로움이여! 신랑을 말리고 계모를 안으면서 어미에게 죽게 될 줄을 뻔히 알면서도 사양하지 않았으니, 첫째는 남편을 사지에서 벗어나게 했고, 둘째는 남편의 의심을 풀었다. 아아! 남편의 어리석음이여! 이미 장모가 도적인 줄 알았으면서 어찌하여 다음날 아내를 데리고 가지 않고 혼자 돌아가 버려서 도리어 그 어미가 딸을 마음대로 하게 했는가? 아아, 그 어리석음이 심하구나!"

라고 했다.

해제 지혜로운 여자에 대한 이 글에서는 소재의 출처를 밝히고 있지 않으며, 지명이나 인명도 명확하게 밝히지 않았다. 이 글은 계모가 전처의 딸을 음해하고자 도적으로 위장하여 신혼방에 침입하자, 전처의 딸이 지혜롭게 처신하여 계모에게 죽을 뻔한 남편을 구하고 남편의 의심을 풀었으나, 결국 남편이 집으로 돌아간 사이 계모에게 죽임을 당하는 사연을 담고 있다. 저자는 군자의 평을 통해 아내가 지혜로웠던 반면, 남편의 처신이 어리석어서 아내가 죽음에 이르게 되었다고 지적하면서, 아내의 죽음에 대한 책임을 남편에게도 묻고 있다.

외삼촌을 대신해서 외할머니 완산 이씨의 묘에 올리는 제문
代舅氏祭外王母完山李氏墓文

아아! 나의 외할머니 완산 이씨가 돌아가신 지 28년이 지난 임오년[1762] 모월 모일에 외손자 박 아무개[3]는 삼가 술과 과일을 받들어 슬피 탄식하며 신도(神道) 앞에서 두 번 절하고 울며 고합니다.

아아! 제가 이곳을 기억하지 못한 지 오래인데, 이것은 모두 외삼촌이 일찍 세상을 떠나고 후사가 없으며, 어머니와 막내 이모도 연달아 돌아가고, 둘째 이모는 멀리 다른 지방에 사셔서 어떤 소식도 듣지 못했기 때문입니다. 게다가 세월이 많이 흘러 제사를 여러 번 올리지 못했으니, 누가 있어 가시나무를 벨 것이며 나무 하고 소치는 아이들이 밟지 못하도록 하겠습니까? 어머니 생전에 했던 말을 떠올려 보면, 단지 산소가 통진(通津)에 있다는 것만 기억나니, 몇 번째 산, 몇 번째 언덕에, 방향은 어떠한지에 대해서는 자세히 듣지 못한 것이 한스럽습니다. 저는 이 때문에 한밤중에 길게 탄식하고 눈물을 줄줄 흘리면서 매번 혼자 생각하길,

'애통하다! 내 어머니가 살아계셨다면, 어찌 내가 그곳을 모르도록 하셨겠는가?'

라고 하면서 더욱 탄식하기를 마지않았습니다. 세월이 흘러도 애통하고 사모하는 마음만 절절해져서 외가의 친척들을 찾아다니고 그곳에 사는 이들에게 물어서 비로소 묻히신 곳을 찾아 성묘하고 돌볼 수 있게 되었습니다. 아아! 신령이 어둡지 않으셔서 저의 애달픈 마음을 살펴주신 것이겠지요. 생각해보면 지하에도 슬픔과 기쁨이 함께 이르러, 어머니가

---

3 토산 현감(兎山縣監)을 지낸 박사렴(朴師濂)은 시인(時寅)과 시술(時述) 두 아들을 두었는데, 이들이 이덕무에게 외삼촌이 된다.

일찍 세상을 떠난 것에 상심하시고 제가 외롭게 지내는 것을 불쌍히 여기시겠지요. 부여잡고 눈물을 흘리며 우두커니 서서 멍하니 생각하다가 눈을 들어보니 슬픈 심정은 옛날을 떠올릴수록 더욱 간절해집니다.

세속의 인정이 메말라 사람들이 모두 외가를 홀대하지만, 저만은 그렇게 여기지 않습니다. 『예기』에서는 '부모의 친척들과 화목하게 지내는 것을 효도라고 할 수 있다.'라고 했습니다. 정과 의를 모두 갖추면, 어찌 그 사이에 도탑고 엷은 것이 있겠습니까? 하물며 제가 어릴 적 몸소 안아주시며 무릎 위에서 사랑해 주셨는데요.

아아! 외삼촌 내외분의 산소도 여기에 있습니다. 연달아 있는 세 무덤이 오랜 세월동안 주인이 없었으니, 저도 모르게 목이 메어 슬프고 마음이 쓰라립니다. 이제 이렇게 부족한 제수로 평생의 회포를 만분의 일이나마 풀고자 하니, 바라건대 굽어 살펴 주십시오. 슬픕니다. 상향.

해제 이 글은 제목에 쓴 바와 같이 이덕무가 외삼촌을 대신해서 쓴 제문이다. 외삼촌은 외가 식구들이 일찍 세상을 떠나고 연락이 끊어져서 그의 외할머니 산소가 오래 방치되어 있자, 이것을 찾아서 묘소를 정돈하고 제를 올렸다. 이 글에서는 외가를 하찮게 여기는 세태에 대해 지적하면서 『예기』를 인용하여 친가와 외가에 대한 정이 다르지 않다는 것을 말하고 있다.

누이에게 주는 교훈
妹訓

나에게는 누이가 두 명 있는데 모두 나이가 15세쯤 되었다. 어려서부터 듣고 배운 것이 없으면 자라서 경계하기 어렵기 때문에, 이 글을 써서 가르친다. 모두 16장이다.

여자의 덕은 화순한 것을 법으로 삼으니, 말하고 걷는 것부터 먹고 마시는 것에 이르기까지 온 마음으로 게을리 하지 않는 것을 그 직분으로 삼는다.

기를 가라앉히고 음성을 낮추며 중도(中道)와 정도(正道)로 일을 판단하고 조용히 일을 처리하면, 일이 홍기(興起)하고 마음이 조화로워지니 이것이 길한 조짐이 되어 여러 복이 다 이르게 된다.

비루하고 어그러진 말은 귀를 막고 듣지 말며, 나이가 많고 덕이 높은 사람의 가르침은 마음에 두고 새겨야 하니, 이 두 가지를 익히는 자는 몸도 편안해진다.

선한 말과 악한 말이 모두 입에서 나오니, 한 번 악한 말을 내뱉으면 후회한들 누구를 탓하겠는가? 한 사람이 선하고 악한 것은 손바닥 뒤집는 것과 같은 것이다.

말이 많은 부녀자는 행동이 한결같지 않으니, 말이 많으면 거짓도 많고 거짓된 말을 하면 진실이 없게 되므로 삼가고 삼가야 한다. 왁자지껄하게 떠들면 좋을 것이 없다.

말하고 웃는 데 절도가 없으면 광대처럼 보이고, 기색을 사납게 하고 온화함이 적으면 또한 걱정이 있는 사람처럼 보인다. 어떻게 하면 적절

함을 얻었다고 할 수 있을까? 부드럽고 순종하는 데에서 찾아야 한다.

선한 것을 보면 반드시 실천하고 악한 것을 보면 반드시 응징을 하며, 남의 잘못을 드러내지 말고 자신의 장점을 자랑하지 마라. 조심스런 마음가짐으로 힘쓰고 또 힘쓰면, 부녀자의 덕이 날로 늘어가게 된다.

화나는 마음이 생기면 먼저 그 근본을 막고, 화가 일어났다면 온화한 표정을 지어야 마음이 따라서 편안하게 된다. 화를 놓아두면 끝도 없어져서 일이 산처럼 커진다.

규방 안에서는 정숙하게 지내고 떠들지 말며, 그 목소리를 크게 하지 않으면서 온화함을 길러야 한다. 소리가 문 밖을 나가지 않아야 온 집안이 평안해진다.

바느질하고 옷감을 짜며 음식을 하는 데 정밀하면서도 민첩하도록 힘쓰고, 옷을 정돈하고 평상이나 자리를 깨끗이 청소해야 한다. 힘써 노력하며 게으르지 않아야 하니 이러한 사람을 어진 사람이라 이른다.

내가 게으른 부녀자를 보니, 일찍 자고 늦게 일어나며 쑥대머리와 더러운 얼굴을 하고 편안한 것만 일삼아 모든 일을 이루지 못하여 나쁜 소문이 이웃에 자자하게 된다.

내가 교만한 부녀자를 보니, 바느질을 하지 않고 실속없이 허영심에 차서 남을 이기기를 좋아하며 얼굴과 옷으로 현혹시키면서 망령되게도 스스로 어질다고 여기고 순진하고 착한 사람을 깔본다.

내가 사나운 부녀자를 보니, 시도 때도 없이 울고 요사스러운 것을 좋아하는데다 귀신에 의지하여 날마다 무당이나 점쟁이를 불러서 온갖 일을 그르치니 재앙이 온 친척들에게까지 이르게 된다.

집에 있으면 집을 망하게 하고 나라에 있으면 나라를 망하게 하니, 크게 두려워할 만하지 아니한가? 촛불을 비추어보는 것처럼 분명한 일이니, 세 부녀자에게 온화하고 순종하는 것이 부족함을 볼 수 있다.

부귀한 것을 부러워하지 않고 가난한 것을 업신여기지 않으며 염치를 돌아보고 근검으로 자신을 경계하면 부모가 아름답게 여겨서 즐겁고 화평하게 된다.

온화함과 순종함을 마음에 굳게 지키고, 전전긍긍하면서 아침저녁으로 이것을 외우며 이 가르침에 부끄럽지 않도록 해라. 내 말은 거짓이 아니다.

해제 이 글은 이덕무가 소서(小序)에서 밝히고 있듯이 시집갈 나이가 된 두 명의 여동생을 가르치기 위해 쓴 것이다. 모두 16장으로 구성되어 있는데, 보통 부녀자들이 일상생활에서 갖추어야 할 일반적인 몸가짐과 태도에 대해 경계하는 내용이다. 이덕무는 부녀자가 갖추어야 할 가장 중요한 덕목으로 '화(和)'와 '순(順)'을 강조했으며, 특히 경계해야할 부녀자의 상으로 게으른 여자, 교만한 여자, 사나운 여자를 꼽았다. <매훈(妹訓)>은 저자 자신이 쓴 당부의 말들을 누이동생들이 전전긍긍 외워서 가르침에 부끄럽지 않게 행동해야 한다는 말로 마무리 하고 있다.

내칙
內則

양수.[4] 그 제도는 후세에 전하지 않는다. 해를 향하여 불을 얻는 것으로 화경(火鏡)이 있는데 수정(水晶)이나 혹은 유리로 만들며, 돌을 두드려서 불을 얻는 것으로 화도(火刀)가 있는데 쇠로 만드니, 모두 지닐 만 한 것이다. 고당융(高堂隆)이 이르길,

"양수는 일명 양부(陽符)라 하고 구리로 만드는데 이를 화경이라 한다."

라고 하였고, 장자열(張自烈)이 이르길,

"『설문(說文)』에서 '수(鐆)는 양수(陽鐆)다.'라고 했다. 『주례(周禮)』에서는 생략하여 '수(遂)'로 썼으니, 베껴 쓰다가 잘못 생략한 것이다."

라고 했다. 지금은 혹 '수(鐩)'라고도 쓰고 '수(燧)'라고도 쓴다.

쇄소(洒埽). 이에 대해 살펴보면, 조환광(趙宧光)이 이르길,

"물을 끼얹고[灑] 씻는 것[滌]이니, '수(水)'를 쓰고 '서(西)'로 소리를 삼는다."

라고 했다. 그러나 물을 뿌리고[洒]·쓸고[埽]·호응하고[應]·대답하는 것[對]은 아이의 네 가지 일이데, 잘못하여 물을 끼얹고[灑]·쓸고[埽]·호응하고[應]·대답하는 것[對]으로 만들어 억지로 물을 땅에 흩어 끼얹는 것 【흩뿌리는 것이다】 으로 해석하니, 뜻도 통하지 않을 뿐더러, 이처럼 땅이 젖으면 어떻게 발을 디딜 수 있겠으며 더구나 땅에 자리를 깔고 앉을 수 있겠는가?

---

4 양수(陽燧) : 옛날 태양으로부터 불을 얻을 때 사용하는 동으로 만든 거울. 『고금주(古今注)』 잡주(雜注)에 "陽燧以銅爲之, 形如鏡, 向日則火生, 以艾承之則得火也."라고 하였고 『예기』 「내칙」에는 목수(木燧) 혹은 금수(金燧)를 찬다고 했다.

부모가 잘못이 있으면 기운을 나지막하게 하고 편안한 기색을 띠어야 한다는 문장.[5] 그 소에 이르길,

"'차라리 충분히 간한다.'라는 것은, 뜻을 거슬러 가며 간하여 부모를 기쁘지 않게 하더라도 그 죄가 가볍고, 두려워하며 간하지 않아서 부모가 친척과 이웃에 죄를 얻게 하는 것은 그 죄가 무겁기 때문에 이른 것이다."

라고 하였다. 살펴보면, 싫어하는 안색을 하는 데도 충분히 간하라고 해설한 것은 너무 지나치게 고지식한 것이어서 후세에 완곡하게 간하지 못하는 폐단을 열어 놓은 것이다. 경전의 문장에서 '더욱 공손히 하고 더욱 효도해라.[起敬起孝]'라는 언급을 두 번이나 했는데, 어찌 싫어하는 기색이 있는데도 간하라고 했겠는가? 완곡하게 말씀드리는 것에서 시작하여 울면서 따라다니는 것까지가 바로 충분히 간하는 것이다. 『맹자』의 주에서 조기(趙岐)가 이르길,

"부모의 뜻을 맞추어서 자신의 의사를 굽혀 따라서 부모를 불의한 곳에 빠뜨린다면 하나의 불효인 것이다."

라고 했으니, 이 또한 부모에게 큰 잘못이 있으면 충분히 간하여 부모가 올바른 데로 돌아가도록 해야 한다는 것을 말하는 것이다. 효도하고 순종한다는 명성이 있는데도 때때로 부모를 불의한 데 빠뜨리는 자는 또한 더욱 처신에 힘써야 한다.

'시부모가 맏며느리에게 시키면 게을리 하지 말며 감히 작은 며느리에게 무례하게 대하지 말라.'[6] 이를 살펴보면, 왕씨가 이르길,

"'우(友)'는 '감(敢)'으로 여기는 것이 옳다."

라고 하였다. 그런데 정현의 주에 이르길,

"여러 며느리들이 예의가 없으면 맏며느리는 그들과 우애 있게 지내

---

5 『예기』「내칙」"父母有過, 下氣怡色, 柔聲以諫, 諫若不入, 起敬起孝, 說則復諫. 不說, 與其得罪於鄕黨州閭, 寧孰諫, 父母怒不說以撻之流血, 不敢疾怨, 起敬起孝."

6 『예기』「내칙」"舅姑使冢婦, 毋怠, 不友無禮於介婦."

지 않는다."

라고 했고, 공영달이 소에 이르길,

"예의 없이 굴었기 때문에 맏며느리가 소원하고 가볍게 대한다."

라고 했다. 과연 이러한 말과 같다면, 경문(經文)에서 마땅히 '무례한 작은 며느리와 우애있게 지내지 않는다.[不友無禮之介婦]'라고 썼을 터인데, 이제 이르길, '작은 며느리에게 무례하게 대한다.[無禮於介婦]'라고 했고, '어(於)' 자의 억양은 본래 '지(之)' 자와 서로 가깝지도 않다. '우(友)' 자를 고쳐 '감(敢)' 자로 여기면 뜻이 편안하지만, 또한 정확히 알 수는 없다. 그러니 이 장에는 빠지거나 잘못된 글자가 있는 것이다.

조범(蜩范). 이에 대해 살펴보면, 옛적에는 어류와 패류, 새와 털이 있는 동물, 곤충 등을 모두 먹었는데 후세에는 곤충은 먹지 않는다. 그러나 연(燕)나라와 제(齊)나라의 풍속에는 아직 전갈과 누리를 먹는다. 그리고 『비아(埤雅)』에 이르길,

"하루살이는 하늘소와 같이 작고 껍질이 있으며 껍질 아래 날개가 있는데, 구우면 매미보다 맛이 좋다."

라고 하였다. 『비아』는 곧 육전(陸佃)이 지은 것이니, 송(宋)나라 사람도 하루살이와 매미를 먹었던 것이다. 우리나라 아이들도 때때로 볏단 속에서 말라 죽은 귀뚜라미를 구워 먹으며, 전라도 사람은 잠자리로 음식을 만드니, 진실로 옛날의 풍속에 맞다. 매미와 벌은 머리와 날개를 제거하고 기름으로 지져 먹으면 새우나 게 등속보다 낫다. 중국 오령(五嶺) 이남에서는 개미알을 먹는데, 아마 옛날의 개미알젓[7]이리라.

'유우씨는 황관을 쓰고 제사지냈다.'[8] 이 구절을 살펴보면, 황(皇)은 역

---

7 지해(蚳醢) : 왕개미의 알로 젓갈을 담은 것. 『예기』 「내칙」에는 육포와 곁들여 먹는 음식으로 소개하고 있다. 『예기』 「내칙」 "腶修蚳醢."

8 『예기』 「내칙」 "有虞氏皇而祭, 深衣而養老. 夏后氏收而祭, 燕衣而養老. 殷人冔而祭, 縞衣而養老. 周人冕而祭, 玄衣而養老."

시 위모(委皃)[9]와 같은 것이다. 그 형상이 '[illegible]'이나 '[illegible]'이니 사슴가죽으로 만든 갓의 모양이다. '皃'는 '[illegible]'의 아래 '[illegible]'를 두었으니 이는 사람 머리에 관(冠)을 쓴 것이고, '皇'은 '[illegible]' 아래 '王'을 두었으니 바로 왕의 머리에 관을 올린 것이다. 육서[10]로 경전의 문장을 풀면 그 오묘함을 이루 다 말할 수 없다. 이 뜻은 사람마다 알 수 있는 것이 아니다.

해제 『예기』의 「내칙」은 집안에서 남녀 간에 알아두어야 할 일이나 부모와 시부모에 대한 예의 절차에 대해 기록한 것이다. 이 글에서는 의문 나는 부분이나 문제가 되는 글자에 대해 다른 문헌을 참고하여 해설하였다. 따라서 여자를 경계하기 위한 글이라기보다는 「내칙」의 일부를 고증하고 재해석하여 의미를 분명하게 밝히려는 의도에서 쓴 것이다. 이 글은 제목과 별개로 이덕무의 박학한 지식과 고증적 취향을 잘 보여주는 자료이다.

---

9 위모(委皃) : 위모(委貌)를 의미하는 듯하다. 치포관(緇布冠)의 이름으로, 시대에 따라 이름과 형상이 다르나 관례의 첫 번째 씌우는 갓이다. 『예기』「교특생(郊特生)」 "委貌, 周道也. 章甫, 殷道也. 毋追, 夏后氏之道也."

10 육서(六書) : 한자의 구성 및 활용에 관한 여섯 종류, 곧 상형(象形), 지사(指事), 회의(會意), 형성(形聲), 전주(轉注), 가차(假借).

은애전

銀愛傳

경술년[1790] 6월에 임금이 여러 옥안(獄案)을 심리하여 김은애·신여척을 살려주라고 명하고, 전을 지어 내각 일력(內閣日曆)에 싣도록 명하였다.

은애는 김씨로 강진현(康津縣) 탑동리(塔洞里) 양가(良家)의 딸이다. 마을에 안씨 할미가 있었는데 창기였던 자로, 음흉하고 황당하며 말이 많았다. 옴이 온 몸에 퍼져있는데 마음껏 가려운 곳을 긁지 못하여서 가려운 생각이 들면 더욱 말을 조심하지 않았다. 은애의 어미에게 쌀, 콩, 소금, 메주 등을 꾸어왔는데, 은애의 어미가 빌려주지 않을 때가 있으면 노파가 번번이 성을 내며 가만 두지 않겠다고 생각했다. 마을에 사는 아이 최정련(崔正連)은 곧 노파의 시누이 손자로 14, 15세 되었는데 어리고 예쁘게 생겼다. 할미가 시험 삼아 남녀가 혼인하는 일로 꾀어서 말하길,

"은애 같은 여자를 아내로 얻으면 어떻겠냐?"

라고 하니, 정련이 웃으며 말하길,

"은애는 예쁘고 고우니 어찌 좋지 않겠습니까?"

라고 했다. 그러자 할미가 이르길,

"네가 은애와 사통했다고 말만 하면 내가 널 위해 성사시켜 주마."

라고 하니, 정련이

"그러지오."

라고 했다. 할미가 말하길,

"내가 옴을 앓는데, 의원이 옴을 치료하는 약값이 매우 비싸다고 하니, 일이 만약 이루어지면 네가 날 위해 값을 치러주렴."

이라고 하니, 정련이 말하길,

"감히 말씀을 따르지 않겠습니까?"

라고 했다. 하루는 할미의 남편이 밖에서 들어오자, 할미가 말하길,

"은애가 정련이를 좋아해서 나에게 중매를 부탁하지 뭐요. 우리 집에서 만나기로 약속했는데, 정련이 할미에게 들켜서 은애가 담을 기어 도망갔어요."

라고 하니, 남편이 엄하게 야단쳐 말하길,

"정련이는 집안이 미천하고 은애는 규중의 처녀이니 절대 입 밖에 내지 마시오."

라고 했다. 이에 온 성안에 소문이 자자해져서 은애가 시집가기 어렵게 되었는데, 다만 마을 사람 김양준(金養俊)이 그 사실을 분명하게 잘 알고 있었다. 드디어 장가들어 아내를 삼았으나, 모함하는 말이 더욱 퍼져서 차마 들을 수가 없는 지경이었다.

기유년[1789] 윤 5월 25일에 안씨 할미가 말하기를,

"애초에 정련이와 약속하길, 중매를 하면 그 보답으로 내 약값을 대주겠다고 했는데, 은애가 갑자기 배신하고 다른 남자에게 시집가버리자, 정련이가 약속을 지키지 않아서 내 병이 이때부터 심하여졌으니, 은애는 실로 나의 원수구나."

라고 하자, 마을의 늙은이나 젊은이나 서로 돌아보며 놀라서 눈만 깜박거리고 손만 내두르며 감히 말을 꺼내지 못했다.

은애는 본디 강직하지만 할미에게 모함과 치욕을 받은 지 이미 2년이 지나자 이에 이르러서는 더욱 부끄럽고 한스러워서 진실로 견딜 수가 없었다. 반드시 직접 안씨 할미를 찔러 이 원통하고 분한 것을 모두 씻고자 했으나 이룰 수가 없었다. 다음날 집안 식구가 없을 때 안씨 할미가 혼자 자는 것을 엿보고, 밤 8시 경에 부엌칼을 가지고 소매를 걷고 치마를 걷어 올리고는 날듯이 걸어서 곧바로 안씨 할미의 침실에 들어갔다. 등잔

불은 어리어리한데 할미가 홀로 앉아 곧 자려고 몸을 반쯤 드러내고는 치마만 걸치고 있었다. 은애가 칼을 비스듬히 들고 나아가 눈썹을 치켜세우고 책망하여 이르길,

"어제의 모함은 그 전보다 심하더군. 내가 너에게 마음먹은 대로 하려고 하니, 너는 이 칼을 받아라."

라고 했다. 할미는 저이가 여린 약질이라서 못 할 거라고 여기고, 대답하길,

"찌르려면 어디 찔러봐."

라고 하자, 은애가 급히 소리치길,

"말 할 필요 없다."

라고 하고는 몸을 기울여 재빨리 왼쪽 목구멍을 찔렀으나 할미가 오히려 살아서 급히 칼 쥔 팔을 잡으니 은애가 급히 팔을 빼며 다시 오른쪽 목구멍을 찌르자 할미가 비로소 오른편으로 엎어졌다. 드디어 곁에 웅크리고 앉아서 결분[11]을 찌르고 또 견갑,[12] 겨드랑이, 팔다리, 장딴지, 목, 그리고 젖을 찔렀으니 모두 왼편이다. 마지막으로 오른편 등을 두세 번 찌르고 흩뿌리면서 뛰어오르며, 한 번 찌르고 나서 한 번 꾸짖기를 열여덟 번이나 했다. 칼에서 피를 닦을 겨를도 없이 당을 내려와 문을 나와서 급히 정련의 집으로 가서 남은 분을 씻으려 했으나, 길이 멀고 그 어미가 울면서 말려서 돌아왔다. 은애는 이때 18세였다.

이장이 달려가 관에 고하니 현감 박재순(朴載淳)이 위의를 갖추고 할미의 시체를 벌여두고는 찔려 죽은 상태를 검시하고 은애를 심문하길,

"할미를 찌른 이유가 무엇이냐? 또 할미는 건장한 여자고 너는 연약한 여잔데, 지금 찌른 것이 흉하고 사나우니 너 혼자 한 것은 아닌 듯하다.

---

11 결분(缺盆) : 견갑골(肩胛骨) 안쪽의 오목하게 들어간 곳.

12 견갑(肩胛) : 어깨 양쪽에 있는 삼각형의 뼈.

숨기지 말고 사실대로 고하라."
라고 했다. 오백(伍伯)은 사나운 모습으로 늘어서 있고 형구는 땅에 가득하니, 관련자들은 기가 죽어서 얼굴색이 질려버렸다. 은애는 목엔 칼을, 손에는 차꼬를, 다리에는 족쇄를 차고 결박당해 있었는데, 몸이 약해 힘없이 늘어져서 거의 버티기 어려웠으나, 얼굴에는 두려움이 없었고 말에는 서러운 빛이 없이 의연하게 대답하여 말하길,

"에고! 나리는 제 부모님이시니 제 말 좀 들어 보세요. 양가의 처녀가 모함을 받으면 더럽혀지지 않았어도 더럽혀집니다. 할미는 본래 창녀로 감히 양가의 처녀를 모함하다니 고금 천지에 어찌 이런 일이 있습니까? 제가 어찌 할미를 찌르지 않을 수 있었겠습니까? 제가 비록 어리석지만, 일찍이 제가 사람을 죽이면 관에서 저를 죽인다고 들었습니다. 그래서 어제 할미를 죽였으니 오늘 죽게 될 것임을 알고 있습니다. 비록 그러나 할미는 이미 제가 죽였지만, 사람을 모함한 것에 대한 법은 관에서 시행한 것이 없으니, 다만 바라건대 관에서 정련을 때려 죽여주십시오. 또 생각해 보면, 제가 혼자 모함을 받았는데, 누가 저를 도와서 함께 이 흉악한 일을 저질렀겠습니까?"
라고 하였다. 현감이 한동안 크게 탄식하다가 할미를 찌르던 때의 옷가지를 가져다가 검사하니, 모시 적삼과 모시 치마가 온통 붉은 빛이어서 적삼의 흰색과 치마의 푸른색을 구분해 낼 수가 없었다. 두려우면서도 장하게 여겨 비록 용서하여 풀어주고 싶어도 법은 굽힐 수가 없어서 옥사에 대한 말을 대충 꾸며서 관찰사에게 올렸다. 관찰사 윤행원(尹行元)도 추관[13]을 시켜 다시 공모한 사람이 누구인지 알아내게 하고 법을 시행하는 것을 늦춰 아홉 차례에 걸쳐서 신문했으나, 말이 똑같았다. 다만 정련은 나이 어리고 할미에게 속았으므로 그대로 두고 신문하지 않았다.

13 추관(推官) : 당나라 때 관찰사 밑에 속했던 벼슬 이름. 주로 형벌에 관한 일을 관장하였다.

경술년[1790] 여름에 나라에 큰 경사가 있어 사형수를 적어 올리면서 관찰사 윤시동[14]이 이 사건을 올렸는데, 옥사에 대한 진술이 자못 부드럽고 완곡했다. 임금이 측은하게 여겨서 살려주려 했으나 그 사건을 중하게 여겨서 형조에 명해 신료들에게 논의하도록 했다. 대신 채제공[15]이 말씀을 아뢰길,

"은애가 원수를 갚은 것이 비록 지극한 원통함에서 나왔으나 사람을 죽이는 죄를 저질렀으니, 신은 감히 참작하여 용서하자는 말씀은 아뢸 수 없나이다."

라고 하였다. 임금이 비답을 내리기를,

"정조 있는 여자가 음란하다는 모함을 받는 것은 세상에서 가장 원통한 일이다. 은애의 정조로 한 번 죽기를 마음먹는 것은 오히려 쉽지만, 죽기만 하면 알아주는 이가 없다는 것을 걱정하여 칼을 들고 원수를 죽여서 이웃과 친족들에게 자신은 잘못이 없고 저 할미를 죽여야 한다는 것을 분명히 알린 것이다. 은애 같은 사람이 열국(列國)의 세상에 태어났다면, 그 행적은 비록 다르지만, 섭영[16]과 그 이름을 나란히 할 것이니, 어찌 태사공(太史公)이 전을 짓지 않을 수 있었겠는가?

---

14 윤시동(尹蓍東) : 1729(영조 5)~1797(정조 21). 본관은 해평(海平). 자는 백상(伯常), 호는 방한(方閒). 대사성·부제학을 거쳐 대사헌 등을 역임하였고, 1787년(정조 11) 전라도관찰사가 되었다. 김종수(金鍾秀), 심환지(沈煥之) 등 시파와 함께 벽파공격에 앞장섰고, 김한구(金漢耉), 홍인한(洪麟漢) 등 척신의 축재를 규탄하였다. 1795년 이조판서를 거쳐 우의정이 되었다.

15 채제공(蔡濟恭) : 1720(숙종 46)~1799(정조 23). 본관은 평강(平康). 자는 백규(伯規), 호는 번암(樊巖)·번옹(樊翁). 영조대의 남인, 특히 청남(淸南) 계열의 지도자로 사도세자의 신원 등 자기 정파의 주장을 충실히 지키면서 정조의 탕평책을 추진한 핵심적인 인물이다. 관직은 대사간·대사헌 등을 역임하고 좌의정을 거쳐 영의정에까지 올랐다.

16 섭영(聶榮) : 섭정(聶政)의 누이. 섭정이 엄중자(嚴仲子)를 위해서 한(韓)나라 승상 협루(俠累)를 죽이고 자신도 얼굴 가죽을 벗겨 자살하니, 사람들이 그가 누구인지 몰랐다. 그의 누이가 듣고 "우리 아우가 지극히 어지니 내가 몸을 아껴 그 이름을 없앨 수 없다." 라고 하고 곧 가서 시신을 안고 울며 "우리 아우 섭정이다."라고 밝히고는 그 자신도 시신 옆에서 자살했다. 『사기』「자객열전」.

옛날 해서(海西)의 처녀가 사람을 죽인 것이 이 옥사와 같았는데 감사가 용서해 줄 것을 청하니, 선왕께서 널리 말씀을 전하시어 그 청을 따르셨다. 여자가 바야흐로 옥에서 나오자 중매쟁이가 구름처럼 모여들어 다투어 비싼 값을 치렀는데 끝내 선비의 아내가 되었으니 지금까지 전하여 미담이 되었다. 그러나 은애는 그 원통함을 힘써 참고 있다가 시집을 가서 원한을 갚았으니 더욱 어려운 일을 한 것이다. 그러니 은애를 용서하지 않고 어떻게 풍교를 세우겠는가? 특별히 죽음을 면하게 하겠다.

옛날 장흥(長興)의 신여척(申汝倜)을 풀어준 것은 사람이 지켜야 할 도리를 돈독하게 하고 기개와 절의를 중하게 여겼기 때문이었는데, 이제 은애를 용서하는 것도 이와 같은 것이다. 은애와 여척에 대한 두 옥안(獄案)은 대략 충청 이남 지방에 반포하여 누구든 알게 하라."

라고 하셨다.

이보다 앞서 여척과 한 마을에 사는 김순창(金順昌)이 그 아우 순남(順南)에게 머물러 있으면서 집을 돌보라고 하고는 아내와 함께 밭을 갈고 돌아왔는데, 아내가 보리 약간을 떠 보니 두 되가 줄어있었다. 이에 헐뜯어 말하길,

"도련님은 있는데 보리가 없어졌으니 참 이상한 일도 있지."

라고 하니, 순창이 순남을 꾸짖길,

"내 집을 보면서 내 곡식을 훔쳤으니 도적이 아니면 무엇이냐? 네 스스로 실토해라."

라고 했다. 순남이 바야흐로 병들어 누워 있다가 원통함을 이기지 못하고 오열하니, 순창이 노려보며 말하길,

"도둑놈도 뉘우치며 우냐?"

라고 하고는 절구로 머리를 쳤다. 순남이 쓰러져 거의 살기 힘들어지니 이웃 사람들이 모두 속으로 노했으나 차마 말을 못했는데, 오직 전후담(田厚淡)이라는 자가 잘 풀어서 말하길,

"옛말에 '곡식 한 말도 찧을 수 있다.'는 말이 있는데,[17] 두 되 보리가 뭐 큰일이라고 형제간에 서로 봐주지 못했습니까?"
라고 하니, 순창이 욕하기를 그치지 않았다. 후담이 여척에게 가서 분개하여 이야기하니, 여척이 발끈하여 팔뚝을 잡고 일어나며 말하길,
"순창은 사람도 아니군."
이라고 하고는 급히 순창의 집으로 가서 상투를 붙잡고 꾸짖어 말하길,
"몇 되의 보리는 아까울 만한 것이 아니니, 형제끼리 다툴 일이 아니다. 아! 너의 부모가 너희 두 사람을 낳고 다만 서로 아끼기를 바랐지 서로 다툴 것이라고는 생각지 않았을 것이다. 절구로 병든 아우를 때렸으니 너는 곧 짐승이다. 짐승과는 가까이 할 수 없으니 내가 네 집을 헐어 나와 이웃에 살지 못하게 하겠다."
라고 하니 순창이 여척을 발로 차며 말하길,
"내가 내 동생을 때리는데 니가 무슨 상관이냐?"
라고 했다. 여척이 크게 노하여 이르길,
"내가 의리로 권하는데 너는 도리어 나를 발로 차니 나도 너를 차겠다."
라고 하고 그 배를 차니, 순창이 엎드려 기다가 다음날 죽었다. 집안 식구들이 숨기고 관에 고하지 않았는데, 한 달이 지난 뒤 일이 비로소 발각되어 여척이 옥에 갇혔으니, 이것이 기유년[1789] 7월의 일이다. 이에 이르러 임금이 직접 그 옥안을 판결하길,
"옛날에 한 남자가 종로 거리 담배 가게에서 소설책 읽는 것을 듣다가, 영웅이 크게 뜻을 잃는 데에 이르자 갑자기 눈을 찢어질 것처럼 뜨고 거품을 내뿜으며 담배 써는 칼을 들고는 소설책 읽는 사람을 쳐서 그 자리

17 한(漢)나라 문제(文帝) 때에 회남여왕(淮南厲王) 장(長)이 반역하다가 촉군(蜀郡)으로 쫓겨나서 분을 참지 못해 굶어 죽으니, 백성들이 이 일을 두고 노래를 만들기를, "한 자의 베도 옷을 지어 같이 입을 수 있고, 한 말의 벼도 찧어서 같이 먹을 수 있는데, 두 사람뿐인 형제가 서로 용납하지 못하는가?"라고 했다는 데서 유래한 말이다. 『한서(漢書)』「문제본기(文帝本紀)」.

에서 죽였다. 때때로 맹랑한 죽음과 웃을 만한 살인도 있지만, 주도퇴[18] 와 양각애[19] 같은 사람이 고금에 몇 사람이나 되겠는가? 여척은 주도퇴와 양각애와 같은 부류인 것이다. 슬프다! 여척이 죽는 것을 두려워하지 않았으니 사사(士師)[20]가 아니면서 우애를 지키지 못한 죄를 다스린다는 것이 여척을 말한 것인가? 사형수로 기록된 자는 오랜 시간에 걸쳐 몇 천백 명이나 되지만, 기개가 있고 녹녹하지 않은 것은 여척에게서 볼 수 있구나! 여척의 이름은 괜히 얻은 것이 아니다. 여척을 석방하라." 라고 했다.

찬(贊)한다.

금상의 성덕이 넓고도 어지시어서 중한 죄를 지은 죄수를 심리하시며 마음 아프게 여기셨다. 해가 뜬 뒤에야 어찬을 드시고 밤에는 반드시 촛불을 여러 번 돋우시며 실정을 알아내서 의심스러운 데로 나아가고 그 사적을 따져서 의로운 것에 바탕을 두셨으니 번번이 용서 하신 것이 2백 명에 이른다. 임금님의 덕스러운 음성이 한 번 내리면, 나라 안이 크게 기뻐하며 감격하고 눈물을 흘려 옷을 적시기까지 하는 자도 있었다. 은애와 신여척과 같은 사람은 모두 의로운 이유로 살인하여 살려준 자들이다. 아! 만약 은애와 여척이 밝으신 임금의 재판결[21]을 만나지 못하고 하루아침에 꼼짝없이 죽임을 당했다면, 일반 백성이 원통함을 씻지 못하고

18 주도퇴(朱桃椎) : 당나라 성도(成都) 사람으로 장사(長史) 두궤(竇軌)가 옷을 주고 향정(鄕正)을 삼으려 하니 땅에 내버리고 산속에 들어가 살았다.

19 양각애(羊角哀) : 춘추(春秋) 때 초(楚)나라의 열사(烈士)로 양각애와 좌백도(左伯桃)가 서로를 위해 죽을 수 있는 친구가 되었는데, 초왕이 어질다는 말을 듣고 찾아가다가 길에서 비와 눈을 만났다. 함께 무사하지 못할 것을 알고, 백도가 옷과 양식을 모두 각애에게 주고 나무 가운데에 들어가서 죽었으므로, 후세에 우의(友誼)를 말할 때 양좌(羊左)를 일컫는다.

20 사사(士師) : 재판관.

21 평번(平反) : 소송(訴訟)을 재조사하여 공정히 판결하는 것. 또는 먼저 것보다 죄를 가볍게 하는 것을 이른다.

의리를 펴지 못할 뿐 아니라, 앞으로 참소하는 사람이 두려워할 만한 것이 없게 되고 우애를 지키지 못한 자가 끊이지 않고 생겨나게 될 것이다. 그러므로 은애가 석방되자 신하된 자가 충성을 권하고 여척이 석방되자 자식 된 자가 효도에 힘쓰게 되었다. 어째서인가? 오직 충신이 그 몸을 깨끗이 하고 오직 효자가 그 아우와 우애 있게 지내니, 충효가 일어나면 밝은 임금의 교화가 퍼져나가게 되는 것이다.

해제 『정조실록』 14년[1790] 경술 8월 10일 무오 2번째 기사에 이 사건에 대한 기록이 보인다. 실록의 기록은 이덕무가 쓴 이 글과 거의 같은 내용으로, 다만 신여척의 사적에 대해서는 이 기사에 기록하지 않았다. <은애전>은 정조 14년에 있었던 사건을 토대로 사건의 경위와 옥사의 처리 과정, 조정에서 형이 경감되기까지의 일을 구체적으로 서술했다. <은애전>은 안씨 할미가 은애를 모함하고 은애가 살인을 하며 옥사를 진행하는 과정을 매우 극적으로 표현하고 있어서 전의 소설화 과정을 보여주는 자료로 평가되기도 한다. 또한 종로 담배 가게에서 소설 낭독하는 것을 듣던 자가 살인을 저지르는 장면에 대한 묘사는 고소설의 유통과 향유 형태를 보여주는 중요한 기록이다.

이 글의 입전 대상인 은애는 자신의 누명을 벗기 위해 적극적으로 행동했다는 점에서 높이 평가받고 있다. 이덕무는 정녀(貞女)가 정절에 대한 모함을 받는 상황에서 목숨을 버리는 행위보다 더 의미 있는 것은 누명을 벗고 정녀의 명예를 되찾는 것이라고 강조하고 있다.

김신부부전
金申夫婦傳

신해년[1791] 6월에 혼기를 지났으나 혼인하지 못한 자에 대한 칙명이 내려서 김씨와 신씨 두 집의 혼사가 이루어졌다. 그 일을 기록하여 내각 일력(日曆)에 싣도록 명하셨다.

김희집(金禧集)은 경주 사람으로 현감인 사중(思重)의 서손(庶孫)이고, 신씨(申氏)는 평산(平山) 사람으로 사인인 덕빈(德彬)의 서녀이다. 희집은 28세이고 신씨는 21세인데 모두 재주가 있고 어질지만 매우 가난하여 사람들이 그들과 혼인하지 않았다.

주상 재위 15년 봄 2월에 주상께서 사대부와 서인이 가난하여 남녀의 혼인이 혹 제때에 이루어지지 못하는 것을 가엽게 여기시어 경조[22] 오부[23]에 명을 내리셨는데, 혼기가 먼 자는 당겨서 혼례를 올리게 하면서 관가에서 밑천으로 돈 5백과 베 두 단을 도와주게 하였고 매달 아뢰게 하셨다. 이때에 김희집은 심씨와 약혼하고 신씨는 이씨와 약혼하였는데, 관의 도움을 받고도 혼례를 올리지 못했다. 5월 그믐날 한성 판윤 구익[24]이 아뢰길,

"오부의 사람 가운데 가난해서 혼기를 어긴 자들은 이제 모두 권하여

22 경조(京兆) : 대중이 사는 곳이라는 뜻으로, 임금의 궁성이 있는 곳.

23 오부(五部) : 조선시대에 한성(漢城)을 다섯 부로 나눈 행정 구역. 또는 그 각 구역 안의 소송(訴訟), 도로(道路), 금화(禁火), 택지(宅地) 따위에 관한 일을 맡아보던 관아. 동부·서부·남부·북부·중부가 있다.

24 구익(具廙) : 1737(영조 13)~1804(순조 4). 본관은 능성(綾城). 자는 익지(翼之). 한성판윤 및 병조·형조·공조의 판서·판의금부사를 거쳐 지돈녕부사를 지냈다.

혼인하도록 했습니다만, 서부(西部)의 신덕빈은 관의 도움을 받고도 혼수를 준비하기 어려운 데다가 또 점을 쳐 보고 6월에 혼인하기를 꺼려서 혼인날을 초가을로 정하였으며, 김희집은 처음에 약혼한 사람이 문벌이 서로 맞지 않는다고 핑계대자 수치스러워 하며 딸을 시집보내지 않았습니다."

라고 하였다. 6월 초 2일에 주상께서 말씀하시길,

"내가 오부에 혼자 사는 사람이 많은 것을 걱정해서 권하여 혼인하도록 한 자가 무려 백 수십 인이나 되는데, 오직 서부(西部)의 두 사람만이 혼례를 올리지 못했으니, 어찌 천지의 화기(和氣)를 인도하고 사물의 성질을 조화롭게 한 것이겠느냐? 일은 처음을 바르게 하는 것이 중요하고 정사는 마무리에 힘써야 하는 것이다. 그러니 신덕빈을 권하여 다시 혼인날을 정하고 김희집은 급히 아름다운 배필을 구하게 하며 호조와 혜청(惠廳)은 각기 도와주는 것을 이전보다 넉넉하게 하여 좋은 일을 완성하도록 해라."

라고 하셨다. 이에 서부령(西部令) 이승훈(李承薰)이 한성부로 급히 가니, 주부 윤형(尹瑩)이 말하길,

"이제 막 들으니 이씨가 신씨를 배반하고 이미 다른 사람과 혼인했다고 합니다."

라고 했다. 이승훈이 깜짝 놀라며 말하기를,

"지금 주상의 말씀을 받들었는데, 신씨의 혼기를 당길 곳이 없어졌군요. 전날 아뢴 것과 이와 같이 모순되니 책임을 물을 터인데, 이를 어쩝니까?"

라고 하니, 판윤 이하의 관리들이 휘둥그레 서로 쳐다보았다. 그러자 이승훈이 말하길,

"제가 생각하여 보니, 김희집은 경림상공(慶林相公)의 후손이고, 신씨는 이조참판의 후예니 모두 좋은 집안이고, 또 그 나이가 비슷하고 가난한 것도 같으며 겪은 일도 마침 서로 비슷하군요. 하물며 또 같은 날에 마침

주상께서 이름을 보셨으니[25] 이는 하늘이 정한 것이지요. 어찌 서로 통혼하여 배필을 삼지 않겠습니까?"
라고 하니 자리에 있던 사람들이 무릎을 치며 다 이르길,
"정말 다행이군요. 또한 아름답지 않습니까?"
라고 했다. 구익이 드디어 부령(部令)과 주부(主簿)를 권하여 두 집의 중매가 되게 했다. 이에 이승훈은 반석방(盤石坊)에 있는 김희집의 집에 가고, 윤형은 반송리(蟠松里)에 있는 신덕빈의 집으로 가니, 두 집이 모두 문에 사립이 없고 처마가 늘어져 있으며 처진 서까래는 비에 젖어 허공을 가리키고, 날이 정오가 지났는데도 부엌에 연기가 피어오르지 않았다. 손님과 주인이 바닥에 앉아 이야기를 나누는데, 이승훈이 주상의 말씀을 전하고 신씨와 약혼하는 것이 좋겠다고 말하자, 김희집이 머리를 숙이고 머뭇거리다가 한참 만에 말하길,
"희집이 아직 아내가 없는 것은 아버지가 안 계시고 가난하기 때문인데, 다행스럽게도 심씨가 허혼을 해서 관의 도움을 받았지요. 그런데 생각지도 못한 버림을 받게 되니 스스로 늙어서 머리가 희도록 배우자가 없을 것이라고 생각하게 되었고, 또 늙으신 어머니를 봉양할 수 없는 것을 슬퍼했습니다. 이제 가르침을 받으니 위로가 되고 감사하기도 하지만, 만일 저쪽에서 혹시라도 따르지 않는다면, 곧 희집의 운수가 기박한 것이겠지요."
라고 하였다. 윤형도 신덕빈을 보고 이승훈과 같이 말하자, 신덕빈이 근심스럽게 말하길,
"남의 부모가 되어서 딸자식의 혼사를 늦어지게 하여 지금에 이르렀군요. 그러나 제가 다른 사람과 약혼했다가 남이 먼저 저와의 약속을 어겼으니 누구를 탓하겠습니까? 은근하신 주상의 가르침을 받고 밑천도

---

25 을야지람(乙夜之覽) : 천자(天子)의 독서. 천자가 정무(政務)를 끝내고 취침하기 전인 10시 경에 독서를 하므로 이른다.

넉넉히 베풀어주시며 여러 대감께서 힘들게 직접 중매를 서시니, 지극히 감격스러워서 정말 부끄러워 죽고 싶지만 죽을 곳이 없습니다. 김군은 명문가의 자손이니 감히 사위를 삼지 않겠습니까?"

라고 했다. 이에 이승훈과 윤형이 크게 기뻐하며 서로 알리고 이승훈은 곧 부사(部史)를 시켜서 경첩[26]을 덕빈에게 전하게 하며, 윤형은 덕빈을 권하여 혼인날을 가리게 하니 12일이 매우 길했다. 이에 부(府)에 보고하고 부에서 주상께 아뢰자, 주상께서 기뻐하시며 이르시길,

"보통의 남녀가 제 짝을 찾은 것이 예로부터 얼마나 되겠는가마는, 김씨와 신씨 부부처럼 기회가 교묘하게 맞아서 매우 기쁘고도 이처럼 기이한 일은 일찍이 없었다."

라고 하시고, 호조판서 조정진[27]과 혜청당상 이병모[28]에게 명하시길,

"두 집의 혼례를 두 경에게 부탁한다. 조정진 경은 김희집을 아들같이 여기고 이병모 경은 신씨를 딸같이 보아서 또한 각기 두 집을 위해 혼서를 대신 지으라. 채단, 폐백, 관, 신발, 비녀, 가락지, 치마, 저고리, 이불, 요, 쟁반, 대야, 약주와 탁주, 떡, 장막, 병풍, 자리, 작은 상자에 든 촛불, 향수, 화장품 상자, 화장품 등 세세한 것들과 말의 안장, 종 등 호위하는 것과 의례 도구를 모두 지급하니, 이는 왕의 말을 믿게 하려는 것이다. 온 마음으로 준비하라."

라고 하시고 인하여 내각검서 이덕무에게 명하시길,

---

26 경첩(庚帖) : 남녀가 혼인할 때 각각 그 주혼자가 혼인하는 자의 이름과 나이, 본관 등을 써서 서로 교환하는 문서.

27 조정진(趙鼎鎭) : 1732(영조 8)~1792(정조 16). 본관은 풍양(豐壤). 자는 사수(士受). 교리 재덕(載德)의 아들이다. 『영조실록』의 편찬에 참여했고, 청나라에 다녀와 견문사(見聞事)를 왕에게 바쳤다. 1791년 호조판서·선혜청당상을 역임하였다.

28 이병모(李秉模) : 1742(영조 18)~1806(순조 6). 본관 덕수(德水). 자 이칙(彛則). 시호 문숙(文肅). 호 정수재(靜修齋). 이조판서를 지내고 정조 때 좌의정·중추부판사에 임명되었으며 1800년(정조 24) 영의정에 이르렀다. 1797년 정조의 명으로 『삼강행실도』 『이륜행실도』를 편찬하였다.

"이 같은 기이한 일에 아름다운 전(傳)이 없을 수 있겠느냐? 자네가 한 편을 써서 김씨와 신씨 부부의 전을 만들어 아뢰도록 하라."
라고 하셨다.

12일 새벽 닭이 운 뒤에 김희집은 봉숭아빛 붉은 비단과 무늬가 짝을 이루는 푸른 비단의 각 끝을 말아 청색 홍색 동심사(同心絲)로 엇갈리게 묶어서 옻칠한 함에 넣고는 위유쇄[29]를 붙여 붉은 보자기로 싸고 네 귀를 모아서 묶고 '삼가 봉합니다.[謹封]'라고 써서 신씨에게 보냈다. 그 혼서에 이르길,

"태평한 세상이 이남[30]의 교화에 젖어있을 때, 길일에 백년의 혼인을 맺으니 가정이 화목할 것입니다. 아름다운 배필은 하늘이 정해 주지 않음이 없으나 일을 이룬 것은 따로 임금의 은혜입니다.

저의 친족인 아무개는 어려서 아버지를 여의고 가난하여 그럭저럭 자랐습니다. 다행히 홀아비가 없는 좋은 세상을 만나서 비록 중매쟁이가 혼인을 맡은 일도 있었으나, 생각해보면 일찍 부친을 여읜 궁한 사람에게, 누가 진유자[31]가 장가들지 못한 것을 가엽게 여기듯이 하겠습니까? 듣자니 영애(令愛)는 가난하고 소박한 집안에서 자랐고 유순하라는 가르침을 받았으며 깊은 규방에서 길쌈하는 여공을 배워 이미 스스로 삼가며 앞에서 터진 것을 손볼 수 있게 되었으나, 가난한 집에 화장대에 넣을 물건도 모자라서 아직도 대문 안에서 반대(鞶帶)를 주지 못하고 있다고 합니다.[32]

---

29 위유쇄(葳蕤鎖) : 금실로 서로 연결하여 맺은 것.

30 이남(二南) : 『시경』의 「주남(周南)」과 「소남(召南)」을 이른다. 주나라 주공(周公)과 소공(召公)이 문왕·무왕의 정치를 도와 덕화를 펼쳤으므로, 주나라의 풍화(風化)가 아주 훌륭하였다고 한다.

31 진평(陳平) : 자는 유자(孺子). 젊었을 때 집이 가난했는데, 글 읽기만 좋아하고 살림을 돌보지 않았다. 장가들 때에 부자는 딸을 주지 않고 가난한 자는 진평이 싫어했으나, 부자 장부(張負)는 진평이 이웃사람의 상사(喪事)를 도와주는 것을 보고 가난도 관계하지 않고 폐백과 주육을 갖추어 손녀를 시집보냈다. 『한서(漢書)』「진평전(陳平傳)」.

아! 우리 임금께서 어진 정치를 베푸시어 유사가 명을 받아 혼인을 권하게 되었습니다. 성왕(聖王)이 혼인을 정하시니 정사에 마땅히 먼저 해야 하고 남녀가 가정을 이루길 원하니 때를 놓칠 수 없습니다. 오부에서 혼인의 중매가 끝나감에 이르러 오직 두 집의 자녀만이 혼기를 놓쳤습니다. 얼음 위의 옛 꿈[33]이 잘 맞지 않았으나 혼기를 또한 기다리고 있으니, 달 아래 노인의 기이한 연분[34]이 있는데 좋은 짝을 어찌 다른 데 가서 구하겠습니까? 때가 늦어진 것도 서로 같고 단출하고 빈한한 가문도 서로 맞습니다. 은혜가 임금의 명에서 나와서 비록 두 아름다운 짝을 반드시 이루게 하고자 하지만, 가난하여 살아가기도 힘든데, 어찌 모든 일을 다 갖출 수 있겠습니까? 오직 임금께서 긍휼히 여기시어 두 신하로 하여금 나누어 혼인을 주장하게 하셨습니다. 마치 자기 자식처럼 몸과 마음으로 자식을 기르는 뜻을 두기를 원하셨는데, 다른 이를 아비라 여기니 가난하여 의지할 데 없는 신세를 불쌍히 여기게 됩니다. 성한 은혜는 한 세상에서 듣기 힘든 일이고 기이하게 좋은 때를 만난 것은 백 대가 지나도 기이하게 여길만한 일입니다. 교배하는 술잔은 태평하고 조화로운 기운을 빚어내어 길한 상서로움을 인도해 맞이하고, 잔치 자리에서는 잔치의 음식[35]을 배불리 하여 임금의 덕을 노래합니다. 흔연히 이날을 맞아

---

32 딸을 시집보낼 때에 부모가 훈계한 다음 서모(庶母)가 대문 안에서 반대(鞶帶)를 주며 부모의 훈계를 거듭 강조하고 보낸다고 한다. 여기서는 혼인하는 일을 이른다. 『의례(儀禮)』「사혼례(士昏禮)」.

33 얼음 위의 옛 꿈[氷上之昔夢] : 중매하는 일을 이른다. 색담(索紞)이란 자가 해몽을 잘했다. 영호책(令狐策)이 꿈에 얼음 위에서 얼음 밑의 사람과 말하였는데, 색담을 찾아가서 물으니, 담이 말하기를 '얼음 위는 양(陽)이고 얼음 아래는 음(陰)인데, 그대가 얼음 위에 서서 얼음 아래 사람과 말했으니, 중매할 징조이다.'라고 한 데서 유래한 말이다. 『진서(晉書)』「예술전(藝術傳)」.

34 달 아래 노인의 기이한 연분[月下之奇緣] : 월하노인(月下老人)은 남녀의 인연을 맺어주는 신을 이른다. 따라서 월하노인이 맺어준 기이한 인연이라는 의미이다.

35 수운지사(需雲之私) : 음식으로 잔치하는 것을 이른다. '구름이 하늘에 올라가는 것이 수괘(需卦)의 형상이니 군자가 그 형상을 이용하여 음식으로 잔치한다.'라고 했는데, 이

나라는 만년의 경사를 이어받고 좋은 때를 만나 선비의 여식은 혼인을 하게 되니, 삼가 여피의 예[36]에 따라 전안(奠雁)하는 아침을 맞이합니다."라고 하였고, 답혼서에 이르길,

"보통의 남녀가 제 짝을 찾았으니 만물이 뜻을 이루었고, 금슬이 화락하니 이성(二姓)이 좋은 인연을 맺습니다. 모두 조화(造化)의 힘이시니 부모라는 이름이 부끄럽기만 합니다.

제 딸이 봉비[37]의 자질로 혼인의 시기[38]가 지났습니다. 집은 가난하여 네 벽만 남아있고 옷은 옛 수에 봉황이 거꾸로 붙어있는 것을 입고 있어서[39] 비녀를 꽂을 나이에서 다시 일곱 해를 넘겼으니 훌륭한 사위를 보는 기쁨[40]이 늦어졌습니다. 다행히 주나라 문왕의 덕화를 만나 혼인의 인연[41]을 맺게 되었습니다. 혼인의 때를 놓친 것을 걱정하여 낙양령(洛陽令)에게 도우라 명하셨고, 혼례 제구를 갖추지 못하므로 경조윤이 아뢰기까

수(需)는 기다린다는 뜻과 음식의 뜻이 있다. 『주역』「수괘(需卦)」.

36 여피(儷皮) : 암수 한 쌍의 사슴 가죽. 옛날 혼례 때 폐백으로 쓰였다.

37 봉비(葑菲) : 훌륭하지는 못하나 취할 것이 있다는 뜻. 봉비를 취할 때는 뿌리만 보아서는 안 된다고 했는데, 이것은 얼굴이 쇠하였다고 하여 그 덕을 버려서는 안 된다는 뜻으로 쓰인다. 『시경』「패풍(邶風)」.

38 표매(摽梅) : 난숙(爛熟)하여 떨어진 매실이라는 뜻으로 혼기가 지난 여자를 이른다. 『시경』「국풍(國風)」 <소남(召南)> "摽有梅, 其實七兮. 求我庶士, 迨其吉兮. 摽有梅, 其實三兮. 求我庶士, 迨其今兮. 摽有梅, 頃筐塈之. 求我庶士, 迨其謂之."

39 해진 옷을 기워 입은 것을 말한다. 두보(杜甫)가 안록산(安祿山)의 난 때 피난에서 돌아와 쓴 '북정(北征)'이라는 시에, 어린 딸의 해진 옷을 형용한 표현. "파도의 물결무늬가 서로 어긋난 바다의 그림, 선이 서로 맞지 않는 수놓은 무늬로다. 천오와 자봉이 거꾸로 혹은 바로 짧은 치마에 붙어 있네."라고 했는데, 그 주에 "천오(天吳)는 파도에 그려진 물귀신이고 자봉은 옛 수에 그린 봉황인데, 그것을 오려서 헌옷에 붙였으므로 모양이 어긋나고 전도되었다는 뜻이다."라고 했다.

40 승룡(乘龍) : 훌륭한 사위를 얻는 것을 이른다. 동한(東漢) 때에 황헌(黃憲)과 이응(李膺) 두 사람이 태위(太尉) 환언(桓焉)의 딸에게 장가드니 그때 사람들이 '환언의 두 딸이 모두 용을 탔다.'라고 했다는 데서 유래한 말이다. 『초국(楚國)』「선현전(先賢傳)」.

41 주진의 인연[朱陳之緣] : 주씨·진씨가 한 마을에 살면서 대대로 혼인했다는 고사에서 유래한 말이다. 『전등신화(剪燈新話)』「천태방은록(天台訪隱錄)」.

지 했습니다. 화기가 수레에 양을 매는 데[42]까지 두루 미쳤으니, 무엇인들 임금께서 내리신 것이 아니겠습니까? 밝은 아침에 전안(奠雁)이 늦어진들, 내가 가난함이 무슨 문제가 되겠습니까? 바야흐로 성인이 한결같은 마음으로 걱정하시니, 두 집에서 혼약을 맺게 되었습니다. 왕명이 은근하시므로 혼인의 시기를 서둘러 늦어지지 않게 하려 했으며, 장식이나 의복 등이 빛나고 화려하니 혼례가 매우 아름답고 지극히 잘 준비되었습니다. 돈과 쌀, 베와 비단 등은 지부(地部)와 혜국(惠局)에서 다투어 날라오니 띠, 수건, 비녀, 반지 등은 높은 문벌의 성한 집안도 이보다 낫지 못할 것입니다. 가난하고 부유한 것이 잠깐 사이에 변했으니 이때가 어떤 때란 말입니까? 자나 깨나 송축하는 마음을 지니나니 천세 만세를 누리십시오. 오래도록 생각해 보니, 보잘 것 없으나마 보답할 길은 다만 가정을 화목하게 하는 데 있습니다. 백성은 즐겁고 해마다 풍요로우니 더불어 어질고 오래 사는 데에 오르게 되고, 남편은 화목하고 아내는 유순하니 길이 몸을 닦고 집안을 다스리는 일을 하게 되나이다."
라고 했다.

해가 중천에 뜨자 김희집이 세수하고 빗질하며 귀밑털을 정리하고 수염을 다듬고는 모습을 돌아보며 차림새를 그럴 듯하게 했다. 번쩍이는 비단 도포와 물소 뿔로 만든 띠, 검은 비단 모자, 신발을 착용하고 백마의 금으로 장식한 안장에 앉아 어깨는 세우고 등은 꼿꼿이 하며 얼굴빛은 엄숙하게 하여 곁눈질을 하지 않고 천천히 나아갔다. 안부(雁夫)는 앞에 서고 유모는 뒤에 서고, 청사 홍사 초롱이 짝을 지어 앞에서 인도하며, 경조 오부의 서리(胥吏)와 조례(皁隸)는 좌우에서 옹호하니 기품이 있었

42 계양(繫羊) : 검소하게 행례하는 것을 이른다. 송(宋)나라 공순지(孔淳之)가 성품이 고상하였는데, 왕경홍(王敬弘)과 친했다. 경홍의 딸과 순지의 아들이 혼인할 때에, 타고 다니던 수레에 검은 양을 매어 술병을 차고 가서 행례했다는 데서 유래한 말이다. 『사문유취(事文類聚)』「인륜부(人倫部)」.

다. 신씨 집의 문에 도착하여 말에서 내려 전안하고 혼례석에 들어가니, 신씨가 아름답게 단장하여 취교[43]와 금비녀, 궤보요[44]를 갖추고 하얀 연꽃무늬를 넣은 붉은 치마를 입고 주락선(珠絡扇)을 펼치고는 삼가 교배하니 정연하여 어긋남이 없었다. 장파[45]가 가 붉은 실을 당겨 혼인의 잔을 세 번 마시게 하고 조용히 상서로운 말로 축복하니, 부부가 일어나서 포방[46]으로 들어갔다. 두 집안의 이웃 마을에서 서로 탄복하고 자랑하여 말하길,

"김군은 자라면서 마음을 더욱 바르고 굳게 다잡았고, 신씨는 유순하고 화목하며 용모와 거동이 넉넉하고 복스럽다 했는데, 하루아침에 주상께서 명을 내리시고 재상이 혼인을 주장하여 엄연히 어진 부부가 되었으니 은혜로운 빛과 즐거운 기운이 거리에 넘치는구나. 저 혼약을 어긴 자는 스스로 그만둔 것만이 아니니, 그 또한 천명인 것이다. 그 사는 곳의 이름이 반석(盤石)이고 마을은 반송(蟠松)이라 불리니 아름다운 조짐이 우연이 아니다. 그 장수하는 것을 점쳐 보고, 그 복록을 따져 보면, 무성하고 단단하기가 돌이 평평한 것과 같고 소나무가 감도는 것과 같으리라."
라고 했다.

이덕무는 말한다.

옛말에 '임금의 마음은 하늘과 서로 통한다.'라고 했으니 어찌 그렇지 않겠는가? 화평한 기운이 상서로움을 이르게 하는데, 화평한 기운으로 이끄는 것은 위에 달려있으니, 어째서인가? 지금의 주상께서 하늘에 상응하시어 어둠을 밝히시고 막힌 것을 터 주셨으며 가엽게 여기시며 은덕을 베푸시니 사물마다 이루지 않음이 없다. 이 해의 봄과 여름에 백성들

---

43 취교(翠翹) : 물총새의 깃 모양으로 만든 부인의 수식.

44 궤보요(餽步搖) : 부인의 머리나 목에 걸면 흔들리는 장신구.

45 장파(粧婆) : 신부의 단장과 시중을 맡은 여자.

46 포방(鋪房) : 사위를 맞으려고 미리 준비한 방.

이 비가 내리기를 바랐는데, 한 번 어진 정치를 베푸니 용왕에 대한 기우제를 기다리지 않고도 비가 곧 내리는 것을 경험했다. 김씨와 신씨의 혼인이 정하여지니 비가 또한 주룩주룩 내리면서 해를 옮기지 않았으니, 하늘과 사람이 감응하는 것이 이처럼 신속하다. 그러므로 조정과 재야가 이르길 '지극히 잘 다스려지는 세상이다.'라고 했다. 삼대[47]에 하늘에 기도하여 명을 길게 한 것도 화평한 기운을 이끌어 떨치려는 것에 불과할 뿐이다. 아아! 아름답다.

해제 『정조실록』 15년[1791] 6월 2일 을사 2번째 기사에는 오부에서 혼인을 시켜야 할 남녀의 명단을 올리자, 나라에서 주관하여 혼례를 올리도록 하고 전을 짓도록 했다는 기록이 남아있다. 이 글에는 정조가 이덕무에게 전을 짓도록 명하던 상황까지 잘 묘사되어 있다. 이 글은 18세기 후반의 혼인의 세태를 잘 보여주는 자료이다. 부모의 생존 여부나 가난이 혼인의 큰 장애가 되었으며, 문벌을 따져 가며 혼맥을 맺으려 했던 것을 알 수 있다. 혼인을 위한 여러 조건을 충족하지 못하여 혼인하지 못한 자들이 많아서 사회적인 문제로까지 인식되었던 사정을 이해할 수 있다. 이에 정조가 특명을 내려 관에서 주도하여 혼인을 시켰는데, 그 가운데 김희집과 신덕빈 딸의 혼인은 더욱 우여곡절을 겪은 터라 왕명으로 전을 남기게 했다.

47 삼대(三代) : 하(夏), 은(殷), 주(周)의 세 왕조.

부녀자가 지켜야 할 행실
婦儀

『역경』의 건곤 괘는 양과 음이 고르고,[48] 『시경』의 관저는 떳떳한 도리를 이루었다.[49] 정숙함이 아니고서야 어찌 몸을 지키고, 유순함이 아니고서 어찌 남을 섬기며, 깨끗한 정성이 아니고서야 어찌 신을 제사하겠는가? 삼가고 검소하면, 길함이 모여들게 된다. 부의(婦儀) 두 편을 짓는다.

율곡 선생이 말씀하시길,

"지금의 학자들은 밖에서는 비록 스스로 삼가지만, 안에서는 독실한 자가 드물다. 부부 사이에 잠자리에서 정욕을 마음껏 부려 그 위의를 잃으니, 부부가 아무렇게나 가까이하지 않고 서로 공경하는 일이 매우 적다. 이렇게 하고서 몸을 닦고 집안을 다스리려면 또한 어렵지 않겠는가? 모름지기 남편은 화목하면서 의리로 다스리고, 아내는 순종하면서 바른 도리로 받든 뒤에야 집안일이 다스려질 수 있다. 만일 이전과 같이 서로 가까이 하다가 하루아침에 갑자기 서로 공경하려 하면, 행하기 어렵게 되니, 이를 아내와 서로 경계하여 반드시 지난 버릇을 버리고 점점 예의로 들어가는 것이 옳다. 아내가 만약 나의 말과 몸가짐이 한결같이 바른 데서 나옴을 본다면 반드시 점차 그를 믿고 따르게 될 것이다."
라고 하셨다.

---

48 건곤(乾坤) : 『역경』의 괘명(卦名), 이의(二儀)는 음양(陰陽)을 이른다. 건괘(乾卦)는 여섯 효(爻)가 다 양효(陽爻)이므로 순양괘(純陽卦)이고, 곤괘(坤卦)는 여섯 효가 다 음효이므로 순음괘인데, 64괘(卦)의 서열에서 맨 처음에 놓여 있다.

49 관저(關雎) : 『시경』 「주남(周南)」의 첫 번째 편이다. 관저의 내용은 어진 부인, 즉 주 문왕(周文王) 부인의 덕행을 칭송한 것이다.

퇴계 선생이 말씀하시길,

"돌아가신 어머니 정부인 박씨는 타고난 자질이 아름답고 유순하였는데, 우리 아버님에게 시집와서 후처가 되셨다. 아버님께서 돌아가시자 부인께서는 아들은 많은데 일찍 과부가 되어서 장차 집안을 지탱하고 자식들을 혼인시키지 못할까봐 크게 걱정하시고, 농사짓고 누에치는 일에 더욱 힘쓰셨다. 그리고 여러 아들이 점점 자라자 멀고 가까운 곳에 가서 글을 배우게 하고, 늘 훈계하셔서 문예에 전념하도록 할 뿐만 아니라, 몸가짐을 잘하고 행실을 삼가는 것을 더욱 중요하게 여기도록 하셨으며, 사물을 대하면 빗대어서 사안에 따라 가르치시면서 일찍이 반복하여 친절하게 경계하시지 않은 적이 없으니, 말씀하시기를 '세상 사람들이 과부의 아들은 배운 것이 없다고 욕하니, 너희들이 백배 힘쓰지 않는다면, 어떻게 이런 비난을 벗어나겠느냐?'라고 하셨다."

라고 하셨다.

부인이 빚내고 꾸어 쓰기를 잘 하는 것은 절약하지 않아서이고, 절약하지 않는 것은 애써가며 부지런히 일하지 않아서이다.

역사책을 보고 옛날의 열절의 행적을 사모하다가, 불행히 환난을 당하면 죽음으로 맹세하고 목숨을 벼려야 비로소 절의를 드러낼 수 있다. 그러나 평소에 조심하여 '마땅히 남편을 위해 죽으리라'는 말을 경솔하게 하지 말라.

하의려(賀醫閭) 선생이 열 두 조목으로 여러 딸들을 가르쳤으니, 말해보면, '편안하고 자상하며 공손하고 부지런하기, 엄숙하게 제사를 받들기, 효성으로 시부모를 봉양하기, 예의로 남편을 섬기기, 동서들과 화목하게 지내기, 자녀들을 바른 도리로 가르치기, 은혜로 종들을 어루만지기, 공경하며 친척을 접대하기, 기쁘게 좋은 말을 듣기, 진심으로 사악하고 망령된 것을 경계하기, 부지런히 옷감 짜기에 힘쓰기, 검소하게 재물을 사용하기.'이다.

남자를 가르치지 않으면 자기 집안이 망하고, 여자를 가르치지 않으면 남의 집안이 망하니, 미리 가르치지 않는 것은 부모의 죄이다. 당장 편안한 사랑만을 베풀면 무궁한 걱정거리와 해를 끼치게 된다. 내 자녀들이 내 가르침을 따르지 않는다면 반드시 짐승이 되리니 어찌 두렵지 않겠는가?

자녀들을 가르침에 먼저 음식을 욕심내지 못하게 해야 하는데, 딸은 더욱 조금도 용서해서는 안 된다. 정해,[50] 감적[51] 등 여러 병이 생길 뿐 아니라, 그 탐욕으로 인하여 사치할 마음이 생기고, 사치로 인하여 훔치려는 마음이 생기며, 훔치려는 마음으로 인하여 사나운 마음이 생긴다. 나는 음식을 탐내는 여자가 남의 집안을 망치지 않는 것을 보지 못했다. 돌아가신 어머니께서 우리 형제와 서씨, 원씨에게 시집간 두 자매를 기를 때에 음식을 절제하여 먹이셨다. 그래서 우리 네 사람은 자라서도 남보다 지나친 욕심이 거의 없었다. 어린아이가 두 손에 물건을 쥐고도 오히려 부족한가 여기면서 비록 야단치며 하지 못하게 해도 듣지 않으면, 쥐고 있는 것을 다 빼앗고 죽을 듯이 울어도 주지 않는 것이 옳다. 속담에, '미운 아이에겐 떡을 많이 주고, 예쁜 아이에겐 매를 많이 때려라.'라고 했다.

어지간한 병이 났을 때는, 머리 빗고 얼굴 씻는 것을 그만두어서는 안 되며, 비록 가난해도 옷은 반드시 깨끗하게 빨아야 한다. 부인은 단정하고 깨끗한 것을 귀하게 여기니, 남편에게 잘 보이라고 말한 것이 아니다. 화장을 하고 아리따운 옷을 입는 자는 요사스러운 부인이고, 머리털이 어지럽고 볼에 때가 있는 자는 게으른 여자다. 경강[52]이 말하길,

---

50 정해(丁奚) : 정(丁)은 팔다리와 목이 가늘어지는 병, 해(奚)는 배가 뚱뚱해지는 병.

51 감적(疳積) : 어린애의 병. 어린애가 젖이나 음식을 먹고 소화가 되지 않으면 감적증이 생기는데, 심한 경우는 엉덩이 부분이 불룩해지고 살이 바짝 마르고 배꼽이 튀어나오고 가슴이 팽팽해진다. 20세 이하에 나는 병을 감(疳)이라 한다.

"부인이 용모를 정돈하지 않고서는 감히 시부모를 뵙지 못한다."
라고 했다.

막 혼인한 여자가 친정에 있을 때 편안하게 지냈다면, 항상 시가를 싫어하고 친정에 다녀오기를 자주 청할 것이니, 이런 버릇은 길러선 안 된다. 더구나 부귀한 집에서 자라서 가난함을 견디지 못하는 경우임에랴? 교만하고 게으름을 키우는 것은 오로지 여기에서 나오는 것이다. 당나라 이성[53]은 정월에 최씨에게 시집간 딸이 친정에 다니러 오자 꾸짖으며 말하길,

"너의 시어머니가 계시니, 며느리로서 마땅히 술과 음식을 준비하고 손님을 접대해야 한다."
라고 하고는 들어오지 못하게 쫓았다.

여자가 윷놀이를 하고 쌍륙을 치는 것은 뜻을 어그러뜨리고 위의를 망치는 일이니 이는 나쁜 습속이다. 종형제, 내외종형제, 이종형제의 남녀가 둘러앉아서 경기를 하며 점수를 계산하고 소리를 지르며 말판의 길을 다투면 손이 서로 부딪치게 되며, 다섯이오, 여섯이오 부르면 그 소리가 주렴 밖으로 나가니 이는 진실로 음란함의 근본이다. 유객주나 유객환[54]이 규문 안에 들어와서는 안 된다.

혼사에 대한 의논을 처녀가 듣게 해서는 안 된다.

생선이나 고기를 구울 때는 젓가락으로 뒤집어야지, 맨손으로 해서는 안 된다. 그리고 손에 묻었다고 빨아먹어서는 안 된다. 온갖 맛을 맞출

---

52 경강(敬姜) : 이름은 대기(戴己). 제(齊)나라 여자로 노 애공(魯哀公) 때의 대부인 공보문백(公父文伯) 독(歜)의 어머니이자, 노나라 경상(卿相)인 계강자(季康子) 비(肥)의 종조숙모(從祖叔母)이다.

53 이성(李晟) : 자는 양기(良器)로 조주(洮州) 사람인데, 덕종(德宗) 때 토번을 정벌하였고 벼슬이 사도(司徒)에 이르렀으며 서평군(西平郡)에 봉해졌다.

54 유객주(留客珠) · 유객환(留客環) : 오락기구. 제갈량(諸葛亮)의 아내가 만든 것으로 손님이 왔을 때 미처 음식을 장만해 내가지 못하면 이 오락기구를 내보내 손님으로 하여금 가지고 놀아 시간을 끌게 했다고 한다.

때는 반드시 숟가락으로 떠서 한 번만 맛보아야지, 자주 숟가락을 저으며 입에서 후루룩 마시는 소리를 내서는 안 되며, 또 손가락으로 찍어서 맛보고 맛 본 손가락을 치마나 벽에 닦지 말아야 한다.

조기젓갈과 전어젓갈은 손으로 떼어 먹지 말라.

새의 깃털, 물고기 비늘, 나물의 잎사귀, 과일의 씨는 처마나 섬돌 등에 어지럽게 버리지 말라.

상추쌈을 입에 넣을 수 없도록 크게 싸서 먹으면, 이는 부인의 태도가 매우 아름답지 못한 것이니, 경계하고 경계하라.

빗을 깨끗이 닦고, 붓과 벼루를 정돈해 두며, 신을 신을 때는 꺾어서 신지 말고, 먹을 갈 때는 기울여서 갈지 말라. 그러한 것을 나는 거의 못 보았다.

옷깃을 깎은 적삼이나 폭을 팽팽하게 당긴 치마는 요사스런 옷이다.

떡을 좋아해서 사 먹는 것은 집안을 망칠 징조이다. 제기(祭器)까지 전당 잡히게 되면 자녀들이 이를 본받는다.

손가락으로 등의 심지를 돋우고는 손가락을 창문이나 벽에 닦지 말라. 등의 심지를 길게 돋우지 말며, 창문에 바른 종이나 벽지를 찢어서 등불을 붙이지 말라.

참외는 껍질을 먹지 말고, 수박은 씨를 깨물어 먹지 말라.

변체[55]는 몽고의 남은 풍습이다. 지금 부인들이 비록 어쩔 수 없이 풍습을 따른다 하더라도, 사치를 숭상하는 데 힘써서는 안 된다. 부귀한 집에서는 무려 7~8만전을 써서 다리를 크게 땋고 비스듬히 둘러서 말에서 떨어질 듯한 모양을 만든다. 여기에 웅황판,[56] 법랑잠,[57] 진주수[58]로 장식

---

55 변체(辮髢) : 변(辮)은 땋는다는 뜻이고, 체(髢)는 다리, 즉 가발이란 뜻이다.

56 웅황판(雄黃版) : 웅황으로 만든 얇은 조각. 웅황은 곧 석웅황(石雄黃)인데, 무도산곡(武都山谷)에서 난 것은 모든 벌레의 독을 다스리고 모든 사귀(邪鬼)를 물리친다.

57 법랑잠(琺瑯簪) : 법랑으로 만든 비녀.

하니 그 무게를 거의 버틸 수 없게 된다. 그러나 가장이 이것을 못하게 하지 않으니 부녀들은 더욱 사치스럽게 하여 혹시라도 크게 하지 못할까 더욱 걱정한다. 근래에 부잣집 며느리가 13세인데 다리를 높고 무겁게 하여 시아버지가 방에 들어가자 며느리가 갑자기 일어서다가 다리에 눌려서 목뼈가 부러졌다. 사치가 능히 사람을 죽였으니, 아아, 슬프다!

밥알을 축축한 뜰이나 도랑에 뿌려 버리지 말라.

세상에 혹 관묘[59]나 절에 가서 하루 밤을 묵어가며 기도하는 부인이 있는데, 그 집안의 법도가 무너진 것을 알 수 있다.

부인은 경서와 사서, 『논어』, 『시경』, 『소학』, 『여사서』를 대강 읽고 그 뜻을 통하며, 여러 집안의 성씨, 조상의 계보, 역대 나라 이름, 성현의 이름자 등을 알면 그 뿐, 맹랑하게 시를 지어 외간에 퍼뜨려 전하게 해서는 안 된다. 주문위[60]가 말하길,

"차라리 남이 재주가 없다고 말하게 할지언정, 남이 덕이 없다고 말하게 해서는 안 된다. 명망 있는 집안의 시 한두 편이 불행하게 알려지게 되면, 반드시 승려의 뒤나 창기의 앞에 놓이게 되니, 어찌 부끄럽지 않겠는가?"

라고 했다.

이웃집을 엿보아서는 안 되고, 귀를 벽에 대고는 손님들의 이야기 하고 웃는 소리를 엿들어서도 안 된다. 만일 음란한 말을 듣게 된다면 어찌할 것인가?

시부모가 주신 것은 마음대로 남에게 주거나 팔아서는 안 된다.

---

58 진주수(眞珠繻) : 진주로 만든 머리꾸미개.

59 관묘(關廟) : 관제묘(關帝廟), 혹은 관왕묘(關王廟)라고도 하는데, 중국 삼국 시대 촉한(蜀漢)의 장수 관우(關羽)의 신령을 모신 사당.

60 주문위(周文煒) : 자는 적지(赤之)로 명나라 강서(江西) 금계(金谿) 사람이다. 저서에는 『사류당집(四留堂集)』이 있다.

남자를 엿보고 살쪘느니 말랐느니 잘생겼느니 못생겼느니 평가하여 의논하지 말라. 어찌 남자가 여색을 이야기하는 것과 다르겠는가?

집을 청소하고 그릇을 씻으며 더러운 것을 없애고 깨끗하게 하는 데 힘써야 한다. 그렇기 때문에 '부(婦)' 자가 '여(女)' 자와 '추(帚)' 자로 만들어진 것이니, 여자는 항시 비를 지녀야 한다는 것이다. 아내를 또한 기추첩(箕帚妾)이라고도 한다.

장락(長樂) 유씨(劉氏)[61]는 말하길,

"집안을 다스림에 아주 작은 일이 시작될 때 엄하게 막지 않거나 일이 일어나기 전에 강경하게 바로잡지 않는다면, 그 후회와 원망을 피할 수 없을 것이다. 『주역』에 '가정이 이루어지면 단속해야 하니, 뜻이 변하기 전이기 때문이다.'라고 하였다. 남녀의 뜻이 이미 정과 간사에 의해 변하게 되면, 비록 엄하게 단속하여 잘못이 없도록 하고자 하지만 잘못이 없을 수 있겠는가?"

라고 했다.

손수 음식을 만들 때에는 머리가 가렵다고 긁지 말고, 어린아이에게 젖을 먹이지 말며, 말하고 웃는 것을 삼가며, 손톱을 깎아라. 반드시 덮개로 그릇마다 덮어야 하며, 겨자로 장을 만들 때는 가까이에서 재채기를 하지 말라.

가장이 손님이 왔을 때 술과 음식을 차리게 하면, 살림의 있고 없음에 따라 여종을 시켜 더디게 하지 않아야 하며, 그 소리가 밖에 나가게 해서는 안 된다. 손님의 마음이 편안하지 않을까 걱정되기 때문이다. 혹은 꾸짖는 소리가 손님의 귀에 들어가게 되면, 이는 가장이 다시는 손님을 대할 수 없게 만드는 것이다.

음식에 관한 일은 부인만이 맡는다. 이런 까닭에 시부모를 봉양하고

---

61 장락 유씨(長樂劉氏) : 유씨는 이름이 이(彝), 자가 집중(執中)으로 남송(南宋) 사람인데, 『예기』를 주해(注解)했다.

제사를 받들고 손님을 접대하는 데 이것이 아니면 공경함과 즐거움을 다할 수 없는 것이다. 만일 음식의 익은 정도가 고르지 않거나 간이 맞지 않거나 그 차고 뜨거운 것이 잘 조절되지 않거나 먼지가 섞여서 먹을 수 없게 된다면, 그것으로 어찌 신명을 흠향하게 하고 사람을 봉양할 수 있겠는가? 맛있는 음식을 풍성하고 사치스럽게 준비하라는 말이 아니니, 비록 거친 나물이라도 정갈하게 하는 것이 옳다.

아이를 매질하고 종을 꾸짖는 소리가 늘 집 밖에 나오면 그 집안의 법도가 무너졌다는 것을 알 수 있다. 남들이 부인이 유순하지 않은 것을 놀릴 뿐 아니라, 반드시 먼저 그 가장이 집안을 잘 단속하지 못한 것을 책망할 것이다. 어떤 이는 말하고 웃는 데 절도가 없으며 비속한 말을 섞어서 쓰니, 어찌 그리도 바르지 않단 말인가? 이는 과연 가장이 그 방도를 얻지 못했기 때문이다. 『역경』에, '가장에게는 여자의 정숙함이 이롭다.'라고 했는데, 정자(程子)가 이 말을 해석하기를,

"가장의 도는 그 이로움이 여자가 바른 데에 있다. 여자가 바르면 남자가 바르다는 것을 알게 된다."

라고 하였다.

부인들 가운데 혹 맹인을 대하고 길흉을 점치면서, 스스로 '저 사람은 나를 볼 수 없지.'라고 생각하는 자가 있는데, 맹인은 자기 소리를 들을 수 있고, 자기는 맹인의 얼굴을 볼 수 있는 것을 전혀 깨닫지 못하니, 또한 매우 치욕스럽지 않은가!

중들의 옷은 남녀의 구분이 없으니, 여승이라 해서 문에 들여서는 안 된다.

풍습이 바르지 않아서 딸을 시집보내고 사위를 맞이하여 사위가 3일을 묶는 동안 집안 부인들이 반드시 그들의 사적인 대화를 몰래 엿들으니, 어찌 그리 아무렇게나 굴까? 가장이 된 자는 그런 습속을 엄중히 금하는 것이 옳다.

언문으로 번역한 소설을 탐독하느라 집안일을 하지 않고 두거나 여자가 할 일을 게을리 버려두어서는 안 된다. 심지어 돈을 주고 빌려보면서 깊이 빠지기를 그치지 않아서 집안 살림을 말아먹는 자도 있다. 또는 그 이야기가 모두 투기하거나 음란한 일이어서 방탕하게 풀어진 것이 혹 이것 때문이기도 하니, 어찌 간교한 무리들이 아리땁고 기이한 사적을 늘어놓아서 부러워하는 마음을 돋우는 것이 아님을 알겠는가?

자매의 남편은 바깥사람이다. 자매 때문에 혹 그를 볼 수는 있으나, 편지를 주고받거나 자주 오가서는 안 된다.

부인의 덕은 아랫사람의 마음을 알기 위해 힘써야 한다. 양성재[62]의 부인 나씨는 70여 세인데도 추운 겨울의 새벽에도 일어나서 직접 죽을 끓여 노비들을 두루 먹이고 나서야 일을 시켰다. 그 아들인 산동선생[63]이 말하길,

"날이 찬데, 왜 스스로 고생을 하십니까?"

라고 하자, 부인은 이르길,

"내가 이 일로 즐거우니 추운 줄도 모르겠다."

라고 하였다. 부인은 아들 넷, 딸 셋을 낳았는데, 모두 자기 젖을 먹이며 말하길,

"남의 자식을 굶기면서 자기 자식을 먹이는 것은 진실로 어떤 마음일까?"

라고 하였다.

언문 편지를 쓸 때는 말을 반드시 분명하고 간략하게 하고, 글자는 반드시 가지런하게 써야한다. 어지럽고 잡스러운 말을 장황하고 지루하게

---

62 양성재(楊誠齋) : 이름은 만리(萬里), 자는 정수(廷秀). 송나라 길수(吉水) 사람으로 보문각 학사(寶文閣學士)를 지내고 시호는 문절(文節)이다.

63 산동선생(山東先生) : 성재의 아들로 이름은 장유(長孺), 자는 백대(伯大), 호는 산동(山東)이다.

늘어놓아서 남들이 싫어하게 해서는 안 된다.

시부모와 남편이 성질이 비록 아주 조급하더라도 맞닥뜨려 격발시켜서 이기려는 마음이 있으면 안 된다. 다만 우선 그의 뜻을 잘 받들어 따라서 감동되어 불쌍히 여기게 만들고, 그의 기운이 온화해지기를 기다려서 지난번의 잘못을 대략 말하되, 또한 편안한 표정에 부드러운 말소리로 한다면, 뉘우치고 깨달아서 점차 화평하고 상서로운 데에 이르지 않겠는가? 인륜이 무너지는 것은 서로 이기려고 하는 데서 비롯되지 않음이 없다. 의리를 돌아보지 않고 죄에 빠지는데 이르니, 또한 슬프지 않은가? 『한시외전』[64]에 이르길,

"남편이 밝아 분별함이 있어야 하고. 아내가 유순하여 듣고 따라야 한다. 만일 남편이 행하는 것이 도에 맞지 않으면, 곧 두려워하면서 송구스럽게 여기는 것이 부인의 도리이다."

라고 했다.

효부인 허씨는 강음 진승조[65]의 아내이다. 그는 정숙하고 말이 적어서 괜히 말하거나 웃지 않았다. 시어머니가 사나워서 조금만 뜻에 맞지 않으면 피가 나도록 때렸다. 그러나 며느리는 부드러운 얼굴로 뜻을 받들고 따랐다. 시어머니가 병이 들자 며느리가 침상 곁에 모시고 서 있었는데, 비록 밤이 깊어도 한 번 부르면 즉시 대답했으며, 혹 게으른 적이 없었다. 시어머니는 조급증으로 반드시 광기를 드러내 며느리를 수없이 때려서 머리가 터지고 얼굴이 멍들게 하였다. 남들이 여러 번 그를 위해 불평을 하자, 며느리가 말하길,

"병 때문에 그렇습니다. 병이 아니면 이렇게 하시겠습니까?"

---

64 한시외전(韓詩外傳) : 한나라 한영(韓嬰)이 전(傳)한 시(詩)이다. 한영은 문제(文帝) 때 박사(博士)가 되고, 호는 봉룡자(封龍子)이며, 연(燕) 지방 사람이다.

65 진승조(陳承祚) : 명나라 강음(江陰) 문소(聞韶) 사람으로 『유계외전(留溪外傳)』에 보인다.

라고 하였다. 시어머니가 세상을 뜰 때까지 밤마다 반드시 3경에 자고, 첫닭이 울면 일어나 세수하고 머리 빗고 나서 침실 문 밖에서 시어머니의 안부를 살폈다.

동서들의 방에 몰래 가서 엿들어서는 안 되고, 또 간사한 여종을 시켜 그 잘못을 알아오게 해서도 안 된다. 이는 여우나 하는 짓이다. 집안에서 귀에 대고 속삭이는 말이 없어야 집안의 도가 바르게 된다.

남자가 이유 없이 근심하고 탄식하는 소리를 내고 부인이 이유 없이 원망하고 한탄하는 말을 하면, 가법이 무너지고 어지러워졌음을 볼 수 있으며, 또한 집안의 운수가 쇠하여 망하게 될 것임을 점칠 수 있다.

사납고 독한 부인은 한 가지 조금이라도 분한 일이 있으면 원망하고 한탄하는 것으로도 부족하여 울어 대고, 울어 대는 것으로도 부족해서 통곡하며, 심지어 손바닥을 치고 가슴을 두드리면서 하늘에 호소하고 귀신에 저주하는 등 하지 않는 것이 없음을 나는 많이 보았다. 가장이 유약하여 잘 가르치고 인도하지 못해서 그 교만하고 사나운 성질을 길러놓았기 때문이니, 속담에 '자식은 어릴 때에 가르치고, 부인은 처음 시집왔을 때 가르쳐라.'라는 말이 있는 것이다.

언문으로 번역한 가곡은 입에 익히면 안 된다. 당(唐)나라 사람의 시 <장한가>[66]와 같은 것은 요염하면서 방탕하므로 기녀들이 욀 것이니, 또한 익혀서는 안 된다.

옷을 만들고 음식을 조리하는 법은 기록하여 책으로 엮어서 반드시 처녀를 가르쳐 능숙하게 익히게 하라.

술을 마셔 얼굴에 붉은 빛을 띠어서는 안 되고, 손으로 술지게미를 긁

---

66 장한가(長恨歌) : 당나라 시인 백낙천(白樂天)이 지은 것이다. 낙천의 이름은 거이(居易), 호는 취음(醉吟), 향산(香山)이며, 진사로서 벼슬이 상서에 이르고 시호는 문(文)이다. 당 현종(唐玄宗)이 태진(太眞)의 죽음을 너무 상심해 하므로, 백낙천이 장한가를 지어 풍간(諷諫)의 뜻을 나타냈다.

어 먹지 말며, 파와 마늘을 많이 먹지 말라. 고추는 반드시 가늘게 썰고, 회를 썰 때에도 반드시 실처럼 가늘게 해야 한다.

요즘의 옷은 웃옷이 너무 짧고 좁으며 아래옷은 너무 길고 넓으니, 옷차림이 요사스럽다.

가장에게 알리지 않고 빚을 많이 내서 사치하는 데 쓰면, 그를 낭부(浪婦)라 부른다.

담배를 피우는 것은 부인의 덕에 크게 해가 되니, 정결한 습관이 아니다. 담배 냄새를 오래 맡으면 침이 흘러도 제대로 거두지 못하기 때문이다. 또 담배 가루가 음식에 한 번 떨어지면 다 된 음식을 모두 버려야 하니, 어찌 부인이 가까이 할 만한 것이겠는가? 항상 가마 뒤를 따르는 계집종에게 담배 피우는 도구를 가지고 따르게 하는 것을 볼 때마다 밉다.

옛날 부인들은 남편이 잘못을 하면 권하여 인도하고 깨우쳐 경계하여 잘못을 저지르지 않도록 하였는데, 요즘 부인들은 남편에게 잘못이 없어도 미혹하거나 충동하여 남편이 잘못을 저지르게 한다.

부드럽고 정숙한 것은 부인의 덕이고, 부지런하고 검소한 것은 부인의 복이다.

요즘 풍속에 서울 사는 부인들은 베를 짤 줄 모르고, 사대부가의 부인들은 밥 지을 줄을 모르니, 모두 못난 풍습이다. 베를 짜고 밥을 짓는 것을 부끄럽게 여기니, 이들을 부인이라고 할 수 있겠는가?

돈과 쌀, 베와 비단을 만들고 헤아릴 줄 모르면, 집안을 망칠 징조이다.

동서들이 한 집에서 지내면서 사사로이 음식을 사서 혹 남이 알까 걱정하는 것은 정숙한 덕이 아니다.

부인이 병이 나면, 편협한 생각을 고수하여 찬바람도 조심하지 않고 약도 안 먹으면서 무당과 점쟁이를 깊이 믿으며 오로지 비는 일만 하니, 이는 남의 집을 어지럽히고도 남는다.

질투를 잘하는 부인은 집안에 있는 첩만 질투하는 것이 아니라, 남이 첩을 두었다는 소식을 들으면 그 부인을 대신해서 질투하니, 어찌 그리도 무례한가?

아침에 식사해야 할 손님이 왔는데 가장이 혹시 식사 준비를 시킬 겨를이 없으면, 부인이 자질들을 시켜 식사를 하실지 여쭙고 미리 준비해야 한다.

밥을 물에 말아 먹고 남은 밥알은 숟가락으로 다 긁어 먹고 버리지 말라. 그릇을 들어 고개를 젖히고 마시거나, 몸을 돌려가서 모조리 먹으려고 하지 말라. 그 단정치 못한 것이 밉기 때문이다.

갓 시집온 부인은 아이를 낳아 기르는 일에 대해 말해서는 안 된다. 그 부끄러워하지 않는 것이 밉기 때문이다.

갓 시집온 부인은 시댁의 자잘한 일에 대해 친정에 말해서는 안 된다. 서씨에게 시집간 죽은 누이동생은 과묵하여 말이나 웃음이 적었다. 10년 동안 가난하게 살았으나, 조금도 시댁의 일을 말하지 않았으니, 아아! 부인의 으뜸이 될 만하다.

동서 간에 가난하고 부유한 정도가 비록 다르더라도 부러워하거나 얕보아서는 안 된다. 서로 사이가 벌어지지 않게 지내는 것이 옳다.

갓 시집온 부인은 남에게 남편의 재주와 어짊을 과장해서는 안 된다.

여러 며느리가 있으면, 혹 가난하기도 하고 혹 부유하기도 한데, 그들을 대할 때 박대하거나 후대해서는 안 된다. 만일 차이를 두면, 가난한 자는 원망하고 부유한 자는 교만할 것이니, 집안의 도가 어그러지는 것은 반드시 여기에서 비롯되지 않음이 없다.

경단은 넙적하게 만들어서는 안 되고, 인절미는 너무 무르게 만들어서는 안 되며, 보리떡은 시게 만들지 말고, 먹기에 너무 짜게 만들지 말라.

숟가락 자루로 머리를 긁지 말고, 손가락 끝으로 불을 헤집지 말며, 옷고름에 돈을 차지 말라.

상추쌈을 즐겨 먹고 하루걸러 세수와 빗질도 안하며 소설을 읽다가 낮잠에 빠져들어 어린 계집종이 도둑질을 해도 그저 깨닫지 못하는 자는 게으른 부인이다.

임신부가 행동과 음식을 조심하지 않으면, 아이가 일찍 죽거나 병든다.

다른 사람이 자기 뜻대로 되지 않는다고 화를 내어 죄 없는 자녀들에게 옮겨 성을 내면서 마구 때리고 기물을 던져 부수며 창과 문을 쳐 엎어뜨리는 등 패악을 부리니, 악한 부인이 아니면 무엇인가?

말에서나 편지에서 문자를 즐겨 쓰면 바르고 간명하지 않게 된다. 쉴 새 없이 말을 길게 늘어놓으며 손을 흔들고 혀를 내두르며 비속한 말까지 섞으니, 현숙한 부인은 반드시 이와 같지 않을 것이다.

여러 번 자주 꾸짖으면서 말이 번잡스럽고 반복되면, 명령이 시행되지 않고 비복들이 배반하여 떠난다.

돈과 곡식을 내고들일 때는 반드시 장부에 기록하고 가장에게 보이되, 빠지는 것이 있어서는 안 된다.

사내종이 죄를 지으면 부인이 직접 벌을 주지 말고, 계집종이 죄를 지으면 야단치고 때리더라도 소리를 크지 않게 하여 바깥사람들이 듣지 않도록 해야 한다.

『예기』의 「혼의(昏義)」에 이르길,

"부인이 순종한다는 것은 시부모에게 효순하고 가족과 화목한 뒤에 남편에게 마땅한 배우자가 되어 실과 옷감 짜는 일을 하며, 모아놓은 재산을 살피고 지키게 된다. 그러므로 부인의 효순함이 갖추어진 뒤에야 가정이 화목하게 다스려지며, 가정이 화목해져야 집안이 오래도록 이어질 수 있다."

라고 하였다. 이 장(章)은 부인의 도리를 아주 마땅하게 설명하였으니, 그 요점은 효순과 화목일 뿐이다. 효순은 온갖 덕의 수풀이며, 화목은 수많은 상서로움의 곳집이다.

아내가 교만하고 방자해지는 것은 모두 장부가 먼저 자기를 바르게 하지 않았기 때문이다. 『한시외전(韓詩外傳)』에 이르길,

“맹자의 아내가 혼자 걸터앉아 있는데, 맹자가 문을 들어오며 보고는 어머니에게 아뢰길, ‘아내가 무례하니 버리게 해 주십시오.’라고 하자, 어머니가 말하기를, ‘이는 네가 무례한 것이지, 며느리가 무례한 것이 아니다. 『예기』에 이르길, ‘문에 들어서려고 할 때나 당(堂)에 올라가려고 할 때에는 소리를 반드시 내고, 문에 들어가려 할 때에는 시선을 반드시 아래로 내려라.[67]’라고 하지 않더냐? 남이 제대로 갖추지 못했을 때에 불의에 들이닥치지 말라는 것이다. 이제 너는 아내의 사사로운 처소에 가면서 문에 들어갈 때 소리도 내지 않아 남이 걸터앉아 있게 하고는 보았으니, 이는 네가 무례한 것이지, 네 아내가 무례한 것이 아니다.’라고 하였다. 이에 맹자는 스스로 책망하고 감히 아내를 버리지 못했다.”
라고 했다.

술을 데울 때는 뜨겁게 끓이지 마라. 술의 성질을 파괴하게 된다. 술을 거를 때는 물을 너무 많이 타지 마라. 제사를 지내고 손님을 대접하는데 마땅치 않게 된다.

독한 성품을 가진 부인이 혹 시부모에게 사랑을 받지 못하거나 남편에게 마음을 얻지 못하여 원망하는 마음이 많이 쌓이면, 미친 척하면서 귀신을 가장하여 그 잘못을 꾸짖고, 심지어는 목을 찌르는 척하거나 목을 매는 척하며 위협하니, 이는 남편과 시부모가 잘 가르쳐 인도하지 못했기 때문이기도 하지만, 부인의 죄도 큰 것이다. 만일 잘못을 뉘우치지 않는다면 살아 무엇 하겠는가? 『시경』에 이르길 ‘사람이 예의가 없으면, 어찌 빨리 죽지 않겠는가?’라고 했다.

동서들의 자식이 혹 서로 싸우는데 자기 아들을 편들고 감싸며 나쁜

---

67 『예기』「곡례(曲禮)」“將上堂, 聲必揚. 戶外有二屨, 言聞則入, 言不聞則不入. 將入戶, 視必下.”

소리를 해서는 안 된다.

시어머니는 며느리가 가난한 것을 미워하여 봉양을 잘 못하면 심하게 꾸짖고 사랑하거나 가엾어 하지 않는다. 심지어 그 며느리가 근심으로 말라 죽게 하거나 혹은 칼과 독약으로 자살하게 하는 일까지 있으니 이는 인륜의 큰 변이다. 며느리를 둔 자는 더욱 더 경계하고 걱정하면서 사람이 지켜야 할 도리를 중시하고 재물을 경시하여, 혹시라도 귀신과 사람에게 죄를 짓지 말아야 한다.

부인의 성품이 때때로 딸을 아들보다 더 사랑하고, 사위를 며느리보다 더 사랑하여, 심지어는 집안의 도를 무너지게 하니, 어찌 그리 편협한가? 『시경』에 이르길, '뻐꾸기가 뽕나무에 있는데, 그 새끼 일곱 마리로다.'라고 한 것은, 새끼에게 먹이는 것을 똑같이 하여 조금도 차이가 없음을 말한 것이다.

남이 음식물을 대접하면 반드시 나이를 따져 고루 나누어야 하며, 다른 사람보다 먼저 손에 묻히고 입을 대어 어지럽게 맛보아서는 안 된다.

과일과 곡식, 생선, 나물이 있으면, 반드시 먼저 나누어 두어서 제수로 쓰도록 한 연후에 다른 데 써야 한다.

연지와 분을 짙게 바르면 귀신상[68]과 무엇이 다르겠는가? 그러므로 옛사람들은 부인이 시속의 유행에 따라 꾸미는 것을 허락하지 않았다.

식사해야 하는 손님이 혹 식사 때를 놓쳤을 때 먹다 남은 음식을 거두어 모아두었던 것으로 대접해서는 안 된다.

푸닥거리는 귀신을 없애려고 하지만 귀신이 먼저 집에 들어오고, 사위하는 것은 사악한 것을 피하려고 하지만 사악한 것이 벌써 마음을 물들이는데, 어찌 그리 미혹되는가? 그러므로 집안의 법도로 엄하게 무당을 물리쳐 문에 들어서지 못하게 하고, 사악한 말을 꺼려서 아녀자의 거처

---

68 소귀(塑鬼) : 흙으로 만든 귀신 상(像).

에서 횡행하지 못하게 해야 한다. 우리 집에는 지금 이러한 못난 습속은 없다.

실을 뽑고 솜을 만들며, 옷을 다리고 비단을 다듬이질 하는 일은 비록 모시는 여종이 있어도 직접 익혀야 한다.

임신을 하여 낳는 것은 하늘의 명에 의한 것이니 어찌 이른바 제석[69]이란 것이 있겠으며, 마마는 운행하는 기운에 따라 행하는 것인데, 어찌 이른바 호귀[70]라는 것이 있겠는가? 이는 설명을 듣지 않고도 쉽게 알 수 있는 일이니, 현숙한 부인은 엄히 깨달아야 한다.

장부가 멀리 나갔다 돌아오면 형수나 제수는 모두 맞이하여 절을 하지만, 그 처첩들은 도리어 절을 하지 않으니, 이는 조선의 비루한 풍속이다. 모든 부인들은 완전히 고쳐야 한다.

평소에 이유 없이 턱을 괴고 하릴없이 있으면 원망하는 것처럼 보이고, 남의 귀에 대고 소곤거리면 헐뜯는 것처럼 보이며, 키득거리기를 그치지 않으면 음탕해 보이고, 지껄이기를 멈추지 않으면 사나워 보인다.

집에 산대,[71] 철괘,[72] 만석[73]과 같은 음란한 놀이를 벌여두고 부인들에게 구경시켜서 웃음소리가 밖으로 나오게 하는 것은 집을 바르게 다스리는 도리가 아니다.

죽는다거나 죽이겠다고 말하는 자는 상서로운 부인이 아니며, 잘 울고

---

69 제석(帝釋) : 세속에서는 제석의 신이 사람의 애를 배고 애를 낳고 하는 일을 주관한다고 믿는다. 무당이 떠받드는 신의 하나이다.

70 호귀(胡鬼) : 마마귀신[痘神]이라 하고, 혹은 손님이라고도 한다. 영남에서는 서신(西神)이라 하니, 마마가 서역에서 왔기 때문에 붙여진 이름으로 추정된다.

71 산대(山臺) : 무대를 설치하고 그 위에서 연극을 하는 일. 지금의 가면극.

72 철괘(鐵枴) : 성이 이(李)씨로 원래는 얼굴이 잘 생겼었는데 죽은 뒤에 그 혼이 굶어 죽은 시체에 붙어 살아났으므로 다리를 절고 얼굴이 추악해졌으며 항시 지팡이에 발을 걸고 다녔기 때문에 철괘라 이름하였다. 여기서는 철괘를 흉내 내는 놀이.

73 만석(曼碩) : 송경(松京) 대흥사(大興寺)의 중인데, 명기 황진이에게 매혹되어 수도(修道)를 망쳤다. 여기서는 만석처럼 희롱하는 놀이.

잘 웃는 자는 정숙한 부인이 아니다.

작은 일을 보고도 손뼉을 치고 발을 구르며 급히 소리쳐서 주변 사람을 놀라게 하는 것은 가장 조급하고 망령된 행동으로 족히 취할 것이 못된다. 말을 빨리 하지 않고 낯빛을 갑자기 바꾸지 않는 부인은 오직 서씨에게 시집간 내 누이동생뿐이다.

처와 첩 사이에는 은혜와 위엄이 나란히 행해진 후에야 집안의 법도가 어지러워지지 않는다. 은혜만을 베풀면 첩이 방자하게 굴며 분수를 넘어서게 되고, 위엄만을 베풀면 첩이 원망하여 해치려 한다. 그러나 어질고 정숙한 첩은 그렇지 않다.

남편과 시부모가 미친 듯이 사납게 성질을 부리면, 첩은 머리를 숙이고 숨을 죽이며 두려워하면서 받들어, 더욱 부드러운 태도로 순종하고 조금이라도 거스르는 일이 없어야 한다. 이것이 침착하게 무사히 지낼 수 있는 지극한 방법이다.

첩은 본래 적처(嫡妻)에 비해 천하지만, 그는 남편이 편히 여기는 자이니, 노비처럼 업신여기고 학대해서는 안 된다. 또 그 자식은 바로 내 자식의 형제이고 내 남편의 소생이며, 내 시부모의 혈육인데, 내 자식처럼 사랑하지 않을 수 있겠는가? 그러나 세상의 적처는 첩을 혹 소나 말처럼 구박하고 원수처럼 업신여기면서 미워하며, 다만 그 어미에 대한 질투가 그 자식에게까지 미쳐 힘들게 하니, 이는 내 자식의 형제이고 내 남편과 내 시부모의 남긴 자식임을 알지 못하는 것이므로, 그 자식도 자기 어머니가 하는 것을 배워서 따라하여 그 형제들을 얕잡아 보고 업신여기며, 남편도 또 그 아내가 질투하는 것을 두려워하여 비로소 그 사랑하는 자식을 박대한다. 이 습속이 굳어져서 하늘의 떳떳한 도가 무너지니, 오로지 '투기[妬]'라는 한 글자에서 비롯된 것이다. 그러므로 『예기』에서 칠거지악을 만들면서 투기를 그 하나로 넣었고, 『시경』에서는 종사[74]를 기리며 투기하지 않음을 가상히 여겼다.

부인으로서 옷감 짜고 음식 할 줄을 모르면, 이는 장부가 시서(詩書)와 육예(六藝)를 모르는 것과 같으니, 그래서 『예기』에서는 베를 짜고 띠를 땋고 바느질하여 꿰맨다고 하였고, 『주역』에서는 음식 만드는 소임에 힘쓰면 바르고 길하다고 했으며, 『시경』에서는 술과 음식에 대해 상의한다고 했다.

부인의 음덕은 자녀들을 번창하게 한다. 자녀가 일찍 죽는 것이 모질고 각박한 데서 비롯된다는 것을 볼 수 있다.

더러운 옷을 빨면 가려진 곳에 펼쳐 말려라. 『예기』에 이르길, '더러운 옷과 이불은 그 속을 보이지 않게 한다.'라고 했다.

부지런하고 검소하지 않아서 조상이 이룬 사업이 한 부인의 손에서 무너지는 일이 종종 있으니, 두렵지 않은가? 그러므로 부인이 인색한 것은 오히려 말할 만하지만, 부인이 사치스러운 것은 말할 수조차 없다.

부인이 베풀기를 좋아한다는 것은 좋은 소식이 아니다. 인색하라는 말은 아니지만, 베풀기를 좋아하여 비록 남에게 칭송을 얻을 수는 있겠으나 가장이 맡긴 재물을 써버려서는 안 되는 것이다. 만약 친척이나 이웃에 가난한 사람이 있으면, 반드시 가장에게 알리고 베푸는 것이 옳다.

율곡 선생이 말씀하시길,

"집을 다스리는 것은 마땅히 예법으로 하여 내외를 구분해야 한다. 비록 종이라 해도 남녀가 섞여 지내게 해서는 안 된다. 사내종은 시키는 일이 없으면 안에 들어갈 수 없는 것이다."

라고 하셨으며, 또 말씀하시길,

"종들은 나를 대신해서 일하는 것이니 먼저 은혜를 베풀고 뒤에 위엄을 보여야 그 마음을 얻을 수 있다. 그리고 반드시 그들이 배고픈지, 추운지 걱정하여 옷과 먹을 것을 넉넉하게 주고, 잘못을 저질렀을 때는 먼저

---

74 종사(螽斯) : 메뚜기. 혹은 『시경』 「주남(周南)」의 편명. 후비(后妃)가 투기하지도 않고 자손도 많이 두자, 중첩(衆妾)들이 후비를 메뚜기에 비유하여 시를 지어서 기렸다.

은근히 가르치고 타일러서 고치게 해야 한다. 가르쳐도 고치지 않으면 매를 때리되, 그들이 그 주인은 가르치기 위해 때리는 것이지, 미워서 그러는 것이 아니라는 것을 마음으로 알게 해야 한다. 그러면 그 마음과 행동을 고칠 수 있다."

라고 하셨다. 위의 두 조목은 오직 가장만이 힘써야 하는 것이 아니라, 또한 부인도 염두에 두어야 하는 것이다.

남편과 시부모가 성질이 포악하여 때리고 구박하면서 집에 있을 수 없게 하면, 부인은 다만 슬프게 하소연하며 차마 돌아갈 수 없는 뜻을 보여서 남편과 시부모가 감동하고 가엽게 여기기를 바라야 한다. 의연하게 얼굴색을 변하여 '우리 집으로 돌아가 버려서 영원히 서로 보지 않는 것이 또한 나의 뜻이다.'라고 말해서는 안 된다. 이것이 배반이 아니면 무엇이겠는가?

그윽하고 고요한 것을 견디지 못하고 성품이 나들이를 좋아하며, 구경하고 감상하는 것을 즐기고 얼굴을 드러내고 소리 내 웃으면 폐단이 또한 크다.

세상에 후처가 된 사람은 반드시 전처의 자식을 사랑하지 않는데, 이것은 내 남편의 자식이 곧 내 자식이라고 생각하지 않아서이다. 또 그 생모를 여의었으니 더 불쌍하고 가엾게 여기는 것이 옳다. 진(晉)나라 정문거[75]의 아내인 이씨는 자가 목강(穆姜)인데, 친아들 둘과 전처의 아들 넷이 있었다. 정문거가 죽자, 전처의 아들 넷은 이씨가 생모가 아니라고 미워하며 헐뜯기를 날로 심하게 하였다. 그러나 이씨는 자애롭고 온화하며 어질어서 더욱 많이 어루만지고 사랑했으며, 음식과 옷을 대 주는 것도 자기가 낳은 자식보다 배나 하였다. 전처의 큰아들 흥(興)이 병에 걸려 위독해지자, 이씨는 측은한 마음이 우러나 직접 약과 음식을 준비해 먹

---

75 정문거(程文矩) : 정문거는 한중(漢中) 사람으로 벼슬이 안중령(安衆令)을 지냈다. 그 아내 이씨는 같은 고을에 사는 이법(李法)의 누이이다.

였다. 홍이 병이 낫자 세 아우에게 말하기를,

"계모께서 인자하신데 우리 형제는 은혜를 몰랐으니 잘못이 매우 크다."

라고 하고, 드디어 세 아우를 데리고 남정(南鄭)의 옥에 나아가 처벌받기를 청했다. 그러나 군수는 그 어머니의 기이한 행실을 표창하여 조세를 덜어 주었다. 위의 한 조목은 이를 드러내서 세상의 후처가 된 자의 경계로 삼는 것이다.

가장이 밖에 나가서 날이 저물도록 돌아오지 않으면, 다시 등을 밝히고 화로에 불을 담아 놓으며 그릇을 정리하고서 공손하게 기다려야 한다. 가장이 돌아와서 옷을 벗고 자리에 앉으면, 국을 데우고 반찬을 만들어 올려야 하며 게으름을 피워서는 안 되니, 그렇지 않으면 부지런하지 않다는 꾸지람을 받게 된다.

제사 의례를 분명하게 익혀서 음식과 제기를 올림에 그 순서를 잃지 않아야 하고, 이를 기록하여 딸을 가르쳐야 한다.

음란하고 더러운 말은 입에서 나와서는 안 될 뿐더러 만약 들려도 귀를 막고 급히 피하라.

기제사 때에 술잔을 올리고 문을 닫고는 반드시 곡을 그치고 엄숙하고 조용히 하는 것은 신령을 번거롭게 하지 않으려는 것이다. 부인들이 예식의 뜻을 알지 못하고, 이때에 혹 곡을 그치지 않는 자도 있고, 그치게 하면 더욱 곡을 하며 그치지 않는 자가 있으니, 이것이 어찌 신령을 섬기는 예이겠는가? 이러한 습속이 많은데 고치는 것이 옳다.

세속에서 딸을 시집보낼 때 반드시 음식을 준비함에 아주 풍성하고 사치스럽게 해서 시가에서 음식을 대접하게 하니, 장반[76]이라 부르며 친

---

76 장반(長盤) : 풀보기잔치. 세속에 칭하는 장반은 옛날의 난(餪), 즉 풀보기잔치와 같은데, 『정자통(正字通)』에서 "딸이 시집간 지 3일 만에 음식 보내는 것을 난(餪)이라 한다."라고 했다.

척들과 손님들에게 자랑한다. 시가의 제삿날에는 반드시 큰 그릇에 떡을 괴고 큰 병에 술을 담아서 제상 아래에 차려 두는데, 그것을 가공(加供)이라 부르니, 이것을 갖추지 못하면 부끄럽고 치욕스럽게 여긴다. 이 두 가지는 모두 겉만 번듯한 풍습이니, 시가에서는 엄하게 금해야 할 것인데, 차마 그것을 하도록 독촉할 수 있겠는가?

부녀들은 파와 마늘 등 냄새나는 풀을 먹기 싫어하는데, 이는 좋지 않은 냄새를 염려하기 때문이다. 그러나 어떤 이는 담배를 즐겨 피우니, 유독 담배 잎은 냄새나는 풀이 아니란 말인가? 향기롭지 못한 것이 파나 마늘보다 심한데, 하물며 독하고 해로워서 사람에게 이롭지 못한 것임에랴?

남편의 유모와 시부모가 믿는 늙은 계집종은 마음을 써서 잘 대우해야 한다.

남편이 첩을 두는 것은 부인에게 고질병이 있어서 집안일을 하지 못하거나, 혹 오래도록 아들이 없어 제사를 받들 수 없어서이다. 남편이 비록 첩을 두고자 하지 않아도, 옛날 어진 아내들은 반드시 그 남편을 권하여 널리 어질고 현숙한 사람을 구해서 그녀를 법도로 가르쳐 자신의 일을 대신하게 하였으니, 어느 겨를에 질투했겠는가? 만약 자신이 병이 없고 아들도 있는데, 남편이 여색을 탐해서 첩을 많이 두어 성품과 행실을 그르치고 미혹되고 빠져서 부모를 돌보지 않으며 가산을 탕진한다 해도, 마땅히 정성을 다해 여러 번 경계하고 계속 눈물을 흘리며 울면서 사랑하고 아끼는 마음에서 그런 것이지 질투해서 그런 것이 아님을 분명히 보인다면, 어찌 남편이 느끼고 깨닫지 않을 리가 있겠는가? 다만 성품이 편협하여 성을 내고 독기를 부려 부부가 서로 미워하는 데 이르고, 심지어 저주하고 해치는 등 무슨 짓이든 하게 되니 슬픈 일이 아니겠는가?

다닐 때 신발 소리 내고, 먹을 때 씹는 소리를 내며, 치마를 돌릴 때 거센 바람을 일으키고, 입김을 불어 손을 따뜻하게 하는 것이 어찌 아름다운 부인의 단정한 거동이겠는가?

규방 안에서 날마다 사용하는 기물은 크든 작든 완전하든 흠이 있는 상관없이 반드시 그 둔 곳을 기록하여 잃어버리는 것이 없게 하라.

닭은 털을 다 데쳐 뽑지 않거나, 생선은 비늘을 다 긁어내지 않거나, 밥에 그을음이 묻거나 술에 먼지가 떨어지거나 하면, 그런 깨끗하지 못한 것은 숨길 수 없다. 그러므로 도마와 상을 닦고, 솥과 가마를 씻으며, 눈을 밝게 뜨고 손을 민첩하게 하며 조심스럽고 부지런하게 음식 대접하고 봉양하는 데 지극히 삼가야 한다. 그러므로 맹자 어머니가 말씀하시길,

"부인의 예절은 다섯 가지 밥을 정갈하게 짓고, 술과 장을 덮어 보관하며, 시부모를 봉양하고, 옷을 바느질하는 것뿐이다."

라고 하였다.

우위[77]의 아내 조씨는 딸을 시집보내는데, 딸이 떠나려 할 때 가르쳐 말하길,

"삼가 좋은 일을 하지 마라."

라고 하자, 딸이 말하길,

"좋은 일을 하지 않으면 나쁜 일을 하나요?"

라고 하니, 어머니가 이르길,

"좋은 일도 오히려 할 수 없는데, 하물며 나쁜 일이겠느냐?"

라고 하였다. 이것은 『시경』에서 말한 '나쁜 일도 하지 말고, 착한 일도 하지 말고, 오직 술과 음식에 관한 것만 말하여 부모에게 걱정을 끼치지 말라.'는 것과 그 뜻이 같다. 주자가 이 시를 해석하기를,

"여자는 순종하는 것을 정도로 삼으니, 나쁜 일은 하지 않으면 족하고, 착한 일도 길하고 상서로워서 하고자 할 만한 일이 아니다."

---

77 우위(虞韙) : 삼국 시대 오(吳)나라 동군(東郡) 사람으로 동향령(桐鄉令)을 지냈다. 그 아내는 본래 조씨로 영천(潁川) 사람이다.

라고 하였다. 이 두 가지의 말은, 부인의 행실이 그윽하고 조용하며 온화하고 순종적이어서 아주 두드러지게 착한 일을 한다는 이름이 바깥사람들에게 들리는 일이 없어야 한다는 것이다. 세속에서 말하는 재주 있는 부인은 반드시 바깥일에 간여하는 폐단이 없지 않다. 노(魯)나라 목강[78]은 『주역』의 '원형이정무구(元亨利貞無咎)'의 뜻을 잘 알면서도 숙손교여와 사통하여 동궁으로 쫓겨나 죽었으며, 위나라의 남자[79]는 수레소리가 대궐 앞에 이른 것을 듣고 거백옥[80]의 어짊을 알았으면서도, 음란한 행실이 있어, 괴외[81]를 쫓아내고 위나라를 망하게 했으니, 두렵지 아니한가?

정실과 첩의 사이와 동서 사이에 은혜로운 마음을 지키는 자가 드물고, 남의 아내가 되어 남편의 자매를 사랑하는 자는 세상에 많지 않다. 부인의 성품은 시기하기 쉽고 다른 성씨가 서로 모여지내니, 장부가 내실을 다스리지 못하여 집안의 법도가 어지러워지는 것은 당연한 형세인 것이다. 이제 옛날의 어진 부인이 처신을 잘 했던 세 가지 일을 뽑아서 아래에 나란히 쓴다.

명나라 말 우이현(盱眙縣)의 공생[82]인 손패(孫珮)의 아내 진씨(陳氏)는 공

---

78 목강(繆姜) : 노 선공(魯宣公)의 부인인데, 숙손교여(叔孫僑如)라는 사람과 간통하고, 성공(成公)을 폐위하려 하다가 그 음모가 발각되자 동궁(東宮)에 옮겨져 살다가 죽었다.

79 남자(南子) : 위 영공(衛靈公)의 부인. 남자가 송자조(宋子朝)와 간통하니, 태자 괴외(蒯聵)가 그것을 알고 미워했다. 그러자 영공에게 참소하여 괴외를 죽이게 하니, 괴외는 송(宋)나라로 도망쳤다. 이보다 앞서 남자는 남편 영공과 밤에 함께 앉아있었는데 수레 소리가 대궐 앞에 이르러 그쳤다가 대궐을 지나서 다시 났다. 그것을 들은 영공이, "저 사람이 누구인지 아오?"라고 하니 남자는 "거백옥입니다."라고 하였다. 영공이 어떻게 아는지 묻자, 남자는 "제가 들으니, 예(禮)에 '수레를 타고 가다가 대궐 앞에서는 내린다.'라고 했습니다. … 거백옥은 위나라의 어진 대부이므로 압니다."라고 했는데 영공이 알아보니 과연 거백옥이었다. 『열녀전』·『소학』「계고(稽古)」.

80 거백옥(蘧伯玉) : 위(衛)나라의 어진 대부(大夫). 이름은 원(瑗)이다.

81 괴외(蒯聵) : 위 영공(衛靈公)의 세자(世子). 영공이 남자의 참소로 인해 괴외를 쫓아냈다. 영공이 죽자 나라 사람들이 괴외의 아들 첩(輒)을 왕으로 세웠는데, 진(晉)나라가 괴외를 보내오니, 첩은 군사로 그 아버지를 못 들어오게 막았다. 『춘추전(春秋傳)』.

82 공생(貢生) : 과거를 시행할 때 부(府)·주(州)·현(縣)의 학교에서 학행(學行)이 우수

경하고 순종하면서 시부모를 섬겼으나 아들이 없었다. 진씨는 손패를 위해 하씨(賀氏)를 들여 첩으로 삼게 했는데, 하씨도 온순하여 진씨와 잘 지내며 자매지간처럼 서로 사랑했다. 얼마 지나 진씨가 사내애를 잉태하고 손패가 죽었는데, 이때 하씨는 17세였다. 진씨가 그를 가엾게 여겨 다른 데 시집가라고 넌지시 말하니, 하씨가 울면서 말하길,

"제가 비록 미천하지만, 어찌 감히 한 남편을 따르는 의리를 저버리겠습니까? 곁에서 모시며 늙게 해주시기를 바랍니다."

라고 하고는 칼을 들고 귀와 코를 베어 믿음을 주려 하자, 진씨가 급히 그 칼을 빼앗았다. 이때부터 두 사람은 한 뜻으로 아들을 기르고 길쌈을 부지런히 하며 밤이고 낮이고 게으름을 피우지 않았다. 아들이 자라자 공부하기를 권하니 뒤에 그 아들이 박사제자[83]에 임명되었다. 두 사람이 모두 70여 세에 죽었다.

송나라 장후(章侯)의 아내인 응씨(應氏)는 영강(永康) 사람인데, 동서 주씨(周氏)와 친형제처럼 사랑했다. 방납[84]의 난리 때 응씨가 발에 병이 나서 열 살 된 아이와 함께 머물며 피난하지 못하게 되자, 주씨도 탄식하며 차마 떠나지 못했다. 응씨가 말하길,

"동서는 병이 없으니, 빨리 피하는 것이 마땅합니다."

라고 하니, 주씨가 말하길,

"생사를 함께 해야지, 어찌 도망가겠습니까?"

라고 하였다. 얼마 지나서 적이 들어오자, 주씨는 응씨를 도와 함께 적을

한 학생을 뽑아 경사(京師)에 보내 태학(太學)에 진학시키게 하였는데, 거기에 뽑힌 사람을 공생이라 한다.

83 박사제자(博士弟子) : 박사에게 수업하는 사람. 한 무제(漢武帝) 때 시작된 제도로서 태학(太學)에 박사관(博士官)을 두고 군국(郡國)·현읍(縣邑) 등에서 문학과 예절이 뛰어난 사람을 뽑아 박사에게서 수업하게 하였다.

84 방납(方臘) : 송나라 목주(睦州) 사람. 휘종(徽宗) 때 사도(邪道)로 민중을 미혹시켜 무리들을 모아서 난을 일으키고 자칭 성공(聖公)이라 하였는데, 뒤에 관군에 의해 멸망하였다.

꾸짖으며 욕을 당하지 않았다. 아이도 울면서 적에게 말하길,

"차라리 나를 죽이고 두 어머니는 죽이지 말라."

라고 하였는데, 적이 모두 죽였다.

송나라 한주(漢州) 에 사는 진안절(陳安節)의 아내 왕씨는 남편이 죽자 아들 일신(日新)과 손자 강(綱), 불(紱)을 가르쳐서 모두 명성을 얻도록 했고, 시누이를 잘 길러서 넉넉하게 혼수를 장만하여 시집보냈다. 시누이의 재산을 그 남편이 탕진해 버리자, 왕씨는 다시 재산을 마련해서 자기 자식처럼 여러 조카들을 키웠다. 친척 가운데 가난한 자는 거두어 길러서 시집 장가보냈는데 수백에 이르렀으며, 또 연고가 있는 집안사람인 감씨(甘氏)가 가난하여 딸을 술집에 저당 잡히자, 돈을 내어 그녀를 데려왔다. 자손들이 왕씨의 가르침에 따라 5대까지 같은 집에 살았다.

「혼의(昏義)」에 이르길, '부인의 덕과 부인의 말, 부인의 용모와 부인의 일을 가르친다.'라고 하였는데, 그것을 해석하는 자는 말하길,

"덕이란 곧고 온순한 것이고 말은 응대하는 것이며, 용모는 순하고 순박한 것이고, 일은 실을 짜는 것이다."

라고 하였다. 내가 생각해 보니, 덕은 영리한 것을 말하는 것이 아니고, 말은 말솜씨 좋은 것을 이르는 것이 아니며, 용모는 아리땁게 꾸미는 것을 말한 것이 아니고, 일은 현란한 솜씨를 말한 것이 아니다.

부인이 잘 울어서 울지 않아야 할 때 우는 자가 많으니 자주 우는 것은 바른 덕이 아니다. 악양자(樂羊子)의 아내는 그 시어머니가 매번 이웃집 닭을 잡아서 음식을 만들자 그 부인이 먹지 않고 울면서 말하길,

"집이 가난하여 제 힘으로 마련하지 못해서 그릇 가운데 의롭지 못한 물건이 있으니 한스럽습니다."

라고 하자, 그 시어머니는 이윽고 닭 잡는 것을 그만두었으니, 이는 울어야 할 때 운 것이므로 남이 쉽게 감동한 것이다. 세속의 부인들이 슬퍼서 울고 부끄러워 뉘우치며 우는 것은 바른 울음으로 그 외에 가난을 참지

못해서 울고 병을 견디지 못하여 우는 것과는 다르다. 그래도 이것은 오히려 말할 만하지만, 분해서 울고 예쁜 여자 때문에 우는 일까지 있는데, 말할 수조차 없다.

남자에게 여자 기질이 많으면 간사하거나 연약하고 아주 요사스러우며, 여자에게 남자 기질이 많으면 사납거나 동정심이 없어 과부가 되는 일이 많다. 주어진 것이 상반되면 수명이 각기 단축되므로 옛 성인이 가르침을 베풀어 그 기질을 바로 잡아 그 본성을 회복하게 하려 했던 것이다. 속담에, '아들은 이리 같을지언정 독사 같은 놈을 낳을까 겁나고, 딸은 쥐 같을지언정 호랑이 같은 놈을 낳을까 겁난다.'라고 했다.

요즘의 부인 가운데는 재주와 기질이 있는 자가 혹 붕당의 종류나 문벌의 높고 낮음, 벼슬아치들의 승진과 좌천에 대한 일을 이야기를 하면, 친척의 남녀들이 감탄하면서 그 재능을 기리니, 아아! 이는 진실로 집을 어지럽히는 근본이다. 이렇게 나간다면, 바깥일에 참견하여 이르지 않는 데가 없게 되리니, 『서경』에서, '암탉이 새벽에 울면 집안이 망한다.'라고 했고, 『시경』에서는 '부인이 말이 많으면 화가 일어난다.'라고 했다.

내외가 화락한 것은 집안의 복이니 비록 가난하고 미천하다 하나 족히 근심이 없으며, 부부의 사이가 어그러져 등을 돌리는 것은 집안의 재앙이니, 비록 부귀하다 해도 족히 좋은 일이 못된다.

어린 자녀에게 빗질하고 목욕하고 세수하도록 시키지 않아서 콧물이 흐르고 눈곱이 끼며, 이와 서캐가 우글우글하게 하는 것은 역시 부인의 정갈하고 깨끗한 덕행이 아니다.

바늘을 옷깃에 꽂아두지 마라. 아기가 찔릴 수 있다. 아기가 젖꼭지를 문 채 자게 하지 마라. 먹은 것이 쌓여서 소화되지 않을 수 있다. 갓난아기를 눕힐 때는 반드시 베개를 반듯하게 베어주어라. 머리 모양이 바르지 않게 될 수가 있다. 눕히는 곳을 밝은 창 가까이로 하지 마라. 눈동자가 서로 나란히 움직일 수 있다. 포대기와 요를 깨끗하게 하지 않아서 남의 눈을 번거롭게 하지 마라. 이 몇 가지로 부인의 섬세하고 한결같은 마음을 족히 볼 수 있다.

자녀나 여종이 비록 잘못이 있어도 남편과 시부모, 존장이 자리에 있으면, 마음대로 때리고 꾸짖지 마라. 마침 어른을 만나 노여움을 사는 일이 있어도 때리고 야단쳐서는 안 된다. 그것은 어른에게 거슬리는 것이 있어서 그 화를 옮기는 혐의가 있기 때문이다.

장에 구더기가 있고, 식초에 초파리가 살며, 쌀과 콩에는 검은 바구미가 구멍을 뚫고, 과일에는 하얀 좀 벌레가 둥지를 틀며, 노래기와 지네가 국에 들어가고, 쥐 오줌과 파리똥이 밥에 들어가는 것은 모두 저장하고 요리하는 법도를 잃어서이다. 정밀하고 부지런한 부인은 방비하는 일을 함에 반드시 삼가고 반드시 조심해야 한다.

걸어 다닐 때에 치마를 요란하게 흔들지 말고 손을 씻을 때에 물을 튀기지 말며, 다른 사람을 대할 때에는 이쑤시개를 쓰지 말라.

밤에 뒷간에 갈 때 반드시 불을 밝히고 계집종이 따르게 해야 한다. 저녁이 되면, 반드시 그릇과 수저를 점검해서 잘 넣어두고, 열쇠는 반드시 숨길만한 곳에 두어서 도둑에 대비해야 한다.

고기 굽는 쇠그릇은 반드시 깊이 보관해야 한다. 티끌이나 먼지가 기름에 섞일 뿐 아니라, 만일 버려두고 갈무리 해 두지 않으면, 개나 고양이가 반드시 핥아서 매우 불결해질 것이니, 장차 어떻게 노인을 봉양하고 제사를 드리겠는가?

부엌 천장의 그을음과 소란 반자의 거미줄은 보는 사람이 드물어 잘 살피지 않지만, 옷과 수건이 불결해지고 음식이 정갈하지 않게 되는 것은 모두 여기에서 비롯되니, 매일 자세히 살펴 생길 때마다 없애는 것이 옳다.

남의 집 자녀들은 사사롭게 닭과 개를 길러 각기 소유를 표시하고, 돈과 곡식을 나누어 굴려서 원금과 이자를 불려 가는데, 이는 진실로 부모가 무식한 것이다. 부모가 그것을 엄하게 금하지 않을 뿐만 아니라, 반드시 자기는 아무 아들이 기르는 것을 꿔다 먹겠다거나 아무 딸이 굴리는 돈을 꾸어 쓰겠다고 하는데, 그 자녀들은 인색하여 주지 않기도 하며 혹 생색을 내며 빌려 주기도 한다. 아, 이것은 작은 일이 아니라, 인륜이 거꾸러지기 시작하는 것이다.

여종을 부를 때에는 소리가 급하거나 높아서는 안 된다. 집 밖으로 나갈까 걱정된다. 하물며 이웃집에 들리게 하는 것임에랴!

말이 끝나기도 전에 웃거나 웃음소리가 큰 것은 속마음이 씩씩하지 않아서 그렇다. 그래서 망령되게 말하거나 웃지 않아야 이를 부인의 행실이라 할 수 있다. 웃긴 말과 웃기를 잘하는 것은 방탕함에 가까운 것이다. 『주역』의 가인괘(家人卦)의 말에 이르길, '부인이 마음 놓고 웃고 떠들면 마침내 후회하게 된다.'라고 하였는데, 정자(程子)는 말하기를,

"마음 놓고 웃고 떠드는 것은 웃고 즐기는데 절도가 없다는 것이다. 법도가 서고 윤리가 바로잡혀야 은혜와 의리가 있게 되는데, 만일 마음 놓고 웃고 떠들면서 법도가 없이 행동한다면, 법도가 그로 인해서 그르치게 되고 윤리가 그 때문에 문란해질 것이니, 어찌 그 집안을 잘 보전할 수 있겠는가? 마침내 집안을 망치는 데에 이를 것이니, 부끄러워할 만한 하다."

라고 하였다.

계란처럼 윤이 나게 비단을 손질하고, 매미 날개처럼 곱게 다림질하는 것은 사치를 위해 하는 것이 아니라, 이에 정성을 들이는 것이다.

과부의 옷차림이 담박함을 빙자하여 산뜻한 데에 이르니, 이것을 어찌 미망인의 의리라 하겠는가?

남자의 옷이 빨았으나 때가 남아 있고, 꿰맨 데가 터지며, 밥풀이 붙어 있고, 다리미질을 한 데에 불에 지진 구멍이 나며, 짜글짜글 얼룩덜룩하고, 넓고 좁은 것이 일정치 않은 것은 부인의 책임이다. 사치하려는 것이

아니라, 지극히 정성을 들이려는 것이다.

머리 빗고 남은 머리카락을 어지럽게 버리지 말라. 옷 사이에 뭉치고 음식 가운데 섞이게 된다.

옷고름과 치마끈을 헐렁하게 풀어놓고 단단히 묶지 않는 것을 '창피'[85]라 한다.

일찍이 노인들의 말씀을 들으니, 옛날에는 여자의 옷을 널찍하게 만들었기 때문에 시집올 때 입었던 옷은 소렴[86]의 용도로 쓸 수 있었다고 한다. 살았을 때, 죽었을 때, 늙었을 때, 젊었을 때 몸집의 크기가 같지 않으니, 그 옷이 좁지 않았다는 것을 알 수 있으나, 지금은 그렇지가 않다. 새로 지은 옷을 한 번 입어 보니, 소매에 넣기가 아주 어려웠고, 한 번 팔을 굽히면 솔기가 터졌으며, 심지어 겨우 입고 조금 지나자 팔에 피가 돌지 않아서 부어올라 벗기가 어려웠다. 이에 소매를 뜯고야 벗었으니 어찌 그리도 요사스러운가? 꾸미고 옷을 입는 데 유행이라 하는 것은 모두 창기가 아양을 떨어 호리려는 데서 나왔는데, 세상의 남자들은 깊이 빠져 깨닫지 못하고 자신의 처첩에게 권하여 따라하게 해서 유행이 돌도록 만든다. 아아! 시례(詩禮)의 가르침[87]을 제대로 닦지 않아서 부인들이 기생의 복장을 하니, 모든 부인들은 그것을 서둘러 고쳐야 한다.

사위와 며느리를 고를 때는 덕행을 우선 고려하고, 집안의 범절과 문벌은 그 다음에 본다. 만일 덕행이 없다면 비록 왕(王), 사(謝), 최(崔), 노(盧)와 같은 명문거족이라도 볼 것이 없다. 그 집에 부친의 교훈이나 아름다운 가르침이 있다면, 그 자녀를 가르치기를 반드시 옛 교훈을 따를 것이며, 사위나 며느리 된 자도 그것을 보고 감화될 것이다. 그러나 요즘

---

85 창피(昌披) : 피(披)를 피(被)라고도 하니 옷에 띠를 매지 않은 모양이다.

86 소렴(小斂) : 시체에 새로 지은 옷을 입히고 이불로 싸는 것. 소렴(小殮).

87 시례지훈(詩禮之訓) : 자식이 부모에게서 받은 교훈. 백어(伯魚)가 부친인 공자에게서 시와 예를 배워야 할 이유를 들은 고사에서 나온 말이다.

사람은 그렇게 하지 않고 우선 부귀를 본다. 가난할 것 같으면 비록 야장[88]과 같이 어질고 덕요[89]와 같이 현숙하더라도 얻지 않고, 비록 명망 있는 집안이고 존경받는 가문이라도 집이 가난하면 더불어 혼인하지 않으며, 집안의 범절은 제쳐두고 논하지 않는다. 부귀하다면 비록 어리석고 별 볼일 없는 집안이라도 사양하지 않고, 또 문벌만을 취하고 덕행과 집안의 범절은 묻지 않는 자도 있으며, 외모의 아름다움만을 취하고 그 외의 것은 묻지 않는 자도 있다. 이 몇 가지는 장부가 능히 스스로 결정하지 못하고 아내와 첩과 상의해서 자녀들을 재화로 만드는 것으로 집안이 망하고 엎어지는 것을 다 기록할 수가 없으니 어찌 두렵지 아니한가?

부녀자에게, 사람의 성품이 본래 선한데 다만 기질에 구애되고 물욕에 가려서 스스로 과오와 악에 들어가는 줄 모르지만, 만일 고치고 닦아서 그 본성을 회복하면 어질고 정숙해질 수 있다는 것을 가르쳐야 한다. 재주 있고 슬기로운 부녀자가 많아서 쉽게 받아들이고 감화하기를 잘하니, 어리석은 남자에 비해 그 일의 효과가 어찌 빠르지 않겠는가? 번잡한 말은 필요없고 또한 그 요점만 알게 할 뿐이다.

가장이 혹시 술을 좋아하면, 부인은 항상 몇 잔이나 마시는지 기억했다가 적당히 마신 뒤에 그만두게 해야지, 원하는 대로 차려 주어서 위의를 잃고 기력이 감소하게 해서는 안 된다. 그가 혹 취하여 마음껏 마시면서 연달아 술잔을 올리라고 소리 쳐도 구구절절이 원망하거나 나무라지 말고, 아들이나 조카, 여종에게 맡겨 좋은 말로 어떻게든 달래서, 한 잔이라도 더 마셔서 마음대로 취하도록 두어서는 안 된다. 또 가장이 밖에서 취해 돌아오면 시종을 시켜 옷을 벗기고 이부자리를 깔아 드리게 하며,

---

88 야장(冶長) : 공자의 제자. 성은 공야(公冶), 이름은 장(長), 자는 자장(子長)으로 노(魯)나라 사람이다. 공자가 공야장의 어짊을 칭찬하고 사위를 삼았다. 『논어』 「공야장(公冶長)」.

89 덕요(德曜) : 한나라 양홍(梁鴻)의 아내인 맹광(孟光)의 자(字). 맹광은 얼굴이 워낙 못생겨서 시집가지 못하다가 30살 때 양홍에게 시집갔는데, 현숙하기로 유명하다. 『후한서(後漢書)』 「일민양홍전(逸民梁鴻傳)」.

떠들고 웃어서 괴로이 화를 돋우지 말라. 등을 켜두고 자지 말며, 물을 끓이고 죽을 쑤어 두었다가 그가 목이 타서 마시고 싶을 때를 대비해야 한다.

제사지낼 때가 되어 제사 음식을 마련할 때는 떠들썩하게 웃거나 말을 많이 하지 말며, 아이를 때리거나 계집종을 야단치지 말라. 음식을 삶고 구우면 열기가 올라가 신령이 흠향할 수 있다. 떡과 과일을 너무 높이 괴어 어지럽게 굴러 떨어지게 하는 것은 깨끗한 정성이 아니다.

남자가 반드시 오로지 스스로를 크게 여기며 장부는 곧 하늘과 같고 임금과 같다고 생각하는 것은 아니지만 미친 듯이 조급하고 매우 사납게 굴면서 전적으로 부인을 책망한다. 그러므로 『맹자』에서는, '스스로 도를 행하지 아니하면, 아내와 자식에게 행해지지 아니하고, 사람을 부림에 도로써 하지 않으면 아내와 자식에게 행할 수 없다.'라고 하였고, 『효경』에서는, '집안을 다스리는 자는 감히 종이나 첩에게도 실수를 하지 않는데, 하물며 아내와 자식임에랴? 그러므로 남의 환심을 얻어서 그 부모를 섬기는 것이니, 그렇기 때문에 생전에 부모님이 편안하시고 제사를 지낼 때에는 귀신이 흠향하게 되는 것이다. 그러하면 재해가 생기지 않고 화란이 일어나지 않는다.'라고 했다. 비록 그러하나 부인의 덕은 돕는 데 공이 있는 것이다. 광형[90]이 말하기를,

"『시경』에서 '요조숙녀는 군자의 좋은 배필이다.'라고 한 것은 지극히 정숙하여 지조를 변하지 않고, 정욕의 감정을 얼굴에 드러냄이 없으며, 사사로이 편안한 마음을 행동에 나타내지 않는 것을 말한 것이니, 이는 법도덕의 으뜸이고 왕의 교화의 시초이다."

라고 하였다.

가정이 화목하고 즐거우면 비록 거친 밥을 먹고 안 좋은 옷을 입어도

---

90 광형(匡衡) : 자는 치규(稚圭), 한(漢)나라 사람. 벼슬은 정승에 이르고 낙향후(樂鄉侯)에 봉해졌다.

그 즐거움을 이루 다 말할 수 없을 것이고, 부부가 서로 미워하면 비록 비단 옷을 입고 좋은 음식을 먹어도 그 수심과 탄식을 어쩌지 못할 것이다. 『시경』의 '계명시(鷄鳴詩)'에 '금슬로 즐기니 편안하고 좋지 않음이 없다.'라고 하였고, '북문시(北門詩)'에 이르길, '내가 밖에서 들어오니 아내가 나를 꾸짖도다.'라고 하였으니, 이 두 시에서 순종하고 순종하지 않음이 어떠한가? 순종하지 않음이 지극하여, 아내가 먼저 남편을 탐탁지 않게 대하면, 이는 바로 개가하고 배반하여 죽이는 데로 나아가게 된다.

정성스럽고 민첩한 부인은 비록 작은 생선과 마른 나물일지라도 삶고 썰기를 정돈되고 깨끗하게 하여 모두 입에 맞게 하고, 비록 해진 비단과 묵은 솜일지라도 꿰매고 마름질 하여 새롭게 정돈해서 모두 몸에 맞게 하지만, 용렬하고 솜씨 없는 부인은 살진 어육도 무르게 삶고, 좋은 쌀과 기장으로도 밥 짓기를 그르치며, 화려한 비단도 거칠게 손질하고, 좋은 실과 솜으로도 비루하게 옷감을 짠다. 그러니 음식에 관한 책과 바느질에 대한 기록을 쓰지 않을 수 없다.

훈민정음에서 자음, 모음의 반절과 초성, 중성, 종성과 치음, 설음의 청탁, 글자체의 가감은 우연한 것이 아니다. 비록 부인이라도 서로 음을 만들고 서로 변하는 묘한 성질을 밝게 알아야 한다. 이를 모르면, 말하고 편지 쓰는 것이 거칠고 비루하며 서투르고 잡되어서 본받을 수 없게 된다.

문에 들어설 때 안에서 물레와 베틀 소리가 나고 밖에서 시를 외우고 글을 읽는 소리가 나면 그 집안이 잘 다스려졌다는 것을 알 수 있고, 안에서 소설을 읽는 소리가 나고 밖에서 장기와 바둑을 두는 소리가 나면 그 집안이 난잡하다는 것을 알 수 있다.

『좌전』에 이르길, '시어머니는 사랑하고 며느리는 듣고 따라야 한다.'라고 하였는데, 이것은 무슨 뜻인가? 시어머니와 며느리는 모두 성이 다른 사람으로 의리로 모였으니 높고 낮음이 같지 않고 늙고 어림에 다름이 있다. 하물며 성품이 편협하여 서로 용납하지 못하는 자가 많음에랴?

그러니 시어머니는 며느리가 명을 따르지 않는 것을 걱정하지 말고 자신이 사랑하지 않음을 걱정하면 그 명을 따르지 않는 며느리가 드물 것이요, 며느리는 시어머니가 사랑해주지 않음을 걱정하지 말고 자신이 명에 따르지 않는 것을 걱정하면 사랑하지 않는 시어머니가 적을 것이다. 『예기』에 이르길, '남편은 의롭고 부인은 명을 따른다.'라고 하였으니, 부인은 명을 따르는 것을 순종하는 덕으로 삼는다. 비록 그러나 남편이 의롭지 못하면 때로 명을 듣지 않는 일도 있지만, 시어머니가 비록 사랑하지 않아도 명을 따르지 않으면 안 된다. 군자가 말하기를,

"아버지는 비록 사랑하지 않아도 아들이 불효를 해서는 안 된다."
라고 하였으니, 그 뜻이 같다.

시어머니와 며느리는 같은 부녀자이니, 은혜와 의리가 오히려 쉽게 행해진다. 그런데 시아버지는 며느리와 남녀의 차이가 있으니 시어머니와 며느리와의 사이에 비할 것이 아니다. 그러므로 존엄은 지극해지고 틈은 쉽게 벌어진다. 며느리가 혹 시아버지에게 잘못하면, 시아버지 또한 호되게 꾸짖는 것을 그치지 않는다. 심지어 입에서 나오는 대로 꾸짖고 배척하여 마치 계집종에게 하듯이 한다면 집안의 기운은 쓸쓸해지고 바깥사람이 듣는다면 경악하게 될 것이다. 그러므로 며느리 된 자는 시아버지를 조심스레 봉양하여 오직 시아버지께 사랑을 못 받을까 염려하고, 시아버지 된 자도 며느리의 착한 점은 작은 것이라도 칭찬해 주고 세세한 과실은 눈감아 주어야 한다. 자애로운 가운데 엄숙한 뜻을 두고, 좌우에서 간섭하는 참소를 받아들이지 않으면 집안의 법도가 곧 정해진다. 옛말에 이르기를, '어리석지 않고 귀먹지 않으면 늙은이 노릇을 하지 못한다.'라고 했고, 『여헌(女憲)』에 이르기를, '며느리가 그림자와 메아리처럼 하는데 어찌 칭찬해 주지 않으리오?'라고 했다.

근래에 부인들이 엷은 색의 치마를 입는 것을 좋아하는데 청상과부가 입는 옷과 크게 다르지 않다. 또 먼저 짧고 작은 흰 치마를 입은 후에

겉치마를 매는데, 무족오홉(無足五合)이니 무족칠홉(無足七合)[91] 등의 호칭이 있다. 부인들은 금기에 얽매이는 사악한 말을 잘하고 또 이러한 상서롭지 못한 옷을 입으니 대체 무슨 이유에서인가?

선비의 아내가 생활이 궁핍하면 얼마간 생계를 꾸리는 것도 불가능한 일은 아니다. 길쌈하고 누에치는 일이 원래 부인의 본업이지만, 닭과 오리를 치는 일, 장, 초, 술, 기름 등을 파는 일, 대추, 밤, 감, 귤, 석류 등을 잘 저장해 두었다가 때를 기다려 내다 파는 일, 홍화,[92] 자초,[93] 단목,[94] 황벽,[95] 검금,[96] 남정[97] 등을 사서 쌓아 두는 일은 괜찮다. 그리고 도홍색, 분홍색, 송화황색(松花黃色), 유록색(油綠色), 초록색, 하늘색, 작두자색(雀頭紫色), 은색, 옥색 등 모든 염색법을 배워 아는 것은 생계에 도움이 될 뿐만 아니라, 또한 여공의 한 가지이다. 그러나 이욕에만 집착하여 각박하게 인정에 가깝지 못한 일을 많이 한다면, 또한 어찌 어질고 착한 행실이 되겠는가?

돈놀이를 하는 것은 더욱이 어진 부인이 할 일이 아니다. 적은 돈을 주고 많은 이자를 취하는 것이 의롭지 않을 뿐만 아니라, 혹여 기일을 어기고 돈을 돌려주지 않으면, 독촉을 가혹하게 하고 나쁜 말을 하게 된

---

91 무족오홉(無足五合)·무족칠홉(無足七合) : 치마의 장단 차이가 있으므로 오홉, 칠홉의 명칭이 있게 된 것이다. 홉(合)은 되[升]의 홉(合)과 같다. 가지런히 대여섯 첩을 접어 겨우 무릎에 닿게 해서 위치마를 권다.

92 홍화(紅花) : 홍람화(紅藍花). 꽃을 따서 붉게 물들이거나 연지(臙脂)를 만드는 데도 쓰인다.

93 자초(紫草) : 일명 지치. 뿌리는 자색 염료로 쓰인다.

94 단목(丹木) : 콩과의 작은 상록 교목. 곧 소목(蘇木)으로 붉은색 염료로 쓰인다. 꽃은 노랗고 열매는 푸르다가 익으면 검다.

95 황벽(黃蘗) : 운향과의 낙엽 활엽 교목. 일명 황백피(黃柏皮)로 누런 색 염료로 쓰인다. 그 껍질이 겉은 희고 속은 누렇다.

96 검금(黔金) : 녹반(綠礬), 또는 조반(皂礬)으로 검은 색 염료로 쓰인다.

97 남정(藍靘) : 남은 쪽풀인데, 그 잎이 청(靑)·녹(綠)·벽(碧) 염료로 쓰인다. 정은 곧 정화(靘花)로서 색이 검푸르다.

다. 심지어 계집종을 시켜 송사를 하게 하면 일이 관청의 문서에 실리게 되고 빚을 진 사람이 집을 팔고 밭을 팔아 가산을 탕진하고서야 그치니 그렇게 되면 근심하고 원망하는 소리가 인근에 파다하게 퍼진다. 또 형제 친척 사이에도 서로 빚을 얻거나 주면서 오직 이익에만 급급하면, 화목하고 돈후한 뜻은 전혀 잃게 된다. 내가 보기에, 돈놀이하는 집은 망할 것이 뻔하니, 그것은 인정에 가깝지 못한 일이기 때문이다.

남자의 심의,[98] 복건[99]과 부인의 궤계,[100] 염의[101]는 제사나 관례, 혼례 때에 입는 것이 맞다. 부녀들의 머리를 땋은 다리와 짧고 좁은 옷은 몽골의 유풍(遺風)이니 진실로 말할 것이 못 되는데, 족두[102]와 북계[103]는 어떠한 장식이겠는가?

궤계와 염의를 사대부 집에서 왕왕 사용하는데, 속된 풍속에서는 그것을 비난하고 비웃는 자가 많으니, 그것은 습속에 고착되어 예의 뜻을 알지 못하기 때문이다. 가난한 집 여자는 시집간 지 오래되어도 다리를 마련하지 못해 맨머리로 지내는 자가 많다. 맨머리로 오랫동안 있는 것보다는 차라리 궤계를 쓰는 것이 낫지 않겠는가? 또 많은 재물을 써서 오랑캐 부녀의 장식을 마련하는 것과 적은 재물을 써서 예복을 마련하는 것은 그 경중과 득실을 따져보면 어떠한가? 남자가 쓰는 입자(笠子)도 또한 오랑캐의 풍속이다. 그러나 하루아침에 입자를 벗고 다녀서 남의 눈을

---

98 심의(深衣) : 신분이 높은 선비들이 입던 웃옷. 대개 흰 베를 써서 두루마기 모양으로 만들었으며 소매를 넓게 하고 검은 비단으로 가를 둘렀다.

99 복건(幅巾) : 도복(道服)에 갖추어서 머리에 쓰던 건(巾). 검은 헝겊으로 위는 둥글고 뻬죽하게 만들었으며, 뒤에는 넓고 긴 자락을 늘어지게 대고 양옆에는 끈이 있어서 뒤로 돌려 매게 되어 있다.

100 궤계(鬠髻) : 가발.

101 염의(袡衣) : 붉은 선을 두른 여자의 저고리.

102 족두(族兜) : 족두리. 부녀자들이 예복을 입을 때에 머리에 얹던 관의 하나. 위는 대개 여섯 모가 지고 아래는 둥글며, 보통 검은 비단으로 만들고 구슬로 꾸민다.

103 북계(北髻) : 머리털을 뒤통수에 땋아 만든 것.

놀라게 해서는 안 되지만 부인은 규문 안에서 세월을 보내니 풍속을 놀라게 할 것을 걱정하지 않아도 된다. 또 나라에서 새로이 변체 금지령을 내렸으니, 구차하게 법을 범해서도 안 된다. 한 번 예속(禮俗)을 되돌리는 것이 어찌 불가능한 일이겠는가?

부녀자가 의복과 음식이 남보다 못한 것을 견디지 못하면 이는 도둑질의 근본이다. 혹 보리나 피 등 잡곡밥을 차마 먹지 못하는 자가 있는데 비록 식성이 편벽된 데에서 나온 것이지만, 그 버릇을 고치지 않을 수 있겠는가? 이것은 굶어 죽을 상이다.

세상의 못난 남자 중에는 사나운 부인에게 제압되어 손발도 못 움직이는 자가 왕왕 있다. 이것은 인륜의 큰 변으로 왕법(王法)이 용서하지 못할 일이니 능멸하고 모욕하고 때리고 꾸짖는 등 못하는 짓이 없기 때문이다. 대개 사나운 부인은 재기가 발랄하여 생업을 잘 꾸리므로 그 남편이 그것에 의지하여 생활하게 된다. 그 때문에 부인은 남편에게 재갈을 물리고 남편은 두려워하여 부인에게 복종하는 것이니, 어찌 불쌍하지 않은가?

처마에서 흘러내린 빗물은 새똥과 벌레집을 적셔 더러워진 독이 모인 물이니, 손이나 낯을 씻거나 그릇을 씻고 음식을 만들어서는 안 된다. 계집종이 그 물을 쓰는 것 또한 금해야 한다. 여름철 물은 오래 두었다 써서는 안 된다. 장구벌레가 음식에 들어갈까 걱정되기 때문이다.

음식을 조리할 때에는 모름지기 가락지를 빼야 하니, 그 동(銅)과 은(銀)의 때가 떡과 고기에 떨어져 묻는 것이 좋지 않기 때문이다.

계집종이 더운 계절에 발가벗거나, 걸터앉거나 혹은 더러운 말을 내뱉으면 호되게 꾸짖어서 규문 안을 정숙하게 해야 한다.

남편이 안방을 좋아하는 것은 또한 부인의 수치이다.

포학한 성품을 지닌 부녀자는 여종에게 벌을 줄 때 음형(淫刑) 쓰기를 좋아하며, 머리털을 뽑고 볼을 쥐어뜯으며, 바늘로 찌르고 쇠를 달궈 지지며, 입에 더러운 것을 쑤셔 넣고, 발가벗겨 거꾸로 매다는 등 참혹하고 악독한 짓을 지극하게 하니, 그러한 집안은 반드시 망한다.

물고기와 고기, 베와 비단, 과일과 채소, 그릇 등의 일용품은 남을 시켜 사오게 할 때 그 값을 너무 적게 줘서는 안 된다. 또 이미 잘라지고 더러워진 것을 돌려주게 하여 남의 원망을 사게 해서는 안 된다. 다만 너무 심하게 도둑질하고 속이는 것을 막는 것이다.

과부나 처녀가 더불어 앉아 사람들과 어울리며 방자하게 말하고 소리 내어 웃는 것은 부인의 정숙함이 아니다.

부귀를 부러워하는 것은 곧 세속에서 항상 있어왔던 버릇이고 또한 부녀자들의 비루한 행실이니 그러한 뜻을 안다면 꺼리지 않겠는가? 투기하는 것도 추한 행실이니, 그것은 남편이 싫어하는 것을 살피지 못했기 때문이다.

항상 보면, 부녀자들은 과장되거나 황당한 말을 좋아한다. 이야기 하나를 들으면 곧바로 거기에 더하고 이어서 말을 자르르하게 늘어놓는다. 사돈과 친척들 중에 천하게 여기고 싫어하지 않는 이가 없으니 무릇 부녀자들에게 그것을 경계할지어다.

아무것도 모르는 젖먹이가 울면서 보채면 성미가 급한 부인은 그것을 그치게 할 방법을 생각하지 못하고 도리어 곧 투덜대며 원망하고 꾸짖으면서 마치 진실로 지각이 있으면서 일부러 우는 자를 대하듯이 하니, 어찌도 그리 꽉 막혔는가? 부인이 하는 일이 대개 이와 같으니 이는 비록 미미한 일이지만 돌이켜 살피지 않으면 안 된다.

오늘날의 풍속에 수(嫂)와 숙(叔) 사이에 주고받는 편지에서 호칭을 수나 숙으로 하는 것은 진실로 올바른 것이다. 그 자신을 칭할 적에, 제부(弟婦)와 부제(夫弟)는 서로 아우[弟]라 칭하고, 형수(兄嫂)와 부형(夫兄)은 서로 동생(同生)이라 칭하며, 남편의 여자 형제와 남자 형제의 아내들 또한 그 항렬에 따라 서로 아우니 동생이니 칭하는데, 부인들이 서로 아우라고 칭하는 것은 오히려 맞지만, 동생이라고 칭하는 말은 없다. 남녀가

아우니 동생이니 칭하는 것은 촌스럽고 무식한 것이니 이보다 더 심한 것이 있겠는가? 공자가 말하기를,

"명칭이 바르지 않으면 말이 순조롭지 못하다."

라고 하였으니 이런 경우를 두고 한 말일 것이다. 형수나 제부나 부형이나 부제는 남자의 경우 이름을 쓰고, 부인의 경우 씨(氏)를 쓰는 것이 맞다. 남편의 여자 형제와 남자 형제의 아내도 또한 부자(夫姊)나 부매(夫妹)나 형수나 제수라 해야 한다. 그리고 남자 형제의 아내는, 맏이는 사(姒)요, 다음은 제(娣)이니, 또한 풍속을 따라서 동서(同壻)라 칭하는 것은 마땅하지 않다. 서(壻)라는 것은 남자를 칭하는 것이다.

상사(喪事)가 있어서 머리를 땋을 적에는 느슨하게 하거나 윤택하게 하지 말고, 경사(慶事)가 있어서 머리를 땋을 적에는 촘촘하게 하지 말고 텁수룩하게 하지 말라.

무릇 혼인 잔치에 갔을 때는 부끄러워하지 말고, 교만을 부리지 말며, 게으름 피우지 말고, 멋대로 행동하지 말아야 한다. 아첨하지 말고, 부러워하지 말 것이며 이를 드러내고 웃지 말고 손을 흔들며 말하지 말며, 떡이나 고기를 함부로 먹지 말고 머리를 떨어뜨려 근심이 있는 것처럼 하지 말아야 한다. 엄격한 얼굴을 하여 성난 것처럼 하지 말고 자리를 넘어 난잡하게 걸어 다니지 말며 남의 화장이 짙고 옅음을 평하지 말고 남의 머리꾸미개나 옷값의 많고 적음을 묻지 말아야 한다. 귀에 대고 귓속말을 하거나 눈을 흘려서 곁눈질하지 말고 정중하면서 고요하고, 장엄하면서 온화하며, 신중하고 편안한 다음에야 그 위의와 법도를 잃지 않게 되는 것이다.

가난한 집의 부부는 원망이 생기기가 쉬우니, 어찌 그리도 상서롭지 못함이 심한가? 어떤 남편은 스스로 살림을 꾸려 처자를 기르지도 못하면서 도리어 이내 그 허물을 아내에게 돌리며 걸핏하면 옛말을 들먹이며 '집이 가난하면 어진 아내를 생각한다.'라고 말한다. 그리고는 눈에 띄게

그 아내를 싫어하며 버릴 뜻을 두니, 마음씨가 각박하고 윤리가 떨어졌기 때문이다. 옛말은 바로 전국(全國) 시대 쇠망한 세상의 말이니, 법칙으로 삼아서는 안 된다. 『예기』에 부인이 칠거지악을 범했어도 그가 들어오기 전에 가난하고 천했다가 그가 들어온 후에 부유하고 귀하게 되었으면 버려서는 안 된다고 하였으니, 선왕(先王)이 예를 만듦에 어찌 그리도 두터웠는지. 송홍(宋弘)이 말하기를,

"조강지처는 내쫓지 않는다."[104]

라고 하였으니, 이는 후덕한 사람의 말이다. 천하에서 가장 불쌍하게 여길 자는 가난한 선비의 아내이니 그를 약한 나라의 신하에 비유하기도 한다. 가난하고 천할 때에는 그 노고를 같이하고 부유하고 귀하게 되면 영화를 함께 누려 은혜와 의리를 잃는 일이 없이 같이 늙기를 기약하는 것이 가정에 상서로운 일이다. 아내가 만약 배고픔과 추위를 견디지 못하여 남편을 원망한다면, 이 또한 주매신[105]의 아내가 가난을 싫어하여 그 남편을 버린 일과 무엇이 다르겠는가?

적자(嫡子)와 적부(嫡婦), 적손(嫡孫)이 어리면 첩모(妾母)가 처음부터 어루만져 기르느라 고생한다. 그런데도 만약 첩모를 능멸하여 눈을 흘겨서 보고, 나쁜 말을 서로 더해 비방하는 말이 횡행한다면, 진실로 집안을 어지럽힐 조짐인 것이다. 가장은 마땅히 그것을 밝게 살피고 엄하게 징치하여 조금도 너그럽게 용서하지 말아야 하며 그러한 것이 확대되는 것을 막아야 한다. 예로부터 골육이 서로 죽여 국가가 패망하게 된 것을 역력히 볼 수 있다.

한(漢)나라 육속[106]의 어머니는 고기를 자를 때 일찍이 네모반듯하게

---

104 중국 후한 무제(武帝)가 누이인 호양공주를 송홍에게 혼인 상대로 소개하자 송홍이 한 말이다.

105 주매신(朱買臣) : 자가 옹자(翁子). 한나라 사람. 무제(武帝) 때 급제하여 회계태수(會稽太守)가 되었다. 주매신이 출세하기 전 가난할 적에 그의 아내가 주매신을 버리고 농부에게 개가하였다.

자르지 않은 적이 없고, 파를 자를 때 자로 잰 것처럼 잘랐다. 이 한 가지 일로 미루어 보건대, 그의 행동거지와 위의가 정연하고 어긋남이 없음을 알 수 있다.

내외의 족속에 만일 창기로서 첩이 된 자가 있다면 부인 여자들은 그와 가까이하여 같은 자리에 앉고 같은 그릇의 음식을 먹어서는 안 된다.

옛날에는 바늘과 붓을 차고서 날마다의 쓰임을 대비하였고, 형거[107]를 차서 위의를 갖추었으며, 난채[108]를 차서 악취를 제거했다. 오늘날에 차는 것은 호박[109]·산호[110]·비취[111]·삼주[112]·주부[113]·금봉[114]·누옥·방판[115]·유소[116]·채영[117] 등으로 치렁치렁하나 하나도 실용적인 것이 없고 한낱 재물만 허비하게 한다. 심지어 정수리를 꿴 금동[118] 같은 것은 요망한 물건에 가깝고, 자루 없는 은부[119] 같은 것은 여자를 상징하는 기물이 아니다. 오직 찰 만한 것은 합향[120]이다. 용뇌(龍腦)와 사향(麝香)이

---

106 육속(陸續) : 자가 지백(智伯)으로 후한 명제(明帝) 때의 사람.

107 형거(珩琚) : 모두 옥의 일종.

108 난채(蘭茝) : 모두 향채(香菜)의 이름.

109 호박(琥珀) : 송진이 땅에 들어가 변한 것으로 색이 누렇다. 보석의 일종.

110 산호(珊瑚) : 바다 속의 돌로서 색이 붉다. 보석의 일종.

111 비취(翡翠) : 속칭 청강석(青剛石)이라는 것으로서 푸른 구슬.

112 삼주(三珠) : 삼주채(三珠釵)의 약칭으로 비녀의 이름.

113 주부(珠鳧) : 구슬을 오리 모양으로 만든 노리개의 일종인 듯하나 미상. <몽중작 네 수[夢中作四首]> “珠鳧玉鴈又成埃, 斑竹臨江首重回, 猶憶年時寒食祭, 天家一騎捧香來.”

114 금봉(金蜂) : 금으로 벌 모양을 만든 노리개로서 옷고름이나 갓끈에 차는 것. 『병와집(瓶窩集)』 권5 <답윤효언(答尹孝彦)> “珊瑚, 寶樹, 金蜂, 玉茄者, 衿纓之佩也.”

115 누옥(鏤玉)·방판(方版) : 여자들의 노리개인 듯하나 미상.

116 유소(流蘇) : 색실로 만든 술.

117 채영(彩纓) : 색실로 만든 끈.

118 금동(金童) : 금으로 새겨 만든 머리꾸미개인 듯하나 미상.

119 은부(銀斧) : 은으로 새겨 도끼 모양으로 만든 머리꾸미개인 듯하나 미상.

120 합향(合香) : 용뇌(龍腦)와 사제(麝臍)를 합해서 제조한 것. 용뇌는 나무가 백송(白松)과 같고, 기름이 얼음처럼 맑고 희며, 사제는 사향노루의 배꼽을 가리킨다.

비록 정향(正香)은 아니나, 오히려 용취[121]의 의미가 있다.

무릇 자녀의 머리를 빗겨 줄 때에는 정수리부터 가르마를 나누어 평평하고 곧게 타고 조금도 비뚤어지게 해서는 안 된다. 코를 비교 기준으로 삼아 만일 조금이라도 비뚤어지면 생김새가 모두 비뚤어지게 된다.

이불과 베개, 요, 요강은 보로 덮어서 남이 보지 않도록 하고, 수건과 빗집도 눈에 안 띄는 곳에 두며, 족집게 · 참빗 · 솔 · 귀이개는 남녀가 서로 함께 쓰지 않는다.

예로부터 어질고 착한 부인이 많지 않았던 것은 아니나, 오직 정자(程子)의 어머니인 후부인(侯夫人)은 배울 만한 분이다. 정자는 이렇게 말했다.

"아버님께서는 내조에 힘입어 예로 공경함이 더욱 지극하셨다. 어머니께서는 겸손과 순종으로 자신을 단속하고 여러 서출들을 어루만지고 사랑하기를 자기 자식과 다르게 하지 않게 하셨고 매질하는 것을 좋아하지 않으셨다. 어린 노비를 자신의 자녀처럼 여기시며 혹 그를 꾸짖을 때에는 '네가 이러한 것처럼 커서도 이런 일을 할 테냐?'라고 경계하셨다. 항상 말씀하시기를, '아들이 어리석은 까닭은 어머니가 아들의 잘못을 숨겨 아버지가 알지 못하게 했기 때문이다.'라고 하셨다. 음식을 드실 때에는 우리들을 옆자리에 앉히고, 우리들이 국에 간을 맞춰 먹으면 곧 꾸짖어 못하게 하며 말씀하시기를, '어릴 때부터 욕심대로 하고자 하면, 자라서는 어떻게 되겠느냐?'라고 하셨다. 비록 심부름꾼이라 해도 나쁜 말로 꾸짖지 않으셨다. 그 때문에 우리 형제는 평생 음식과 의복을 가리는 일이 없었고, 나쁜 말로 남을 꾸짖지 못했다. 그것은 성품이 그랬기 때문이 아니고 가르침을 받아 그렇게 된 것이다.

우리가 남과 다투고 성낼 때에는 비록 우리의 주장이 옳아도 두둔하지 않고 말씀하시기를, '자신의 주장을 굽히지 못하는 것을 걱정하고, 자신

121 용취(容臭) : 향내 나는 물건을 주머니에 담아 몸에 차서 용모를 아름답게 꾸미는 일.

의 주장을 펴지 못하는 것은 걱정하지 말라.'라고 하셨다. 항상 스승과 벗을 따라 놀게 하셨는데 비록 집안은 가난했으나 우리가 손님을 초대하고자 하면 기뻐하며 손님 맞을 준비를 하셨다."

잠에 빠져서 아침에 일찍 일어나지 않는 것은 가장 부인의 나쁜 덕이다. 규중의 법도가 무너지고 집안의 일이 무너지는 것은 게으른 부인의 죄 때문이다.

무릇 제사라는 것은 재계를 깨끗하게 하는 데 힘쓰고 슬픔과 정성을 다하는 것이다. 진실로 이와 같이 한다면, 한 그릇의 쌀밥과 한 그릇의 국으로도 귀신을 흠향(歆饗)하게 할 수 있지만, 진실로 이와 같이 하지 않는다면, 비록 태뢰[122]와 오제[123]를 차려 놓는다 해도 그저 남의 눈에 잘 보이게 하기 위한 것일 뿐 정성된 마음은 적은 것이다. 그러므로 군자의 제사는 집안의 형편에 걸맞게 하며 그 빈약하고 풍족함을 따지지 않는다. 오늘날의 부인들은 제사 음식을 풍성하게 갖추지 못하는 것을 큰 수치로 여긴다. 무릇 제사 음식을 장만할 적에 반드시 먼저 그 일가와 이웃 마을 사람들에게 나누어 보낼 것이 넉넉한지를 계산한다. 그래서 집의 재물이 부족하면 반드시 돈을 꾸어 장만하고, 빚쟁이는 빚을 독촉하면서 반드시 욕하며,

"돈을 꾸어 조상에게 제사를 지내고서 곧바로 갚지 않다니, 어찌 그런 불효를 저지르는가?"

라고 한다. 아! 이는 진실로 효성스럽지 않은 일이다. 대개 사치스럽게 제사를 지내고서 가산을 탕진하는 자가 있는데, 이것이 선조의 뜻이겠는가?

---

122 태뢰(太牢) : 소, 양, 돼지 등 세 가지의 희생 제물. 뒤에는 소만 바쳤다.

123 오제(五齊) : 제사에 쓰이는 다섯 가지의 술. 범제[泛齊 : 술지게미가 뜬 술], 예제[醴齊 : 술과 지게미가 어울린 술, 곧 단술], 앙제[盎齊 : 흰 빛깔의 술], 제제[緹齊 : 붉은 빛깔의 술], 침제[沈齊 : 지게미가 가라앉은 술].

세속의 부인네는 금기에 얽매이는 데에 혹하여 이웃에 염병과 천연두를 앓는 이가 있으면 불결(不潔)을 핑계로 제사를 지내지 않기도 하고, 집안사람에게 미미한 병이나 하찮은 부스럼만 있어도 억지로 염병이니 천연두니 하며 일부러 제사를 지내지 않는다. 가장도 그 말을 지나치게 믿어서 금지하지 못 한다. 또한 제사는 잘 지내지 않으면서 잡귀(雜鬼)에게 푸닥거리를 하는데 그것을 신사(神祀)라 부른다. 장구와 피리, 징을 진탕 울려 대고, 여자 무당은 자리에서 뛰면서 독한 말로 꾸짖는다. 그러면 부인은 무릎으로 기어 다니면서 손을 비벼 목숨을 빌고, 돈과 비단을 많이 바치고서 천지신명의 은혜를 입었다고 말한다. 가장은 그것을 금하지 않고 사랑에 물러가 조용히 있으며 편안히 부끄러워할 줄 모르니 슬퍼할 만한 일이다. 혹은 또 판수를 불러 주문을 외는데, 그것을 송경(誦經)이라고 한다. 북을 치고 어지럽게 소리치며 어른 아이의 성명과 잡귀의 이름들을 어지럽게 부른다. 무릇 이와 같은 일은 반드시 요사스러운 여종이나 간사한 노파가 부인을 유인하여 이러한 난리에까지 이르게 된 것이다. 그러니 집안의 법도를 바로잡으려면 먼저 이런 무리들을 다스리는 것이 옳다.

잉태한 부인이 일부러 태임[124]의 태교를 범하는 것은 착한 행실이 아니다. 아이를 낳은 뒤에는 어른들의 조리하는 방법을 따르지 않고 찬바람을 쐬고 날것과 찬 것을 먹어서 고질이 생기니, 또한 꽉 막히고 비루한 성품 때문이다.

무릇 집안사람이 병이 나면 부녀들이 주장하여 의약은 물리치고 푸닥거리만을 일삼다가 환자가 사망하도록 하는 일이 많다. 그런 것은 작은 일이 아니니, 마음에 두렵지 않겠는가? 어린 아이가 천연두를 앓는데 부인이 채식을 하니 젖이 모자라 소모되어 진기가 소모되어 요절하는 일

124 태임(太任) : 중국 고대 주(周)나라 문왕(文王)의 어머니.

이 잇따른다. 또한 닭을 고아 만든 국을 먹여 허기를 보충해 주고 싶으나 매우 금기시하는 것이어서 아이가 죽게 되어도 구할 수가 없다. 이런 까닭에 남편이 무식하고 부인이 제멋대로 하면 재앙이 반드시 오는 것이다.

집안사람이 병이 나면, 무당과 판수[125]가 '아무 조상 때문에 그런 것이다.'라고 하는 말에 현혹되어 반드시 그들에게 푸닥거리를 하게 하니, 더럽고 불경한 짓을 하지 않는 것이 없다. 또한 조상의 무덤을 염승[126]하는 경우도 있으니, 이것은 저주하고 주술을 사용하며 요악한 짓을 할 조짐이다. 그러므로 바르지 못한 도를 배척하여 요사스러운 사람이 집안에 들어오지 못하게 하면 현숙한 부인이 되는 데에 해가 되지 않을 것이다. 당나라 문덕장손후[127]가 병이 심해지자, 태자가 중과 도인들을 불러서 액을 제거하기 위한 법회를 베풀자고 하니 황후가 말하기를,

"죽고 사는 것은 천명에 달려 있으니 인력으로 버틸 것이 아니다. 만약 복을 닦아 수명을 늘릴 수 있다 해도 나는 악한 일을 하지 않을 것인데 설령 착한 일을 해도 효험이 없을 테니 내 오히려 무엇을 구하겠느냐? 또 도교와 불교는 이방의 종교라서 임금께서도 하지 않는 것인데 나 때문에 천하의 법을 어지럽혀서야 되겠느냐?"

라고 하였으니, 이 말은 참으로 지당하다. 또 사람이 죽으면 반드시 무당을 불러서, 그 평소의 말과 행동을 거짓으로 베풀면서 그것을 신이 내렸다고 한다. 이를 창혼[128]이라고 부르는데, 이는 더욱 더럽고 불경한 짓이

---

125 판수 : 점치는 일을 직업으로 삼는 소경. 판수라는 말의 유래는 확실하지 않다. 성현(成俔)의 『용재총화(慵齋叢話)』에서 "장님 점쟁이로서 삭발한 사람을 세상에서 선사(禪師)라고 하는데, 판수라는 이름으로도 불렀다."라고 한 것으로 보아 중과 같이 머리를 깎은 소경 점쟁이를 일컬은 것으로 보인다. 소경 점쟁이들은 대개 산통(算筒)·송엽(松葉) 등으로 육효점(六爻占)을 쳤다.

126 염승(厭勝) : 주술을 써서 사람을 누르는 일. 또는 그런 주술.

127 문덕장손후(文德長孫后) : 당 태종의 황후이자 고종의 어머니인 문덕황후 장손씨(長孫氏).

다. 심지어 죽은 사람을 위하여 불공을 드리며 수륙회(水陸會)라 부르면서 명복을 빌기도 한다. 『소학』에 실린 사마온공(司馬溫公)의 말[129]은 분명하고 바르니 미혹을 깨뜨릴 만하다.

가장이 잘 살피지 못하고 번뇌하며 화를 내면 집안사람들이 곁에서 그 죄를 조장해서는 안 된다. 다만 너그럽게 거듭 이해시켜 무사하도록 하는 것이 옳다. 또한 묵은 원한 때문에 죄 없는 사람에게 화내는 것을 앉아서 보기만 하면서 속으로 몰래 기뻐해서도 안 된다. 혹 겉으로는 도와주는 척하면서 속으로는 해치는 자가 있는데, 어찌도 그리 독한가?

수숙[130]에게 병이 있을 때에는 안으로 들어가 병을 물으면 안 되고, 각각 문 밖에서 위문해야 한다.

금, 진주와 비단으로 남녀 아이를 꾸미는 것은 그의 복을 아껴 주는 일이 아닐 뿐만 아니라, 또한 불량한 사람이 도둑질하고 해치려는 마음을 열어 주는 짓이다.

살림과 재산의 성패와 득실은 자연히 그 때가 있는 법이다. 그러므로 사나운 목소리와 낯빛으로 자녀나 비복을 마구 때려 살이 찢어지고 피가 흐르는데도 노여움을 그치지 않아서는 안 되니, 물건을 귀하게 여기고 사람을 천하게 여기는 것은 덕스러운 성품이 아니다. 혹 아까워하기를 마지않으며 심지어 통곡하며 우는 자까지 있으니, 어찌 조금이라도 생각해보지 않는 것인가?

딸을 시집보낼 때 혼수를 너무 사치스럽게 하여 심지어는 가산을 탕진하는 경우까지 있다. 이것은 그 딸을 너무 사랑하여 그 사치하는 마음이 커진 것이다. 가장을 윽박질러 제멋대로 혼수를 갖추고, 조상이 물려준 재산을 다 팔아, 제사를 받들지 못하게 하니, 한 가지의 일을 잘못해 세

---

128 창혼(唱魂) : 넋을 부르는 것을 이른다.

129 『소학』「가언(嘉言)」에서 불가의 극락과 지옥에 대한 설은 허황된 것이라고 했다.

130 수숙(嫂叔) : 형제의 아내와 남편의 형제를 아울러 이르는 말.

가지의 악을 두루 범하게 되는 것이다.

의심스러운 일을 멀리하고 삼가는 마음을 가지며, 부지런하고 검소하며, 정숙하고 온화하며, 말을 간략하게 하고 낯빛을 좋게 하면, 집에서는 효녀가 되고, 남에게 시집가서는 순종하는 며느리와 정숙한 아내가 되며 자식을 낳으면 어진 어머니가 된다. 불행하게 과부가 되거나 환난을 만나더라도 평소의 뜻을 바꾸지 않아 정숙하고 행실이 곧은 여자가 되면 후세에서 여자 중의 으뜸으로 추앙할 것이니, 부인이 처음에도 좋고 나중에도 좋을 방법은 오직 이것뿐이다.

가난한 집의 여자는 촌스럽고 비루하며, 부잣집 여자는 교만하고 사치스러우니, 듣고 본 것이 그랬기 때문이다. 그러나 또한 먼저 가난했다가 뒤에 부자가 된 집 여자는 인색한 경우가 많고, 먼저 부자였다가 뒤에 가난해진 집 여자는 세상 물정을 모르는 경우가 많은데 모두 정상은 아니다. 그러므로 부인을 얻어 가문에 들어오거든 모름지기 그 형세를 살펴서 그 버릇을 바로잡는 것이 좋다.

후세에는 비록 부모[131]의 가르침이 없으나, 여자가 고분고분하게 명령을 듣고 순종하고 청소하고 응대하며 길쌈하고 바느질하며 음식을 만드는 일들이 오로지 어머니의 가르침에 의지하게 되고, 그 아버지는 때때로 시(詩)와 글, 그림과 역사책을 가지고서 설명하고 경계하는 일을 하는데 불과하게 되었다. 남자가 처음 태어났을 때부터 일곱, 여덟 살이 될 때까지는 집을 드나들고 걷는 법과, 말하고 웃고 행동하는 법, 의복과 음식에 관한 일, 절제하고 믿음을 주며 화목하게 지내는 일, 덕성을 배양하는 일들을 또한 어머니의 가르침에 의지하게 되니, 그렇다면 어머니로서의 일이 또한 중대하지 않는가?

이미 출가한 딸이 가난하면 친정 재물을 얻어다 시가를 살찌우는데,

---

131 부모(傅姆) : 스승으로서 여자아이를 돌보아 주는 여성.

요구하는 것이 한이 없어서 심지어 친정을 몰락하게 하는 경우도 있다. 또한 시가의 재물을 다 뜯어내 친정 형제를 돌봐 주어 시가를 망하게 하는 경우도 있다. 모두 부인의 도리가 아니다. 두 집 가운데 한 집은 가난하고 한 집은 부유할 경우, 서로 돕는 도리로 그 적당한 방법이 있으니, 자기 멋대로 행동하여 남에게 말을 들어서는 안 된다.

남이 자기 마음에 거슬리게 말하는 것을 들으면 옳고 그름을 따지지 않고 어른과 애를 헤아리지 않으며, 발끈 성을 내어 낯빛을 붉히고 목까지 벌겋게 되어 말을 가리지 않고 내뱉는데, 이는 다 길하지 않고 상서롭지 못한 모습이다. 나는 그런 것을 많이 보았다. 남편에게 맞지 않으면, 일찍 죽거나, 일찍 과부가 되거나, 자녀를 기르지 못하게 된다.

상중(喪中)에 있는 부녀가 스스로 편안함을 취하여, 조곡・석곡[132]과 아침 저녁 상식[133]의 자리에 혹 참여하지 않는 자가 있는데, 효도하고 순종하는 마음이 없어졌기 때문이다.

제사상에 차리는 떡을 높이 괴어 올릴 때 다만 겉만 반듯하게 하고 속에는 부스러기로 어지럽게 채운다면 이 어찌 신령을 섬기는 성의이겠는가?

사돈집과는 자연히 형제의 의리가 있다. 안부도 묻고 선물도 보내면서 오래도록 화목하고 공경하여 후의(厚意)를 잃지 말고, 잘못이 있어도 서로 용납하며, 아들・딸과 사위・며느리의 얼굴을 보아서 조금이라도 불안한 마음을 갖게 해서는 안 된다. 그런데 오늘날에는 사돈 집과 한 가지 일이라도 맞지 않으면 미워하고 틈이 벌어지니, 이러한 일은 모두 부인으로 인해 생기는 것이다. 사위 집에서 며느리 집을 모욕하고 학대하는 일이 더욱 많아서 며느리가 몸을 둘 곳이 없어 부끄럽고 한스러워 죽게

---

132 조곡(朝哭)・석곡(夕哭) : 조곡은 상제가 소상(小祥) 때까지 이른 아침마다 궤연(几筵) 앞에서 우는 일이고 석곡은 저녁에 우는 일이다.

133 상식(上食) : 상가(喪家)에서 아침저녁으로 궤연 앞에 올리는 음식.

만드니, 아! 심하도다.

조대가(曹大家)는 『여계(女誡)』에서 이렇게 말했다.

“공경은 다름이 아니라 오래 유지함을 이르는 것이고, 순종은 다름이 아니라 너그러움을 이르는 것이다. 오래 유지함이란 만족함을 아는 것이고, 너그러움이란 공손하게 낮추는 것을 숭상하는 것이다.

부부의 좋은 점은 종신토록 떨어지지 않는 것이다. 그런데 방 안에 항상 같이 있으면 무람없는 마음이 생기게 되고, 무람없는 마음이 생기면 말이 지나치게 된다. 말이 지나치면 방자한 짓을 하게 되고, 방자한 짓을 하면 남편을 업신여기는 마음이 생기게 되니, 이것은 만족함을 모르는 데서 연유한 것이다. 대저 일에는 곡직(曲直)이 있고 말에는 시비(是非)가 있다. 곧은 것은 다투지 않을 수 없고, 굽은 것은 송사하지 않을 수 없다. 송사와 다툼이 이미 생기면 분노하는 일이 있게 되니, 이것은 공경하여 낮춤을 숭상하지 않은 데서 연유한 것이다.

남편을 업신여기는 것을 절제하지 않으면 꾸지람이 뒤따르고, 분노를 그치지 않으면 매질이 뒤따를 것이다. 무릇 부부가 된 자는 의리로써 화목하고 친하며 은혜로써 좋아하고 화합하는 것인데, 매질이 이미 행해진다면 무슨 의리가 있겠고, 꾸지람이 이미 베풀어진다면 무슨 은혜가 있겠는가? 은혜와 의리가 다 없어지면 부부가 떨어지게 된다.

『예기』에 남편은 다시 장가들 수 있다는 뜻을 있으나, 부인이 두 번 시집갈 수 있다는 글은 없다. 그러므로 남편은 하늘이라고 한 것이다.[134] 하늘은 진실로 어길 수 없는 것이니, 남편과 본래 떨어질 수 없는 것이다. 행실이 신(神)을 어기면 하늘이 곧 벌을 주고, 예의에 허물이 있으면 남편이 곧 홀대를 한다.

---

134 『의례(儀禮)』 “婦人不貳斬也. 婦人不貳斬者, 何也? 婦人有三從之義, 無專用之道. 故未嫁從父, 旣嫁從夫, 夫死從子. 故父者子之天也, 夫者妻之天也. 婦人不貳斬者, 猶曰不貳天也, 婦人不能貳尊也.”

그러므로 『여헌(女憲)』에서 '한 사람에게 마음을 얻으면 일생을 잘 마치게 되고, 한 사람에게 마음을 얻지 못하면 일생을 영원히 그르치게 된다.'라고 하였다. 이러한 까닭에 말하자면, 남편의 마음을 구하지 않을 수 없는 것이다. 그런데 구한다는 것은 아첨을 하여 구차하게 가까이 하는 것을 이르는 말이 아니다. 진실로 마음을 전일하게 하고 낯빛을 바르게 하는 것보다 더 좋은 것은 없다. 예의를 분명히 지키며 귀로는 뜬소문을 듣지 않고 눈으로는 사특한 것을 보지 않으며, 밖에 나갈 때는 용모를 꾸미지 않고 집에 들어와서는 몸가짐을 흐트러뜨리지 않으며, 무리를 모으는 일이 없고 문을 엿보는 일이 없게 하는 것이 곧 마음을 전일하게 하고 낯빛을 바르게 하는 것이다. 그런데 행동이 가볍고, 보고 듣는 것이 편벽되며, 집에 들어와서는 봉두난발의 괴상한 모습으로 있다가 밖에 나가서는 숙녀인 것처럼 태도를 꾸미며, 하지 말아야 할 말을 하고 보지 말아야 할 것을 보는 것이 바로 마음을 전일하게 하고 낯빛을 바르게 하지 못하는 것이다."

사람이 죽었다는 말을 들으면 바느질하는 일을 멈추니 어찌 그리 사악하고 답답한가? 만일 역병이 해마다 계속되어 날마다 사람이 죽었다는 말을 듣는다면 알몸으로 지낼 것인가? 무릇 금기에 구애받는 것이 모두 이러한 것이다.

서자는 적자에게, 아내는 남편에게, 며느리는 시부모에게 다만 공손하고 순종할 뿐, 아첨해서는 안 된다. 공순과 아첨하는 것이 현격히 다름을 항상 깊이 분별해야 한다.

나이 어린 부인이 남의 자녀를 보고 내 아들, 내 딸이라 불러서는 안 된다.

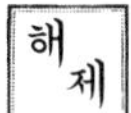

이 글은 이덕무가 부녀자가 삼가고 지켜야 할 몸가짐, 마음가짐, 행실 등에 대해 경계하는 내용을 담고 있다. <부의>는 선비 · 부녀 · 아동 등의

수신서인 「사소절」에 실려 있는데, 많은 조목으로 이루어져 있으며 이본에 따라 각 조목의 배열이 다르다. <부의>는 혼인한 여자들이 일상생활에서 경험하는 문제들에 대해서 매우 자세하고 구체적으로 언급하고 있다. 이 글에는 이덕무 자신의 가족과 그가 목격한 부녀자들의 사례가 많이 실려 있다. 따라서 이 글은 18세기 여성들의 삶을 현장감 있게 살펴볼 수 있는 자료이며 동시에 이덕무의 여성관을 분명하게 이해할 수 있는 자료이기도 하다.

복랑
福娘

부안현(扶安縣)의 기녀 복랑이 승지 이아무개에게 준 시에 이르길,

<양류지사(楊柳枝詞)>를 나지막하게 부르니
이별하는 정자에 새로이 비 내리고 때 이른 꾀꼬리 우네.
강가에 갈대는 짧디짧고 천궁이 푸르지만,
당신 돌아오실 때는 말발굽이 빠지겠지.

라고 했으니, 아름답고 화창한 풍광이 뽑힐 만 하다.

해제 이 글에서는 복랑이라는 기녀가 승지 이아무개와 이별하면서 준 시를 소개하고 있다. 복랑의 시는 이별하는 정자 주변의 봄 경치를 아름답게 묘사하면서 떠나는 님이 돌아올 날을 기다리는 마음을 담고 있다. 이덕무는 복랑이 풍광을 시적으로 아름답게 형상화한 것에 대해 높이 평가했다.

운강과 소실
雲江小室

운강 조원[135]의 시는 마치 만당의 시[136]와 같다. 그의 <별원즉사(別院卽事)>에 이르길,

정원 가득히 산들바람에 제비는 낮게 날고,
배꽃 활짝 핀 제방에 새들이 지저귀는구나.
담장 끄트머리에 해가 걸리니 봄이 깊어졌는지,
살구나무 정원 서쪽엔 붉은 꽃잎이 요란하게 나부끼는구나.

라고 하였고, 그의 <강행(江行)> 시에 이르길,

강가 뉘 댁인지 푸른 옥난간에는
봄을 맞은 미인의 눈썹에 시름이 걸리네.
고개 숙여 아름다운 낭군과 이야기하려 하니,
경박스럽게도 배는 급히 여울을 떠내려가는구나.

---

135 조원(趙瑗) : 1544(중종 39)~1595(선조 28). 본관 임천(林川). 자 백옥(伯玉). 호 운강(雲江). 조식(曺植)의 문하생. 1575년 정언이 되어 이 해 당쟁이 시작되자 그 폐해를 상소, 당파의 수뇌자들을 좌천시킬 것을 주장했다. 이후 이조좌랑 · 삼척부사(三陟府使)를 거쳐 승지에 이르렀다. 저서로 『독서강의(讀書講疑)』가 있다.

136 만당(晩唐)의 시 : 만당은 당나라의 말년. 당대(唐代)의 시를 초당, 성당(盛唐), 중당, 만당의 4기로 구분하는데 만당은 문종(文宗) 태화[太和:827~835] 이후 당 말에 이르기까지 80년 동안을 가리킨다. 두목(杜牧), 이상은(李商隱), 온정균(溫庭筠) 등이 이 시기의 대표적인 시인이다.

라고 하였다.

소실 이씨는 왕실의 후예로 호는 옥봉(玉峯)이다. 그녀의 시 32편 가운데 11편이 『열조시집(列朝詩集)』에 실려 있다. 그 <보천탄(寶淺灘)> 시에 이르길,

봄 물결[137] 높이 불어 몇 자나 되는가?
반짝이는 돌이 간 곳을 알 수 없네.
짝 지은 가마우지가 살던 물가를 잃고서,
고기 물고 갈대 속으로 날아드는구나.

라고 했는데 『점필재집』[138]에 실려 있고, <반죽원(斑竹怨)>, <채련곡(採蓮曲)>은 『손곡집』[139]에 실려 있으며, <추한(秋恨)>이라는 시의 '꿈에서 깨니 비단 이불 한 켠이 비어있는 듯'이라는 구절은 『난설헌집』[140]에 실려 있는데, 이것이 11편 가운데의 시들이다. 그 외에,

제가 직녀가 아닌데,
그대가 어찌 견우이리오?

라고 한 것은 『시학대성(詩學大成)』에 실려 있다.

부녀자들은 생각이 매우 얕고 듣고 본 것이 넓지 못하여 때때로 옛 사람들의 시집을 비밀리에 고이 간직하다가, 마침내는 식견이 있는 사람

---

137 도화수(桃花水) : 3월 경 복숭아꽃이 필 무렵에 얼음이 풀려 강물이 불어나는 것을 말한다.

138 점필재집(佔畢齋集) : 조선 전기의 학자인 김종직(金宗直)의 시문집.

139 손곡집(蓀谷集) : 이달(李達)의 시집.

140 난설헌집(蘭雪軒集) : 허난설헌(許蘭雪軒)의 문집.

에게 탄로 나서 낭패를 보기도 한다. 허난설헌은 전우산[141]과 유여시[142]에게 여기저기 훔쳐다 쓴 것이 모조리 발각되었으니, 표절하는 자들에게 밝은 경계가 되었다고 할 수 있다.

이옥봉의 <즉사(卽事)>와 같은 시에는,

버들나무 건너 강가에서 오마[143]가 우니,
취한 듯 깬 듯이 누각을 내려올 때이다. 【상고하면 『가림세고』[144]에는 '반성수취(半醒愁醉)'라고 썼다.】
봄 강에 초췌해 보일까봐 경대를 마주하고,
누대의 창에 비추어 달같은 눈썹 그려보네.

라고 했고, <규정(閨情)>에 이르길,

약속한 낭군은 왜 이리 늦는지,
뜰에 핀 매화가 하직할 때라네.
홀연히 가지 위의 까치 소리를 들으며
괜히 거울을 보며 눈썹을 그리네.

라고 하였는데, 모두 정감과 운치가 있다.

또 목사 서익의 소실이 큰 글씨를 써 준 것에 감사하여 쓴 시에 이르길,

---

141 전우산(錢虞山) : 청나라 전겸익(錢謙益). 우산(虞山)은 호.

142 유여시(柳如是) : 재색(才色)이 뛰어났던 청의 명기(名妓)로 전겸익의 아내.

143 오마(五馬) : 옛날 태수의 수레는 다섯 필의 말이 끌었으므로, 전하여 태수의 별칭으로 쓰인다.

144 가림세고(嘉林世稿) : 운강(雲江) 조원(趙瑗), 죽음(竹陰) 조희일(趙希逸), 근수헌(近水軒) 조석형(趙錫馨) 등 삼세(三世)의 글을 합고한 책.

여위었으면서도 굳세게 뜻밖의 글씨는 썼으니,
원화각[145]의 남은 자취를 볼 수 있네.
몸은 혜초 같이 가늘지만 생각은 오히려 웅장하니,
여린 손으로 힘차게도 썼구나.

라고 했으니, 부녀자가 큰 글씨를 쓸 수 있다는 것은 우리나라에선 드문 일인데, 이 사람이 혹시 역적 서양갑[146]의 어머니일지도.

해제 이 글은 조원과 그의 소실 이옥봉의 시를 나란히 소개하고 있다. 여러 문헌에 흩어져 있는 이옥봉의 시를 모아서 하나하나 싣고, 그의 시가 정감과 운치가 있다고 평하고 있다. 그러나 이덕무는 부녀자의 시 일반에 대해서는 매우 부정적인 시각을 견지하고 있다. 식견이 적고 생각이 깊지 못해서 몇몇 옛 시집을 따라하다가 결국 발각되어 망신을 당하게 된다고 하면서, 허난설헌을 그 대표적 사례로 들고 있다. 이 글은 허난설헌의 시를 표절로 단정하는 자료 가운데 하나이다.

---

145 원화각(元和脚) : 당나라 유공권(柳公權)의 글씨를 가리킨 말로, 원화[元和 : 806~820] 연간에 유공권의 글씨가 가장 유명하였기 때문에, 유우석(劉禹錫)의 시에 "유씨 집 새 양식은 원화각일레(柳家新樣元和脚)"라고 한 데서 유래했다.

146 서양갑(徐羊甲) : ?~1613(광해군 5). 본관은 부여(扶餘). 목사 익(益)의 아들이다. 조선시대 계축옥사(癸丑獄事)의 고변자. 서얼출신으로 강변칠우(江邊七友)를 자처하며 소일하던 중 은상인을 살해, 금품을 탈취하다 체포되었다. 구명을 미끼로 한 대북파 이이첨의 사주에 계축화옥을 일으켰다.

시 짓는 기녀
詩妓

고려 때 용성(龍城)에 우돌(于咄)이라는 창기가 있었고 팽원(彭原)에는 동인홍(動人紅)이라는 창기가 있었는데 다 시를 잘 지었으나 전하지 않는다. 본 조정의 송도 기녀 황진은 용모가 아름답고 시도 잘하여, 스스로 말하길,

"화담 선생[147]과 박연폭포는 나와 함께 송도의 삼절(三絶)이다."
라고 했다.

그녀가 일찍이 비를 피하여 저녁 무렵에 한 선비의 집을 들어갔는데, 그 선비가 등불에 비친 모습이 어리어리한 가운데 그녀의 아리따운 모습을 보고는 속으로 도깨비나 여우의 정령인줄 알고 똑바로 앉아 『옥추경』[148]을 쉴 새 없이 외웠다. 황진은 그를 곁눈질 해 보고 몰래 웃었다. 새벽 닭이 울고 비가 그치자, 황진이 선비를 조롱하길,

"그대 또한 귀가 있으니 세상에 명기 황진이 있다는 말을 들어봤겠지요? 바로 내가 그요."
라고 하고는 옷을 떨치고 일어나니, 선비는 후회해도 소용이 없었다.

황진이 송도에서 있을 때 지은 시에,

---

147 서경덕(徐敬德) : 1489(성종 20)~1546(명종 1). 본관은 당성(唐城). 자는 가구(可久), 호는 복재(復齋) 또는 화담(花潭). 예학에 밝았고, 황진이의 유혹을 물리친 일화가 전하며, 박연폭포 · 황진이와 함께 송도삼절(松都三絶)로 불린다. 그의 학문과 사상은 이황 · 이이같은 학자들에 의해 독창성을 높이 평가받았다. 1575년(선조 8) 우의정에 추증되었다. 저서로는 『화담집』이 있다.

148 옥추경(玉樞經) : 도가(道家) 경문(經文)의 하나로 보통 소경이 외워 읊는다.

눈 속의 달은 지난 조정의 빛이요,
차가운 종은 옛 나라의 소리로다.
남쪽 누대는 쓸쓸히 홀로 서있고
성곽엔 저녁 연기만이 오르는구나.

라고 했는데, 어떤 자가 말하길,
"이것은 초루(草樓) 권겹(權韐)의 시이다."
라고 했다.

또 추향(秋香)과 취선(翠仙)이라는 기생도 모두 시를 잘했다. 취선의 호는 설죽(雪竹)인데, <백마강회고시(白馬江懷古詩)>에 이르길,

느지막이 고란사(皐蘭寺)에 닿아서,
서풍에 홀로 누대에 기대었네.
용은 간데없는데 강만 만고에 흐르며,
꽃은 떨어졌으나 달은 천추를 비추는구나.

라고 하였고, <춘장시(春粧詩)>에 이르길,

봄단장을 재촉하여 끝내고 거문고[149]에 기대니
주렴 가득히 붉은 햇빛이 차오르네.
밤이슬이 축축한데 아침 이슬 흠뻑 내리니
해당화가 동편 나지막한 담장 아래서 울고 있구나.

---

149 초동(焦桐) : 거문고의 다른 이름. 후한(後漢) 사람 채옹(蔡邕)이 이웃사람이 밥을 짓느라고 때는 오동나무가 타는 소리를 듣고 좋은 나무인 줄 알아 그 타다 남은 오동나무를 얻어 거문고를 만든 고사에서 유래한 말이다.

라고 하였다.

동양위[150]의 궁비(宮婢)도 시를 잘하였는데, 그의 시에,

낙엽은 바람 앞에 속닥거리고
국화는 비 온 뒤에 흐느끼네.
오늘밤에는 상사의 꿈을 꾸리니
작은 누각 서쪽에 달빛만 밝구나.

라고 하였다.

최기남(崔奇男)의 호는 귀곡(龜谷)인데, 동양위의 궁노(宮奴)로 또한 시집이 있다. 그의 <한식도중시(寒食途中詩)>에 이르길,

동풍 결에 부슬비가 긴 둑 지나니
풀빛이 연기에 어우러져 눈앞을 흐리우네.
한식 날 북망산의 아랫길에서는
들까마귀가 백양나무 위로 날아오르며 우네.

라고 했다. 동양위의 부자와 형제, 조손이 문장과 풍채가 뛰어나 명망이 높으니, 그 노비들도 화조(花鳥)를 읊조리는 솜씨가 부끄럽지 않은 수준이었다.

---

150 신익성(申翊聖) : 1588(선조 21)~1644(인조 22). 본관은 평산(平山). 자는 군석(君奭), 호는 낙전당(樂全堂)·동회거사(東淮居士). 영의정 흠(欽)의 아들이며, 선조의 부마이다. 정숙옹주(貞淑翁主)와 혼인하여 동양위(東陽尉)에 봉해졌다. 1627년 정묘호란 때 세자를 호위, 전주로 피란하였고, 1636년 병자호란 때에는 왕을 호종하고 남한산성에 있으면서 끝까지 척화를 주장하여, 선양으로 붙잡혀 갔다가 뒤에 풀려났다. 문장과 글씨에 능하였다. 저서로는 『낙전당귀전록(樂全堂歸田錄)』, 『청백당일기(靑白堂日記)』 등이 있다.

해제 이 글에서는 고려 이후 시를 잘 짓던 기녀와 궁비, 그들이 지은 시를 모아서 소개하였다. 그 가운데 황진이와 관련된 일화는 이미 잘 알려진 내용을 포함하고 있는데 이 일화를 통해서 황진이의 재치와 기지를 확인할 수 있는 동시에, 여성이 작가로 인정받기까지 거쳐야만 하는 검열의 시선도 발견할 수 있다.

부녀자의 고상하고 바른 정취
閨人雅正

내가 심귀우(沈歸愚)[151]의 『별재집』을 읽고 세 부녀자의 시를 얻었는데, 매우 고상하고 바른 정취가 있었다. 지금 각각 한 수씩 싣는다.

필착(畢著)은 자가 도문(韜文)으로, 강남(江南)의 흡현(歙縣) 사람인데, 곤산(崑山)의 왕성개(王聖開)에게 시집갔다. 필착의 아버지는 계구(薊邱)의 군수였는데, 떠돌아 다니는 도적과 싸우다 죽었다. 필착이 한 밤중에 정예병과 적진에 들어가서 직접 그 두목을 찌르고 아버지의 시신을 싣고 돌아왔는데, 그때 20세였다. 그 뒤에 왕성개에게 시집가서는 치마를 입고 비녀를 꽂았는데 예전의 의기와 용맹함은 없었다. 그의 <촌거시(村居詩)>에 이르길,

가난한 집[152]이 물가에 외따로 있으니,
남편은 가난에 자족하며 생계에 관심이 없네.
내일 끼니 걱정을 할 겨를도 없이,
호미를 들고 매화를 심는구나.

라고 했다.

시정의(柴靜儀)는 자가 계한(季嫺)으로 절강(浙江)의 전당(錢塘) 사람인데

---

151 심덕잠(沈德潛) : 1673~1769. 중국 청나라 때의 문학자 겸 시인. 도덕적인 문학관에 기반을 두고 바른 골격 위에 음률의 조화를 찾는 시설(詩說)인 격조설(格調說)을 주창했다. 주요 저서에는 『귀우시문초(歸愚詩文鈔)』, 『죽소헌시초(竹嘯軒詩鈔)』, 『당시별재집(唐詩別裁集)』, 『명시별재집(明詩別裁集)』 등이 있다.

152 석문(席門) : 돗자리로 만든 문. 가난한 집을 형용한 말.

심한가(沈漢嘉)의 아내이다. 그는 <응향실시초(凝香室詩鈔)>를 썼는데, 성정(性情)의 곧음을 근본을 삼고 학술의 바름에서 나온 것으로, 아들 방재(方再)가 어머니의 가르침을 이을 수 있도록 하였다. 그의 <욱용제시(勖用濟詩)> 【그의 아들 방재의 자가 용제이다.】 에 이르길,

그대는 지체 높은 이들을 보지 않았는가?
밤마다 잔치를 열면서도
남은 음식찌꺼기 같은 신세를[153] 누가 가엾게 여기던가?
장안에 세 번이나 올라갔지만 뜻을 얻지 못하고,
초라한 모습으로 돌아왔지.
아아! 세상 물정은 하루에도 천 번씩 변하는데도,
부자로 사는 것[154]은 모두 부러워하네.
글 읽고 거문고 타며 스스로 즐거우면 그뿐,
예로부터 밝은 선비는 가난하고 미천한 데서 나오는 것을.

이라 했다.

방원(龐畹)은 자가 소완(小宛)으로 강남(江南)의 오강(吳江) 사람이며, 시인(詩人) 오장(吳鏘)의 아내이다. 그의 <쇄창잡사시(瑣窓雜事詩)>에 이르길,

남편은 평생을 가난하게 늙어가면서,
세상에 이름 알려지는 것을 싫어했네.
가난한 집에 어쩐 일로 한가한 거마가 찾으니,
금비녀 뽑아다 술집에 맡겨야 했다네.

153 잔배냉적(殘杯冷炙) : 먹다 남은 술과 다 식은 고기구이라는 뜻으로 치욕을 당하는 것을 비유한 말.

154 가거식육(駕車食肉) : 수레 타고 고기 먹는다는 뜻으로 부귀를 비유한 말.

라고 했다.

해제 이 글은 이덕무가 심덕잠의 『별재집』을 읽고 부녀자의 시 가운데 고상하고 바른 뜻을 담을 세 수를 뽑아 소개하는 내용이다. 생계에 관심이 없는 남편을 대신해서 가난한 살림을 꾸려가는 아내의 시와 자식을 경계하는 어머니의 시를 실었다. 이덕무가 소개한 기녀의 시와 비교하면, 감성보다는 부덕이 두드러지는 시라고 하겠다. 특히 필착의 경우, 부친의 원수를 직접 갚은 용맹함을 지니고 있으나, 혼인 후에는 그러한 기질을 없애고 당장 내일의 끼니를 걱정하며 동동촉촉하는 아낙의 마음을 가진 것에 대해 그 시를 높이 평가한다.

고려 부녀자가 쓴 단 한 수의 시
高麗閨人詩只一首

고려 5백 년 동안에 부녀자의 시는 단 한 수만 전한다. 김태현[155]은 자가 불기로 광산 사람인데, 말과 행동이 예의에 맞았다. 충렬왕(忠烈王) 때에 벼슬에 올랐고, 원나라에 갔을 때 황제가 정동행성좌우낭중(征東行省左右郎中)에 제수했으며, 벼슬이 검교정승(檢校政丞)에 이르렀다. 『동국문감』을 찬했다.

젊었을 때 선배의 문하에서 수학했는데, 선배에게 갓 과부가 된 딸이 있었다. 그 딸이 공의 풍채가 단아하고 고상하며 눈썹과 눈이 그림같이 아름다운 것을 보고 창문 사이로 시를 던졌는데, 그 시에 이르길,

말 타고 오신 분은 어느 집안의 서생인지,
석 달이 지났건만 이름조차 모르다가,
이제야 비로소 김태현이라는 것을 알았는데,
가느다란 눈과 긴 눈썹에 몰래 마음을 빼겨버렸네.

라고 했다. 공은 이후로 그 집에 발길을 끊었다.

---

155 김태현(金台鉉) : 1261(원종 2)~1330(충숙왕 17). 본관은 광주(光州). 자는 불기(不器). 아버지는 어사를 지낸 수(須)이고 평장사를 지낸 주정(周鼎)의 조카이다. 충렬왕 때 여러 관직을 역임하며, 두 차례 원나라에 가서 그 소임을 다하였다. 충선왕이 복위한 뒤 삼사판사를 지냈다. 충숙왕 때 평리 등을 거쳐 중찬에 이르러 벼슬에서 물러났다. 『동국문감(東國文鑑)』을 편찬하였다.

해제 이 글은 고려시대에 부녀자가 쓴 시로 단 한 수 남아 전하는 작품을 소개하는 내용이다. 전하는 작품은 김태현이 젊은 시절에 수학한 학자의 딸이 과부가 되었는데 김태현을 보고 반하여 몰래 전한 연정의 시이다. 한 집에서 세 달이 넘게 지내도록 이름도 모르고 마음만 졸이다가 용기를 내서 고백을 했으나, 그로 인해 결국 김태현은 그 집에 발길을 끊었다고 전한다. 짧은 글이지만, 시를 통해 과부의 아련한 심정이 잘 전달된다.

일지홍
一枝紅

성천부(成川府)의 관기인 일지홍은 시를 잘 써서 붓을 휘두르며 턱을 받치고는 순식간에 지었으며, 『당시품휘(唐詩品彙)』는 재기 발랄한 생각이 없으니 볼만한 것이 못된다고 하였다. 어사 심염조[156]가 순찰하다가 성천에 이르러 일지홍의 시를 보고는 종담[157]의 시를 읽으라고 권하고, 돌아갈 때에 시를 주었는데, 이르기를,

고당부(高唐賦)의 신이한 경지요, 성당의 시풍이니,
선관(仙館)의 이름난 꽃 가운데 아름다운 한 가지로다.
아침 안개[158] 속에서 한림학사 만났다 말하지 마오.
노부는 재주가 없어 기약하기 힘들다오.

라고 했는데, 성천에는 십이무봉(十二巫峯)과 강선루(降仙樓)가 있었으므

---

156 심염조(沈念祖) : 1734(영조 10)~1783(정조 7). 본관은 청송(青松). 자는 백수(伯修), 호는 함재(晗齋). 공헌(公獻)의 아들이다. 1777년(정조 1) 관서암행어사, 이듬해에는 강화어사로 파견되었다. 1780년 규장각직제학·이조참의를 거쳐, 1782년 홍문관부제학으로 감인당상(監印堂上)에 임명되었으나, 대사간의 탄핵을 받아 홍주(洪州)로 유배되었다가 곧 풀려났다. 1783년 황해도관찰사로 있다가 임지에서 죽었다.

157 종담(鍾譚) : 시로 명성이 높았던 명나라 종성(鍾惺)과 담원춘(譚元春)을 말한다.

158 조운(朝雲) : 초나라 양왕(楚襄王)이 운몽대(雲夢臺)에서 놀다가 고당(高唐)의 묘(廟)에 운기(雲氣)의 변화가 무궁함을 바라보고 송옥(宋玉)에게 "저것이 무슨 기운이냐?"고 묻자 "이른바 조운(朝雲)입니다. 옛날 선왕(先王)이 고당에 유람왔다가 피곤하여 낮잠을 자는데, 꿈에 한 여인이 '저는 무산(巫山)에 있는 계집으로, 침석을 받들기 원합니다.'라고 했습니다. 드디어 정을 나누고 떠날 적에 '저는 무산 남쪽에 사는데 아침에는 구름이 되고 저녁에는 비가 되어 늘 양대(陽臺) 아래 있습니다.'라고 했습니다."라고 하였다. 『고당부(高唐賦)』.

로 고당(高唐)과 선관과 아침 안개[朝雲] 등의 일을 썼다.

일지홍의 증별시에 이르길,

낙양의 소식은 누구에게 물어볼까?
밝은 달빛 발에 들면 서로 생각하겠지.

라고 하였다.

신영월[159]이 일찍이 평양을 유람하고 시를 짓기를,

성천의 어린 기생 일지홍은
비단결 같은 생각을 말로 잘도 풀어내네.
나는 듯이 말 타고 삼백 리를 달려와
교서랑은 비단 치마 속에 있네.

라고 했다.

해제 이 글은 시를 매우 잘 썼던 성천의 관기 일지홍에 대한 내용이다. 일지홍은 시재(詩才)가 뛰어나 어지간한 시는 용납하지 않았다고 한다. 이에 심염조나 신광수와 같은 당대의 고관이나 문장가가 그의 시재를 높이 평가하는 시를 남기고 있다. 그런데 이 글은 정작 일지홍의 시보다는 일지홍에 대한, 혹은 일지홍에게 주는 시를 주로 인용하고 있다. 일지홍의 시 전문이 많이 전하지 않은 까닭일 수도 있으나, 그보다는 관기의 시 작품에 대한 문학적 관심보다는 시 잘하는 관기와 당대 유명인의 인연에 대한 관심이 두드러지기 때문인 것으로 보인다.

---

159 신영월(申寧越) : 영월부사 신광수(申光洙)를 말한다.

남자의 벼슬을 한 여자
女子爲男子官

왕원미[160]의 『완위여편(宛委餘篇)』에는 여자로 남자의 벼슬을 한 인물에 대해 실려 있다. 군사마(軍司馬) 공씨(孔氏)는 고심(顧深)의 어머니이고, 정렬장군(貞烈將軍) 왕씨(王氏)는 왕흠(王廞)의 딸이며, 후씨(侯氏)·당씨(唐氏)·왕씨(王氏)는 모두 당나라의 행영절도(行營節度)였고, 허숙기(許叔冀)는 과의(果毅)였다. 진(陳)나라 여자 백경아(白頸鴉)는 거란 회화장군(懷化將軍)이 되었다.

오직 당나라 태종이 신라의 선덕여왕을 광록대부(光祿大夫)로 추증하였고, 진덕여왕을 주국(柱國)으로 삼고 낙랑군왕(樂浪郡王)에 봉했으며, 돌아가시자 당 고종이 개부의동(開府儀同)으로 추증한 것은 알지 못한다. 【김부식의 『삼국사기』에 보인다.】

해제 이 글은 왕원미가 『완위여편(宛委餘篇)』에서 소개한 '남자의 벼슬을 한 여자' 가운데 우리나라 신라의 여왕들이 누락되었다는 것을 밝히는 내용이다. 왕원미는 주로 중국 여성들 중 남자의 벼슬을 한 여자들에 대해 언급하고 있으나, 김부식의 『삼국사기』를 보면 신라의 선덕여왕과 진덕여왕의 경우도 당 태종과 고종으로부터 생전에 벼슬을 책봉받거나 사후에 벼슬이 추증되었다는 사실을 볼 수 있다고 했다. 이덕무는 우리의 역사기록을 통해 왕원미의 논의를 보강하였는데, 이 글에서 신라의 여왕들을 당 황제로부터 벼슬을 받아 남자의 벼슬을 하게 된 인물로 서술하여 왕위에 오른 두 여성의 위상에 대해 인색한 평가를 하고 있다.

---

160 왕세정(王世貞) : 명나라의 문인. 자는 원미(元美). 호는 봉주(鳳洲), 엄주산인(弇州山人). 시문에 뛰어나 이반룡(李攀龍)과 이름을 가지런히 하였으므로, 세상에서 이왕(李王)이라 아울러 일컬었다. 저서에는 『엄주산인사부고(弇州山人四部稿)』가 있다.

글씨를 잘 쓰는 우리나라 부인

東國婦人能書

훈민정음이 반포되어 시행되기 전에는 부인으로서 문장에 능하고 글씨를 잘 썼던 사람이 적지 않았을 것이라 생각한다. 세종조 【세종조에 비로소 언문을 만드니 부인들이 글씨를 배우지 않았다.】 이후에는 부인으로 시를 잘 했던 사람이 때때로 있었지만, 글씨로 유명한 사람은 아주 드물다.

기묘년 명현인 김필[161]은 글씨 쓰는 법이 기이했는데, 안산 사람으로 자는 자수이고 벼슬은 전적(典籍)에 올랐다. 짐짓 미친 척하면서 호를 모기재라 했으며, 대사성 김식의 제자이다. 어머니 강씨는 강희안[162]의 딸로 글씨를 잘 썼는데, 도곡 이상국[163]이 강씨의 묘비문을 지었다.

옥봉 이씨는 종실의 후예인데, 목사 서익[164]의 소실이 큰 글씨를 써준

---

161 김필(金珌) : 생몰년 미상. 본관은 안산(安山). 자는 자수(子修), 호는 모기재(慕箕齋). 증조부는 정경(定卿)이며, 아버지는 교감 맹강(孟綱)이다. 김식(金湜)의 문인이다. 1519년(중종 14) 별시문과에 갑과로 장원하여 전적이 되었다. 그해 기묘사화로 유배되는 김식을 전송하다가 처벌을 받자 벼슬을 버리고 집에서 독서에만 열중하였다. 이어서 1521년에 전적으로 신사무옥에 연루되었으나 겨우 죄를 면한 뒤부터는 정신이상을 가장하고 공적인 일에는 일체 관여하지 않았다.

162 강희안(姜希顔) : 1417(태종 18)~1465(세조 11). 본관은 진주. 자는 경우(景遇), 호는 인재(仁齋). 지돈녕부사 석덕(碩德)의 아들이며, 좌찬성 희맹(希孟)의 형으로 세종의 이질(姨姪)이다. 『용비어천가』를 주석했고 『동국정운(東國正韻)』 편찬에 참여하였다. 시·그림·글씨에 뛰어나 안견·최경과 함께 3절이라 불렸다. 저서로 『양화소록(養花小錄)』이 있다.

163 이의현(李宜顯) : 1669(현종 10)~1745(영조 21). 본관은 용인(龍仁). 자는 덕재(德哉), 호는 도곡(陶谷). 좌의정 세백(世白)의 아들이다. 경종 때 신임사화에 연루, 유배되었다. 영조 때 우의정에 올랐으나 정미환국으로 쫓겨났다가 박필몽 등의 반란을 평정, 영의정이 되었다.『경종실록』 편찬에 참여했다. 청백리로 알려졌고, 글씨도 뛰어났다.

164 서익(徐益) : 1542(중종 37)~1587(선조 20). 본관은 부여(扶餘). 자는 군수(君受), 호는 만죽(萬竹)·만죽헌(萬竹軒). 아버지는 진사 진남(震男)이며, 어머니는 광주 이씨(廣州

것에 대해 사례한 시가 있다.

> 여위었으면서도 굳세게 뜻밖의 글씨를 썼으니,[165]
> 원화각의 남은 자취를 볼 수 있네.
> 몸은 혜초처럼 가늘지만 생각은 오히려 웅장하니,
> 여린 손으로 웅혼하게 썼구나.

그러나 그 성씨를 알 수 없는 것이 한스럽다. 역적 서양갑의 어머니는 아닌지.[166]

해제 이 글은 글씨를 잘 쓰는 부녀자에 대해 소개하였다. 훈민정음 반포 이후에는 여성들이 한자보다 한글을 배워서 여자들이 글씨, 즉 한문의 필법을 배우지 않아서 잘 쓰는 자가 드물다고 했다. 이에 김필의 모친과 목사 서익의 소실을 글씨 잘 쓰는 사람으로 들고 있다. 이덕무는 이들의 글씨를 직접 확인한 것이 아니라, 이들이 글씨에 능했다는 기록들을 인용하여 그 능력을 증거하고 있다.

李氏)로 직제학 약해(若海)의 딸이다. 병조·이조좌랑 등을 역임하고, 외직으로 안동부사·의주목사 등을 지냈다. 문장과 도덕, 기절(氣節)이 뛰어나 이이·정철로부터 지우(志友)로 인정받았다. 저서로 『만죽헌집(萬竹軒集)』 1권과 시조 2수가 있다.

165 원문은 "瘦勁寫成天外熊"인데 '熊'은 '態'의 오기.

166 『청장관전서(靑莊館全書)』 권33, <운강소실(雲江小室)>에도 이옥봉이 서익의 소실에게 사례하기 위해 쓴 시와 서익의 소실이 서양갑의 어미일지도 모른다는 언급이 실려 있다.

부인이 풍수를 잘하다
婦人善風水

부인으로 풍수술을 능숙하게 알았던 사람은 중국 곽경순[167]의 딸이 있고, 우리나라 태허정 최항[168]의 아내 서씨가 있으니 곧 목사 서미성의 딸이고 사가 서거정[169]의 누이이다.

해제 이 글에서는 풍수를 잘 아는 부인으로 중국의 곽경순의 딸과 조선의 최항의 아내를 소개하고 있다. 서씨는 서거정의 누이이자 최항의 아내로, 『성종실록』 최항의 졸기에는 서씨가 성질이 사나웠고 가정 일을 마음대로 했다고 기록되어 있다. 최항의 졸기에 그와 그의 가족을 부정적으로 기술한 것은 당시 훈구대신들을 공격하던 사림 계통 신진관료들의 활동과 관련이 있는 것으로

---

167 곽박(郭璞) : 276~324. 자는 경순(景純). 원제[元帝:司馬睿] 때 상서랑(尙書郎) 등을 역임하고 나중에 정남대장군(征南大將軍) 왕돈(王敦)의 기실참군(記室參軍)이 되었는데, 왕돈이 무창(武昌)에서 반란을 일으켰을 때 반대하였다가 살해당했다. 유곤(劉琨:越石)과 더불어 서진(西晋) 말기부터 동진(東晋)에 걸친 시풍(詩風)을 대표하는 시인이다. <유선시(遊仙詩)>, <강부(江賦)> 등이 널리 알려져 있다.

168 최항(崔恒) : 1409(태종 9)~1474(성종 5). 본관은 삭녕(朔寧). 자는 정부(貞父), 호는 태허정(太虛亭)·동량(幢梁). 증영의정 사유(士柔)의 아들이며, 서거정의 자부(姉夫)이다. 그는 18년 동안 집현전 관원으로 있으면서 유교적인 의례·제도를 마련하기 위한 고제연구와 각종 편찬사업에서 주도적인 역할을 하였다.

169 서거정(徐居正) : 1420(세종 2)~1488(성종 19). 본관은 달성(達成). 자는 강중(剛中), 초자는 자원(子元), 호는 사가정(四佳亭) 혹은 정정정(亭亭亭). 목사(牧使) 미성(彌性)의 아들이며, 어머니는 권근(權近)의 딸이다. 학문이 매우 넓어서 천문·지리·의약·복서·성명·풍수에까지 관통하였으며, 문장에 일가를 이루고, 특히 시(詩)에 능했다. 조선초 세종에서 성종 대까지 문병(文柄)을 장악했던 인물로 그의 학풍과 사상은 이른바 15세기 관학(官學)의 분위기를 대변했다. 그는 『동문선』을 편찬했고, 시문집으로 『사가집(四佳集)』이 전하며, 『동인시화(東人詩話)』, 『태평한화골계전(太平閑話滑稽傳)』, 『필원잡기』 등을 남겼다.

추정된다. 이러한 맥락을 고려하면, 최항의 아내 서씨는 적극적이고 자기주장이 강하며, 여성으로서는 이례적으로 풍수에도 밝았던 인물이었던 것으로 보인다.

부부 사이가 아니면서 하는 합장
非夫婦合葬

부부를 합장하는 것은 주(周) 나라 때부터 시작되었는데, 후세에 와서는 동서 간에 합장한 자도 있다. 『일통지』[170]에 이르길,

"구양창방(歐陽昌邦)의 아내는 엄씨(嚴氏)로 신유(新喩) 사람인데 동서 간에 아주 화목하게 지냈다. 손윗동서인 왕씨(汪氏)가 먼저 죽었는데, 아직 장사도 지내기 전에 엄씨가 병이 들자, 임종할 때에 남편에게 '저는 큰 동서와 화목하게 지냈으니 죽은 뒤 합장해 준다면 한이 없겠어요.'라고 했다. 그리하여 적석강(赤石崗)에 합장하고 '축리천(妯娌阡)' 【상고하면, 『자서(字書)』에 '제사(娣姒)는 축리(妯娌)로, 형의 아내를 사부(姒婦)라 하고 아우의 아내를 제부(娣婦)라 한다.'라고 했고, 또 '형제의 아내들이 서로 부르기를 축리라 한다.'라고 했다.】이라고 썼다."

라고 했다. 남자끼리 합장한 경우도 있는데, 『서영(書影)』【주양공(周亮工)이 지었다.】에 이르길,

"후관(侯官)인 진홍(陳鴻)은 자가 숙도(叔度)로 72세에 가난하게 살다가 병으로 죽었는데, 자식이 없어서 장사를 지낼 수 없었다. 무자년에 민(閩) 땅에 들어가니 한 손님이 그의 시를 가지고 내게 와서 말하기를 '나는 그의 장례를 맡을 테니 당신은 그의 시를 맡아주시오.'라고 하고는 돈을 내어 도왔다. 서존영(徐存永)이 그 일을 감독하였다.

---

170 일통지(一統志) : 대일통지 · 대원일통지 · 대명일통지 · 청일통지 등 중국의 총지지(總地志)의 명칭. 일통지는 전국을 노(路)로 나누고, 각 노를 건치(建置) 연혁, 향진(鄕鎭), 이지(里至), 산천, 토산(土産), 풍속, 경승(景勝), 고적, 궁적(宮跡), 인물, 선석(仙釋) 등의 항목으로 나누어 기록하고 있다. 이 일통지의 편제는 그 후의 다른 일통지의 모범이 되었다.

이보다 앞서 포전(莆田)에 사는 선비인 조십오(趙十五)는 이름이 벽(璧)으로 시와 그림을 잘 했다. 그도 숙도와 비슷한 때 죽었는데 역시 장사지낼 수가 없었다. 이에 서존영이 숙도의 관을 조십오와 함께 소서호(小西湖) 옆에 합장했다. 내가 비(碑)에, '명나라 시인 진숙도와 조십오의 합묘(合墓)이다.'라고 썼다."
라고 했다.

『명유학안』[171] 【황종희가 지었다.】에 이르길,

"정학안(程學顔)은 자가 이포(二蒲)이고 호는 후대(後臺)로 효감(孝感) 사람이며 벼슬은 태복시승(太僕寺丞)이었다. 하심은(何心隱) 【상고하면 심은(心隱)은 영풍(永豐) 사람이며 본래는 양여원(梁汝元)이었는데, 뒤에 이름을 고쳐 하심은(何心隱)이라 했다.】이 죽자, 정학안의 아우 정학박(程學博)이 '양선생은 사귐을 중히 여겼는데, 벗 가운데 학문에 뛰어난 사람은 저의 형님뿐입니다. 선생의 혼백이 저의 형님의 곁을 떠나지 않을 것입니다.'라고 하고, 후대의 묘를 열어 합장했다."
라고 하였다.

자매끼리 합장한 자도 있으니, 『회은집』[172] 【남학명이 지었다.】에 이르길,

"참판 여이징(呂爾徵)과 감사 정백창(鄭百昌)은 동서지간이다. 두 사람의 부인이 모두 병자호란 때 죽었는데, 시신을 구분할 수 없어서 합장하고, 절일(節日)이면 두 집안의 자제들이 돌아가며 제사를 지낸다고 한다."
라고 하였다.

---

171 명유학안(明儒學案) : 중국 명나라 말 청나라 초의 학자 황종희(黃宗羲)의 저서. 62권. 1676년 이후 완성. 주여등(周汝登)의 『성학종전(聖學宗傳)』, 손기봉(孫奇逢)의 『이학종전(理學宗傳)』에 만족하지 않고 명대(明代)의 학자를 총괄하여 그 학파와 계통을 밝혔으며, 그들의 문집·어록에서 요점을 채록한 책으로, 중국에서 나온 최초의 체계적인 학술사이다.

172 회은집(晦隱集) : 조선 후기의 학자 남학명[南鶴鳴 : 1654~?]의 문집. 5권 2책. 시(詩)·부(賦)·기(記)·서(序)·제(題)·발(跋)·제문(祭文)·서(書)·잡문·행장·유사(遺事)·묘문(墓文)·잡설 등으로 구성되어 있다.

해제 이 글에서는 부부가 아니면서 합장하는 경우를 여러 문헌에서 찾아 소개하였다. 보통 합장은 부부 간에 하는 것이 일반적이나, 동서 간에 매우 화목하게 지내어 자의로 합장하는 경우, 자매 간에 불의의 사고로 죽어서 시신을 구분할 수 있는 까닭에 타의로 합장하는 경우, 벗의 사귐이 돈독하여 의리로 합장하는 경우를 각각 예로 들었다. 특히 우리나라의 예로 들었던 『회은집』의 기록은, 여이징과 정백창의 아내가 병자호란 때 죽었는데 두 사람의 시신을 구분할 수 없어서 합장하고 대대로 두 집안이 번갈아 가며 제사를 지냈다고 했다. 이처럼 부득이 한 경우가 아니라면, 부부가 아니면서 합장하는 경우는 드물다는 것을 보여주는 자료이다.

오처경
吾妻鏡

『오처경(吾妻鏡)』은 일본의 사서(史書)의 이름이다. 『간양록』[173] 【강항(姜沆)이 지었다.】에 이르길,

“오처경이란 것은 내가 얻고 잃는 것이 곧 내 아내에게 나타나므로 내 아내를 보면 나의 얻고 잃는 것을 알 수 있기 때문에 사서의 이름으로 삼았다.”

라고 했다. 살펴보면 ‘오처[내 아내]’는 또 일본의 현(縣) 가운데 이름이 있다.

해제 이 글에서는 『오처경』이라는 일본 역사책의 이름이 붙게 된 이유를 짤막하게 밝히고 있다. 강항의 『간양록』을 인용하여, 나의 진퇴와 성패는 내 아내를 보면 알 수 있다는 뜻으로 책의 이름을 지은 것이라고 했다. 덧붙여 ‘오처’라는 일본의 지명을 소개하면서 그 이름이 지명에서 왔을 가능성도 제시하고 있다.

---

173 간양록(看羊錄) : 정유재란 때 일본에 잡혀갔던 강항[姜沆 : 1567~1618]이 일본에서 견문한 풍속・지리・군사 정세 등을 기록한 책.

공비
碽妃

원말명초에 조선의 여인들을 선발해 가서 궁에 들여보냈다. 원나라 순제(順帝)의 셋째 비(妃) 기씨[174]는 성을 숙량합(肅良哈)으로, 이름은 완자홀도(完者忽都)로 고쳤는데, 고려 사람인 총부산랑(摠部散郎) 자오의 딸이다. 명나라 주헌왕(周憲王)[175]의 <원궁사(元宮詞)>에 이르길,

살구꽃, 복사꽃 같은 뺨에 허리는 가는데.
복이 바로 화의 싹일 줄을 누가 알았으랴?
고려 여자를 비로 책봉하니,
유월에 한기가 서리고 큰 눈이 내렸네.

라고 하였고, 장욱[176]의 <궁사(宮詞)>에 이르길,

---

174 기황후(奇皇后) : 몽골명 완췌후두[完者忽都]. 고려 사람 자오(子敖)의 딸. 철(轍)의 누이. 북원(北元) 소종(昭宗)의 생모. 1333년(충숙왕 복위 2) 고려 출신의 내시인 고용보(高龍普) 추천으로 원실(元室)의 궁녀가 되어 순제의 총애를 받았다. 1339년 황태자 아이유시리다라(愛猷識里達臘)를 낳고, 이듬해 제2황후에 책봉되었다. 황후가 되자 조정을 교묘히 움직여 아이유시리다라가 황통을 잇게 하였다. 고려와의 외교에서는 공민왕 몰아내는데 앞장섰으며 그동안 고려가 공물로 원나라에 바치던 공녀제도를 폐지하였고 고려를 원나라의 일개 지방 성(省)으로 삼으려는 정책을 반대하였다. 1365년 정후(正后) 바엔후두(伯顔忽都)가 죽자 전례를 깨고 정후로 책봉되었다.

175 주유돈(株有燉) : 1379~1439. 명 태조의 손자인 중국 명나라의 희곡 작가. 많은 잡극과 산곡(散曲)을 창작했으며 극작품은 연창(演唱)에 아주 적합하여 매우 유행했고 당시의 다른 작품들에도 큰 영향을 끼쳤다. 또한 극 중의 백(白)에 있어서도 독특한 특색을 갖추어 잡극 형식의 발전에 공헌했다. 작품으로 『성재신록(誠齋新錄)』, 『성재악부(樂府)』 등이 있다.

176 장욱(張昱) : 원나라 사람. 자는 광필(光弼), 호는 일소거사(一笑居士).

궁에는 새로이 고려의 옷이 유행하니
각진 깃에 반비[177]는 허리까지 내려 입네.
밤마다 궁에서는 다투어 빌려다 보니
일찍이 임금 앞에서 눈에 들었기 때문이지.

라고 했다. 주헌왕은 또 이르길,

기씨는 압록강 동쪽에서 살다가
자라서 겨우 중궁의 자리에 오르니
어제 한림에 새로 조서 쓰게 하여
삼대가 작록을 받는 은혜를 입었네.
좋은 술을 다시 담아 옥병에 바치니
물가의 정자 깊은 곳에 더위가 사라졌네.
임금이 웃으며 기비에게 묻는 말씀이,
서량의 타랄소를 어쩜 그리 닮았냐고.
어제 진상되어 들어온 고려의 여인들은
태반이 다 기씨의 친족이라지.
여관[178]으로 그저 두기가 너무 싫어서
두 궁빈을 삼는다 했지.

라고 하였다.

유성의[179]는 <무산고(巫山高)>에서 기후(奇后)를 풍자했는데, 경신군[180]

---

177 반비(半臂) : 수(隋)나라 시대에 내관(內官)이 입던 소매가 짧은 의복.

178 여관(女官) : 옛날 궁중에서 대전(大殿) · 내전(內殿)을 모시던 내명부(內命婦)로, 환관(宦官) 이외의 남자와는 절대로 접촉할 수 없으며 종신 수절하여야 한다.

179 유성의(劉誠意) : 명나라 유기(劉基). 성의(誠意)는 봉호(封號).

이 고려의 기씨를 총애하여 후로 세우자, 기씨가 권력을 움켜쥐고 당파를 만들어 궁중을 어지럽게 하였기 때문에 <무산고>를 지어 풍간한 것이다. 대략 말하면,

산 속의 요사스런 여우 늙어도 죽지 않고
여인으로 변하여 연꽃 같은 뺨을 가졌네.
자취 숨기고 행적을 속여 꿈에 나타나서
눈물로 구슬을 만들어 홀린다네.

라고 하였다. 그의 <초비탄(楚妃嘆)>도 기후(奇后)에 대해 쓴 것이고 또 <양보음(梁甫吟)>에도 이르길,

밖에서 황보가 아리따운 아내에 대해 듣고[181]
뿔난 말이 날뛰며 암탉과 한통속이 되었구나.

라고 하였으니, 또한 기후에 대해 쓴 것이다.

사채(司綵) 왕씨는 명나라 선덕(宣德) 연간의 여관이었는데, 그 <궁사>에 이르길,

아름다운 꽃을 궁궐[182]에 옮겨 오니,

---

180 경신군(庚申君) : 원 순제(元順帝)를 말한다. 순제 27년(1367) 8월 경신일(庚申日)에 명나라의 군사가 원나라의 수도를 점령하여 원나라가 멸망하였으므로, 원 순제를 경신군이라 하였다.

181 『시경』 「소아(小雅)」에서 "소인(小人) 황보는 경사(卿士)가 되고 요부(妖婦) 포사(褒姒)는 궁중에 버티고 앉아서 제멋대로 용사(用事)한다."라고 풍자한 것을 기후(奇后)에 빗대어 이른 말.

182 대명궁(大明宮) : 당나라 때의 궁전인데, 여기는 원나라의 궁전을 비유한다.

한 그루 향기가 만향정을 맴돌아,
임금의 발걸음을 멈추게 하니,
옥퉁소 소리가 달밤을 가로지르네.

라고 하였고, 『정지거시화(靜志居詩話)』【주이준(朱彝尊)이 지었다.】에 이르길,
"원나라 제도에 매해 공물을 바치게 하는데, 고려에서는 아름다운 여자를 바치니, 그래서 장광필(張光弼)의 <연하곡(輦下曲)>에 '궁에 새로이 고려의 옷이 유행하네.'라고 한 것이다."
라고 하였고, 양염부[183]의 <궁사>에서 이르길,

북쪽 화림[184]으로 행차하시니 휘장 친 궁궐 넓은 곳에서,
고려의 미녀가 여관[185]으로 모시는구나.
임금이 직접 소군곡 부르시며,
말 위에 올라 비파를 타라 하시네.

라고 했다. 명나라 초기에도 이것이 고쳐지지 않아서, 효릉[186]도 공비(碽妃)가 있었고, 장릉(長陵)에게는 권비(權妃)가 있었다. 권비는 고려 광록경(光祿卿) 권영균(權永均)의 딸로 퉁소를 잘 부니, 궁중에서 다투어 이를 배웠다. 또 영헌왕[187]의 시에 이르길,

궁이 새는 물로 이미 잠겨서 북새통이 되었건만,

---

183 양염부(楊廉夫) : 염부는 명나라 양유정(楊維楨)의 자.

184 화림(和林) : 객라화림(喀喇和林)으로 지금 외몽고의 항애산(杭愛山) 동쪽에 있는 땅 이름.

185 첩여(婕妤) : 한(漢) 대 궁중의 여관(女官) 이름.

186 효릉(孝陵) : 명나라 태조.

187 영헌왕(寧獻王) : 명 태조의 아들로 이름은 권(權), 시호는 헌(獻).

아름다운 여인은 여전히 퉁소를 배우는구나.

라고 하였고, 왕사채(王司綵)도 읊었으니, 모두 권귀비(權貴妃)에 대해 지은 것이다.

『고사촬요(攷事撮要)』【어숙권(魚叔權)이 지었다.】에 따르면,

“영락 6년 무자에 황제가 태감 황엄(黃儼)을 보내 여자를 가려 뽑아 바치게 하니, 공조전서 권집중(權執中)의 딸, 인녕부 좌사윤 임첨년(任添年)의 딸, 공안부 판관 이문명(李文命)의 딸, 시위사 중령호군 여귀진(呂貴眞)의 딸, 중군 부사정 최득비(崔得霏)의 딸이 이미 선발되었고, 7년 기축에 또 황엄을 보내어 다시 아리따운 여자를 바치게 하니, 지의주사(知宜州事) 정윤후(鄭允厚)의 딸을 뽑아서 보냈다. 광록경 권영균이 명나라에 갔다가 황제의 뜻을 받들고 다시 돌아올 때는 바닷길을 버리고 육로로 왔는데, 영균은 권씨의 오라비이다.

12년 갑오에 역관 원민생(元閔生)이 종전(椶殿) 안에서 황제의 뜻을 삼가 받들었는데 ‘황후가 서거한 뒤, 너희 나라의 권비로 하여금 육궁의 일을 맡게 하였다. 그런데 너희 나라 여씨[188]가 너희 나라의 내관인 김득(金得)과 김량(金良)에게 부탁해서 은장이에게 비상[189]을 얻어다가 호두차[槲都茶]【상고하면 호두차[胡桃茶]이다.】에 섞어 권비를 독으로 죽였으므로, 짐이 이미 내관과 은장이 등을 죽이고 또 불에 달군 쇠젓가락으로 여씨를 한 달 동안 지져서 결국 죽였으니, 너는 권영균에게 알려 주어라.’라고 했다.

15년 정유에 원민생이 북경에서 황제의 뜻을 받들고 돌아와서 종부부령(宗簿副令) 황하신(黃河信)의 딸과 지순창군사(知淳昌郡事) 한영정(韓永矴)

---

188 여씨(呂氏) : 여귀진의 딸을 이름.

189 비상(砒礵) : 비석(砒石)을 불에 태워서 승화시킨 백색 분말 결정체의 독약.

의 딸을 가려 뽑아 황엄 등과 함께 보내어 진상했다.

홍희 원년 을사에 상보감 소감(尙寶監少監) 김만(金滿)을 보내어 권비의 오라비 영균에게 제사 올리게 했고, 선덕 2년 정미에 황제의 칙령으로 공조 판서 성달생(成達生)의 딸, 우군동지총제 차지남(車指南)의 딸, 우군사정 오척(吳倜)의 딸, 우군사정 안복지(安復志)의 딸, 시위사 우령호군 정효충(鄭孝忠)의 딸, 중군부사정(中軍副司正) 최미(崔瀰)의 딸, 좌군사직(左軍司直) 노종득(盧從得)의 딸을 선발하여 흠차[190]인 창성(昌盛) 등과 함께 보내어 진상했다.

3년 무신에 황제의 칙령으로 지순창군사인 한영정의 딸을 가려 뽑아서 창성 등과 함께 보내어 올리게 했고, 선덕 4년 기유에 황제가 소감 김만을 보내어 최씨의 아버지 득비에게 제사를 올리게 했다."

라고 했다.

『동사습유(彤史拾遺)』【모기령(毛奇齡)이 지었다.】에 이르길,

"권비란 자는 조선 사람으로, 영락 7년 5월에 조선에서 바친 여자인데 액정[191]의 비를 채울 때 여러 여자들을 따라 들어왔다. 임금이 권비의 얼굴빛이 하얗고 바탕이 매우 깨끗한 것을 보고 기예가 있는지 물으니, 가지고 있던 옥피리를 꺼내어 불었는데, 오묘하고 멀리까지 퍼져나가는 소리에 임금이 크게 기뻐하여 바로 비로 뽑아서 다른 여자들보다 높은 지위에 두었다가 한 달쯤 지나서 현비(賢妃)로 책봉하고 권비의 아버지 영균을 광록경으로 삼았다. 8년 시월에 권비가 임금을 모시고 북정(北征)을 갔다가 이기고 돌아오는 길에 병이 나서, 임성(臨城)에 이르자 말하길, '다시는 폐하를 모실 수가 없군요.'라고 말하고 드디어 훙(薨)했다. 임금이 슬퍼하여 손수 공헌(恭獻)이란 시호를 내리고 영구(靈柩)를 역현(嶧縣)에 묻게 하

190 흠차(欽差) : 황제의 명으로 보낸 차견사(差遣使).

191 액정(掖庭) : 비빈과 궁녀들이 거처하는 궁전.

고는 현의 관리에게 지키게 했다. 이 때 조선에서 바친 여자 중에 지위의 호칭이 드러난 자는 또 임순비(任順妃), 이소의(李昭儀), 여첩여(呂婕妤), 최미인(崔美人) 네 사람이 있었는데, 모두 그 아버지에게 명나라의 관직을 주었다. 즉 순비의 아버지 첨년은 홍로시경(鴻臚寺卿)으로 삼고, 소의의 아버지 문(文) 【문 자 밑에 명(命) 자가 빠졌다.】 과 첩여의 아버지 귀진은 광록소경(光祿少卿)으로 삼았으며, 미인의 아버지인 득림(得霖) 【임(霖) 자는 비(霏) 자의 잘못이다.】 은 홍로소경(鴻臚少卿)으로 삼았다. 그 뒤에 영균은 선덕(宣德) 【일설에는 홍희(洪熙)로 되어 있다.】 연간에 죽어 부음이 전해지니, 임금이 그의 은혜를 앙모하여 중관(中官)을 보내 제사를 올리게 하고 그의 집에 백금 2백 냥과 무늬 있는 비단으로 된 겉감과 안감을 다 내리셨다."

라고 했으며, 『사설(僿說)』 【이익(李瀷)이 지었다.】 에 이르길,

"『명신록(名臣錄)』[192]에 이르길 '여비(驪妃) 【상고하건대, 비의 호칭에 여(驪) 자를 넣은 것은 무슨 뜻인지 알 수 없다.】 한씨(韓氏)는 청주(清州) 한영정(韓永矴)의 딸이다.'라고 하였다. 영정이 두 딸을 낳았는데 모두 명나라에 보내는 공녀에 뽑히니, 오라비 확(確)은 19세 때에 태종의 부름으로 명나라에 들어가 특별한 은혜를 입어 광록시소경(光祿寺少卿)에 제수되었다. 우리나라 세종이 선위를 받을 때에는 확이 책봉정사(冊封正使)가 되었다가 황제의 뜻으로 머무르며 돌아오지 않고, 부사(副使) 유천(劉泉)을 보내 복명(復命)하게 했다. 그 뒤에 또 불러 들여 인종(仁宗)의 딸에게 장가들이려 했으나, 어머니가 연로하심을 이유로 사양했다.'라고 했다. 살펴보면, 【이익이 쓴 것이다.】 '선덕 3년에 지순창군사 한영정의 둘째딸을 가려 뽑아서 선종에게 올렸다'라고 하였는데, 선종은 곧 태종의 손자로 한씨의 두 딸은 모두 후궁이 되었으니 기이하다 할 수 있다. 확은 바로 서원부원군(西原府院君)으로 그 딸이 또 우리나라의 장순왕후(章順王后)이니 한씨 집안의 존귀함

---

192 명신록(名臣錄) : 조선 초기에서 17세기 중반의 명신 407명의 약전(略傳). 12권 12책. 정조의 명으로 이익진[李翼晋 : 1750~1819] 등 초계문신(抄啓文臣)이 편찬하였다.

이 이와 같다.

『엄주별집(弇州別集)』에 이르길, '영락 연간에 권귀비, 임순비, 이첩여, 최부인 【상고하건대, 비(妃)의 호가 모씨(毛氏)의 기록과 다르고 또 여첩여가 빠졌다.】 은 모두 조선 사람이고, 권비(權妃)의 아버지인 광록경 영균 등은 다 지체가 열경(列卿)에 이르렀으나 그대로 본국에서 살았다.'라고 하였으나, 영균은 귀비의 오라비이다. 【상고하면, 주씨, 모씨, 엄주는 영균이 권비의 오라비임을 몰랐던 것이다.】 그러나 엄주는 한비(韓妃)의 일을 쓰지 않았으니 갖추지 못한 점이 있는 것이며, 영균 등은 광록경이 되었다는 것을 듣지 못했으니 반드시 서원부원군의 일 때문에 잘못 전한 것이다." 【상고하건대, 어씨와 모씨의 기록에는 모두 영균이 광록경이 되었다고 하였으니 이씨가 미처 상고하지 못한 것이다.】

라고 했다.

덕무가 살펴보니, 이는 다 우리나라의 여자들이 중국으로 들어간 대략적인 내용인데, 공씨(碽氏)의 일이 매우 기이하여 나라 사람들이 거의 알지 못하기 때문에 이제 드러내 쓴다. 『자휘』[193] 【매응조가 지었다.】 에 이르길,

"공(碽)은 성(姓)이다."

라고 하였고, 『태상시지(太常寺志)』에 이르길,

"명 태조의 비(妃) 공씨 【상고하면 『집운(集韻)』에서 '공(碽)의 음은 공(公)으로 돌을 때리는 소리이다.'라고 했다.】 이다."

라고 했으며, 『정지거시화(靜志居詩話)』에는,

"명나라 남경(南京)의 태묘(太廟)가 가정(嘉靖) 연간에 벼락에 맞아 불타자, 상사(尙事) 담약수(湛若水)가 다시 짓기를 청하였으나, 하언(夏言)이 세종의 뜻에 아부하여 없애기를 청하므로, 모두 봉선전(奉先殿)에 들여다 모시게 하였다. 살펴보면 장릉[194]은 늘 스스로 말하길, '짐은 고황후(高皇

---

193 자휘(字彙) : 명나라의 학자 매응조(梅膺祚)가 편찬한 중국자서명. 12집. 해서를 기본으로 하여 214부의 부수와 거기에 부속되는 한자 3만 3,179자를 수록하였다.

后)의 넷째 아들이다.'라고 했으나, 봉선전의 제도에 고황후의 위패를 남향하여 모시고, 여러 비들의 위패는 모두 동편 모셨으며 서편에는 공비 한 사람의 위패만 모셨으니 이는 『남경태상시지(南京太常寺志)』에 갖추어 실려 있다. 고황후는 임신을 하지 못했으니, 어찌 장릉뿐이랴? 의문태자[195]도 그 소생이 아니다. 세상에서는 의심하여 이 일을 사실이 아니라고 여기지만, 심대리(沈大理)의 시가 분명하게 증명해 준다. 『명시종(明詩綜)』【주이준(朱彝尊)이 지었다.】에 심현화(沈玄華)【자는 수백(邃伯)으로 가흥(嘉興) 사람인데, 가정(嘉靖) 임술[1562]에 진사가 되었고 대리소경(大理少卿)을 지냈다.】의 <삼가 남경 봉선전에서 제례를 행하다.>라는 시가 있으니,

미천한 신하가 제사를 이어
태묘에 들어 부예[196]를 노래하네.
고황후는 천자와 짝을 이루어
천자의 휘장에 신주를 모셨고
여러 비빈은 동쪽에 모셨는데,
공비만은 홀로 서쪽에 모셔졌네.
성조가 생모를 중히 여겨
공비의 덕을 더욱 드높였구나.
한 번 보는 것이 천 번 듣는 것과 다르니
실록을 어찌 참고할 만 하겠는가?
전고를 풀어 시로 써서
후세의 의혹 없애려 하네.

---

194 장릉(長陵) : 명 성조.

195 의문태자(懿文太子) : 태조의 장자(長子). 건문제(建文帝)의 생부(生父).

196 부예(鳧鷖) : 옛적에 종묘(宗廟)의 대제(大祭)가 끝난 그 이튿날에 시동(尸童)을 접대하면서 부르던 시(詩)의 이름. 『시경』「대아(大雅)」.

라고 했다."

『동사습유(彤史拾遺)』에는,

"황후 마씨가 의문태자 표(標), 진왕(秦王) 상(樉), 진왕(晉王) 강(棡), 성조(成祖) 문황제(文皇帝), 주왕(周王) 숙(橚), 그리고 영국(寧國), 안경(安慶) 두 공주를 낳았다. 애초에 황후가 성조를 낳았을 때 용이 침실에 나타났으며 또 도적을 만나자 성조가 말을 끌고 와서 황후를 부축하고 고삐를 잡으니 도적이 성조를 보고 피해 달아나는 꿈을 꾸었다. 그래서 황후가 성조를 매우 사랑하다가 태조가 태자의 유약함을 미워하자, 황후가 비로소 꿈을 말해 주었는데, 그 뒤에 마침내 정난(靖難)의 공[197]을 이루었다." 라고 했다.

덕무가 살펴보면, 모기령[198]이 『명사』의 편찬에 참여했으니, 그가 실은 기록은 믿을 만 하다. 하지만 주이준도 사관(史官)으로 있었으니, 그가 근거를 따지는 것도 정확하여 믿을 수 있으므로, 고황후가 임신하지 못했다는 것은 반드시 생각하는 바가 있는 것이다. 게다가 태상시[199]의 기록이 있고 또 심현화의 시가 있어 명백하고 의심할만한 것이 없음에랴!

---

197 정난의 변[靖難之變] : 중국 명나라 초기 황위계승을 둘러싸고 일어났던 내란. 태조 홍무제(洪武帝)는 몽골세력에 대한 방위를 국책으로 하여 각 요지에 자기 아들을 봉건(封建)하여 방벽으로 삼았는데, 특히 북변의 제왕(諸王)은 정병(精兵)을 거느리고 지방정권으로 성장하고 있었다. 뒤를 이은 손자 건문제(建文帝)가 주왕 등 5왕을 폐하자, 제왕 중 가장 큰 연왕(燕王) 체(棣)는 신변의 위험을 느끼고 1398년 승려 도연(道衍)을 모사로 하여 황제 옆의 간신을 제거하고 명나라 왕조를 안전하게 한다는 명목으로 반란을 일으켰다. 3년 동안의 싸움 끝에 명나라의 환관이 연왕 군(軍)과 내통하여 난징[南京]은 점령당하고 건문제는 불에 타죽었다고 한다. 1401년 연왕은 즉위하여 태종[太宗: 永樂帝]이 되었다.

198 모기령(毛奇齡) : 1623~1716. 중국 청나라의 학자. 1679년 박학홍사과(博學鴻詞科)에 응시하였으며, 한림원검토(翰林院檢討)에 임명되어 『명사(明史)』 편찬에 참여하였다. 양명학의 영향을 받았으나 고증학을 좋아하여, 경학 · 역사 · 지리 등에 관한 많은 저술을 남겼다.

199 태상시(太常寺) : 고려 시대에, 제사를 주관하고 왕의 묘호와 시호를 제정하는 일을 맡아보던 관아. 문종 때에, 관제의 축소 개편으로 격하되어 '태상부'로 고쳤다.

『만성통보(萬姓統譜)』와 우리나라의 씨족에 관한 책들을 널리 살펴보면, 본래 공(碽)이라는 성씨는 없는데, 근세에 나걸(羅杰)이 연경에 들어가서 박명(博明)을 만나 공비에 관한 일을 묻자 박명이 '곧 옛날 원나라의 원비(元妃)로, 그 사실이 명의 『태상지』에 보인다.'라고 했다. 박명은 몽고 사람이며 원나라 세조의 후예로, 벼슬이 주사(主事)에 이르렀고 학문이 넓어 저작이 많으며 글씨도 잘 쓰므로, '옛날 원나라의 원비'라는 말도 근거한 바가 있을 것이다. 경신군(庚申君)이 기씨(奇氏)와 함께 명나라에 들어갔으므로 원나라가 망한 뒤에 태조의 비(妃)가 된 것을 명나라의 사관이 숨긴 것인가, 혹 본래 '공(貢)' 자의 성에 '석(石)' 자를 옆에 붙인 것인가?

또 『성호사설』을 살펴보면, 오후(吳后)의 사적이 있으므로 이에 덧붙인다.

"중국에 들어가 존귀하게 된 여자로 기황후, 권비, 한비와 같은 자들은 모두 알지만, 명나라 선종의 오황후는 아는 자가 드문데 오씨는 진천(鎭川) 사람이다. 『고사촬요』[200]를 살펴보면, '선덕 2년에 우군사정 오척(吳倜)의 딸을 가려 뽑아서 진상하였다.'라고 했는데, 바로 그 사람이다. 처음에 후궁이 되어 경태[201]를 낳으니, 뒤에 경태가 높여 태후(太后)가 되었다. 태후는 본국을 그리워하여 자신의 모습을 그려 본국으로 보냈으나, 처리할 방도가 없어서 절에 두니, 풀 베는 아이들도 얕보며 희롱할 수 있었는데, 지금까지도 그대로 있다.

『속통고(續通考)』에는 '어미는 단도(丹徒) 사람으로, 도독 오언명(吳彥名)의 딸이다.'라고 했다. 그런데 화상을 본국으로 돌아가게 한 것이 진실로

200 고사촬요(攷事撮要) : 어숙권(魚叔權) 등이 1554년(명종 9) 왕명을 받아 『제왕역년기(帝王曆年記)』 및 『요집(要集)』 등을 참조하여 편찬한 책으로, 사대교린과 일상생활에 필요한 여러 가지 사항들을 모아 상,중,하 3권과 부록으로 엮은 것이다.

201 경태(景泰) : 명나라 경제(景帝).

사실이라면, 이 어찌 속일만한 일인가? 『명사』가 외국의 오랑캐라 해서 숨긴 것인가? 어떤 자는 '황후의 아버지는 벼슬이 참판에 이르렀다.'라고 하기도 했다."

덕무가 살펴보니, 만약 이씨의 말과 같다면, 경태가 무신년에 태어났다는 것이 『명사』에 보이니, 오척의 딸이 정미년에 선발되어 들어가 다음 해에 경태를 낳은 것이다. 그러면 인종의 상이 끝나기 전이니, 선종은 아직 거상 중에 있는 것이다.

해제 이 글은 원말청초에 중국의 요구로 고려와 조선의 여자들을 선발하여 보냈던 일을 기록하고 있다. 이덕무의 다른 글과 마찬가지로 이 글 역시 여자를 가려 뽑아 중국 왕실의 여관으로 보냈던 특정 시기의 공물 제도에 대한 기록을 여러 문헌에서 발췌하여 모으고, 또 이에 대한 해설을 더하고 있다. 여러 차례에 걸쳐 아름다운 여자를 보내라는 요구를 받고 지체 높은 집안의 여자들도 예외 없이 선발하여 황제에게 보내면, 그 가운데 황제의 눈에 든 자들은 황후의 지위에까지 올랐던 역사적 사실에 대한 중국과 우리나라 문헌의 기록이 대비를 이룬다. 기황후 등에 대한 중국의 기록이 매우 부정적인데 비해, 어숙권이나 이익의 기록은 사실 중심으로 이루어져 있다. 이덕무 역시 여자를 공물로 바쳤던 문제보다는 공물로 바쳐진 여자들 가운데 높은 지위에 올랐던 여성들의 행적에 더욱 관심을 기울이고 있다.

이 글에서 특히 흥미로운 부분은 기황후가 황제의 총애를 받자 고려의 복식이 궁중의 여자들에게 유행하게 된 것과, 권비가 퉁소를 잘 불어 황제의 눈에 들자 궁중의 여인들이 너도나도 할 것 없이 퉁소를 배웠다는 내용이다. 동기야 어떻든 고려의 여자들이 중국에 들어가 '고려풍'을 전하는 역할을 일정 부분 담당했음을 알 수 있다.

여자의 복식이 중국의 제도를 따르는 것
女服從華制

태종 조에 왕비의 관복이 명나라로부터 들어왔으나 궁중에서는 입는 법을 몰랐는데, 명승[202]의 어미 팽씨(彭氏)가 가르쳐주었다.

세조 원년에는 명나라 사신 윤봉(尹鳳)이 고명[203]과 면복[204]을 실어 왔다. 상이 환관 전균(田畇)을 보내 윤봉에게 묻기를,

"중궁이 받은 관은 너무 작고, 또 비녀가 있는데 어떻게 착용하는 것입니까?"

라고 하니, 윤봉이 이르길,

"머리를 빗은 뒤에 정수리 뒤부터 좌우로 머리를 나누어 서로 틀어 묶고는 위로 쪽을 찌고 그 위에 관을 쓰고는 비녀를 꽂습니다."

라고 했다. 전균이 또 묻기를,

"명복[205] 가운데 보전(寶鈿)은 어디에 쓰는 것입니까?"

라고 하니, 윤봉이 말하길,

"그것은 금보(禁步)라고 하는데, 양쪽 어깨로부터 앞으로 늘어뜨려서 걸음걸이를 절도 있게 하여 아무렇게나 걷지 않도록 하는 것입니다."

라고 하였다.

---

202 명승(明昇) : 1355~?. 본관은 서촉(西蜀). 하(夏)나라 왕 옥진(玉珍)의 아들. 명나라 태조가 하나라를 멸망시키자, 항복하여 귀의후(歸義侯)에 봉해졌다. 1372년(공민왕 21) 남녀 28명과 함께 고려에 귀화, 이듬해 총랑(摠郎) 윤희종(尹熙宗)의 딸과 결혼하여 개경에서 살았다. 조선 태종 때 화촉군(華蜀君)에 봉해지고, 충훈세록(忠勳世祿)을 하사받았다.

203 고명(誥命) : 명・청 시대에 오품관(五品官) 이상을 임명할 때에 수여하는 사령. 직첩(職牒).

204 면복(冕服) : 면류관과 그 예복.

205 명복(命服) : 봉호(封號)를 받은 내명부(內命婦)나 외명부(外命婦)가 입던 관복.

세조 10년에 광주 목사 김수(金修)가 상소하여 이르길,

"우리나라 제도가 중국을 본받아 시행하지만 부녀자의 머리 장식과 복색만은 아직 옛 풍습을 따르고 있습니다. 제가 생각건대, 음식을 만드는 여종이 중국에 들어갔다가 돌아온 일이 있는데, 【상고하면, 세종 11년에 중국에서 내관 윤봉(尹鳳) 등을 보내어 차와 음식을 잘 만드는 부녀자를 선발해갔고, 15년에 또 음식 잘 만드는 여자를 찾아 데려갔다가, 17년에 내관 이충(李忠) 등을 보내어 우리나라로 되돌려 보냈다. 부녀 김흑(金黑) 등 53명은 지난 번 차와 음식을 만드는 일로 선발해 보냈던 여자들을 따라 북경에 들어갔던 자들이다.】 그 옷이 모두 상방[206]에 있으니, 음식을 만드는 여종과 통사[207]로 하여금 의녀와 기생을 선발하여 머리 장식과 복색을 가르쳐 익히게 하십시오."

라고 하니, 해조에서 논의하도록 명하였다.

근래 조정에서 다리를 금지하고 있으니, 이는 여자의 장식이 중국 제도를 따르게 할 좋은 기회인데, 오히려 족두리와 쪽을 사용하니 보잘것없고 간략하다.

해제 이 글은 우리나라에 중국의 여자 복식이 들어온 경위를 설명하고, 중국의 여자 복식을 받아들이기 위한 조정의 논의를 소개하고 있다. 왕비의 복식이 들어오면서 그 착용하는 방법을 몰라 명의 사신에게 일일이 물었던 일화는 당대적 의미를 떠나 사대적 문화 외교의 현장을 보여준다. 또한 세조 때 김수의 상소를 통해서 우리나라의 음식 잘하는 부녀자들이 중국에 진상되었다는 사실을 알 수 있다. 김수(金修)는 중국에 진상되었던 부녀자들이 돌아오면서 중국 여자들의 복식이 함께 들어왔는데, 이것이 국내에 시행되도록 해야 한다고 아뢰었다. 이 문제에 대해 이덕무 역시 우리나라 여자들이 중국의 복식을 따르는 것에 대해 긍정적인 입장을 취하면서, 당시 다리를 금지한 뒤에 여성들 사이에서 사용된 족두리와 쪽에 대해 혹평을 하고 있다.

---

206 상방(尙方) : 천자가 쓰는 기물을 만드는 벼슬. 혹은 천자가 쓰는 기물을 만드는 곳. 궁정의 의약을 맡은 벼슬을 이르기도 한다.

207 통사(通事) : 접대하는 일을 맡은 벼슬.

강흔 姜俒 · 1739 ~ 1775

강흔(姜俒) : 1739(영조 15)~1775(영조 51). 본관은 진주(晉州), 자는 전중(全中), 호는 삼당재(三當齋)이다. 부친은 표암(豹菴) 강세황(姜世晃)이고, 모친은 진주 유씨(柳氏)이다. 그는 정광서(鄭光瑞)의 딸과 혼인했으며, 강이천(姜彝天)이 그 아들이다. 1763년[영조 20년] 과거에 올라 1769년에 부령현감(扶寧縣監)을 지냈으며 1774년 교리를 제수받고 우승지를 역임했다.

신부보 서

新婦譜序

사람이 남을 가르치지 않으면 사람노릇을 하지 못하는 것이니, 진실로 남을 가르치기로 생각한다면 남녀 간에 무슨 차이가 있겠는가? 사람들은 반드시 남자를 가르치는 데 힘쓰지만, 여자를 가르치는 데는 힘쓴 적이 없으니 어째서인가? 남자는 가르침이 없으면 작게는 남에게 해를 끼치고 크게는 나라에 해가 되니 그 해가 됨이 진실로 크다 하겠다. 여자는 가르침이 없으면 또한 반드시 가문의 체통을 떨어뜨리고 자손에게 우환을 끼쳐 남의 집안을 망치고 말 것이니, 그 해로운 것이 또 어느 것이 심한가? 이런 까닭에 옛사람들은 내칙・내훈・여사잠(女史箴)[1]・동관(彤管)의 기록 등으로 가르쳤는데 반드시 어릴 때부터 했으니, 어찌 간곡하고 정성을 다하여 그 온순하고 정숙하며 공경하고 따라 섬기도록 독려하지 않았겠는가?

지금과 옛날은 습속이 서로 현격하게 달라 행하기 어려운 것도 있고 행할 수 없는 것도 있으며 행할 수는 있으나 풍속에 어긋나는 것이 있어서 규방의 여러 교훈서들이 쓸모없는 것이 된 지 이미 오래되었다. 하물며 우리나라의 부녀자들은 글자를 아는 사람이 없는데, 어찌 교훈적인 말씀을 익혀서 성품과 행실을 바로잡을 수 있겠는가? 어릴 때 배우지 않고 자라서 남에게 시집가면, 교만하고 사납게 마음대로 행동하며 기분 내키는 대로 행하여 여자의 도리를 지키지 않고 남편에게 누를 끼치게

1 여사잠(女史箴) : 중국 진(晉)나라의 문인 장화(張華)가 지은 문장. 혜제(惠帝)의 비(妃)인 가씨(賈氏) 일족의 지나친 세도를 풍자하기 위하여 지은 것으로, 후궁으로서의 윤리 도덕을 설명하였다.

된다. 혹 집안에 화를 끼치고 종사를 망치기까지 하는 자가 많다. 이것이 어찌 부녀의 본성이 본래 악해서이겠는가? 다만 가르침이 없어서 그러한 것이다.

내가 일찍이 따로 책 한 권을 지어 부녀자를 가르치려 했으나 오래도록 이루지 못했다. 근래에 『신부보』를 얻어보니, 곧 호상(湖上) 육기(陸圻)[2] 경선(景宣)이 편찬하여 시집가는 딸에게 준 것이었다. 또 동해 진확(陳確)[3] 건초(乾初)가 『신부보』를 보충한 것이 있고, 동해 사기(查琪) 석장(石丈)이 이어 오십 구 칙을 지은 것이 있어서, 합하여 한 책으로 만들었다. 시부모를 공경하고 남편에게 순종하며 시누이나 동서들과 지내고 비첩을 부리며 친척들과 화목하고 손님을 접대하는 데 힘을 다하는 것과 행동과 말, 세세한 범절에 이르기까지 갖추어 싣지 않은 것이 없다. 진실로 사람의 뼈 속까지 자극해서 감동의 눈물이 흐르게 하여 효도하고 공경하는 마음이 일어나게 하니, 매우 어리석고 포악하며 질투하는 부녀자들이 한 번 이 책을 읽으면, 반드시 얼굴을 붉히며 부끄러워하고 스스로 반성하는 마음이 생기게 될 것이다. 그러니 세교에 보탬이 되는 것이 어찌 작겠는가?

내가 이에 거듭 책을 교정하고 언문으로 번역해서 글을 읽지 못하는 부녀자로 하여금 따라 행할 수 있도록 했다. 이 책이 『내훈』, 『내칙』 등의 책보다 나은 점이 있다고 말할 수는 없으나, 다만 습속이 같으며 말이 쉽고 가까워서 사람을 느껴 깨우치게 하기 쉽다. 진실로 이 책에서 얻는 바가 있다면, 다만 가문의 체통을 떨어뜨리지 않을 뿐 아니라 자손에게

---

2 육기(陸圻) : 1614~1681. 청나라 전당(錢塘) 사람. 자는 경선(景宣) · 여경(麗京). 호는 강산(講山). 점하사객(漸河槎客). 『신부보(新婦譜)』를 지었다.

3 진확(陳確) : 1604~1677. 중국 명말 · 청초의 사상가 · 유물론자. 성리학자들의 주장에 마음을 두지 않은 채 실사구시(實事求是)의 학문에 중점을 두고 독립적인 철학사상을 전개했다. 주자의 격물치지(格物致知)와 선지후행(先知後行)에 관한 오류를 비판한 ≪대학변(大學辨)≫을 집필했다.

우환을 끼치지 않을 것이니, 옛날 어질고 현명한 여자가 새벽에 닭이 운다고 알리고 여러 패옥으로 보답한 것[4]과 또한 그 아름다움을 나란히 하고 덕을 짝하기에 어려움이 없을 것이다. 그것을 소홀히 여기지 마라.

해제 이 글은 강흔이 청나라 육기(陸圻)가 지은 『신부보(新婦譜)』와 여러 문인들이 그 내용을 보충하고 이어서 쓴 것들을 합하여 한 권의 책으로 만들고 쓴 서문이다. 강흔은 자신이 편찬한 『신부보』를 언문으로 번역하여 글을 못하는 부녀자들도 읽을 수 있도록 했다고 썼다. 이 서문에서는 여성 교육의 중요성을 강조하고 있는데, 특히 이 책은 우리나라에서 편찬된 것이기 때문에 시대와 풍속에 맞고 읽기 쉬워서 부녀자들에게 실질적으로 도움이 되도록 한 것이 강점이라고 소개하고 있다.

4 부인이 새벽에 닭이 운다고 하여 남편을 경계하고, 남편이 초대한 손님에 대해 극진한 대접을 하여 남편이 현자와 교유하는 것을 돕는다는 의미이다. 『시경(詩經)』「정풍(鄭風)」"女曰雞鳴, 士曰昧旦, 子興視夜, 明星有爛, 將翱將翔, 弋鳧與雁. …… 知子之來之, 雜佩以贈之, 知子之順之, 雜佩以問之, 知子之好之, 雜佩以報之."

원문

이재(李縡)

季舅母淑人韓山李氏墓誌

正郎閔公鎭永之婦淑人韓山李氏者, 牧隱之後. 吏曹判書諡忠貞諱顯英之玄孫, 坡州牧使諱徽祚之曾孫, 同知中樞府使諱昌齡之孫, 白川郡守諱明升之女. 正郎公之三世曰, 驪陽府院君文貞公諱維重, 江原道觀察使諱光勳, 慶州府尹諱機. 公之伯氏忠文公, 以北平使過咸興, 張公世南, 時爲判官, 於淑人外祖也, 爲淑人約婚. 年十五, 歸于閔氏, 以庚寅十二月四日歿. 去其生癸亥, 爲二十八. 淑人歿後, 公仕爲工曹正郎. 淑人始葬驪州蟾樂里文貞公墓越崗. 甲辰, 正郎公歿, 穿其穴而合葬. 辛酉九月, 又移卜于豐昌府夫人墓左麓負艮之原, 龍仁地也.

淑人容儀雅潔, 動止安詳, 坐必整齊, 目不散視, 色笑怡悅, 語言簡當. 大抵出於自然, 而非作意爲之也. 新婚資裝, 世俗例以華靡相尙, 而夫人則於豐約侈儉之間, 漠然不以爲意. 一門同爨甚衆, 婢僕互生脣舌, 聽者不堪其苦. 而淑人處之, 逌然若無聞也. 其寢疾於父母之側也, 旣革而囑傍人, 願歸死於尊姑之所, 其平日孝心可見也.

正郎公嘗曰:

"淑人雖在宴私之中, 穆然自將, 未嘗見惰容, 終始如一日."

其善事夫子又如此.

忠文公夫人李氏有鑑識, 尠許可, 獨稱淑人, 以爲潔淨無瑕. 與諸婦女處, 韻味自別. 又嘗見其舊日侍婢耘草於淑人祠堂之前, 而泣涕漣如. 指而歎曰:

"此亦仁惠所及, 沒世而不忘者也."

淑人弟夏龜, 讀書人, 與淑人實爲同氣間知己. 淑人之歿也, 爲文而哭曰:

"志度豁然不拘, 自與齷齪婦女有不同者. 發言行事, 務爲直截, 恥作回互婞嫛之態."

正郎公從子翼洙, 嘗記公事實, 而於淑人, 則曰:

"無一點塵俗氣, 識大義, 有女士風."
以此言槩之, 則可以知淑人德美之出常矣. 淑人又善於女紅, 持刀尺裁縫, 手勢如飛, 一夜之間, 能成兩件衣, 觀者至今稱奇云.
子男二人, 樂洙縣監, 覺洙方志於學. 諸孫男女皆幼, 惟覺洙之壻曰徐退修.
銘曰: 譬如寒冰貯玉壺, 美質淸瑩不可忘. 惟有令譽滿身後, 小子作詩示無疆.

李縡, 『陶菴集』 권45, 『한국문집총간』 권195, 432~3쪽.

淑人昌原黃氏墓誌

詩序贊二南婦人之德, 有曰, '已嫁而孝不衰於父母.' 夫已嫁而猶孝於父母, 况未嫁乎? 其嫁而事舅姑者, 又可知也. 余銘近世賢婦人多矣, 其如詩序所稱, 則未有若黃淑人者.
淑人系出昌原, 高麗侍中忠俊其始祖也. 入本朝, 有諱瑋, 藝文奉教, 兄弟父子十人, 同時以科宦顯, 於淑人爲五世. 曾祖諱瀣, 贈吏曹判書, 祖諱藎耉敦寧府都正, 贈左贊成. 凡擧七丈夫子, 季諱鑛, 唐津縣監, 兩世推恩, 以唐津之兄, 判敦寧欽貴也. 唐津公以八耋陞通政, 實淑人之考, 配文化柳氏正郎軸女.
淑人生而仁惠淑哲. 動有規度, 性又聰敏, 善於服勤. 甫十歲, 往侍贊成公歲餘, 母氏欲率還, 贊成公留之曰:
"孫兒非不多, 而老人之養多賴是兒, 不可捨去."
癸未, 歸于安東金時敏士修. 時敏戶曹正郎盛後之子, 敦寧都正壽一之孫. 參判號休菴尙寯, 參贊號竹所光煜, 則都正以上兩世也. 姑趙淑人壼範甚嚴, 而淑人務適其意. 宿疾遇冬輒劇, 盡誠扶護, 未嘗少離. 以至寒曉佇立於寢窓之外, 姑有呼聲, 淑人必應之. 姑嘗曰:
"余之依此婦, 如襁褓兒之賴母乳."
癸巳, 正郎公之喪, 姑又病出僦舍, 淑人猝當內政, 一邊治祭奠, 一邊奉藥饍, 左右供給, 無少窘錯. 又或入廚供具, 手背凍龜而血流, 不自知苦. 夫黨見之嗟嘆曰:
"誠孝精力, 俱非世俗婦女所可及."
家以長房遞奉兩世先祀, 淑人蠲潔致虔, 雖甚病不令人代.

唐津公寓在木川, 去京爲五六舍, 伻信難續, 而淑人至誠探候, 每月必屢得老人安否. 溫煖甘旨之供, 不以路遠而或闕. 唐津公每歎曰:
"如吾老且貧者, 非金氏女, 何以支過?"
余亦親聞其語, 鄕人至今稱其孝. 及其旅宦在洛, 服食亦躬自辦給, 不煩鄕家. 判敦寧公見而嘉之曰:
"不獨是事爲難. 貧家女類, 皆告急父母, 求乞不止, 獨吾姪必憂其父母, 一不及自己事, 吾已知其爲孝女矣."
士修闊略, 家事無所營爲, 惟淸坐哦詩而已. 淑人理家, 雖艱甚, 而不令士修知, 有時客至咄嗟, 盤饍輒具, 親友咸曰:
"非賢運判, 何能乃爾?"
士修蹇窮, 無所成名, 淑人安命不嗟怨. 晩筮仕監狼川縣, 淸淨爲治, 一境誦之, 淑人之助爲多.
淑人有達識, 巫卜不入於門. 寢疾多年, 亦不近醫藥. 己未二月五日卒, 年五十七. 越一月, 葬于楊州陶穴里先兆. 淑人未有産育, 姪子勉行自幼取而育之, 以爲嗣, 愛踰己出, 教之必以義方. 勉行從余游, 爲淑人乞銘, 久而益勤. 余感其孝, 力疾而爲之敍, 系之以銘曰: 宜家之德, 可配二南, 然且有大, 女而當男. 孝衰妻子, 能不懷慙? 我最厥美, 以風來今.

李縡, 『陶菴集』 권45, 『한국문집총간』 권195, 433~434쪽.

贈貞夫人靑松沈氏墓誌

凡人之於子, 孰不欲擇師而教之, 以求其顯榮也哉? 惟乍違目前, 便生別離之思, 而又憂其飮食居處不如在家. 拘於姑息之愛, 終成酖毒之安. 其割慈母愛, 通達大體, 以盡義方之教者, 余獨於沈夫人見之矣.
夫人靑松大家, 麗朝衛尉寺丞洪孚之後, 入國朝自靑松伯德符以來, 連爲大官. 靑陵府院君鋼之曾孫光世議政府舍人, 生檍進士, 生若溟縣監, 生滌通德郞, 於夫人爲考. 工曹佐郞海平尹世揆, 外祖也.
夫人生而明慧有異質, 父兄咸奇之曰:
"恨不使汝爲男子子, 以昌大吾門也."

通德公夙抱奇疾, 繼母李疎於理家. 夫人時方幼少, 而日夜手線, 以辦瀡瀡, 才藝敏妙, 人莫能及.

時閔淑人甚愛孫良輔, 爲求賢配. 鄭正郎涥卽淑人之姨子, 而於夫人爲姑夫, 稔知夫人資性之出常, 勸以結婚. 夫人年十三, 行親迎之禮.

良輔字康伯, 忠州牧使洪公諱重楷之子, 弘文館校理諱萬衡之孫, 永安尉諱柱元其曾祖.

夫人之醮也, 容儀秀出, 禮度嫻習, 內外族黨, 嘖嘖稱歎. 閔淑人貞介絶俗, 少許可, 而獨稱夫人爲賢婦, 事事必咨而後行, 夫人事之, 盡其誠孝, 罔敢恃愛而或怠. 愍通德公廢疾窮居, 有時奉迎家中, 極其供養, 異居之時, 日必數伻以候, 得一美味, 必送進焉. 古所稱已嫁而孝不衰者, 夫人有焉.

夫人年十六而子昌漢生, 以君子早廢擧, 門戶衰替, 必欲勸學成就, 甫十歲使來學於余. 昌漢初離家, 不敢思歸, 往往逃還, 夫人諄諄誨戒而還送之. 余之赴北幕, 夫人又使就學於趾齋閔公, 及余退居花田, 復令來留. 其阻久而乍覲也, 兒輒抱膝吮乳, 不忍離去, 則夫人或和顔而誘之, 或嚴辭而責之, 日雖昃必送之. 見時又未嘗不愀然曰:

"所望於汝者, 常在長者側, 觀感善變, 每歸技倆猶舊, 何不體父母之心乎?"

吾先妣爲之嘉歎曰:

"賢哉, 是母! 天必感其至誠, 使子顯揚無疑也."

不幸以丙申七月二十九日卒, 年僅三十四. 夫人歿後戊申, 昌漢始擢文科, 歷翰苑玉堂, 今爲全羅道觀察使, 而夫人不及見矣. 於是, 贈康伯吏曹參判, 夫人從 贈如例. 夫人在時, 謂昌漢曰:

"待汝決科, 携往父母墳山, 省掃而還, 庶無憾矣."

嗚呼! 亦何及哉? 歐陽子曰: '爲善無不報, 而遲速有時.' 信哉, 是言也! 次男章漢亦學於余, 有聲士友間.

夫人葬于坡州, 當作洞巽向之原, 與參判公同崗而異墳. 余素賢夫人, 今於幽堂之文, 義不忍辭.

銘曰: 夫人十三, 上堂拜舅, 禮度嫻雅. 德性夙就, 尊姑女士, 曰吾佳婦. 宜家之行, 疇非可取, 擇師教子, 於古罕偶. 割慈以義, 賢哉是母! 人事謬悠, 慶在身後. 恩誥煌煌, 兒拜稽首. 爲善之報, 遲速則有. 我銘其大, 可以不朽.

李縡, 『陶菴集』 권45, 『한국문집총간』 권195, 434~435쪽.

孺人完山李氏墓誌

嗚呼! 自古忠臣義士, 遭時危棘, 單心竭力, 支國勢於一髮千勻之際者曠世, 而一有之, 而死易立孤難, 自嬰臼以來, 已有定論. 今得之於閨閤之內若此者, 視古烈丈夫, 豈不尤難乎哉? 余於孺人李氏見之矣.

李氏者, 我 世宗大王別子密城君琛之後, 白江相國諱敬輿之曾孫, 大司憲竹西諱敏迪之孫. 考曰判書諱師命, 有勳勞於 王室, 肅廟己巳, 爲奸凶構誣, 終罹慘禍. 妣安定羅氏, 牧使星斗之女.

孺人以丁巳生, 生七日而羅夫人卒, 祖母黃夫人取而養之, 故以黃夫人爲母. 稍長始知爲羅夫人出, 追慕涕泣如成人. 黃夫人雖甚愛之, 而訓誨有方, 一言一行, 必循軌則.

年十九, 歸于光山金龍澤, 牧使諱鎭華之子, 西浦諱萬重之孫, 沙溪文元公諱長生之五世孫也. 始己巳之禍, 西浦公出獄之謫, 語家人曰:

"李某之寃, 吾甚憐之. 聞其有幼女, 長孫可娶之."

臨婚, 判書公之寃未白, 人多以爲禍家子不可娶. 牧使公毅然曰:

"先人之志不可改也."

孺人旣歸金氏, 婦德咸宜, 六親皆賀. 夫子好詩文, 不以家事嬰心, 以孺人代勞也.

庚子盡室下扶餘, 旋移居連山. 壬寅春, 凶黨大起誣獄, 夫子首及焉. 孺人託幼稚於同里夫黨, 而身入京. 每夜沐浴拜天, 以祈紓禍, 禍色益急, 夫子竟以四月十一日死於獄中. 羣凶恐獄不成, 過數日, 僞以承款書出朝紙. 孺人偵得其實狀, 使忌辰不失正日, 其視 皇明劉侍講繆詹事不知死日者, 不可同日語矣. 況夫子誣服一段, 可由此而昭洗者乎! 孺人將自決以殉之, 夜夢夫子從獄中以破壁紙, 大書以寄曰:

"必須生存, 以保子息."

孺人遂斷以大義, 矢心不死. 羣凶將用收司之律, 發緹騎圍孺人所居, 索長子

急, 孺人擧止安詳, 不失常度. 羣凶旣殺長子, 遂分配孺人及長子婦於泗川河東地. 孺人哭謂婦李曰:
"吾與汝同日決死, 豈不爲快, 而以汝舅之忠孝, 抱至寃極痛, 父子滅身而吾又死, 則幼稚必不能保全. 吾雖欲生而汝死, 則吾不可獨生, 是汝重絶其後嗣也, 其可忍耶?"
婦李乃許以不死, 則又慟哭曰:
"吾汝之生, 比死尤可哀也. 然限以十年, 若復見天日, 長成兒輩, 庶報舅家恩德之萬一."
孺人之叔父議政公賜死, 孺人之弟喜之及議政之子器之皆拷死. 孺人之繼妣趙氏與孺人之女兄金監司普澤夫人與喜之之妻鄭皆自決, 一門慘禍, 古未有也. 將赴謫, 宋氏女乞來別, 不許曰:
"徒亂我心."
率二子一女, 赴謫所, 語婦李曰:
"吾與汝雖生, 若郡將暴惡, 則當卽死耳."
設几筵於謫舍, 朝夕泣血號天, 隣里爲之感泣. 時仲子年十四. 國法無待年從坐之文, 而羣凶恣行胸臆, 或云年滿將收之. 孺人憂懼不知所爲, 乃以仲子變服爲女奴, 送于宋氏, 使匿之他所, 聲言仲子遘癘死. 詣縣告而設機制變, 得免檢驗, 人無知者. 孺人以一女子, 獨與婢僕, 行此至難至危之事, 而恩義素孚, 任使得人, 故皆盡其死力, 雖變故危急之時, 終無反心焉. 每以竹籤分書吉凶二字, 卜於靈座前而決之, 未嘗少錯, 精誠之感如此.
今 上乙巳, 盡放諸坐謫者, 孺人以仲子首實蒙宥. 禍變時兩喪皆葬淺土, 葬禮多闕. 孺人獨自經紀, 丙午是克改葬. 翌年時事又變, 率諸子歸懷德, 戊申避亂, 又徙干連, 語諸子曰:
"玆土也, 宗黨所居, 文學所在, 今而後始定居矣."
孺人蓋當未立孤之前, 雖窮阨萬端, 而未嘗言死事. 及諸子旣長, 還以不得下從爲至恨, 茹荼攻蓼, 十年如一日. 己未十月二十六日, 感疾而終, 享年六十三. 臨歿, 戒諸子曰:
"惻念父寃, 毋負母志, 兄弟和協, 俾保門戶. 我死之後, 事汝嫂如事我也."
以十二月九日權厝於石城立石村負乾之原, 實趙夫人墓側也.

孺人性明達識大體, 於小學語孟, 略通其義. 常曰:
"男女之間, 大防存焉. 必嚴必謹, 家道乃立."
年高之後, 亦不使年少姪輩坐處稍近. 謫舍, 嘗夜失火, 季女頓足而哭曰:
"孃速出."
孺人徐步而出. 季女自前牽之, 孺人曰:
"何若是急迫也?"
辛丑, 建儲後, 人皆以爲無憂, 而孺人獨憂之深, 其卓識多類此. 姪子貧不能行判書公墓祀, 孺人爲之替行, 忌日必助祭, 以終其身. 喜之只有一女坐謫. 孺人憐其孤弱, 冒禁率來, 養之如己女, 擇婿而嫁之. 諸子之衣服飮食, 務令菲薄曰:
"汝輩豈好衣好食之人哉?"
又命終身素帶, 以志至痛. 常泣於諸子姪曰:
"己巳禍初, 祖母中夜執父親手而問曰: '汝今死生未定, 或有不是事耶? 汝豈欺我哉?' 父親愀然曰: '此心只爲國耳. 上天俯臨, 焉敢欺母?' 余時年幼, 雖未知禍變本末, 而父親之至寃, 刻骨而悲之矣. 汝父每於酒後, 呼父母而泣曰: '我今父母不在, 忠君之外, 更何所事? 我世臣也. 已以死許國. 若有貪慕富貴之心, 天必厭之.' 此蓋忠孝之心, 出於天而然也."
乙巳之後, 世道雖乍明, 而羣枉猶未盡伸. 孺人嘗以夫子心事之未白, 死日之見誣, 欲擊鼓訟寃, 而人或止之. 孺人歿之明年, 而禍又作, 仲子被逮. 以孺人之所欲陳者, 陳之於廷問之下, 上爲之惻然, 命貸死流海島. 嗚呼! 昔王元美之傳湯節婦曰: '是所謂嬰百罹出, 萬死而卒以其孤濟者也.' 且比之文信公而以節婦之有成爲勝之, 況孺人之所成, 尤有難於節婦者耶! 孺人嘗擧諸葛武侯鞠躬盡瘁死而後已之語曰:
"吾於金氏, 素志亦如此."
云.
孺人擧四男四女, 一男二女夭. 男長大材卽壬寅被收者, 次遠材方自濟州出陸, 次晦材. 女長適宋載福, 次適朴宗衡. 方遠材之被逮也, 晦材自意兄弟俱不得全, 懼孺人之事行因而湮沒不傳, 奔走涕泣, 乞銘於余. 余憐其志而許之. 銘曰: 鳲鴞鳲鴞兮, 取我子兮毁我室. 羽譙譙兮尾翛翛. 風雨漂搖兮音嘵嘵.

嗚呼孺人. 勤苦勞悴之意, 其尙類乎斯詩. 我用作銘, 銘以哀之.

李縡, 『陶菴集』 권45, 『한국문집총간』 권195, 435~438쪽.

孺人驪興閔氏墓誌

孺人姓閔氏諱某, 我伯舅議政府坐參贊趾齋府君諱鎭厚之女. 府君才誠兼至, 爲國盡瘁, 實我 肅廟名臣. 母夫人延安李氏, 明達有女士之風. 孺人生有美質, 又樂有賢父母, 食恩擩梁, 不離訓典之內, 和婉謙愼, 自幼少時已然.
年十六歸于光山金光澤德耀. 德耀之父曰鎭華, 進士壯元, 忠州牧使. 祖曰萬重號西浦, 官禮曹判書大提學. 孺人入門, 親黨咸曰 '佳婦'. 辛丑, 德耀中進士, 余往賀於三淸洞之居, 是德耀所卜地, 而孺人拮据而成者. 環屋長川白石而松臺在後, 幽深淸絶, 有邱壑之趣. 德耀安坐哦詩, 孺人手紡績, 深得詩人雞鳴遺意. 余前後凡三過焉, 蓋觀孺人不出聲氣, 而家事自理, 服用酒食, 皆檢面潔. 是冬士禍大作, 翌年虎龍上變, 德耀之兄龍澤首被逮, 甚至於勠死. 德耀隕心喪魄, 若無生. 然尋以收坐謫長鬐縣. 妻子隨往, 路過驪州, 時李夫人盡室歸先墓之下. 而趾齋府君祥事間一旬, 且孺人有身臨月. 家人咸欲其少留, 獨李夫人謂曰:
"雖夫家尋常憂阨, 宜不敢爲便身之圖, 況此何等時耶? 一身死生不足恤, 祥祭何可論?"
促令隨去. 臨別無幾微見色. 孺人亦體其意, 不敢出涕. 抵謫始解身. 海堧羇孤, 艱苦百殷, 而孺人能逌然自遣. 李夫人又貽書孺人曰:
"吾見禍家子弟, 自知不用於世, 全無勤勵爲學之意. 遂致其家不振矣. 汝勿以隕穫之色示兒輩, 使之怠廢也."
孺人佩服不敢失, 二幼子亦能力學. 今 上乙巳, 始脫謫籍, 而無可往者. 孺人弟翼洙士衛遇洙士元奉李夫人在驪鄕, 德耀攜孺人而依焉, 屢遷而得牛灣江村. 其後余屢過之, 德耀性坦率, 平居不自矜持. 雖數起而孺人未嘗不爲之起, 孺人在德耀之側, 洞洞屬屬, 若嚴君然, 未見有惰慢之容. 余甚賢之, 歸則語家人而嗟嘆焉. 家貧疏糲不繼, 而孺人不戚戚, 亦不令德耀知也.
癸丑李夫人卒, 孺人煢然益無所依. 後十年壬戌十月三日, 偶感疾歿于蟾樂寓舍, 年五十六. 德耀長於孺人二歲, 孺人歿後二日亦卒. 金氏墳山俱遠, 不能以柩歸. 以某月某日, 合葬于牛灣屋後. 孺人三男, 敏材簡材獻材.
嗚呼! 傳曰 '素患難, 行乎患難, 無入而不自得.' 是惟君子能之. 夫以婦人性偏而可論於此乎? 若孺人者, 寒士之妻, 固不可謂不窮, 而中年以後所經歷險阻艱難, 實今古所罕有. 人不堪其苦者, 而孺人處之如樂地, 未嘗一出嗟怨之言. 人或勞之則曰'命也.' 噫! 吾先妣平生見人富貴, 無歎羨之意, 嘗曰:
"凡人百病, 皆從忮求上出來."
孺人德性, 蓋亦有肖似者, 故其驗於患難之際者如此. 設令孺人處乎富貴, 吾知其必不淫矣, 豈不賢哉? 嗚呼, 詩不云乎? '溫溫恭人.' 惟德之基, 夫溫者仁之發, 恭者順之著, 此於婦人之德, 可謂至矣. 尙記吾先妣語及孺人而歎曰:
"吾觀一家婦人多矣, 資稟溫恭, 未有如是女者. 有如是之德, 而命之窮厄, 乃至於此, 此何天也?"
小子對曰:
"常者理也, 反常者氣也, 從古變多常小. 然而不有窮厄. 恐無以見吾妹如是之德, 是亦未必非天也."
余亦嘗語此於孺人矣, 及孺人訃至, 追念斯語, 益爲之愴涕. 成服之翌日, 爲孺人草成誌文, 其不待孝子之狀, 而但以身所聞見撰次之者. 非惟揚孺人之善, 欲令爲善者少知勸焉. 系以銘, 銘曰: 終溫且惠, 淑愼其身, 我賦斯詩, 以銘孺人.

李縡, 『陶菴集』 권45, 『한국문집총간』 권195, 438~439쪽.

孺人慶州金氏墓誌

孺人姓金氏籍慶州, 本朝開國功臣梱之十三代孫. 曾祖鍾城府使諱元立, 祖贈左承旨諱敏格, 考學生諱載漢. 妣全州李氏學生重耉女, 祖曰副提學惟弘. 孺人之夫曰延日鄭鎭重叔, 參奉纘憲之子, 圃隱先生之幾世孫也.
孺人生於丁巳二月二十四日, 卒於庚辰六月二十二日. 金生彦豪, 卽余同鄕親友, 而於孺人弟也. 其爲孺人狀, 讀之可以知孺人之賢.
蓋言孺人五歲失母, 善事繼母. 母敎以女紅, 每稱奇才. 遇母諱辰, 繼母見孺

人哭泣之戚, 抱彦豪而教之曰:
"爲子誠孝當如是, 願汝之類汝姊."
及笄繼母又捐世, 孺人哀戚出於至誠, 見者嗟歎. 彦豪年七八歲, 頑愚無識, 家大人長在親側, 家稍左, 未暇檢束. 孺人涕泣而語之曰:
"慈氏愛汝, 使不出外, 勸之以讀書, 今汝罔念慈訓, 狂恣日甚, 慈氏有知, 以爲如何也?"
彦豪泣謝曰:
"自今惟姊言是承."
是後家大人之出, 輒挾冊以進, 孺人欣然開卷於鍼箱之上, 執筭課讀, 頻問文義. 且使端坐座右, 警其過失, 亹亹訓誨, 無非愛親敬長讀書敕躬之方. 雖古賢父兄之教, 何以加玆?
孺人天姿敏慧, 識慮明達. 友于之性, 懇惻之誠, 積於中而見於外. 故如彦豪之蒙騃而自知畏敬, 不敢慢戲於其傍. 惟其言之聽, 今則雖老而無成, 猶不至於陷大戾而辱門戶者, 實孺人救拔之力也. 孺人在夫家, 舅姑稱其孝順, 婢僕懷其慈惠, 其賢益可知也.
孺人葬於圃隱先生墓右麓乙坐之原. 重叔後娶有子觀濟, 是從余游者. 將爲孺人納誌於幽, 就金生所爲狀, 取其要而叙之云.

李縡, 『陶菴集』 권45, 『한국문집총간』 권195, 439~440쪽.

孺人宜寧南氏墓誌

孺人南氏, 烏川鄭鎭重叔之妻也. 南出宜寧, 國初有領議政忠景公在, 其後察訪挺蕤縣監澈父子, 以忠孝聞. 縣監之曾孫天擧僉知中樞府使, 於孺人爲父. 其配彦陽金氏慶趾之女. 重叔圃隱先生幾代孫, 參奉纘憲其考也.
孺人年十九歸鄭氏, 爲人慈惠潔淨, 事舅姑以禮. 處諸姑無間言, 姑之子無怙恃, 育之如己子. 家貧能節用, 又能養蠶治圃, 以供飮食衣服. 臨祀必斤斤致虔. 父以大耋錫爵, 孺人往賀焉, 將歸歎曰:
"女子有行, 父母老而不能養, 其若之何?"
未幾遘癘甚危, 重叔入視之, 孺人作氣曰:

"願君子自愼."
言訖而卒, 庚戌五月十四日也, 年四十六. 重叔葬之龍仁古梅谷坤坐之原, 去圃隱墓十里. 擧五男三女, 男觀濟, 興濟, 謙濟, 餘幼, 女皆夭.
觀濟常從余游, 孺人送之曰:
"夙夜戒謹, 無忝所事."
及歸又問所學何事. 余因觀濟聞孺人言行蓋熟矣. 孺人性喜書, 夜則令子誦而聽之, 至忠臣孝子之事, 嗟賞不已. 每戒諸子曰:
"有子不令, 不如無也."
又曰:
"人多爲婦女所移者, 汝曹當愼之."
嗚呼! 世之人鮮不以姑息爲愛, 而孺人獨不然. 觀濟飭躬砥行, 非余能敎, 實孺人敎之也, 豈不賢哉? 觀濟泣請銘.
銘曰: 勤以理家, 義以敎子. 婦人之行, 如斯而已矣.

李縡, 『陶菴集』 권45, 『한국문집총간』 권195, 440쪽.

淑人安東金氏墓誌

淑人安東金氏者, 安岳郡守諱昌說之女, 領議政文翼公退憂堂諱壽興之孫. 母吳氏, 陽谷忠貞公諱斗寅女也. 吾仲母歸樂堂夫人, 於淑人爲姑母, 淑人又呼吾婦爲姨. 余以是聞淑人幼時事頗詳.
蓋淑人在兩家爲初擧孫, 奇愛之甚, 顧無一毫驕惰之氣, 動合儀則. 纔學語, 已能知愛親敬長之道. 祖母尹夫人女士常稱之曰:
"使汝爲男子子者, 必使金氏之門復昌."
及擇對爲僉正李公成朝季子梅臣婦. 吾婦早世, 吾仲母繼逝, 自是不復聞淑人事矣.
時因吳家子弟問之, 則淑人賢而無子, 又未嘗不嗟惜也. 後數十餘年, 李氏子惠輔來請淑人幽堂之文曰:
"此吾父遺命也, 銘吾母者, 非先生其誰?"
余惟淑人資性淸明端一, 幼時事行, 實如吾所嘗聞者. 其在夫家, 以事父母者

事姑, 其得乎姑夫人之心可知也. 其治梱也, 家徒四壁, 貧苦殆不可堪, 而凡係細瑣, 不使夫子知曰:
"丈夫之汨於營產, 是婦人恥, 吾豈以此累之?"
蠶桑織紝, 夙夜不少懈, 以至園圃墻屋之事, 躬自勤勞. 而聲音不出於戶外, 平居庭宇必汛埽, 器物必整飭, 上下各執其事, 閨門之內穆然也. 雅好澹泊, 不歆羨富貴, 聞鹿車故事, 輒欣然慕之. 當兄弟析居也, 淑人曰:
"宗家貧, 無以奉祭, 何用分財?"
一物不以自私. 余於斯狀, 益聞其所不聞. 惠輔又泣而言曰:
"吾父嘗詔不肖曰: '汝母貞而不滯, 慧而不流, 旣和且敬, 婦德備矣. 終身慕父母, 汝母殆庶幾乎.'" 其見知於夫子者如此, 尤何間焉?
淑人以庚午八月十五日生, 卒於乙卯正月二十七日, 年四十六. 余旣銘禮安公, 又別爲淑人作誌, 蓋不忍傷孝子之心也.
銘曰: 在室爲淑女, 居貧爲良妻. 姨夫作詩, 衆美具兮.

李縡, 『陶菴集』 권45, 『한국문집총간』 권195, 440~441쪽.

孺人恩津宋氏墓誌

孺人宋氏同春文正先生之曾孫, 考牧使諱炳翼, 母完山李氏. 牧使公男女十人, 孺人最幼, 最愛其端淑.
年十六歸韓山李思勗. 思勗經歷秀衡之子, 而出后縣監秀文者, 曾祖參贊弘淵. 孺人未廟見, 本生姑卒, 哭泣饘粥, 一如禮. 牧使公歎曰:
"兒乃能移孝若此."
旣見舅, 舅曰:
"眞法家子也."
久而益愛之曰:
"是善事我."
戊戌牧使公卒, 庚子縣監公卒. 姑鄭夫人久疾, 孺人賣裙買牛, 親飼以進乳, 窮日夜扶救, 一不告勞, 亦不令母姨知也.
年二十二癸卯六月四日死, 墓在淸州治西水落洞面巽之原. 死後三歲, 李君

始成進士, 李夫人哭孺人曰:
“未亡人宜死久矣. 吾不食, 汝亦不食. 强食以至于今矣. 吾生而汝乃死耶?”
又曰:
“豈無他子, 自汝于歸, 吾身若無依然.”
李君常嘆曰:
“孺人於我, 有爭友之益矣, 今安可復得?”
孺人之姪明欽爲孺人狀德, 具道是語. 且言其考錦山公亦嘗稱之曰: ‘吾妹柔恭慈愛人也.’ 余惟女子之行, 莫善於婉順, 孺人之得父母舅姑之心如此. 又錦山公余所敬重, 豈辟於愛者? 夫以孺人之賢, 宜降之福, 而卒蚤死無育何哉? 而况弱齡俜仃, 備嘗百罹, 尤可悲也. 然不如是, 孺人之至性, 何從而見? 余於是益信先生之敎之遠, 孺人之賢, 豈非丹穴之一羽也? 余亦先生外出, 遂爲銘以塞生者之悲.
銘曰: 婉兮孌兮, 有齊季女. 胡然而來, 胡然而去? 氣之淸而數之局兮, 終古如許.

李縡, 『陶菴集』 권45, 『한국문집총간』 권195, 441쪽.

孺人南陽洪氏墓誌

孺人南陽洪氏者, 明陵參奉禹肇之女. 祖受容司憲府監察, 曾祖處大知中樞府事. 妣驪興閔氏, 府院君文貞公諱維重之女, 余與孺人同外祖. 而孺人之外祖母曰豐昌府夫人趙氏. 趙夫人大耋在堂.
孺人年十一失父, 十六母又亡, 趙夫人取孺人兄弟而鞠於家, 以故余時過外氏, 未嘗不與孺人相見. 天姿莊靜高潔, 自幼少時已知非尋常婦女矣.
十八歸于完山李夏祥子華. 子華縣監顯之之子, 而出爲其伯父進士重之之後. 光州牧使益命其祖, 而曾祖則大司憲敏迪也.
孺人旣入門, 祖姑宋夫人素簡嚴不苟譽, 而於孺人獨稱其賢, 且憐其煢孑, 撫愛備至, 孺人事之如母. 其侍夫人疾也, 奉藥餌巾帨, 晝夜不離側, 如是者數旬, 而一心不懈. 旣終喪, 每當諱日, 涕泣曰:
“祖姑之恩, 我不報也.”

及生子又泣曰:
"我生子而祖姑不及見也."
孺人孝友篤至, 及嫁見一新衣一厚味, 輒歎曰:
"吾祖母與二弟, 飢且寒矣, 吾忍自安耶?"
及遘癘將死也, 舅欲入視, 孺人不肯曰:
"死固吾所惡也. 我亦知入而救則生, 不入而救則死. 然所惡有甚於死, 則終不可爲也."
嗚呼! 疾痛而呼父母, 人之情也, 而若孺人者, 不欲以身累親, 當死生之際, 而不易其心, 斯可謂孝, 而其言亦可悲也.
孺人生於戊子二月三十日, 死於壬子閏五月十日. 以其年八月十五日, 葬于永同馬里谷負丙之原.
孺人於凡百器玩, 別無嗜好, 衣服惟取澣濯潔淨, 而絕不近華靡. 其往來夫家也, 服飾尤簡儉, 且去膏沐. 趙夫人問之, 則曰:
"婦女在道, 不當爲容飾也."
在外家, 賓客多達人, 軒騶至門, 衆婦女或窺觀, 而孺人獨俛而執女工, 若無聞也. 與二弟居, 恐其衣服相近, 必藏而別之, 蓋其天性然也. 孺人嘗語子華曰:
"婦女之情, 孰不欲君子之榮達, 而我則不然. 君若讀書修身, 超然爲高蹈之士, 則於我榮矣. 安得與君共挽鹿車而歸山耶?"
蓋孺人情致, 瀟灑有林下風, 故其言如此.
子華爲人淸脩, 且善文辭, 有聲士友間. 孺人死後幾年, 又死而別葬于楊根先兆. 余於子華在時, 嘗許以孺人誌, 未忍孤其言, 遂爲之銘.
銘曰: 詩稱女士, 我見孺人, 使充其操, 其庶乎少君德耀之倫.

李縡, 『陶菴集』 권45, 『한국문집총간』 권195, 441~442쪽.

從妹孺人李氏墓誌

孺人牛峰李氏者, 吏曹判書歸樂堂府君諱晩成之女, 正郎 贈執義綖之妹也. 府君元配安東金氏生執義君及其姊. 孺人之母曰金夫人, 奉事淵女, 延興府

院君悌男之玄孫. 府院君老而執義君未有嗣, 孺人之生也. 府君以巡撫使在湖西聞之, 大違所望, 及還見孺人而喜之曰:
"兒頗類我."
稍長有至行, 府君奇愛之. 孺人天性婉順, 自幼無一言一事違咈長者之意. 府君常命之曰:
"衣之有紋者勿服也."
金夫人偶以縠文衣之, 孺人泣曰:
"父有教不敢也."
仍請利刀欲去其紋而不能得, 遂不復服. 金夫人有病, 孺人不食而色憂, 長者雖命出遊亦不肯. 間與羣兒嬉戲, 未見有忿色. 執義君之事金夫人, 慈孝無間, 而孺人猶若有和巽調娛之意發於辭色. 吾先妣素有鑑識, 見孺人每歎賞不已. 孺人六七歲遘奇病, 金夫人至誠保護, 不教以女工, 而自然無所不能, 其多才又如此.
府君不幸瘦歿於壬寅士禍, 今 上乙巳雪冤復爵. 執義君奉金夫人, 奔竄周流於春川永平深峽之間, 孺人輒從焉. 性勤敏, 甚喜養蠶種樹, 雖顚沛之際, 而未嘗廢. 執義君積毁成疾, 將死手書囑於余曰:
"病妹可念, 爲慈親益復於邑. 幸如弟在時存恤而成就也."
時余在花田故里, 奉金夫人而還, 爲孺人擇對, 丁未秋歸於全州柳得養仲長. 仲長大父泰明承旨, 父愈縣令, 以孝友世其家. 孺人入柳氏之門, 事舅姑盡禮. 生長富貴, 而無一毫驕惰之容, 與妯娌在側, 和氣融融. 舅姑曰:
"汝能事吾如父母, 吾何憂乎無女也?"
金夫人於孺人, 未忍一日離膝下, 乍違必涕泣思之. 孺人每數袛告歸, 辭懇而容婉, 舅姑感而許之. 仲長既得君爲內助, 仍從余遊, 孺人嘗勸之學, 隨事規正, 又非一二. 余孤露以來, 移寓龍仁之寒泉, 寒泉卽先壟而歸樂府君之墓亦在. 歲癸丑, 金夫人携孺人而來依焉, 孺人手紡績, 仲長讀書, 深得雞鳴詩之遺意. 每晨夕講誦之聲盈堂, 孺人聞而樂之, 殆忘日月之逝. 居一年金夫人薄入洛下, 孺人隨之, 偶感疾死於城西寓舍, 是甲寅十月四日也, 得年僅二十四. 孺人常善病, 病則自危而歎曰:
"吾則死, 吾母疇依."

及臨絶, 其言益悲切. 嗚呼! 若孺人者, 可謂已嫁而孝不衰於父母者矣. 仲長又言, 孺人疾革無他語, 但問尊舅之行, 何日戾止. 時舅在慶山縣, 而科期非遠, 蓋以不得面訣爲恨也. 舅姑尋常書札, 必貯之箱篋, 無一紙失壞, 愛敬如此云.

孺人與余別約以數月, 而遂不復歸. 金夫人亦不忍重見舊居, 惟仲長時時過余, 無一對悲咤而已. 孺人以是歲十一月三十日, 葬於交河月籠山之南麓, 與承旨公墓相望.

嗚呼! 女子之身至眇少也, 而器量則大人也, 胸懷宏豁, 見識明達. 雖不讀書而往往有理到之言, 如孺人者, 豈可不復得也? 使孺人幸以爲男, 必善述我仲父之業, 以益大吾門, 而旣不能焉. 又不幸一墮胎而卒無後, 譬如一箇好果樹, 不得下種子, 益可哀也. 孺人手書小學及三綱行實, 常自省覽, 欲請余題其書面而未及云. 爲孺人狀其行者仲長也, 作文而垂諸後者, 其從兄縡也. 孺人死後十年甲子月日, 仲長始克燔誌而納于幽.

銘曰: 嗚呼! 以余觀於婦人, 德容功三者之兼備, 孰若吾妹之賢? 乃有斯疾而又無年, 奈何乎天.

李縡, 『陶菴集』 권45, 『한국문집총간』 권195, 442~444쪽.

五代祖妣貞夫人晉州柳氏墓誌

全義縣西數里, 有牛峰李氏族葬地, 貞夫人晉州柳氏位焉. 上而幾步, 禮曹判書諱承健爲舅之父, 岡之右, 司議諱諶其舅. 司議公季子諱之信, 弘文館副提學, 別葬高陽香洞, 夫人副學公繼配也. 夫人考參奉寅仝, 靖平公珣之後, 妣義城金氏, 參奉漣之女, 慕齋先生安國之妹.

生于某年某月某日, 卒於某年二月四日. 擧二男一女, 男劭參奉, 次劼贈贊成. 女孫億以詩名. 參奉男有恒, 有恒之子正郎玢, 玢之子縣監晩亨, 俱有至行. 贊成五男, 季有謙參議, 學行名世. 其男都正翮, 贈持平翎, 大司憲翔, 右議政翻, 判書翊. 議政之男晩昌, 贈參判, 於縡先君. 晩成判書, 晩堅觀察使. 我李至是益大顯, 豈非夫人積慶懿訓之所自也? 是爲誌.

李縡, 『陶菴集』 권46, 『한국문집총간』 권195, 448쪽.

孺人全州李氏墓誌

參奉牛峰李公之文之配曰孺人全州李氏. 公墓在高陽香洞, 而公之考司議諱諶, 祖禮曹判書諱承健, 葬於全義縣西. 孺人實從其兆, 鄕人至今稱爲小主墳, 蓋孺人讓寧大君之玄孫, 其考鷄林正坦云.
孺人之生, 不可詳其年月, 卒則先公, 以某年正月卄七日. 無育, 參奉公取弟副提學之信之子劼子之. 劼贈議政府左贊成. 參議有謙, 大司憲翔, 右議政翻, 判書翊, 判書晩成, 觀察使晩堅, 其子若孫曾之顯者, 餘不盡載. 贊成公玄孫某官某謹誌.

李綡, 『陶菴集』 권46, 『한국문집총간』 권195, 448~449쪽.

祖妣貞敬夫人慶州朴氏墓誌

貞敬夫人慶州朴氏, 右議政牛峰李公諱翻之繼妃也. 議政公三世曰弘文館副提學之信, 贈議政府左贊成劼, 戶曹參議 贈領議政有謙, 外祖處士坡平尹公弘裕. 夫人之考世英, 通德郎, 祖大頤, 世子翊衛司洗馬, 曾祖弘美, 承政院左承旨. 妣全州李氏, 司藝晩吉之女.
夫人以 崇禎乙巳七月卄七日生, 丙寅歸于議政公. 議政公時判兵曹, 翌年入相, 夫人由貞夫人進封貞敬夫人. 戊辰議政公卒, 後三十歲丁酉夫人卒. 卒之日五月十六. 葬于龍仁泉谷, 議政公墓之右崗.
議政公元妃羅州朴氏, 凡三男, 綡先君贈參判晩昌蚤卒, 次晩成, 次晩堅. 晩成丙子庭試壯元, 晩堅己卯及第. 又三歲綡擢第, 夫人備有隆養二十餘年. 卒時晩成吏曹判書, 晩堅觀察使, 綡副提學, 一世榮之. 夫人一婿士人吳履周夭死, 夫人痛甚. 夫人卒後一歲女又歿, 嗚呼, 何其酷也!
夫人淑哲莊惠, 治梱井井有法度. 始入門, 議政公指吾母曰:
"吾婦女士, 君可師之."
吾母至誠事夫人, 夫人甚敬重, 終身不衰. 得一味輒先及吾母而後食, 遇諸孫恩愛至. 見者不知其異. 於是人益信議政公之敎行于家, 而夫人之德, 其享尊榮也固宜. 吳孺人二女, 歸李養重權震應, 綡一男濟遠.

李綡, 『陶菴集』 권46, 『한국문집총간』 권195, 450~451쪽.

先妣墓誌

我先妣驪興閔氏, 驪陽府院君文貞公諱維重之女, 妣曰恩城府夫人宋氏, 文貞公德望才猷, 爲世名臣, 宋夫人和婉莊靜, 婦德咸宜. 夫人胚胎前光, 生有異質. 甫五歲, 外翁同春先生作詩嘉之曰:
"父母敎訓早, 聰明爾性然."
我祖考議政府君與文貞公爲金石交, 約與爲昏. 夫人十五而歸我門, 有德有容, 六親稱慶. 尤菴先生之臨弔宋夫人喪也, 見夫人動止有度, 嘉歎不已, 歸語其家人. 夫人久而無育, 議政府君遲之曰:
"以吾婦之賢, 幸而有男, 豈非吾門之福也?"
歲庚申不肖綍生. 甲子先君子蚤世, 親黨以夫人剛決, 或爲之過憂, 文貞公曰:
"吾兒必不然也."
已而夫人自解曰:
"我有一稚孤, 養育成就, 俾奉先祀, 是吾責耳, 豈可爲過毁滅死之計哉?"
於是饋奠之具, 喪葬之需, 無不窮執, 上奉下鞠, 極其孝慈, 內外宗族皆大悅. 及繼姑朴夫人入門, 議政府君指夫人而言曰:
"吾婦女士也, 君可師之."
越二歲, 議政府君卒. 己巳之禍, 仁顯王后遜于私第, 夫人携家出寓於花田別業. 綍幼而不勤學, 夫人泣而誚曰:
"未亡人惟汝爲命, 然有子不學, 不如無子."
吾仲父歸樂公課讀甚嚴, 雖痛加捶楚, 而夫人一無嗟勞色, 仲父嘗語此事曰:
"此婦人常情之所甚難者, 惟於吾邱嫂見之."
夫人勤於紡績, 自少至老, 未嘗頃刻自逸. 嘗手理木綿花, 而以花朶爲筭, 終夜勸讀, 以綍愚魯而能有成立, 實夫人與吾仲父之力也. 及壼位重正, 夫人復還漢師. 綍時延賓友, 與之讀書作文, 夫人親爲之供饋而不知勞.
壬午綍擢第, 夫人喜且泣曰:
"此乃翁不食之報也."
又曰:
"非不喜汝之榮達, 而爲貴人易, 爲好人難, 此吾所深憂也."

綷見世路險巇, 少仕宦情, 夫人亦謂之曰:
"汝不喜與俗俯仰, 意欲當官盡職, 恐其不能容於世也."
及綷以王事連年奔奏西北, 夫人以爲戚曰:
"使汝不仕, 可以相守以終吾餘日耶?"
遂還寓郊廬. 庚寅綷以玉堂官上章陳情, 乞依陳茂烈故事, 上批
"爾之情理, 予甚矜憐, 而終養之請, 有難許副, 將母上來, 毋曠定省."
自後有除輒辭, 雖 召之以往役亦不赴. 間遭 威譴而未嘗離膝下.
己亥綷陞嘉善, 先君子 贈吏曹參判, 夫人從授貞夫人. 庚子 肅廟賓天, 歸樂公罹壬寅士禍瘐歿. 葬訖, 綷奉夫人走入麟蹄, 麟荒僻不堪居, 而山水淸奇, 前有飛鳳一岫縹緲. 夫人每朝起, 顧而喜之曰:
"雲氣佳哉!"
嘗雜蒔當歸紫芝之屬, 秋日手摘茄子, 綷輒携筐而隨之, 夫人以爲樂. 雖菽水不給, 而怡怡如也. 常以宗國爲憂, 念念不忘. 今 上卽阼, 有儒士疏論辛壬事被撲死, 夫人聞之, 歎曰:
"吾輩尙覬其復見天日, 今則國事可知也."
未幾朝著乍淸, 綷復蒙收 召, 陳辭不獲. 居數月奉還郊廬, 夫人臨歸, 笑曰:
"以汝出處言之, 不必出峽, 而老人來日無幾, 但欲得見親戚耳."
綷以大提學屢勤敦迫, 卒至黜削, 或謂夫人曰:
"未可少勸其出耶?"
夫人曰:
"吾豈薄富貴而不爲哉? 時勢旣無可爲, 惟從渠所守耳."
丁未朝象又大變, 翼年逆亂作, 綷奔問而歸, 尋遭凶言, 又入城胥命. 夫人愀然曰:
"使汝名不盛位不高, 豈有是耶?"
於是綷益有退藏之意. 夫人之父母邱墓在驪州, 夫人弟左議政鎭遠時謫原州, 驪與原又接壤. 遂奉而遷居於驪, 夫人不怡曰:
"汝雖欲順適吾意, 家廟隨我而來此地, 吾甚不自安也."
命趣裝將復入麟峽, 無何遘疾, 卒於大居里寓舍, 時戊申九月十九日也, 享年七十三. 靷還于寒泉先壟, 以十一月十日, 穿先君子墓而合封焉.

夫人肅哲仁惠, 望之儼而卽之溫. 篤於孝敬, 其侍姑朴夫人疾, 大小必親, 誠意懇至. 朴夫人素簡嚴, 而病革顧謂夫人曰:
"吾且死矣, 恨無以報吾婦恩也."
繼姑朴夫人亦敬重之, 每事必咨, 終身慈愛無間. 繼姑有一女蚤寡, 姑歿後女又歿. 夫人取其二女育于家, 以至成長, 殆不知其無母也. 其奉祭祀也, 粢盛器皿, 致其蠲潔, 勿勿乎其或饗之, 旣祭慨然如不及. 每雞鳴起而盥櫛, 理事井井, 外內婢僕, 各從其事. 遇之曲有恩意, 時其飢寒, 當食不一喚起. 其或託疾, 則曰:
"人之難强者病, 吾寧受欺也."
通達事理, 明晰是非, 一家子女有過, 必至誠開曉, 聞者莫不感動. 雖於歸寧之日亦然, 諸婦女聞夫人來, 輒相戒不敢放心. 喜與親黨相會, 每會情意藹然, 下至疎遠, 咸盡其愛. 惟見其不是者, 雖有饋亦不受, 且有鑑識, 其言善惡脩短, 往往有中. 以是親黨生子, 皆願一經夫人品題焉. 見人窮急, 周恤如渴, 隣居多貧族, 常若食不下咽. 至於賓客饋食之節, 罔不盡心, 而猶曰:
"得無不足否?"
資用常患匱乏, 而平生不以一錢取息於人. 身聯宮掖而無一毫干求. 仁顯王后嘗曰:
"吾兄高士也."
中年患風疾, 后遣女醫診視, 遺防風通聖散數十貼曰:
"於兄心, 猶有所不安耶?"
有賜衣一襲, 夫人遺命附棺曰:
"此亦於分過矣."
綍之婦吳氏蚤死無子, 其兄海昌駙馬以其幼少所玩好珠貝之屬歸之曰:
"留此以待其尸祀者也."
夫人謝遣之曰:
"是皆出自宮禁, 非匹庶家所宜有. 況此物未必與福相隨, 不敢留待未生之子孫也."
綍嘗見趙子昻眞帖, 愛而欲市之, 夫人聞子昻本末, 責之曰:
"筆翰特一小技, 何足爲寶?"

縡惶恐卽還之. 縡屛居以來, 年少儒生多從遊者, 夫人謂曰:
"此吾少時見於外翁者, 不謂於汝身見之. 德薄而位尊, 力小而任重, 此古人之所懼也."
每晨夕喜聽講誦之聲, 而又未嘗不蹴然以憂也. 平居喜說'分'字曰:
"人各思其本分, 無或踰越, 其庶幾也."
縡事夫人五十年, 竊覵夫人德懿純備, 凡所訓戒, 罔非森然法度之言, 雖不肖無狀, 未能奉承萬一, 然其不至貪冒榮利, 辱先喪己者, 惟夫人之敎是資爾. 誠恐浸遠浸微, 終於泯沒, 以重其不孝之罪, 姑錄其一二, 以納諸幽. 若我李世系及子孫, 已具先君子誌中, 玆不贅.

李縡, 『陶菴集』 권46, 『한국문집총간』 권195, 459~461쪽.

仲母贈貞敬夫人安東金氏墓誌

吾仲父吏曹判書諱晩成元配安東金氏, 領議政忠翼公諱壽興之女, 左議政淸陰文正先生諱尙憲之曾孫, 府使南原尹衡覺之外孫. 判書公之考曰右議政諱翻, 妣曰羅州朴氏僉樞 贈判書濠之女. 議政府君仲兄 贈持平諱翊, 與其夫人同福吳氏同日殉節江都. 判書公以議政府君命爲其後. 夫人性聰慧, 忠翼公甚愛之.
年十五擇對歸于判書公, 婉順得婦道, 宗黨僕隸咸誦其慈. 夫人少嬰疾, 歲益沉痼. 判書公晩卜姓. 或有爲夫人慰者, 則夫人正色曰:
"吾病不能理梱. 夫子此擧亦晩矣."
待其人有恩, 聞者曰:
"此恒情所難, 而夫人獨能之哉!"
妣尹夫人女中士, 夫人幼而擩染, 略通書史. 叔從兄農巖公昌協百淵子昌翕常稱賞之, 故其見識若此.
夫人生於 崇禎己亥正月三日, 卒以癸未五月九日. 判書公丙子壯元及第, 夫人卒時官弘文應敎. 明歲擢承政院承旨, 夫人贈淑夫人. 又二載陞亞卿, 從贈如例. 壬寅士禍, 判書公瘐逝, 乙巳雪冤, 贈左贊成, 夫人亦加 贈貞敬.
一男一女, 女適進士金成澤, 男綵進士壯元正郞, 有四女未字. 壻之婿士人沈鳳仁進士李命采. 綠自罹禍故, 走入窮山, 卒抱通以死. 朝廷愍其孝, 特贈執義, 旌其門. 我李世襲忠孝, 而綠也能無忝, 於夫人亦有光矣. 然以我仲父厚德與夫人之慈而卒無嗣, 此何天也?
夫人始葬水原雙阜, 判書公之喪, 穿其左而祔之. 戊申移窆龍仁泉洞, 實議政府君墓左, 用綠遺言也. 小子自幼事夫人, 夫人視之如綠, 綠今死矣, 夫人之德之美, 微小子誰知之者? 泣涕而爲之敍, 以納諸幽, 嗚呼, 可哀也已!

李縡, 『陶菴集』 권46, 『한국문집총간』 권195, 462쪽.

季母貞夫人漆原尹氏墓誌

貞夫人漆原尹氏者, 吾季父觀察使諱晩堅之配也. 父曰觀察使嘉績, 祖曰司憲府掌令遇丁. 外祖曰義禁府都事白川趙錫命, 舅曰敦寧府都正翮, 本生舅曰議政府右議政翻.
夫人以戊申五月十八日生, 年十五歸于觀察公. 婉順慈惠, 舅姑甚愛之. 自以介婦, 於吾先妣不敢敵耦, 一如內則. 及奔本生姑朴夫人喪, 至誠號慟, 觀者感其孝. 吾先妣尸祀事, 夫人爲之代勞, 時當酷沍, 手背皸裂. 吾先妣常語此事曰:
"雖古所稱孝婦 何以加玆?"
觀察公官達而家甚貧. 所後姑李夫人年八十餘, 躬執滫瀡, 克致其養. 李夫人四女每歸省, 夫人坦懷待之, 情意周洽. 雖夕廚告乏, 而亦不令知之. 觀察公喜之曰:
"使吾諸姊妹歡然忘歸者 夫人之力也."
觀察公歷典州縣, 而夫人未嘗以毫髮累其淸德. 及觀察公卒, 又値壬寅禍變. 縡盡室入雪嶽山下, 夫人孤居益窮約. 書至多悲惻語. 乙巳四月, 縡自峽歸, 則夫人已感疾. 以是月十九日卒于花田郊舍. 吾先妣未及還, 以不復相見, 爲終身恨.
我李譜系及夫人子姓, 已具觀察公誌中, 玆不贅. 夫人季子維, 嘗欲爲夫人別具誌, 不及而死. 余哀其志, 且懼夫人德懿之湮沒, 略叙其一二, 以納諸幽云.

李縡, 『陶菴集』 권46, 『한국문집총간』 권195, 464~465쪽.

亡室贈貞夫人海州吳氏墓誌

三州李綍熙卿有室曰海州吳氏，判書 贈領議政忠貞公諱斗寅，貞敬夫人尙州黃氏其考府使埏. 夫人其季女也. 舅曰 贈吏曹參判諱晩昌，舅之考曰右議政諱翻，姑之考曰驪陽府院君文貞閔公諱維重. 夫人幼而明淑柔惠，忠貞公於諸子中鍾愛.

余早孤，七世議政府君與忠貞公約婚. 越二年，議政府君卒，又一年忠貞公受禍. 夫人年十五始歸于余. 語及先故，輒相對流涕.

夫人生富貴，絶無驕惰意，奉我王母及母，愉色婉容，左右承適，不命退不之私室，手操女工，未或自逸. 吾家世崇儉，夫人又自以禍家子，被服淡泊. 黃夫人嘗戲謂余曰:

"我女以王女爲兄，自幼擩染皆珍玩，而一未見有欲色，常怪其拙，宜其與君作對也."

夫人屢墮胎，一生女卽死，疾仍以彸，一日絶而甦，聞余至，作氣言曰:

"姑側無侍者，君子疾歸無留."

若夫人可謂死不忘孝者矣，

夫人之生 崇禎己未九月八日，而卒於庚辰四月十九日，葬於參判府君墓下若而步. 夫人卒後二歲，余始擢謁聖科，又五歲擢重試，癸巳爲成均館大司成. 夫人從 贈淑夫人. 己亥由弘文館副提學進階嘉善大夫，加 贈貞夫人. 余繼娶南陽洪氏，有一男一女，男濟遠，女適士人兪彦欽.

余自哭夫人幾三十年，久而益悲，不獨爲夫人悲也. 記昔己卯余連敗大小會圍，有不怡色. 已而科獄發，夫人從容警余曰:

"得失細事耳. 彼無所不至者，何嘗不由於戚戚一念?"

余瞿然稱服. 嗚呼! 何處復聞斯語? 余又嘗指嫁時屛曰:

"安得似此山水，與君結屋，老於其間也."

夫人忻然曰:

"此吾志也."

余中罹變故，棲遑山澤間，使夫人在者，必將從之而無難色，亦何可及也? 余久擬作誌，悲非不能文. 余亦衰矣，愴涕而爲之叙如此.

銘曰: 生不能事北堂兮, 歸而從先人于岡兮. 嗟夫人無自傷兮. 吾且與子偕. 藏兮.

李縡, 『陶菴集』 권46, 『한국문집총간』 권195, 465쪽.

從弟婦孺人安東金氏墓誌

吾從弟維大心室曰孺人安東金氏, 其父正郎時發, 仙源文忠公尙容之玄孫. 母李氏故相國頤命之女也. 我祖考議政府君諱翻季子曰司諫院大司諫諱晩堅, 出後其伯父都正諱翮. 貞夫人漆原尹氏觀察使嘉績之女, 實爲夫之考妣. 孺人生於豪富, 性不喜紛華, 於貨利泊如也. 以大心好書籍, 捐財營辦無難色, 薄榮貴重名節, 多有激厲丈夫語. 余嘗謂孺人曰:
“吾弟素踈曠, 異時突不黔座常滿, 子能堪之乎?”
孺人俛而笑.
去年春大心在湖遇難將北歸, 孺人任別逌然曰:
“賊至惟有一死. 古來人失身, 何嘗不由於畏死?”
是後大心奔走靡室, 未嘗一日安. 常欲入山水深處, 力田讀書, 孺人蓋將欣然從之, 嗚呼! 今其死矣.
我李與金氏重姻. 孺人六七歲已穎秀有名, 及笄歸吾門, 退巽若無能. 蓋其聰明絶人, 觀書過目成誦, 尤喜讀『小學』立教篇『三綱行實錄』杜甫詩若而首, 人鮮能知者. 其識婦道甚, 嘗聞李夫人女中士, 其教豈有自歟? 吾先妣有鑑識, 嘗稱孺人無塵俗氣. 大心眼大言高, 於人寡許可. 又非屑屑於情私者, 而孺人死哭之甚哀, 其賢可知已, 然而孺人之行, 尤有卓然者, 往壬寅李相國受禍, 正郎公亦連累, 被繫凡四年, 孺人親杵春以供獄,
夜則露立禱天. 一日凶黨奏當大辟, 時孺人諸父皆坐謫, 正郎公又無男, 孺人獨涕泣號哭, 徒步至闕下, 上書請代死. 道遇一獄官, 又遮車呼曰:
“願活吾父.”
一市人咸咨嗟出涕. 書雖不得上, 禍少弛, 正郎公竟得生. 後五年孺人死, 君子曰:
“孝哉! 今之緹縈也.”

孺人婉德多可書, 而余於此特表揚之, 以爲世之爲人子者勸焉.
孺人生於乙酉四月三十日, 死於己酉五月六日. 自洪州葛山啓靷, 某月某日葬于某山某原. 幼二女俱幼.

李綷,『陶菴集』권46,『한국문집총간』권195, 466쪽.

曾祖考小室昌原黃氏墓誌

龍仁縣東寒泉之洞, 參議贈領議政李公諱有謙衣履之藏, 又東北而五里有谷曰廉退, 其小室黃氏葬焉. 黃系出昌原府院君石奇之後. 高祖判書衡世宗朝名將, 父悅以守闕衛將, 死於丙子難. 當難時獨能入家廟, 負七主而行, 避兵獲免.
參議公聞其賢卜焉, 小心奉巾櫛, 不肯爲子孫立產業. 參議公卒, 吾祖考議政公事之敬謹, 雖異室, 日往見, 得一味輒曰'吾小母.'
議政公仲季三人俱貴顯, 戊辰以後禍故稠疊, 每泣曰:
"吾老而不死, 不幸見此."
後十年議政公兩男判書, 觀察公復相繼登朝則又泣曰:
"幸吾不死而見此."
余幼而及見之, 黃髮鮐背, 目光猶炯炯. 喜談吾家故事, 歷歷可聽, 常曰:
"仁孝恭儉, 是李氏家風, 宜爾子孫熾而昌."
蓋其通古今識事理, 往往有男子不及處. 見飢寒者, 怛然若在己, 天性然也. 戊寅十二月十一日卒, 去其生萬曆戊午八十一.
三子翬, 習, 翯皆先亡, 長季進士. 女適尹撥亦進士. 翬三男晩徵進士別提, 晩膺司果, 晩增主簿. 晩膺出後習. 尹壻子健教, 厚教, 心教. 曾玄不盡載. 參議公曾孫某官綷誌.

李綷,『陶菴集』권46,『한국문집총간』권195, 466~467쪽.

伯姑貞敬夫人李氏行狀

夫人吾王考議政府右議政府君諱翻之長子也. 我李出牛峰, 上祖高麗侍中三州伯公靖, 本朝觀察使諱吉培判書諱承健副提學諱之信最著. 副學公生諱劼,贈左贊成, 是生諱有謙, 參議 贈 領議政, 於議政府君爲考. 兩世用儒術, 德業大顯於世. 府君娶羅州朴氏僉樞 贈吏曹判書諱濠之女, 觀察使諱東說之孫. 肅莊貞一, 婦德純備.

夫人以 崇禎癸未五月二十日, 生于扶安之柳天議政府君寓舍, 年十六歸于淡圃洪公. 洪東方甲族, 氏出明德, 具在原狀. 夫人幼鞠于外氏, 王母尹夫人甚愛之. 判書公性嚴厲, 子孫咸竦栗不敢見, 獨夫人奉承無違. 及尹夫人卒, 判書公留夫人幹家事. 議政府君憐其幼, 累請歸而不能得. 夫人爲經紀喪事, 內而奉老, 外而接賓, 一如尹夫人在時.

及嫁事舅姑孝, 舅姑稱之曰:

"眞長者家兒."

每晬日爲致志物之養, 舅喜曰:

"此經吾孝婦手, 吾何不飽?"

又善處妯娌娣姒間, 雖氣味人人殊, 而一以和遜待之, 則莫不悅服. 姑故歎曰:

"吾婦入吾門久, 而敬謹如初, 吾未見其過矣."

淡圃公壬戌擢第, 甲戌通政, 庚辰嘉善, 夫人屢奉爲淑夫人貞夫人. 癸未公由吏曹判書擢判義禁, 夫人又進貞敬則慼然曰:

"此吾姑吾母之所未及躬受者, 福眇德小, 吾何以堪?"

辛卯公疾革, 夫人欲臨訣, 公微視曰:

"此時夫人安可來耶?"

夫人涕而出曰:

"夫子正終之義, 吾不敢違也."

及喪朝晡饋奠必親, 不以衰老而少懈. 丙申正月十三日, 卒于長子禹齊堤川治所, 享年七十四. 是年三月祔于公墓.

夫人聰穎絶人, 幼受內訓小學書于議政府君, 一上口輒不忘. 長好書史, 略通古今. 嘗曰:

"使我爲男子, 豈不能讀破萬卷書耶?"

淡圃公家世淸貧, 夫人手紡績爲生, 有餘則蓄之, 取羨以營第. 公素淡泊, 不以産業經心, 夫人善承其意, 未嘗一言其有無. 晩年官位隆顯, 祿俸有裕, 而夫人深存抑畏, 一意節損, 衣服飮食若衣布時. 非甚病不肯頃刻自逸, 至老執

女事惟勤. 嘗有牙婆持寶玩來欲售之, 家人爭取觀, 夫人曰:
"此非吾分, 視之何爲?"
終不近手. 議政府君兄弟迭長二銓, 居又偪側, 夫人不少干以私. 淡圃公歷官外內, 夫人輒巖扃鐍愼辭受. 松京故麗都, 俗多賈, 物貨紛集. 痛禁婢使毋得交市, 又不役工手作器玩. 管醫譯市三署殆十年, 而請托不一至於夫人之前. 淡圃公淸德伏一世, 而夫人之助爲多云.
淡圃公家奉祧廟, 又以宗孫貧弱, 爲考妣供辦祀事, 夫人手自具饌, 致誠蠲潔, 每諱辰涕泣思之. 吾先君早世, 夫人語及愴慟, 與二父參判觀察公, 棺愛深至, 一日不相見則愁然不怡. 臨歿無他語曰:
"所恨不見吾弟耳."
其孝友篤如此.
淡圃公從子禹瑞嘗爲其內舅爲畿府者, 求玉頂於夫人. 玉頂洪氏舊物, 而淡圃公時在謫. 夫人正色曰:
"吾聞君舅是害 國母之凶徒, 豈忍以先大夫服御之遺與之哉!"
壬午禹瑞及縡同日擢第, 夫人聞縡報, 喜曰:
"此吾弟不食之報也."
及禹瑞報至, 益喜曰:
"吾家猶有二弟, 洪氏之門, 微此幾索莫矣."
其識大體又如此.
縡自幼少時朝夕于側, 竊覸夫人與公, 常相對如賓, 衆子女滿前, 和氣盎然. 蓋夫人天質端淑, 婉而有制, 介而能惠, 事上謹而敬, 莅下慈而嚴. 位高而益謙, 祿大而愈約. 敎令不出於閨門, 德澤遍及於宗黨. 天之俾壽而臧, 熾而昌, 以保有孫子也宜哉. 詩曰: '宜其家室.' 又曰: '百祿是荷' 夫人有焉. 敢採掇德行之大者, 以告諸立言之君子. 從子縡謹狀.

李縡, 『陶菴集』 권50, 『한국문집총간』 권195, 554~556쪽.

伯舅母貞敬夫人延安李氏行狀

貞敬夫人延安李氏者, 我伯舅左參贊忠文閔公諱鎭厚之繼配, 驪陽府院君文貞公諱維重之冢婦也, 文貞公凡三娶, 忠文公恩城府夫人宋氏出也. 樗軒文康公諱石亨, 於夫人爲九世祖, 祖諱天基觀察使, 考諱德老縣監, 出爲族父察訪諱憬後. 察訪之考竹窓忠穆公諱時稷, 丁丑殉節江都. 縣監公室曰豐壤趙氏, 其考縣監沃.
夫人以顯宗甲辰四月二十五日, 生于懷德蘇堤村. 祖母宋夫人, 尤菴先生之妹, 而恩城夫人, 同春先生之女也. 同春先生與尤菴爲中表親, 恩城夫人有時歸寧相往來. 夫人甫七八歲, 在宋夫人側, 英達夙成, 容貌粹潔, 恩城夫人見而奇愛之, 解香佩佩之曰:
"異日兒無忘我也."
夫人年十九歸于忠文公, 時恩城夫人已歿矣. 夫人每語及嗚咽曰:
"吾於皇姑, 不自以不逮事也."
前一歲, 仁顯王后正位壼極, 自庚申更化以來, 文貞公兄弟幷秉國政, 門闌甚盛. 又戚聯宮掖, 夫人生長鄉村, 服飾又極寒素, 而處之能不怍不懾, 謙恭自守. 動止有則, 通達事理, 觸處無礙, 家衆莫不嗟異. 文貞之兄文忠公性嚴, 少許與, 獨甚賢夫人. 先是文忠公使燕, 令人爲忠文公推命曰:
"當得賢妻."
及夫人入門, 歎曰:
"術者之言驗矣."
後四年忠文公擢第, 翌年文貞公捐館舍. 己巳 聖母遜于私第, 忠文公兄弟始繫獄, 旣得釋, 盡室出城外. 時當患難, 艱窶滋甚, 蔬糲亦不繼, 而夫人一不設憂戚之色. 惟日以紡績治生業, 上而供奉 廢宮, 下而祭祀賓客之具, 咸盡心力, 不令忠文公知其有無也. 夫人嘗遘疾危篤, 聖母賜忠文公書曰:
"緣此窮命, 使依賴之賢兄, 將促其大限, 此吾恨也."
忠文公對曰:
"此人終必一享尊榮, 願勿深念也."
俄而果瘳.
甲戌天心悔禍, 壼位重新, 忠文公始還舊第. 門內異爨常四五家, 家殊豐約, 性異酸鹹, 而夫人不露聲色, 至誠調劑, 久而莫不感服, 終無間言. 丙子忠文公陞通政爲戶曹參議, 夫人從封淑夫人. 其明年爲忠淸觀察使, 則加貞夫人,

又九年爲判義禁府事, 則又加封貞敬夫人. 聖母違豫時, 夫人承 命往往入禁內, 小心謹愼, 未嘗少懈. 聖母嘗謂曰:
"吾欲事事師法吾兄而未能也."
及大漸又顧謂曰:
"吾兄恩意, 今不可報矣."
忠文公律己淸嚴, 夫人又明於枉直. 嚴於辭受, 雖門生故吏之屬, 亦不敢爲攀緣私逕之計, 門墻肅然, 雖異類工訶者, 終不敢以絲毫指摘, 夫人之助實與多焉.
庚子忠文公棄世, 翼年世禍大作, 夫人與諸子捲歸驪州墓下, 丙午乍入都下, 丁未復還鄕. 十年窮居, 家事益旁落, 而夫人處之逌然, 家中婦女或有嗟怨語, 則輒曉之以道理. 繼姑豐昌趙夫人, 於夫人長五歲. 趙夫人視如兄弟, 而夫人恭執婦道, 或侍宿於側, 袵歛埽灑, 輒躬爲之. 趙夫人簡靜寡言笑, 夫人每伺候顔色, 先意承志, 趙夫人甚悅之. 今上癸丑五月三日, 卒于牛灣之寓舍, 壽七十. 訃至遠近親屬, 莫不咨嗟涕洟. 趙夫人時在仲子議政公所, 手書遺翼洙等曰:
"汝慈之仁且賢至矣, 吾平生吉凶大事, 汝慈無不躬自幹當. 吾諸女與外孫男女, 親愛之敎誨之, 無異親子女, 吾心感歎, 曷可以言語形容也?"
以七月日葬于忠文公墓前.
夫人擧二男一女, 男長翼洙司憲府掌令, 遇洙平安道都事, 朝廷皆待以徵士. 女適進士金光澤. 掌令男百奮, 都事男百瞻生員, 百謙. 金敏材簡材獻材其外孫也.
夫人聰明絶人, 幼時聽人讀哀江南賦, 數日便成誦. 常喜古人嘉言善行, 一聞終身不忘. 略涉書史, 而家人未嘗一見其看書作字. 兩宋先生家喪祭禮節及甲子以後儒林爭辨, 多所記識, 忠文公時或咨訪焉. 尤喜女工, 敏速精妙, 各臻其極. 筆翰又華美, 一家婦女得之若奇寶.
夫人孝慈勤儉, 人倫之際, 用意至到. 聞父母有疾, 輒閉戶而坐, 不與人笑語, 殆廢寢食, 疾止而後乃復常. 中年俸祿豐足, 而自奉之薄, 無異患難時節. 子女或諫之, 則曰:
"吾父母衣食喪葬不稱情者何限, 吾安忍獨享富貴耶?"

忠文公庶妹有奇疾, 夫人甚憐之, 疾篤屢遷次, 而輒隨往扶護. 累月而死, 夫人親爲之櫛浴. 時夫人方有身, 世俗以臨喪爲大凶, 而亦不之顧也. 奉先祀蠲潔敬愼, 雖年衰位高而必躬服其勞. 籩豆鉶簋, 靡不整飭. 至元配之祭亦然, 元配靜觀李公之女也. 靜觀夫人老而在堂, 夫人敬事之如己親. 時節饋問俸入必分之, 聞者感歎. 教諸子甚嚴, 雖細過不少假貸. 至於出處大致, 又欲其自斷於義, 而不以親故也. 自丁未以後, 翼洙累辭除命, 最後爲文義縣令. 請於夫人曰:

"今家事日窘, 甘旨不給. 且文義與懷德接壤, 親戚往來, 母氏素所喜也. 母氏欲一往否?"

夫人曰:

"我本貧家子, 疏素政爾本分. 子母相哺, 樂在其中, 未覺爲苦. 且吾不欲以吾之故, 勞汝之身, 汝義可往則往, 不可往則不往, 勿以我而易汝義也."

翼洙遂辭遞. 遇洙嘗以廢擧事稟于夫人, 夫人正色曰:

"汝只當以義裁之而已. 何必問我?"

深慕呂滎公家法, 諸子學語, 已誦而詔之. 性好儒學, 嘗夢見程朱, 每戒諸子曰:

"吾不願汝曹榮達, 苟能讀古書, 爲知名士則幸矣."

二子俱以學行聞于世, 不負夫人之志, 而其所由成就, 蓋如呂原明之於正獻申國也.

壬寅之禍, 金壻編管長鬐, 歷辭夫人於驪州. 時適忠文公大祥, 而女又彌月, 金君欲留其妻, 夫人大不可曰:

"夫家有憂厄, 婦人義不敢圖安, 况此何等時耶? 死生猶不足道, 遑恤其他?"

齎送産具而告之曰:

"若中道而娩, 壻可先赴謫, 而女則待蘇追往可也."

其所自爲與誨人, 必裁之以禮義, 而不爲婦人牽攣之習, 大抵此類也.

夫人嘗誦宋伯姬逮火事而嗟歎之, 翼洙問曰:

"傅來斯可去矣, 而必待姆來, 竟至於死, 無乃過乎?"

夫人曰:

"使平日立心制行能如是, 則雖當患難之際, 豈有喪身失節之憂哉? 吾以是深仰之."

從叔父李公之老素有行檢, 每訪夫人, 忠文公在則入, 不在則不入, 人或病其固滯, 夫人歎曰:
"今人若知公父文伯之母之爲知禮, 則其不以吾叔爲固矣."
夫人於中表近屬, 來輒延見, 而必令諸子在側, 至老不改. 莅婢僕先嚴名分, 而體其甘苦, 待之以誠, 常曰:
"待下賤尤宜誠信, 寧或見欺, 不可逆詐也."
德性寬靜, 倉卒急遽, 未嘗失色. 家內嘗失火, 遇洙方侍食, 徒跣而出, 火定還坐, 夫人執匕如故, 責之曰:
"何若是輕遽耶?"
常曰:
"吾於他事, 不甚動心, 惟見諸子有不肖事, 輒覺火焰發於心肺不能制也."
又曰:
"吾於人無所惡, 但見人家婦女臨事不勤, 遇人多言, 聞過而怒, 得讒而疑, 又必自誇已長, 喜說人短者, 不勝其痛疾也."
此可見夫人平素所養, 而可謂得君子怒惡之正者矣.
嗚呼! 夫人德量弘毅, 識度淵遠, 禮防嚴而言議正. 至於一切貧富貴賤得失及世俗婦女所好惡計較者, 皆不以措諸心意, 此眞讀書儒士之所甚難者. 而至其承奉舅姑之側, 周旋親戚之間, 慈惠婉娩, 委曲周至, 又非常人所可冀及. 下至婦工微細, 莫不造妙, 其可謂女士全德矣.
夫人晩謂遇洙曰:
"吾生而有賢父母, 父母皆以仁孝稱於鄕黨. 長而奉侍君子, 名德重於世, 而以吾不才主饋四十年, 幸不得罪. 旣老而汝輩又無悖行, 似有克家之望, 吾於三從, 庶可無憾."
此固夫人自道之辭, 而抑可見夫人之賢與其所以賢者矣.
縡先妣與夫人相與甚摯, 爲兄弟間知己. 先妣每曰:
"與君言, 始得豁我胸襟也."
縡旣喪先妣, 仰夫人如母, 有時謁見, 森然法度之言, 若聞於吾母. 尊敬愛慕, 不以舅甥之親而已, 竊嘗以爲閨門德行風化之原. 吾二母生並一世, 德類志契, 雖隱顯殊迹, 而有補於世敎, 未嘗不同. 後世苟有秉彤管而序賢媛者, 宜亦與之同傳矣.

掌令君撰集夫人遺事, 屬縡爲狀, 義不當辭. 顧方有先妣幽誌之役, 將繼此屬草, 未就而掌令君歿, 縡又病矣. 誠恐卒負其託, 爲千古之恨, 先誌甫成. 乃復力疾叙次如右, 筆力衰鈍, 不足以形容德美, 以信來後, 是爲競競焉爾. 仍念縡嘗省忠文公疾, 夫人方侍側, 小心齋遬, 承奉旨意, 左右服事, 便捷如飛, 誠意屬屬形于色辭. 雖孝子之事父母, 未或過此. 觀其平居, 風儀肅整, 步履嚴重, 不謂其能如是也, 縡至今竊識之. 蓋自陰教既衰, 夫婦禮廢, 古所謂君臣之義父子之敬, 不可復見, 而於夫人庶幾想像焉. 敢表而言之, 使爲婦人者, 知所取法.

李縡, 『陶菴集』 권50, 『한국문집총간』 권195, 556~559쪽.

박필주(朴弼周)

愼妃復位議

臣以無學無識之人, 每有朝家有事, 輒奉末議, 今此 詢問之下, 一例不知所對. 假使不然, 亦豈有他見出於國論大同之外哉? 每每虛辱 王人, 罪實萬死萬死.

朴弼周, 『黎湖集』 권8, 『한국문집총간』 권196, 184쪽.

代家姪告嫂氏尹令人几筵文

『儀禮』「喪服」注疏, 有父卒三年內母卒, 仍服期之文, 此禮盖出嚴父之大義, 旣經先儒之表出. 推明以爲定制, 而世之遭此事者, 亦以是遵行而無疑. 師益罪逆至重, 先考棄諸孤, 未經衰奉而先妣奄又卽世, 變故罔極, 叫扣莫及. 據上項禮所云云, 合行十一月練之制, 以存不敢變在之意. 人理痛切, 誠不忍此, 而禮旣有明文, 亦不得捨, 而不從直伸三年. 將以來日中丁, 設行練事, 五情靡潰, 尤增血泣. 遑遑之至, 玆因夕上食, 敢申虔告謹告.

朴弼周, 『黎湖集』 권21, 『한국문집총간』 권196, 421쪽.

祭叔姑文

年月日. 家姪弼周, 謹具酒果薄奠, 哭訣于叔姑貞夫人羅州朴氏之靈.
嗚呼! 『詩』詠女士, 『易』著婦貞, 非順之至, 曷稱厥名? 嗟若我姑, 寔有高性, 雍容中和, 齊莊端敬, 珠完玉瑩, 難着纖滓. 何德不令, 何儀不棣? 非由踐迹, 緊自暗契, 『易』『詩』所言, 允矣無媿, 彤史雖廢, 微懿詎淪? 凡今之婦, 莫與爲倫.
琴瑟孔好, 福祿攸同, 有煒鞠衣, 命婦之隆. 豈曰無子? 錫彼胤嗣, 人亦有言, 親出何異? 存順歿寧, 禮備哀榮. 夫何致此? 作善之祥.
惟先昆季, 以及娣妹, 曷不詵詵? 爲七與四, 遭家不弔, 次第盡歿, 惟姑有壽,行開七衰. 譬之魯殿, 小大瞻依, 孰云一疾而不憖遺?
藐玆鮮民, 不知死久, 所謂百罹, 盖罔不有, 幼而隱衃, 長益軫念, 凡幾受恩, 入骨知感. 維先有屬, 末音以申, 眷愛之偏, 亦云是因. 憶歲在亥, 我猶未孤, 承先人命, 來依于姑, 如忽得恃, 有生所無. 食靡他適, 寢則傍陪, 間撫余頂, 謂 '汝可哀. 有潤慈露, 一夜九墜, 汝則無此, 宜不充大.' 當時聽之, 憯矣其悲, 矧在今日, 何忍追惟?
輀車明發, 適彼新岡, 彼莽蒼者, 先祖攸藏. 魂無不之, 樂哉何憾? 獨此生者, 心焉如剡. 恩勤莫報, 德音永絶, 金石可泐, 我痛難竭. 瀝血爲辭, 僅寓百一. 明靈烱烱, 倘歆此訣.

朴弼周, 『黎湖集』 권21, 『한국문집총간』 권196, 430쪽.

祭伯嫂尹令人文

嗚呼! 弼周嘗讀昌黎祭鄭夫人文, 未嘗不愴然以恫於心焉. 蓋韓子之幼罹愍凶, 誠可悲也. 而第謂三歲而孤, 則'孤'爲無父之稱, 是指其父之歿而言之, 其母夫人之亡在何時, 未可知也. 且業旣至於三歲矣, 則與直在襁褓中者, 亦有異矣. 然其辭意之惻切, 雖於千載之下, 足使見者宛如卽其情事, 況其險釁荼毒有過於此者, 則其所傷痛尤當作如何也?
嗚呼! 周罪惡窮天, 墮地而卽失先妣, 出乳於外, 得延一絲之命. 間又隨先考, 多之外官, 其在家時, 則飢寒疾疢, 無一不經, 嫂氏之用心照管, 閔閔保護, 不至滅死. 朝夕與諸姪共嬉嬉於膝下, 不自知其不爲母子也. 逮年十七, 荐丁大艱, 穹壤茫茫, 叫扣莫及, 其所恃賴而爲之生者, 亦惟我嫂之力. 若是者, 雖非蒙被鞠養如韓子之於鄭夫人, 而若其恩情之篤至, 則夫豈有甚間也耶? 獨恨夫授室以後, 居旣分異, 義又推遠, 源源拜省, 自不得一如曩時. 而貧病零落, 一事不能自効, 有負殷勤, 每切悼歎, 而今而後, 則益不得追悔矣, 悠悠彼天, 曷有其極?
恭惟嫂氏質之厚, 而德之純, 寔爲婦子中所罕見. 用能含受多祉, 孫曾之盛, 幾於一領, 兩子登龍, 榮華滿眼, 晩景娛弄, 有足慰意, 胡不少須備享志物之養, 而遽此厭世, 至於長逝也耶?

嗚呼! 自先人棄諸孤于今, 僅二十許年, 而伯氏亡矣. 世次遄改, 已不勝其感痛, 猶祈嫂氏之壽考, 以慰仰戴之望, 而此願又不偕矣. 室宇如舊, 行步躊躇, 觸目驚心, 事事無不悽愴, 尙何言哉? 尙何言哉?
念平生之恩誼, 合行朞制, 以遵昌黎所處, 而加等之服, 先儒非之. 玆亦不敢爲徑情之擧, 違越先生定制, 惟此沈痛, 結在心曲, 沒身難化而已. 一杯寓誠, 終天永辭, 伏惟尊靈, 尙鑑於斯.

朴弼周, 『黎湖集』 권21, 『한국문집총간』 권196, 434~435쪽.

祭室人文

維歲. 癸卯之九月初四日庚辰, 爲我亡室淑人李氏初度之辰, 自其親家爲設酒餠之奠, 弼周於是日朝, 自江外扶病入來, 爲文以哭之曰:
嗚呼! 余以鮮民之生, 年迫五十, 重爲無子無妻之人, 居則兀兀, 行則倀倀. 病而莫爲之養, 飢而無所於食, 生世如此, 有甚趣味? 然而尙能支活, 遇有可喜可悲之事, 頹然任運, 一切有以自聊. 其視子之化爲異物, 理之厚壤, 一去而無歸者, 相去亦遠矣.
嗚呼! 自子歸余以來, 飽嘗艱窶, 數十年間, 曾未得一日展眉, 直至今日, 喪祭凡百, 無一之不憾, 此無非余之窮拙, 使子至是極也. 傷哉! 傷哉! 亦何言哉? 子之不幸無育, 亦由於余之命道孔險. 乃以一生窮獨之人, 垂老而始得三兒爲之子, 其奇幸之極, 固萬萬倍於恒情矣. 日夕娛弄, 百憂都忘, 惟望其長大有室, 托渠爲命, 而子則遽不待矣. 此後余之住世不知爲幾許年, 而假令不死得見其成立顯揚, 亦誰與共其喜也? 子之疾勢久, 而不可爲矣, 而猶於去冬出寓江上者, 豈非爲三兒也耶? 以余長病棲屑, 兒亦在他, 不得相聚, 故忍死來會, 擬與共過時月, 益結母子之情, 其情絶悽, 雖鬼神, 宜必見憐, 而此猶莫諧, 不數月頃, 奄忽至此. 尙記自江歸時. 與兒抱持, 以面相磨, 涕淚如水, 慘慘戀戀, 不忍相捨之狀. 此心雖頑如墻壁, 安得不如摧如割? 嗚呼, 痛哉! 尙忍言此! 尙忍言此!
自子亡後, 余之窮崎益甚, 無由率兒以居, 姑任其置在渠家, 而有時往來於子之親家, 留連或累日, 情親恩重, 無異於子之在時. 余心益悲, 恨不令子之見之也. 或慮子旣無, 幸事與前異, 此兒之果與我爲後, 有大可必者. 然以叔母之曉於大義, 吾弟之仁慈惻怛, 而必不忍食言於逝者, 有所變改, 余以是恃之無憂. 想子在冥冥中, 亦必同此懷也.
嗚呼! 子已已矣, 萬事瓦解. 惟及我在世時, 事子之高堂, 友子之諸弟, 無間於子之在亡, 而貧病垂斃, 心事相左, 恐亦不能自必也. 念子之亡, 已過半年, 而汔無一言以爲幽明之訣, 此非薄也. 盖以文字過情, 亦爲弊風, 直是厭者, 故不欲尤而效之. 泯默到今, 終忍不得, 倉卒寫出, 以洩此悲, 始知言之不可已也有如是夫.
嗚呼! 入室宛然, 增我心驚, 曖曖音容, 如聞如覩. 値玆生朝, 益愴焉怳焉, 不能爲心之甚. 而一觴之奠, 亦未自辦. 嗚呼, 其傷哉! 言止此耳, 情不可旣, 惟子有靈, 尙識此意. 嗚呼, 悲矣!

朴弼周, 『黎湖集』 권21, 『한국문집총간』 권196, 437~438쪽.

岳母再朞祭文

維歲次. 丙午二月初三日丙寅, 女婿朴弼周, 謹備竹膏雉脩之具, 託執事者, 以告于岳母商山金氏之靈筵曰:
記頃樊寓, 親陪纊屬, 日月循次, 二周而復. 歷時旣久, 痛可漸平, 然於我姑, 如何敢忘?. 恩慈銘髓, 德容暖目, 每一輿慕, 慘焉內盡. 嗟余窮鰥, 近益顚連, 使姑而在, 幾形惻憐. 悲旣所獨, 喜亦誰同? 凡遇有事, 一切爲恫, 屬嬰重疾, 僅不瘞坎. 昔嘗貽憂, 今轉增感, 値玆再忌, 莫展一哭, 病輿跡拘, 罪負難贖. 緘辭薦哀, 淚漬于紙. 誠至則通, 靈必鑑是. 嗚呼, 哀哉!

朴弼周, 『黎湖集』 권21, 『한국문집총간』 권196, 441~442쪽.

祭六叔母恭人尹氏文

維歲次. 丙午九月庚寅朔十四日癸卯, 從子弼周謹備酒果鮒蟹之羞, 再拜哭奠于六叔母恭人尹氏靈筵曰:
嗚呼, 哀哉! 叔母而至於此耶? 叔母而至於此耶? 人命危淺, 固曰朝不謀夕, 而豈有如叔母之奄忽斯極, 直在俄頃之間者耶? 死生之際, 草草如此, 姑爲可悲可傷之甚, 而然若床笫從容, 得以安意屬纊, 則要之爲人道之常, 亦何深憾之有哉? 而今也不然. 離宅纔一日間, 而遽嬰疾患, 又不旋時頃, 而遂分幽明. 舟次倉卒, 變莫如之, 凡百人事, 無一不憾. 天耶, 鬼耶! 是何所爲而然耶?
嗚呼! 叔母之是行也, 豈非以吾先祖兩世諡宴之設於沁府故耶? 遲之累十年, 今幸克擧, 此在私門, 寔爲莫大稀有之慶, 一家親屬之無故者, 盖將畢集, 以無落莫盛事. 而水道順流, 舟行不甚搖撼, 可保安達, 故板輿陪奉, 小大瞻依, 擬拯旬日之侍歡, 而變出不虞, 一至此極.
嗚呼! 人事之不可期者甚矣酷矣, 尙何言哉? 尙何言哉? 惟我叔父, 在先人昆季, 序居第六, 而有白眉之稱, 不幸最早世. 時惟先人, 亦方寢疾, 少間之後, 始聞叔父之訃而號慟之甚. 尙今追記, 其事歷歷, 猶若在眼, 每一念之, 未嘗不泫然釀涕.
盖叔母未三十, 而稱未亡人矣, 煢煢悶悶, 備嘗無限艱難, 提育二孤, 使之力學有立, 以至諸孫之成長者, 皆嶄然見頭角, 稱其爲文獻家兒. 逮昨年春, 則季也策名釋褐, 薦入翰苑, 爲 人主近密臣, 是固爲吾叔父不食之遺, 而苟非叔母慈覆教育之力, 則亦安能致之也?
恭惟叔母稟質重厚, 深合坤順之體, 雖在荼毒窮窶之中, 而亦無慽慽難堪之色. 凡所云爲一切, 與俗間婦人之私小苛細號爲賢智者相反, 此其衆類, 宜若受嘏于天, 百祿優優, 而然念叔母平生, 率多嗚咽可涕者如上所云, 若是者, 其故何哉? 盖福祿在天, 而人之享用之者, 譬之汲水於井, 而其所取有多寡, 輸彼贏此, 不得圓滿者, 亦定理然也. 盖使叔母而久享晚景榮華, 以復早世之踦也, 則亦不害其足占與善之有徵, 而今乃纔發其端, 旋閟其終. 展眉慰悅, 僅僅爲一期, 甚則不假旬日之命, 沁府宿春之地, 亦不成往還. 朝無恙而夕呼皐, 喪出舟中, 蒼黃萬狀, 其爲罔極之變, 殆是世間所無.
嗚呼! 以叔母之仁德, 有何不得於天, 而天之所以瘁之者, 若是其酷也? 所謂善淫之理, 至此而益不可知矣. 尙何言哉? 尙何言哉?
嗚呼! 以小子等之不天, 諸父皆無祿, 在世者惟有數三叔母, 瞻言依仰, 孰不同? 然而若小子之於叔母, 則又有異焉. 盖叔母之通達曙於事理, 爲小子平日所推服, 而小子不幸, 晚無嗣息, 叔母特以大義, 畀三兒爲之後者, 已七年于玆. 除是尋常叔姪間, 則未易有此. 每當拜見之時, 誨語諄諄, 不惟小子之無蘊不達. 叔母亦披露無間, 恩情之篤, 幾若母子. 以小子之愍凶窮獨, 而惟此一事, 爲稍慰意, 嗚呼, 孰謂其此猶不保, 而遽速叔母之捐背也耶?

小子旣棲遲江干, 與一哥新居甚近, 每小舟往來, 源源陪諷, 至二哥立 朝以後, 則叔母亦隨而入洛矣, 小子跡阻京輦, 去秋乍拜之後, 尙成違曠. 頃於沁府行時下書繾綣, 諭以到彼相見. 屈指計此, 僅隔數日, 而叔母遽還造化矣, 嗚呼! 何忙何急而至於是極也?

嗚呼! 叔母之眷余小子若是其至也, 而小子窮貧乏力, 一事不能見情, 今玆送終之節, 尤無可言. 悠悠此恨, 當與生俱化而已矣. 遠期倏臨, 祖載將發, 惟玆一杯之奠, 粗寓誠意. 伏惟尊靈, 尙垂鑑格.

朴弼周, 『黎湖集』 권22, 『한국문집총간』 권196, 444~445쪽.

祭伯姪婦貞夫人閔氏文

人生之初, 死地便定, 惟彼松京, 爲靈究竟. 滔滔三歲, 欲歸未歸. 遺恨滿家, 曷云其悲?

詩稱淑愼, 靈則有焉. 身無愆儀, 口絶闌言, 三日貌樣, 至老不改, 凡今閨閤能是者幾?

相我宗人, 門內以治, 就有一事, 可爲後規. 盖惟人家, 大事在祀, 於焉克誠, 得祭之義. 慮事具物, 旣豫且備, 嘉籩之實, 吉蠲之饎, 無小無大, 凡係祭供, 一切尊閣, 不許他用, 敬而不褻, 先祖是饗. 推此以往, 餘可觸長.

念昔先人, 稱美之亟, 曰:

"余孫婦, 婦德惟懿. 得此賢媛, 以託蒸嘗, 爲我家慶, 盖莫與京."

每一追念, 若聆音旨, 亦有歷瞷. 豈無倫擬? 如靈所爲, 不負先知, 今拜九原, 可以有辭. 煌煌紫誥, 孔多受福, 兒旣畢婚, 壽且躋六, 婦人如是, 盖無不足. 生順死安, 夫何深戚? 獨我家廟, 主婦曠位, 中饋之政, 又易一世, 觸目爲感, 痛緖非一. 興言及此, 有涕若雪.

佳城新卜, 溯彼水上, 窮病兀兀, 愧未臨壙. 緘辭寄哀, 情見於斯, 靈如不昧, 其歆余卮.

朴弼周, 『黎湖集』 권22, 『한국문집총간』 권196, 448~449쪽.

孺人兪氏墓表

孺人杞溪兪氏, 今咸悅縣監學基之女, 通德郎諱命舜之孫, 大司憲諱㯙之曾孫. 外祖郡守朴公諱泰斗. 孺人生十五年而嫁於光山金相說, 爲沙溪先生六世冢婦, 嫁五年而夭, 實丙午十月二十三日也. 葬在懷德某地某坐之原, 從其舅仁澤兆次也.

孺人端明溫粹. 自幼無一點客氣, 每時節會集同隊, 兒女衣佩光華, 而孺人處於其間, 泊若無睹. 母氏試其意, 問以'汝獨無欲乎彼', 則孺人笑而對曰:

"縱欲之, 奈非吾物何?"

時僅七八歲, 而他行事皆類此.

及歸金君, 尤小心謹愼, 未有過言過行. 事姑及所生舅姑, 一於孝敬, 以至旁尊諸親, 無不得其懽心. 雖其入門稱婦, 年數無幾何, 而沒後夫黨之思, 久愈不衰, 嗚呼, 其賢矣哉!

孺人於余爲女甥. 余每見其口無闌言, 心無越思, 未嘗不歎之, 以爲絶美之資質. 苟不早死, 助成門內之治. 且從以賢子, 使先正詩禮之傳, 繼繼不替, 則不亦有補於世敎也? 而秀而不實, 乃至於此, 程夫子所謂'不幸短命, 何痛如之'者, 其是之謂歟! 其是之謂歟! 是爲表.

朴弼周, 『黎湖集』 권25, 『한국문집총간』 권196, 516~517쪽.

孺人鄭氏墓表

鄭斯文五奎氏自嘉林遠來, 訪余於江上. 余肅之入, 扣其所由來之故, 則其言貌慘悽, 一似有哀而莫宣者. 旣而以狀文一通, 見示而曰:

"是狀也, 乃五奎第二女李氏婦之行狀也. 女自幼不妄言笑, 威儀動止, 能若有成法. 識事理敦孝恭, 其生質之美, 旣得之天賦. 而凡女子所事, 皆不待姆敎而能之, 相其母門內之治, 自祭祀賓客以至於筆札酬應, 衣裳裁成, 率任之而無怠. 盖未笄而德言容工已無不備, 殆庶乎程孝女之倫也. 女之外祖, 故淳昌郡守金公萬埈, 沙溪先生之嫡曾孫也. 其內子年老在堂, 女每往侍焉. 金氏以禮法家, 族大且蕃, 而無長少男女, 咸嘖嘖稱吾女爲女士. 五奎非無他子女, 而特鍾愛於此女, 偃蹇擇對, 妻之於李生商重, 不幸短命, 嫁數月而死矣.

以吾女之賢而夭札至此, 此旣可悲也, 而尤所悲者, 其奠菫之期, 只以十數日隔之, 而女遽死, 不成其爲婦, 生死痛結, 莫此如之. 惟託文字, 表章之, 俾厥懿美, 不遂泯沒, 則可慰此悲於萬一, 敢以是徼惠於吾子."
言訖, 而復嗚咽掩涕, 余聞之亦愴然.
嗚呼! 父母之哭子也, 其哀戚固發自至情, 而然而有其則焉, 或過焉則非矣. 是以子夏天乎無罪之言, 深爲曾子所責. 今五奎氏讀書爲儒, 習於聖賢之訓也, 而其不能寬譬, 猶若是者, 益可見孺人之賢, 非尋常婦女所可擬議也. 苟無慟則已, 慟則非孺人之慟而誰慟?
按其世則系出光州, 孺人之祖曰敷, 淸修有學. 黃江權公尙夏實誌其墓. 曾祖曰時亨, 海州牧使, 以循良稱.
孺人生於辛卯十二月十八日, 以己酉十二月嫁, 歿於其翌年庚戌三月初三日, 嗚呼, 一何短哉? 李亦韓山名族, 吏曹參判廷夔, 宗廟令滓, 參奉秉哲, 爲商重之曾祖祖考. 而其妣則潘南朴氏, 吏曹判書泰尙之女也.
余惟女子之生, 無師友問學之導. 其賢有行者, 盖不踐迹而暗合也, 視男子爲尤難. 特以其不離於閨房之內, 故雖有德美, 而率就湮晦, 五奎氏之爲孺人, 汲汲於不朽圖者, 職是故也. 余安忍終辭以傷慈父之心也哉? 遂次其說以畀之, 使歸而表諸墓上. 其墓在於結城某坐之原, 卽李氏先兆所在云.

朴弼周, 『黎湖集』 권25, 『한국문집총간』 권196, 517~518쪽.

先妣淑人辛氏墓記

嗚呼! 惟我先妣之歿, 而不肖孤弼周之生于今三十有四年矣. 夫古今稱早孤者何限, 其傷之切而痛之甚, 宜莫如在襁褓而喪慈母. 然猶非其至者也, 若夫不旋日而子生母死, 慈天雨露之澤, 曾不能斯須霑濡於其身. 如弼周者, 則其罪逆愍凶, 寔爲窮天地亘萬古之所無.
嗚呼, 痛哉! 是尙忍也哉! 盖其號呼求覓, 晝思夜夢, 如或見聞之於容貌音響之彷彿, 而卒無得焉, 則況於其平生言行之懿乎! 獨其一二流傳之緖餘, 有不容泯沒而無述焉者.
盖先妣性慈而意豁也, 識明而行潔也. 平生事爲怛白, 人無不知者, 贊先公門內之治. 居乎十一娚妹之首, 長短方員, 人人各不同, 而物我不形, 有無與同, 至其析著也, 則勉先公不以腴膩物自私. 撫育前妣之諸子女, 恩若己出, 而非强而爲之也. 御婢使, 優其養而均其勞, 得其感戴. 値享事, 則必先期致其蠲潔, 細大皆親之, 其餕餘必盡散之. 無使過祭之日曰:
"無留神惠也."
時先公未仕于 朝, 而家故盛, 凡祭祀賓客之奉, 婚姻死喪之需, 其費出盖夥如也, 先妣周旋勞勩, 曁未嘗告恥焉. 尤急於哀窮恤難, 聞人之喪而有貧不能斂者, 則雖非親戚, 輒捐篋中資以襚之, 以至飢者予之食, 寒者予之衣. 已則雖夏炊不再, 冬袴無絮, 而其施於人者, 髮膚亦無所愛. 盖其貴義賤財, 不囿於豊嗇之常, 稟有如此者. 先公以是益重之, 而顧祿之不及也, 則常愴然以爲終身恨. 諸母與諸姑之語先妣事者, 至今猶往往嗚咽流涕云.
歲戊寅, 不肖孤弼周嘗因事一至城里之村焉, 則中表諸長老爭頌先妣之孝於親, 友於兄弟, 仁於宗族, 非凡婦人所及, 而語已輒淚簌簌下. 雖至婢僕之逮先妣時者, 亦然. 不肖嘗因是而竊思之, 夫人之生也, 其相與非不親且愛也, 及其死也, 則有不日月而忽然忘之者矣. 今先妣墓上之木, 拱而又拱矣, 而其追思之者, 罔有夫黨與私親之間, 至於如是, 嗚呼! 此豈可以聲音笑貌爲哉? 要非其德之實有以感人者深, 則無自而致之也. 是宜迓受天祿, 享有衆祉矣, 而特以生我劬勞之故, 奄忽喪逝於一日之內, 曾莫之少延, 嗚呼, 痛哉! 是尙忍也哉? 弼周雖百死, 不足以贖其罪之萬一矣.
先妣姓辛氏, 系出寧越, 文莊公白麓先生諱應時之玄孫也. 曾祖諱慶晉, 大司憲, 祖諱喜業, 郡守, 考諱峘, 有名德, 登薦剡, 仕止金化縣監. 妣光州金氏, 贈參議廷益之女. 以 崇禎戊子八月二十日壬子, 生於仁川外鄕, 卽所謂城里之村者是已. 十九而孤, 二十二而歸, 先公姓朴, 諱泰斗, 字伯瞻, 爲繼室. 又十一年庚申六月初九日壬午卒, 享年僅三十三. 前是, 先妣連擧二女一子, 而子與伯女俱不育. 當不肖孤之在腹中也, 男女又未可知, 常指以語人曰:
"使余有一男子而死者無恨矣."
及免不肖之夕侍者誤曰:
"是女也."
先妣遽聞而心驚, 疾遂不可爲矣. 人以其語爲讖云.

葬在安山先屯坐乾之原. 蓋先公所嘗虛其右, 以待身後者, 而以其山猶不合於堪輿家言也, 先公之喪, 姑就其傍麓而窆焉.
先公元配趙氏生一男三女, 曰弼夏參奉, 女適學生李明晉, 進士俞復基, 郡守尹澤. 弼周與季姊士人俞學基妻, 卽先妣出也.
嗚呼! 父母之於子也, 其恩如天地, 雖白首而稱孤, 尙有不勝其追慕者, 況如弼周之爲至隱也哉? 艱難成長, 幸不滅死, 要之一息未滅, 無非銜恤之日. 而罪惡貫盈, 嗣續遲暮, 使先妣血胤之寄, 凜凜乎不絶如線, 疾病癃廢, 又不能勉力於顯揚之圖. 每一念之, 靦面俯仰, 不如無生之爲愈也. 顧惟先妣德範, 終不可使後人不知也, 則玆敢忍死? 畧書其得於傳聞者如右, 納于壙中. 昊天罔極. 嗚呼, 痛哉! 不肖孤弼周, 泣血謹記.

朴弼周, 『黎湖集』 권26, 『한국문집총간』 권197, 4~5쪽.

贈貞夫人柳氏墓誌銘

婦人之行, 莫如柔順. 蓋必由是焉然後, 爲合於地之道坤之體, 而不失其常. 不爾則雖號爲才智有識, 亦非婦德之懿也. 以余觀於同敦寧安公所述其配柳夫人之狀, 一何其與是道相符也!
盖据狀之言, 則夫人於居室之際, 一意愼默, 其所事者, 惟在饋食縫績之間而已, 不有問也, 則寂無他語. 宜於夫子, 協於尊姑, 近而嫂叔妯娌, 遠而內外親戚, 皆懽然有恩以相愛. 凡若此者, 不由於柔順而能爾乎? 其賢固可徵也已.
雖然, 柔則墮於私吝, 順則易於苟從, 是德是病, 理有必然, 此又婦女之通患, 而或不能免焉者也. 乃夫人則不然, 婦於貧家, 飢寒切身, 而無蓄財以自私. 同敦公脫畧, 不顧生事, 屢解衣以衣人, 而不少示難色. 撫養同敦公堂侄之來學者, 均之己子, 無有薄厚, 愛子雖甚至, 而有失, 則必痛責之, 未嘗以慈而廢誨. 同敦公詬詈僕夫, 或傷於卞急, 而賴夫人之溫言諭解, 不至於過差者多矣. 迹其行事, 盖有柔順之德, 而無柔順之病, 豈不尤賢矣乎? 易曰, '無攸遂, 在中饋, 貞吉.' 詩曰, '無非無儀' 夫人其近之矣.
柳氏籍平山, 夫人之考曰宣教郎必壽, 祖曰江西縣令時健. 曾祖曰長城縣監湛, 高祖曰施善郡守安根. 外祖監察韓德海. 夫人年七十二, 以壬寅十月十六日卒. 葬于長湍江南面獨正里坐酉之原, 從先兆也. 同敦公名絿, 爵至卿列, 夫人之贈, 亦視其秩. 有二子, 相徵才而夭, 相徽夫人歿纔數歲, 而登文科, 踐歷臺省, 方爲榮川郡守. 一女適金岱壽夭. 相徽子允儉, 與相徵爲後, 亦不幸早夭. 餘二子一女並幼.
銘曰: 爲婦賢婦, 爲母哲母, 何以致此? 柔順而已.

朴弼周, 『黎湖集』 권27, 『한국문집총간』 권197, 37~38쪽.

孺人閔氏墓誌銘

余讀趙益甫所述其配驪興閔孺人之狀而可涕焉.
始孺人之考判官公啓洙, 晩而得孺人, 其愛弄之甚, 眞掌上明珠也. 及行而歸於益甫, 相莊如賓, 夫婦間自謂知己, 人倫之樂, 莫此如之矣. 當是時, 益甫皇考忠翼公泰采受 肅廟深知, 由八座入相, 孺人外王考忠獻金公昌集位上相, 俱無恙. 判官公之祖若考, 則又是故相文忠公鼎重, 文孝公鎭長, 族齊德偶, 世莫與京. 而上慈下孝, 恩意藹然, 福祿之方至者如川未涯. 盖無有世間所謂憂患困苦者, 間於其間也.
居無何, 判官公卒, 又未幾而薦紳禍作, 忠獻與忠翼兩公, 後先受後 命於湖嶺之謫所. 益甫兄弟雖幸不並命, 而俱各分竄絶域, 生死不可知. 孺人以閨閫綺紈中人, 遭罹罔極之變故, 自京師拚命獨行, 會益甫於千里瘴海之外, 其艱關萬死之狀, 至難言也, 譬則霜雪驟下, 蘭蕙先瘁.
其生理閼而不得遂者必矣, 間幸世道更新, 隨益甫蒙 恩北歸, 而孺人則已病矣, 未一年, 而竟沒於蓐. 嗚呼! 人命之始終不相侔者, 何至此之甚哉? 盖孺人之所閱歷者, 卽桑滄之變換不啻也. 能隨地有以自靖, 門戶全盛, 而常以戒懼存念, 禍機交急, 而處之不失其常. 以至死病之際, 世俗必趍避百方, 而孺人則無所慴, 嘗有不吉之兆, 先見於夢, 而亦不使益甫知之. 跡其行事, 殆庶乎安義命之君子, 而不幸短命, 以至於此, 此益甫之所以重爲之悲, 而不能自已於情者也.
孺人幼則孝順, 必敬恭聽父母之言, 外曾祖妣羅夫人及尊屬如農巖三淵諸老, 咸一辭稱其賢. 坐必端坐, 肩背竦直, 羣居不譁, 發言必審. 惟不喜巫覡, 子女

方發痘, 而亦不循俗設祈禱. 兒有出繼者, 常語之曰:
"人於本生, 不勉而情自至, 至於所後, 則勉亦不足, 不可不以此義敎戒於幼少時, 使自安習."
精於女工, 無所不能, 禮服深衣襴衫之屬, 亦都悉具制度, 不失分寸. 至於影算, 算之最難者, 而一聞輒卽通曉. 益甫嘗以承嫡者之第二子, 爲其祖母服承重服當否爲問, 則孺人曰:
"承嫡者以緦麻降服其母, 則母不敢子其子. 中間傳序旣絶不續, 至其孫更有何重之可承而爲之服乎?"
其識見之高如此. 益甫所謂經生學子, 有不能及者, 盖非過語也.
孺人以壬申十一月十八日生, 歿於乙巳十二月初一日, 得年僅三十四. 葬于長湍東坡村卯坐之原, 距忠翼公墓, 不百餘步而近. 益甫名謙彬, 楊州人. 判書忠靖公啓遠之曾孫, 郡守禧錫之孫, 府使沈公益善之外孫. 中進士, 嘗爲敎官不就. 博聞多識, 人物偉然. 有二子, 長榮克, 出後益甫伯兄鼎彬, 次榮順, 順卽孺人歿時所擧者也. 二女並幼.
記余少時與判官公同硯於洛社, 孺人以四歲兒, 隨其姆而間一至焉. 每念其丰盈娟好之容, 尙若在眼, 今於益甫墓銘之託, 有不忍辭者.
銘曰: 昌黎所謂率所事所言皆從儀法者, 孺人其有焉, 嗚呼! 若孺人者, 其何讓於古之賢婦耶?

朴弼周, 『黎湖集』 권27, 『한국문집총간』 권197, 38~39쪽.

孺人李氏墓誌銘

婦人之德, 大率不外聞, 其早歲夭折者, 尤似於無可紀載. 然而昌黎有女挐之銘, 明道有澶娘之誌, 盖或以其賢, 或以其情, 要皆不忍使之泯滅也. 余於侄孫昌源妻孺人全義李氏之狀, 有足悲者, 狀卽孺人父李君厚卿之所述也.
狀稱孺人以戊戌二月二十八日生, 生而有淑質, 端重秀慧. 數歲, 病痘瘡而動止能整, 見者奇之. 爲父母獨女甚鐘愛, 而不以愛故廢敬. 父有疾, 至誠憂煎, 調藥治食, 多有稚年所難能者. 其身孱然若不勝衣, 而當事却幹敏有力. 凡諸婦功, 皆不學而成, 照管外內囊篋, 能曲當親意. 勸父母早樹, 後常曰:

"人家有獨女, 而所後子多不得於其父母, 是其女之過也. 旣爲吾父母之子, 則是吾同氣視之. 豈可差殊乎?"
於一切時尙, 皆泊然不屑. 嫁時衣裳, 婦女例忌相借, 而孺人則輒借之曰: "貧者於何得用乎?"
其有高識無滯吝如此.
于歸以後, 禮敬益飾備, 甚得尊章心. 逮其遘癘, 則惟憂念父母, 勸其出避, 孝心之篤, 至死可見. 其舅往見, 則病勢已危, 而猶能收身以致敬. 遂歿於癸丑六月十八日.
嗚呼, 惜哉! 蓋不惟厚卿所爲狀參之, 舅姑亦無異辭, 匪賢而能若是乎? 是則雖不知與澶娘爲如何, 而擬之女孥則亦有餘矣. 余故爲之銘, 用慰厚卿之悲.
厚卿名德載, 前司憲府持平, 曾祖黃海監司諱萬雄, 祖知敦寧府事諱徵夏. 外祖三淵金公昌翕, 常奇愛孺人, 命名以寓祈祝. 我朴爲潘南大姓, 今戶曹參議師正, 爲孺人之舅. 其姑淑夫人李氏. 孺人葬在楊州天磨山某向之原.
銘曰: 嗟嗟孺人乎! 生十五年而嫁, 嫁一年而夭. 命之短矣, 胡天不弔? 不朽者存, 百千爲期, 有如不信, 視此銘詞.

朴弼周, 『黎湖集』 권27, 『한국문집총간』 권197, 51쪽.

恭人具氏墓誌銘

故通德郎李君軒紀不幸早世, 旣略見於余所爲銘矣. 其賢配具恭人, 女而有士行, 胤子敏坤, 又手具其閫懿爲狀以謁余.
余惟女子之事, 始於爲女, 中於爲妻, 而終於爲母, 必其一於貞信, 愼終如始, 三者俱盡道然後爲可貴. 然而境有順逆, 事有難易. 所謂順而易者, 其不能必得, 則其値之者, 往往是逆與難也. 夫惟喪難憂慽, 備經荼毒, 若是者, 其爲不順甚矣, 苟於一切事, 任其毁頓廢闕而莫爲之理, 則婦道難謂之有終矣, 嗚呼, 玆惟艱哉!
蓋恭人于歸, 十有七歲, 而哭所天, 喪未幾而連哭舅姑, 與所生舅喪, 又未幾而哭叔與娣, 禍罰艱棘, 不啻百罹. 而藐玆二孤, 又稚昧莫飭, 當是時, 李氏之宗, 惟恭人一身是賴. 恭人乃能深惟所重於號天痛擗之餘, 黽勉拮据, 前後累喪, 使凡附身附棺之物, 無一可悔, 以至有家日用祭祀婚嫁之費, 皆無闕事. 又能篤於慈教, 俾二孤卒有立. 盖跡其平生, 繇初至終, 殆無間然, 其視居順境而履常道者, 夫豈不尤難也乎?

恭人之先, 籍於綾城, 麗朝三重大匡存裕, 其遠祖也. 祖諱時勉, 成均舘司藝, 考諱奐, 通德郞, 妣延安金氏, 通德郞善長女. 幼聰穎絶人, 針縫如神. 且略解文字, 父母甚奇愛之. 季父佐郎公夾負人倫鑑, 每惜其不爲男. 及歸而六親爭賀, 鄭相國致和內子南夫人爲舅黨, 一見恭人, 輒歎曰:

"吾閱人多矣, 未見如新婦者."

盖其精美之氣, 故自殊倫, 造次能致人之竦異. 幹家治事, 能簡而有要, 常曰:

"祭先之物當預措. 若臨期假貸, 則惡在其爲誠享也?"

又曰:

"人則有一死, 而過時而斂, 是再死之也."

又曰:

"欲全廉恥, 當守己業, 其要在於節用勤儉."

又曰:

"用財須要分明, 不然則非久長之道."

口授二子十九史等書, 教養備至. 每事必設爲善惡二端, 使知其可效可戒, 尤惓惓於從師勤業. 有不恊意, 則必正色以責之, 冷淡嚴肅, 不敢仰交一語. 二子能力學有聞, 而嫌其少氣, 則每語之曰:

"男子如虎而其終也猶恐其如鼠, 女子如鼠而其終也猶恐其如虎."

又曰:

"寡婦之子, 持身甚難. 一有差失, 人必目之以無教, 不可不念."

又曰:

"行實爲上, 文不足貴, 有文而無行者多矣."

雅素之訓, 率在於是. 而又有先見, 論人論事, 後多不爽. 精神至沒猶炯炯, 其所顧言, 多可傳述. 噫! 有此高識見諸行事, 宜乎若彼之鮮及也. 余皆不書而獨書其持家育孤爲尤詳者, 誠以婦人之難, 莫難於此, 此而能之, 則他無不能也云爾.

恭人生於 顯廟乙巳, 歿於今 上乙卯之四月初八日, 壽七十一. 合葬于麻田禾津面東井洞負丙之原. 通德之世與子女, 並見前誌, 玆不錄.
銘曰: 簪珥之秀! 豈曰無人? 暗合則有, 識未之聞. 孰如恭人! 不學而學. 味其遺言, 宛然可掬. 我最爲銘, 以列幽墟, 嗟爾後翩! 其可忘諸?

朴弼周, 『黎湖集』 권28, 『한국문집총간』 권197, 56~57쪽.

叔姊淑人墓誌

故淸風府使尹公澤之配曰淑人羅州朴氏, 吾先君之第三女也. 先君諱泰斗, 官止高陽郡守, 妣豊壤趙氏, 浦渚先生翼之孫, 生員來陽之女. 若民部尙書堦, 司饔院僉正世綱, 卽淸風公之祖若考也.
淑人有子曰得恒得謙得晉, 二女婿李顯甫金元謙. 得恒先夭, 次女繼之, 未幾而淸風公又歿於淸風官舍. 又若干年而得謙得晉一時俱夭, 皆無子, 淸風公之世於是絶矣. 淑人日夜號天慟擗, 十年如一日, 竟以癸丑十一月初二日歿, 距其生癸卯, 得年七十一. 合葬於長湍魚龍浦淸風公之墓.
盖淑人德性深厚, 有坤道載物之象, 淸風公則心行易直, 不犯鬼神之所忌. 而諸子又娟好秀發, 文雅端飾, 人皆稱願然曰:
"淑人而致是也, 宜哉!"
盖莫不以福祿歸之矣. 而夫何喪禍荐臻, 若或讎之, 孑然爲窮獨無養之一老, 煩寃痛酷, 以沒其世? 嗚呼! 天道之無知, 人事之難測, 豈有若是之甚者耶?
淑人幼有孝性, 三歲而失恃, 能知號慟, 不類小兒. 至老猶記其時事, 每語人而泣涕汎瀾. 旣歸而移孝於舅姑與祖舅姑, 夔夔承事, 無一違越, 尙書公甚愛重之, 每曰:
"賢哉! 吾家孫婦."
至尙書公沒於鵩舍, 則淑人常愴焉追慕. 祖姑朴夫人之喪也, 從淸風公同持承重服, 每哭泣, 淚漬於席, 衣袖皆腐, 人皆感歎.
淑人謙愼巽順, 與人處, 無老少尊卑, 惟恐或傷其意, 而然能曙於大義, 當事甚有力量, 無婦女流徇之失. 爲內助於淸風公者甚多, 淸風公每許爲夫婦間知己.
嗚呼! 淑人長余十有七歲, 幼少如何不能記? 自省事以來, 淑人之愛余, 余之仰淑人, 實若母子. 逮余猥與 徵招, 窮無所歸, 則又賴淑人之恩, 得有江干小築, 爲晩歲相依計. 雖喪故相續, 涕泣爲日, 而然其團欒陪奉, 殆爲平生所始有也.

淑人嘗謂余曰:

“記昔先母娠君時, 夢一老大衣冠甚偉, 如君之險釁疾病, 能有一生於百死者, 豈或此爲之兆耶?”

顧淑人下世, 亦已七載于玆, 而余則尙自頑活, 實不知其何所爲而然也. 惟淑人遺事, 有不可沒者, 而無人收拾, 益足感涕. 玆用略識梗槪, 列於幽壚, 俾後之人尙克知淑人有如此之德, 而不爲天所福, 可爲終古之悲云爾.

嗚呼, 痛哉! 得恒有繼後子選東, 得謙有繼後子台東. 進士金相聖, 卽得恒女婿, 士人洪維漢, 卽得謙女婿. 而得晉亦有二女, 進士李聖中, 沈慶運其婿也. 是爲誌.

朴弼周, 『黎湖集』 권28, 『한국문집총간』 권197, 57~58쪽.

乳母壙誌

乳母金姓, 岳德其名, 羅州人, 吾家婢也. 庚申六月初九日, 先夫人擧余不孝, 而奄忽卽世, 先君子以余出置於故奴尹繼善家, 與其妻照管保活, 而乳之, 則屬於母. 居無何而繼善之妻作故, 母遂專任乳育之事. 恩勤顧復, 能從百死而得一生. 其女之與余同乳者, 死而不顧. 余旣去乳而猶不離於母之抱, 居焉宿焉, 率於其側, 幾十餘歲.

其夫左雲, 馬醫也, 以馬故被人之杖, 不幸致死, 母亦詿誤, 謫羅州, 相持不忍別. 余憶母, 母思余, 兩地悵望, 情景悲絶. 如是者又六七年, 而母復來, 與余相會, 其悲與喜可知也. 當是時, 余纔去草土, 屬新有室, 零丁孤苦, 無日不病, 母又身任保護, 輒時其飢飽而飮食之, 至於寢堗爇薪, 亦必不委他人, 使余得免於寒凍. 盖無一時一念之不在於余, 譬則忠臣之竭力擁佑幼主, 死生以之誠一無他者也. 歲己亥十一月二十一日, 得病亡, 年七十一. 葬於高陽西山, 左雲墓在於其右, 皆東向.

嗚呼! 微母則余無以得延一縷以有今日, 其罔極之恩爲如何也? 而病廢無狀,未能酬報其萬一, 悠悠蒼天, 此何人哉? 此何人哉? 宜頑不死, 重値回庚, 鮮民之痛, 益無所洩. 忍痛畧書其事爲識, 以納於墓, 後之人尙有以哀之, 而不使耕犁加焉, 則其幸矣夫. 其幸矣夫.

朴弼周, 『黎湖集』 권28, 『한국문집총간』 권197, 58쪽.

신정하(申政夏)

先妣恭人全州李氏行狀

先妣恭人李氏, 系出 太宗大王第二男孝寧大君諱補. 高祖諱重繼, 持平, 贈參判, 曾祖諱克達, 監役, 贈左承旨, 祖諱明翼, 宣教郎. 考諱泰郁, 學生, 娶江陵劉氏判官煥之女, 以 崇禎紀元之二十五年癸巳五月十九日, 生先妣.
先妣端嚴貞靜, 仁厚沈默. 自在幼時, 喜怒未嘗形于色, 尤不喜與人競辨. 其鞠于外氏也, 日與外黨諸兒處群而不譁, 退然其間, 未嘗煩長者呵叱.
年十六, 歸于先府君, 姑氏李夫人生長法家, 壼範甚嚴, 而先妣一意承順, 孝敬備至. 自妯娌娣姒之間, 以至婢僕之賤, 無不曲盡其恩意而得其歡心. 始絅菴府君以石湖公命, 出後伯父平寧公, 其後石湖公者獨有先府君, 一門之指擬期望甚重. 而先妣入門, 動有法度, 於是內外宗黨, 莫不以得內助賀之先府君. 以石湖公之對人, 亦稱曰:
"是婦也, 必能興吾家者."
辛亥二月, 先府君不幸, 先妣終天痛毒, 誓不在世. 其六月, 又丁學生公憂, 毁瘠之甚, 幾不能自全, 然一未嘗以戚容見舅姑. 及庚午辛未, 石湖公李夫人相繼棄背, 先妣又與絅菴府君泣血持綫六年. 當喪禍震剝之餘, 門祚綿弱, 家事旁落, 咸謂其難可復振. 而先妣煢煢在疚, 夙興夜寐, 勤勞祗愼, 未嘗少懈于心. 其於祭祀, 必致豊潔, 御下益加仁恩而有威. 先是, 取絅菴府君第二子不肖靖夏, 以後先府君, 至是已十歲, 教育愛養, 逾於己出. 以至成人, 而其事絅菴府君, 如事石湖公, 儼然持家垂三十年, 此先妣之所爲終婦道也. 先妣自遭辛亥禍故, 重以中經兩艱, 積致傷毁, 爲疾已痼. 乃於辛卯九月二十一日, 因微恙遽至大故, 享年五十九.
嗚呼, 痛哉! 先妣識趣甚高, 平日不讀涉書傳, 而其見於言行者, 暗合於古圖史所記者. 嘗曰:
"女子之職, 治家則主饋, 奉先則祭祀而已. 至若疲精於筆墨翰札之間, 以言語往復爲能事者, 卽文人才士之事, 非女子所宜爲也."
以故於近世閭閻所傳行一種稗書, 未嘗染指, 獨喜觀古有節行婦人誄文. 或至沾洒曰:
"哀苦之人, 情有相感."
顧語諸姊妹曰:
"我死, 必爲文以祭我也."
嘗致慇於享祀, 所須之物, 必預具而別貯之, 不至匱乏. 遇祭日, 前期致齋戒, 飭婢僕毋敢以褻衣服將事. 以至鼎鬲籩鉶之屬, 亦必手自洗滌, 雖甚疾病, 不以人代之. 人有言其過勞成疾, 則曰:
"未死, 不可不盡吾力也."
雖不肖亦以享物太豐, 告以在誠不在物, 則先妣教之曰:
"吾非後於誠者, 然亦不敢自恃其有, 其在物者, 又豈可薄耶? 使後人遵吾法, 能者可使兩盡, 而不能者不至兩廢, 不亦可乎?"
不肖拜而受教. 雖在困苦時, 無毫髮苟且事, 於切親亦然.
絅菴府君以先妣有奉先承家之託, 甚見敬禮, 及在庚辛巨創, 疾病憂厄, 實與共之, 其情意懇篤, 又非人家嫂叔之比. 而晚年, 絅菴府君官位隆赫一時, 諸姊妹之求乞請託紛然, 而先妣獨無之. 絅菴府君嘗以是語人而歎曰:
"嫂氏同居四十年, 未嘗有一言之囑, 其賢可知."
性嚴潔, 平居罕接人, 與語無過情. 唯閉戶終日治女紅, 而朝夕之間, 器物必整飭, 庭宇必汛掃, 內自庖室, 外及廐櫪之間, 歷然無一塵. 於不肖撫愛如嬰兒, 而教之必以義方. 欲其每事盡善, 無一毫不可於人意. 凡在一家慶弔, 遣伻候問, 人事之不可闕者, 不肖未及思, 而先妣已先爲之, 故未嘗後他人家. 使媚黨始怪其敏, 已而知出於先妣, 則又莫不稱歎. 自課夜書, 必漏下三十刻乃止, 每於燈背, 手績麻枲, 耳辨讀聲以爲常. 及不肖年大, 而猶自幹家事, 不欲以荒其業. 當其往受室也, 先妣命之曰:
"世俗率以迎婦日歡喜, 吾則不敢. 使新婦, 而得其人也, 則家道興, 失其人也, 則家道廢, 得失未卜, 吾惡用喜?"
及登第, 館人以榜聲來擾之, 渾室上下驚喜若狂, 而先妣方對案, 終食不見其異常度. 及其忝竊榮選, 則又以寵祿不可懷, 名節必可保爲戒. 每語及石湖公

李夫人, 必至流涕, 其遇兩姊妹, 視前益篤. 末年, 見不肖科慶及連擧子女, 輒泫然曰:
"不使舅姑見也."
旣而又曰:
"不使趙夫人見而使我見也."
於是教不肖以視遇生外家甚厚. 其待親戚, 淺深疏密, 各適其宜, 捄災恤窮, 一視其力焉. 每以慈氏劉孺人鄕居違側, 思慕至甚, 瀡瀡滑甘之供, 不以路遠而或闕. 及承訃, 哀毁踰節, 自衣衾付身之物, 以至奠饋之需, 竭其誠力, 不以戚舅氏. 至祥日, 强疾作行, 中途添劇, 竟不得達而還, 則以爲終身之痛. 盖自此足未嘗出戶限矣, 每教不肖曰:
"汝若得邑, 而近吾父母墳, 則吾可以一動."
而不肖無狀, 未克成其志. 卒之前一日, 先妣猶無恙, 不肖與諸子女侍傍, 有祝其康福者, 先妣愀然曰:
"李氏之世男女無高年者, 吾獨以禍釁命奇故至今耳, 其可望終享其福耶?"
嗚呼, 痛矣! 豈料斯言之有驗, 而以先妣之懿德, 卒不獲豐報耶? 不肖不孝無狀, 先妣無故之日, 旣不能盡其養, 及其疾革, 又不能號呼神明以自代, 窮天極地, 含哀茹痛, 尙復何言? 今旣未死, 而惟其平日遺行, 有足以垂範女史者, 則不可因就泯沒, 以重不孝之罪, 玆敢抆血爲狀. 仰干于下執事, 荒迷摧隕, 撰次無倫, 伏惟哀憐而財擇焉.

申靖夏, 『恕菴集』 권14, 『한국문집총간』 권197, 442~444쪽.

乳母玉儹壙誌

乳母姓金, 名玉儹, 以乙酉某月某日生, 死於甲申九月某日, 得年僅六十. 昔吾先妣貞敬夫人趙氏之臨終也, 一兒方幼, 擇諸侍婢之有乳, 而謹愼可保無憂者屬兒, 而謂莫如金. 遂泣以兒命之, 金亦泣而受命焉, 兒寔靖夏也.
靖夏幼弱多疾, 七歲猶食乳, 金輟其所乳者以乳靖夏, 七年如一日焉. 盖其勤至此. 靖夏旣成人, 好讀書, 金嘗於燈背坐聽, 或添膏剔灺以助讀. 及靖夏稍有聲, 日望其取功名速, 以如當世之顯者, 而靖夏數困於場屋, 每聞其一落,輒爲之一涕泣. 靖夏尋以乙酉冬, 中增廣試釋褐, 而金之入地, 已間歲矣. 念先妣之所以命與夫金之盡心於保養, 而未有以報其勤者, 淚未嘗不濡衣也. 昔李方叔之保母見方叔之屢厄公車, 至憤而自經, 今金之死, 雖與方叔之保母不同, 乃余之不能有爲於其早及有一日之養於所養者, 則千載之下, 余當與方叔同斯恨焉.
金之藏, 在積城縣某村向某之原. 恐時久封夷而無以識其處也, 追爲此誌, 埋諸壙側. 嗚呼! 此猶可以慰長逝者魂, 而亦使夫爲余者而少殺此悲也乎!

申靖夏, 『恕菴集』 권15, 『한국문집총간』 권197, 457~458쪽.

祭姪女沈氏婦文

維年月日, 叔父反觀居士以淸酌肴羞之奠, 哭訣于故姪女沈氏婦之靈曰:
嗚呼! 汝之弱, 人所共憂, 而弱是女子之質也, 汝之病, 人所共危, 而病非必死之物也. 況以汝之貞直爲性, 足以勝其弱, 淸淨絶欲, 足以去其病, 孝友媚睦, 足以獲其報, 而卒焉以夭而死者, 究厥理而莫測.
嗚呼! 汝年於余僅一歲參差, 自跟蹡學步, 以至於適人事君, 盖未嘗一日而暫離, 今汝平生, 猶可得而言之. 其能嚴以制行, 不失乎言笑也, 其能儉以率身, 不飾乎華貴也, 其能端以自持, 不視乎非正也, 其能廉以自守, 不取乎非義也, 盖亦女中之伯夷, 而世士之所鮮有, 此所以起吾兄非男之歎. 而及其施之於夫家也, 莫不賀沈氏之有婦. 余之知汝而能言者如此, 若其內外之所以隔, 而不能知而不能言者, 又未知其爲幾.
嗚呼! 自汝之歿, 有挽而起者矣, 有提抱而戱者矣, 有飮食而笑嬉者矣, 獨汝影響不知所適, 獨汝諸幼呱呱而泣. 言之及此, 余恐逝者之難瞑, 而慰生者之無說矣.
嗚呼! 陶谷之山, 燕尾之岡, 乃吾母吾嫂之所藏, 松檟森行, 墳塚相望, 葬汝其側, 俾汝魂而相依. 吾知神理之無隔, 其在汝又何悲? 嗚呼! 此言, 汝其聞乎也耶? 抑不聞也耶? 徒有淚而泫泫.

申靖夏, 『恕菴集』 권15, 『한국문집총간』 권197, 459~460쪽.

정내교(鄭來僑)

吳孝婦傳

吳氏婦者, 小家子也, 其家在十字街傍. 早寡與其二女居, 能潔酒食, 以祭祀其先, 隣里稱其有婦行. 一日, 天大風, 其隣人夜失火, 急聲鬨一巷. 婦方寢驚起走出, 見火及其屋. 勢益熾不可復入, 頓足號哭曰:

"吾家兩世神主, 將及火矣, 豈可棄神主, 而吾身獨全乎?"

欲冒烟火以入, 其二女泣挽臂止之, 婦不聽, 撇其臂奔入, 登樓上狂號探主處. 時火益急, 婦未及措而火已及身. 遂大呼擲樓下氣絶. 路人聚視之, 身皆灼爛無寸膚完. 其族人舁致其家卽死. 族人憐之, 具棺槨以葬. 余得其時觀者及所謂其族人者言甚詳.

嗚呼, 何其烈也! 余見自古以身徇義者, 多出於士君子之流, 而庶人則絶無而僅有. 非其出於天性不能, 故視君子常難, 而尤可貴焉. 今吳氏女特露屋, 一愚婦耳, 未必知利義取舍之辨. 而能自不顧生, 不念二女, 急其神主, 而蹈烈火以死, 此豈出於勉强者? 盖其天性然, 而所爲自適於義耳. 雖古之伯姬·曹娥者, 何以過哉?

鄭來僑, 『浣巖集』 권4, 『한국문집총간』 권197, 552~553쪽.

翠梅傳

湖西公山縣, 有吏金聲達者, 爲山城守倉吏, 幻簿書盜米四百石, 事覺繫獄者數年, 累及其族破家者, 亦數十人. 時觀察使洪公將按法誅之, 治狀版具書封, 指日馳聞. 夜有一女兒, 詣幕府叩門, 號哭甚哀, 裨將怪問之, 卽聲達女也. 手一牒泣曰:

"乞活我父."

其辭委曲, 悲不忍讀. 然事已無可奈何, 遂權辭慰遣之. 翌日, 公視衙, 有民衆男女數百, 塡門而入, 譁然盈庭. 一女兒被髮在前, 卽幕府所見者也. 直入上

階大號曰:
"兒乃獄囚金聲達女也. 乞蒙恩活我父. 活我父."
公爲之改容而聽其訴, 又問曰:
"彼民衆何爲也?"
衆曰:
"聲達盜國穀, 罪死無惜, 且民等非其族屬. 以其女情甚矜, 故人捐穀一石, 總可數百石, 願以此贖其死."
公嘿然良久曰:
"吾將思而處之."
衆乃退, 而女猶蒲伏涕泣, 不肯去曰:
"乞蒙恩活我父."
如是者數四, 於是左右亦具以昨夜事白之, 公惻然止其狀不以聞.
時余適爲客于營, 目見其事, 又聞於民間而得其詳焉. 女自其父始囚, 朝夕躬持飯飧, 往食獄中, 數年如一日. 及父聞當死, 遂絶口不食, 女輒首叩獄門曰:
"若不食, 女請先死."
且爲詭辭, 以慰安之, 見其食已乃還. 其得穀於衆也, 用一晝夜, 狂奔疾走, 徧歷數百家, 家輒哀號告乞, 以感動其心.
嗚呼! 何其異也? 昔緹縈以一書免父於刑, 曹娥赴水死, 抱父屍以出, 史傳美之, 然是女也能片言而動數百蚩氓, 一朝而得穀數百, 以脫其父, 其視緹縈·曹娥, 亦有難者矣. 嗟乎, 安得良史氏採而傳之, 以表見於世? 女名翠梅, 時年十七云.

鄭來僑.『浣巖集』권4,『한국문집총간』권197, 553~554쪽.

弟妻孺人邊氏墓誌

孺人邊氏, 進士鄭季通婦也. 歸季通十有六年, 事尊章甚孝, 中饋盡婦道. 辛亥冬, 季通客死嶺南, 孺人在湖中聞喪, 號擗不食者累日. 旣而隨喪至京師葬, 已疾作. 謂家人曰:
"吾當以二月死, 進士君夢我告之矣."

至是病革, 問今日何日, 曰:
"噫! 吾母氏亡日也, 吾死其在今乎!"
告來僑曰:
"吾願死得死, 何戚? 後事公在, 又何恨? 我死歛毋錦帛, 棺必薄, 毋用術家言, 必合葬我進士君墓. 筵几同一位, 以便祭饋."
戒二婢曰:
"祭饋必潔淨, 視幼兒毋怠. 否者吾死有靈, 必降罰汝."
復作氣坐曰:
"與我紙筆. 欲作數字. 我父親千里相隔, 獨此爲至恨爾."
言訖, 呼取兩兒女, 在前拊背, 於邑者良久, 遂斂袵就席而逝, 壬子二月十六日甲辰也. 以是歲四月十七日, 祔葬季通墓左.
父曰主簿擇中, 祖萬戶昌恢, 曾祖僉正永康, 系出原城. 妣坡平尹氏, 護軍某之女也.
嗚呼! 季通有才行, 名世佳士也. 孺人臨死從容, 言中道理, 賢婦人也. 然相繼夭歿於數月之中, 何禍之酷也? 季通之夢告以死日, 死日之同其母氏, 俱可異焉. 豈亦前定者歟? 悲夫!

鄭來僑, 『浣巖集』 권4, 『한국문집총간』 권197, 568~569쪽.

이익(李瀷)

烈婦權氏呈文

夫舍命不渝, 生民之大節, 旌別樹風, 國家之懿典. 斯義也, 在子爲孝, 在臣爲忠, 在婦爲烈, 非有大小輕重難易之別者也. 一有卓立茂行, 能爲人所難爲, 則必擧而奬之, 所以勸也. 是以通邑大都世閥之門, 莫不搜採著稱, 震耀觀聽, 此於扶世敎慰死魂, 頎乎其至矣. 其或窮閭委巷匹夫匹婦, 屹然有不可奪之志行者. 不無其人, 特以地遠勢孤, 往往名湮滅而莫之知也, 悲夫! 然秉彝好善, 人所同得, 覩記之所及, 孰不涕涕齎咨? 思有以游揚當世, 而亦豈非任風化者所欲亟聞也耶?

府治下道晩花村, 有士人李涌妻權氏者, 洪州人也. 自其五世祖以下, 以孝著聞, 兩旌其閭. 權氏生而美質, 自男女異席, 已有淑行, 頗爲鄰比之驚嗟. 咸曰: "先德攸毓."

涌旣委禽女室, 未及迎婦, 俄而病沒於家. 權氏聞訃號絶, 水漿不入口, 殆將死也. 一日私謂人曰:

"吾一死非難, 卽吾猶未拜舅姑, 使其未成婦而死, 於義未可. 況夫未窀穸, 非吾自處之日也. 且念死在他方, 運屍道塗, 將重貽舅姑父母之憂, 吾忍之?"

復稍進粥飮. 人慮其自裁, 俾有防守, 則曰:

"多見人或雉經剸刃, 以之致命, 甚不韙也. 吾事旣定, 何至於毁其體膚?"

於是辭告父母, 促裝登道, 善說而寬譬, 蓋散其箱篋, 然後發也. 及至帷殯, 哭踊中禮, 惟舅姑命是遵, 舅姑愈加憐愛, 不覺其心已自斷置也. 旣虞復絶口不食, 强之則旋呑旋嘔曰:

"縱欲啾, 柰腹不堪何?"

如是恰二十有餘日, 肝乾肺焦, 澌槁而不少變. 自度疾已不可爲, 乃順旨飮啜, 不日就盡. 舅姑臨問新婦何恨, 敬應曰:

"求死得死, 復何怨?"

遂歿, 乃戊戌十月晦也. 閭井爲之感泣, 及於鄕黨, 鄕黨合辭, 皆願上聞公是也.

蓋編戶位卑也, 一女子身微也, 事又不越於圭蓽之外, 則人或易而忽之. 然其一點靈通, 亘古今貫天下, 移孝移忠, 異迹而同歸, 惟一種有眞心者, 可以激感而興作也. 昔文文山之峻節, 當家國旣亡之後, 八日不死, 乃復食, 夏侯令女之苦心, 夫氏已族絶昏, 返室割鼻而延生. 死生之際, 至難言久矣, 苟辦於此, 無所不辦也. 彼弱齡柔腸, 生長閨房, 而言中倫行中矩, 一味從容, 死而後止, 如其賢, 如其賢. 嗚呼! 蘭抵焚益烈, 桂剝皮猶辣. 逝者無憾, 遺芬彌彰, 民等不言, 是負所性也. 轉奏表揚, 亶在我明府, 民等不任區區攢祝之至.

李瀷, 『星湖全集』 권47, 『한국문집총간』 권199, 370쪽.

禹氏雙節旌閭記

君與父孰先? 有父子而後有君臣, 然國公而家私, 故君有難, 後私而先公也. 生與死孰重? 苟可以義而生, 誰不爲也? 其或生而不安, 寧舍生而取死, 如赴樂地也. 赤鼠之燹, 人皆抱首竄匿, 聖廟空無人, 惟進士禹公鼎時爲諸生在學中, 奮然起曰:

"挈甁小智, 守不假器禮也, 生三事一, 所在致死義也. 况先聖賢神位在此, 君命守之, 余曷敢貧生而忘本?"

適有一二典僕從之. 乃先將兩廡位板, 埋于殿北, 又奉先聖及四賢十哲之位, 款封而行, 追及於掌學之臣大司成尹墀, 用達 行在, 墀則感歎, 識公名于衣裾, 併奏之. 於是公則奔歸公州之葛谷莊, 有母夫人在堂故也. 遂奉以逃避山谷, 隱於林藪, 竟爲賊所獲. 其獲也亦緣先露其身, 掩護母氏也. 母氏旣脫而有婦曰義城金氏, 同在拘中, 行至錦江渡, 夫婦誓心, 只待辨命於水中, 謂同拘者曰:

"爾或追命, 歸告吾家, 訪我於此水."

遂一時投江而死, 年三十七, 金氏較少一歲. 亂定求其屍合葬. 監司鄭公太和亟奏夫婦雙節, 有旌閭之 命, 贈公司憲持平, 贈金氏恭人. 旣而上聞典僕之名, 亦令旌厥宅里. 於是道中三十州儒生千有二百餘人, 播告太學, 又 命依典僕例旌門. 其實再旌也, 始也因道臣之啓者, 褒其孝也, 終也因典僕之例者, 褒其忠也, 一身而忠孝俱彰, 一室而節義雙成.
詳其本末, 非偶然辦此, 所由來久矣. 公拙齊申先生之外孫, 受業其門. 贈恭人亦思齋先生之玄孫, 而孝子判決事姜大虎之外曾孫, 生長法門, 敎養有素云.

李瀷, 『星湖全集』 권53, 『한국문집총간』 권199, 471쪽.

李淑人行錄跋

父母有美而不知, 非智也, 知而不傳, 非仁也. 智與仁, 人子之致意也, 知之如冬裘夏葛, 必服于身, 傳之如日昇月恒, 必明于人. 是不獨顯親爲重, 亦將有以裨世敎也. 然傳必在文, 文以著行, 如畫之肖形. 增則爲誣, 減亦可憾, 此尤孝子之所愼也.
吾友趙正叔旣述其先淑人行錄, 持示余. 其言曰:
"未死之前, 常目顧諟, 爲祇服之圖."
其知之也深矣, 知之在心, 終於己而已, 故其言曰:
"將使子若孫, 保守而慕效."
其傳之也遠矣, 尙懼夫辭不足而盡意, 故其言曰:
"此錄有闕略而無崇飾, 卽所載者言行, 而其所以爲言與行, 又可以識取矣, 抑又恐心或不繼."
事易湮微, 日遠而日忘. 故其言曰:
"得一語之重, 俾有以持循無怠, 則庶不隨於罪過."
蓋自勉不若人儆, 人儆不若書箴, 此正叔之志也. 詩云: '威儀孔時, 君子有孝子, 孝子不匱, 永錫爾類', 吾知趙氏家免矣夫.

李瀷, 『星湖全集』 권56, 『한국문집총간』 권199, 541쪽.

祭乳母文

日月. 驪興李瀷, 謹告于乳母之靈. 夫報生以死, 義之至也, 以名著服, 禮之節也. 人生孩穉, 知覺始萌, 哺飼須人, 勤斯鞠育, 免死以得生, 功則大矣, 稱情而命之, 況諸因親, 名則重矣, 此而可忘, 殆無所不忘也.

嗚呼! 余生四五歲時, 乳母歿, 當時顓且蒙, 無所識知. 猶記乳母諱曰承貞, 面有痘痕, 性婉而言徐, 扶抱余甚篤. 又不知何氏何貫, 生于何歲, 壽至幾何, 歿在何月何日, 葬在何岡. 只聞乳母嘗被狗咬, 後啗瘈肉, 毒發而不起, 窆之國西門路旁. 良人某實主其役, 後數十年而良人者復至, 從而尋之不能得. 蓋歲久湮蕪而莫之別也, 悲哉, 柰何?

乳母歿垂今四十有餘年, 余冠天履地, 時節飮食, 有室而有嗣, 頗享生世之樂, 乃乳母尙闕潢汙之薦, 是則遠而易忽, 因循以不擧也. 又記乳母固有男若女, 女長於余, 男則較少. 然今皆流移西土, 其存亡未可知. 余齒且遲暮, 死歸無日, 於是不饗則亦不饗矣.

嗚呼! 推燥居濕, 忘口食甘, 乳母卽有之. 每見人乳養他母, 顧復孺慕, 幾與天屬無間. 及至壯長, 亦鮮有誠報之者也, 必內省惕然, 設以身思, 安知乳母不有怨咎於冥漠之中歟? 此余之罪也.

吾聞骨肉復于土, 魂氣則無不之也. 築壇屋側, 歲一奠巵冀逮吾未死而無廢, 靈其降歆.

李瀷, 『星湖全集』 권57, 『한국문집총간』 권199, 555~556쪽.

八世祖妣貞夫人烏川鄭氏墓碣銘

烏川之鄭, 傳代旣遠, 有卓曾祖, 厥號圃隱, 宗誠及保, 兩世其名. 于歸李氏系出驪城, 諱曰繼孫, 大司馬位. 有子之任, 餘出繼妣. 五世彌顯, 貳相尙毅. 秋峴南岡, 銘石示裔.

李瀷, 『星湖全集』 권62, 『한국문집총간』 권200, 70쪽.

貞夫人李氏墓誌銘幷序

近世名大夫惟戶曹判書花山權公諱以鎭家, 自其祖炭翁先生諱諰, 敦樸有範, 國人慕之. 判書正己立朝, 爲識務之最, 外內賢勞三十有餘年, 固不遑於私幹. 其貞夫人李氏夙夜奉承, 懋樹家聲, 豈非輔佐之休有餘光? 瀷昔撰判書公晩南之誌, 雅熟內行. 今其嗣子泂徵氏之言曰:

"先妣不得從先人葬. 墓在於鎭岑縣池洞壬坐之原, 將別圖幽堂之誌."

謹聞命按其狀, 夫人系出天潢, 我 世宗別子義昌君玒之七世孫, 曾祖郡守 贈都承旨諱綏, 祖郡守諱復生. 考處士諱翊夏, 有隱德爲當世儒賢所詡. 出爲宣務郎諱元生後, 祖宣教郎諱綽, 與郡守公爲昆弟也. 外祖江華崔氏, 孝子 贈佐郎諱道源.

夫人以庚戌十一月二日生, 性端慧事父母克孝. 及于歸, 貧而御窮, 夫人家素饒財, 出資裝憚心主饋, 益著儉德, 菲食不厭. 兼執婦功, 不以細務貽公憂也, 其在官衙, 無一物需索於外. 視諸姪若子, 俾無餬衹之慮, 專意于從學. 宗族之無告者, 或傾藏以周之, 無幾微色, 臧獲鄰比, 恩義普洽. 至乙未八月六日圽, 壽四十六.

擧二男, 長卽乙銘者, 次瀞徵縣監. 孫世檍世栻世構, 若庶孫世集世彙世槃, 若曾孫尙熹尙薰尙煋長房出. 孫世模世檉世榕, 女孫尹聖基妻, 若曾孫尙廉季房出. 餘男未名女未字, 多不錄. 子孫繁毓, 雖章甫秀才, 皆能持循餘矩. 瀷昔曾爲小孫九煥求婦曰:

"是必有訓."

旣而果然.

卽其適孫之長女也, 以此益信權氏之永錫祚胤矣,

銘曰: 婦道承天, 坎勞爲貞, 以勤以儉, 夫子以寧, 厥旣具禮, 緖業攸成. 穀則配德, 歸不同塋, 維公維鎭, 近二十程, 氣無不之, 發揚昭明. 治命克遵, 取則考亭.

李瀷, 『星湖全集』 권65, 『한국문집총간』 권200, 110~111쪽.

全州李氏夫人行錄

閨壼懿美, 外人有未詳. 當其未字, 非夫家之覩記, 及適人則又遠父母兄弟, 雖親屬無以該其本末, 惟察夫二氏之論其人, 於是可知也.

李生齊莞爲余道其柳氏姊貞行曰:

"幼慧未嘗窺中門外. 乳母偶抱而出, 輒掩面促入. 一日午睡在叔母室, 叔母有私親過, 叔母覆以裯, 旣覺而恥之, 不復往也.

嚴親有疾瀕死, 姊號泣禱天, 願以身代, 閱月靡怠, 動驚里閭.

齊莞獲過親庭, 或誨責笞撻, 則姊必攜持僻隅處雨泣. 當時雖穉蒙, 爲之感悟. 季弟生一歲而母氏腫乳失哺, 姊身扶抱, 至裙衫腐爛, 不付諸婢僕手也. 及爲柳氏婦, 柳君時已孤哀, 又無昆弟. 乃以事舅姑之禮, 事其諸叔母, 以事兄公之義, 事其從兄, 諸叔母若從兄安之. 柳君只有嫡庶二妹, 資糚而嫁之, 恩比慈母. 妹之言曰, '恨嫂之不克以事厥父母者, 逮事舅姑孝也.' 其妹壻若諸姻, 連習于內行, 咸亹亹一般說不置. 至臧獲鄰比, 亦莫不懷惠仰慕焉. 及柳君病不起, 慟甚嘔血, 旣練而亦歾, 以孤兒許在夫妹云."

齊莞字仁仲, 從我遊久. 素知事未可以過情, 其意又若有言不能形容出者. 瀷老具瞢, 顧無以副其志, 且錄其語, 以待兒長而付焉.

李瀷, 『星湖全集』 권67, 『한국문집총간』 권200, 156쪽.

임상덕(林象德)

令人坡平尹氏墓誌銘

令人姓尹氏, 籍坡平, 墓在廣州石門里坐丑之崗. 葬三年, 其夫青松沈叔平, 以狀授象德曰:

"吾妻故名大夫副提學搢之女. 今右議政明齋先生, 其從父也. 其先自麗顯, 國朝有諱坤, 封坡平君. 曾祖大司諫八松先生諱煌, 祖 贈成均祭酒童土先生諱舜擧, 咸以道德氣節, 爲世名儒. 副學之配全州李氏, 佐郎台長爲其父, 參判時楳爲大父, 此吾妻之世也. 吾妻有至性, 吾先妣之喪, 哀號過禮, 以是日得疾, 竟不起. 吾爲是慟, 愈不忍其泯泯於土中也, 子其銘無辭. 其言行, 吾狀云云."

象德於叔平爲姨弟, 卽令人之賢, 竊知之詳, 狀皆可徵也.

令人聰明識達, 有古女士風. 性更柔惠恭謹, 明齋常歎曰:

"使爲男者, 必大吾門矣."

鄕家夜警强盜至, 家人皆怖. 令人時尙幼, 獨曰:

"家貧, 豈有盜虞? 必他里也."

果然. 年十七, 受沈氏采, 兩家皆貧. 甚勤於紅績, 非手縫, 不以衣其夫. 而夫好義, 見人有饑寒死喪, 輒脫衣賙賻, 令人輒勸成之, 無少惜. 夫有過失, 必微辭以諫, 其夫之能得名於宗黨朋友者, 亦令人助也.

尤篤於孝, 兒時, 母夫人疾, 殊斫指血, 救之得甦. 自歸夫家, 恒以遠父母爲憾, 方其遭內外艱也, 當食, 忽心動輟箸, 若於邑狀. 居數日訃至, 人皆異之. 執制毁甚, 然舅姑召, 必修容以入. 其侍舅姑疾, 夜不解裙帶, 藥必躬嘗而後進, 以故舅姑特愛之. 而卒亦以身從姑後, 宜其夫之久而彌慟, 欲假之文字, 以少表其至行也.

生崇禎後甲寅, 卒戊子. 有男二人, 奎鎭星鎭. 沈氏固望族, 而叔平尊大人, 經行甚飭, 我姨母以名公女, 閨範高. 叔平名埈, 亦力學, 方爲 賜科, 將顯矣.

象德嘗聞之, 君子自小學之道廢, 而女敎爲尤亡閨堂之內, 不聞姆傅之言, 爲人女則不慧, 爲人妻則不遜, 甚而悖於尊章者, 往往焉. 若令人自幼至嫁歸, 終身不出於禮律之家, 其得於觀感服習, 以成其德性, 不但生質之美而已也. 是宜銘.

銘曰: 生長于禮訓, 孝以歿, 弗祿于其躬, 後必發. 我列銘于窆, 女敎之絜.

林象德, 『老村集』 권5, 『한국문집총간』 권206, 99~100쪽.

令人豊壤趙氏墓誌

嗚呼! 此吾令人豊壤趙氏之墓. 令人高麗侍中孟之後, 近世名卿大宗伯 贈大相忠貞公諱珩之曾孫. 縣監諱相抃之孫, 掌樂院直長諱祺壽之女. 十七, 歸于夫, 夫家之系, 則籍羅州, 以高麗指揮使庇, 爲遠祖, 副護軍諱世溫, 爲其舅, 淑人完山李氏, 爲其姑. 義禁府都事諱世恭, 爲其本生舅, 恭人完山李氏, 爲其本生姑, 進士及第狀元前弘文館校理林象德者, 其夫也. 外氏出自 國, 麟坪大君諱㴭, 爲外祖.

故令人生長於華貴, 顧天性端莊, 儉潔如寒素家女. 十八, 隨夫歸所後家于湖南, 事舅姑如父母, 舅姑悅其孝愛, 情鍾甚於女. 事夫婉而有儀, 其夫粗知爲學, 患氣質浮淺, 往往得於令人之節度, 以自檢其言動, 而有化焉者居多. 凡夫所好尙合理, 必極意承順, 有過, 亦微辭善規, 夫敬重之, 以爲莊友. 夫性好山水, 自通名朝籍, 見世道難進, 益有遠志. 令人輒勸買山, 至斥其粧奩, 謀爲山費, 此又庶幾有德耀之風者. 再孕而產, 不育, 遂病五年而終.

悲哉! 生壬戌, 卒癸巳, 明年甲午, 葬于淳昌北境避老之里向巽之原, 護軍公之墓下. 虛其左以俟其夫之死.

葬時力窶, 未克納誌. 將拾其平日懿行爲狀, 以請世之立言君子, 旣而其夫罹太淑人憂, 懼一朝溘滅, 無以塞後死責, 遂麤述其心之所存數十言而識之.

曰死而血肉之歸于土者可泯, 德不可沒, 生而形氣之寓于世者可離, 葬不可別. 雖理閡於禪續, 而情發於悽愴, 祭不可斁, 嗟! 我子姓尙敬志哉! 丙申三月日夫林象德書.

林象德, 『老村集』 권5, 『한국문집총간』 권206, 105~106쪽.

生妣恭人全州李氏行狀

恭人姓李氏, 系出 國, 以 成宗大王別子完原君(忄+遂), 爲始祖. 曾祖諱瑱, 宗籍親盡, 官縣監 贈吏曹判書. 祖諱尙質, 選玉堂湖堂, 以校理言事, 卒于謫. 後 贈弘文館直提學. 考諱薰, 歷翰苑玉堂, 累官至僉知中樞府事, 後 贈弘文館副提學. 妣白川趙氏, 開國功臣復興府院君胖之遠孫, 吏曹參判, 兩館大提學 贈吏曹判書文孝公諱錫胤之女, 此恭人之世也.

生于崇禎後乙未正月初四日, 嫁于己酉十一月某日, 卒于戊辰四月初八日, 得年僅三十四. 凡乳男女八人, 女多不擧, 卒之日, 有一女三男, 皆幼, 此恭人之始終也. 其德行之懿美, 諸子穉昧不慧, 無以記其彷彿. 而象德年七八歲, 出遊隣里, 隣里之媍嫗輒曰:

"賢婦人遺兒."

爭饋以餠果. 及年稍長, 竊聽於內外女宗黨, 莫不稱慕恭人. 時去恭人喪已遠, 往往涕流落, 願復見之而不得. 由是, 有以竊知恭人庶幾有古聖女之德性, 而亦無以得其詳. 一日侍坐先府君, 府君進而敎之曰:

"汝母賢, 吾不言, 汝小子卒無聞. 吾與汝母, 居二十年, 色未嘗相忤也, 聲未嘗相高也, 豈吾之能然? 由汝母之善承順也, 汝母孝謹襲乎家訓, 懿哲蹈乎女則. 而慈良婉娩之德, 流出於性情, 又非勉强而爲之者也.

事吾之先妣, 僅二年, 先妣愛之如女, 嘗就而奉王母, 王母視之如子婦, 此汝母之善養也. 先妣歿, 率于吾伯嫂, 伯嫂常曰: '吾娣, 吾娣.' 周旋於姊妹諸嫂之間, 婢僕不敢有行語. 歡心洽於妯娌, 令譽聞於宗族.

及其喪也, 自吾之姊妹, 至異姓從兄弟之妻, 哭之, 無疏戚, 爭助衣衾, 乞曰: '必以吾衣附體也.' 或蔬食逾月, 非深仁至愛結於人心者, 能如是耶? 此汝母之善處於遠近親黨也.

俗之華僞久矣, 婦人之所以媚於夫家者, 爭以飮食服玩容貌辭令, 而汝母嫁歸之日, 弊籠二事, 人不以爲寠, 紬絹之衣, 垢則濯之, 人不以爲陋. 饔姑之食, 不過數品, 人皆服其孝, 兄弟雜處, 淡乎其容, 談笑甚簡, 人皆悅其和, 此汝母之德行, 而吾亦不知其何以能然也?"

又曰:

"昔者吾家之貧甚於今也, 無一宇之寄, 而僑於人也, 吾性不治生產, 獨喜酒, 每與朋友, 酣醉淋漓, 以爲樂. 汝母常豫已營辦, 未嘗以乏告, 吾時少年, 以爲婦人之職固然耳. 自汝母之亡, 吾始憂於貧, 求田買宅, 略營生理, 今之數十楹之屋, 亦昔之無也. 然而家日益匱, 吾之薄衣麤食, 亦常以不給憂, 吾於是知汝母之善治家也. 嗟乎! 吾窮於世久矣, 落托蹇連多畸寡, 偶然入室, 未嘗見其咨嗟戚戚之色, 使吾忘吾窮而樂, 自吾無此樂, 吾又窮於家矣. 汝母仁心婉容, 宜享福祿者也, 卒之時, 汝姊未歸人, 汝兄弟皆稚弱, 吾豈望汝輩之卒成立耶? 今汝輩皆長大有室家, 此汝母之餘澤, 而天之報施萬一其在汝輩乎?"

象德泣而拜受教. 其後象德出後伯父, 先府君又進而教之曰:

"汝爲伯氏子, 汝母之所先知也. 昔吾先妣藻識甚高, 見伯嫂無嗣. 而汝母有至行, 每目注曰: '宜家之婦出矣.' 嘗親奉一小帖, 授而戒之曰, '吾爲新婦時, 受此于吾舅, 奉而周旋, 不敢荒墜四十年. 今宗嗣未定, 厥有責在汝. 上奉先祀, 下撫庶屬之道, 皆在此帖, 汝其敬無忘.' 汝母跪受而藏之. 時汝母拜尊章屬耳, 又未有一子, 而先妣遽以宗統大事, 傳授家法, 見屬若此, 嗚呼! 是豈偶然哉? 及汝生, 伯氏已有屬意言, 汝母聞之曰, '吾受姑厚恩, 無以報, 若使吾子續宗祀, 吾復何恨?' 此亦非世俗褊性婦人所能及也."

象德復泣而拜受教. 嗚呼! 不肖子幼, 不能記母之聲容, 壯無以誌母之言行, 其一二所得於家庭者止此, 嗚呼, 痛哉! 此亦足以傳之女範, 而使後之君子, 知吾先恭人有古聖女之德性者耶! 昊天罔極, 嗚呼, 痛哉!

恭人歿後三年, 女適雞林金礪, 又九年, 而男象德娶直長趙祺壽女. 明年, 象德登進士, 象岳娶原城元夢殷女. 又四年, 而象極娶雞林金世豪女, 又四年, 而金礪登進士, 象德登文科狀元. 又七年, 而象岳登生員狀元. 今金礪有二男一女, 象岳象極皆有男女.

恭人之棄子女, 歲星僅再周, 而內外孫漸蕃衍, 科甲亦稍稍. 意者天之所以報其遺德, 以覆冒其昆裔, 而先府君之言, 庶其有驗矣. 恭人墓屢遷, 始窆于高陽某山, 再窆于務安梨山先塋之一麓. 先府君遺令, 改葬同穴, 以甲申十一月甲寅, 奉厝于同縣進禮里梨浦村湧金山下乾坐之原祔, 用魯人禮. 先府君卒官義禁府都事, 林氏世系, 具在先府君家狀, 故此不錄云.

辛卯四月日, 出繼子奉正大夫行弘文館校理·知製 敎兼 經筵侍讀官·春秋館記注官·校書館校理·世子侍講院文學·西學敎授 象德, 抆血謹狀.

林象德, 『老村集』 권5, 『한국문집총간』 권206, 117~119쪽.

박윤원(朴胤源)

廉節婦傳

廉節婦者, 草溪郡人李氏妻也, 容色美好, 性端莊貞, 一事其夫以禮. 雖良家女, 其行如士族, 以賢稱鄕里之間. 邑中有暴豪少年, 聞廉氏美, 欲脅之. 一日瞰其夫不在, 往誂廉氏, 廉氏曰:
"婦女獨在, 客何爲者也?"
遂閉門自誓曰:
'雖死, 卽不汝從.'
少年知其意不可奪, 乃去. 遇其夫於塗, 語曰:
"吾自汝家來, 與汝婦有私矣."
欲疑廉氏於夫, 而夫黜之, 已得以自取也. 夫不知少年凶謀, 大疑廉氏, 歸而怒罵曰:
"爾其不婦矣."
廉氏泣曰:
"少年誣我."
夫猶怒罵不已. 廉氏念夫疑不可解, 身辱不可洗, 將自決死也, 旣又自思曰:
'必暴此寃於天下明白, 而死未晚也.'
遂至官府, 自辨其誣.
時郡闕太守, 旁郡守兼 行郡事. 於是乃往旁郡, 具告所以見誣少年狀. 旁郡守致少年于獄, 將覈其事, 遣將校數人, 令變服行于郡, 以探廉氏之爲人. 於是其鄕里諸人, 莫不稱廉氏之賢. 旁郡守旣知廉氏賢, 而必少年之誣也. 然以其非本郡事, 持久不決, 以待新太守來. 廉氏入愬于官, 官不聽. 他日又入愬曰:
"願速決, 無使一日抱寃."
官怒, 使下吏, 曳而出之. 廉氏曰:

"吾手爲人所執耶!"
遂拔刀自斷其手, 仍刎頸而死, 遠近聞者, 莫不多廉氏之節. 旁郡守悔之曰:
"是婦由我而死矣!"
夫亦始知其冤, 乃收屍以歸, 藁葬之. 已而新太守至郡, 旣下車, 卽以廉氏事, 悉聞于 朝. 於是特遣御史, 往按之. 御史之驗其屍, 時廉氏死已十餘月矣, 其面如生, 血猶朱殷. 御史馳 啓以聞, 上命誅其少年, 旌廉氏之門曰'節婦'. 御史爲文以祭節婦曰: 猗嗟女兮, 潔氷溫玉, 抱玆至冤, 終于溝瀆! 旣微而幽, 孰云汝燭, 聖明臨照, 南服匪遐. 夜 殿命臣, 恩綍增嗟. 嶺之以南, 實維鄒魯. 女秉其懿, 强暴自露. 何醆之有? 亟殲凶莘, 以慰其冤, 以成其仁. 賤臣拜稽, 明命肅將, 士女覩快, 永垂芬芳. 棹楔有煌, 籩豆孔潔, 祇承 聖諭, 式闡貞烈. 御史金公應淳也. 余嘉廉氏之節, 又仰 聖朝旌淑之典, 遂爲廉氏立傳.
贊曰: 世俗言淫穢之誣難明, 非也. 若廉氏者, 窮鄕女子也, 名達 九重, 身蒙旌褒, 豈非其節行卓然, 終不可誣者耶? 彼不肯以一手汙於人, 則其不肯以一身而受少年之辱也明矣. 余聞古有王凝妻者, 至如廉氏近之矣.

朴胤源, 『近齋集』 권22, 『한국문집총간』 권250, 437~438쪽.

劉烈婦傳

班固曰: '朝鮮之俗, 男子尙信義, 女子不淫辟.' 槩據隆古而言也. 自箕聖遠而政敎弛, 至于麗季, 淪陷夷狄, 斁滅綱常, 妻殺夫者甚衆, 寧復有本初之風俗哉? 我朝興, 導民以禮, 頒三綱之圖. 行改嫁之禁, 由是汙俗丕變, 閭巷匹婦, 皆知好持貞節, 于今三百餘年. 閨門芳烈, 國史書之不絶, 嗚呼, 盛矣! 非 列聖敎養之深, 曷由而致此哉?
潘南子曰: '八路之廣, 吾不能盡知已.' 蓋嘗考黃州遺誌, 得烈婦八人, 牙山誌得五人, 牙小縣, 黃遐邑也, 而貞烈若斯之多, 王化之自近及遠, 亦可見矣. 然其十三人之中, 當倭變虜亂之際, 恥受逼辱, 而捐軀命者十二人, 若其處平時而從夫死者, 則惟牙山許氏一人耳, 何彼多而此少也? 所惡有甚於死則死之, 生亦非有失身之憂而猶死之. 斯二者, 果孰難乎? 君子尙論, 必有以定之矣.
許氏士人李東遇妻, 生一子而東遇死, 許氏晝宵號天, 水漿不入口. 及夫將葬, 取鹽液盈椀飮之, 腐腸而盡, 與夫同日葬. 宗族隣里, 莫不稱許氏之節. 以余近者所聞, 漢陽劉氏事, 與許氏相類, 何其奇哉? 遂幷記載, 以備太史氏之採取焉.

劉氏, 崔弘遠之妻, 漢陽人. 父宗大, 祖同中樞聖禧, 以孝行聞. 劉氏爲人, 端淑慈惠. 自幼寡言語, 父母不甚訓督, 而動合女則. 年十四, 嫁弘遠, 事舅姑, 誠敬備至, 事夫一主承順, 而每相對, 敬之如賓, 未嘗或懈. 平居, 聞古昔婦女節烈之事, 則輒擊節歎曰:

"女子當如是矣."

或聞自刎者, 則必非之曰:

"死豈無他道, 而忍毁父母遺體爲?"

一日夫忽臥疾, 閱歲益篤. 劉氏躬執藥扶護, 徹宵不寐, 或潛禱鬼神, 請代夫死, 夫竟死, 時劉氏年方二十五. 痛夫早死, 哭而絶, 良久乃蘇. 遂收淚斂容而言曰:

"吾夫之死, 由妾薄命, 今則已矣, 惟當盡吾誠於送終奉祀. 何可徒事哭擗, 以傷親心, 又重使逝者憾也?"

乃手製衣服而襲之, 竭力具奠饌, 惟恐過時. 劉氏自是蓬首敝衣, 面垢不洗. 惟於祭時, 洗手而已. 方夫之疾甚也, 買別舍出寓, 及夫葬, 舅欲返魂于本第, 劉氏泣曰:

"事理則然, 而老親在, 哭泣難便. 且旣皐復於斯, 返魂於斯, 恐亦非害禮. 請姑俟三年何如?"

舅憐其意從之.

劉氏嘗擧一子兒, 眉目類父. 劉氏每撫而語曰:

"幸賴天之靈, 此兒得以長成, 則可不絶其父之祀."

又顧而謂女弟曰:

"吾欲死矣, 崔氏血屬惟有此兒, 吾死則誰鞠兒, 奠又誰尸之? 吾所爲不死者此耳. 後三年, 夫几筵撤, 兒子免懷, 則是吾當死之日也."

不幸兒二歲而死. 人謂'劉氏之賢, 而不保一兒, 天道無知矣.' 自是家人慮劉氏決死, 常防之. 劉氏不加悲, 每以和顏色見舅姑父母. 家人由是意稍寬. 及夫大祥之日, 劉氏躬檢饌羞, 盡禮行事. 舅姑宗戚, 皆罷歸, 只留婢數人, 翌

日, 劉氏梳頭沐, 服新澣衣, 淨掃室宇, 收藏器皿訖, 語婢曰:
"日熱房煥甚, 炊于他鼎."
蓋欲其尸體速冷, 而婢莫之知也. 仍入祠堂痛哭, 婢輩止之, 劉氏卽止哭, 就枕而臥. 婢輩遂入廚炊飯, 有頃忽聞痛腹聲. 驚怪入問之, 劉氏曰:
"有何痛也? 吾其好歸矣."
婢疑之, 環視其傍, 有一器, 器底有鹽液. 婢走報于舅姑父母, 舅姑父母, 急疾就視之, 已不能言矣. 惟呼父母數聲而絶. 是日壬寅五月二日也. 遠近聞者, 莫不歎息流涕. 知事尹壽雄等百餘人, 擧其行, 呈文于禮曹, 請 啓聞旌閭, 禮曹許以施行.
潘南子曰: '古語曰, 非死者難, 處死者難.' 丈夫猶然, 況女子乎? 如劉氏者, 實有高識. 隱忍三年, 待時從容, 又能不自殘其形, 烈孝俱全, 可謂難矣. 余聞其叔父宗哲言, 劉氏容貌纖弱, 若不可辦大節者, 而卒乃能然, 異矣哉! 豈所謂柔以剛, 爲用者非耶! 同時有朴景兪妻李氏, 亦於其生日殉夫云.

朴胤源, 『近齋集』 권22, 『한국문집총간』 권250, 439~441쪽.

贈內三章

閨壼之行, 宜靜而莊, 柔而直, 言動儀度, 一以守律. 勿爲怠慢之容, 不謀紛華之事, 織紝成務, 蘋藻致恪, 而其本必以敬孝和爲主, 故書三章, 寓此箴規. 君之綦巾于我家五歲矣, 其勉閫政之當先, 我亦十數年讀書之士, 勿以我言而忽之, 銘佩于心, 則吾之所以期待夫內治者, 庶乎不失其望矣. 欽哉, 欽哉.
琴瑟而好, 乃順父母. 曰夫曰婦, 天地則同, 陽剛陰柔, 交須而成. 誰無伉儷, 惟在賓敬. 其或反目, 家莫能正.

右夫子.

尊章其愛, 忠養而已. 心兢以事, 色溫以見. 厥有命令, 一聽而婉, 凡百大小, 罔敢或私. 嗟我婦子! 念玆在玆.

右舅姑.

兄弟結義, 惟妹及姒, 處於其間, 接遇如一. 怨旣無宿, 歎自相得, 通融而合, 脗然克和, 始諸友于, 終宜室家.

右妹姒.

朴胤源, 『近齋集』 권23, 『한국문집총간』 권250, 451~452쪽

八條女誡書從子婦李氏寢屛

余就 『小學』 '立敎' '明倫' 等篇, 採其最切於婦道者, 畧加節刪, 添入班昭 『女誡』 婦行一章, 末乃三引 『詩』 而結之. 凡八條, 使宗慶, 各書于屛之八疊, 閨壼之範, 於是大畧備矣. 爲簪珥者, 能常目而體行, 則庶幾乎古之碩媛矣, 宗慶其以是勗勉於賓待之際可也. 『列女傳』 妊子一節, 『小學』 在篇首, 此却在第七者, 何也, 『小學』 言教人之方, 故首載胎教, 此則言婦道修而後母道行, 故在下, 是其所以不同也. 覽者知之.
「內則」 曰, 女子十年不出, 姆敎婉娩聽從. 執麻枲, 治絲繭, 織紝組紃, 以共衣服, 觀於祭祀, 納酒漿籩豆, 禮相助奠.

右受師誨.

「士昏禮」 曰, 父送女, 命之曰, '戒之敬之, 夙夜無違命.' 母結帨曰, '勉之敬之, 無違宮事.' 庶母施鞶, 命之曰, '敬恭聽宗爾父母之言.'

右承親訓.

班昭 『女戒』 曰, 女有四行, 行已有法, 是婦德, 擇辭而發, 是婦言, 洗塵垢, 鮮服飾, 是婦容, 專紡績, 潔酒食, 是婦功.

右飭婦行.

「內則」 曰, 禮始於謹夫婦, 爲宮室辨內外. 男女不同椸枷, 不敢縣於夫之楎椸, 不敢藏於夫之篋笥, 不敢共湢浴.

右事夫子.

「內則」曰, 婦適舅姑之所, 下氣怡聲, 問衣燠寒疾痛苛癢, 而敬抑搔之, 問所欲而敬進之, 舅姑必嘗之而後退.

右奉舅姑.

「內則」曰, 舅姑使冢婦, 毋怠, 不敢無禮於介婦. 舅姑若使介婦, 毋敢敵耦於冢婦, 不敢並命, 不敢並坐.

右待娣姒.

『列女傳』曰, 古者, 婦人妊子, 寢不側, 坐不邊, 立不蹕, 不食邪味. 不視邪色, 不聽淫聲, 夜則令瞽誦詩, 道正事.

右謹胎敎.

『詩』云, '子興視夜, 明星有爛.' 勤于家也, 『詩』云, '縞衣綦巾, 聊樂我員.' 儉于身也, 『詩』云, '宜其家人.' 化行閨門也, 斯其美矣.

右成閫範.

朴胤源, 『近齋集』 권23, 『한국문집총간』 권250, 452~453쪽

戒側室文

聘則爲'妻', 奔則爲'妾', 貴賤之別也, 妻曰'正室', 妾曰'側室', 嫡庶之等也. 名分截嚴, 不可亂也.
孟子曰:
"以順爲正, 妾婦之道也."
一有不順, 則非所以爲妾矣.
妾稱所事者曰'君', 是謂如臣之事君也.
君愛之而不敢驕, 君怒之而不敢怨.

侍君之側, 和色柔嚴, 使令也敏, 應對也恭.
君有命, 不待再言.
君有責罰, 順受爲罪, 不敢直已.
事無專輒, 必稟而後行.
奉巾櫛, 執箕箒, 妾職也. 勤謹無惰.
君有疾, 嘗藥視粥, 晝夜不懈.
不與外事, 不貪私財, 勿貽累於君.
妾在君之前, 不可道家衆過失. 嫌近讒毀.
妾稱君之妻曰'女君', 妾之事女君, 當如婦之事姑.
女君在, 則事之以忠, 女君歿, 則祭之以誠.
孝于君之父母, 敬于君之兄弟, 恭于君之子女.
女君不在, 而君之長子婦主饋, 則佐治內事, 一聽其命令.
承上接下. 勿與婢僕爭.
身雖賤, 君之所近者也, 持身必飭, 內外之分必嚴.
妬忌, 惡行也, 在七去之目. 妻猶去之, 況妾乎? 其愼之哉.
勿信巫卜, 勿惑左道. 必亂人家.
季文子之妾, 身不衣帛. 可不法歟?
石崇之妾綠珠, 以奢侈家覆身亡. 可不懲歟?
汝欲爲賢妾乎, 汝欲爲惡妾乎? 汝其思之.

朴胤源, 『近齋集』 권23, 『한국문집총간』 권250, 454쪽.

女誡

女子之善惡, 夫家之興亡繫焉, 本家之榮辱由焉. 一身而兩家所關係, 可不愼乎?
持身之道, 必嚴乎內外, 操心之法, 必貴乎貞一.
女子在家, 孝于父母, 則出嫁忠于舅姑. 在家友于兄弟, 則出嫁和于娣姒. 此推行之道也.
夫則天也. 或不敬其夫, 則是不敬天者也.

舅姑生夫者也. 愛舅姑, 不如已之父母, 則是視夫不如已者也.
婦人之行, 無善怒, 無好爭, 怒與爭, 傷室家之和氣. 婦人性躁而狹, 尤宜戒此.
婦人, 事人者也, 其道主乎順而已.
陰道貴靜, 聲不可大, 言不可多.
紡績衣服飮食, 婦人之事, 亦多矣, 非動, 何以成之? 凡閒雜遊戲之有害於女工者, 一切勿爲.
奉祭祀, 物潔而誠至. 餉賓客, 辦敂而禮具.
御婢僕, 惠先於威, 雖罵詈, 勿以惡聲.
俚言勿出於口, 敖色勿形於面, 驕意勿萌於心.
珠翠非娟, 善行爲娟, 錦繡非華, 德美爲華.
貨無苟取, 財無濫用.

朴胤源, 『近齋集』 권23, 『한국문집총간』 권250, 454쪽.

祭亡妹文

維歲次 壬午八月辛卯朔初十日庚子, 兄胤源, 銜哀忍淚, 告訣于亡妹孺人金氏婦之靈曰:
嗚呼, 痛哉! 汝病六閱月, 而母氏見背. 吾兄弟汝泣血扣胸, 寃號莫及. 母氏以汝沈淪重痾, 含憂入地, 汝又以損親壽, 歸罪已病, 尤大哀不欲生, 嗚呼, 痛哉! 惟余不孝, 終不能延母氏之命, 大罰酷禍, 實余自速, 豈汝之罪哉? 豈汝之罪哉? 余甚頑狠, 不卽殄滅, 汝死而下從母氏, 噫嘻! 汝死, 其殆賢乎我生! 雖然, 余豈欲苟活哉? 所爲不死者, 從以吾大人在耳. 大人年方五十, 鬚髮已白, 二者羸弱, 一女癃發, 深恐無以娛. 大人衰老, 汝嘗勤我薑桂, 涕泣言而不止者, 豈非以吾兄弟全保, 無重傷親心哉? 而今乃自殞其身, 使大人日夜號哭何也? 母氏有知, 亦將悲泣於泉壤之下矣. 去年夏, 余謂夫子曰:
"妹病若瘳, 吾欲告于先妣."
此乃無於『禮』之文, 而吾言若此, 其情切悲, 豈謂汝不待終喪而歿乎? 禮重行譚, 竟廢祭祀, 吾兄弟祥服徒除, 至哀莫洩. 嗚呼, 天下寧復有此痛哉? 方吾家安樂時, 祖父母壽考, 子孫不夭殤, 一室三世, 平康融洽, 十年之間, 人事百嬗, 遂至於今矣, 今雖欲復如前日得乎?

嗚呼! 余生三歲, 而汝又生, 二兒母無以幷乳, 家貧又不能立乳媪, 先生者食, 後生者乳, 辛勤鞠育, 母氏劬勞. 余自童時善病, 瘡疹滿體, 十指皆皴, 母氏曰: "此兒早難乳, 故血燥如此."

汝聞而憂, 以爲兄病由我, 心憪焉不寧. 余旣血氣枯弱, 常自意先汝死, 汝抱無涯之慽, 今乃一切反是, 所謂死生之事, 不可知也.

吾同氣三人, 爲姊妹者惟汝, 父母重汝, 無間男子, 吾之視汝, 亦與準源, 無輕重厚薄. 汝旣嫁而歸于里中, 可以朝夕, 得往來以覲親, 固父母兄弟之所深喜, 汝之所自幸也. 特以吾家貧, 送嫁之資, 反不及五女之門, 使汝不能營室家之業. 産無禦寒之袴, 病無宜暑之被, 母氏常以此惻憐矜憪. 然吾念汝爲人柔順慈惠, 無一毫忮人傷物之意, 宜上天之所佑而福祿之所綏者. 且念君子, 秀俊有名聲, 富貴顯榮, 固其所自有, 汝當終與之偕, 而窮而乃通, 理亦宜然. 吾素所祝汝者如此, 而事乃有大相乖繆者. 夫人之生, 憂莫苦於疾病, 悲莫慘於短命, 窮莫大於無子. 今汝死而天下之窮, 備于一身, 以汝之賢, 胡至此極? 豈余前所測度者妄耶? 世俗稱金朴之婚鮮有不吉, 蓋嘗數之. 不啻三四家爲然, 斯已驗於吾家仲姑者, 而汝獨不然何哉? 豈世俗所稱, 特其偶然者, 而未必盡驗也耶? 此皆余之所痛惜者也.

汝在戊寅春, 嘗寤生生男, 而兒墮地卽化, 汝之病兆, 已見于此矣. 然其後二年, 而能有娠生女, 家人未甚以爲憂也. 旣而疾乃作, 晝夜刺痛, 身不能屈伸, 醫人莫知其所由起, 用藥以百數, 而皆無功. 輾轉至于三年, 脊背隆高, 一股攣縮, 而刺痛猶不息, 醫者曰:

"不爲蹣跚, 當爲傴僂."

余謂此二疾者, 亦未必死疾, 猶冀幸其得生. 而不意今夏, 大腫耗元氣, 毒泄敗胃土, 日消月鑠, 遂至莫救, 嗚呼! 此何爲也? 方汝痛時, 嘗自言與其病廢, 不如無生. 斯言之偏狹, 汝非不自知也, 而特痛甚故然耳. 嗟乎! 古之人蓋有賢而病廢者, 如左丘之盲, 冉伯牛之癩, 孫子之臏脚, 此人皆丈夫也, 而猶皆不免. 今汝婦人, 處於閨房之內, 雖出入起居, 不能如常人, 視聽飮食, 足以至老, 況如支離疏者有常疾, 而能養其身, 能終其天年? 余所以慰解汝曉譬汝者在此, 而汝終莫能生. 嚮使有良醫善觀病者, 防于其未大, 雖病, 不至癃廢,且使家有萬金之藥, 以接其元氣, 雖癃廢, 亦不至死. 然世無良醫, 家又窮空, 吾雖欲使汝無病無死, 其亦無如之何矣. 嗚呼, 痛哉! 嗚呼, 痛哉!

吾事母氏日短, 至恨窮天, 生無以爲養, 死無以爲禮. 常欲追母氏愛汝之心, 而友愛汝益加心, 自謂異時家計稍成, 決不使汝飢寒也. 今大人身從 國役, 有寸祿之入, 而旣已不及於母氏, 將又不與汝共之, 吾兄弟誠不忍獨享此矣. 每念此事, 未嘗不嗚咽泣下也.

吾自惟門祚衰薄, 身世煢孑, 內無諸兄同堂之親, 外無朋友託死生之交, 凡有痛痒, 誰可依賴者? 吾輩以妹婿一人, 託爲兄弟, 而且願汝多男子, 以蕃我之自出, 今汝竟無男子子而死, 稱吾家爲外氏者誰也? 義之所虧, 情恐替矣, 吾方與夫子勉之, 而其能與汝在時無異 未可知也. 汝之女方三歲, 苟幸兩家相與保護, 得以成立, 則是使汝氣脉, 不絶於斯世也, 惟其如此而已. 嗚呼! 生者, 猶可以生, 死者, 終不可復生, 吾自失母氏, 猶至今不死, 其何能從汝於地下耶? 惟終此身, 不忘此悲而已. 嗚呼, 哀哉!

朴胤源, 『近齋集』 권27, 『한국문집총간』 권250, 518~520쪽.

祭仲姑文

維我姑氏之棄背, 今已踰期矣, 姪胤源準源等, 抱於病故, 尙未克致一酹, 恐日月不留, 因終闕然, 遂爲幽明之恨, 玆以今歲戊子九月丙戌朔十二日丁酉, 略具酒果, 謹薦筵之前, 文以告哀曰:

嗚呼, 去歲四月, 夫子棄世, 姑氏抱孤而哭, 三日絶漿. 母老子病, 凜凜若不保, 小子等心甚憂懼. 旣而以爲姑氏有達識, 必當爲子而全, 孤兒無夭死相, 終能復起. 竊以是默禱焉, 不意未四日而姑氏歿, 未四十日而孤兒死, 嗚呼! 何其酷也? 豈姑氏雖欲抑哀, 而中心之痛, 終不可自制, 以至於斯耶? 孤兒旣病, 而禍變荐急, 亦因而促其命耶? 抑姑氏知其兒將死不忍見, 而遂溘然先逝耶? 嗚呼, 痛哉!

是歲六月初九日, 三棺同葬于平丘, 方啓靷而行也, 道路觀者, 莫不泣下. 嗚呼, 兩月三葬, 世豈有乎, 同日三葬, 世有乎? 以耳目之所聞覩, 蓋罕有焉, 天之降禍, 何若是極耶?

姑氏厚德豐容, 志寬而氣和, 吉祥善事, 宜集于躳. 雖早歲貧困, 而中年以後從夫子三邑, 得免飢寒. 雖生男多不育, 而晚得一子旣冠而娶, 娛侍膝下, 夫子年旣六十, 相與偕老, 是可謂福分之中, 而今忽一朝如此, 彼天之所以與善, 亦不能有其終而然耶? 小子等誠莫測斯理, 而仰天長號而已.

吾父同氣, 姑母三人, 自王父母下世, 吾父所依賴惟諸姑. 而季姑亡已八年, 伯姑先姑氏一月亡, 當是時, 吾父係官西邑, 不能面訣, 哀痛益甚. 姑氏之喪也, 小子等哭而相謂曰:

"將何辭以報大人, 吾父年衰, 情懷易慽, 連聞姊喪於天涯覊旅之中, 尤何以堪之哉?"

後十餘日, 吾父自西邑來哭, 聞姑氏臨終時事, 曰:

"姊氏老人, 三日絶漿, 其能全乎? 使余在京, 當不至此."

仍嗚咽流涕, 小子等亦嗚咽流涕. 顧小子等愚迷無狀, 旣不能善爲寬譬, 又不能盡誠扶護, 遂使姑氏至於此, 俯仰痛恨, 寧有旣乎?

小子等無伯叔父, 仰諸姑如諸父. 姑氏旣嫁, 而猶家居, 故小子等受姑氏恩最深. 姑氏與吾父, 朝夕侍食于王父母, 小子等與羣從姊妹, 左右提携, 嬉戲于側. 姑氏實撫愛小子等, 與親子女無間也. 及其異居, 又不出里中, 醬鹽相通, 箒臼相資, 飮食相分, 卽婢僕之賤, 亦不知各屬, 兩家長幼, 日更迭往來. 春秋暇日, 烹鷄宰豚, 笑語爲歡, 嗚呼! 若是者, 今安可復得乎?

去歲姑氏周甲之歲也, 五月二十日, 卽生辰也. 小子等方將與從弟諸姊妹, 共獻觴爲壽, 而人事忽大變, 從弟之死, 又當是日, 噫! 其巧矣. 誰爲此慘毒也? 姑氏無他子, 又無一孫, 三喪祭奠無有主者, 而夫子之家亡矣, 小子等每念此事, 未嘗不摧折肝腸也. 嗚呼! 姑氏雖歿, 而孤兒全, 孤兒雖死, 而其子有焉, 則雖小子之爲姑氏慟, 猶不如此其甚, 而今乃不然, 則慟又安得而不甚耶? 嗚呼, 痛哉! 嗚呼, 痛哉!

雖然姑氏旣與夫子偕老, 而其歿也, 不從夫子於數日之內, 當世稱其烈, 來世傳其芬. 爲婦人如此, 可謂榮矣, 姑氏其又何恨? 夫黨諸族, 必當有爲立其孫者, 雖非血屬, 亦可以奉祀無絶也. 其終如此, 亦復奈何? 嗚呼! 姑氏有知, 庶幾其不永傷矣, 而小子等之慟, 終亦不可忘也已. 嗚呼, 痛哉! 尙饗.

朴胤源, 『近齋集』 권27, 『한국문집총간』 권250, 520~521쪽.

祭外姑洪氏文

昔我婚姻, 年甫十五, 性不夙慧, 言動違矩, 翁姑涵覆, 曰: "可教哉! 是郎喜文, 予望將來." 招我于舘, 驪水之干, 翁授我書, 姑授我餐, 顧我而祝, 其茂其榮. 入內出外, 無非德聲. 余歸七年, 丈人云歿, 小子有淚, 長沾遺墨.
姑戀諸女, 去驪居洛, 妻寧在傍, 我至亦數. 時進小子, 道昔而悲, 夫子之思, 以勗余癡, 余長傲惰, 尺寸不就, 弗能獻慶, 而詒以惱. 命窮失母, 無恃爲活, 庇之護之, 尙保無滅. 山廚塵鼎, 弱妻啼飢, 分其飮食, 何日忘之? 板輿南邁, 楚山悠悠, 其行則悅, 思我爲憂. 及歸倉東, 我徙水橋, 往以履屧, 以夕以朝, 惟其伊邇, 益藉以依. 靡呻不聞, 靡癢不知.
妻病無兒, 晚始獲乳, 天寒救産, 老人勞止. 男生弄飴, 憐過衆孫, 助歎暮境, 惟有斯焉. 余旣無成, 不已其勉, 望我進學, 甚于科宦, 願我去過, 同于疾疹, 怳復耳接, 丈人舊訓. 人有恒言, 壻惟妻母之愛, 孰如我姑愛而能誨.
潭縣就養, 時我錦遊, 兩湖相望, 承音有由. 翌年北返, 迎送于途, 顏悽辭苦, 我心驚疑, 詎云踵來, 未幾而哭? 余腸摧折, 若再頹嶽. 臨絶之夕, 屢呼小子, 我豈知禮, 欲託終事? 諄諄有語, 爾妻爾兒, 又喟謂"汝其不爲非." 如將復言, 竟呑而止. 嗚呼! 此悲. 沒齒何旣? 于歛奉幇, 于葬臨穴, 是則粗效, 曷云報德? 酹未即致. 歲且再易, 豈其終闕? 迨几未撤, 我辭之蕪, 妻饌之薄, 其誠在玆, 庶賜歆格.

朴胤源, 『近齋集』 권27, 『한국문집총간』 권250, 521~522쪽.

祭亡妹遷葬文

維歲次. 丁酉五月初一日乙丑, 亡妹金氏婦之柩, 改葬于廣州新阡. 兄胤源有疾, 不能往哭, 爲文數行, 以其前二日癸亥, 遣弟準源, 就平丘舊山下, 讀告于靈座曰:
昔觀汝葬, 哭不放聲, 未可增慽吾父之情, 歸而强笑. 汝女汝顏, 謂汝不死, 留人世間, 曾不四載, 是女又閼, 汝形何寄? 汝跡竟滅. 我隨姑靷, 歷視汝塋, 草深樹蔚, 蟲鳥交鳴. 傍有小塚, 益慘余目, 欲哭過時, 徒自躑躅. 大人爲邑, 兄弟食肉, 忍忘汝在, 凍體餒腹? 有羣庶妹, 顧輒思汝, 子姪聚嬉, 恨少汝女. 君子小成, 賀者盈門, 不見汝喜, 余愴何言? 余罪不天, 皇考奄歿, 孤露慟積, 莫與汝說. 我頑免喪, 走省汝祠, 我腸忍割, 木主何知?
夫子告我, 將遷汝墳, 舊疑非地, 其新吉云. 棺見白日, 汝其再生, 我欲往撫, 病不克行. 豈眞再生? 復歸長夜. 瞻望隕心, 哀淚如瀉.

朴胤源, 『近齋集』 권27, 『한국문집총간』 권250, 523쪽.

祭亡室文

維歲次 辛丑五月癸酉朔十九日辛卯, 亡室孺人安東金氏之柩, 將葬于楊州祝石嶺先壟下. 夫朴胤源, 哀逝者之永已, 掉此生之窮苦, 用其前六日丙戌, 薦淸酌于靈座之前, 爲文以告腷臆曰:
嗚呼! 自孺人之病, 余屢有凶夢, 每苦先靈臨余而愍惻者. 旣寤輒自悲愕, 心知其無幸而竟驗矣. 蓋孺人雖一婦人耳, 而其身之生死, 實關家運之興替, 故兆眹之見於夢寐者, 如彼其丁寧而不已耶.
嗚呼! 余繼三世之宗, 家素淸寒, 祭祀常恐不給, 孺人爲主婦, 黽勉拮拒, 無使乏饗. 其誠慤不懈, 幾乎『詩』所稱有 '齊季女' 者, 而以余之不孝, 尙庶幾祖考之來格者, 賴孺人之賢耳. 今孺人亡, 而內外之官不備, 雖祭猶爲欠缺. 況其澗毛蘋菜, 辦營無人, 春秋霜露, 何以展追慕於祠墓乎? 其將戚我先祖, 而重吾不孝矣. 嗚呼, 痛哉!
人言中歲喪耦, 最爲難度, 蓋伉儷之情, 已深而未忘也, 室家之樂, 粗熟而未卒也. 又或上不逮于慈母之庇, 下不及于子婦之養, 則丈夫不能自衣自食, 而辛苦萬端矣. 無妻者之窮, 於斯時爲甚, 余嘗見人如此, 心矜哀之, 豈謂今日不幸而身當之耶? 吾旣失怙恃, 又喪一妹, 有一弟而羈寓於江鄉近二百里地, 余益孤單, 痛癢無賴. 雖有一兒子, 而未成立, 渠方貽憂於我, 何以養我? 俯仰四顧, 忽忽不知其所託, 其將往入深山, 與僧釋爲徒耶. 撫念身世, 自然流涕, 不知者以爲過矣, 吾誠過矣. 平生不能學莊周之曠達, 其何以制此悲慟耶? 老鰥之爲無告窮民, 自孟子已言之矣, 朱夫子之大賢, 而其喪夫人, 猶以門內細碎關心爲歎, 今余小人, 安得不悼怛而自傷乎?
吾徒識文字, 拙於謀生, 一身之奉, 十口之供, 專責孺人. 浚剝於空無之中, 孺人之受困極矣. 體膚凍餓事, 卽其心志之勞, 筋骨之苦, 神精之獘, 實有至不堪者. 竟以此成疾而減年矣, 我寧不慚痛於心耶? 生前百憂, 一死都休, 大臥潛寐於長夜之中, 不復知塵世之有苦惱, 孺人其安於斯耶? 在孺人則安矣, 其如此身何? 余之平昔勤勞, 孺人嘗欲以身代之, 今何爲棄我苦是恝耶? 吾則尙可以棄之, 彼陽兒者何忍棄之耶?

兒是晩生而獨子也, 孺人愛之自別. 可以免於懷矣, 而猶乳之, 可以出就外傳矣, 而長置于側, 若不可以一日相捨, 而今乃棄之如遺, 又何其與平日慈愛之心相反也? 自孺人死之日, 吾卽以兒置于吾側, 兒睡夢之間, 認我爲母, 而呼之以孃. 余乃手撫之, 而涕已泫然下矣. 兒年雖十六, 而心尙幼穉如失乳者耳. 然幼穉之無母者, 不知其悲, 若陽兒者, 知悲之幼穉也, 此余所以尤惻憐而不忍見者也.

其母在時, 艱難勞苦之狀, 兒時時泣陣于父前, 而其父之所未嘗盡知也, 余於是直欲掩耳. 曾謂其仁厚之德, 而困阨至此哉. 使孺人至此者, 皆我也. 寒士之妻勞生, 固其常分, 而在孺人, 抑何甚哉! 世或言婦人之賢, 多爲窮所掩, 余則以爲貧窮之故, 益著其賢, 李克之言誠是也. 嚮微孺人之力, 吾其無以自存矣. 噫! 天之厄孺人, 將使其德美益彰也耶.

婦人之貧窮而早死者, 人每悲之曰, '徒見一生之苦盡, 不待異日之甘來.' 余自孤露後, 絶意進取, 已決其枯槁終老, 雖使孺人, 久於斯世, 豈有享夫榮之日, 而乃其所深願則有之. 余素心不樂城市, 意常在丘壑. 慕古人偕隱之事, 而與孺人成說矣. 待兒子成婚, 賣京屋, 求一小庄於湖畿之間, 携而同歸. 夫妻已衰老, 不能躬自耕織, 有二三奴婢, 可課而爲之. 兒漸長大, 使之幹蠱, 以享先而養生, 吾則靜坐讀書於外, 以少收桑榆之攻矣. 對孺人未嘗一日而不語此事, 惟此一願, 豈其侈哉, 而天又慳之耶?

婦人之願, 恒在於先夫死, 此謂偕老而死差先耳. 如孺人之年, 不滿五十而死, 不見一子之成婚, 使其夫當此最難度之境界, 豈其所欲哉? 若是者, 雖死先於夫, 果何足自喜乎?

孺人病時, 祝我曰:

"願夫子之享壽無窮."

雖使余支離其生, 身世已虧矣, 尙何可樂之有哉? 只見其悲日之長而已.

余於孺人, 别有所悼惜者, 世之婦人, 必多孝友如孺人者矣, 必多柔靜如孺人者矣, 必多純潔如孺人者矣, 若其見識之高邁明正, 竊恐如孺人者不多有也. 孺人之見識, 不事乎詩書而得之天性, 有聞乎父兄而誦之終身, 故於凡事物, 能辨别其是非善惡. 余故每入處于內, 義理之談, 古今之論, 却多於薪米醬鹽之說. 自禮文之異同, 學術之高下, 以至性命之微奧, 往往語及之而孺人怡然若有領會者. 余以是朝夕論說, 以爲閨門之樂, 自他人聞之, 或謂我爲愚, 而余自樂, 此若固有之. 常自謂出而寡同志, 入而得知己好矣, 今遽一朝而失之, 非喪其妻也, 乃喪良友也. 閨門之內, 雖欲復如前日之樂得乎?

余少失學問, 晩始有意於此事. 孺人亦薄紛華而喜令名者, 常欲贊助而成之, 勸勉之箴儆之, 惟願余之進修無怠也. 余顧行之不力, 氣質未化, 褊急固滯, 動輒有過失, 孺人憂之, 至形於色, 余亦愧謝者多. 嘗吾學少有所進, 使孺人悅豫, 從今以往, 雖欲分寸躋攀, 以遂吾志, 孺人已不及見之矣, 此又余之所深恨者也.

孺人患風痰疾二十餘年, 居常自苦, 亦自慮其必以是疾而終, 至於患血塊而死, 曾所不虞也. 其病根於勞心, 自乙未始, 而余未卽聞知, 經數歲而始聞知之. 余以爲旣數歲無事, 何必深憂. 且無力可以藥治, 倖冀其自愈. 及其病深痼, 雖藥已後時矣. 余固疎迂矣, 余固泛忽矣, 其亦以貧窮之故也.

去歲七月, 孺人喪其長兄潭陽公, 時方毒暑, 哭泣過傷, 歸而患泄一月. 自是胃敗厭食, 危兆已見矣. 若於此時, 用大藥以補其虛損, 則或不至於此耶, 嗚呼! 已矣, 復何及哉!

尙記曩歲, 余與孺人語, 偶論人家女喪, 復用男僕之非禮. 孺人聞之曰:

"吾死, 必使蓮伊."

蓮伊者, 婢名, 孺人嫁時從來者也. 婢本病孱, 若不可後孺人死者, 而今用此婢呼孺人復, 吁! 亦異矣. 是其二十年前語, 而竟乃成讖, 豈死生壽夭, 自有前定, 而不可移易者如此耶? 嗚呼, 悲哉!

孺人病時, 自以初終爲憂矣. 人有出意氣救之者, 附身諸具, 卽日而辦, 孺人之仲姊, 躬臨手自縫紉, 吾之妹婿金子, 送買棺錢, 治喪如期. 雖一從薄畧, 而較之家力, 亦可謂無憾矣.

至於葬地, 金谷先山之下麓, 有負亥一穴, 地勢雖卑, 藏風向陽. 是甲午先考葬時, 地師往視而稱吉以爲吾日後計者. 曾以語孺人矣. 今定是穴, 附葬先人之足, 允愜于神理人情, 吾知孺人之必樂就乎斯也.

孺人於日用細事, 有欲區處而未及爲者矣, 陽兒甚分明, 渠當一一區處, 如孺人之意. 雖或因父命, 而畧有變通, 亦不甚遠於母之遺意, 孺人其安心而勿念也.

孺人臨終, 以我家事爲憂矣. 祭祀衣服, 付之庶母, 朝夕粥飯, 付之兩婢, 以待子婦之入而已. 孺人以我血病爲慮矣. 余於憂灼悲疚之餘, 其病宜若大加, 而乃能不加, 心還自異. 天其或者添我頑齒, 如孺人所祝耶.

吾誠無樂乎斯世矣. 吾在而陽兒可保, 陽兒保而門戶可支, 吾所欲久不死者, 惟此而已, 果能終如此願否!

孺人病中, 謂余曰:

"陽兒父母譴呵, 則過自用心是慮. 我督責之或峻, 而欲使慈嚴之道得中矣."

言猶在耳, 吾豈忘之?

兒之生在於其年冬至, 先君命名, 取諸'來復'之義. 今之家運剝已極矣, 或者異時享通, 門戶復興, 終符兒之名字也耶? 孺人其歸告于先靈, 而有以冥佑之也. 嗚呼! 言止於此矣, 淚盡於此矣, 嗚呼, 哀哉! 尙饗.

朴胤源, 『近齋集』 권27, 『한국문집총간』 권250, 524～527쪽.

祭外姊沈氏婦文

維歲次壬寅十月甲子朔初一日甲子, 內弟朴胤源, 操文哭訣于外姊沈氏婦金氏之靈曰:

嗚呼! 姊惟姑女, 育于我家. 姊齡長我七歲以差, 我啼姊抱, 姊衣我挽, 及旣分席, 亦聯食案. 王父王母, 愛無內外, 雖則異姓, 若親姊妹. 心壹有園, 王父盤桓, 左提右挈, 花竹之間. 姊於文字, 亦頗通識, 陶辭歸來, 蘇賦赤壁, 姊誦我和, 內軒月明, 王母笑云:

"喜汝曹聲!"

姑宅來往, 一陌以越, 姊我相離, 未或三日. 姊之迎婿, 亦於外氏, 我童觀禮, 綺筵禽委. 婿入于舘, 我呼爲兄, 紅燭華饌, 談笑相傾. 我長旣娶, 姊憐我妻,來加笄髻, 如小姑兮. 姊居伊何, 于彼稷下, 我每過之, 有酒盈斝, 亹亹其言, 及我兒時, 倏悽而感, 王父母思.
桑海旣易, 姊我同衰, 晩暮相依, 餘年是期, 今焉姊歿, 萬事永已, 我心之哀, 公懷無異.
姊德允徽, 淑哲慈良. 所罹孔酷, 厥孝彌彰. 丁亥何歲? 三夕二喪, 曾不月餘, 孤弟又亡. 親家將覆, 一身支拄, 爲弟求兒, 乘轎奔走, 宗人感誠. 父母有後, 昔之弔者, 今來相慶, 姊亦自謂, 庶死可瞑.
姊質之弱, 姊病之痼, 雖不遐壽, 亦免稱夭. 不育而繼子佳婦, 亦幸及見之, 姊可無憾. 獨奈我身後死靡託, 惟與夫子, 相視淚落. 姊容不見, 姊音不聞, 不知姊靈, 倘鑑我文?

朴胤源, 『近齋集』 권27, 『한국문집총간』 권250, 527쪽.

祭弟婦元氏文

歲癸卯八月二十九日, 弟婦孺人原州元氏卒于驪州之鄕廬, 十一月九日, 葬于州內亢金坪, 朴胤源身有疾病, 旣不能臨壙, 又不得往哭, 玆乃齎致脯果及文, 使家弟, 用某月某日, 陳于靈筵之前, 讀以告之曰:
吾弟蘊才, 中歲不榮, 丈夫計迂, 藉內爲生, 携挈上舟, 歸驪江濱, 借屋治田. 孺人力勤, 春蠶滿箔, 夏瓜施圃, 豈無離憂? 生理粗就, 孺人忽逝, 百事破裂. 窮哉吾弟, 何以計活? 箕臼凄凉, 滿目餘恨, 十産八育, 嫁娶僅半, 彼幼穉者, 如栗盛瓢, 靈胡棄斯? 慘莫知由.
人於弟婦, 義雖推遠, 旣相爲服, 情實非淺. 同氣攸配, 父母攸愛, 若余所感, 尤有偏倍. 余失怙恃, 終鮮伯仲, 兄弟二人, 相與爲命, 貧寠流散, 莫慰孤單. 所各賴遣, 室家之完, 不幸辛丑, 奄哭吾妻, 孺人來弔. 一葦自驪, 號于棺前, 如悲私親, 將去不忍, 眷我窮身. 明春復來, 十朔淹住, 憂患艱難, 益相依保. 時無冢婦, 宗饋靡主, 以介而代, 罔缺蘋藻. 我食是供, 我衣是補, 輿也在撫, 如有一母. 天寒催歸, 風雪登途, 吾與吾兒, 不能爲懷. 輿旣卽吉, 新婦迎止, 孺人臥床, 亦聞而喜, 將謂疾已, 復聚京輦, 那知一夕, 遽報凶聞?
嚮余自悲, 實羡阿弟. 觀其琴瑟, 祝以偕老, 偕老何難? 又如兄鰥, 同苦相識,同窮相憐. 他人猶然, 矧伊昆季? 惟是之以, 增我涕泗.
婦女有德, 鮮兼才智, 猗嗟! 孺人, 庶幾其備. 旣靜且固, 又和而順, 揮霍其度. 長於幹辦, 不嚬一眉, 梱事自理. 君子比之, 古轉運使, 失此良助, 詎不深悲? 吾弟之悲, 其兄知之, 今玆酹文, 畧擧壼徽, 非曰表揚, 悼惜之辭.

朴胤源, 『近齋集』 권27, 『한국문집총간』 권250, 527~528쪽.

祭子婦李氏文

維歲次 丙午 五月 癸卯 朔 十五日 丁巳, 舅以子婦孺人李氏之柩, 將於是月二十三日葬, 忍哀爲文, 奠酒告訣曰:
嗚呼! 汝入吾門, 今纔四年, 四年而逝, 何其倏忽? 想汝顔色, 霧月依俙, 念汝精爽, 風花飄揚. 未及有擧, 遂泯無躅. 雖云成婦, 何異殤女? 汝命之短, 吾無奈天?
不暇哀汝, 吾實自哀. 汝之未來, 汝姑先歿, 室屋空虛, 父子相守, 寄食于婢, 借縫于人. 千百瑣屑, 丈夫不堪, 忍過三年, 以待汝來. 汝來之日, 成家方始, 受贄中堂, 六親咸賀. 姑雖不見, 舅獨慰悅, 三世宗饋, 得汝而託. 五十窮鰥, 賴汝而養, 孰云未久? 又遽失汝, 吾窮益窮, 門戶荐敗, 永念家事, 浩無涯畔, 衰腸盡摧, 老淚愈滂.
汝資耿介, 一婦愛別. 又幸其賢, 聞我先法, 諳我食性, 蘋蘩旣潔, 滫瀡亦宜. 勤脩內政, 漸克有緖, 喪耦之悲, 余殆欲忘, 汝飢汝寒, 汝能無怨. 苦亦有盡, 甘必其來, 吾兒攻文, 早晩成名, 將榮老父, 及汝偕只. 我男惟一, 抱孫願多, 如木獨枝, 迺繁其葉, 汝胡不育, 竟閼芳年?
汝德宜福, 汝相非夭, 直以其舅, 殃孼積躬, 神明嫉之, 奪汝斯速. 杌我剝我, 毒我餘生 余實致之, 慚痛何說?
嗟! 我兒子, 誰與養父? 兩世俱鰥, 無以爲活. 衣破不補, 食缺未謀. 嗚呼! 此苦, 汝魂應憐. 傷哉! 多憾.
斂汝至薄, 所慰埋汝, 汝姑之側. 生不逮事, 歿而乃從, 姑婦相依, 萬吉永妥. 嗚呼! 哀哉. 尙饗.

朴胤源, 『近齋集』 권27, 『한국문집총간』 권250, 527쪽.

祭庶妹文

維歲壬子某月干支朔某日干支, 兄胤源以第二庶妹李氏婦之喪, 服制已盡, 設酒果哭, 哭以除之, 文以告哀曰:
嗚呼, 哀哉! 余孤露不死, 連喪同氣. 汝姊死五年, 而汝妹死, 汝妹死四年, 而汝又死, 善弟之死先汝姊, 姊未及殤耳, 而哀之如成人. 幷此計之, 則八年之內, 天倫之喪凡四矣, 吾之衰腸, 其有餘乎? 噫汝姊死, 而有汝與汝妹, 汝妹死而猶有汝, 尙可以慰庶母之慟, 而寬吾心之悲也, 今汝死而庶母之所生子女盡矣, 庶母之慟, 何以慰之, 吾心之悲, 何以自寬乎? 夫以汝輩之平日孝心, 何忍棄其母, 相隨續而去, 不少顧戀也? 噫, 是天之爲也, 非汝輩之自爲也歟! 汝輩幼爲先人之所深愛, 余亦愛之甚. 余頑不孝, 永抱蓼莪之慟, 未報罔極之恩, 常欲於汝輩, 撫養之, 敎導之, 成立之, 以自獻于先人, 豈意汝輩皆出嫁未多年, 年不三十而夭, 以慽我先靈於冥冥之中耶?
庶母旣無一男, 連哭諸女, 惟與汝相依爲命, 而今又失汝, 一身孑然, 無所依賴, 白首窮苦, 哀不欲生. 其搥胸之狀, 放聲之哭, 吾誠不忍見而不忍聽也, 汝之魂魄, 能不彷徨躑躅於斯耶? 嗚呼, 哀哉!
汝之夫家, 在郊外六十里, 庶母常以相離爲恨, 汝亦以不能數歸寧爲憂, 昨年春, 汝自鄕賣屋, 上京爲定居計, 庶母亦自吾弟報恩衙, 歸於是, 母女同城, 往來團聚甚樂也. 汝生長飢寒, 每爲庶母之所矜憐, 及其旣嫁, 室屋粗完, 生計緊緖, 庶母又深喜焉. 將以一女之故, 而忘其身之窮, 亦且資其奉養, 怡悅晩暮, 而豈謂汝一朝先逝, 使庶母此願, 永違也耶? 嗚呼, 哀哉!
汝生有美質, 端惠柔靜. 早失嚴訓, 而能自循蹈女則, 歸于名門, 克執婦道. 其匹孔良, 亦旣抱子, 福慶方始, 榮祿可期, 而乃忽嘉緣破敗, 有如烈火之燒玉, 疾風之墮花, 何其酷也?
汝之得疾, 凡百餘日, 極其辛苦矣, 醫皆却走, 藥亦已窮. 而吾猶庶幾其一分之望者, 以其眞元已綴, 而猶能支撑, 氣質脆, 而弱中有剛也, 汝竟不能起矣. 噫, 脩短有數, 吾於天何哉?
吾自汝之死, 肝腑如割, 不能堪忍, 而忽於此時, 從子宗翊又死, 吾弟痛幾喪明, 吾亦驚隕靡定. 此兒之喪, 去汝之喪未滿十五日耳. 骨肉變喪之荐酷, 胡至此極? 吾豈木石乎哉?
余有瘡腫之疾, 夏月大肆, 委頓枕席轉動不得, 汝喪而不能視斂, 汝殯而不能撫柩, 汝葬而不能臨穴. 人情絶矣, 天理闕矣, 吾何以忍此恨乎哉?
汝死未數月, 汝之婿獲付初仕得斗祿 益恨汝之不及見之也. 汝雖早歿, 尙有一男子矣, 眉目淸美, 成立可望, 比諸汝姊與汝妹, 汝則不窮矣. 汝之精靈, 庶可以是自慰也耶? 嗚呼, 哀哉! 尙饗.

朴胤源, 『近齋集』 권27, 『한국문집총간』 권250, 531~532쪽.

祭從孫女金氏婦文

維歲次乙卯十一月戊申朔初一日戊申, 從祖鍾岡翁, 以酒果之奠, 祭于從孫女孺人金氏婦之靈曰:
嗚呼, 哀哉! 汝嫁二歲, 倏然而逝, 豈曰成婦, 無異乎殤. 汝叔阿翊, 甫娶而亡, 五載一室, 萃玆慘毒. 汝與汝叔, 寔類其德, 翊之和厚, 汝之淑婉. 男女雖殊, 均是吉人, 次第夭椓, 何怒于神? 孰尸生殺, 爲此不仁? 吾與汝祖, 痛傷何言? 視翊及汝, 猶子猶孫, 亦愛其賢, 且敎誨之, 咸期成就, 事乃乖違, 翊於斯世, 令名未揚, 汝於舅家, 婦道未暢. 千古掩抑, 一般其寃. 余心兩哀, 排遣俱難. 汝婿其良, 名門佳子, 以淸翁命, 從我問字. 吾每見之, 輒益思汝, 豈以汝死, 相待或疎?
蘭谷設几, 實邇我居, 來哭未頻, 嗟我衰憊. 汝跡已陳, 汝魂尙在, 一酹伸情, 傾盡老涕.

朴胤源, 『近齋集』 권27, 『한국문집총간』 권250, 533쪽.

告外祖母貞夫人安東金氏墓文代家弟作

恭惟王母, 女士徽則, 襲美賢父, 詩禮是飭, 其事君子. 安于綦縞. 中歲崩城, 獨持門戶, 孝子大闡, 四色以榮. 資于義訓, 名節克成, 有秉彤管, 可傳來後. 我隨吾母, 幼侍左右, 含飴之愛, 無間內外, 王父遺訓, 時提以誨. 自失所恃, 益加矜惻, 念我貧瘦, 憂形于色. 被恩如斯, 莫報尺寸. 時自循省, 怵焉悲恨.

雖則小成, 遠莫榮墓, 爲宰三山, 晩始來掃. 繫我五馬, 松柏之下, 感舊多涕, 寓誠單斝.

朴胤源,『近齋集』권27,『한국문집총간』권250, 536쪽.

李孺人哀辭

安東金公養淳, 喪其孺人李氏, 旣五年, 使胤源爲誄曰:
"雖後, 願無辭."
胤源居北里久, 常所來往, 多金氏之族, 金氏之族, 莫不稱誦孺人賢, 其沒也, 亦莫不咨嗟歎惜. 余故知其賢也, 公之意豈私也哉?
公平居讀書立行, 而孺人以淑德配, 同室數十年, 相助爲善, 有古夫婦之道焉. 其事舅也, 務養其志, 見有善則喜達於面, 承順如恐不及, 公尤以是重之. 有人以馬售百金者, 舅取孺人所有百金買之, 及閱不駿. 歸其馬而責之金, 適其馬病死. 孺人曰:
"死馬且索價乎?"
遂不復責, 其人感服.
舅嘗得郡, 是歲國中大饑, 舅曰:
"吾雖得郡, 賑民方急, 官力無以救吾族."
將出家中粟, 分與親戚. 未幾有事不得赴, 欲與之則無家食, 不與之則親戚失望. 孺人請因以其半與之, 親戚咸賴焉.
公早廢擧, 已決布衣老, 公弟會元方列于侍從, 出入呵呼, 一門之中, 榮枯不同, 而孺人未嘗慕焉, 顧喜令名益甚, 惟欲公篤學力行進德而已. 公常不樂京居, 欲買丘壑以自隱, 孺人將欣然從之, 以任孟光 翟氏之事, 而今亡矣, 公雖欲無悲得乎?
會元幼養于孺人, 恩愛如母子云. 其說孺人事如此, 嗚呼! 孺人在舅爲賢婦, 在夫爲賢妻, 在叔爲賢嫂, 其德可謂備矣. 而天不與年, 惜哉!
孺人有二子, 二子皆聰明美秀, 一子又旣冠而娶, 其婦賢有譽. 其後之大, 庶可徵也, 天意其在是歟? 天意其在是歟?
辭曰: 有美碩媛兮, 衆婦之特, 令德令儀兮, 匪唯酒食. 宜其夫子兮, 如友如賓, 何用佩茀兮? 式娱綦巾, 願言從之兮, 饁耕于畝. 嗟哉一夕兮, 維夢炊臼, 遺袿在椸兮, 琴瑟莫御. 將偕其隱兮, 云胡先逝? 夫子噭噭兮, 匪直也私, 維德之茂兮, 不以永綏. 生固喑醷兮, 終歸于無, 或脩或促兮, 而又奚殊? 彼哉無聞兮, 雖老而殤, 嗚呼維名兮, 其存也長.

朴胤源, 『近齋集』 권28, 『한국문집총간』 권250, 538~539쪽.

淑夫人延安李氏哀辭

淑夫人李氏, 清風金宗善母也. 宗善字城甫, 城甫以國舅清原府院君之孫, 妙齡志學, 敦謹自飭, 不類綺紈子弟. 嘗從余遊, 余觀其擧止有度, 心異之. 時其考參議公歿已久, 早失嚴訓, 而能如此, 吾意其母必賢母也, 是善教子者歟! 既而聞金氏族姻之言, 多稱城甫母之賢.

上之九年乙巳四月, 夫人卒, 余弔城甫, 城甫哭而拜且言曰:

"日月不居, 將葬矣, 願子之誄之也."

余悲而諾. 臨葬, 城甫以夫人夫姨母申氏婦所爲行錄示余, 余於是得其懿德之詳.

夫人延安人, 玄洲公六世孫. 鍾毓名門, 自幼端莊和淑. 及歸大家, 益秉心恭謹, 孝于尊章, 慤于祭祀, 順于夫子, 睦于族黨, 惠于婢僕, 婦德無一不備. 又博通書史, 有高識, 然謙虛若無所能者. 夫人以連姻 王室, 嘗出入禁中, 同入者皆服華美, 夫人衣故衣, 處其間而不以爲恥.

參議公年十七, 中進士, 不色喜曰:

"丈夫年少科名, 非所急也."

其儉約恬靜如此. 嗚呼, 此其所以爲城甫母也歟?

城甫日夜讀『大學』『家禮』書, 不屑屑爲科擧業, 蓋承夫人志也. 夫人盛年煢寡, 終身含慟, 而惟以有令子自喜, 望其成就益深. 夫人凡四育, 在男有城甫一人, 可謂貴重矣. 而夫人愛而能勞, 俾就外傅, 勤攻學業, 有過失則必嚴加戒責, 城甫亦奉承母訓, 益自修礪不怠. 城甫之學, 夫人實有以勸導之也, 是果如余前日所嘗意者.

余既與城甫好, 又知夫人之賢, 何可無一言? 嗚呼, 婦人之道, 教子爲最難,蓋柔性偏於慈, 而不足於嚴也. 故古稱柳仲郢母韓夫人, 呂原明母魯夫人爲賢母, 二夫人訓子之嚴, 後世婦人莫及, 今夫人能近之矣.

惜乎! 夫人壽命不永, 不及見其子之學成而名立也. 然人子之顯親, 無間於存歿, 城甫將進而未已者也. 吾知其學成有日, 而貽夫人之令名也, 無窮矣, 是在城甫. 是在城甫. 余文何足以傳夫人, 秖以欽其賢而爲之誄.

辭曰:

嗚呼! 夫人兮, 有一佳兒, 待茲而老兮, 柏舟之悲. 謂兒無父兮, 非傅誰教? 爾就爾傅兮, 罔懈夙宵, 子奉母命兮, 循規蹈矩, 所修者義兮, 軒駟何有? 子學方茂兮, 毋曰吾榮, 母何不壽兮, 不見子成? 斯爲可惻兮, 弔者洏漣. 命有脩短兮, 福鮮完全, 雖壽而獨兮, 十子無肖. 夫人視彼兮, 孰多孰少? 子送母終兮, 咸中禮節, 朝晡哀號兮, 酒食芬潔. 鞶帨羅列兮, 若母臨止? 服厥遺訓兮, 不敢墜只. 子學竟成兮, 將立而揚, 母雖已沒兮, 益顯而章, 與韓及魯兮, 彤史齊芳. 夫人之魂兮, 宜不永傷.

朴胤源, 『近齋集』 권28, 『한국문집총간』 권250, 542~543쪽.

先妣淑人杞溪兪氏行狀

先妣姓兪氏, 系出杞溪, 新羅阿飡三宰之後. 麗初有諱義臣, 自以新羅世臣, 守節不屈, 麗祖怒降屬戶長. 自是簪組不絶, 遂爲東方大姓. 至我 朝, 有若景安公諱汝霖, 肅敏公諱絳, 兩世官皆判書, 相繼爲名臣. 有諱泳, 郡守 贈承旨, 諱大儀 贈吏曹參判, 是於先妣爲六世五世也. 高祖諱希曾, 郡守 贈兵曹參判, 曾祖諱晳, 監役不仕, 贈吏曹判書. 祖諱命弘, 禮曹判書, 諡章憲公, 考諱受基, 有至行, 褒 贈司憲府持平, 後以仲子彦民貴, 又 贈吏曹參判. 號逸軒. 妣貞夫人安東金氏, 禮曹判書文簡公農巖先生諱昌協之女. 以辛卯三月二十六日, 擧先妣于大興之竹里.

先妣生而孝順, 自幼已知敬畏父母, 在父母傍, 未嘗喧笑, 父母不命之食, 則不先食. 稍長持身惟謹, 深處室中, 終日不窺戶. 參判公有所教訓, 必恭謹聽受, 存心不忘. 又嫺女紅諸事, 無不精敏.

年十七, 歸于家大人, 始王父晩有一子, 擇其配甚謹. 聞參判公內行醇備, 意

其子女賢, 遂仕聘之, 旣見喜曰:
"果法家女也."
先妣事舅枯, 極其誠敬, 有命不待再言, 有得不私一物, 王母李夫人深嘉之曰:
"吾獨有一婦, 而是婦賢, 家之福也."
家大人旣無兄弟, 獨奉二親, 凡溫凊抑搔之節, 與先妣共之, 先妣益小心服勤, 靡或少懈. 舅姑有疾, 夜坐戶外, 視甘至明, 雖大寒時, 不輒入室休息. 藥物乏, 則斥賣奩具而足之, 使家大人, 賴以爲養焉.
其事家大人, 一主於順而無違, 諸所施爲, 雖小必禀. 家大人或有過差, 必直辭以規, 裨益弘多, 家大人比之弦韋. 每家大人, 與士友爲文字會, 先妣輒具食以餉客, 割肉必正, 客退而歎曰:
"視其家飮食, 可以知內政矣."
仲小枯貧寒無屋, 來居于家, 先妣同居 蓋數十年, 而終始懽洽. 家中過甥女婚者三, 先妣必親縫其衣裳, 或至夜分而無倦色. 庶姑庶叔母, 與先妣年齒姑庶叔母, 咸敬愛之.
先妣一生謙愼, 未或預知外事, 見婦人專輒者, 心非之. 雖子女婚, 惟竢家大人意決. 方議金婿婚也, 或以其家貧難之, 先妣曰:
"惟視作人賢否而已."
壬申王父下世, 先妣遘重疾, 方在枕席, 乃哭擗如禮. 當祭祀, 必躬自滌器曰:
"舅性喜潔, 尤不敢不謹."
自是代王母莅中饋, 而家素窶, 先妣竭力以養十口, 身無完衣. 時參判公已沒, 惟貞夫人在, 先妣念貞夫人將聞而憂, 不告以飢, 歸寧, 常愉色以見. 仲兄大成公, 每過之, 必問調度, 先妣未嘗一及瑣屑語. 大成公屢之郡而受賜, 不言多寡, 大成公嘗以爲'吾妹寡欲, 故貧耳.' 先妣雖貧甚, 不以困故而苟受非義. 家大人在官時, 下輩有饋生肉于家者, 先妣顧謂諸子曰:
"物雖微, 未聞汝父命, 何可擅受?"
卽不受.
至丙子王母喪, 歲大饑, 家益窮空, 然祭奠之奉無缺. 季小姑寡居畿鄕, 家大人數遣人, 齎致食物, 先妣必措辦以待, 務稱家大人意.. 族人有飢餓告急, 雖明日用, 輒罄而送之.

家有一婢, 自鄕來, 先妣方任使之, 及其得病, 先妣親調粥與之曰:
"吾矜其離母來, 無人救視, 吾是以親食之也."
其死也, 爲之流涕却食.
嘗飭諸子勤學曰:
"汝父有文而不第, 是固命也. 汝輩無以此, 而沮爲文之志. 夫文非徒爲科擧耳."
家大人制闋, 久未甄復, 諸子或有嗟吁語, 先妣曰:
"仕宦有數, 嗟吁何益?"
其委分任命如此.
辛巳五月寢疾, 竟以是月二十五日, 棄不肖, 壽僅五十一. 方疾篤而遇先舅忌日, 猶諄諄以祭用爲念, 越四日乃逝, 嗚呼! 通哉. 以其年七月二十五日, 窆于楊州金谷先塋下酉坐之原.
二男一女, 男長不肖胤源, 次準源. 胤源娶金時窔女, 準源娶元景游女, 女適金在淳. 胤源一男幼, 準源二男三女皆幼. 金在淳一女夭.
先妣資稟淑正慈和. 其孝友天性也. 當己酉冬, 參判公卒于鄕廬, 先妣以未克面訣, 爲沒身痛, 語及必嗚咽連哭. 兄弟妹三人, 久而愈篤, 至性如此. 故其事舅姑如父母, 遇小姑如兄弟. 平居簡重, 少言語. 未嘗修飾以求譽, 然中實惻怛愛人, 人皆悅服. 與私親言, 不說夫黨長短, 罪責婢使, 必分眚怙, 撫養子女, 無有偏昵. 見人之急, 輒欲施與, 不得施則常終日不樂. 推而及物, 雖鷄狗之屬, 畜于家者, 不忍食其肉, 專以仁爲德, 故自內外親族至于隣里, 皆曰:
"賢哉! 某夫人之有心德也."
承事家大人三十餘年, 梱政大小, 咸得其宜. 處艱窘, 又黽勉有無, 綜理周密, 使家大人, 忘薪米之憂. 尤恪於享先, 得一魚一果, 必儲之爲祭祀需, 嘗曰:
"祭祀, 豊不如潔."
性不喜芬華, 視世俗高髻美服, 如不屑焉. 家大人嘗遇姑母喪, 先妣服已除, 而猶不肯着紅紫曰:
"齊體有服, 何可純吉?"
吾先人嘗云.
又擧參判公雅言, 以敎諸子曰:

"人必敬其父母而後, 能敬人之父母, 汝輩其識之."
先妣所受訓於家庭者, 蓋如此. 以故其一言一行, 皆合禮度, 雖古女士, 何以加焉? 嗚呼! 先妣之深仁厚德, 而不克蒙其福, 終身窮約, 壽又不延. 此實不肖等不孝, 罪逆上通于天, 遂至於此也. 悠悠昊天, 痛其曷極? 若又泯沒其事行, 則不孝之罪, 尤大矣. 用是懼焉, 遂泣血謹書事行, 以乞文於立言之君子, 伏惟哀其志, 而惠之銘焉.

朴胤源, 『近齋集』 권28, 『한국문집총간』 권250, 549~551쪽.

亡妹孺人行狀

亡妹朴氏系出潘南, 左議政錦川府院君諡平度公諱訔之後, 司諫諡文康公冶川先生諱紹之八世孫. 高祖考諱世城, 左副承旨 贈吏曹參判, 曾祖考諱泰遠, 黃州牧使, 祖考諱弼履, 通德郎. 家大人諱師錫, 今牙山縣監, 先妣恭人杞溪兪氏, 外祖諱受基, 贈吏曹參判.
妹以丙辰九月二十日生, 將降, 先妣有鳳鳥之夢. 妹生而端惠清明, 柔靜婉娩. 又父母獨女, 父母甚愛之, 而自幼絶無驕癡習, 未嘗一受父母譴呵. 每得梨栗之屬, 其大者輒推與兄弟, 自取其小者曰:
"女兒當然."
天性仁慈, 惻隱及物, 見雀雛墮屋簷下, 失母而啼, 終日悲泣, 嘗步園林間, 誤觸一花, 花根拔出, 旣而悔之以爲此王父所植也, 復自往其處, 培土而安之, 此其六七歲時事也.
乙丑, 先妣遇疾, 妹年甫十歲, 已能奉藥餌扶護, 形色焦然, 間又代母氏勞, 周旋敏給, 雖出納細故, 不以憂母氏. 長益友愛兄弟, 深至見其兄羸瘦多病, 輒悶焉不寧曰:
"兄病由我. 蓋妹生時, 兄纔三歲離乳."
其言如此. 及兄妻入門, 妹與歎洽無間. 有不敢直請尊章, 事必傍告, 父母曲遂其意. 先妣嘗曰:
"婦人每患難得小姑心, 而以如汝者爲小姑, 何有難哉?"
年未笄, 女紅諸事, 無不精敏. 十五, 歸于安東金君在淳, 時舅姑先已沒妹以爲大慽. 事曾王姑王姑繼姑, 虔恭有誠, 曾王姑繼姑, 皆甚安之. 金氏族大, 尊敵以下且數十人, 妹處其間, 一以和順, 不設畦畛, 夫黨咸愛悅之. 以故吾家與金氏隣居, 蓋累年, 終始不聞疵毁之言. 金君居常自悲其孤露, 妹亦相對嗚咽, 燕私之言, 惟勸金君力學砥行立名而已. 金君每歲冬, 樓息山寺, 矻矻讀書, 不爲世故撓奪者, 蓋多妹之助云.

吾家素貧寒, 妹歸時, 卽無一婢率去. 而妹能身自勤勞, 以供夫服, 未嘗一日捨針絲以自嬉. 而亦甘其內窘, 不使父母知也, 所斥賣裝奩私錢, 見親家用度缺, 移而足之, 無少靳. 或一家婚會, 衣故衣, 與衣錦繡者立, 而不以爲恥曰:

"此貧富不同也."

妹歸寧于家, 率以旬月至, 常曰:

"女子有行, 遠父母兄弟, 吾幸而無遠父母兄弟, 是可樂也."

殆欲以是忘其憂焉.

金君嘗赴泮庠, 屢得雋, 吾兄弟傳告于妹, 妹不色喜. 及兄弟偶論其文業益進, 妹聞乃色喜. 兄弟有過失, 必令改之曰:

"執無固, 固則滯."

其趣向見識, 蓋如此.

妹旣嫁九年, 而無產育之事, 父母頗憂之. 已而有娠, 免子于家, 甚難產. 是日適天氣大寒, 兒出無聲, 已化矣. 妹心錯愕, 而旣又慮母氏過傷, 强爲和顏, 且曰:

"年少者, 自可復產. 願勿過傷."

其明年九月, 又生女, 季弟子亦同月生, 妹愛之甚於已女 每同抱于親側以爲娛. 至是忽得疾, 久而益奇. 母氏救視, 妹輒嗟吁隱痛曰:

"吾何胎此憂也?"

又私告母氏曰:

"婦人奉養君子者也, 女病不能執針絲, 使良人早卜一妾, 則女心安矣."

聞者憐之. 時季姑母訃至, 家人謂妹病不可哭, 妹曰:

"叔姪之情, 何可無哭?"

遂哭於室中, 蓋雖病而不爽於禮節如此.

其年五月遭母氏喪, 妹號擗過度曰:

"吾疾累親壽矣."

如不欲生, 然亦不以慽容, 見家大人. 及旣葬, 歸于夫家, 每當朝晡饋時, 必瞻望泫然, 以致其哀慕.

其疾凡三年, 益谻, 至先妣練祥時, 舁還于家竟死, 壬午六月初五日也. 屬纊之前, 噂𠴲皆思先妣語, 嗚呼, 痛哉, 嗚呼, 痛哉! 是年八月某日, 葬于楊州平丘驛某向之原. 其一女方幼.

嗚呼! 妹容貌纖弱, 資稟仁柔. 與人語, 如恐傷之, 雖婢僕, 不疾聲罵詈. 然亦明善惡, 深斥非義, 凡事雖毫髮, 不安于心不爲也. 尤篤於天倫, 事父母極敬順, 處兄弟未嘗一怒. 常怡愉湛樂, 旣以孝友行諸家, 而及執婦道, 頗見稱譽, 然亦謙退不自有焉. 幼時嘗思食鷄羹, 仲姑母聞而饋之一鷄, 旣而悟其飮食之嫌, 遂不肯食, 楮墨之微, 將請于人, 若不出口, 其性亦太拙矣. 然潔淸無慾, 端莊寡言, 不慕芬華, 不怨窮約, 謹守婦人之檢柙者, 皆以其拙也. 其處金氏十餘年, 常如新婦, 儀度不失尺寸, 夫仲父副率公嘗稱之曰:

"是婦也貞介有守."

蓋知吾妹矣.

其死之日, 毋論其兄弟妻與夫黨之屬, 哭如私親, 卽隣里聞者, 皆爲出涕. 是其仁厚惻怛, 有以信於人也. 嗚呼, 天旣與之德美, 而卒嬰奇疾, 短命無子, 天道安在哉?

旣葬, 仲寬屬余狀其事, 蓋婦人之行, 非誄不顯, 其知之莫如兄弟. 余於是乎書之, 然笄以前, 余所詳也, 嫁以後, 亦多徵諸仲寬. 及若疾病時事, 吾誠有不忍書者, 而亦忍而書之者, 爲其卽此而尤可以觀其人也. 仲寬其以是狀, 求誌於當世之賢者, 其必有以採之矣. 嗚呼, 悲夫!

朴胤源, 『近齋集』 권28, 『한국문집총간』 권250, 551~553쪽.

亡室行狀

孺人金氏, 潘南朴胤源之配也. 金氏系出安東, 麗太師宣平之後. 五世祖仙源先生諱尙容, 官右議政, 丙子虜難, 殉節于江都, 國家旌其閭, 諡文忠. 高祖諱光炫, 吏曹參判, 以直言謫三水, 號水北. 曾祖諱壽民, 德山縣監 贈吏曹參判,

以孝 旌閭. 祖諱盛道, 殷栗縣監 贈吏曹參判, 考士諱時莞, 有博學高行不仕. 妣南陽洪氏, 耐齋 贈吏曹參判諱泰猷之女, 益平尉諱得箕之曾孫. 貞惠明淑, 治家有法. 以 英廟十年甲寅十一月十六日, 生孺人.

孺人生於忠孝之家, 性質仁淑, 又擩染賢父母之敎, 自幼持身合則, 處士公稱之曰:

"使汝爲男, 當不墜吾家聲."

稍長, 習『小學』女誡書, 多所體行. 爲季父副學公所甚愛, 隨往安邊府, 時年十二, 言動必以禮, 副學公益愛之.

十五, 歸于胤源, 王舅姑舅姑, 見而喜曰:

"是法家女也."

內外諸族, 咸賀以爲得眞冢婦.

吾祖妣李恭人, 淸江潛窩之孫, 鍾毓世美, 閨範邁倫, 於孺人, 取其德性相近, 尤加愛重, 朝夕呼使坐于側, 提前言往行, 以詔之, 孺人聽受惟謹, 終身不忘, 每擧以語余曰:

"王姑嘗以云."

丙子侍李恭人疾, 當暑月扇枕席, 終日不離側. 汗自透衣, 而未或出戶, 先考判官府君, 心嘉之. 辛巳, 先妣兪淑人疾革, 孺人斫指取血以進. 吾內舅大憲公見之, 感歎不已. 先妣旣喪, 家益窮空, 內政極艱難. 孺人勞甚, 先君愍之. 孺人兄潭陽公曰:

"吾妹性安靜可耐."

過先妣朝晡之奠, 雖鬻簪截髮, 不使余慮其廢闕, 先考衣服縫澣必時, 不以憂先考心焉.

吾妹金氏婦, 病大腫, 閱屢朔且危, 先君手自洗膿塗藥. 或有故則孺人代之, 甚善, 病席有不潔, 往往親自滌除, 而無厭倦色, 見者以爲難. 孺人友愛篤至, 吾弟準源, 旣析居, 孺人分其甘煖, 必先吾意爲之. 待介婦, 務爲和平, 無底蓋方圓.

先君有側室, 孺人同居十餘年, 亦不失其心, 以至宗族隣里, 一接以誠信. 由是遠近無不感服. 事余敬而盡禮, 入門久猶如新婦, 然燕私之談, 皆箴規.

余性躁暴多忿懥, 見家衆有錯誤, 恚責不置, 孺人曰:

“已誤何及? 如旣覆之水, 不可復收也.”
嘗勸余爲學曰:
“人有美質而不學, 如玉之不琢.”
見世路艱險, 不欲余應擧曰:
“使我爲丈夫, 當不赴擧.”
及余晩, 始向學, 斷功令, 喜曰:
“吾願夫子之有令名, 不願有利祿也.”
孺人於物, 泊然無所好, 顧獨喜聞義理之說. 余時以經文及禮節, 告之微奧棼錯, 世儒之所難解者, 而孺人輒能領悟, 其通明如此. 孺人含章自匿, 退然若不曉書史者. 然余一日偶思宋時名臣事蹟, 有不能箕者, 孺人誦道之甚熟. 又詳於 國朝士禍顚末, 時與余論說. 余頗怪之, 後見其篋, 翻寫古書者, 積成軸帙矣. 最慕節義之事, 論古人殺身成仁犯顔敢諫處, 必感慨激昻, 每曰:
“大丈夫行事, 當方嚴正直, 不可摸稜.”
副學公嘗抗疏竄海島, 孺人曰:
“老年投荒, 雖爲子姪之憂, 而在當身則光華矣.”
似此見識, 雖讀書君子, 何以過焉?
先是處士公卒于驪江, 孺人自京奔哭, 爲沒身慟. 每有一省墳墓之願, 及先君出宰牙山, 孺人暫就覲, 因而轉往洪州, 省處士公墓曰:
“吾遂至願, 是舅恩也.”
後先君罷官家居, 年已老, 孺人竭力奉養, 必有酒食, 侍疾, 煮粥煖羹, 不使人代. 及喪, 哭欲絶, 祥之日, 終夕悲泣. 父母舅姑遺札, 必收拾謹藏, 時時敬閱, 以寓追慕, 每撫之, 必泫然也.
聞余交遊得人則喜, 不得人則不悅. 不以一事累余, 每遇飮食, 不輕進於余, 必審其所自出而進曰:
“吾聞夫高祖承旨公, 在 闕中, 遇富宦美饌, 衆皆貪食, 而公獨不顧. 非但夫子性潔, 吾欲其無忝先德也.”
常稱其外祖耐齋公.
遭家難, 自處如窮人, 聞禍家子弟事奢華, 則深非之. 自以文忠公之後, 其曆日, 必書 崇禎年號, 人見之曰:

"春秋大義, 在女史中矣."
洪孺人之曾祖母淑安公主, 自 宮中受 御賜內訓書, 傳于子孫, 孺人得其書於外家, 抄寫而讀之. 於耳無塗聽, 目無邪視, 專心正色之語, 尤三復致意.
且其從姑母宋公堯和夫人, 世稱女士. 著自警編, 言正心自修之道, 孺人取而置諸座右, 朝夕誦習. 其所磨礱浸灌如此, 故能成其德善, 非獨天性然也.
余家貧, 奉三世宗祀, 孺人爲主婦, 盡誠拮据, 無有乏饗, 漑濯烹飪, 必潔必精. 執亞祼, 進退周旋, 咸中儀節. 供賓客, 物芳器淨, 盛必方正, 雖常食之饌, 亦必務潔. 市乾魚必洗而食曰:
"吾意販商束級, 踐踏以屨."
御婢僕, 均其賜與 不偏勞逸, 敎之不從而後罰焉.
孺人年晩無子, 三十三始有子, 甚愛之, 亦不以慈愛而奪其敎督, 兒子有驕癡習則責曰:
"吾在父母側, 何敢如此? 吾恐汝之有餘於才, 而不足於行也."
兒爲洪孺人所深愛, 洪孺人旣歿, 孺人撻兒而泣曰:
"昔撻汝, 吾母憐汝責我, 今撻汝, 不聞吾母責言, 是以泣耳."
其孺慕之篤如此.
見人之困窮, 愛之若在已, 思必救濟. 惻隱及物, 當處士公祀, 婢買生雉, 孺人見其生, 不忍見其烹, 乃以私錢易死雉用之, 遂放其生者于山之上. 嘗養鷄于家, 羣鷄愛而相哺, 家人異之以爲其仁能感畜物云.
孺人少有風痰病, 中年又患血疾, 輾轉沈痼, 遂以辛丑三月十六日不起, 得年四十八. 是年五月十九日, 葬于楊州祝石嶺先塋側負亥之原.
生一男無女. 男宗輿. 宗輿將娶婦旣納幣, 而是曉孺人死, 聞者莫不悲之.
昔孺人與余語, 偶論人家婦人喪, 復用男僕之非禮, 孺人曰:
"吾死, 使蓮伊復."
蓮伊婢名, 孺人嫁時從來者也. 後二十餘年, 竟以是婢呼復, 噫! 其讖矣.
嘗用李恭人盛絲器, 敝而貴之. 將終指而語曰:
"吾死, 誰知此器之貴者?"
其慕先之心, 至死彌篤如此.
孺人平居, 坐必端跪, 簡言語, 飭威儀, 尤以聲色疾遽爲戒, 偶有差失, 則輒取紙錄之. 以自省懲改. 戲譃不出於口, 忮克不萌於心, 凡誇矜諂諛爭競之習, 一切無有也. 寧見欺於人, 不逆詐以爲智, 寧受怨於人, 不枉道以沽譽. 不動俗忌, 不惑鬼妖, 能辨事是非當否, 余故時有所疑, 多諮而決. 性高潔, 以求乞爲苟且, 雖至親, 不輒出口, 或有不得已, 則中心不樂焉. 雅不喜華靡, 衣敝衣裳而不恥. 於女工最大而難者, 爲之盡其精巧, 禮服制度, 多所通曉. 其治家務, 節縮財費, 經紀用度, 蓋有幹辦之能. 而至於箕臼位置, 亦秩然不亂也. 余疏迂不治產業, 孺人自織組, 取直以供, 余所處有至不堪者, 而亦委分任命, 終無怨悔之意. 於古之賢婦, 所欽慕而願效者, 侯夫人及呂滎公夫人也.
副學公嘗稱孺人曰:
"妬忌婦人鮮能免, 而是女也, 優其免矣."
孺人自謂見知於季父. 余未嘗近女色, 是則未試孺人者, 而觀他諸行, 可以推知哉.
孺人容貌豊盈, 心事仁順, 先君每稱曰:
"是尊貴相, 是有福人."
而特以余之迂而且窮, 終身困苦, 又不克永其壽命, 悲夫!
嗚呼! 孺人與我, 臭味相契, 有偕隱林樊之約, 而孺人先逝矣, 豈不深可恨哉?
吾聞孺人嘗曰:
"狀人之行, 或過其實, 則便是別人."
此與程夫子論畫像之言, 暗合矣. 吾今狀孺人, 何可溢其辭以傷孺人之意? 惟據實蹟而書之而已.

朴胤源, 『近齋集』 권29, 『한국문집총간』 권250, 566~569쪽.

外祖母貞夫人安東金氏行狀

外祖母貞夫人金氏卒十二年, 而內舅大憲公卒. 大憲公篤孝, 善文辭, 宜有狀, 以述貞夫人之行, 而竟闕焉. 蓋方其廬墓木川時, 哀不能文, 其後疾病多故, 因循未就. 公之子漢石繼子, 其入也, 未及於貞夫人之時, 何以知貞夫人之事行, 成大憲公未就之狀文哉?
胤源以貞夫人之外孫, 雖得及事貞夫人, 然性愚迷, 平日所耳目者, 輒泛過不能心識之, 且又歲月久而多所忘失, 亦何以詳載其德行, 而垂示於後也哉? 然雖其百之一二, 猶可以驗其全, 收拾載錄, 以免泯沒, 非胤源之責, 而其誰責乎? 於是僭不自揆, 遂握筆而書之狀曰:

貞夫人, 系出安東, 高麗太師宣平之後, 淸陰先生文正公諱尙憲之玄孫. 曾祖諱光燦, 同知中樞府事, 祖諱壽恒, 領議政, 號文谷, 謚文忠公, 考諱昌協, 禮曹判書, 謚文簡公, 學者稱農巖先生. 妣貞夫人延安李氏, 副提學號靜觀齋諱端相之女.

夫人以肅宗十六年己巳七月十五日生, 年十六, 歸于我外王父逸軒公, 奉箕箒二十五年, 而逸軒公卒, 稱未亡人者三十四年. 伯季二子, 皆過房爲人後, 仲子大憲公爲夫人所從子. 夫人三從之道, 從子爲最難, 而夫人能盡之矣. 凡家內無事大小, 悉咨于大憲公而後行, 大憲公所欲則爲, 所不欲則不爲. 自喪祭婚嫁, 以至賓客供饋之節, 惟大憲公之意是視. 中年以來連哭子女三人, 慘怛若不可堪, 而乃强自排遣, 不以傷大憲公之心. 大憲公方官義盈, 時適夫人生辰, 下輩設美饌以進, 夫人言於大憲公而却之. 其後四受大憲公專城之養, 而自朝夕供奉外, 不取官物一介, 此夫人爲母之道, 而胤源所及見而知也.

胤源嘗聞之先妣曰:

"吾先人事親至孝, 而吾母一順無違. 先人居喪甚嚴, 方疾篤而執禮不怠, 吾母不得入, 立戶外以候."

此夫人爲婦之道, 而胤源所聞而知也.

又聞之舅氏大憲公, 公之言曰:

"吾家素淸寒, 居大興之竹里, 遇荒歲無食, 吾母取匏裏爲羹, 啖吾兄弟. 其艱苦如此, 而吾母能安之. 自先人下世, 獨持門戶, 撫孤畜幼, 嫁娶成立, 以自獻于先人, 吾母之德與事如此."

又曰:

"余少治擧子業, 患僻陋, 欲入京求士友, 而念偏母孤居, 不忍離去, 吾母曰: '方今家計至艱, 惟望汝一身入揚, 母子各忍其所難忍, 然後可得成就, 汝勿以我爲念.' 余於是承命至京, 因取大小科, 得內外官祿以養親. 嚮非吾母之訓, 吾豈得而至此哉?"

此夫人爲母之道, 而亦胤源所聞而知也.

若其幼時事, 胤源未及請於長老, 不得而聞, 然爲婦爲母之道, 旣如彼其備, 則其爲女可知已. 人樂有賢父兄, 夫人以農巖先生爲父, 則自幼其必有擩染矣, 豈獨資性然哉?

大憲公嘗在玉堂, 疏斥權倖, 自是見疑於 上. 久靳 恩點, 及爲承宣, 出入 上前, 眷注隆重, 大憲公感激, 歸告于夫人, 夫人曰:

"汝旣受知於 上, 此後若或蹉跌, 則其罪大矣, 從今以往, 凡臺職, 一切辭避可也."

後十八年, 而大憲公以避憲長之職, 被 上怒, 至嬰三木, 幾陷大禍, 而供辭引亡母戒語, 以明其非故避, 以是感動 天聽, 竟得釋. 嗚呼! 非夫人之高識遠觀, 何以垂一言, 而庇護孤嗣於身後若此哉? 嗚呼, 奇矣!

夫人卒於壬午十月十二日, 葬于木川速恩里某坐之原. 與逸軒公各葬, 相去十里所. 逸軒公 姓兪諱受基, 有至行, 褒贈持平, 後以大憲公貴, 贈吏曹參判. 夫人從受封誥. 籍杞溪, 逸軒公之考諱命弘, 禮曹判書謚章憲公.

夫人擧三男三女, 男長彦人學生, 爲伯父庶尹公諱斗基後, 次卽大憲公諱彦民, 季彦孫, 爲季父學生公諱阜基後. 女長適判官朴師錫, 卽胤源之先考, 次適士人崔宗鎭, 次適縣監鄭壿. 大憲公娶司諫李壽海女, 生二男三女, 男長漢雲, 出後伯父, 奉章憲公祀. 次夭, 取族人彦一子漢石爲後. 女府使宋宅圭·典簿李英遠·士人徐有鼎. 判官男長卽胤源, 次準源, 女直長金在淳. 大憲公有側室二人, 皆奉一女, 長適李溶, 次適沈翬鎭. 內外孫曾若干人.

夫人平日治家甚勤, 大憲公旣貴, 而猶執絲枲不怠. 胤源退而私語曰:

"是公甫文伯之母之事也."

胤源迎婦會賓客, 盤有綵花, 夫人聞之, 謂胤源曰:

"汝家甚貧, 何用此物爲,?"

其儉約類此.

胤源嘗記昔年戊子述先妣狀, 往質于大憲公, 大憲公謂胤源曰:

"吾先妣之狀, 至今未下筆."

因泫然, 後六年而大憲公卒, 狀竟不成. 胤源悲舅氏前日之語, 而懼外王母懿範之不傳也, 爲之狀如此. 然識淺詞拙, 何以表揚其萬一? 昔農巖先生, 以文壽其外祖母金氏, 而稱其德曰:

"行事之正直, 秉心之專固, 實有松柏之勁, 金石之堅, 斯可謂貞德之至."
余於夫人亦敢云.

朴胤源, 『近齋集』 권30, 『한국문집총간』 권250, 571～572쪽.

外姑孺人南陽洪氏行狀

孺人姓洪氏, 系出南陽, 始祖殷悅, 高麗初爲太師. 入本朝, 累世以文科顯, 至諱聖民, 事 宣廟, 勳封益城君, 官吏曹判書兼兩館大提學, 謚文貞, 號拙翁. 再傳而至諱命耉, 平安道觀察使, 丙子虜亂, 率兵勤 王, 殉節于金化柏田, 贈領議政, 謚忠烈, 是於孺人爲五世也. 高祖諱重普, 右議政, 謚忠翼, 曾祖諱得箕, 尙淑安公主, 封益平尉, 謚孝簡. 祖諱致祥, 司僕寺主簿, 考諱泰猷, 以主簿公被已巳禍, 隱居不仕, 有卓行高文. 號耐齋, 以季子益三貴, 贈吏曹參判. 妣全義李氏, 知敦寧府事諱徵夏女, 觀察使萬雄孫, 婦德甚備.
孺人以 肅廟丁丑六月二十二日生, 生而端一淑靜, 聰慧過人. 五歲通曉文字, 父耐齋公亟愛之, 然未嘗矜詡, 奉承嚴訓不怠. 主簿公第三配趙淑人, 無子女, 甚愛孺人, 孺人事之如母, 人稱其孝.
十六歲, 歸于處士金公, 時舅姑已歿, 孺人以未及事, 爲終身慟. 處士公家在湖中, 而甚貧寒, 孺人久不得往. 每當舅姑忌辰, 泫然流涕, 必先期治果鱐遣人, 道里幾四五日程, 而未嘗一廢也. 孺人生長禁臠, 習慣豊侈, 而及見夫家貧寒, 安若常分, 不驕不侮, 愈益恭謹. 與處士公偕往親家驪江亭舍以寓居, 凡服食之物, 皆孺人財, 處士公以非已有, 不問其所用, 而孺人未或有一毫所挾, 謹愼節用焉. 處士公嚴重寡默, 齊家有法, 孺人敬之如尊賓, 事無大小, 悉稟而後行. 處士公推孤露之思, 友愛兄弟益摯, 孺人承順其志, 如恐不及. 未姊持平李公廷樸夫人最貧, 孺人曲爲周恤, 夫兄弟至, 則親檢食饌, 務以適口, 夫弟副學公尤數來留, 輒盡心供饋, 雖値乏絶, 不少爲難. 副學公稱曰:
"賢哉! 吾嫂氏."
處士公卓孤, 幼養于從叔父侍直公, 事之如父. 及侍直公卒, 侍直公夫人窮老, 處士公爲便奉養, 挈孺人往湖中, 癸卯歲也. 侍直公家與伯兄家甚近, 先是, 孺人以娣姒未同居爲恨, 至是始相會, 敬兄愛弟, 不一易顔色, 自親家有送物, 卽獻于侍直公夫人, 次分之娣姒必均, 未或私儲也. 事侍直公夫人如親姑, 視侍直公諸子與諸婦, 如兄弟及娣姒焉. 日夜勤力治閫事, 呼婢之聲, 不出戶外, 湖中一家, 皆稱以非凡婦人也.

丙午, 歸于京, 臨行, 寄置器用什物于夫仲兄家, 將封鎖之, 處士公曰:

"置兄弟家, 而何可封鎖?"

孺人卽止, 其承順君子志如此.

乙卯, 處士公中增廣發解, 覆試不利, 副學公登大科, 孺人喜形於色. 一門內得失不同, 而孺人不以爲意, 人謂婦人所難.

初侍直公有分田與處士公, 處士公不受, 家業無可藉, 復歸居于驪江, 孺人黽勉有無, 不使處士公知也. 接賓客以禮, 預畜脯果以待用. 雖窮鄉倉卒之間, 未或闕焉, 見者異之.

孺人天性至孝, 當乙卯耐齋公喪, 未葬不進肉汁, 以耐齋公早世, 爲至慟, 語及必色慽. 每春秋歸寧李夫人, 容色惋愉, 遇考忌, 佐李夫人治籩豆, 必誠必敬. 丁卯聞李夫人疾篤, 亟歸侍藥, 夜不解衣, 竟遭喪, 哀毁踰禮. 與諸兄弟, 奉柩返于驪江, 三年奉奠, 盡其誠孝.

與仲弟長城公, 隔一帶水而居, 朝往暮來, 言笑湛樂, 遇食物, 輒以半饋之, 長城公夫人金氏之爲之也亦然. 其視一妹, 趙氏婦亦相愛無忤, 趙氏婦先歿, 哀傷久而不已.

金氏族大人繁, 而孺人一接以和睦. 夫從姊曹氏婦, 與孺人德性俱善, 最相得. 曹氏婦周甲, 孺人爲衣以進, 曹氏婦着之曰:

"吾甚愛惜此衣也."

子女六人, 慈愛無偏, 常加戒飭, 過小則私自戒之, 過大則告處士公, 使之受責. 嘗戒諸女曰:

"女子適舅家, 無或欺長者. 隱微必露, 神明在傍見之矣. 言語必信, 一有差爽以示人, 則終身見疑, 其必愼之. 親密莫如夫婦, 禮不可忽. 女子先秉大義, 後其私情, 是婦道也. 舅姑有命, 奉行如不及, 如有長姒, 事必後行. 舅姑有所賜飮食, 卽敬受之, 雖厭, 必嘗而後置之. 善言之外, 勿傳舅家, 事舅姑之事, 尤不敢說也."

又曰:

"人雖至愚, 有一可取, 雖微賤下輩, 不可臆逆以未見之事, 詬責不可迫切, 其御婢僕, 恩威并行, 奸頑者莫不感化, 以是家道翕然."

乙亥季夏, 處士公卒, 孺人率子女, 克盡喪禮. 丁丑入漢師, 居于副學公三淸洞之舍, 長男筮仕, 始有祿養. 孺人以其不及處士公, 無樂于獨享也. 每當處士公忌祀, 一饌必親執, 婢僕必命前期齊潔.

癸未, 受子養于井邑縣, 先是, 副學公言事獲譴于朝, 竄黑山島, 移配長城. 長城距井五六十里, 孺人必具滋味以送, 絡繹不絶. 其後又受養于潭陽, 前後居二邑, 常供外不入官物一介, 吏稱大夫人淸.

居二年, 長男罷官奉歸, 孺人自潭有疾示憊, 至是益劇, 遂以庚寅九月十二日棄世, 壽七十四. 是年十一月某日, 葬于洪州仁興村某坐之原, 祔處士公墓左.

處士公諱時莞, 安東人, 右議政仙源文忠公諱尙容玄孫. 孺人擧二男四女, 男長喆行縣監, 次烈行, 女適判書李惟秀・縣監安宗仁・士人朴胤源・參奉黃基厚. 長男娶郡守權養性女, 生二男履周夭, 次履尹, 次男娶士人李秉咸女, 生二男皆幼. 李惟秀繼子述初, 安宗仁子命遠・福遠・興遠夭, 厚遠・益遠・弘遠. 朴胤源子宗輿, 黃基厚子鍾五・鍾一, 內外孫曾數十人.

孺人性嚴而色莊, 喜怒不遽, 有達識, 兼以剛斷. 無婦人闇弱之失, 然乃能一以謙遜, 未或專輒. 處窮約久, 而無少苟且, 視人富貴, 未嘗艶羡, 不窺人之隱密, 不言人之過失. 嚴於內外, 處嫂叔男妹之間, 而持禮愈謹不懈. 平居灑掃室堂, 整齊衣裳, 終日端坐儼然, 雖子女畏不敢接言語. 而及其對人, 和氣藹然也, 不以憂患動心. 長男嘗坐官眚, 謫慶源, 母子相別數千里, 而孺人無幾微色, 人難之. 次男未冠而孤, 孺人不以愛奪教, 每擧處士公, 行蹟而詔之. 常念長姪無嗣, 憂不暫釋, 傍人言其太過, 孺人曰:

"何言之無識也? 宗祀重託, 惟在其子, 吾安得不憂?"

爲子女嫁娶婚, 具侈儉得中, 嘗力爲蠶績, 故婚嫁衣服, 自其中出, 而取諸市者甚少. 於女紅諸事, 無所不能, 爲酒食精潔, 芬芳有味. 雖不博通書史, 自少時錄古書, 萬儲箱篋, 見古賢人事蹟, 必手自記之, 老而不廢, 其勤如此.

孺人天賦旣美, 幼而擩染于耐齋公之義訓, 歸而服習于處士公之家法, 其見識類士君子, 徽言懿行, 不可殫記. 雖幽潛於閨房之內, 而輝光外著, 終莫能掩, 則世之修彤史者, 必將取而闡發之, 其傳示來後無疑也. 潭陽公欲爲孺人狀, 有疾不果成而歿. 安氏婦以諺錄一通, 載其事行, 烈行屬胤源爲狀. 胤源忝爲孺人女壻, 蒙被眷愛者三十年, 且以粗解文字, 猥辱知奬, 義何敢辭? 抑又私有所感者, 當辛丑吾妻之將死也, 安氏婦以其錄示吾妻, 問其增刪, 吾妻方氣息如絲髮, 而能開目閱視, 遂請添補一二語. 時烈行在傍, 指余曰:
"撰此者, 姊兄在."
吾妻頷之. 胤源竊悲其意而不能忘, 又何忍辭? 遂據其錄, 撮而書之如右云.

朴胤源, 『近齋集』 권30, 『한국문집총간』 권250, 572~575쪽.

仲姑淑人行狀

仲姑淑人朴氏, 庶尹金公貞謙之配也. 吾朴系出潘南, 潘南先生諱尙衷, 麗季右文館直提學, 本朝追謚文正. 生諱訔, 佐我 太宗朝, 官左議政, 勳封錦川府院君, 謚平度. 歷四世至諱紹, 事 中宗朝, 官止司諫, 道學爲已卯諸賢所推重. 號冶川先生, 贈領議政, 謚文康, 是於淑人爲七世也. 高祖諱煥, 參癸亥 反正勳, 直拜司評, 卒官同知中樞府使, 號鶴臯. 曾祖諱世城, 歷內翰, 官至左副承旨, 事 孝顯兩朝, 雅望直節, 爲時名臣. 祖諱泰遠, 黃州牧使, 考諱弼履, 通德郎, 有醇德貞操, 不仕而終. 妣恭人全義李氏, 益山郡守諱萬始之女, 兵曹參判窩諱命俊之玄孫. 庶尹公安東人, 領議政退憂堂諱壽興之孫, 安岳郡守諱昌說之第四子, 判書吳忠貞公陽谷諱斗寅之外孫.
淑人以 肅廟丁亥五月二十日生, 生八月而能言, 家人異之. 李恭人聰明達事物, 淑人式克肖似, 自幼英爽通敏, 多爲長者所稱許云. 十七, 歸于金公, 公幼失吳夫人, 淑人以未及事姑, 爲終身慟, 忌日哭之甚哀. 事舅安岳公益忠而敬, 安岳公亟稱曰:
"是婦也賢."
安岳公有所畜二妾, 淑人皆善遇之, 終始得其歡心.
金氏故相國之家, 而世業素淸寒. 庶尹公支子, 多兄弟, 安岳公歿, 無所析著. 至中歲, 始占一小屋, 旋復鬻之, 或夾居于宗家, 或寄寓于婦家, 較五歲之中, 兩處各半. 淑人在彼在此, 無所惡斁, 娣姒以睦, 兄弟以和, 閨門之內, 無一間言. 通德公及李恭人, 常念淑人貧, 甘必絶少必分, 未嘗一日而忘. 淑人自以貽父母憂爲恨, 及二親歿, 哀毁甚, 設奠而哭, 涕汍于裳, 見者感歎其誠孝.
淑人有知鑑善料事, 吾先人判官公, 每遇事之難決, 必就而議焉, 淑人輒造次揮霍, 如竹剖而河決. 先人曰:
"使吾仲姊爲男也, 則必有以大吾家矣."
其事金公, 無違而有助, 公所未及思量者, 淑人乃一言而悟之, 公蓋多聽受焉. 家甚貧, 然必先寒而授公厚衣, 朝夕食案, 必有一肉味, 其能於轉運可見矣. 胤源嘗覸, 淑人日午未飯, 諸兒女滿前啼號, 而淑人不一皺眉, 公亦色敷腴笑語, 其庶幾乎貧而樂者矣. 淑人平居接待人, 無貴賤一以誠信, 故人亦輸其誠款. 閭巷婦女相識者, 聞淑人有疾, 則問候不絶, 至爲納鷄羹于缸而送之. 後庶尹公筮仕, 出而爲縣, 淑人手始釋升斗. 於是自力爲紡績, 課婢僕甚勤, 隨得隨聚, 晩年乃能成家, 置田與宅. 公凡三典郡邑, 而淑人自月料外, 未嘗以一毫累公焉.
淑人性度淵凝, 威儀沉重, 言語簡默. 凡於事爲, 措施得宜, 無艱難急速之態, 治家有規法. 日使數三女婢, 各執所業, 不以大聲色, 而事自然就緖. 尤恪於享祀之節, 公奉最長房祀, 淑人必預畜籩豆之品以待, 祭日具饌, 必精必潔. 嘗遭仲女喪未葬, 適尊賓夜過, 公當設酒饌. 家衆請設煖寒會, 淑人曰:
"煖寒會華饌也, 服中不可設."
遂代以他肴, 其倉卒守禮又如此.
淑人累擧多女, 生男七歲而殀, 以無嗣爲憂. 乃四十四, 忽有子, 宜其奇愛之甚, 而淑人亦不以愛而奪其敎. 日夜勤使讀書, 其子文藝得夙就焉.
丁亥孟夏, 公忽得疾不起, 淑人水漿不入於口, 襲斂衣裳之具, 無不親檢, 至於補空綿絮之屬, 皆手自精治, 一無未盡者. 入棺時, 出而憑哭, 氣窒而卒, 卽四月十五日, 去周甲未四十日也.
嗚呼, 慟哉! 先是, 其子在行抱奇疾, 又於五月死. 是年六月某日, 葬庶尹公于平丘先兆下, 以淑人同日祔, 在行亦以同日葬于其側, 遠近聞者, 莫不嗚咽流涕.
一男二女, 男卽在行, 女長適進士沈師存, 次適參奉李英祖. 在行娶領敦寧府使洪樂性之女, 無子, 取族人子履祜爲後, 沈師存繼子宏鎭, 李英祖一女, 爲徐秉修妻.

嗚呼, 淑人之卒, 命耶, 非命耶? 其喪夫子也, 與早寡者不同, 一弱子尙在, 夫以淑人之達識, 豈不念護全遺孤之道, 而乃遽下從歟? 然公之康强年未六十, 宜無卒然之憂, 而一夕城崩, 寃酷徹天, 則其哀慟之極, 不覺大哭傷氣, 乃至於六脉遂絶. 是不期於下從而自下從也, 噫! 竟亦烈矣哉! 以是隣里有呈文旌表之議, 而金朴兩家人守拙, 不喜張大, 亦恐傷淑人平日謙挹之心, 故其事遂已.

嗚呼! 淑人之令德懿範, 可傳於後世, 不容泯沒, 而其事行, 履祜何以知之, 沈姊已死, 又何徵焉? 胤源以仲姑居親家久, 朝夕受誨, 視之如諸父, 仲姑亦撫愛之甚篤. 胤源年晩生男, 仲姑聞而大喜, 方衰老而手造襁褓衣, 祝曰:

"是大貴者衣也."

蓋以兒將來奉父母祀者, 故如此, 亦可見孝心之一端矣. 顧胤源嘗以粗解文字, 猥見稱奬, 今狀仲姑之行者, 非胤源而誰? 竊欲歷敍其嘗所睹聞者, 而亦恐多致遺漏, 使履祜請遺事於沈公師存, 沈公成一通而示之. 胤源於是畧爲撮入而撰次爲狀, 以竢立言之君子云.

朴胤源, 『近齋集』 권30, 『한국문집총간』 권250, 575~577쪽.

祖妣恭人全義李氏墓誌

胤源嘗逮事祖考妣, 竊觀祖妣, 治內有法, 甚爲祖考所宜. 雖幼騃, 尙能畧記. 及旣省事, 見家道成而上下安, 然後益知吾祖妣之德之盛風之厚, 非近世婦人所能及也.

蓋其慈而且嚴, 公而有量, 不較人之小過, 不聽人之訐言, 接待撫御, 咸得其方. 故宗族雍睦, 子女和樂, 婢僕畏愛, 而梱以內肅如也, 非其德盛風厚, 而能如是乎?

時惟我祖考杜門守靜, 布衣以老, 家無甔石之資, 而祖妣處之怡然. 人有憂之者, 則祖妣曰:

"家翁享淸福, 子姓無夭閼, 視世之乾沒於得喪欣慽者遠矣, 吾自樂此耳."

其安於貧約, 而不慕富貴如此.

蓋祖妣平日淹貫書史, 見識甚高, 深明乎乘除與奪之理, 故不欲以此而易彼也. 玆尤豈非婦人之所難乎? 君子稱之, 其必曰女士矣.

祖妣恭人姓李氏, 籍全義, 麗太師棹之後, 淸江先生文科北兵使諱濟臣之五世孫. 高祖諱命俊, 兵曹參判, 號潛窩, 曾祖諱碩根副司勇, 祖諱行敎, 通德郎, 以郡守公善基之子, 出爲司勇公後. 考諱萬始, 益山郡守, 妣淸州韓氏, 學生諱如川之女, 持平必明之孫.

祖妣以 肅廟十一年甲子九月八日生, 姿稟淑靜, 儀貌禮豊端, 自幼寡言笑, 絶惰容. 考郡守公無子, 惟一女, 甚愛之, 且奇其賢曰:

"汝生何不爲男子子也?"

未笄, 善女工, 敏達事理.

年十七, 歸于我祖考, 祖考諱弼履, 通德郎. 吾朴系出潘南, 祖諱世城, 左副承旨 贈吏曹參判, 考諱泰遠, 黃州牧使.

祖妣旣歸, 執婦道, 敬順無違則. 甫數歲, 姑申淑人歿, 幼姑滿前, 家計蕭然. 祖妣竭力拮据, 以養舅祭姑, 撫育羣女妹, 使不凍餒, 至于婚嫁. 舅牧使公喜曰:

"是婦也, 能使我忘其鰥窮."

牧使公性簡潔, 少許可, 祖妣周旋左右, 執事代勞, 無不如其意, 牧使公每比之如癢得搔. 牧使公及郡守公, 屢典州郡, 而自受賜外, 言不及貧, 惟恐舅父之或知, 躬蠶績以贍其不給.

戊戌, 郡守公卒, 壬寅, 牧使公卒, 喪皆在遠邑, 祖妣茹至恨, 哀慟沒身. 辛亥, 赴母韓孺人喪于海美縣田舍, 時値大癘, 道路莫通. 諸議頗難之, 祖妣顧謂人曰:

"吾家血屬, 惟我在耳, 誰忍尼此行乎?"

涕隨言下, 哀動傍人. 後遇父母忌, 或聞親家有故, 不行祭, 則必設饌, 望而哭之, 蓋用侯夫人故事也, 其孝誠篤至如此. 於內外親族, 必候問以時, 或闕焉則至不安於寢. 人或嫌其過於先施, 則輒呵之曰:

"何責人之厚, 而待我之薄乎."

嘗曰:

"貧富末也."

議子女婚, 必取寒素, 有勞宗因人以要則辭焉. 平居, 常以『小學』所載馬伏

波之訓, 誦而戒子曰:
"吾女子而尙畏口舌, 汝男子其可忽諸?"
又曰:
"讀書, 士夫基本, 汝毋敢怠. 吾不願不學而幸占科第也."
壬申, 遇祖考喪, 哭曰:
"吾年迫七旬, 願卽隨化, 而但爲一弱子未耳."
每見吾父在傍, 必改慽容. 後吾父得筮仕, 以祿爲養, 則祖妣謂曰:
"恨不及汝父時, 吾誠不樂乎獨享矣."
丙子六月二十一日, 忽寢疾而終, 春秋七十三. 遂以其八月二十四日, 祔葬于楊州祝石嶺負壬之原, 祖考通德公墓左, 爲同壙異室也.
擧一男三女, 男師錫判官, 卽我先考, 女牧使李匡會・庶尹金貞謙・士人李顯坤. 先考二男一女, 男長卽胤源, 次準源縣監, 女縣監金在淳. 牧使一男一女, 男端亨監役, 女進士洪挺漢. 庶尹一男二女, 男在行, 女進士沈師存・參奉李英祖. 士人不育, 繼子復中. 胤源一男宗輿, 準源四男三女, 宗輔主簿・宗慶, 二幼, 女申光誨李堯憲武科郡守. 季卽 綏嬪, 今 上命選入宮.
嗚呼! 祖妣性聰明强記, 於聖賢言行, 歷代治亂, 國朝故實及氏族之譜派支流, 靡不通曉, 然含章自匿, 不與外事, 知者以爲難. 胤源幼侍祖妣側, 朝夕承訓, 蓋未及入學, 而先聞古史大畧. 稍長, 祖妣嘗指胤源, 而語于先考曰:
"此兒外疎內明, 將來庶有成矣."
胤源不肖, 蔑裂無所成, 以負祖妣之知, 惟以拙辭誌祖妣墓, 爲示後之圖. 悲夫!

朴胤源, 『近齋集』 권30, 『한국문집총간』 권250, 586~588쪽.

弟婦孺人原州元氏墓誌銘 幷序

吾弟平叔, 喪其配元孺人. 旣葬, 卽爲狀請余曰:
"伯氏其誌之."
余何忍辭? 余何忍辭?
始孺人之入吾門也, 余見其與吾妻居, 坐不耦, 執介婦之禮, 芼蘋藻, 調滫瀡, 助吾妻爲之, 而未或少懈, 余固心知其賢.

及吾弟析居, 財甚窘, 而視其家, 有醬甀葅甕, 供君子飯, 必具肉味, 余又知其幹辦之能. 余所知孺人者如此, 今見平叔之狀, 益詳焉.

孺人性堅靜. 兒時隨伯父蒼霞公, 至江都任所, 巨鯨負舟, 舟中諸婦女, 皆驚怖, 獨無懼色. 長益沉重安詳, 喜怒不遽, 嘗昏暮如厠, 見鬼頭, 不少動. 深惡巫卜俗忌, 斥絶妖婆之往來于家者.

性又聰穎, 識解超悟, 甚爲平叔所敬重. 嘗欲買一寶鏡, 直四千錢, 平叔誦『小學』馮外郎妻事以諷之, 言下卽還其鏡, 無係戀意. 嗚呼! 是皆可書者也, 誌之焉可已乎?

孺人通書史, 善眞楷, 然亦韜而不見, 顧專於女工, 精巧疾速, 往往若神造. 終日寂然處屛內, 而梱事井井自理. 御婢僕以道, 使頑悍者, 畏其威, 感其恩.

平叔懷才器, 不得志, 中歲益困. 孺人遂同歸于黃麗江上, 就其父祖之舊宅以居. 課農圃, 力蠶績, 使平叔不憂飢寒, 而身甘糟糠, 敝裳不厭. 且語平叔曰:

“富貴而取禍, 不如貧賤而安身.”

平叔益敬重之.

居五年, 而孺人以勞疾卒, 方疾革, 少怛化色. 平叔試以悲語, 孺人曰:

“命也.”

無一語病. 浮脹身大, 不能衣小衣, 衣其長男衣, 心自不安, 及子婦製壽衣, 呼曰:

“姑舍壽衣. 急先製大衣來.”

製進, 遂易之而死, 是有得於正終之義也. 嗚呼! 其賢矣.

余聞孺人考遺安堂公, 有貞操潔行, 見稱士友. 孺人二歲孤, 雖不及受嚴訓, 其所修之自能合則如彼, 玆豈非鍾毓之美同於擩染者耶?

孺人系出原州, 原平府院君左議政諱斗杓五世孫. 高祖諱命龜, 牧使贈領議政, 遺安公諱景游, 通德郎. 母海平尹氏, 通德郎諱衡東女, 領議政斗壽之後.

平叔名準源. 吾朴潘南大姓, 左議政平度公諱訔後, 高祖諱世城, 左副承旨, 贈吏曹參判, 曾祖諱泰遠, 黃州牧使, 祖諱弼履, 通德郎, 先君諱師錫, 公州牧判官.

孺人生於英廟庚申八月一日, 卒於今上癸卯八月二十九日. 是年十一月九日, 葬于驪治南亢金巽坐新卜之原. 六男五女, 男宗輔宗慶, 餘幼二夭, 女申光誨李堯憲, 一幼二夭, 宗輔一女幼.
嗚呼! 吾祖妣李恭人, 嘗稱孺人曰:
"是婦容德俱備, 必大享福祿."
祖妣女士有鑑識, 其言宜若不爽, 而今孺人, 生不得封誥, 壽不及中身, 何哉? 然有丈夫子四人在, 意者天將昌大其後於無窮也歟? 福祿之徵, 其在斯矣. 余於是敢述祖妣之言, 載而爲銘.
銘曰: 王姑有言, 福人哉婦. 四斯熊羆, 將顯厥母. 存雖不食, 歿也有受. 先鑑孔炳, 必驗諸後.
誌文旣成, 後四年丙午, 吾弟準源中生員, 今爲報恩縣監, 孺人從夫職, 以宜人稱. 宜人考通德公, 用繼子義孫推恩, 贈吏曹參判, 母尹氏封爲貞夫人. 長男宗輔, 今司饔院主簿, 旣仕, 又中生員. 次女婿李堯憲武科, 爲順川郡守, 季女丁未被選, 爲綏嬪. 宗輔一男一女, 皆幼.
噫! 宜人歿後, 有夫之官祿, 以爲祭祀, 子仕女貴, 以榮家門, 宜人令德之受報, 自此其可徵矣夫.

朴胤源, 『近齋集』 권23, 『한국문집총간』 권250, 588~589쪽.

亡妹金氏婦墓誌銘 幷序

吾妹淑人朴氏, 今尙州牧金君在淳仲寬之前配, 吾先君子公州牧判官府君諱師錫之女也. 先妣兪淑人, 有鳳鳥之夢, 而妹降焉.
生而端惠淸明, 父母甚愛之. 自幼孝順, 事父母無咈, 處兄弟無怒. 年六七歲, 其仁已及於物. 見雀雛墮屋簷下, 失母而啼, 終日悲泣. 嘗步園林間, 誤觸花, 花根拔出. 旣而自悔, 復培土而安之. 每得梨栗之屬, 其大者, 輒推與兄弟曰:
"女兒當然."
先君子以其一女且賢, 擇婿甚謹. 一日與仲寬諸父兄遊, 見仲寬奇其美質, 遂以妹歸之, 妹年十五時. 舅姑先已歿, 妹以爲大慽, 事曾王姑王姑繼姑, 虔恭有誠. 金氏族大, 尊敵以下, 且數十人, 妹處其間, 一以和順, 夫黨咸愛悅之, 以故吾家與金氏隣居, 蓋累年, 終始不聞疵毁之言.
仲寬常自悲其孤露, 妹亦相對嗚咽. 燕私之談, 惟勸仲寬勤學飭行立名而已吾家素貧, 妹歸時, 卽無一婢率去者. 而妹能身自勤勞, 以供夫服, 未嘗一日捨針絲而自嬉. 妹爲人謹拙寡欲. 聲靜氣柔, 與人語, 惟恐傷之. 亦明善惡之分, 深斥非義, 視之若浼焉. 雅尙儉素, 赴里中婚會, 衣故衣, 與衣錦繡者立, 而不以爲恥曰:
"此貧富不同也."
夫仲父鳳麓公, 嘗稱之曰:
"是婦也, 貞介有守."
妹旣隣嫁, 歸寧率以旬月至曰:
"女子有行, 遠父母兄弟, 而吾則無遠父母兄弟, 是可樂也."
忽得疾, 沉淹半歲, 先妣救視, 妹輒嗟吁忍痛曰:
"吾何貽此憂也?"
辛巳夏, 先妣卒, 妹號擗如不欲生.
其疾益谻, 竟以壬午六月五日死, 卽先妣祥後二月也, 年二十七. 嗚呼, 哀哉! 是年八月某日, 葬于楊州平丘驛某向之原. 擧一子一女, 皆不育. 後某年某月某日, 遷葬于廣州某里某向之原.
吾朴系出潘南, 左議政平度公諱訔之後, 司諫贈領議政文康公冶川先生諱紹, 於妹爲八世祖也. 高祖諱世城, 文科左副承旨贈吏曹參判, 曾祖諱泰遠, 黃州牧使, 祖考諱弼履, 通德郞. 先妣杞溪兪氏, 贈吏曹參判諱受基之女也. 仲寬安東人, 右議政仙源文忠公諱尙容七世孫. 繕工監副正贈司僕寺正諱時保曾孫, 縣監贈吏曹參議諱純行孫, 贈吏曹參判諱履晉第三子.
始胤源哭妹, 述其行狀, 示仲寬, 仲寬曰:
"子盍因而誌之?"
余辭, 而使請于鳳麓公, 誌未及成, 而鳳麓公卒. 自是余欲自作, 而顧疾病未遑也. 今歲丙辰秋, 妹周甲適回, 時仲寬方典大州, 而妹則不與偕享其祿, 余益思妹而悲. 仍念其埋于土三十餘年, 墓尙無誌, 於是懼妹之懿行遂泯沒無傳, 乃撮其前所爲狀, 泣涕爲誌, 且以銘之.
銘曰: 旣仁且純, 先妣是肖, 克恭而儉, 先考之敎. 歸于名門, 載播厥馨, 胡不受祉, 無兒無齡? 氣淸數局, 古人所悲. 其兄作銘, 言非或私.

朴胤源, 『近齋集』 권23, 『한국문집총간』 권250, 589~590쪽.

子婦孺人韓山李氏墓誌銘 幷序

吾子宗興妻孺人李氏, 年二十一, 不育而死. 將死謂其夫曰:
"吾入君之門四年, 受尊舅深愛, 不能卒養以報恩德而死, 是吾恨也. 願繼我爲君室者, 重厚多福, 克昌夫家也."
嗚呼! 其言之悲, 而其心之仁, 可知. 已舅哀之甚, 垂涕爲文, 以誌其墓.
李氏系出韓山, 高麗侍中牧隱文靖公穡之後. 高祖諱東稷, 文科監司贈吏曹判書, 曾祖諱秀儁, 郡守贈吏曹參判, 祖諱思禮, 通德郎, 父士人奎復, 以郡守思勗之子, 出爲通德公後, 持平光稷判書弘淵, 卽孺人之父本生曾高祖也. 妣杞溪兪氏, 通德郎彦集女, 正言命咸曾孫.
孺人以英宗大王四三年丙戌十月十四日生, 自幼無癡獃意. 早喪母, 養于金姑母, 金姑母時加華鮮粧服, 以習容止, 孺人勉從之, 而非其好也. 父有風痺疾, 累歲沉淹, 孺人方未笄, 已能扶護如成人. 晝雨夜雪, 獨擁藥爐, 不使婢僕代勞. 父病劇, 口不能言其痛處, 孺人輒皆心喩, 卽用手按摩, 以鎭其痛. 父往往昏塞, 則孺人泣而禱天, 請以身代. 父疾竟良已, 父曰:
"是女也, 能使我續命, 其孝感神明矣."
及歸吾子宗興, 姑已先歿. 其入門之初, 卽主內政, 年甫十八, 幹治甚熟, 人稱其才敏. 供祭祀, 滌器具, 羞必精而潔. 事其舅, 虔恭有誠, 羹必親調, 衣必親縫, 舅曰:
"是婦也, 能使我忘鰥窮, 賢矣哉."
舅家甚貧, 孺人菜粥不充, 而常晏如也. 與其夫相對, 必飭衣正容, 視下言徐. 孺人資稟, 柔靜端潔, 又有高識. 夫方讀書於內, 孺人在傍, 欣然聽之. 夫以管寧華歆揮金事, 問曰:
"二人淸高實同, 而論者何以識其優劣?"
孺人曰:
"管則無心而棄之, 華則有意而不取, 自然與務外之分也."
其慧悟如此.
嘗自言:
"術人論吾命, 不夭則必寡, 吾甚憂之. 苟其不能偕老也, 寧使吾年短而夫子壽."

竟得疾, 以丙午二月三十日不起, 臨死無怛化意. 是年五月某日, 葬于楊州祝石嶺先塋側庚坐原.

吾朴籍潘南, 左議政平度公訔之後. 宗興父胤源, 繕工監假監役, 不仕. 祖諱師錫, 公州牧判官, 曾祖諱弼履, 痛德郎, 高祖諱泰源, 黃州牧使, 五世祖諱世城, 文科左副承旨贈吏曹參判.

嗚呼! 孺人孝於父爲賢女, 忠於舅爲賢婦, 敬於夫爲賢妻, 惜乎其不能有子女而賢母, 以終令譽也.

銘曰: 亟稱厥孝, 其父之言, 式表厥懿, 其舅之文. 父兮舅兮, 皆非或私, 凡內外族, 同口譽之. 爾齡之短, 爾名則長, 抔土其封, 耕犂無傷.

朴胤源, 『近齋集』 권23, 『한국문집총간』 권250, 590~591쪽.

淑人陰城朴氏墓誌銘 幷序

洪君直弼伯應, 以其所自述先淑人狀示余, 泣請余爲誌. 余與伯應相見講學, 已七年于玆矣, 契深義厚, 余何可辭? 閨門之行, 含章而不外見, 然觀於伯應之妙齡志道, 操守敦篤, 而知其母之必賢母也. 况伯應之孝, 非以私而溢美於其親者, 是狀宜可信, 余又何辭? 雖老病不敢辭也. 遂就狀文, 掇而書之云.

淑人姓朴氏, 籍陰城, 高麗工部尙書梓之後. 入我 朝, 有諱淳, 官吏曹判書. 太祖分朝咸州時, 爲問安使北行, 有忠言, 感悟 上王, 上王始有 回鑾意. 公歸未到龍興江, 竟受後 命. 諡忠愍. 參判諱昕, 舍人諱叔達, 兩世俱顯, 三傳而至諱有寧, 以遺逸, 拜執義, 不起. 是於淑人爲六世祖也. 曾祖諱聖龜, 進士, 祖諱廷琓, 以孝 贈持平. 考諱亮欽, 號知足堂, 隱德不仕, 妣海州鄭氏, 運徽女.

淑人生不妄啼哭, 自幼不咈親意, 不忤同氣. 稍長, 受閨訓書於考知足堂公, 服行不怠. 莊重寬和, 動靜有常度. 仁愛及物, 不食所畜犬肉.

年十七, 歸于洪氏, 爲判官諱履簡之配. 初入門時, 舅爲金吾郎, 以 王事, 倍道南行. 淑人心憂之, 不解衣而寢者數十日, 至復 命, 乃如常, 淑人爲婦之道, 已著於此矣. 居姑李淑人之喪, 哀而有禮, 奉舅衣食, 忠而謹, 享祖先, 豊而潔. 事夫子敬待如賓, 處娣姒妯娌如兄弟, 視從子如已子, 接人一以誠信, 內外族黨, 皆法象其德. 陰性吝嗇, 而淑人喜施與. 夫外氏窮甚, 淑人必盡力賙恤, 如先姑主饋, 時人以爲難. 雅不喜榮利, 嘗曰:

"吾見世路險巇, 不願夫子之取及第也."

又戒其子曰:

"窮達, 命也, 勿以動其心."

其高志明識如此.

平居口絶俚言, 色無惰容, 持心坦直, 表裏如一, 凡世俗婦女, 修飾苟且之態, 一切無有也. 婢有偸竊罪, 不之問包容, 使自悔改, 其度量尤足以過人. 而至其中夜獨坐, 不畏鬼怪, 毅然有定力, 又何其與程母事相類也? 其德旣備矣. 兼之以綜理之才, 舅屢莅外邑, 夫繼而從宦, 家務稍繁, 而應之裕如也. 見人之奢侈踰分者, 深非之, 儉約節用, 不使匱乏. 卒之日, 視其債簿, 惟錢十餘兩而已.

淑人以今 上癸丑七月八日卒, 春秋四十一. 是年春, 指壁上所記祖先忌日曰, "吾亦非久, 當入列書."

蓋識也. 以八月十二日, 葬于高陽土堂里壬坐之原, 明年甲寅二月二十八日, 遷葬于同山民坐.

洪氏南陽大姓, 通德郎諱重埰, 縣令諱尙彦, 牧使諱善養, 判官公三世也. 淑人擧五男二女, 男四不育. 直弼居第二, 娶判書李溎女, 女適金泰根·尹約烈. 直弼一女幼.

淑人性嚴, 於子女不假借辭色, 未嘗示以玩好之物. 伯應嘗有過, 淑人怒, 伯應藉藁伏地, 不命之起, 必至改過, 然後怒乃解. 朝夕諄諄勸伯應以古人爲已之學, 伯應立心卓然, 不屑擧業, 惟問學是力, 果淑人之訓, 有以使之也. 嗚呼, 淑人旣敎其子以學, 而未及見其成就, 悲夫!

銘曰: 有炳閨訓受于爺, 一是爲則行于家. 茝蘭蘋蘩雜佩華, 義方其敎納無邪, 古昔賢媛孰斯加? 雖嗇于壽名則遐, 厥後必昌理靡差, 我用作銘揚徽嘉.

朴胤源, 『近齋集』 권23, 『한국문집총간』 권250, 599~600쪽.

이덕무(李德懋)

兩烈女傳

松禾縣烈女李氏, 李弘道妻也. 與夫同年生, 盡婦道以事, 二十二歲, 夫死. 李不克哀, 常欲從死, 至呑針不死. 夫夢以告曰:
"君之欲死誠矣, 然有定命, 不可易也, 五十年後吾死之日, 君其歸乎."
李知其命, 不意於死. 然終身衣三年時素服, 敝輒縫補, 不易以新, 食糟席藁. 老始啜醬.
七月初五日, 夫死之日也, 至辛巳其日, 親具祭饌將祭, 忽憑於衾曰:
"吾其死乎."
怡然而逝, 數其夢夫之年歲, 果周五十矣. 夫死於寅時, 婦亦以其時終. 享年七十二. 嗚呼, 異哉! 天命之不可易如此夫. 鄕人書之善籍, 太守嘉之, 議旌其閭.
李氏從女李氏, 亦烈女也. 少喪母, 育於其從姑, 李氏通『小學』·『史記』. 十七歲八月, 嫁龍崗縣金麟老, 麟老十月將攣而歸, 濟大江溺焉. 烈女聞其報, 大悲哀, 剔地以哭, 爪爲之流血. 明日哭奔夫家, 中流大慟曰:
"吾夫欲攣我而溺, 從夫之死, 無憾."
乃赴江, 左右衛之免. 及到夫家, 夜逃至江者數, 輒爲人覺不遂志. 烈女紿曰:
"夫已矣, 吾生, 夫可祭."
怡怡如平日, 家人不疑, 不爲守. 夜潛往溺于井. 日明衆覺而拯, 自足至胸背, 渾以紬纒之, 堅不可解. 其遺書處置家事, 訣舅姑與父母諸兄弟. 又曰:
"願不脫紬纒與素服, 仍以斂之. 所大恨者, 夫屍之不得. 如終不得, 以夫之衣與髮同窆. 是吾志也."
後終不得屍. 戊午, 監司上其事, 命旌其閭. 烈女事後母至誠, 女死, 母悲憾而沒. 君子歎曰:
"人之有懿行, 一鄕不易, 況一鄕, 又一門也哉! 嗚呼! 烈女學於烈女, 終成烈女之名, 其亦異哉!"
昔空同子涕泣, 作<六烈女傳>, 蓋有憾於世也. 余於<兩烈女>, 亦如之也. 外黨朴叔汝秀氏松人, 小烈女, 又其妻兄, 爲我言其槩. 遂感嘆以書, 爲<兩烈女傳>, 又贊曰: 女之行, 胡使我起敬? 松之土, 胡兩烈女之做?

李德懋『靑莊館全書』권4, 『한국문집총간』권257, 83~84쪽.

慧女傳

某州, 有一士, 惑於後妻者, 失其名姓. 前女迎婿, 將夜半, 有賊戎服橫大釖, 牕外閃閃有光, 大喝曰:
"新郎, 急出. 不然者, 吾且釖爾."
郎大恐欲出, 婦把其裾, 止之曰:
"妾將處置."
直出門, 抱戎服人, 曰:
"慈母, 慈母, 何奈爾如是?"
賊投釖垂頭. 家人燭視之, 乃後母也. 郎始知婦母之惡, 疑於是釋也, 明日, 束裝徑歸. 家母怒其女揚己惡也, 殺而埋之. 久之, 夫往焉, 妻不在. 衆曰:
"病死, 已葬."
夫大疑恐, 發其斂, 貌如生, 衣上血斑斑也. 夫大悲憤, 易以新衣裳葬. 數婦翁曰:
"吾妻之仇, 君其報之. 吾從此辭."
拂衣以去. 於是, 婦翁之族, 謀而出其後妻焉.
君子曰:
"女之慧乎! 止郎抱母, 明知爲母所戮, 而不辭也, 一則脫夫於死, 二則釋夫之疑也. 嗚呼! 夫之不智也! 旣覺其婦母之爲賊, 何不明日將其妻以歸, 乃獨歸家, 反使其母, 甘心於女? 嗚呼, 其不智之甚也!"

李德懋『靑莊館全書』권4, 『한국문집총간』권257, 84쪽.

代舅氏祭外王母完山李氏墓文

嗚呼! 我外王母完山李氏沒世后二十八年之壬午某月日, 外孫朴某, 謹奉酒果, 噓唏愴悢, 再拜于神道之前, 而泣告曰:

嗚呼! 小子之不記此地久矣, 皆由乎舅氏早沒而無嗣, 慈母與季姨母, 相繼而沒, 仲姨母邈居殊鄕, 無緣以聞也. 矧又歲月多積, 祭奠屢闕, 誰復剗荊棘而禁樵牧哉? 追憶慈母在世之言, 只記墳塋之在於通津, 恨不詳聞其第幾山第幾崗與坐向之如何也. 小子以玆中夜永歎, 泣涕濟濟 每自念曰:

'痛矣! 我慈母若在世, 豈使我不知其地乎?'

尤咄咄不能已也. 星霜荏苒, 哀慕徒切, 訪于外黨, 問于居人, 始得省掃於陳虛之里. 嗚呼! 神靈不昧, 庶察哀衷. 想必泉臺, 悲喜交至, 傷慈母之早沒, 憐小子之孤露也. 攀援涕泗, 竚立遙想, 擧目悲懷, 感古愈切.

世俗少敦, 人皆忽於外氏, 小子獨不以爲然. 禮曰, '睦於父母之黨, 可謂孝矣.' 其情義之俱到, 豈有敦薄於其間哉? 而况小子幼日, 親自抱持, 膝寘嬌愛者乎.

嗚呼! 舅氏內外之塋, 亦在是矣. 纍纍三丘, 年深無主, 尤不覺嗚咽悲傷也. 今玆不腆之奠, 聊以敍終身萬一之懷, 伏惟鑑臨. 哀哉. 尙饗.

李德懋『靑莊館全書』권4,『한국문집총간』권257, 88~89쪽.

妹訓

余有二妹, 齡皆及笄. 幼而無聞, 及長難戒, 著書以訓. 章凡十六.

女子之德, 和順爲則, 言語行步, 以至飮食, 一心不懈, 乃爲之職.
下氣低聲, 中正以裁, 從容周旋, 事興心諧, 是爲吉祥, 諸福畢來.
鄙悖之言, 掩耳莫聆, 長老之訓, 存心以銘, 習此二者, 身亦安寧.
善言惡言, 皆出于口, 一出惡言, 悔之誰咎? 一身善惡, 如反覆手.
多言之婦, 行不如一, 多言多妄, 妄則无實, 戒之戒之. 嚚嚚無吉.
言笑無節, 近于俳優, 色厲小溫, 亦近于憂. 云何得中? 柔順以求.
見善必踐, 見惡必懲, 莫揚人過, 莫詑己能. 小心勤勤, 婦德日增.

怒心之來, 先抑其端, 發乃和容, 心隨而安. 任怒無際, 事大如山.
閨房之內, 靜而無譁, 不大其聲, 以養其和. 聲不出戶, 乃安一家.
針織饋食, 懋其精敏, 整齊衣裳, 潔掃床茵. 勤勞罔懈, 是謂善人.
余觀懶婦, 早眠晏起, 蓬首垢面, 便逸是事, 百事無成, 惡聞隣里.
余觀驕婦, 不事針線, 浮華好勝, 容服是炫, 妄自爲賢, 凌彼良善.
余觀悍婦, 不時而哭, 興妖憑鬼, 日召巫卜, 萬事瓦解, 災及九族.
在家亡家, 在國亡國, 可不大懼? 明若照燭, 試觀三婦, 和順不足.
莫羡富貴, 莫侮貧窮, 顧玆廉恥, 勤儉飭躬, 父母嘉之, 其樂融融.
和兮順兮, 中心固持, 戰戰兢兢, 朝暮誦斯, 無愧此訓. 余言匪欺.

李德懋『靑莊館全書』권5,『한국문집총간』권257, 105쪽.

內則

陽燧, 其制不傳後世. 向日取火, 有火鏡, 以水晶, 或硝子製之, 敲石得火, 有火刀, 以鐵爲之, 皆可佩. 高堂隆曰:
"陽燧一名陽符, 以銅作之, 謂之火鏡."
張自烈曰:
"『說文』, '鐆, 陽鐆也.'『周禮』省作'遂', 傳寫譌省也."
今或作'鐩', 或作'燧'.
洒埽. 案趙宧光曰:
"灑滌也, 從'水' '西'聲."
洒埽應對, 童子四役也, 誤作灑埽應對, 强解以水檝【散也】地, 不特不通, 且如此濕地, 何以措足. 况可籍地坐乎?
父母有過下氣怡色章. 疏:
"寧孰諫者, 犯顔而諫, 使父母不說, 其罪輕, 畏懼不諫, 使父母得罪於鄕黨州閭, 其罪重."
案犯顔, 解孰諫, 太往直, 啓後世不能幾諫之弊. 經兩言'起敬起孝', 則何嘗犯顔而諫之哉? 夫始於幾諫, 而以至號泣而隨之, 是乃熟諫也. 孟子注, 趙岐曰:
"阿意曲從, 陷親不義, 一不孝也."

此亦謂父母有大過, 熟諫而歸正乃已也. 大抵有孝順之名, 而往往陷父母於不義者, 亦當加勉處也.
舅姑使冢婦, 無怠, 不友無禮於介婦. 案王氏曰:
"'友'謂當作'敢'字是."
鄭注:
"衆婦無禮, 冢婦不友之也."
孔疏:
"以其無禮, 故冢婦疏薄之也."
若如此說, 則經當曰'不友無禮之介婦', 今曰, '無禮於介婦', '於'字語勢, 本不與'之'字相近. 改'友'爲'敢', 則平妥, 而亦未可的知. 大抵此章, 有脫誤之字.
蜩范. 案古者, 鱗介羽毛昆蟲之屬, 無不食焉, 後世昆蟲廢而不食. 燕齊之俗, 猶食蝎與蝗.『埤雅』云:
"蛶蝣似天牛而小, 有甲, 甲下有翅, 燒而噉之, 美於蟬也."
『埤雅』是陸佃所著, 則宋人猶食蛶蝣與蟬也. 東國小兒往往燒食, 禾穀中枯死莎鷄, 全羅道人, 以蜻蜓爲膳, 實合古俗. 蟬與蠭, 去頭翅, 調油糝煎食, 似不讓於蝦蟹之屬. 中國五嶺以南, 食螘卵, 蓋古之蚳醢也.
'有虞氏皇而祭.' 案皇亦與委皃同. 其形白與自, 大抵皮弁之狀也. 皃'白'下'儿', 是人首戴冠, 皇'自'下'王', 是王首戴冠. 六書解經, 不勝其妙, 此意非人人可知也.

李德懋『靑莊館全書』권7,『한국문집총간』권257, 133~134쪽.

銀愛傳

庚戌六月, 上審理諸獄案, 命金銀愛・申汝倜傳生 仍命撰傳載之內閣日曆.

銀愛金姓, 康津縣塔洞里之良家女也. 里有安媼者, 故娼也, 陂險荒唐, 多口說. 疥癩遍體, 不任搔癢, 發心蝆, 益不慎言. 嘗丐貸米豆鹽豉于銀愛之母, 母有時不與, 媼輒慍恚, 思欲中之. 里童子崔正連, 卽媼之夫之妹之孫也, 年十四五, 冲穉娟好. 媼試挑之以男女昏媾之事, 仍說之曰:

"娶妻知銀愛者, 顧何如?"
正連笑曰:
"銀愛美艶, 豈不幸甚?"
媼曰:
"第倡言, 若業已私銀愛者, 吾爲若成之."
正連曰:
"諾."
媼曰:
"吾患疥癩, 而醫言瘍科藥料直最高, 事苟成, 若爲我當之."
正連曰:
"敢不如教."
一日媼夫自外而至, 媼曰:
"銀愛耽正連, 要我行媒. 期于吾家, 爲正連大母所覺, 銀愛爬牆而遁."
夫切責曰:
"正連家世微, 而銀愛室女也, 愼勿出口."
於是一城喧藉, 銀愛嫁幾不得售, 惟里人金養俊, 深知其明白也. 遂娶以爲室, 則誣言益播, 尤不忍聞.
己酉閏五月二十五日, 安媼大言曰:
"初與正連約行媒, 報我藥直, 銀愛忽畔而嫁他夫, 則正連不如約, 我病自此詌, 銀愛眞我仇."
里中老少, 相顧駭愕, 瞬目搖手, 不敢出言.
銀愛素剛, 毒受媼誣辱, 已二年, 至此尤愧恨, 實不能堪. 必欲手剮安媼, 一洗此寃憤, 而不可得. 翌日, 値家人不在, 伺安媼獨宿, 夜一更, 持廚刀, 揎袖扱裙, 颯然而步, 直入安媼之寢. 一燈翳翳, 媼孤坐, 將就眠, 露半體, 只繫裙.
銀愛橫刀而前, 眉眼俱倒竪, 數之曰:
"昨日之誣, 甚於平昔. 吾欲甘心于爾, 爾嘗此刀."
媼意以爲彼固纖弱, 不足有爲, 應曰:
"欲刺, 試刺."
銀愛疾聲曰:

"可勝言哉."

側身倏刺其喉左, 媼猶活, 急把其持刀之腕, 銀愛瞥然抽掣, 又刺喉右, 媼始右仆. 遂蹲踞于旁, 刺缺盆之左, 又刺肩胛腋胑胎膊頸及乳, 皆左也. 末迺刺右脊背, 或二刺三刺, 揮霍飛騰, 一刺卽一罵, 凡十有八刺. 未暇拭刀血, 下堂出門, 急向正連之家, 聊以洩餘憤焉, 路遠其母泣挽而歸. 銀愛時年十八.

里正奔告于官, 縣監朴載淳, 盛威儀, 肆媼屍, 驗刺死狀, 究銀愛:

"刺媼何爲? 且媼健婦, 汝弱女, 今創刺凶悍, 匪若獨辦. 無隱直告."

時伍伯離立猙獰, 刑具滿地, 干連瑟縮無人色. 銀愛項有枷, 手有拲, 脚有鐐, 拘攣縛束, 體弱委垂, 殆不能支, 然面無怖, 言無哀, 毅然而對曰:

"欸! 官我父母, 試聽囚言. 室女受誣, 不汚猶汚. 媼本娼家, 敢誣室女, 古今天下, 寧有是哉? 囚之刺媼, 豈可得已? 囚雖蒙獃, 嘗聞我殺人, 官誅身. 固知昨日殺媼, 今日當伏誅. 雖然, 媼旣囚刺誣人之律, 官無所施, 但願官家打殺正連. 且念囚獨受誣, 更有何人助囚, 共剸行此凶事?"

縣監太息良久, 取驗刺媼時服餙, 苧衫苧裙, 都是殷赤, 幾不辨衫白而裙青. 悚而壯之, 雖欲原釋, 法不可屈, 彌縫讞詞, 上于觀察使. 觀察使尹行元, 亦飭推官, 姑究其同謀爲誰, 以緩其抵法, 訊覈凡九次, 詞如一. 惟正連沖穉, 爲媼詿誤, 置不問.

庚戌夏, 國有大慶, 上錄死囚, 觀察使尹蓍東上此獄, 而讞詞頗微婉. 上惻然欲傅生, 重其事, 命刑曹就議于大臣, 大臣蔡濟恭獻議:

"銀愛報怨, 雖出至冤, 罪犯殺人, 臣不敢爲參恕之論."

上下批若曰:

"貞女被淫誣, 天下之切冤. 夫以銀愛之貞, 判一死顧易爾, 然恐徒死無人知也, 故提刀殺仇, 使鄕黨, 曉然知己則無玷, 彼固可剮. 若銀愛而生于列國之世者, 其跡雖異, 將與聶嫈齊其名, 而太史之傳, 烏可已也?

昔海西處女殺人, 似此獄, 監司請宥, 先王褒諭函從之. 女方出獄, 媒儈雲集, 爭購千金, 竟爲士妻, 至今傳爲美談. 然銀愛黽勉含冤, 至適人, 方報怨, 則尤難矣. 不宥銀愛, 何以樹風教? 特貸其死.

向者, 長興申汝倜之放, 蓋出於敦倫常重氣節, 今宥銀愛, 亦類是爾. 銀愛·汝倜兩獄案, 頒其大略于湖以南, 俾人人無不知也."

先是, 汝倜同里金順昌, 留其弟順南看屋, 與妻耘田而歸, 妻斛小麥, 減二升. 呰曰:
"叔在, 而麥不存, 眞怪事."
順昌詬順南曰:
"看我屋偸我穀, 非盜而何? 爾其自服."
順南方病臥, 不堪寃痛, 泣嗚咽, 順昌睨曰:
"盜亦悔泣耶?"
擧杵撞其腦. 順南委頓, 幾不得生, 隣人咸集, 心怒不忍言, 惟田厚淡者, 調解之曰:
"古語有之, '一斗粟尙可舂.' 二升麥胡大事, 奈何兄弟不相容?"
順昌罵不已. 厚淡往見汝倜, 慨然言之, 汝倜艴然扼腕而起曰:
"順昌非人."
急如順昌家, 捉髻而責之曰:
"升麥不足惜, 兄弟不可鬩. 嗟! 爾父母生汝二人, 但願相隣, 不期相爭. 杵撞病弟, 爾則畜生. 蓄生不可親, 吾將毁爾廬, 不與同吾隣."
順昌踢汝倜曰:
"我毆我季, 胡干汝事?"
汝倜大怒曰:
"我以義勸, 汝反踢我, 我亦踢汝."
遂踢其腹, 順昌匍匐, 翌日死. 家人匿不告官, 越一月, 事始發, 汝倜係于獄, 此己酉七月事也. 至是上親判其案 有曰:
"古有一男子, 鍾街烟肆, 聽人讀稗史, 至英雄最失意處, 忽裂眦噴沫, 提截烟刀, 擊讀史人, 立斃之. 大抵往往有孟浪死・可笑殺, 而朱桃椎羊角哀者, 古今幾人? 汝倜, 其朱羊之流亞歟. 噫! 汝倜不怖死, 非士師, 而治不友之罪, 非汝倜之謂哉? 錄死囚, 前後幾千百, 其倜儻不碌碌, 於汝倜見之有以哉! 汝倜之名, 不虛得也. 汝倜放."
贊曰:
今上聖德寬仁, 審理重囚, 念若痌瘝. 日旰進御饍, 夜必燭屢跋, 究情而卽于疑, 考跡而原于義, 則輒宥之幾二百人. 德音一下, 國中大驩, 至有感激涕霑者. 如銀愛申汝倜, 皆能義殺而傳生者也. 嗟夫! 倘使銀愛□汝倜不遇明主, 爲之平反, 一朝居然就戮, 不惟匹夫匹婦寃莫雪義莫伸, 將見讒人無所畏, 而不友者, 接跡而起也. 故銀愛釋, 而人臣勸忠, 汝倜放, 而人子勉孝. 何哉? 惟忠臣潔其身, 惟孝子友其弟, 忠孝興, 而明主之化溥矣.

李德懋『靑莊館全書』권20,『한국문집총간』권257, 281~284쪽.

金申夫婦傳

辛亥六月, 飭過時未昏, 仍有金申兩家親事. 命紀其事, 載內閣日曆.

金禧集, 慶州人, 縣監思重庶孫, 申氏, 平山人, 士人德彬庶女也. 禧集年二十八, 申氏年二十一, 俱才且賢, 顧甚貧, 人不與之婚嫁.
上之十五年春二月, 上閔士庶貧窶, 男女婚媾或不以時, 敕京兆五部, 勸成期遠者趣之, 官助資裝錢五百布二端, 月輒以聞. 時禧集與沈氏約, 申氏與李氏約, 雖業已受官資, 姑未之婚也. 五月晦日, 漢城判尹具㢊奏:
"五部之人貧而婚愆期者, 今盡勸成, 惟西申德彬縱有官資, 亦難辨具, 且筮忌六月, 期在孟秋, 金禧集始與之約者, 諉以門戶不敵, 恥不以女女焉."
六月初二日, 上諭曰:
"予念五部多鰥曠, 勸而婚者, 無慮百數十人, 惟西部二人, 禮未克成, 烏在其導天和而諧物性也? 事貴齊始, 政期勉終. 其可勸德彬, 更定吉期, 禧集亟求佳耦, 戶曹惠廳, 須各助贈, 較前豐饒, 俾完好事."
於是西部令李承薰, 馳赴京兆府, 主簿尹瑩曰:
"纔聞李氏背申氏, 已與他人婚矣."
承薰愕然曰:
"今奉上諭, 而申氏婚期顧無所趣之. 前日之奏, 若是矛盾, 責有所歸, 其將奈何?"
判尹以下相視瞠然, 承薰曰:
"下官竊念, 禧集慶林相公之後, 申氏吏曹參判之裔, 俱是華閥, 且其秊敵, 其貧同, 其所遇適相類. 况又同日, 名姓塵乙覽, 此天所定也. 盍相與通以成匹嬔?"

滿生擊節, 僉曰:

"辛甚. 不亦美乎?"

騫遂勸部令主簿, 爲兩家之媒. 於是承薰詣磐石坊禧集之家, 瑩詣蟠松里德彬之家, 家俱門無扇 屋簷垂, 垂椽霑雨指空, 日過午, 廚烟蕭瑟. 賓主席地而語, 承薰宣上諭, 仍言與申氏約婚便宜, 禧集俯首逡巡, 良久而言曰:

"禧集所以未有室者, 坐孤而貪也, 何幸沈氏許字, 謹受官資. 不料見棄, 自期其老白首無所耦, 竊又悲不能奉老母. 今承指教, 非不慰謝, 然萬一彼或不從, 卽禧集命數之畸也."

瑩見德彬, 如承薰言, 德彬愀然曰:

"爲人父母 使女子晼晩親事, 式至于今, 且我與人約, 人先違我, 夫誰之尤? 至荷聖諭鄭重, 優惠資裝, 諸公良苦, 躬行媒妁, 感激之極, 實欲愧死無地. 金君名家子, 敢不許以爲婿."

於是, 承薰瑩大悅, 互相通報, 承薰卽使部史傳庚帖于德彬, 瑩勸德彬揀日, 良吉在於十二日. 遂申報于府, 府聞于上, 上喜曰:

"匹夫匹婦, 爰得其所者, 古來幾許, 而未有如金申夫婦, 機會巧湊, 非常可喜, 若此之奇也."

諭戶曹判書趙鼎鎭, 惠廳堂上李秉模曰:

"兩家婚禮, 托于兩卿, 趙卿視禧集猶子也, 李卿視申氏猶女也, 亦各爲兩家, 代撰婚書. 凡厥綵・幣・冠・履・釵・鐶・裳・襦・衾・褥・敦盂・盤匜・酒・醪・餠餌・帟幕・屛障・紋筵・匣燭・香孩・粧奩・脂粉・零瑣之屬, 暨鞍馬 徒隷以衛以儀之具, 莫不畢給, 迺所以信王言. 其悉心辦備."

仍命內閣檢書李德懋曰:

"如此奇事, 可無佳傳? 爾其筆記一通, 爲金申夫婦傳以奏."

十二日曉鷄旣鳴, 禧集卷桃紅縐紗・雙文藍綃各一端, 交纏朱碧同心絲, 納于髹函, 著葳蕤鎖, 裹紅襆襆, 四角會結, 方勝書'謹封', 送于申氏. 其婚書曰:

"昭代沐二南之化, 匹婦匹夫, 吉日結百季之親, 宜家宜室. 伉儷莫非天定, 造化別是君恩.

僕之其親某幼而孤貧, 居然老大. 幸逢外無曠之盛世, 縱有周媒氏掌婚, 顧此早失怙之窮人, 誰憐陳孺子未娶? 竊聞令愛長於寒素, 教之婉柔, 深閨執絲枲之工, 已自怵前之補綻, 貧家乏粧奩之具, 尙遲門內之施鞶.
猗! 我后發政施仁, 而有司承命勸嫁. 聖王制爲嫁娶, 政所當先, 男女願有室家, 時不可失. 迨五部婚媒之告訖, 獨兩家子女之愆期. 冰上之昔夢不諧, 佳期盖亦有待, 月下之奇緣自在, 良耦何必他求? 晼晩之年紀與同, 單寒之門戶相對. 思出造命, 雖使兩美之必成, 窮不聊生, 何由萬事之皆備? 惟重宸曲垂矜念, 俾兩臣, 分主婚姻. 若自己兒, 要体子心育之意, 謂他人父, 爲憐窮無依之身. 盛渥卽一世罕聞, 奇遇爲百代異事. 巹盃釀泰和之氣, 導迎休祥, 牢筵飽需雲之私, 歌咏聖德. 欣逢是月, 邦家膺萬秊之休, 獲際明時, 士女合二姓之好, 謹遵儷皮之禮, 爰趁鳴鴈之朝."
答婚書曰:
"匹夫匹婦得其所, 萬物遂情, 皷瑟皷琴樂且和, 二姓合姓. 捴造化力, 媿父母名, 僕之女, 以葑菲姿, 過標梅節. 家事徒餘四壁, 顚倒紫鳳之紋, 笄齡更逾七蓂, 晼晩乘龍之喜. 幸際周文之化, 擬卜朱陳之緣. 憫婚媾之不時, 遍命雒陽令勸助, 坐資裝之未具, 至煩京兆尹陳聞. 和氣周於繫羊, 孰非君賜? 旭朝晏於噰鴈, 奈嫌我貧? 方聖人軫終始之恩, 適兩家成媒妁之約. 飭敎鄭重, 期欲速而毋遲, 物采光華, 禮孔加而克備. 錢·米·布·帛, 地部惠局之爭來輸, 鞶·帨·釵·鐶, 高門盛族之不是過. 貪富換造次之項, 今辰何辰? 寤寐結頌祝之忱, 千歲萬歲. 永惟廛露之報, 只在室家之宜. 民樂秊豊, 共登仁壽之域, 夫和婦順, 長囿修齊之治."
日禺中, 禧集旣盥梳, 掠鬓刷鬚, 顧影習容觀. 著閃紗袍·班犀帶·烏帽·麖韡, 坐白馬鏤金鞍, 肩竦背直, 色矜莊不游目, 徐徐而行. 鴈夫在前, 乳媼在後, 紅青紗燈, 對對前導, 京兆五部胥吏皁隷, 左擁右護, 魚魚雅雅如也. 及抵申氏之門, 下馬奠鴈, 入醮席, 申氏艶粧, 具翠翹·金鈿·鐀步搖, 被百子菡萏紅褖衣, 遮珠絡扇, 交拜僮僮 秩然無差. 粧姿引紅線, 巹盃三酳之, 呢喃祝吉言, 夫婦起入鋪房. 兩家隣里, 相與歎詑曰:
"金君年益壯, 操心愈貞固, 申氏婉而雖容儀豊福, 一朝, 至尊造命, 宰相主婚姻, 儼然合爲賢夫婦, 恩光喜氣, 溢門巷. 彼違約者, 匪徒自絶, 其亦天也. 益其所居, 地名盤石, 里號蟠松, 佳兆非偶然. 可卜其壽考福錄鬱茂鞏固, 如石之盤也, 如松之蟠也云爾."
李德懋曰:
自古云, '人主之心, 與天相通.' 豈非然哉? 和氣致祥, 導之和在上, 何哉? 今上對越上天, 幽者晰之, 鬱者疏之, 閔覆涵濡, 無物不遂. 歷驗是歲春夏, 民或望雨, 施一仁政, 則不待龍雩, 雨輒隨下. 夫金申之媾媒定, 而雨又霈然不移晷, 天人孚感, 若是其捷也. 故朝野誦之曰, '至治之世.' 盖三代之祈天求命, 亦不過曰導揚和氣而已. 嗚呼! 休哉.

李德懋『青莊館全書』권20, 『한국문집총간』권257, 284~286쪽.

婦儀

『易』乾坤, 二儀均, 『詩』關雎, 造彛倫. 匪淑貞, 曷守身, 匪順婉, 曷事人, 匪潔誠, 曷饗神? 勤塈儉, 吉咸臻. 撰婦儀第二.
栗谷先生曰:
"今之學者, 外雖矜持, 內鮮篤實. 夫婦之間, 衽席之上, 多縱情欲, 失其威儀, 故夫婦不相昵狎, 而能相敬者甚少, 如是而欲修身正家, 不亦難乎? 必須夫和而制以義, 妻順而承以正, 然后家事可治也. 若從前相狎, 而一朝遽欲相敬, 其勢難行. 須是與妻相戒, 必去前習, 漸入於禮, 可也. 妻若見我發言持身一出於正, 則必漸相信而順從矣."
退溪先生曰:
"先妣貞夫人朴氏, 禀質徽婉. 歸于我先君, 爲繼室. 先君歿, 夫人痛念多男而早寡, 將不克持門戶遂婚嫁, 益修稼穡蚕桑之務. 及諸子漸長, 則令就學於遠邇. 每加訓戒, 不惟文藝是事, 尤以持身謹行爲重, 遇物設譬, 因事爲敎. 未嘗不丁寧警切曰: '世上呰寡婦之子不教, 汝輩非百倍其功, 何以免此譏乎?'"
婦人之善債貸, 由於不節用, 不節用, 由於不勤苦.
觀玩圖史, 想慕古之節烈, 不幸當患難, 矢死捐生, 迺始見節. 然平時愼勿𢥠爾而言曰:
"當爲夫殺身."
賀醫閭先生教諸女十二條, 曰安詳恭勤, 曰承祭祀以嚴, 曰奉舅姑以孝, 曰事丈夫以禮, 曰待娣姒以和, 曰教子女以正, 曰撫婢僕以恩, 曰接親戚以敬, 曰聽善言以喜, 曰戒邪妄以誠, 曰務紡績以勤, 曰用財物以儉.

不教男子, 亡吾家, 不教女子, 亡人家. 故教之不預, 父母之罪也. 縱姑息之恩愛, 貽無窮之患害, 爲吾子女者, 不遵吾教, 必作禽獸, 可不惕念?

教子女, 先禁貪食, 而女尤不可小恕. 不惟生丁奚疳積諸疾, 因貪生奢, 因奢生盜, 因盜生悍. 予未見嗜食婦女不亡人家者也. 先恭人, 養我兄弟及徐元兩妹也, 使之節食. 故我輩四人, 旣長, 庶無過人之慾焉. 小兒兩手執物, 猶恐不及, 雖呵不從, 當盡奪所執, 啼哭欲死, 勿與之可也. 諺曰: '憎兒多與餠, 愛兒多與打.'

有小疾, 不可廢梳首類面, 雖貧, 衣必澣滌. 婦人貴端潔, 匪謂容悅於夫主. 靚粧艶服者, 妖婦也, 亂髮垢頰者, 懶女也. 敬姜曰:

"婦人不飾, 不敢見舅姑."

新昏女子, 在家安逸, 常厭夫家, 頻請歸寧, 習不可長也. 况生長富貴, 不堪窮寒乎? 養成驕惰, 亶由於此. 唐李晟, 於正歲, 崔氏女歸寧, 讓曰:

"爾姑在堂, 婦當治酒食, 且待賓客."

却之不得進.

女子擲柶雙陸, 敗志荒儀, 已是惡習. 從兄弟·中表兄弟·姨兄弟男女匝坐, 對局點籌, 叫呶爭道, 手勢相觸, 呼五呼六, 聲出簾帷, 此誠淫亂之本也. 留客珠, 留客環, 不可入閨門之內.

凡議婚姻, 不可使室女聞之.

凡炙魚肉, 翻之以箸, 毋以徒手. 手雖漬, 不可吮. 調五味, 必以匕一嘗, 不可頻頻攪匕, 口有歠聲. 亦勿以指挹而嘗之, 因拭手滙于裳及牕壁.

鮸魚鱅魚醢, 勿手劈啖之.

鳥羽魚鱗菜葉果核, 勿亂棄軒砌.

萵苣包飯, 口不能容, 大是婦儀之不典, 戒之戒之.

淨刷梳櫛, 整置筆硯, 躡履勿挫, 磨墨勿仄, 予所罕見.

削衿之衫, 撑幅之裙, 服妖也.

嗜餠買喫, 亡家之兆, 典到祭器, 兒女是傚.

毋以指挑燈拭于牕壁. 挑燈毋長也. 勿撚牕壁紙引燈.

甘苽勿食皮, 西瓜勿判犀.
辮髢, 蒙古之遺風. 凡今婦人, 雖隱忍從俗, 不可務尙侈大. 貴富家費錢至七八萬, 廣蟠仄繞, 作墮馬勢, 餙以雄黃版, 法琅簪眞珠繻, 其重幾不可支. 家長不能禁, 婦女愈侈而愈恐其不大. 近有富家, 婦年方十三, 辮髢高重, 其舅入室, 婦遽起立, 髢壓而頸骨折, 侈能殺人, 嗚呼悲夫!
勿潑棄飯顆于庭溝汚濕之地.
世或有婦人入關廟佛寺, 經宿祈禱, 可知其家法之壞也.
婦人當畧讀書史·『論語』·『毛詩』·『小學書』·『女四書』, 通其義, 識百家姓·先世譜係·歷代國號·聖賢名字而已. 不可浪作詩詞, 傳播外間. 周文煒曰:
"寧可使人稱其無才, 不可使人稱其無德. 世家大族一二詩章, 不幸流傳, 必列於釋子之後, 娼妓之前, 豈不可耻?"
不可窺見隣家, 不可屬耳于壁, 伺聽賓客之談笑, 若聞淫媟之言, 其當奈何?
舅姑所賜, 不可擅與人而擅賣之.
勿窺見男子, 評議其肥瘦姸醜, 何異男子談女色?
掃軒堂, 拭器血, 祛汚穢, 務潔淨. 是故婦之爲文, 從'女'從'帚', 謂女子常持帚也. 妻亦謂之箕帚妾.
長樂劉氏曰:
"家人內政, 不嚴以防之於細微之初, 不剛以正之於未然之始, 則其悔咎不可追矣. 『易』曰: '閑有家, 志未變也.' 男女之志, 旣爲情邪之所變, 閑禁雖嚴, 求其無咎, 而咎可無哉?"
凡手調飮食, 勿搔首癢, 勿乳孩兒, 愼言笑, 剔爪甲. 必用巾羃逐器盖覆, 調芥醬, 勿逼而噓氣.
家長有客, 使之辦酒食, 隨有無, 指揮婢子, 勿遲延, 而不可聲出於外, 恐客心之不安也. 或有啐詈之聲, 入於客耳, 是使家長, 不復待賓客也.
飮食之政, 惟婦人是掌. 是故, 養舅姑, 供祭祀, 待賓客, 非此, 無以致恭敬懽樂. 若或生熟不齊, 酸醎不適, 冷煖不調, 塵埃雜而不堪食, 其何以享神而養人也哉? 匪謂豊侈綺珍之備也. 雖曰匏菽, 潔且精, 可也.
打兒罵婢之聲, 常出於外, 其家道之衰敗可知. 外人不惟譏婦人之不順, 必先責其家長之不能撿家也. 或有言笑無節, 雜以鄙俚, 何其不正也? 此果家長之不得其道也.『易』曰: '家人以女貞.' 程子釋之曰: '家人之道, 利在女正. 女正則男正, 知矣.'
人家婦女, 或有對瞽者而占吉凶, 自以爲彼不見我, 而殊不知彼能聞吾之聲, 我則能見其面也, 不亦可辱之甚乎?
僧尼之服, 不分男女, 莫曰尼女僧也, 許其入門.
習俗不正, 嫁女迎壻, 壻宿三日, 家中婦人, 必潛聽伺其私語, 何其媟也? 爲家長者, 痛禁其習, 可也.
諺翻傳奇, 不可耽看, 廢置家務, 怠棄女紅, 至於與錢而貰之, 沈惑不已, 傾家產者有之. 且其說皆妬忌淫媟之事, 流宕放散, 或由於此, 安知無奸巧之徒, 鋪張豔異之事, 挑動歆羡之情乎?
姊妹之夫, 外人也. 以有姊妹也, 故雖或見之, 不可通書札, 而數數往來也.
婦人之德, 當務軆下情. 楊誠齋夫人羅氏, 年七十餘, 每寒月黎明卽起, 躬作粥, 遍餽奴婢, 然後使之服役. 其子東山先生曰:
"天寒何自苦?"
夫人曰:
"我自樂此, 不知寒也."
生四子三女, 悉自乳曰:
"饑人之子, 以哺吾子, 是誠何心哉?"
凡作諺書, 語必明約, 字必踈整, 不可作荒草胡說張皇支離, 使人厭惡也.
舅姑夫主, 性雖狂躁, 不可觸激而有勝心. 但當姑與之承順, 使之感憐, 俟其氣和, 畧言俄者之過失, 亦須怡色柔聲, 則能不悔悟, 漸至於和祥耶. 人倫之斁敗, 未嘗不由於互有勝心, 不顧義理, 以至陷於罪辟, 不亦哀乎?『韓詩外傳』曰: '夫臨照而有別, 妻柔順而聽從. 若夫行之而不中道, 卽恐懼而自竦, 此婦道也.'
孝婦許氏, 江陰陳承祚妻也. 貞靜沈默, 言笑不苟. 姑暴, 稍不如旨, 撻之流血, 婦婉容承順. 姑有疾, 婦侍立榻前. 雖漏盡, 一呼輒應, 未嘗或倦. 姑躁病必發狂, 撻婦百數, 頭顱破而面目紫青, 人多爲之不平, 婦曰:
"姑病耳, 非病, 肯若是哉?"

終姑世, 每夜必三更乃寢, 鷄一鳴則起, 盥沐櫛髮, 伺姑於寢門外.

妯娌娣姒之房, 不可潛踪伺聽, 亦不可使姦黠之婢, 偵察過失, 此狐蠆之倫. 家中無附耳細語, 然后家道迺正.

男子無故而有愁歎之聲, 婦人無故而有怨恨之言, 可見家道之壞亂, 亦卜門運之衰亡也.

婦人之狠毒者, 因一小忿, 怨恨之不足, 涕泣之, 涕泣之不足, 號哭之, 甚至皷掌椎胸, 訴天詛神, 無所不至, 余見多矣. 亶由於家長之懦弱, 不善敎導, 養成驕悍. 是故, 俚諺有之: '敎子嬰孩, 敎婦初來.'

諺翻歌曲, 不可口習. 如唐人詩 <長恨歌> 之類, 豔麗流盪, 妓女之所誦, 亦不可習也.

縫裁衣服, 調飪飮食之法, 劄記以爲譜簿, 必敎室女, 使之熟習.

呷酒不可面紅, 勿手抄糟喫, 葱蒜勿多食, 蠻椒必細切, 切膾必如縷.

時世之服, 上衣太短窄, 下裳太長博, 服妖也.

不告家長, 多負債錢, 以爲奢華之費, 命之曰: '浪婦.'

吸烟, 大害婦德, 非精潔之習也. 以其長襲葷臭, 唾津津不收故也. 且烟屑, 一涉飮食, 全烹盡棄, 豈婦人之所可近也? 常惡轎後婢子, 持烟具而隨之.

古之婦人, 夫子有過, 或勸導也, 或規警也, 使之納於無過之地. 今之婦人, 夫子無過, 或媚惑也, 或激觸也, 使之陷於有過之地.

柔貞, 婦人之德, 勤儉, 婦人之福.

今之俗, 京婦人, 不解織布, 士婦人, 不解炊飯, 皆陋習也. 織布炊飯, 視以爲羞耻, 是可謂之婦人乎?

錢穀布帛, 不識劑量, 亡家之兆也.

妯娌娣姒, 同居一室, 私買飮食, 或恐人知, 非貞德也.

婦人有病, 例守固狹之見, 不愼風寒, 不進藥餌, 深信巫卜, 專事祈禳, 此亂人家而有餘.

善妒之婦, 不惟妒家中之妾媵, 聞人有妾, 代其婦而妒之, 何其媟也?

朝晡, 有當食之客, 而家長或未暇使之備食, 婦人須使子侄, 探問當食而預備之也.

飯澆水而有餘粒, 須使匕抄訖, 勿潑棄也, 勿擧器仰吸, 轉身而冀其盡啖也.

惡其不典也.
新婦不可口談産育之事. 惡其無羞也.
新婚婦, 不可傳說夫家細瑣之事於私家. 亡妹徐氏婦, 沈靜寡言笑. 食貧十年, 嘗歸家, 不少言夫家事. 嗚呼! 此可爲女宗也.
娣姒貧富雖不同, 不可羡慕而淩侮. 與之共而無間焉, 可矣.
新婚婦, 不可向人誇張夫主之才賢.
衆子婦, 或貧或富, 不可待之或薄或厚. 若有間焉, 則貧者怨而富者驕, 家道之乖, 未必不由於此.
餃不可肥也, 餈不可輭也 無太酢也, 餤無太醎也.
匙柄勿搔首, 指頭勿撥火, 衣紐勿佩錢.
嗜噉萵苣包, 閒日不頮櫛, 讀傳奇, 引晝睡, 小婢偸竊, 漫不省覺, 懶婦也.
孕婦不愼起居飮食, 使其子夭且病也.
因恚他人之不如意, 移怒於無罪之子女, 打擱紛紜, 擲碎器血, 撲翻窓戶, 以肆其毒, 非惡婦而何?
言語書札, 好使文字, 非端簡也. 言語淋漓, 不暫停止, 搖手吐舌, 雜以俚談. 賢淑之婦, 必不如此.
繁詈數責, 絮言煩複, 敎令不行, 離畔婢僕.
錢穀出入, 必有籍記, 以示家長, 無有遺漏.
男僕有罪, 不可親臨施罰, 女婢有罪, 雖施詈撻, 不大聲色, 勿使外人聞之.
「昏禮」曰: “婦順者, 順於舅姑, 和於室人, 而後當於夫, 以成絲麻布帛之事, 以審守委積蓋藏. 是故, 婦順備, 而後內和理, 內和理, 而後家可長久也.” 此章說婦道甚當, 其要順與和而已. 順者, 百德之藪, 和者, 百祥之府.
使妻驕恣, 皆由於丈夫之不能先正其身. 『韓詩外傳』曰: “孟子妻獨居踞, 孟子入戶視之, 白其母曰: 婦無禮, 請去之. 母曰: ‘乃汝無禮也, 非婦無禮. 『禮』不云乎? ‘將入門, 將上堂, 聲必揚, 將入戶, 視必下.’ 不掩人之備也. 今汝往燕私之處, 入戶不有聲, 令人踞而視之, 是汝之無禮也, 非婦無禮也.’ 於是, 孟子自責, 不敢去婦.”
溫酒, 勿熱沸. 壞酒性也. 篘酒, 毋得太加水. 享神待賓, 非其宜也.
毒性之婦, 或不見愛於舅姑, 或不得於其夫, 蓄恚之極, 佯爲顚狂, 假鬼神而數其惡, 甚至擬刎擬經, 以嚇之, 此固夫與舅姑之不善導擧也. 其爲婦人, 罪亦大矣, 如不悔悪, 生亦何爲?『詩』云: '人而無禮, 胡不遄死?'

妯娌之子, 或相鬥閱, 不可偏護己子發作惡聲.

姑嫌婦貧不善奉養, 督責苛刻, 無所慈憐, 至使其婦慽慽枯死, 或有刀藥自裁者, 此人倫之大變也. 凡有子婦者, 須加警惕, 重倫紀而輕財貨, 毋或得罪於神人也.

婦人之性, 往往愛女逾於子, 愛壻逾於婦, 甚至家道壞敗, 何其偏也?『詩』云: '鳲鳩在桑, 其子七兮.' 言其哺子勻一, 無少厚薄也.

人有餽饌, 須計老少, 分排勻齊, 不可先於衆中, 潰手揮喙, 亂喫雜嘗.

凡有菓穀魚蔬, 必先分置, 以爲祭祀之需, 然后乃敢他用.

濃塗脂粉, 何異塑鬼. 故古人不許婦人時世之粧.

當食之客, 或違朝晡, 不可收合剩餕以饋之.

祓禳, 欲除鬼而鬼先入家, 拘忌, 欲避邪而邪已染心, 何其惑也? 故家法嚴斥巫祝, 不使入門, 忌諱邪說, 不行於閨壼之內. 吾家今無此等陋習.

紡絲彈綿, 熨衣搗帛, 雖有婢侍, 手自習之.

胎産資於天命, 烏有所有帝釋, 痘疹行於運氣, 烏有所謂胡鬼? 此不待辨而易知. 賢淑婦人, 其宜猛覺.

丈夫遠遊歸來, 兄嫂弟婦, 擧皆迎拜, 其爲妻妾者, 迺反不拜, 此朝鮮之陋俗也. 凡百婦人, 其宜痛革.

平居無故, 而支頤倀倀, 近於怨, 附耳喃喃, 近於讒, 嘻嘻不止, 近於宕, 嘈嘈不已, 近於苛.

家設山臺鐵拐曼碩淫亂之戲, 使婦人觀之, 笑聲出於外, 非正家之道也.

凡語曰死曰殺者, 非吉祥婦人也. 善泣工笑, 非貞閒婦人也.

見小事而皷掌頓足急聲, 驚惑旁人, 此最躁妄, 無足取也. 婦人之能不疾言遽色者, 惟吾徐妹而已.

嫡妾之間, 恩威幷行, 然後家道不亂. 徒恩而已, 則妾恣而陵分, 徒威而已, 則妾怨而圖害, 然賢妾不然.

夫與舅姑, 狂悍使性, 凡爲妾婦者, 低頭屛息, 惴惴承奉, 逾柔而益順, 無少拂觸. 此帖然無事之至方也.

妾固賤於嫡. 然是夫子之所安, 不可侮而虐之, 同於臧獲. 且其子卽吾子之兄弟, 吾夫之所生, 吾舅吾姑之血氣也, 可不愛之如吾子耶? 然世之嫡妻, 或有驅迫之如牛馬, 陵疾之如仇敵. 只緣妬其母, 罪及於其子, 殊不知爲吾子之同氣, 吾夫與吾舅姑之所遺也. 故其子又倣傚其母之攸爲也, 從而鄙侮 其兄弟, 丈夫, 又畏其妻之妬也, 始薄視其愛子也. 俗習膠固, 天彛乃斁, 專由於一妬字. 是故,『禮』設七去, 妬居其一,『詩』讚螽斯, 嘉其不妬.

婦人而不識縫織烹飪, 是猶丈夫而不知詩書六藝. 是以『禮』稱織紝組紃紉箴補綴,『易』稱中饋吉貞,『詩』稱酒食是議.

婦人陰德, 子女蕃育. 試看夭殤, 亶由慘刻.

澣濯褻服, 張曬屛處.『禮』曰: '褻衣衾, 不見裏.'

不能勤儉, 祖先產業, 覆敗於一婦人之手者, 往往有之, 可不思哉? 故婦人之嗇, 猶可說也, 婦人之侈, 不可說也.

婦人之喜施與, 非好消息也. 非其吝之謂也, 喜施與者, 雖得稱譽於人, 家長所托之財, 不可耗費也. 若宗族隣里之貧乏者, 必告家長而周之, 可也.

栗谷先生曰:

"治家當以禮法, 辨別內外. 雖婢僕, 男女不可混處, 男僕非有所使令, 則不可輒入內."

又曰:

"婢僕代我之勞, 當先恩而後威, 乃得其心. 必須軫念飢寒, 資給衣食, 有過惡, 則先須勤勤教誨, 使之改革. 教之不改, 然后乃施楚撻, 使其心知厥主之楚撻, 出於教誨, 而非所以憎嫉, 然后可使改心革面."

右二條, 匪惟家長之所勉, 其亦閨閫之當念也.

夫及舅姑, 性暴驅迫, 使之不在家, 爲婦者, 但當哀訴, 以示不忍歸之意, 庶幾其感憐, 不可毅然作氣色曰:

"快歸吾家, 永不相見, 亦吾志也."

此非背畔而何?

不耐幽靜, 性喜出入, 亦耽賞翫, 露面颺笑, 流弊亦大.

世之爲繼室者, 必不慈於前妻之子, 不深思爲吾夫之子則亦吾子也, 且彼喪慈母, 益可哀憐, 可也. 晉程文矩妻李氏字穆姜, 有二男而前妻有四子. 文矩死, 四子以母非所生, 憎毁日積, 而李慈愛溫仁, 撫字益隆, 衣食資供, 皆兼倍所生. 前妻長子興, 遇疾困篤, 母惻隱自然, 親調藥膳. 興疾瘳, 謂三弟曰:
"繼母慈仁, 吾兄弟不識恩養, 過惡甚矣."
遂將三弟, 詣南鄭獄, 乞就刑辟. 郡守表異其母, 蠲除之. 右一條表出之, 以爲世之爲繼室者之戒.
家長出外, 日暮不歸, 須明燈伏火, 整器皿, 肅恭而待. 家長旣歸, 解衣坐定, 須溫羹炙膳以進, 不可怠懶, 以致不謹之責也.
明習祭儀, 凡進饌陳器, 不失次第, 籍記以教女子.
淫褻之言, 不惟不出諸口, 若或聞之, 掩耳急避之.
凡忌祭, 進酌闔門, 必止哭肅靜, 欲其神之不煩也. 婦人不識禮意, 當其時也, 或有不止哭者, 雖使止之, 而愈哭不已, 此豈事神之禮? 類多此習, 改之, 可也.
世俗嫁女, 必具饌極其豊侈, 饋于壻家, 名曰長盤, 夸耀宗族賓客. 壻家忌日, 必大器峙餠, 大壺實酒, 陳于卓下, 名曰加供, 不備此, 以爲羞耻. 凡此二者, 皆浮靡之習也, 壻家當痛禁之, 其忍使之督責之耶?
婦女惡食慈蒜諸葷臭之草, 恐其不芳香也. 然或有嗜烟葉者, 烟葉獨非葷草乎? 其爲不芳香, 有浮於葱蒜, 矧又毒害而不利於人乎?
夫之乳母及舅姑所信任老婢, 當加意善待之.
夫主之置側室, 緣吾之有痼疾, 不親家務, 或久而無子, 不可以承宗祀也. 夫主雖不欲有之, 古之賢妻, 必勸其夫, 廣求良淑, 教之有式, 代吾勞也, 何暇妬之哉? 或吾無疾, 又有子, 而夫主貪色, 廣置姬人, 喪性虧行, 蠱惑迷溺, 不顧父母, 家産蕩敗, 當須務積誠意, 丁寧勸戒, 繼之涕泣, 明示其出於愛惜, 不出於妬也, 則豈無感悟之理? 只緣性狹, 肆其恚毒, 至使夫妻反目, 甚至咀呪戕害, 無所不至, 可不悲哉?
行無履聲, 食無吃聲, 回裙生飆, 呵口溫手, 豈令媛之端儀也?
閨閫之內, 日用器什, 無論巨細完缺, 必記在處, 無或放失.
鷄或不盡燖毛, 魚或不盡剔鱗, 飯有煤而酒墮埃, 其不潔精, 不可掩也. 故拭俎几而滌鼎錡, 明目敏手, 翼翼孜孜, 致謹恪於饋養. 是故, 孟母之言曰:
"婦人之禮, 精五飯, 羃酒醬, 養舅姑, 縫衣裳而已矣."
虞韙妻韓氏, 嫁女, 女臨去, 教之曰:

"愼勿爲好."
女曰:
"不爲好, 可爲惡耶?"
母曰:
"好尙不可爲, 況惡乎?"
此『詩』所謂: '無非無儀, 唯酒食是議, 無父母詒罹.' 同其義也. 朱子釋此詩曰: '女子以順爲正, 無非足矣, 有善, 則亦非其吉祥可願之事也.' 夫此二言, 婦人之行, 幽閒和順, 無赫赫爲善之名, 可聞於外人也. 世俗所謂才能婦人, 未必無干預外事之弊. 魯繆姜能識『周易』元亨利貞無咎之義, 而通于叔孫喬如, 擯死東宮, 衛南子聞車聲之至闕, 而知伯玉之賢, 而有淫行逐蒯聵, 覆敗衛國, 可不思哉?
嫡妾之間, 娣姒之際, 能保恩義者鮮矣, 爲人妻而能愛夫之姊妹者, 世罕有之. 大抵婦性易猜, 而異姓相聚, 丈夫不能刑內, 以致家法之紊亂, 固其勢也. 今取古者賢婦人善處此三事者, 列于左.
明末盱眙縣, 貢生孫珮妻陳氏, 以恭順事舅姑. 無子, 爲珮納賀氏爲妾. 賀亦婉順, 與陳歡相愛如姊妹. 旣而陳方孕男子而珮死, 時賀年十七. 陳哀之, 諷其它適, 賀泣曰:
"妾雖賤, 奈何敢背從一之義? 願侍左右以從老."
仍持刀欲截耳鼻, 以爲信, 陳遽奪其刀. 自是二氏, 一意撫孤, 勤操織紝紡績, 夙夜不怠, 及孤稍長, 勸之學, 後補博士弟子. 二氏卒, 皆七十餘歲.
宋章侯妻應氏, 永康人, 與其姒周親愛如同胞. 方臘之亂, 應病足, 與十歲兒, 居不能避, 周亦欷歔不忍去, 應曰:
"姒無病, 宜急避."
周曰:
"死生同之, 何避焉?"
旣而賊入, 周扶應相與罵賊, 不受辱. 兒亦泣謂賊曰:
"寧殺我, 無殺二母."
賊幷刃之.
宋漢州陳安節妻王氏, 夫死, 敎子日新孫綱紱, 咸有聞, 育夫妹, 厚嫁之. 妹財爲夫所罄, 復爲置産, 撫諸甥, 如己子. 宗親貧者, 收養嫁娶, 至數百, 有故家甘氏, 以貪質女酒家, 爲出金贖之. 子孫遵其遺訓, 五世同居.

「昏義」曰: '敎以婦德婦言婦容婦功.' 釋之者曰: '德貞順, 言辭令, 容婉娩, 功絲麻也.' 予以爲德非便慧之謂也, 言非辯利之謂也, 容非豔媚之謂也, 功非巧靡之謂也.

婦人善泣, 以其不當泣而泣者, 多焉. 故涕泣之數, 非貞德也. 樂羊子妻, 其姑每攘隣鷄爲饌, 婦不食泣曰:

"恨家貧不能自力, 使盤中有不義之物."

其姑遂止攘. 此當泣而泣, 故人易感也. 世俗婦人悲怛之泣, 耻悔之泣, 正泣也. 其餘不出於不耐貧而泣, 不堪病而泣, 此猶可說也, 至有恚而泣, 嬌而泣, 不可說也.

男多女氣, 則或姦或軟而多夭, 女多男氣, 則或悍或忍而多寡. 禀賦之相反, 而命數之各乖. 故古聖之設敎, 欲使矯其氣而復其性焉. 諺曰: '生男如狼, 惟恐其尫, 生女如鼠, 惟恐其虎.'

近世婦人有才氣者, 或談及偏黨色目家閥高下科宦陞黜之事, 則姻族男女, 嘖嘖稱其能也. 嗚呼! 此誠亂家之本也. 推此以往, 參與外事, 無所不至. 故『書』曰: '牝鷄司晨, 惟家之索.'『詩』云: '婦有長舌, 惟厲之階.'

外內和樂, 家之福也. 故雖貧且賤焉, 不足以爲憂. 夫婦乖背, 家之災也. 故雖富且貴焉, 不足以爲善.

幼子女, 不使之櫛沐盥頮, 鼻涕目眵, 蟣蝨累累, 亦非婦人精潔之德也.

勿攢鍼於衿. 恐幼兒之觸之也. 勿使兒含乳蒂而睡. 恐其積而不化. 新生兒臥必正枕. 恐其腦之不正也. 臥勿側近牕明. 恐目睛之相比也. 褓褥不潔, 勿煩人目. 凡此數者, 足見婦人精一之心.

子女女奴雖有過失, 夫及舅姑尊者在坐, 勿肆打罵. 適會長者有怒, 亦不打罵. 嫌其逆忤長者, 移怒於此也.

醬有蛆, 醢生鷄, 米荳穴黑蛘, 黑蓏館白蠹, 蚰蜒蜈蚣, 盤據羹臛, 鼠溺蠅遺, 歷涉飯飱, 皆守藏調劑之失其法也. 故精勤婦人, 經驗防備, 必愼必謹也.

行步勿搖裙, 盥手勿彈, 牕壁勿對人嚼楊枝.

夜登圊, 必明燭, 女奴隨之. 將夕, 必檢器血, 匙箸而固藏. 凡鑰匙必藏秘近,以備偸竊.
炙肉鐵器, 必深藏. 不惟塵埃雜於膏膩, 如或棄置不藏, 犬猫必舐, 不潔莫甚, 將何以養老享神?
廚上之烟煤, 藻井之蛛絲, 人所罕見而不察. 然衣巾之不潔, 飮饌之不精, 皆由於此, 日月詳檢, 隨有而隨除之, 可也.
人家子女, 私畜鷄犬, 各標名目, 分殖錢穀, 以長子母, 此誠父母之無識也. 不惟不能嚴禁, 必曰:
"吾貸食某子之所畜."
"貸用某女之所殖."
其爲子女者, 各吝惜而不與之, 或德色而假借. 嗟乎! 此非小事, 倫紀倒置之始也.
呼婢聲不可急而高. 恐其出於外舍. 矧又使隣人聞之哉!
未言先笑, 笑或軒渠, 以其中心不莊而然也. 故不妄言笑, 是曰婦行. 工於諧笑, 乃近流蕩. 『易』家人之辭曰: '婦子嘻嘻, 終吝.' 程子曰: '嘻嘻, 笑樂無節也. 法度立, 倫理正, 乃恩義之所存也. 若嘻嘻無度, 乃法度之所由廢, 倫理之所由亂, 安能保其家乎? 終至敗家, 可羞吝也.'
砑帛如鷄卵, 熨布如蟬翅, 匪爲侈也, 迺其功也.
孀婦之服餙, 藉淡素而致鮮楚, 是豈稱未亡人之義也哉?
男子之衣, 澣有餘垢, 縫有䟽綻, 膠堆米粉, 熨穿火星, 縐縐斑斑, 寬窄無度, 婦人之責也. 匪爲期其侈也, 迺欲致其功也.
不可亂棄梳餘之髮. 纒於衣間, 蟠於餐中.
衣紐裙帶踈放, 不能緊束, 命曰猖披.
嘗聞父老之言, 古者女服寬製. 故嫁時之衣, 可爲小斂之用. 生死老少, 軆大小不同, 則其衣之不窄, 可知也. 今則不然, 試着新衣, 穿袖甚難, 一屈肘而縫綻, 甚至纔著逾時, 臂氣不周, 脹大難脫, 刳袖而救之, 何其妖也? 大抵粧餙衣裝, 號爲時樣, 皆出娼妓狐媚, 世俗男子, 沈溺不悟, 勸其妻妾, 使之倣傚, 轉相傳習. 嗚呼! 詩禮不修, 而閨人妓裝凡百, 婦人其宜亟改.
凡擇壻婦, 德行爲先, 家範門閥次之. 若無德行, 雖王謝崔盧之名族, 不足觀也. 家有詩禮懿範, 則其敎子女, 必循古訓, 其爲壻婦, 互相觀感. 今人則不然, 先擇富貴, 如其貧寒, 雖賢如冶長, 淑如德曜, 不取也. 雖名門右族, 家貧則無與爲婚, 而家範顧置而不論. 苟富貴, 雖白痴殘疾, 亦所不辭, 亦有只取閥閱, 而不問德行家範者. 有只取容貌之姸美, 而其它不問者. 凡此數者, 丈夫不能自斷, 而謀及婦妾, 將子女爲貨物, 斁敗顚倒, 不可記極, 可不愳哉?

婦人女子, 使之畧曉人性本善, 而但爲氣質之拘, 物欲之蔽, 不自知其入於過惡, 若或矯之修之, 迺復其本性, 可以爲賢淑. 盖婦女才性慧悟者, 多其爲易入而善感, 較諸鹵鈍男子, 功效豈不敏速哉? 不在煩言, 亦使知其要而已.

家長若或嗜酒, 爲妾婦者, 常記識其飮量盃觴之數, 使之適可而止. 愼勿隨索而隨饋, 使之失儀而損氣. 其或爛醉恣飮, 連呼進觴, 不須怨詈切切, 當與子姪婢, 使以善言, 彌縫周旋, 不容加辦一盃, 任其酩酊也. 亦或自外醉歸, 令侍者解衣設衾, 毋敢喧笑, 以挑惱怒. 明燈不睡, 烹水煮粥, 伺其渴飮.

凡當祭, 營辦祭饌, 勿喧笑多言, 勿打兒詈婢. 烹煮之物, 熱而騰氣, 可以享神. 餠果太高, 墮落紛紛, 非潔誠也.

男子不必巍然自大, 以爲丈夫猶天也猶君也, 狂躁暴悍, 全責婦人也. 是故, 孟子曰:

"身不行道, 不行於妻子, 使人不以道, 不能行於妻子."

『孝經』曰: '治家者, 不敢失於臣妾, 而况於妻子乎? 故得人之懽心, 以事其親. 夫然故, 生則親安之, 祭則鬼享之. 災害不生, 禍亂不作.'

雖然, 婦人之德, 有資贊之功焉. 匡衡曰:

"『詩』曰: '窈窕淑女, 君子好逑.' 言能致其貞淑, 不貳其操, 情欲之感, 無介於容儀, 宴私之意, 不形於動靜. 此綱紀之首, 王敎之端也."

室家和樂, 雖蔬食惡衣, 不勝其歡娛, 夫妻反目, 雖綺服珍膳, 不任其愁歎. 鷄鳴之詩: '琴瑟在御, 莫不靜好.' 北門之詩: '我入自外, 室人讁我.' 夫此二詩, 順不順何如也? 不順之極, 婦先疏夫, 此改嫁畔弑之漸.

精敏之婦, 雖小鮮枯菜, 烹割齊潔, 皆適口也. 雖爛帛陳絮, 縫裁新整, 皆便體也. 庸拙之婦, 魚肉之肥焉而煮爛之乖焉, 稻粱之馨焉而蒸炊之違焉, 綺羅之燦焉而砑熨之麤焉, 絲綿之良焉而紉裝之陋焉, 膳書鍼史, 不可不著.

訓民正音, 子母翻切, 初中終聲, 齒舌淸濁, 字體加減, 非偶然也. 雖婦人, 亦當明曉其相生相變之妙, 不知此, 辭令書尺, 野陋踈舛, 無以爲式.

凡入門而內有紡車織機聲, 外有誦詩讀書聲, 其家之齊整, 可知也, 內有讀傳奇聲, 外有賭博奕聲, 其家之雜亂, 可知也.

『左傳』曰: '姑慈婦聽.' 此何義也? 姑與婦, 皆是異姓之人, 以義而合. 尊卑之不同, 而老少之有異, 矧又類多褊狹之性, 其不相容者, 在在相望? 故爲姑者, 不患婦之不聽, 患己之不慈, 則鮮有不聽之婦, 爲婦者, 不患姑之不慈, 患己之不聽, 則鮮有不慈之姑. 『禮記』曰: '夫義婦聽.' 大抵婦人, 以聽從爲順德也. 雖然, 夫若不義, 亦時有不聽之事, 姑雖不慈, 亦不可以不聽. 君子曰: '父雖不慈, 子不可以不孝.' 其義一也.

姑與婦, 同是婦人, 恩義猶有易行者. 舅之於婦, 男女之異, 非姑婦之比也. 故尊嚴之極焉, 而阻隔之易焉. 婦或失意於舅, 舅亦督責之不已. 甚至肆口叱斥, 有如婢子, 則家中之氣象愁鬱, 門外之聽聞駭愕. 故爲婦者, 小心承奉, 惟恐其失愛. 爲舅者, 亦當嘉奬小善, 脫略細過. 慈愛之中, 寓以矜莊之意, 勿受左右浸潤之譖, 家道迺定. 古語云: '不癡不聾, 不能爲翁.' 『女憲』曰: '婦如影響, 焉不可賞?'

近日婦人, 喜著淡色之裳, 幾與孀婦所服, 不甚異也. 又先著短小白裳, 然后繫裳也, 有無足五合七合等之號. 婦人善道拘忌邪說, 而著此不祥之服, 夫何故也?

士人之妻, 家計貧乏, 稍營生理, 未爲不可. 紡績蠶繭, 固是本業, 至若牧鷄鴨, 沽販醬醋酒油, 又善藏棗栗・烏椑・金橘・朱榴, 待時而出, 又貿積紅花・紫草・丹木・黃蘗・黔金・藍艶, 知學桃紅・粉紅・松花黃・油綠・草綠・天青・鴉青・雀頭紫・銀色・玉色諸染色法, 非惟有補於生計, 亦是女功之一端. 然痼於利欲, 多行刻薄不近人情之事, 亦豈賢淑之行也哉?

生殖子母錢, 尤非賢婦人之事也. 非惟少與錢多取息之爲不義, 若或失期不還, 則督索煩苛, 惡言相加. 甚至使婢訟訴, 事載官牒, 負債之人, 賣家賣田, 傾産迺已, 愁怨之聲, 播于遠近. 又兄弟姻親之間, 互相債貸, 惟利是急, 頓失和厚之意. 余見殖錢之家, 覆敗相望, 以其不近人情故也.

丈夫深衣幅巾, 婦人闔髻袡衣, 祭祀冠昏, 服之可也. 婦女之辮髮之髢, 短窄之衣, 蒙古遺俗, 固不足說, 至於簇兜北髻, 是何等裝也?

闔髻袡衣, 士夫家往往行之, 鄙野之俗, 非笑者多, 是膠痼俗習而不識禮意也. 貧家女子, 嫁夫多年, 坐於不備辮髢, 平頭者多, 與其平頭多年, 無寧卽加鬫髻? 且多費錢財, 辦此胡婦之裝, 與少費錢財, 能行禮服, 其輕重得失, 顧何如哉? 丈夫笠子, 亦是夷俗. 然不可一朝脫笠而行, 以駭人目, 至於婦人, 及日於閨門之內, 不足慮其駭俗也. 且夫朝家新下辮髢之禁, 則不可苟且犯法. 一返禮俗, 有何不可?

婦人女子, 不耐衣服飮食之不如人, 是盜竊之本也. 或有不忍食麥稷雜飯者, 雖出於食性之偏僻, 顧不可以矯之乎? 是餓死之象也.

世之孱男子, 挾制於悍婦人, 不能措手足者, 往往有之, 此人倫之大變, 王法之所不容, 以凌侮歐罵, 無所不至也. 盖悍婦類多才氣, 能營生理, 其夫藉此而活. 故婦爲之鉗制, 夫爲之讐服, 可不哀哉?

瓦溝雨水, 鳥矢蟲窩之所漬穢毒之聚, 不可盥手頮面, 滌器作食. 婢子用之, 亦當禁之. 暑水不可宿用, 孑孑紅虫, 恐入飮食.

凡調飮食, 須脫指環, 惡其銅銀綠垢漬染餠肉.

女奴暑月裸衣, 或踞坐, 或穢言, 痛加呵責, 閨門之內, 肅如也.

丈夫好內, 亦婦人之羞也.

酷性婦女, 施罰女奴, 好加淫刑, 抽髮摑頰, 鍼刺鐵烙, 築穢於口, 裸體倒懸, 極其慘毒, 其家必覆.

魚肉布帛果菜器血諸日用之物, 使人貿市, 不可苛減其直. 且已裁割沾汚, 而使之還退, 以招人惡. 但防其偸竊欺詐之太甚也.

嫠婦室女, 參坐調人, 肆言放笑, 非婦貞也.

艶羡富貴, 卽世俗之常習, 亦婦女之劣行, 原其志則無乃嫌乎? 妬忌者, 亦是醜行, 以其不察夫嫌也.

常見婦女好夸張說謊, 聞一話, 乃卽增毛衍翼, 口舌津津. 姻黨宗戚, 莫不賤厭, 凡爲婦女戒之哉.

乳孩無知, 啼泣嗟嗟, 躁性之婦, 不知思所以止之之術, 反迺喃喃怨詈, 有若眞有知而故爲啼泣者肰, 何其窒也? 婦人之事, 大率如此, 此雖微細, 不可不反而求之.

今俗嫂叔書札, 稱嫂稱叔, 固其正也. 其自稱也, 弟婦夫弟, 互稱弟焉, 兄嫂夫兄, 互稱同生, 夫之女兄弟與兄弟之妻, 亦隨其排行, 互相自稱弟與同生. 婦

人之互相稱弟, 猶可也, 稱同生, 無謂也. 男女之稱弟稱同生, 鄙野無識, 孰甚於此. 孔子曰:

"名不正, 則言不順."

其此之謂歟! 曰兄嫂, 曰弟婦, 曰夫兄, 曰夫弟, 男子仍書名, 婦人仍書氏, 可也. 夫姊妹兄弟妻, 亦當曰夫姊夫妹, 兄嫂弟婦. 兄弟之妻, 長曰姒, 次曰娣, 則亦不當隨俗稱同壻也. 壻者, 男子之稱也.

喪辮髮, 勿緩而澤也. 吉辮髮, 勿促而蓬也.

凡赴婚姻宴會, 毋怍也, 毋驕也, 毋惰也, 毋放也. 毋諂也, 毋羡也, 毋啓齒而笑, 毋搖手而語, 毋恣食餠肉, 毋低頭若愁. 毋矜嚴若怒, 毋越席亂步, 毋評人脂粉濃淡, 毋問人首飾衣裙價直高下. 毋附耳細語, 流目邪眄, 凝而靜, 莊而和, 愼默安詳, 然後不失其儀度也.

貧寒夫婦, 易生咎怨, 何其不祥之甚也? 或有丈夫不自營生, 以育妻孥, 反迺歸咎室人, 動稱古語, 家貧思賢妻, 顯然有厭棄其妻之意, 心術之刻焉, 而倫紀之墜焉. 夫此語戰國衰世之言, 不可以爲法. 『禮』有婦犯七去, 而先貧賤後富貴, 不可去, 先王制禮, 何其厚也. 宋弘曰:

"糟糠之妻, 不下堂."

此長者語也. 天下之可愍者, 寒士之妻也, 故有譬以弱國之臣焉. 貧賤同勞, 富貴共享, 無失恩義, 期于偕老, 家之祥也. 妻若不耐飢寒, 怨懟夫主, 是亦何異朱買臣之妻之嫌其貧而棄其夫也?

嫡子嫡婦嫡孫, 雖幼冲而妾母自初撫養勞苦. 然若或凌蔑, 側目而視, 惡言相加, 譖愬流行, 誠亂家之兆也. 家長當明察嚴懲, 無少寬貸, 杜絶其漸. 古來骨肉殘戕, 家國覆亡, 歷歷可鑒.

漢陸續母, 切肉, 未嘗不方, 斷葱, 以寸爲度. 推此一事, 其行止威儀之井井無訛, 可知也.

內外族黨, 如有娼妓爲妾者, 婦人女子, 不可與之親近坐同席而食共器.

古者佩用鍼筆, 以備日用, 珩琚, 以叶威儀, 蘭茝, 以辟穢惡. 今俗所佩琥珀·珊瑚·翡翠·三珠珠·鳧金·鑴鏤·玉方版·流蘇·彩纓, 纍纍若若, 無一實用, 徒費錢財. 至若穿頂金童, 近於物妖, 無柄銀斧, 匪象女器. 惟堪佩者合香, 而腦麝雖非正香, 猶有容臭之義焉.

凡櫛子女, 頤上交午, 分開平直, 無少偏重. 視鼻爲準, 如少陂肆, 面目皆仄. 衾枕褥虎子, 以帕羃之, 不煩人見. 巾帨櫛匣, 亦藏屛處, 鑷篦抿子梢, 男女不相通用.

古來婦人賢淑, 非不多也, 惟程子母侯夫人, 可學也. 程子曰:

"先公賴其內助, 禮敬尤至. 夫人謙順自牧, 撫愛諸庶, 不異己出, 不喜笞扑. 視小臧獲, 如兒女諸子, 或加呵責, 戒之曰: '汝如是, 大時能爲此事否?' 常曰: '子所以不肖者, 由母蔽其過, 而父不知也.' 飮食常置之坐側, 嘗食絮羹, 卽叱止曰: '幼求稱欲, 長當何如?' 雖使令輩, 不得以惡言罵之. 故頤兄弟平生於飮食衣服, 無所擇, 不能惡言罵人, 非性然也, 敎之使然也. 與人爭忿, 雖直不右曰: '患其不能屈, 不患其不能伸.' 常使從師友游, 雖居貧, 欲延客, 則喜而爲之具."

耽睡不早起, 最是婦人之惡德. 閨範之壞, 家務之敗, 懶婦人之罪也.

夫祭者, 務潔齋而致哀誠也. 苟如是, 一稻飯一菜羹, 足以歆格鬼神, 苟不如是, 雖太牢五齊, 只夸耀人目, 而誠心貳矣. 故君子之祭, 稱家之有無, 不計其貧富. 今世婦人, 以祭饌之不得豊備, 爲大耻也. 凡辦祭需, 必先計其宗族隣里, 分餽之頗優也, 家財不足, 必貸錢而辦之, 債家之督索, 必辱之曰:

"貸錢祭先而不卽報, 何其不孝也?"

嗚呼! 此眞不孝也. 蓋有侈祭而破産業者焉, 豈祖先之志也?

世俗婦人, 惑於拘忌, 隣有癘疫疹痘, 則托爲不潔, 而不行祭焉, 家人有微痾小癘, 則勒以爲癘疫疹痘, 故不爲祭. 家長溺信其說, 不能禁止. 亦有不善祭祀, 而祈禳雜鬼, 號曰神祀. 腰皷・悲栗・銅鑼震盪, 女巫跳踉, 毒舌呵喝, 婦人膝行, 攢手乞命, 多納錢帛, 謂蒙神惠. 家長不禁, 屛伏外舍, 恬不知耻, 可哀也已. 或又邀瞽念呪, 號曰誦經. 扑皷亂叫, 老少名姓, 雜鬼標目, 斥呼紛紛. 凡此等事, 必有妖婢姦婆, 誘引主婦, 致此雜亂. 欲正家道, 先治此輩, 可也.

懷娠之婦, 故犯太任胎敎之訓, 非淑行也. 而旣産之後, 不遵長老之調護, 冒風寒喫生冷, 以致痼疾, 亦是阨陋之性.

凡家人疾病, 婦女主張, 屛下醫藥, 專事禳祝, 以致死亡者多. 關係不細, 可不惕心? 小兒患痘, 婦人食素, 乳道虛匱, 眞氣消削, 夭扎相繼. 亦有欲餌鷄膏補虛, 而以爲大忌, 死而無救. 是故, 丈夫無識, 婦人自專, 災害必至焉.

家人疾病, 惑於巫瞽, 以爲先亡某親之祟也, 必使之祈祝祓禳, 瀆嫚不敬, 無所不至. 亦有厭勝其墳墓者, 此詛呪巫蠱妖惡之兆. 故能斥左道, 不使妖人入門者, 不害爲賢媛也. 唐文德長孫后疾亟, 太子欲請汎度道人祓塞災會, 后曰:
"死生有命, 非人力所支. 若修福可延, 吾不爲惡, 使爲善無效, 我尙何求? 且佛老異方教耳, 上所不爲, 豈宜以吾亂天下法?"
此至言也. 且人死必招巫, 假說其平生言語行事, 謂其神降, 號曰唱魂, 此尤瀆媟不敬者也. 至若爲死者供佛, 號曰水陸會, 以祈冥福. 『小學』書所載溫公之言, 明白正大, 可破迷惑.
家長不能明察而惱怒, 家人不可從旁助成其罪, 只可寬解申申, 以抵無事. 亦勿因其宿惡, 坐視其無罪, 而中心暗喜也. 或有陽救而陰害者, 何其毒也?
嫂叔有病, 不可窮臨問候, 各於門外致訊.
金珠繡綺, 裝飾幼男女, 不惟匪所以惜其福也, 亦啓不良之人盜竊戕害之心也.
器用錢財, 成毀得失, 自有其時. 不可暴厲聲色, 歐打子女婢僕, 毁膚流血, 怒猶不止, 貴物賤人, 終非德性. 或有戀惜不已, 至有哭泣者, 盍少商量之也?
嫁女, 資裝太侈, 至有敗家傾產. 是溺愛其女, 長其奢心, 脅制家長, 擅自辦備, 盡賣先業, 不奉祭祀, 擧一事而三惡備焉.
遠嫌疑, 守謹拙, 勤而儉, 貞而和, 簡言辭, 怡顔色, 在家爲孝女, 嫁人爲順婦淑妻, 生子爲賢母. 不幸嫠寡, 或遭患難, 不變素志, 爲貞烈之媛, 後世推爲女宗. 婦人之善始善終, 惟此而已.
貧家女野陋, 富家女驕侈, 聞見然也. 雖然, 亦有先貧後富家女, 多慳吝, 先富後貧家女, 多迂濶, 皆非均常也. 故取婦入門, 須審其勢而矯其習, 可也.
後世雖無傅姆之訓, 然女子之婉娩聽從, 洒掃應對, 紡織裁縫, 烹飪調割, 專憑母教, 其爲父道, 不過時取詩書圖史, 道說箴儆而已. 男子自初生, 至于七八歲, 出入行步, 言笑起居, 衣服飮食, 節信雍和, 培養德性, 亦資母訓. 然則爲母之職, 不亦重且大乎?
已嫁女貧, 取本家財物, 以肥夫家, 求之無厭, 至使本家蕩敗者有之, 亦有盡削夫家, 助養私親兄弟, 以致傾覆者, 皆非婦道也. 兩家一貧一富, 相周之道, 自有其義, 不可恣意專行, 以招人言也.

聞人言觸忤于心, 不辨是非, 不度尊卑, 艴然作氣, 面紅頸赤, 言不擇發, 此皆不吉不祥之象, 余見多矣. 不見答於夫主, 則或夭死, 或早寡, 或不育子女.
居喪婦女, 自取便安, 朝夕哭二時上食, 或不預者, 有之, 孝順之心亡矣.
高築祭餠, 只整齊邊幅, 中則雜塡碎塊爛片, 此豈事神之誠意也?
姻親家, 自有兄弟之義, 問訊贈遺, 久而和敬, 勿失厚意. 雖有過失, 互相容護, 須看子女壻婦顔面, 勿使有少不安之心. 今世姻家, 因一事之不合, 動成釁隙, 皆緣婦人而發也. 婿家淩虐婦家者尤多. 使其婦, 容身無地, 愧恨而死, 吁! 其甚矣.
曹大家『女誡』曰: “夫敬非他, 持久之謂也. 夫順非他, 寬裕之謂也. 持久者, 知止足也, 寬裕者, 尙恭下也.
夫婦之好, 終身不離. 房室周旋, 遂生媟黷, 媟黷旣生, 語言過矣. 語言旣過, 縱恣必作, 縱恣旣作, 則侮夫之心生矣, 此由於不知足者也. 夫事有曲直, 言有是非. 直者不能不爭, 曲者不能不訟. 訟爭旣施, 則有忿怒之事矣, 此由於不尙恭下者也.
侮夫不節, 譴呵從之, 忿怒不止, 楚撻從之. 夫爲夫婦者, 義以和親, 恩以好合, 楚撻旣行, 何義之存, 譴呵旣宣, 何恩之有? 恩義俱廢, 夫婦離行.
『禮』夫有再取之義, 婦無二適之文. 故曰夫者天也. 天固不可違, 夫故不可離也. 行違神祇, 天則罰之, 禮義有愆, 夫則薄之.
故『女憲』曰: ‘得意一人, 是謂永畢, 失意一人, 是謂永訖.’ 由斯言之, 夫不可不求其心. 然所求者, 亦非謂佞媚苟親也. 固莫若專心正色. 禮義居潔, 耳無塗聽, 目無邪視, 出無冶容, 入無廢飾, 無聚會羣輩, 無看視門戶, 則謂專心正色矣. 若夫動靜輕脫, 視聽陜輸, 入則亂髮壞形, 出則窈窕作態, 說所不當道, 觀所不當視, 此謂不能專心正色矣.”
聞人死, 則停鍼線, 何其邪而窒也? 若有癘疫, 連年日日聞人死, 則其可以裸體耶? 凡諸拘忌, 皆此類也.
庶之於嫡, 妻之於夫, 婦之於舅姑, 只有恭順而已, 不可有諂媚. 常深辨恭順諂媚之懸絶也.
年少婦人, 見他人子女, 不可稱吾子吾女.

李德懋『靑莊館全書』권30, 『한국문집총간』권257, 515~532쪽.

福娘

扶安縣妓福娘, 贈李承旨某詩曰: <楊柳枝詞> 唱得低, 離亭新雨早鶯啼. 洲蘆短短江蘺綠, 之子歸時沒馬蹄.
婉韶堪選.

李德懋『靑莊館全書』권32,『한국문집총간』권258, 6쪽.

雲江小室

趙雲江瓊詩, 如晩唐, 其 <別院卽事>: 庭院微風燕影低, 梨花芳隝鳥頻啼. 墻頭落日宜春晩, 撩亂飄紅杏苑西.
其 <江行>: 江上誰家碧玉欄, 美人春恨鎖眉端. 低頭欲共仙郎語, 無賴輕舟下急湍.
小室李氏, 宗室裔也, 號玉峯. 有詩三十二篇, 而十一篇, 見錄於『列朝詩集』. 其中 <寶淺灘> 詩: 桃花高浪幾尺許, 銀石沒頂不知處. 兩兩鸕鷀失舊磯, 啣魚飛入菰蒲去. 載於『佔畢齋集』, 其<斑竹怨>, <採蓮曲>, 載於『蓀谷集』, <秋恨>詩, '夢覺羅衾一半空'句, 載於『蘭雪集』, 此十一篇中也. 其外, 妾身非織女, 郎豈是牽牛. 載於『詩學大成』.
閨人志慮甚淺, 聞見未廣, 故往往以古人詩集, 爲枕寶帳秘, 畢竟敗露於慧眼. 蘭雪許氏, 爲錢虞山柳如是所摘發眞贓狼藉, 幾無餘地, 可謂剽竊者之炯戒. 玉峯詩, 如 <卽事>: 柳外江頭五馬嘶, 半醒半醉下樓時. 【案『嘉林世稿』, 作半醒愁醉.】 春江欲瘦臨粧鏡, 試畵樓窗却月眉. <閨情>: 有約郎何晩, 庭梅欲謝時. 忽聞枝上鵲, 虛盡鏡中眉. 皆有情致.
有謝徐牧使益小室惠題大字, 詩云: 瘦勁寫成天外態, 元和脚迹見遺蹤. 體若蕙枝思卽壯, 指纖叢玉掃能雄. 閨人能大書, 東國所罕, 此或亂流徐羊甲之母歟.

李德懋『靑莊館全書』권33,『한국문집총간』권258, 27쪽.

詩妓

高麗有龍城娼于咄, 彭原娼動人紅, 能賦詩而不傳. 本朝松都妓黃眞, 艶色工詩, 自言:
"花潭先生, 及朴淵瀑布, 與我, 爲松都三絶."
嘗避雨, 黃昏入士人家, 士人於燈影旖旎之中, 見其妖冶, 心知爲鬼魅狐精, 端坐誦『玉樞經』, 不絶口. 眞眄睞匿笑, 鷄鳴雨止, 眞嘲士人曰:
"君亦有耳, 天壤間聞有名妓黃眞者乎? 卽我是也."
因拂衣而起, 士人悔恨不可及.
眞於松都, 有詩, 曰: 雪月前朝色, 寒鐘故國聲. 南樓愁獨立, 城郭暮烟生. 或曰:
"此權艸樓韐詩也."
又有秋香翠仙, 亦皆工詩. 翠仙號雪竹, <白馬江懷古詩> 云: 晩泊皐蘭寺, 西風獨倚樓. 龍亡江萬古, 花落月千秋. <春粧詩>: 春粧催罷倚焦桐, 珠箔輕盈日上紅. 香露夜多朝露重, 海棠花泣小墻東.
東陽尉宮婢, 亦工詩: 落葉風前語, 寒花雨後啼. 相思今夜夢, 月白小樓西.
崔奇男號龜谷, 東陽尉宮奴也, 亦有詩集. 其 <寒食途中詩> 曰: 東風小雨過長堤, 草色和烟望欲迷. 寒食北邙山下路, 野烏飛上白楊啼. 東陽之父子兄弟祖孫, 文藻風采磊落相望, 無愧其蒼頭赤脚, 亦能咀吟花鳥也.

李德懋『靑莊館全書』권33,『한국문집총간』권258, 31쪽.

閨人雅正

余讀沈敀愚所輯『別裁集』, 得三閨人詩, 甚雅正. 今各載一首.
畢著字韜文, 江南歙縣人, 崑山王聖開室. 著父守薊邱, 與流賊戰死, 著夜半精銳入賊營, 手刃其渠, 與父屍還, 時年二十. 後爲聖開室, 裙布釵荊, 無往時義勇氣. 其 <村居詩>: 席門閒傍水之涯, 夫壻安貧不作家. 明日斷炊何暇問, 且携雅觜種梅花.
柴靜儀字季嫺, 浙江錢塘人, 沈漢嘉室. 有 <凝香室詩鈔>, 本乎性情之貞, 發乎學術之正, 令子方再, 能承母敎. 其 <勖用濟 【案其子方舟 字用濟】 詩>: 君不見侯家? 夜夜朱筵開. 殘杯冷炙誰憐才? 長安三上不得意, 蓬頭黧面仍敀來. 嗚呼!世情日千變, 駕車食肉人爭羡. 讀書彈琴聊自娛. 古來哲士能貧賤.
龐畹字小宛, 江南吳江人, 詩人吳鏘室. 其 <瑣窓雜事詩>: 夫婿長貧老歲華, 生憎名字滿天涯. 席門却有閒車馬, 自拔金釵付酒家.

李德懋『靑莊館全書』권34,『한국문집총간』권258, 42쪽.

高麗閨人詩只一首

高麗五百年, 只傳閨人詩一首. 金台鉉字不器, 光山人, 言動循禮. 忠烈王朝登第, 如元, 帝授征東行省左右郎中, 官至檢校政丞. 撰『東國文鑒』.
少時受業先進之門, 先進有女新寡, 見公風儀端雅, 眉眼如畵, 從窓間投詩曰: 馬上誰家白面生. 邇來三月不知名, 如今始識金台鉉, 細眼長眉暗入情. 公自此絶不往.

李德懋『靑莊館全書』권34,『한국문집총간』권258, 45쪽.

一枝紅

成川府妓一枝紅能詩, 撓筆支頤, 斯須而成, 以『唐詩品彙』, 爲無才思不足觀. 沈御史念祖巡到成川, 見紅詩, 觀讀鍾譚詩. 故因贈詩曰: 高唐神境盛唐詩, 仙舘名花艶一枝. 莫道朝雲逢內翰, 老夫才薄不堪期. 成川有十二巫峰及降仙樓, 故用高唐仙舘朝雲等事.
紅有詩贈別曰: 洛陽消息憑誰問, 明月當簾兩地思.
申寧越嘗遊平壤., 有詩曰: 成都小妓一枝紅, 錦繡心肝解語工. 飛馬馱來三百里, 校書郎在綺羅中.

李德懋『靑莊館全書』권35,『한국문집총간』권258, 65쪽.

女子爲男子官

王元美『宛委餘篇』, 載女子爲男子官者. 若軍司馬孔氏, 顧深母也, 貞烈將軍王氏, 王廞女也, 侯氏・唐氏・王氏, 俱唐行營節度, 許叔冀果毅也. 陳女白頸鴉, 爲契丹懷化將軍.

獨不知唐太宗追贈新羅德女主, 爲光祿大夫, 冊眞德女主, 爲柱國, 封樂浪郡王, 薨, 高宗贈開府儀同也.【見金富軾『三國史』.】

李德懋『靑莊館全書』권54, 『한국문집총간』권258, 483쪽.

東國婦人能書

訓民立音頒行之前, 婦人能文工書, 想應不少. 而世宗朝【世宗朝, 始有諺文, 婦人不學書.】以後, 婦人能詩者, 往往有之, 以書名者, 絶罕.

己卯名賢金琺, 筆法奇崛, 安山人, 字子修, 官典籍. 佯狂號慕箕齋, 金大成湜弟子. 母姜氏希顔女, 工書, 陶谷李相國撰墓碑.

玉峯李氏, 宗室裔也, 有詩謝徐牧使益小室惠題大字.

瘦勁寫成天外熊, 元和脚迹見遺蹤. 體若蕙枝思卽壯, 指纖叢玉掃能雄.

恨其姓氏不可攷, 無乃亂流徐羊甲之母歟.

李德懋『靑莊館全書』권57, 『한국문집총간』권259, 4~5쪽.

婦人善風水

婦人之能知風水術者, 在中國郭景純之女, 在東國太虛亭崔恒夫人徐氏, 卽牧使彌姓女, 而徐四佳居正妹也.

李德懋『靑莊館全書』권57, 『한국문집총간』권259, 5쪽.

非夫婦合葬

合葬夫婦, 起於周時, 而後世有妯娌而合葬者. 『一統志』:

“歐陽昌邦妻嚴氏, 新喩人, 處娣姒最爲和順. 姒汪氏先卒, 未葬而嚴得疾, 臨終, 謂其夫曰, ‘我與姒睦, 死得合葬無恨.’ 遂合葬赤石崗, 題曰‘妯娌阡’.”【案『字書』‘娣姒妯娌也, 兄之妻曰姒婦, 弟之妻曰娣婦.’ 又曰, ‘兄弟之妻, 相謂曰妯娌.’】

有男子而合葬者, 『書影』【周亮工著】:

“候官陳鴻字叔度, 年七十二, 以貧病死, 無子, 不能葬. 戊子, 入閩, 客以其詩來余曰, '余任其葬, 子任其詩.' 因助以金. 徐存永董其事.
先是, 莆田布衣趙十五名璧, 工詩畫, 與叔度先後死, 亦不能葬. 存永因擧十五之棺, 與叔度, 合墓於小西湖之側. 余爲書碑曰, '明詩人陳叔度趙十五合墓.'"
『明儒學案』【黃宗羲著】:
"程學顏字二蒲, 號後臺, 孝感人, 官太僕寺丞. 何伈隱【案心隱 永豊人 本梁汝元 後改姓名 爲何心隱】死, 其弟學博曰, '梁先生以友爲命, 友中透於學者, 獨吾兄耳. 先生魂魄, 應不去吾兄左右.' 乃開後臺墓, 合葬焉."
有姊妹而合葬者, 『晦隱集』【南鶴鳴著】:
"呂參判爾徵, 鄭監司百昌友婿也. 兩夫人俱死於江都之難, 不能辨屍體, 合葬. 而節日, 兩家子弟, 輪回祭之云."

李德懋『青莊館全書』권57, 『한국문집총간』권259, 7쪽.

吾妻鏡

『吾妻鏡』, 日本史名. 『看羊錄』【姜沆撰】曰:
"吾妻鏡者, 吾之得失, 卽形于吾妻, 觀於吾妻, 可見吾之得失, 故以爲史名云."
案 '吾妻', 又有日本縣名.

李德懋『青莊館全書』권59, 『한국문집총간』권259, 51쪽.

碩妃

元末明初, 選朝鮮女入宮. 元順帝第三妃奇氏, 改姓肅良哈氏, 名完者忽都, 高麗人, 揚部散郞子敖女. 明周憲王 <元宮詞>:
杏臉桃腮弱柳腰, 那知福是禍根苗. 高麗妃子初封冊, 六月陰寒大雪飄.
張昱 <宮詞>:
宮衣新尙高麗樣, 方領過腰半臂裁. 連夜內家爭借看, 爲曾看過御前來.
周憲王又云:
奇氏家居鴨綠東, 盛年纔得位中宮. 翰林昨日新裁詔, 三代蒙恩爵祿榮. 白酒新蒭進玉壺, 水亭深處暑全無. 君王笑向奇妃問, 何似西涼打剌蘇. 昨朝進得高麗女, 半咸稱奇氏親. 最苦女官難派散, 總敎送作二宮嬪.

劉誠意 <巫山高>, 刺奇后也, 庚申君寵高麗奇妃, 立以爲后, 專權植黨, 濁亂宮闈, 故作 <巫山高>, 以諷諫焉. 其畧曰:
山中妖狐老不死, 化作婦女蓮花腮. 潛形譎跡托夢寐, 變幻涕淚成瓊瑰.
<楚妃難>, 亦爲奇后作, 又 <梁甫吟>:
外間皇甫聞豔妻, 馬角突兀連牝鷄.
亦爲奇后而作.
司綵王氏, 明宣德中女官 <宮詞>:
璚花移入大明宮, 一樹凝香倚晚香. 贏得君王留步輦. 玉簫吹徹月明中.
『靜志居詩話』【朱彛尊撰】:
"元制, 歲貢高麗貢美女, 故張光弼<輦下曲>, '宮衣新尙高麗撲' 云云."
楊廉夫 <宮詞>:
北幸和林幄殿寬, 勾麗女侍婕妤官. 君王自賦昭君曲, 勅賜琵琶馬上彈.
明初相沿未改此, 孝陵有碩妃, 長陵有權妃也. 權爲高麗光祿卿永均女, 善吹簫, 宮中爭效之. 寧獻王詩:
宮漏已沈參差到, 美人猶自學吹簫.
王司綵亦云云, 皆爲權貴妃作.
『攷事撮要』【魚叔權撰】:
"永樂六年戊子, 帝遣太監黃儼, 選女子以進, 工曹典書權執中女, 仁寧府左司尹任添年女, 恭安府判官李文命女, 侍衛司中領護軍呂貴眞女, 中軍副司正崔得霏女, 預選, 七年己丑, 又遣黃儼, 令更進好女, 選知宜州事鄭允厚女, 以送. 光祿卿權永均赴京, 欽奉宣諭, 再來時休打海上過, 只旱路上來, 永均權氏兄也.
十二年甲午, 譯官元閔生, 於椶殿內, 欽奉聖諭, '自皇后崩逝後, 令汝國權妃, 管六宮事. 汝國呂氏, 請於高麗內官金得金良, 借砒礵於銀匠, 和榭都【案卽胡桃】茶, 以與權妃毒死, 朕已殺內官銀匠, 又用烙鐵, 烙呂氏一箇月殺了, 你說與權永均知道.
十五年丁酉, 元閔生, 回自京師, 奉聖諭, 選宗簿副令黃河信女, 知淳昌郡事韓永矴女, 與同黃儼等送進.
洪熙元年乙巳, 遣尙寶監少監金滿, 賜祭權氏兄永均, 宣德二年丁未, 以帝勅, 選工曹判書成達生女, 右軍同知摠制車指南女, 右軍司正吳倜女, 右軍司正安復志女, 侍衛司右領護軍鄭孝忠女, 中軍副司正崔瀰女, 左軍司直盧從得女, 同欽差昌盛等送進.
三年戊申, 以帝勅, 選知淳昌郡事韓永矴女, 同昌盛等送進, 宣德四年己酉, 帝遣少監金滿, 賜祭于崔氏父得霏."
『彤史拾遺』【毛奇齡撰】:
"權妃者, 朝鮮人, 永樂七年五月, 朝鮮貢女, 充掖庭妃, 隨象女入, 上見妃色白而質復穠粹, 問其伎, 出所攜王管吹之, 窈眇多遠音, 上大悅, 驟拔妃, 出衆女上, 逾月, 冊賢妃, 授妃父永均, 爲光祿卿. 八年十月, 妃侍上北征, 凱還而疾, 至臨城曰, '不能復侍上矣.' 遂薨. 上哀悼, 親賜登謚曰恭獻, 命厝其柩于澤縣, 勅縣官守之. 時朝鮮所貢女, 其見具位號者, 復有任順妃, 李昭儀, 呂倢伃, 崔美人, 四人皆命其父, 爲京朝官. 順妃父添年, 爲鴻臚寺卿, 昭儀父文, 【文下落命字.】 倢伃父貴眞, 爲光祿少卿, 美人父得霖, 【霖得霏之譌.】 爲鴻臚少卿. 其後永均, 以宣德 【一作洪熙.】 中卒, 訃聞, 上仰惟先澤, 遣中官賜祭, 賜其家白金二百兩, 文帛表裡有次."
『僿說』【李瀷撰.】:
"『名臣錄』云, '驪妃 【案妃號以驪未知何意.】 韓氏, 淸州韓永矴之女. 永矴生二女, 俱膺明朝之選, 妃兄確, 年十九, 太宗召赴京師, 寵遇殊等, 拜光祿少卿. 我世宗受禪, 確爲冊封正使, 以帝旨, 遂留不還, 以副使劉泉復命. 後又赴召, 欲以仁宗之女尙之, 辭以母老, 不果.' 按 【李瀷撰.】 宣德三年, 選知淳昌郡事韓永矴之女, 送進, 宣宗乃太宗之孫. 而韓氏二女, 俱爲後宮可異也, 確是西原府院君, 其女又是我章順王妃, 韓氏之尊崇如此.
『弇州別集』云, '永樂中權貴妃, 任順妃, 李婕妤, 崔夫人, 【案妃號 與毛氏所錄, 互有異同, 而無呂婕妤.】 皆朝鮮人, 權妃之父光祿卿永均等, 皆貴至列卿, 而尙居本國云.' 然永均乃貴妃之兄. 【案朱氏·毛氏·弇州不知永均爲妃兄.】 弇州猶不及韓妃事, 則有未備, 而永均等不聞官光祿卿, 亦必因西原事之誤傳也." 【案魚氏毛氏所錄, 俱言永均爲光祿卿, 李氏偶未之考也.】 懋按此皆我國女子入中國大槩, 而碩氏事尤奇異, 國人鮮有知之者, 今表出之. 『字彙』【梅膺祚撰】:
"碩, 姓."

『太常寺志』:
“明祖妃, 碽氏.” 【案集韻, 音公, 擊石聲.】『靜志居詩話』:
“明南都太廟, 嘉靖中爲雷火所焚, 尙事湛若水, 請重建, 而夏言阿世宗意, 請罷, 有旨幷入, 奉先殿. 按長陵, 每自稱曰, ‘朕高皇后第四子也.’ 然奉先廟制, 高后向南, 諸妃盡東列, 西序惟碽妃一人, 具載『南京太常寺志』. 蓋高后從未懷妊, 豈惟長陵? 卽懿文太子, 亦非后生也. 世疑此事不实, 誦沈大理詩, 斯明徵矣. 『明詩綜』, 【朱彝尊輯.】 沈玄華 【字邃伯, 嘉興人, 嘉靖壬戌進士, 大理少卿.】 詩, <敬禮南都奉先殿紀事>:
微臣承祀事, 入廟歌鳧鷖. 高后配在天, 御幄神所栖, 衆妃位東序. 一妃獨在西. 成祖重所生, 嬪德莫敎齊. 一見異千聞, 錄安可稽. 作詩述典故, 不以後人迷.”
『彤史拾遺』:
“馬皇后生懿文太子標, 秦王樉, 晉王棡, 成祖文皇帝, 周王橚, 寧國, 安慶兩公主. 初, 后生成祖, 有龍見于寢, 嘗夢遇賊, 成祖以馬進, 扶后執鞚, 賊見成祖避去. 后以故鍾愛之, 及上厭太子柔弱, 后始以夢告, 其後卒有靖難之功.”
德懋按毛奇齡, 與修『明史』, 則其所載錄, 可以取信. 然朱彝尊, 亦史官, 其所考據的確可信, 高后未嘗懷妊, 必有所見. 況有太常寺之志・沈玄華之咏, 明白無疑乎!
博考『萬姓統譜』及我國氏族諸書, 元無碽字姓, 近世羅杰入燕京, 見博明問碽妃事, 明曰, ‘卽故元元妃, 見明『太常志』云.’ 明, 蒙古人, 元世祖之後也, 官主事, 博學多著輯工書, 有曰‘故元元妃者’, 亦有所據. 蓋庚申君與奇氏同入, 元亡後, 爲太祖之妃, 而國史諱之, 或是‘貢’姓而加以‘石’旁歟?
余見『傛說』, 有吳后事, 今附見:
“女子入中國而尊貴者, 如奇皇后, 權妃, 韓妃之類, 人皆知之, 如明宣宗吳皇后, 鮮有識者. 吳氏鎭川人, 按『攷事撮要』: ‘宣德二年, 選右軍司正吳偶女, 其進,’ 當是此人也. 始爲後宮, 生景泰, 後, 景泰尊爲太后. 后思念本土, 以畫像, 歸之東國, 旣無以處也, 乃置之僧舍, 樵牧侮玩, 至今尙存.
『續通攷』云: ‘母丹徒人, 都督吳彦名女.’ 眹影還本國, 眞有其事, 此豈可誣者耶? 意者, 明史以外夷諱之耶? 或言‘后父官至參判.’ ”

德懋按若如李氏說, 則景泰誕生戊申, 見於明史, 吳倜女子, 丁未入選, 翌年生景泰, 然則仁宗之喪未終, 宣宗尙在諒闇中也.

李德懋『靑莊館全書』권60, 『한국문집총간』권259, 60~62쪽.

女服從華制

太宗朝王妃冠服, 自大明而來, 宮中不知被荷之術, 明昇母彭氏指教, 乃得知之.

世祖元年, 明使尹鳳齎誥命冕服來. 上遣窋官田畇, 問鳳曰:

"中宮受賜冠狹小, 又有簪, 如何穿著?"

鳳曰:

"梳髮後, 從頂後分囟左右髮交相結, 上作丫髻, 將冠冒其上而仍揷簪."

畇曰:

"命服中寶鈿, 用之何處?"

鳳曰:

"其名禁步, 自兩肩垂之於前, 欲節其行, 而不妄步也."

十年, 廣州牧使金修上疏言:

"國家制作, 摸擬華制, 獨婦女首飾服色, 尙循古習. 竊念執饌婢子入朝還來尙在,【案世宗十一年, 中朝遣內官尹鳳等, 選會做茶飯的婦女, 十五年, 又求理辨膳事女子, 十七年, 遣內官李忠等, 送回本國. 婦女金黑等五十三人, 蓋先年, 以會做茶飯, 隨選進女子等入京者也.】其衣服, 皆在尙方, 請令執饌婢與通事, 擇定醫女及妓, 教習首飾服色."

命議于該曹.

近日, 朝家禁加髢, 此政女飾從華制之好期會, 而猶用簇頭里北髻, 終涉苟簡.

李德懋『靑莊館全書』권61, 『한국문집총간』권259, 83쪽.

강흔(姜俒)

新婦譜序

人而無教人, 不得而爲人, 苟以教人爲心, 男女何間? 人必以教男子爲務, 未有以教女子者何也? 男子無教, 小者害及於人, 大者害及於國, 其爲害固大矣. 女子無教, 亦必墜祖宗之緖, 貽子孫之患, 覆喪人家而後已, 其爲害又孰甚焉? 是以古人有內則·內訓·女史箴·彤管紀之類教之, 必以幼年, 豈不丁寧懇惻責其婉嫕淑哲敬恭順事也哉?

今古習俗之異, 又相逈絶, 有難行者, 有不可行者, 有行之而違俗者, 閨壼諸訓書久已弁髦. 況吾東婦女, 未嘗有識字者, 何能服習訓辭矯揉性行也? 幼而無教, 長而歸人, 驕悍自恣, 任情自行, 閨範不肅, 貽累丈夫. 或至禍人家滅人宗者, 滔滔焉. 是豈婦性本惡? 特無教而然矣.

余嘗欲別著一書, 以訓婦女, 而久而未就. 近得新婦譜, 卽湖上陸圻景宣所撰, 贈其女之嫁者. 又有東海陳確乾初補譜, 又有東海査堪石丈 續著計五十九則, 合爲一糾. 敬舅姑, 順夫子, 處妯娌, 御婢妾, 媚睦宗黨, 竭力賓客, 以至擧動言止微文細節, 莫不俱載. 眞令人刺骨, 感涕油然, 起孝敬之心, 卽至庸愚至暴惡至猜妬婦女, 一讀是卷, 必頳然媿服思有以自反. 其有補世教, 豈少也哉?

余乃重書讐校, 以方諺釋之, 令婦女之不識書者, 得以從事焉. 非謂是書之有勝於內訓內則諸書, 特俗習相同言辭淺近, 易使人感悟耳. 苟或因是而有所得焉, 不唯不墜祖宗之緖, 不貽子孫之患, 卽古之賢媛哲女, 警鷄鳴報雜佩者, 亦無難乎齊美而配德也. 其毋忽焉.

姜俒, 『三當齋稿』秋, 연세대학교 소장본.

찾아보기

ㄱ

ㅁ

ㅂ

ㅅ

ㅇ

ㅈ

ㅊ

▌역자 서경희

이화여자대학교 국문과에서 고전소설을 전공하고 현재 이화여자대학교 한국문화연구원에서 전임연구원으로 19세기·20세기 초 여성생활사 자료의 번역 작업에 참여하고 있다.
그간 작업한 것으로 "김씨 부인 상언을 통해 본 여성의 정치성과 글쓰기", "구여성의 소설 〈고씨효절록〉 연구", "〈소현성록〉의 '석파' 연구" 등이 있다.

이화한국문화연구총서 13

18세기 여성생활사 자료집 ❻

2010년 5월 20일 초판 1쇄 펴냄

역 자 서경희
발행인 김흥국
발행처 도서출판 보고사

등록 1990년 12월 13일 제6-0429호
주소 서울특별시 성북구 보문동7가 11번지 2층
전화 922-5120~1(편집), 922-2246(영업)
팩스 922-6990
메일 kanapub3@chol.com
http://www.bogosabooks.co.kr

ISBN 978-89-8433-672-8 94810
978-89-8433-811-1(전8권)

정가 32,000원